« Elle vole de ses propres ailes. »

Devise de l'Oregon

You can check out any time you like,
But you can never leave

The Eagles

Prologue

Cette urne contient le sable de Henny

Je les imagine d'ici. D'au-dessus, comme si je flottais en l'air, si haut qu'ils ne forment que des petits points noirs à mes yeux, dans leurs costumes, leurs vestes et leurs robes noires, cheminant lentement vers l'église méthodiste de Pine Creek.

La cérémonie débute dans une heure. Papa est sans doute déjà sur place, un point noir parmi tant d'autres sur ma carte mentale. Cheryl n'est certainement pas loin. J'essaie de leur en vouloir, mais je m'en trouve incapable.

Bientôt, toute une assistance les rejoindra : amis, vieux camarades de classe, vagues connaissances, mes anciens professeurs, les voisins de papa. Dans toute la ville, des gens sont en ce moment même contraints d'enfiler leurs plus beaux atours à cause de moi.

À Pine Creek, rares sont les habitants qui manqueraient des funérailles.

Ils tenteront de suivre les psaumes mornes et affectés, et d'écouter les sermons vides de sens du pasteur. Papa sera assis là, l'incarnation même de la bravoure stoïque, correct à l'extrême.

Ensuite je serai incinérée.

Je m'imagine déjà dévorée par les flammes, mais ce n'est pas ainsi que ça fonctionne. Le corps, *mon* corps, sera soumis à un processus de calcination. C'est-à-dire qu'il sera chauffé intensément, jusqu'à ce que toutes ses parties organiques, soit quatre-vingt-dix-sept pour cent de sa masse, se liquéfient puis passent à l'état gazeux. Grâce à l'apport constant d'oxygène, le cadavre se consume sans la moindre flamme.

En vérité, « cendres » est un terme trompeur pour décrire ce qui restera de moi. Le processus ne résulte pas automatiquement en un joli tas de cendres bien propre, prêt à être conservé dans une urne, inhumé ou répandu en un lieu dédié, quoi que papa ait décidé d'en faire. Non, il faut passer le tout dans un broyeur afin de le maquiller en une sorte de sable très fin.

Mais je suppose que ça sonnerait moins bien, pour les proches. « Cette urne contient le sable de Henny. »

Au total, le processus de crémation dure presque deux heures. J'aimerais bien savoir exactement quand ça se produira, histoire de m'y préparer. Vous imaginez, si je disparaissais en plein milieu d'une pensée ? Pire encore, après une pensée totalement insignifiante ?

Je me demande quelle heure il peut bien être... Et puis pouf, plus rien.

Non, je tiens à ce que ma dernière pensée soit ambitieuse, poétique et profonde. Un ultime message, même si personne ne l'entendra à part moi.

Le motel est fermé, pour la première fois depuis la tempête de neige qui nous a privés d'électricité durant trois jours, pendant l'hiver de 2003. La réception est plongée dans la pénombre, les ordinateurs éteints. Le diner abandonné ne dépareillerait pas dans une ville fantôme, avec ses chaises posées sur les tables. Toutes les chambres sont verrouillées, et le parking est entièrement désert.

De l'autre côté du parking, l'enseigne *Motel des Pins perdus* luit faiblement sous le soleil. Le *e* de la mention Ouvert ne fonctionne plus.

Juste en dessous s'amoncelle tout un tas de petits écriteaux en fer-blanc bon marché, de dimensions, couleurs et tailles différentes :

Chambres libres !

Cabanons en forêt !

Vue sur la forêt !

Micro-ondes dans toutes les chambres !

Air conditionné !

Nouveau : télé couleurs !

Diner !

Bar !

Piscine !

Ouvert 24h/24 !

Votez « non » à l'Initiative 9 !

L'État d'Oregon, fier opposant aux droits des gays depuis 1992 !

Ces dernières pancartes sont l'œuvre de MacKenzie.

Femme, blanche, trente-trois ans

De mon vivant, ma dernière pensée se tourna vers le corps de Michael.

Je me répète en boucle « le corps de Michael, le corps de Michael, le corps de Michael », comme s'il s'agissait d'un miracle devant lequel je doutais encore.

C'est alors que j'aperçois la forme au milieu de la route.

Cette route, je la connais dans ses moindres détails : l'asphalte qui prend un air encore plus craquelé sous le soleil de l'après-midi, le gravier le long du bas-côté, le parfum douceâtre des aiguilles de pin. Pour l'instant, je ne ressens qu'un léger étonnement. Je ne percute pas immédiatement que j'observe un corps, et la possibilité qu'il s'agisse d'un être humain ne m'effleure même pas l'esprit.

On dirait tout simplement un sac que quelqu'un a jeté là. Mais c'est sacrément gros, quand même. Je finis par avancer dans sa direction, tout en me demandant ce que je vais faire.

En tout cas, c'est trop gros pour être l'un des habituels animaux écrasés. Peut-être une biche, complètement immobile, et non en proie aux derniers soubresauts frénétiques qui précèdent généralement la mort. J'ai horreur de voir des animaux sur le point de mourir. Ils savent toujours que leur fin est proche, alors même que leur corps se débat mécaniquement, par instinct.

Ce n'est qu'en approchant que je distingue une jambe droite, indéniablement humaine, mais tordue dans un angle impossible. Encore sous le choc, je reconnais mon plus beau jean et ce qui reste de mon chemisier favori.

Les pois rouge pâle ressortent clairement, mais je n'arriverai jamais à nettoyer entièrement les parties blanches du tissu.

Je ne reconnais pas mes cheveux. Ma couleur châtain clair est tachée de gravier, d'huile de moteur et d'un liquide que je soupçonne être du sang. Le bras gauche forme un angle droit avec le torse, et le bras droit… a disparu.

D'instinct, je vérifie mon flanc droit. Mon bras est pourtant toujours là.

À vingt mètres de moi, un camion est immobilisé en travers de la route. Un homme âgé d'une quarantaine d'années se tient au capot, le regard rivé au sol. On dirait que ses jambes ne vont pas tarder à lâcher.

Il parvient néanmoins à avancer de deux pas chancelants en direction du bas-côté, avant de se pencher au-dessus des fougères. Je détourne les yeux, tandis qu'il hoquette, puis vomit.

Malgré tout, il trouve la force de retourner à son véhicule sans s'effondrer. Il est plutôt maigrelet et flotte un peu dans sa chemise. Les mains tremblantes, il sort son téléphone portable pour prévenir la police. *Accident. Pine Creek. Près du motel. Après la sortie. Une… blessée.*

Nous avons l'air bien isolés, au milieu des pins. Il vacille d'avant en arrière tout en marmonnant dans sa barbe. Je ne sais vraiment pas quoi faire pour lui. J'essaie maladroitement de lui tapoter l'épaule, comme pour m'excuser, mais c'est inutile.

C'est alors que j'entends ce qu'il murmure :

— Pas morte, pas morte, pas morte.

Un mantra. Une prière qu'il répète, encore et encore.

Il y a un quart d'heure à peine, j'étais la personne la plus heureuse au monde.

Mes pensées se tournent vers cet instant, comme si le bonheur pouvait me protéger d'avoir été renversée par un poids lourd. Tout est si paisible autour de nous. J'ai peine à croire qu'une catastrophe puisse avoir lieu sur une vieille route si ordinaire.

Tout ça n'est qu'un cauchemar. D'une seconde à l'autre, je vais me réveiller dans le lit de la Redwood Cabin, et m'émerveiller devant le fait qu'une chambre si familière puisse sembler à ce point différente quand on la contemple en étant couché sur le dos.

Je vais tendre la main avant d'ouvrir les yeux, pour vérifier à tâtons que le corps de Michael repose toujours à mon côté. Et je sourirai en sentant sa peau sous mes doigts.

À condition que ce soit la réalité, bien sûr. Si tout ceci n'est qu'un rêve, peut-être que Michael en faisait également partie.

Peut-être que je me réveillerai dans mon lit à moi, seule à nouveau, et que je me lèverai pour faire le ménage dans les chambres du motel, comme d'habitude.

Le chauffeur du camion a cessé de parler tout seul, mais ça ne fait qu'aggraver les choses. Il a aussi arrêté de se balancer d'avant en arrière. Maintenant il tremble, tout simplement.

Quand le shérif Ed Carmichael arrive sur les lieux, je m'élance à sa rencontre, soulagée. Je veux lui agripper le bras, plus fort que jamais, et le forcer à avancer plus vite, à faire quelque chose.

Ed le shérif saura quoi faire, me dis-je.

Ed le shérif représente la troisième génération de shérifs chez les Carmichael. Quand il a été embauché à ce poste, son père et son grand-père étaient encore en vie. Il a géré la succession comme il gère son travail : avec stoïcisme, patience et professionnalisme.

Je pensais que plus rien ne pourrait le choquer, mais j'avais tort.

— *Jesus*, souffle-t-il. Mais c'est Henny Broek.

Il appelle d'abord une ambulance, puis ses collègues de la police fédérale, qui promettent d'envoyer « quelques voitures » au plus vite.

Ensuite seulement, il se tourne vers le camionneur. Il lui pose quelques questions de routine (nom, permis de conduire, carte grise), puis lui demande ce qui s'est passé.

— Je… je ne l'ai pas vue. Seigneur, elle a surgi sur la route de nulle part, et j'ai bien essayé de freiner, mais…

Il recommence à osciller, tout en tremblant. Le shérif cherche une couverture dans son coffre, la passe autour de ses épaules, puis l'installe gentiment sur la banquette arrière de sa voiture.

— Les agents fédéraux seront bientôt là, lui explique-t-il. Ils vont vous emmener au poste et ils devront faire des prélèvements. Éthylotest, échantillons d'urine et de sang, ce genre de choses. Vous comprenez ? C'est nécessaire.

Pendant qu'il lui parle, il l'examine minutieusement, peut-être à la recherche de signes d'ébriété ou de consommation de drogue. Sans doute que le poste de shérif l'a rendu méfiant.

Moi, je crois que tout s'est déroulé exactement comme le chauffeur l'a décrit. Je pensais à Michael, je nageais dans le bonheur, j'avais la tête qui tournait en raison du manque de sommeil et de la montée d'adrénaline… et l'instant d'après je gisais à terre.

— Henny Broek, soupire le shérif en secouant la tête. Cette pauvre fille n'a jamais fait de mal à une mouche de toute sa vie.

L'ambulance arrive la première. Ils inspectent le routier rapidement et d'un air désintéressé, sur la demande du shérif. Tout du long, leur attention semble focalisée sur moi, mais on dirait bien qu'ils ne peuvent plus faire grand-chose. Ils se contentent de couvrir le corps et de le charger dans l'ambulance. Quand les fédéraux débarquent, ils sont sur le point de repartir.

Les sirènes me semblent lointaines, alors qu'elles hurlent directement dans nos oreilles. Je plisse les yeux devant les gyrophares psychédéliques et éblouissants. Je capte des bribes de conversation.

— Quel gâchis.

— Tu crois qu'il était saoul ?

Les agents fédéraux sont costauds, sévères et incroyablement jeunes.

L'officier rejoint Ed le shérif, tandis que les deux autres mettent en place une déviation et installent un panneau indiquant *Route barrée*. Une voiture passe par là et ralentit, de sorte que le conducteur puisse tourner la tête au maximum. Je suis gênée par le dérangement occasionné. Je n'ai jamais voulu causer tant de problèmes.

— *Sir*, interpelle l'officier.

Le shérif observe fixement le camionneur, jusqu'à ce que son collègue requière son attention. Même après, il n'arrête pas de lancer des regards dans sa direction. Quand les sirènes se taisent, j'entends le bruit des cordons de plastique bleu et blanc qui claquent au vent.

— Connaissiez-vous la défunte, *sir* ?

La défunte.

— Henny Broek, répond automatiquement le shérif. Femme, blanche, trente-trois ans. Elle travaille au motel des Pins perdus.

Il désigne du menton la direction dans laquelle se trouve l'établissement.

— Travaillait, *sir*.

— De quoi ? Ah oui, bien sûr. Elle *gérait* le motel avec MacKenzie Jones. Elles y habitaient toutes les deux. Le motel possède également trois chalets dans les environs. Je suppose qu'elle se rendait à l'un d'entre eux, ou en revenait. Plutôt la seconde option, selon moi, vu le sens dans lequel circulait le camion. Le chauffeur s'appelle Paul Jackson. D'après lui, elle a traversé la route en courant, sans regarder. Il a essayé de freiner, mais c'était trop tard.

La défunte, la défunte, la défunte. Je lutte contre l'envie d'éclater de rire.

— MacKenzie et Henny sont en quelque sorte les gérantes, mais pas les propriétaires. La patronne n'habite plus en ville. C'est un motel bon marché et plutôt honnête. Sans histoire, excepté quelques rares interventions à cause de clients pénibles, mais c'est tout. Rien à signaler.

Le jeune agent se fiche pas mal du motel. Il ne l'exprime pas à voix haute, mais ça se voit. Le shérif hausse les épaules.

— Plus proches parents, *sir* ?

— Son père. Il habite au 17, Water Street. La mère est décédée depuis longtemps.

— Ça vaut peut-être mieux, remarque le gamin.

Le shérif esquisse une grimace.

C'est donc ça, ce qui vient après la mort, me dis-je sans éprouver d'intérêt ni de curiosité. Ne devrait-il pas y avoir… je ne sais pas, *autre chose* ? C'est normal, que je reste ici sur la route, sous les pins, à humer l'odeur vulgaire du bitume poussiéreux, des aiguilles et des fougères ?

Les arbres se moquent de mes malheurs, naturellement. Ils étaient là avant moi, et ils seront encore là longtemps après. Ce que j'ai pu accomplir ou non durant ma courte vie ne les affecte pas. Pas plus que la façon dont elle s'est brutalement achevée.

— Vous voulez que j'annonce la nouvelle à son père ? demande Ed le shérif.

— C'est sûrement une bonne idée, acquiesce l'agent fédéral. Mieux vaut l'apprendre de la part d'un visage connu.

— Quel foutu boulot, souffle Ed d'un air las.

Elle n'a pas souffert

Jésus veille sur nous dans le salon de papa.

J'ai accompagné Ed le shérif jusqu'ici. Quand il est monté dans sa voiture, je me suis tout simplement assise sur le siège arrière. Il m'a semblé naturel de le suivre. Ce n'est qu'une fois installée que je me suis rendu compte que j'étais passée au travers de la portière fermée.

Papa et Cheryl sont assis côte à côte sur le canapé. Cheryl, c'est la plus proche voisine de papa. Quand elle a vu la voiture de police, elle a immédiatement rappliqué. Le shérif a droit au meilleur fauteuil, celui dans lequel papa s'installe habituellement pour lire, le soir. Un lampadaire est placé juste à côté, pour que papa ne se casse pas les yeux, et le fauteuil est orienté vers la croix, pour rester pieux en tout instant.

Sur une étagère derrière le canapé trône une figurine en plastique de l'Enfant Jésus, une décoration de Noël bon marché que papa a toujours exposée tout au long de l'année, d'aussi loin que je me souvienne. À côté de l'étagère est suspendue une autre image du Christ, cette fois-ci un portrait le représentant coiffé de sa couronne d'épines, le visage humblement incliné. La toile est l'œuvre d'un peintre local davantage mû par sa ferveur chrétienne que par un véritable talent ; on dirait que Jésus a un nid d'oiseau dans les cheveux.

Le shérif baisse résolument les yeux sur papa, qui a les mains jointes sur ses genoux et un mélange de confusion et de méfiance dans le regard, alors que son hôte n'a pas encore ouvert la bouche. Toute sa vie, papa a été obsédé par la bienséance, mais rien n'aurait su le préparer à une visite du shérif par un banal dimanche après-midi. Peut-être s'inquiète-t-il déjà de ce que diront les voisins.

— *Sir*, amorce le shérif. J'ai une nouvelle extrêmement difficile à vous annoncer. C'est avec le plus grand regret que je vous informe que votre fille Henny est décédée il y a quelques heures, victime d'un accident de la route aux abords du motel.

— Du motel, répète papa.

— Seigneur Dieu, s'étrangle Cheryl en se couvrant la bouche d'une main.

— Seigneur…, souffle papa, comme pour se rattraper de sa réaction initiale.

— Si je peux faire quoi que ce soit pour vous…, poursuit le shérif.

Le silence emplit la pièce. Je fais les cent pas sur le parquet du salon. Je n'ai rien à faire ici. Je devrais être dans la Redwood Cabin, avec Michael.

Ou, si j'étais sérieuse, à la réception pour prendre la relève de MacKenzie. Même si la vieille horloge de papa ne tourne plus depuis des années, je sais que je suis très en retard. MacKenzie a déjà passé tout le week-end à travailler pour me rendre service.

— Henny a toujours été une fille si gentille, dit soudain papa. Elle faisait toujours ce qu'on lui demandait. De tous les enfants de la rue, aucun n'était aussi poli et bien élevé que ma petite Henny. C'est la vérité, il n'y a pas que moi qui le dis. Vous pouvez poser la question à n'importe qui.

Le shérif louche de nouveau du côté de l'Enfant Jésus.

— Comme je viens de vous le dire, si je peux vous venir en aide, de quelque manière que ce soit…

Le regard de papa oscille d'un air impuissant entre Cheryl et le shérif.

— Je… je suis désolé, mais je crois que j'ai oublié comment on fait.

— *Sir ?*

— J'ai enterré mes parents, ma femme et ma belle-mère. Mais je ne sais plus comment on fait…

— Ne vous en faites pas, les pompes funèbres vous aideront, assure le shérif.

MacKenzie ! me dis-je subitement. *Elle*, elle saura quoi faire. Il suffit que je la trouve, que je puisse lui parler, que je lui explique ce qui m'est arrivé.

— À… à quoi ressemble-t-il ? Le corps. Henny, je veux dire.

— Elle n'a pas souffert.

— Elle était si mignonne quand elle était petite, se souvient papa. Et elle écoutait toujours quand on lui disait quelque chose.

Elle n'a pas souffert.

Voilà bien la plus stupide des platitudes qu'on peut proférer, pensé-je en marchant à grands pas en direction du motel. En plus c'est absolument faux.

Je n'ai peut-être rien senti quand le camion m'a percuté, mais je peux vous dire que j'ai mal en ce moment.

MacKenzie ne se trouve pas à la réception. Ni au diner. Elle n'est pas non plus dans sa chambre. J'inspecte tout le motel sans prendre note du moindre détail. Après coup, je ne me rappelle même pas qui tenait la réception : l'unique pensée qui m'a traversé la tête était « pas ici ».

La dernière fois que nous nous sommes vues, nous nous sommes un peu disputées, mais dans l'immédiat je brûle de la retrouver. Je veux qu'elle me tapote l'épaule, un geste à la fois rassurant et dédramatisant. Elle ne minimiserait pas mes sentiments, jamais de la vie, seulement mes problèmes. *Ne t'en fais pas, tout ira bien. Je m'en occupe. Ce n'est pas si grave. Allons, Henny, tu ne vas pas te laisser abattre par si peu ?*

MacKenzie trouve toujours une plaisanterie adaptée à chaque occasion ; peut-être qu'elle arrivera même à rire de cette débâcle.

Henny, est-ce que tu as essayé de faire la course avec un camion ?

Au moins, tu n'auras plus besoin de faire le ménage dans le motel. Tu as été promue pour l'éternité.

Tu es partie là où Netflix ne pourra pas te suivre.

Un jour, alors que j'étais clouée au lit par la grippe, avec quarante degrés de fièvre, et que j'avais à peine la force de sourire à ses blagues, elle a repoussé une de mes mèches de cheveux. Tout doucement, du bout des doigts, une caresse presque imperceptible mais ô combien apaisante. Pourtant, le caractère de MacKenzie est tout sauf maternel. Une telle attention était un présent de sa part, un geste inattendu, certainement pas quelque chose qu'elle faisait tous les jours.

« Comment tu te sens, ma chérie ? » m'a-t-elle demandé lorsque j'étais malade, le bout de ses doigts frais posé sur mon front.

En cet instant, je ne souhaite rien d'autre au monde.

L'atmosphère était bien différente, la dernière fois qu'on s'est vues. Samedi dernier. *Hier*. Pour la seconde fois du week-end, je lui ai demandé de prendre ma place à la réception. Et cette fois elle en connaissait la raison. Je suppose qu'elle avait consulté le registre des réservations. Elle a voulu me faire redescendre sur Terre, mais j'ai refusé de l'écouter.

— C'était il y a quinze ans, raisonnait-elle. Vous n'êtes plus les mêmes personnes qu'à l'époque. Tu ne sais même pas pourquoi il est de retour, ni combien de temps il va rester. La dernière fois, il est parti sans même te dire au revoir.

— Michael est ton ami, à toi aussi, lui ai-je rappelé.

— Ce n'est pas le propos. Je ne le connais plus. Et toi non plus.

— Pourquoi tu ne veux pas me laisser être heureuse ? Quelle importance, si ça ne mène à rien ? Il est ici en ce moment, MacKenzie. Il est revenu.

— Qu'est-ce que tu t'imagines ? Qu'il va passer le week-end ici, puis revenir habiter dans cette ville perdue au milieu de nulle part, qu'il a toujours détestée ? Ou bien tu crois que vous allez passer un super week-end ensemble, et que tu pourras le regarder repartir sans avoir de nouveau le cœur brisé ? Tu crois vraiment que tu pourras te contenter d'une romance de deux jours ?

— Tu peux me remplacer, oui ou non ? ai-je demandé.

MacKenzie a croisé les bras.

— Bon, d'accord, ai-je soufflé. Je vais tenir la réception, dans ce cas. Si c'est ce que tu veux.

— Henny…

Je suis donc restée assise là, désœuvrée et bouillonnante de mécontentement, pendant que Michael, *mon* Michael, se trouvait à moins de cinq cents mètres de moi. Pourtant, au bout d'une demi-heure, MacKenzie est revenue et a esquissé un geste las qui voulait tout dire. Je me suis éclipsée sans lui laisser le temps de changer d'avis, j'ai enfilé mon jean préféré et mon chemisier favori, celui à pois rouges, et j'ai couru jusqu'au cabanon en m'efforçant de conserver un rythme cardiaque normal.

Et je ne l'ai plus revue depuis.

Je repère sa voiture garée devant le Timber, le bar que nous fréquentons tout le temps. La nuit est tombée pendant que je la cherchais ; les réverbères illuminent le parking désert.

Je traverse la porte sans réfléchir, puis je m'arrête et cligne des yeux dans la pénombre. Les tables en bois noir sont inoccupées, et il plane une odeur de transpiration et de bière éventée.

Buddy et deux autres habitués sont assis à leurs places usuelles au comptoir. Ils n'ont pas du tout l'air à l'aise et fixent leur bière comme s'ils craignaient qu'elle disparaisse s'ils la quittaient des yeux.

La rumeur de ma mort est déjà parvenue à leurs oreilles. Et dans les petites villes, les catastrophes sont considérées comme des maladies contagieuses.

Mais c'est aussi une question de respect. Le chagrin nous met à nu, et on fait alors preuve de pudeur en détournant le regard. Comme lorsque la mère de miss Jennie a perdu la boule et est sortie se promener en ville en sous-vêtements. Personne n'a rigolé. Les gens ont regardé ailleurs. Ils essayaient à tout prix de ne pas la voir dévaler Elm Street en pantoufles de lapin et dessous de dentelle (de *dentelle* !), tandis que miss Jennie courait derrière elle, brandissant un manteau que sa mère rejetait sans cesse.

MacKenzie est seule devant la cible de fléchettes, tout au fond de la salle. Une bière est posée près d'elle, mais elle n'en boit pas. Elle porte l'une de ces chemises pour homme trop grandes qu'elle adore, en flanelle devenue lisse comme la soie après toutes ces années. Bien que ses manches soient retroussées, elles demeurent un peu trop longues. De temps à autre, elle doit secouer son bras pour dégager sa main, un geste inconscient tellement banal et familier que, l'espace d'un instant, tout va bien dans mon univers. Les choses sont revenues à la normale, je vais simplement commander une bière et aller lui tenir compagnie.

C'est alors que je remarque à quel point son corps est tendu. Tel un animal figé en pleine fuite, chaque muscle, chaque tendon est douloureusement crispé. Lorsqu'elle lance enfin sa fléchette, j'éprouve un soulagement.

Le projectile frappe la cible trop fort et tombe au sol.

MacKenzie ne s'en inquiète pas. Je ne suis même pas sûre qu'elle l'ait remarqué.

Elle lance la fléchette suivante. Scott Lively, ou du moins ce qu'il en reste, perd une oreille.

— Je lui ai offert un sac à dos quand elle avait neuf ans, déclare-t-elle soudain.

Je ne sais pas à qui elle s'adresse. Buddy et ses camarades tressaillent.

— Vous le saviez, ça ? C'était le cartable le plus pitoyable qu'on puisse imaginer. En tissu, d'une couleur violette dégueulasse. Pas de motif d'un personnage de Disney, rien du tout. Le plus bas de gamme possible.

Pour la première fois de la soirée, je souris. Je m'en souviens très bien.

— Et les cartables, c'était très important à l'époque. Tous les autres dans la classe en recevaient un nouveau avant chaque rentrée. Henny aussi. Mais ça, je ne le savais pas quand je l'ai acheté.

On entendrait voler une mouche. J'ai l'impression qu'ils essaient tous de glisser le long des murs ou de se fondre dans le comptoir. Même Bruce Springsteen n'ose pas chanter. Le fidèle compagnon de Buddy, un vieux magnétophone, est débranché.

— Je voulais juste lui faire un cadeau. Stupide, pas vrai ? Mais au moment où j'allais le lui offrir, j'ai vu que son père lui en avait déjà acheté un. Un grand et beau cartable, avec un motif. J'ai oublié ce que c'était, mais certainement un truc à la mode auprès des gamins cette année-là. La Belle et la Bête, la Petite Sirène, quelque chose du genre. Il trônait là dans le couloir, brillant et tout neuf, et je peux vous dire que mon cadeau avait l'air ridicule à côté. Je l'avais déjà emballé, je pouvais plus dire que je l'avais acheté pour moi.

Nouvelle fléchette. Elle manque complètement la cible et se plante dans le mur.

Je m'appuie à la table, celle sur laquelle je m'assieds toujours quand MacKenzie joue aux fléchettes, blottie dans un coin et hors de la ligne de tir.

— Et vous savez ce qu'elle a fait, cette idiote? lance-t-elle d'une voix grave et presque confuse. Elle a porté mon pathétique cartable à l'école tous les jours, pendant plusieurs années.

MacKenzie se tait, comme si elle réalisait soudain où elle se trouve, et qu'elle parle sans raison à voix haute. Sa main tremble quand elle saisit son verre de bière.

— MacKenzie…, lui dis-je, sans obtenir la moindre réaction.

Rien n'y fait. Ils ne peuvent plus m'entendre.

J'avance vers elle et pose mes mains sur ses épaules. Je veux la secouer, la *forcer* à me voir, à rire de nouveau, à redevenir la bonne vieille MacKenzie que je connais, la dure à cuire.

— Je vais tout arranger, lui dis-je. Je te le promets. Je trouverai un moyen. Tout rentrera dans l'ordre.

Sur ce, je fais volte-face. Je ne supporte soudain plus de voir son visage inexpressif. Je raisonne.

— Je ne peux pas être morte. J'ai à peine commencé à vivre.

Buddy nous conduit à la maison. Il fait bien deux mètres de haut et pèse au bas mot cent cinquante kilos, mais cela ne l'a pas empêché de trembler un peu lorsqu'il a refusé de laisser MacKenzie prendre le volant.

— Ça se fait pas, de laisser ses amis conduire bourrés, a-t-il marmonné en fixant le bout de ses chaussures.

Buddy, c'est l'homme à tout faire, en ville comme au motel. Tout ce qu'on n'arrive pas à faire nous-mêmes, il peut s'en occuper. Il connaît toujours un type qui peut lui prêter le bon outil. Mais il ne peut pas réparer MacKenzie. Je lis dans son regard à quel point il aimerait arranger cela avec un chariot élévateur ou une scie à métaux, mais il est impuissant. MacKenzie n'ouvre pas la bouche de tout le trajet, et quand Buddy quitte le parking après nous avoir déposées, il a des sueurs froides.

MacKenzie monte dans sa chambre et se laisse tomber sur son lit, sans parvenir à dormir. Elle se retourne sans cesse, tandis que je lui tiens silencieusement compagnie.

Je suis assise sur le rebord de la fenêtre, dans une pièce à l'ambiance de plus en plus claustrophobe et angoissante. Je l'ai laissée seule tout le week-end ; je ne peux pas l'abandonner maintenant.

J'aimerais tellement tendre la main et toucher son front du bout des doigts. *Comment tu te sens, ma chérie ?* Inversion totale des rôles. Tout aussi inconcevable que le fait que je lui parle sans qu'elle m'écoute.

Je me laisse glisser au sol, subitement épuisée. Je n'ai plus envie de penser.

Un mal de tête me vrille le crâne, comme si j'avais passé des heures à retourner un problème insoluble dans tous les sens. *Si un train quitte la gare de…* J'ai l'impression que mon cerveau gonfle et surchauffe, qu'il cogne contre mon front. Je veux tout éteindre et faire une pause. *Si un corps part en ambulance dans une direction, et que l'âme monte dans une voiture de police…*

Je finis par la laisser seule. Mes pieds trouvent le chemin dans les ténèbres sans mon assistance. Je marche en direction de la Redwood Cabin sans avoir pris la moindre décision. C'est là que se trouve Michael, et c'est là que je me trouvais il n'y a même pas vingt-quatre heures, en vie et heureuse comme jamais.

J'essaie de faire preuve de courage, j'essaie vraiment, mais c'est difficile, quand vous ne savez même pas ce qui vous arrive. Et cela n'arrange rien de baigner dans un milieu si familier qu'il en devient moqueur. J'entends le vent siffler entre les bouleaux, mais je ne le ressens pas. Je me promène seule au beau milieu de la nuit, vêtue uniquement d'un léger chemisier et d'un jean, et je n'ai pas du tout froid.

Un rayon de lune argenté se reflète sur la surface noire du ruisseau. Au-delà se dessinent les formes compactes et sombres des montagnes.

Michael dort ; sa respiration est profonde et régulière. La lumière lunaire éthérée s'insinue par la fenêtre, entre les rideaux tirés, pour tomber sur le lit. Il est couché sur le côté, et je ne vois que sa pommette, son œil et sa narine gauches, ainsi que la moitié de sa bouche, légèrement entrouverte. Il ronfle, mais s'interrompt lorsque je viens me blottir contre son dos.

Je colle mon visage dans sa nuque, et j'éprouve un soulagement inouï de pouvoir encore sentir son odeur.

— Figure-toi qu'il m'est arrivé une drôle de chose aujourd'hui, Michael…

Autrefois, Boise était une ville côtière, et les vagues de la Panthalassa s'échouaient sur les plages de l'Idaho

Au commencement, nous n'existions pas.

Michael me racontait souvent l'origine de notre planète. Il y a quatre milliards d'années et demi, la Terre n'était qu'une sphère de lave en fusion, recouverte de flammes, de fumée et de ténèbres. Toute vie y était impossible, m'assurait-il, mais il ne semblait pas le déplorer. Dans son univers, rien n'était plus important que les pierres.

Nous avions dix-sept ans, Michael n'était pas encore parti pour l'université, et n'avait pas encore débuté son existence nomade de géologue de terrain. Mais il savait déjà tout sur la géologie de l'Oregon. Les roches étaient son premier amour.

— Et nous, on était où ? lui demandais-je.

— Nous ?

— L'Oregon.

L'Oregon n'existait pas. Au commencement, nous n'existions pas. Il y a des centaines de millions d'années, toutes les terres émergées formaient un unique supercontinent, la Pangée, qui s'étendait d'un pôle à l'autre. Là où se trouve actuellement l'Oregon, il n'y avait que de l'eau. Celle de la Panthalassa, l'océan global qui rassemblait l'intégralité des océans actuels. Et ses vagues s'échouaient sur les plages de l'Idaho. Boise aurait été une ville côtière.

S'il nommait l'Idaho et Boise, c'était juste pour me faire rire. Mes tentatives obstinées de calquer notre insignifiante géographie actuelle sur l'histoire monumentale de la Terre l'attendrissaient.

Nos immenses montagnes, les monts Klamath, au centre de l'Oregon, et les montagnes Bleues, ici chez nous, n'étaient que des volcans épars. Certaines terres qui nous entourent aujourd'hui reposaient encore au fond de la mer. En se promenant au bord de la Pine River, on peut toujours apercevoir des vestiges de ces volcans : baies peu profondes, cours d'eau et récifs coralliens.

— Il y avait des arbres ? demandais-je, et Michael se mettait à rire.

Il était peut-être passionné par les pierres, mais moi, je voulais quelque chose de vivant, de changeant.

— Les pierres changent aussi, Henny.

J'aimais tellement écouter Michael parler de géologie. J'adorais sa vision double de l'espace et du temps : il pouvait se tenir sur les berges glacées de la Pine River, au milieu des pins et des montagnes, et voir des récifs de corail.

Je voulais toujours sauter l'extinction Permien-Trias, puis les dinosaures, puis *leur* extinction, et passer en accéléré quelques millions d'années, jusqu'à retrouver nos montagnes et nos arbres à nous.

— À nous ?

— Pine Creek.

Je voulais passer aux montagnes réduites en sable qui ont fourni le béton pour les fondations du motel, aux arbres qui ont poussé et ont été abattus pour former les planches des cabanons que nous avions construits ensemble cet été-là, quand Michael m'a expliqué que nous n'existions pas au commencement des choses.

Le vol PA1284 pour le paradis est annoncé avec un retard de…

Je n'ai jamais su gérer les situations de crise, et toute cette histoire autour de ma mort ne fait naturellement pas exception.

Je passe la nuit allongée auprès de Michael, à réfléchir à tout ce que j'aurais dû faire autrement. Je dresse une liste, comme lui le ferait.

Première erreur : je n'aurais pas dû laisser mon corps s'en aller sans moi. Quelle erreur de débutante. Comment vais-je faire maintenant, pour flotter au-dessus de mon enveloppe charnelle dans une chambre d'hôpital, avant de revenir soudain à moi et d'ouvrir les yeux ?

Je ne suis pas tout à fait certaine que cela fonctionne ainsi, mais c'est ce qui me vient directement à l'esprit, quand je pense à tous ces films sur l'au-delà. Les héros gisent sur un lit d'hôpital, plongés dans le coma, mais ils finissent toujours par trouver un moyen de revenir à la vie. Boum, c'est un miracle, tout le monde est heureux, envoyez une chanson sentimentale et lancez le générique. C'est comme ça que ça se passe, dans *Le ciel peut attendre*, non ?

En tout cas, je n'ai jamais entendu quelqu'un ayant posé un pied de l'autre côté raconter qu'il avait fait un tour au pub du coin.

D'ailleurs, à ce sujet, erreur numéro deux : j'aurais dû directement chercher la lumière du regard.

N'est-ce pas ce que racontent tous ceux qui ont vécu une telle expérience ? Ils sont morts, ils ont vu la lumière, ils sont revenus, ils ont rouvert les yeux et ont découvert les visages soulagés de leurs proches. Et après leur retour ils ne racontent pas qu'ils ont vu une vieille pancarte de motel moisie, où le *e* de *Ouvert* manquait. Ça, c'est sûr.

Ce n'est pas vraiment cette lumière que j'espère voir, mais il s'agit peut-être d'un processus en deux temps : d'abord atteindre la lumière, pour ensuite pouvoir revenir.

Je la cherche autour de moi sans me lever du lit, mais j'ai comme l'impression d'avoir loupé le coche. Pourtant, en toute logique, cette fameuse lumière devait être assez brillante pour que je la remarque immédiatement, même en étant encore sous le choc et distraite par les voitures de police, les sirènes et ce pauvre chauffeur de camion, non ?

Je serre les bras autour de mes propres épaules et m'efforce de me concentrer sur la respiration de Michael.

Il ne sait même pas que je suis morte. Il n'a aucun contact avec qui que ce soit en ville ; à moins que MacKenzie lui ait immédiatement passé un coup de fil pour le prévenir quand elle a appris la nouvelle, je ne vois pas comment il pourrait être au courant. Et je ne pense pas que ce soit le cas. Je ne crois pas qu'elle puisse se résoudre à prononcer ces mots à voix haute.

Et pour finir, la plus grosse erreur de toutes : évidemment, je n'aurais pas dû me jeter sous les roues d'un camion. Si seulement j'étais partie de ce chalet quinze minutes plus tard. Disons une heure, pour avoir le temps de faire l'amour encore une fois. Et j'aurais pu prendre le petit chemin au lieu de la grande route, pour plus de sûreté.

Je ne me serais pas fait écraser là-bas aussi, quand même ?

Bah, je ne m'y connais pas assez en philosophie ou en théologie pour réfléchir à cela. Peut-être que le temps que nous passons sur Terre est déterminé à l'avance. Peut-être que, là-haut, quelqu'un a mesuré ma vie et s'est dit : « Voilà, ce sera tout pour Henny. Pas de prolongation. Désolé, on ne sert plus. Un dernier week-end avec Michael en guise de réconfort, mais ensuite c'est terminé, d'accord ? » Si ça se trouve, le week-end avec Michael était même une sorte de blague cruelle. Qui sait ?

Peut-être que je me serais tout simplement pris les pieds dans une racine et éclaté le crâne contre une pierre, si j'avais emprunté l'autre chemin.

Il n'y a pas de logique à chercher, aurait dit Michael.

Et MacKenzie de renchérir : *Parfois il arrive des malheurs. C'est comme ça.*

Le fatalisme a beau ne pas être très réconfortant, c'est toujours moins enrageant que le concept de volonté divine.

Si Dieu existe, il ne s'est même pas encore rendu compte que je suis morte. Et tant mieux, peut-être. Le paradis aurait été trop grand et intimidant pour moi. J'aurais perdu ma langue, au milieu de tous ces inconnus. Et je ne suis carrément pas assez cool pour aller en enfer.

MacKenzie aurait bien mieux su comment gérer ça que moi. Elle, elle aurait vu cette fichue lumière, ou elle aurait trouvé sa propre voie. Elle serait montée au ciel, fascinée par cette nouvelle expérience.

À condition de ne pas avoir été précipitée en enfer, naturellement. Ça, ça l'aurait fait braire. *Cheryl Stone va être insupportable quand elle saura qu'elle avait raison à mon sujet*, se serait-elle lamentée. Enfin, elle aurait trouvé du réconfort dans la certitude que Cheryl Stone l'y rejoindrait tôt ou tard.

Peut-être que je suis tout simplement piégée dans la salle d'attente d'un genre d'aéroport existentiel ?

Vol EN0847 pour l'enfer : en retard.
Vol PA1284 pour le paradis : en retard.
Ça ne me paraît pas très crédible. Il y aurait eu des plaintes.

Le diner est noir de monde. C'est chez nous qu'on sert le meilleur petit déjeuner de tout Pine Creek, et aujourd'hui les plats sont agrémentés d'une fraîche dose de tragédie. Il n'y a pas que les œufs et le bacon qui crépitent : l'air même semble grésiller, à mesure que la rumeur se répand.

Le restaurant consiste en une pièce longue et étroite, avec des banquettes le long des fenêtres, des petites tables au centre et des tabourets hauts devant le bar, où les clients peuvent voir Dolores assurer le spectacle en cuisinant ou, comme aujourd'hui, en pleurant à chaudes larmes. L'endroit est tellement bondé que certains doivent rester debout dans l'allée entre les tables et les banquettes. D'autres se pressent derrière ceux assis au comptoir, pour passer commande par-dessus leurs têtes. MacKenzie laisse tomber la réception pour donner un coup de main.

Je la suis nerveusement du regard. Je ne sais pas si c'est une bonne idée qu'elle travaille aujourd'hui.

Déjà en temps normal, elle n'est pas une très bonne serveuse : elle accorde plus d'importance à commérer avec ses clients favoris qu'à se rappeler les commandes des étrangers. Cette fois, c'est encore pire.

Je marche à côté d'elle et lui caresse maladroitement le bras, comme j'essaierais de calmer un cheval agité, sans le moindre effet. Elle brandit la cafetière devant elle tel un bouclier, remplissant les tasses au hasard sans même faire semblant de prendre les commandes.

— Mais non, j'avais du thé ! proteste un homme âgé.

Promptement, un autre secoue la tête et vient s'asseoir à côté de lui pour lui expliquer l'ampleur du drame qui nous affecte.

— À peine plus de trente ans… elle a travaillé ici toute sa vie… elles étaient très proches…

— D'accord, mais qu'est-ce que je fais de mon thé, maintenant ?

Si MacKenzie entend ce qui se dit, elle ne le montre pas. Son visage dépourvu d'expression fait tellement froid dans le dos que les gens s'écartent spontanément de son chemin.

Alejandro, le fils de notre cuisinière Dolores, a trouvé une parade consistant à se faufiler derrière elle. Nous formons une équipe : moi, je marche à côté de MacKenzie, lui caressant constamment le bras, tandis qu'il reste un pas en arrière, pour intervertir les tasses de café et rectifier les commandes si besoin. MacKenzie ne se doute de rien.

Les clients la regardent d'un air gêné quand ils pensent qu'elle ne les voit pas. Son expression opiniâtre les met bien plus mal à l'aise que les pleurs hystériques de Dolores qui s'échappent parfois de la cuisine. La clientèle connaît bien Dolores. Ses états d'âme ne font que sublimer le petit déjeuner ; lorsqu'elle est submergée par ses émotions, elle atteint le sommet de son art. Quelques larmes dans les œufs brouillés, ce n'est guère surprenant vu la situation. En revanche, l'apathie glaciale, ça, ça leur fait peur.

Clarence, qui réside au motel depuis plusieurs années, sort sa flasque de sa poche et verse quelques gouttes dans son café. En temps normal, il ne fait jamais ça avant dix heures.

À la tienne, Clarence.

Le gros des clients finit par quitter les lieux. Il ne reste plus qu'un type de passage, qui ne comprend pas les raisons de toute cette agitation. Quand MacKenzie passe à sa hauteur, il l'attrape par le bras.

— Excusez-moi, madame, dit-il d'une voix geignarde. J'ai commandé des pancakes.

MacKenzie baisse les yeux sur sa main. Il la retire promptement.

— Et on vous a servi un burrito, répond-elle.

Il la fixe d'un air insistant, persuadé qu'elle va s'excuser et rectifier son erreur. MacKenzie se met à sourire, tel un loup découvrant ses crocs devant une proie, et l'homme recule aussi loin que lui permet la banquette.

— J'espère que vous vous régalerez ! lui souhaite-t-elle avant qu'Alejandro lui prenne prudemment la cafetière des mains pour la poser sur une table libre.

— Mais… mes pancakes !

— Mangez votre foutu burrito ! aboie MacKenzie alors qu'Alejandro la prend par les épaules pour l'escorter hors du diner.

La construction du motel des Pins perdus remonte à une époque où les routes et l'asphalte constituaient des merveilles de la technologie, quand les voitures étaient une nouveauté palpitante, et la nature d'un ennui total. C'est pourquoi toutes les fenêtres donnent sur le parking.

Ce motel est le fruit d'un désir d'aventure, j'en suis convaincue. Il y a des rêves entre ces murs, dans les couleurs délavées, dans les chambres mal éclairées et dans les rideaux qui commencent à s'effilocher. Ici, des gens ont trimé et se sont battus, et cela mérite au moins le respect.

C'est le genre de motel qui a toujours manqué d'argent ou de personnel. Les rideaux ont été cousus à la main par le propriétaire précédent, parce qu'il était trop cher d'en acheter de nouveaux, faits sur mesure. Les murs, c'est Michael, MacKenzie, Camila et moi qui les avons peints, à l'époque où tout n'était encore qu'un jeu et où on ne réfléchissait pas trop à la nécessité d'être rémunérés.

Le motel forme un L horizontal, dont la longue barre est constituée d'un bâtiment à deux étages comptant à peine une trentaine de chambres. Numéros pairs en bas et impairs en haut. Toutes les chambres sont équipées d'une bouilloire, et environ la moitié d'un four micro-ondes. Si on a de la chance, les ventilateurs et la climatisation fonctionnent tous deux.

Ce milieu accueillant et bien connu me remonte le moral. Je ne peux plus rien faire au sujet des erreurs que j'ai commises de mon vivant. La question, c'est de savoir ce que je vais faire *maintenant.*

Évidemment, là non plus, je n'ai pas de réponse. Ce qui ne m'empêche pas de courir après MacKenzie, alors qu'elle traverse le parking en direction de la réception. Il n'y a qu'une seule voiture garée le long du bâtiment. Du côté opposé, l'enseigne en néon semble encore plus terne sous le soleil.

— Génial. Juste génial, merde ! maugrée MacKenzie.

À peine est-elle entrée qu'elle décoche un coup de pied dans le canapé.

Il a beau être vieux, élimé et inconfortable, il ne lui a rien fait de mal. La lampe placée à côté est tout aussi innocente, mais elle récolte quand même un coup. La déchirure sur l'abat-jour rose crasseux était déjà là avant. Si les brochures vantant les attractions touristiques locales sont froissées et abîmées, c'est à cause de leur âge, pas parce que les clients les ont frénétiquement feuilletées. Elles tombent tristement par terre quand MacKenzie frappe le présentoir.

— Rah, fait chier ! écume-t-elle. Putain de bordel de merde !

Le mur se prend un coup de botte.

Elle se laisse glisser sur la chaise du bureau. Pendant plusieurs minutes, elle reste assise à regarder droit devant elle, comme si elle avait oublié ce qu'elle fait là. Puis elle se penche en avant et entreprend de se cogner la tête contre le bureau. Lentement et méthodiquement. Je tressaute à chaque impact.

Elle finit par se redresser et passe un coup de fil à Alejandro pour lui demander de prendre sa place à la réception.

— Bien sûr, répond-il sans la moindre hésitation. Tout ce que tu veux. Pas de problème. Il suffit de demander.

MacKenzie pose de nouveau le front sur la planche. Les yeux clos, elle presse encore le téléphone à son oreille.

— Il faut que j'annonce la nouvelle à Michael, soupire-t-elle.

MacKenzie avance lentement et à contrecœur en direction de la Redwood Cabin. Elle jette constamment des regards pardessus son épaule, comme pour se rappeler qu'elle peut toujours faire demi-tour. Je marche à côté d'elle d'un pas mal assuré.

Elle rejoint Michael à l'arrière du cabanon. Il contemple les montagnes, de l'autre côté de la rivière, et il a l'air… bon Dieu, il semble *heureux*. Bien reposé, bronzé et libre de tout souci.

J'ai vu juste. Il n'est pas au courant. Vu l'agitation qui régnait au petit déjeuner, la nouvelle de ma mort a déjà fait le tour de la ville, mais lui n'a de contact avec personne. Son visage est paisible et détendu, son regard vif et espiègle, son corps robuste et débordant d'énergie. Pour lui, ce n'est qu'un matin ensoleillé parmi tant d'autres.

Je me tourne brusquement vers MacKenzie et étends les bras pour l'empêcher de passer.

— Ne lui dis rien ! Tu vas lui faire de la peine, c'est tout. On peut bien avoir encore un jour de répit, non ? Demain. Tu pourras lui dire demain, si c'est absolument nécessaire.

MacKenzie ne semble pas avoir plus envie que moi de passer à l'acte. Elle reste là à hésiter, jusqu'à ce que Michael remarque sa présence.

— MacKenzie ? s'étonne-t-il en souriant.

Une rencontre inattendue mais plaisante avec une vieille amie, se dit-il certainement.

Elle ne lui rend pas son sourire.

Il étudie ses traits dépourvus de toute expression. C'est la première fois qu'ils se voient depuis quinze ans.

— C'est à propos de Henny ? hasarde-t-il.

MacKenzie a l'air soulagée.

— Comment l'as-tu appris? demande-t-elle. Est-ce que quelqu'un… ?

— Je suppose que tu as peur que je la blesse? Tu es venue ici pour me demander de foutre le camp et de la laisser tranquille?

— Bon sang, Michael…

— Ou pour me demander ce qui me prend, de débarquer ici sans même vous prévenir? J'espère que ce n'est pas pour ça que tu es venue, parce que je n'en ai pas la moindre idée. Je traversais simplement l'Oregon en voiture, et je n'ai pas pu résister.

Il lui lance un sourire charmeur, l'invitant à rire avec lui et à se moquer de lui en même temps.

— Allez, MacKenzie, c'est vraiment si grave? On est toujours amis, pas vrai?

— Tu peux pas la fermer deux secondes?

— D'accord. Je suppose qu'on est plus amis, alors.

Mon regard oscille entre eux deux, déchirée par un besoin impérieux de faire quelque chose, de dire quelque chose, n'importe quoi qui puisse l'épargner, qui puisse préserver son bonheur quelques minutes de plus.

— Si tu me laisses pas parler, j'arriverai jamais à dire ce que j'ai à dire, poursuit MacKenzie. Je sais pas, je peux pas… Il n'y a pas de bonne manière de l'annoncer.

— MacKenzie, qu'est-ce qui ne va pas? Il s'est passé quelque chose?

— Elle est morte. Henny est morte, tu comprends?

Autour de nous, le monde est identique à ce qu'il était quelques secondes plus tôt. Le soleil brille. Le ruisseau gargouille. L'eau glaciale et cristalline reflète les rayons. Les montagnes se dressent en arrière-plan. L'odeur du romarin flotte dans l'air. Mais Michael n'est plus conscient de tout ça. Son visage, blanc comme un linge, est terrifiant.

Ses mâchoires sont tellement crispées que j'ai mal rien qu'à les voir. Bras, cuisses, poings… tous ses muscles semblent tendus à l'extrême, comme s'il cherchait quelque chose pour se défouler, un truc sur lequel taper, encore et encore.

Avec un effort quasi surhumain, il desserre juste assez les mâchoires pour articuler un seul mot.

— Comment ?

— Accident de la route. Un camion. J'en sais pas plus. Ed le shérif a téléphoné au motel.

— Quand ?

— Hier. L'accident s'est produit dans l'après-midi.

— Où ?

Un moment d'hésitation.

— Sur la route entre le cabanon et le motel.

Michael se tourne instinctivement vers le chalet. On dirait qu'il est sur le point de vomir.

— Elle repartait d'ici.

— Je suppose, oui.

— Elle était pressée. Elle avait trop traîné. Il fallait qu'elle retourne travailler.

— Ça n'a plus d'importance, maintenant.

— Elle a dit…

Il laisse sa phrase en suspens pour déglutir difficilement.

— Michael…

J'ignore qui de Mackenzie ou de moi prononce son prénom.

— J'aurais dû… Si je n'avais pas…

— Ce n'est pas ta faute, l'assure MacKenzie. Même si tu n'étais pas là, elle aurait pu revenir d'ici pour d'autres raisons. Et si on suit cette logique, ce serait tout autant ma faute. Elle devait prendre ma relève à la réception.

Michael nous a déjà tourné le dos. D'un seul coup, il explose, comme pour compenser toute son immobilité. Il rejoint l'avant du cabanon en courant, saute dans sa voiture, démarre en trombe et s'en va. Les pneus dérapent sur le gravier. Il disparaît avant que je puisse esquisser le moindre geste.

Je reste plantée là comme une idiote, à fixer le chemin.

— Tu es sûre que c'est une bonne idée, de travailler ? demande Alejandro tout en se levant pour rendre sa place à MacKenzie derrière le guichet.

Sans doute craint-il plus qu'autre chose qu'elle ne s'effondre si elle reste debout. Les brochures sont à nouveau bien rangées sur leur présentoir, et la lampe est de retour à sa place.

— Pourquoi pas ? répond-elle.

— Tu ne ferais pas mieux… je ne sais pas, de te reposer, par exemple ? T'as pas l'air en forme.

— Ça ira. Qu'est-ce que tu veux que je fasse d'autre, de toute façon ? Je ne peux pas passer toute la journée au lit. Je péterais les plombs, sinon.

Alejandro hoche la tête, puis la laisse seule.

Je suppose que MacKenzie consulte les réservations, mais en louchant sur l'écran de l'ordinateur, je constate qu'elle est sur Facebook.

Elle parcourt une liste de différentes Camila Alvarez.

On ne l'a pas vue depuis presque quinze ans, mais certaines peuvent immédiatement être exclues. L'une est trop blanche. L'autre trop vieille. Celle-ci trop jeune. Chaque fois que MacKenzie tombe sur quelqu'un qui pourrait correspondre, elle lui envoie un message : Henny est morte.

Elle part du principe que ces trois mots auront de l'importance pour l'une d'entre elles.

Henny est morte. Henny est morte. Henny est morte.

Redwood Cabin

Je doute fortement que Camila viendra, mais qui sait ? Je ne pensais pas non plus revoir un jour Michael, et pourtant il a débarqué vendredi dernier.

Soudain il se tenait devant moi, juste là. Il est tout simplement entré à la réception, comme s'il n'était jamais parti.

Nous étions tout deux surpris de nous voir, même si j'avais plus de raisons de l'être que lui. Il devait bien se douter qu'il tomberait tôt ou tard sur moi, en se pointant à mon motel. Pourtant, il s'est figé, ses deux sacs à dos en main.

Au début, après qu'il m'avait quittée, je rêvais souvent de le voir resurgir exactement de cette manière-là. Je tiendrais la réception comme n'importe quel autre jour de boulot, sauf que je serais particulièrement en beauté, que je porterais mon plus joli jean et que je serais super bien coiffée. Et lui, il me tiendrait à peu près ce langage : *Henny. Tu m'as manqué. Je regrette d'être parti. Je ne peux pas vivre sans toi.*

— Henny, a-t-il dit.

Je ne portais pas mon plus joli jean.

Il se tenait trop près des portes automatiques, qui persistaient à vouloir se fermer pour se rouvrir chaque fois, jusqu'à ce qu'il avance d'un pas. Lâchant ses sacs, il a balayé la pièce du regard.

— Je… Désolé, j'aurais dû…

Ses yeux ont glissé sur le présentoir à brochures informatives au sujet du comté de Pine Creek et de l'Oregon, pour se fixer ensuite sur le tableau suspendu au-dessus du guichet, œuvre d'un artiste de Baker City. De toute évidence, cette huile sur toile représentant Hells Canyon au coucher du soleil était absolument fascinante. Il a passé un long moment à l'observer.

Pensée déprimante : je devais bien m'intégrer à la réception. Grises, inoffensives, quelconques, nous n'avions pas changé d'un poil ; nous avions seulement vieilli et subi les ravages du temps depuis la dernière fois qu'il nous avait vues. J'ai tenté de me lisser les cheveux et m'en suis voulu de ne pas avoir ordonné les brochures ce matin. Et de ne pas avoir passé l'aspirateur. De ne m'être pas maquillée.

Il a souri, l'air à la fois gêné et confus.

— J'aurais dû préparer mon discours, pas vrai ?

Je me souviens du bruit que faisait mon cœur en cognant contre ma cage thoracique. *Boum-boum. Boum-boum. Boum-boum.* Aujourd'hui, quand j'y repense, je trouve cela apaisant, mais sur le moment je me suis dit que mon corps réagissait toujours instantanément au sien, malgré les quinze années qui s'étaient écoulées.

— Et je ne devrais pas avoir l'air si choqué. Je *voulais* te voir. C'est juste que… Je n'ai pas réfléchi.

— Ça se voit, ai-je répondu en songeant avec satisfaction que c'était exactement ce qu'aurait dit MacKenzie.

— Je suis venu prendre une chambre. Enfin, tu l'avais deviné. Sinon, qu'est-ce que je ferais à la réception avec mes bagages ?

— Tu passais peut-être juste dire bonjour en allant voir tes parents ?

— Oh que non. Certainement pas.

— Effectivement, dans ce cas-là tu ne devrais pas être aussi surpris de me voir ici.

— Je ne suis pas surpris, seulement…

— Choqué.

Il s'est remis à sourire.

— Je n'ai pas réservé de chambre.

— Je sais.

Croyait-il réellement pouvoir placer une réservation sans me faire tiquer ?

Nous avions des chambres libres, naturellement. Rien n'avait changé en son absence. La réception et moi, nous étions restées là à amasser la poussière, depuis son départ.

J'ai donné la Redwood Cabin à Michael. S'il repensait à la nuit que nous y avions passée quinze ans plus tôt, il ne l'a pas laissé transparaître. Je l'ai accompagné sur place. Après que j'ai ouvert la porte, il a pris la clé et a inspecté les environs avec un air beaucoup trop détaché pour être honnête.

Le revoir maintenant qu'il était adulte, c'était comme obtenir la réponse à la question qu'on se pose quand on est petits : *Comment on sera, quand on sera grands ?* Voilà comment on sera. Mieux définis. Avec des rides autour des yeux, à force de rire ou d'avoir le soleil et le vent dans la face.

Il était en quelque sorte un étranger que je pensais encore connaître. Quelques cheveux gris apparaissaient à ses tempes, et des rides profondes cerclaient ses yeux, mais cela ne faisait qu'accentuer son charme. Ses cils étaient toujours ridiculement longs et foncés, et sa peau bronzée faisait ressortir ses iris bleu ciel. Dans mon souvenir, ils étaient plus gris et moins chaleureux ; peut-être était-ce le comique et la maladresse de la situation qui leur prêtaient cet éclat.

Le portrait qui ornait son livre ne lui rendait pas justice. J'avais bien dû trouver un moyen de garder un œil sur lui pendant toutes ces années. Je savais déjà qu'il était devenu géologue, comme il l'avait prévu, et qu'il avait fait le tour du monde pour visiter les endroits merveilleux dont il rêvait étant jeune. Ensuite, il avait rassemblé tout son amour pour le monde minéral et l'avait injecté dans l'écriture d'un livre de vulgarisation scientifique intitulé *Vie et habitat des pierres fantastiques*. Quelques semaines plus tard, on le voyait partout. Sur la *New York Times Best Seller list*, dans le magazine *People*, et même sur quelques plateaux télé.

Et maintenant, il était là. Dans mon cabanon. Nous restions tous les deux dans le vestibule, juste à côté de la porte d'entrée. Ça sentait le bois et les vieux tapis.

— J'ai lu ton livre, ai-je soudain déclaré.

Il avait l'air ravi, mais aussi un peu gêné.

— C'était comme t'écouter à nouveau parler après toutes ces années, ai-je poursuivi. J'entendais ta voix dans toutes les anecdotes sur les roches. J'avais l'impression d'être avec toi, malgré tout.

— Henny…

Je suis passée dans la pièce suivante. La situation me mettait mal à l'aise et me poussait à adopter un ton un rien sévère.

— La cuisine, annonçais-je. Gazinière, frigo, couverts dans ce tiroir, casseroles et poêles dans le placard. Il y a un peu de thé et de café. La chambre à coucher est par là.

Je bondissais d'une pièce à l'autre.

— La salle de bains.

J'ai vérifié qu'il avait suffisamment de serviettes.

Il a passé une main dans ses cheveux. Curieusement, par contraste, ses mèches argentées rendaient le reste de sa tignasse ébouriffée plus foncée que dans mon souvenir. J'ai instinctivement tendu la main pour le recoiffer, avant de me rappeler que je n'avais plus le droit de le toucher.

Je me suis raclé la gorge, embarrassée.

— Les serviettes. Fais-moi signe s'il t'en faut plus.

— Je me suis demandé si tu serais encore là, a-t-il avoué.

Je lui ai lancé un regard perplexe.

— Où aurais-tu voulu que je sois d'autre ?

— Le monde est vaste, Henny.

— Pas pour moi.

Je suis passée à côté de lui, et il a posé une main sur mon bras. J'ai retenu mon souffle. Tout mon être était entièrement focalisé sur le bout de peau en contact avec ses doigts.

— Tu n'as jamais eu envie de partir d'ici ? a-t-il demandé.

— Non.

Mensonge.

— Et toi, tu n'as jamais eu envie de revenir ? lui ai-je lancé.

— Si.

Disait-il la vérité ?

— Il faut que je retourne à la réception, me suis-je excusée.

Il a lâché mon bras. Inconsciemment, j'ai touché l'endroit où avait reposé sa main. Ma peau rayonnait de chaleur, comme s'il y avait laissé un stigmate de désir et de nostalgie.

Sur le seuil de la porte, j'ai hésité. Je me suis retournée. Il n'avait pas bougé d'un centimètre.

— Est-ce que tu te dis parfois que la vie… n'a pas suivi le cours qu'elle aurait dû ? m'a-t-il demandé.

— Oui.

La plus pure des vérités, cette fois.

Les ormes de la colère

— Sa voiture n'est toujours pas revenue. Il devra pourtant revenir tôt ou tard, non ? Toutes ses affaires sont encore là. J'ai bien vu ses sacs par la fenêtre. Et ses pierres. Il ne s'en irait jamais sans *elles*.

Je suis assise sur le siège passager, à côté de MacKenzie. Voilà trois heures que Michael est parti. J'ai passé mon temps à faire l'aller-retour entre le chalet et la réception. Quand j'ai vu MacKenzie se diriger vers son pick-up, je l'ai suivie. J'avais désespérément besoin d'une distraction, n'importe quoi, pour arrêter de penser sans arrêt à l'expression sur le visage de Michael.

Rien n'y fait. Tandis que nous roulons vers la ville, je le vois toujours devant moi, bien plus réel que les rayons de soleil et les arbres qui nous entourent.

— Il faut qu'il reste, poursuis-je. Il ne peut pas tout simplement s'en aller. Je peux encore arranger tout ça. J'en suis certaine.

Je relève un détail.

— MacKenzie… ta chemise est *repassée* ?

Effectivement, je ne rêve pas. Et blanche, qui plus est. Je ne savais même pas qu'elle possédait une chemise de cette couleur. Ses doigts tambourinent nerveusement sur le volant.

Entre le motel et la ville s'alignent quelques bâtiments bas de plafond au milieu d'un parking désert, telle une oasis d'asphalte et de béton au milieu de la forêt. Station-service, boutique de spiritueux, salon de tatouage, vente d'armes. Ce dernier établissement est pourvu de barreaux aux fenêtres et d'un parterre de géraniums. Une odeur de brûlé flotte dans l'air. Quelqu'un a encore mis le feu à une poubelle. MacKenzie remonte la fenêtre le temps que nous soyons suffisamment éloignées.

Elle se gare devant le supermarché de Pine Creek et attrape un bouquet de fleurs au hasard dans un seau posé à l'extérieur. Une gerbe misérable qui étouffe dans sa cellophane, mais je crois qu'elle ne s'en rend pas compte.

Son visage est totalement dépourvu d'émotion, son regard vide, et quand elle manque d'entrer en collision avec le pasteur de la paroisse de papa, elle semble avoir du mal à le replacer.

Je ne doute pas de ses bonnes intentions lorsqu'il présente ses condoléances et déclare que je suis entre les mains de Dieu désormais, mais cela me donne envie de me jeter par terre au beau milieu de la rue, de donner des coups de pied et de hurler comme une gamine de trois ans. *Entre les mains de Dieu ?* Entre les mains de Dieu ? Je suis juste là, bon sang ! À Pine Creek ! Entre les mains de personne !

J'ai immédiatement mauvaise conscience. Il pense bien faire. Et j'apprécie cet homme, en vérité. Il a toujours été de notre côté. Mais il n'aurait quand même pas dû dire ça à MacKenzie. Il sait ce qu'elle a traversé et ce qu'elle pense de Dieu.

— Il est aisé de douter de l'existence de Dieu dans ces moments, ajoute le pasteur sur son ton chaleureux et amical, mais c'est précisément lorsqu'on a besoin de Lui que…

— Oh, vous savez, ça fait plusieurs années que je suis persuadée que Dieu existe, maintenant, l'interrompt MacKenzie.

Quelque chose dans son intonation fait se rider le front du pasteur.

— Et ce qui est arrivé à Henny a achevé de me convaincre.

— Ah, bon…

— Maintenant, je suis sûre et certaine qu'il existe et que c'est le plus gros des enfoirés.

— Vous ne croyez pas que…

— C'est aussi pour ça que j'ai jamais aimé le père Noël. S'il existe, il apporte toujours plus de cadeaux aux gosses de riches.

Le pasteur jette des regards tout autour de lui, visiblement en proie à une grande détresse. Peut-être espère-t-il que quelqu'un viendra à sa rescousse. Mais j'en doute. Je ne vois que Clarence dans les environs, qui suit la conversation avec intérêt, bien que son regard ne soit guère concentré.

— Ce n'est pas vraiment la même chose…, essaie le pasteur.

— Évidemment que c'est pas pareil. Personne a jamais été brutalisé, persécuté ou harcelé au nom du père Noël. Ça au moins, on peut pas le lui reprocher.

— J'adore cette nana! s'exclame Clarence d'un air admiratif alors que MacKenzie rejoint sa voiture à grands pas.

— Elle ne pense pas ce qu'elle a dit! crié-je par-dessus mon épaule pendant que je me presse à sa suite. Enfin, je crois. Peut-être. En tout cas, moi j'espère sincèrement que Dieu existe. J'aurais bien besoin d'un miracle, et assez vite.

L'air indécise, MacKenzie tient le bouquet au-dessus d'une poubelle, mais elle finit par ouvrir violemment la portière pour jeter les fleurs sur le siège passager. Je me glisse dans l'ouverture avant qu'elle ne la referme.

Peut-être que MacKenzie attend aussi un miracle, car lorsqu'elle bifurque sur Water Street, la rue de mon père, elle se met à parler toute seule.

— Je suis vraiment désolée…, commence-t-elle. Mr Broek, toutes mes condoléances…

Elle essaie même un « Robert… ? » mal assuré.

Elle s'arrête devant la maison de papa, claque la portière un peu trop fort et grimace en prenant conscience du bruit. Elle passe ensuite un bras par la fenêtre ouverte pour récupérer le bouquet d'un air gêné. Elle le dissimule à moitié dans son dos, comme si elle regrettait déjà de l'avoir acheté et d'être venue ici.

Mais elle ne va pas se dégonfler maintenant. Elle frappe à la porte.

Pas de réponse.

Elle toque à nouveau, plus fort cette fois. La porte ne s'ouvre pas, mais MacKenzie et moi remarquons que les rideaux de la cuisine ont légèrement bougé.

— Mr Broek ? hèle-t-elle. Robert ?

Pour seul résultat, nous voyons également les rideaux de cuisine des voisins s'écarter. Quand l'un d'entre eux passe la tête par la fenêtre, MacKenzie retourne promptement à sa voiture. J'ai à peine le temps de sauter à l'intérieur avant qu'elle ne reparte, visiblement soulagée.

Subitement, j'empoigne son bras.

— Le pasteur ! Les obsèques. Papa. Mon corps. Je ferais mieux de me concentrer là-dessus. Rien ne rentrera dans l'ordre tant que je n'aurai pas retrouvé mon corps.

Le souci, c'est que je n'ai pas la moindre idée d'où ma dépouille est conservée. Et je ne peux plus poser la question à Google. Mais, tôt ou tard, papa devra bien organiser mes funérailles. Tôt ou tard, mon corps devra être transféré aux pompes funèbres. Si papa veut bien arranger une veillée à cercueil ouvert, et que je suis présente sur les lieux… D'accord, j'avoue, je ne sais pas du tout ce que je ferai. Mais c'est un début. C'est *quelque chose*. Et qui sait, peut-être que j'aurai une révélation le moment venu. Quand je verrai le corps. Quand je *me* verrai.

MacKenzie s'arrête devant Hank's Diner, juste le temps

d'abaisser la fenêtre et de tendre le bouquet à l'un des petits vieux assis dehors.

Il prend les fleurs sous le coup de l'étonnement, mais se sent obligé de préciser qu'il est marié.

— Offrez-les à votre femme, alors, rétorque MacKenzie.

— Elle ne survivrait pas à un tel choc...

MacKenzie repart aussitôt, mais sans moi. Je suis restée devant chez Hank, figée sur place, le regard rivé sur une Hyundai à quatre roues motrices garée à quelques pâtés de maisons de la rue principale.

La voiture de Michael.

Il me tourne le dos et scrute l'avenue. Je ferais mieux de passer ce temps à essayer de trouver à quelle agence de pompes funèbres papa a fait appel, mais je n'ai qu'une chose en tête : je meurs d'envie de pouvoir toucher Michael. Je sens encore mon cœur battre la chamade.

Peu importe qu'il ne puisse pas m'entendre, il faut que je dise quelque chose, que je lui explique que je suis toujours là et que rien n'a changé et que je vais trouver une solution. Je vais lui dire à quel point ce week-end a compté pour moi, que je ne veux pas que tout s'arrête, qu'il doit *rester*...

— Tu as vu ? Il y a des ormes, maintenant, dis-je bêtement.

J'avale difficilement ma salive.

C'est pourtant vrai. Aujourd'hui, la rue est bordée d'ormes, du croisement où se trouve Hank's Diner jusqu'à la belle pancarte traditionnelle à l'entrée de la ville. *Welcome to Pine Creek*. Les feuilles commencent tout juste à virer au rouge vif et au jaune orangé, et chaque arbre est flanqué d'un drapeau américain se dressant fièrement jusqu'à sa cime.

C'est-à-dire à peu près à hauteur d'épaule.

— Ils n'ont jamais vraiment pris racine, déploré-je.

Comparé aux ormes, tout a l'air démesurément grand. Les façades s'élancent vers le ciel, et les montagnes au loin semblent frôler les étoiles. Le vélo appuyé contre un tronc doit appartenir à un géant.

— La *Pine Creek Gazette* s'est copieusement moquée d'eux, mais je les trouve mignons. On dirait un croisement entre des buissons et des bonsaïs.

Je l'ai enfin retrouvé, et je lui tiens la jambe à propos *d'arbres* ?

— Beaucoup de choses ont changé depuis ton départ. Le Bittersweet Café a fermé. La boutique de peinture qui faisait aussi quincaillerie, sur Oak Street, est devenue un cabinet d'avocats. Ils sont spécialisés en liquidation judiciaire. Deux nouveaux magasins d'occasions ont ouvert sur Woodland Street.

Après une brève pause, mes émotions prennent le dessus, et je laisse échapper un « Michael… » plaintif. Il se tourne enfin vers moi.

Son visage porte les marques grisâtres du chagrin, comme celui de MacKenzie. Sa peau semble plus fine, presque transparente, comme s'il s'était vidé de toute son énergie vitale en quelques heures à peine. Ses yeux sont désespérément ternes. C'est la première fois qu'ils me regardent sans le moindre éclat.

— *Michael.*

Il me passe sous le nez, entre chez Hank et se laisse choir sur un tabouret devant le bar, visiblement épuisé. À quelques places de là se trouve le type avec le bouquet de MacKenzie, une tasse de café froid sous le nez.

Bien avant notre ère, Hank's Diner était un café, car la femme de Hank trouvait cela plus convenable. L'épouse a depuis longtemps quitté Hank, et la ville par la même occasion, mais son influence persiste : des rideaux en dentelle effilochés encadrent les fenêtres, et toutes les tables en bois sont petites et mignonnes, pensées davantage pour de délicates tasses de café et de menues soucoupes que pour de grosses assiettes à hamburgers. Au-dessus du comptoir trônent des tee-shirts dédicacés par l'équipe des Ducks. Une étroite lucarne fait le lien entre la salle et la cuisine ; ici, pas question de laisser les clients exigeants voir comment est préparé leur repas. Michael se contente d'un café. Une sage décision, quoique pas entièrement dépourvue de risques.

— Michael, ce n'est pas aussi horrible que ça en a l'air, lui dis-je d'une voix tremblante. Enfin, sauf si on parle du café de Hank. Ça, ça n'a pas changé.

Ma tentative de faire de l'humour n'est pas un franc succès.

— Mais je ne suis pas vraiment partie, tu sais. Je vais revenir. Je trouverai un moyen de tout arranger.

Je pose une main incertaine sur son épaule. Je trouve cela curieusement intime, d'être assise si près de lui et de le toucher en public.

Son corps a changé avec le temps. Je le lui ai dit lors du week-end que nous avons passé ensemble, et il a répondu :

— C'est pas très gentil de dire ça, Henny. J'ai quinze ans de plus que la dernière fois.

Ce n'était pas ce que je voulais dire, il le savait très bien et n'était pas vraiment vexé. Il était toujours mince, souple et musclé.

Ce que je voulais dire, c'est qu'il avait désormais un corps *plus humain*.

Avant, il était une véritable boule d'énergie à peine contenue, tendue à l'extrême et constamment agitée. J'ignore si c'était conscient, mais toute sa gestuelle clamait qu'il aspirait à de grandes choses. À plus de vitesse, plus de défis à relever, plus de mouvement. Son corps n'était jamais au repos. Même lorsqu'il dormait, il avait souvent une jambe, un bras ou une main qui tressautait.

Ce n'est plus le cas. Aujourd'hui, il est capable de rester complètement immobile, sans même boire la tasse de café posée devant lui, et sans accorder la moindre importance au vieux qui ressasse sans cesse les problèmes que lui a causés ce bouquet de fleurs.

Les paroles entrent dans une oreille et sortent par l'autre. Quand Hank et le type aux fleurs ne le regardent pas, il ferme les yeux, comme si rester assis sur ce tabouret requérait toute son énergie. Je lui demande :

— Tu ne crois tout de même pas que je vais t'abandonner, alors que tu es enfin revenu ?

Je déglutis.

— Je sais bien qu'on n'a jamais évoqué... notre avenir. Qu'est-ce qu'on fera, tout ça. Mais ce qu'on a vécu ce week-end, c'était important, magique et surtout réel. C'était la bonne chose à faire. Et on aurait dû le faire il y a des lustres. Tu le sais aussi bien que moi.

Je baisse les yeux sur mes mains. Je les tords encore et encore en l'air. Il y a à peine vingt-quatre heures, je pouvais le toucher. Désormais c'est impossible.

Il ne me reste plus que trois sens : la vue, l'ouïe et l'odorat. Si je prends une bouffée d'air, je sens son odeur, son déodorant que je connais bien après ces trois jours passés ensemble, et le cuir de son blouson. En reposant la main sur son épaule, je peux presque m'imaginer que c'est un après-midi comme les autres, que nous faisons simplement un tour en ville ensemble, que nous prenons un café et que nous discutons avec un vieux bonhomme dépressif chez Hank.

Un bref instant, j'ai la certitude de ressentir la chaleur émanant de son corps, et un nouvel espoir croît en moi. Mon cœur, ma peau, le sang qui coulait auparavant dans mes veines... Actuellement, tout cela patiente sans doute dans une morgue. Mais si je peux encore sentir ce genre de choses... c'est qu'il n'est pas trop tard.

À moins qu'il ne s'agisse d'un genre de douleur fantôme, bien sûr. Comme lorsqu'on croit encore sentir un membre amputé. Peut-être que je refuse simplement d'admettre que mon cœur ne bat plus.

Non.

— Je suis encore là, décidé-je.

— C'est trop demander, qu'on me laisse boire une tasse de café en paix et discuter avec quelques amis ? se plaint le vieillard. Qu'est-ce que je vais faire de ces fleurs, moi ? Ma femme va croire que je l'ai trompée.

— Je vais retrouver mon corps, promets-je. Il faut juste que tu me laisses un peu de temps. Deux ou trois jours, tout au plus. Il faut que je cherche la lumière et que je réintègre mon corps, et tout ira bien. Mais je n'y arriverai pas si je me demande tout le temps si tu vas partir en mon absence.

J'étudie intensément son visage, à la recherche d'un signe. Un signe qu'il a compris, ou qu'une partie de lui m'a bien entendue, ou de ce qu'il compte faire. Mais je ne trouve aucune réponse dans ses traits. Je supplie.

— Deux ou trois jours.

J'essaie de me convaincre qu'il m'a comprise. Que le marché est conclu. Il ne peut pas repartir avant.

— Attends un peu… Tu serais pas Michael Callahan ? Le petit frère de Derek ? s'enquiert Hank.

Il remplit la tasse de café de Michael, bien qu'il n'en ait bu que quelques gorgées.

Le vieil homme grimace avec compassion.

— Doucement avec le café, Hank, l'avertit-il. Il n'en supporte peut-être pas autant.

— Qu'est-ce qui nous vaut ton retour ? demande le propriétaire des lieux.

Michael hausse les épaules.

— Je passais dans le coin.

— Tu crèches au motel ? Il paraît que c'est convenable pour quelques jours, si on cherche juste un endroit où pioncer.

Sur ce, il se penche en avant, visiblement enthousiaste.

— Tu sais qu'il est géré par deux lesb…

— Je connaissais Henny, le coupe Michael.

— Bien sûr, bien sûr, quelle tristesse. Mais quand même.

Le vieux lance un regard plein de curiosité à Michael.

— Mes condoléances, assure-t-il. À tout hasard, est-ce qu'un bouquet de fleurs vous remonterait le moral ?

Un petit morceau d'Oregon

Suite à l'arrivée de Michael, j'ai passé tout le vendredi après-midi à tourner en rond à la réception.

Impossible de me concentrer sur quoi que ce soit.

Michael, *mon* Michael, ne se trouvait qu'à quelques centaines de mètres de moi.

Ne sois pas ridicule, me disais-je. *Il t'a quittée. Il y a quinze ans, il a mis les voiles sans même te dire au revoir ! Si ça se trouve, il n'a jamais repensé à toi, ni à qui que ce soit d'autre de Pine Creek.*

Malgré tout, je ne tenais pas en place, et j'étais incapable de faire preuve de bon sens. La réception en elle-même n'y arrangeait rien. Ma vie se résumait-elle vraiment à cela ? Michael avait voyagé et vécu des tas de choses, tandis que je m'étais bornée à vivoter ici. Le week-end s'annonçait identique à tous les autres : du boulot et du temps à tuer avec MacKenzie. La routine, quoi.

Cela aurait dû me satisfaire. Telle était la vie que j'avais toujours connue. Or, soudain, elle me semblait d'une morosité intolérable. Le travail ne prenait jamais fin. Faire le ménage dans une chambre un jour, pour recommencer le lendemain, était terriblement vide de sens.

J'ai fini par craquer et par appeler MacKenzie pour la prier de prendre ma place à la réception. Elle ne m'a pas demandé pourquoi, et je ne me suis pas expliquée.

Quelques instants plus tard, j'étais penchée par-dessus le lavabo et inspectais mon reflet dans le miroir. J'essayais de me voir avec ses yeux. Avais-je changé ? Les rides autour de mes yeux étaient-elles attrayantes ou déprimantes ? Mes cheveux étaient fidèles à eux-mêmes, d'un châtain terne, ni vraiment longs ni vraiment courts, pratiques, simples. Comme tout le reste de ma personne. Je songeais aux femmes qu'il avait dû rencontrer pendant ces années. Que je devais sembler insipide, comparée à elles. Je ne savais rien de lui, mais lui savait déjà tout sur moi. *Elle est restée ici. Elle n'a rien fait de sa vie.*

J'ai appliqué du mascara en quelques mouvements rapides. Un coup de parfum sur les poignets et derrière les oreilles. L'odeur me piquait les narines.

Du rouge à lèvres ! MacKenzie m'en avait offert un, mais je n'en portais jamais. Une couleur beaucoup trop foncée, trop sensuelle pour moi. Au diable les hésitations ! Aujourd'hui, je serais mystérieuse et séduisante. J'ai fouillé parmi mes produits cosmétiques et capillaires, pour la plupart périmés et desséchés, faute d'utilisation. Le rouge à lèvres était bien là, encore pratiquement neuf. J'ai suivi le contour de mes lèvres pâles et sèches, puis les ai jointes pour bien répartir le rouge écarlate. Un goût de baume et d'excitation envahissait ma bouche. La nervosité me faisait chauffer les joues et pétiller les yeux. *Une créature sauvage et envoûtante.*

J'ai essayé de mettre un peu de laque dans mes cheveux. *Ébouriffons un peu tout ça. Plus de volume !* Mes doigts sont devenus tout poisseux.

C'est alors que j'ai vu mon nouveau look dans le miroir. Avec une coiffure bizarre et des lèvres beaucoup trop éclatantes. Le rouge à lèvres dénaturait tout le reste de ma personne. Comme quand on se regarde dans un miroir déformant. Une mèche de cheveux était collée sur mon front.

Ridicule. Absolument ridicule. Tu es une idiote. Il a sûrement déjà une copine, en plus.

Que me faisais-je encore comme films, au juste ? Qu'il était revenu spécialement pour moi, parce que nous avions vécu une grande histoire d'amour quinze ans plus tôt ? Ici, c'était Pine Creek, bon sang ! Ce n'était pas l'endroit où commencent de belles romances. C'était l'endroit où surviennent les grossesses imprévues. L'endroit où les couples mariés finissent par vouloir s'entre-tuer, ou par s'abîmer dans l'alcool. Nous n'étions que deux jeunes tout à fait banals qui s'étaient quittés après le lycée, et maintenant nous étions devenus des trentenaires tout aussi ordinaires, qui ne se connaissaient même plus. Le goût du baume était toujours sur mes lèvres, mais l'excitation avait laissé place à la honte.

Dans un soudain accès de colère, j'ai essuyé tout ce maquillage. Je me suis rincé le visage à l'eau froide. J'ai essayé de faire disparaître les rougeurs de mes joues et d'aplatir à nouveau mes cheveux. La vieille et normale Henny me lançait un regard noir. À quoi bon essayer de se faire passer pour quelqu'un d'autre ?

J'ai rejoint le cabanon au pas de course avant d'avoir le temps de changer d'avis.

— Henny, m'a-t-il saluée d'un air étonné.

J'espérais que l'ombre cachait mes joues brûlantes.

— Je me suis dit que je pourrais passer pour… discuter un peu.

Tiens, ses joues semblaient elles aussi légèrement empourprées.

— Discuter. Mais bien sûr, quelle bonne idée.

Il barrait toujours l'encadrement de la porte. Quand il s'en est rendu compte, il a encore plus rougi et a fait un pas de côté pour me laisser entrer.

— Du vin ! s'est-il exclamé avec soulagement. Enfin, je veux dire, tu veux un verre ? Tu as dîné ? J'ai acheté une bonne bouteille de vin bio local quand je suis passé à Eugene. Il accompagne à merveille le saumon.

La cuisine n'est pas bien grande dans nos chalets : elle n'est prévue que pour mijoter des plats simples, à manger ensuite sur la table du salon. Malgré tout, il a réussi à nous servir deux verres sans trop me bousculer.

— Tu as déjà mangé ?

— Non, je...

— Désolé, mais je n'ai pas de saumon ici. J'aurais dû prévoir le coup, mais j'ai pris du retard sur la route, et il n'y avait pas grand-chose à la supérette. Mais je suis sûr que le vin passera tout aussi bien avec, euh... une omelette. Et des hot-dogs.

J'ai éclaté d'un rire qui me semblait étranger à moi-même. Ce soir, je ne passerais pas mon temps à faire le ménage dans le motel ou à m'ennuyer derrière le guichet de la réception.

— Dolores te tuerait si elle savait que tu cuisines des omelettes aux hot-dogs, au lieu de venir manger chez nous, au diner, ai-je lancé.

— Tu... tu préfères qu'on mange là-bas ?

J'ai promptement secoué la tête, puis bu une gorgée de vin, priant mon cœur d'arrêter de battre aussi fort.

Ainsi, une demi-heure plus tard, nous dégustions une omelette avec des saucisses et savourions son vin bio exquis à la table du salon. Ensuite, nous avons fait la vaisselle ensemble. C'était beaucoup trop rapide. Une poêle à frire, une planche à découper, deux fourchettes, deux couteaux, deux assiettes, et je n'avais plus aucune raison de m'attarder. J'ai bu la dernière goutte de vin, puis ai aussi lavé ce verre. Après l'avoir minutieusement essuyé, je l'ai rangé bien à sa place comme il faut.

Il m'a suivie dans le salon. Tandis que j'essayais de rester concentrée à la réception, il avait déballé ses affaires : quatre sacs à dos s'alignaient le long d'un mur, et un tas de pierres était posé dans un coin.

— C'est pour le boulot, tout ça ? lui ai-je demandé.

Je tentais de jouer la montre. Je ne voulais pas retourner à ma vraie vie.

— Pas seulement. J'essaie d'explorer autant que possible les endroits où je travaille. Ce serait stupide d'être dans ces régions fantastiques et de passer tout mon temps au fond d'un trou. Du coup, je suis équipé aussi bien pour les climats chauds que froids. La plupart, c'est du classique. Une tente légère, un sac de couchage bien douillet, un réchaud.

J'ai désigné du menton quelques outils enchevêtrés sur le meuble télé, au-dessus d'une carte plastifiée.

— Et ceux-là ?

— Ce sont mes outils. Ça, c'est un marteau, pour prélever des échantillons de roche.

Il m'a tendu un petit objet rond en plastique, à peine plus grand qu'une bague.

— Une loupe, a-t-il expliqué.

— Et une boussole ?

— Une boussole avec clinomètre. Elle montre les directions cardinales, évidemment, mais aussi l'inclinaison et la profondeur. On s'en sert pour suivre et documenter les strates rocheuses.

— Et une drôle de carte.

— Une carte topographique. Celle-là indique également les types de roche présents dans les environs.

— Et celle-là, par exemple, c'est quoi ? ai-je demandé en soulevant une des pierres.

Pour être honnête, elle me semblait affreusement banale. Un caillou tout ce qu'il y avait de plus ordinaire, sur lequel il avait écrit quelques chiffres avec un feutre noir.

— Tu sais, nous autres géologues, on est malheureux si on ne prélève pas régulièrement des échantillons.

Il s'est mis à rire devant mon air sceptique.

— Tu préféreras peut-être celle-ci, a-t-il gagé en brandissant une pierre aux sublimes reflets pourpres et violets. Une améthyste. D'Australie.

— Tu les as toutes trouvées toi-même ?

Il a fait « oui » de la tête.

J'ai souri, enchantée.

— C'est comme un album photo composé de pierres.

Je me suis penchée pour en ramasser une autre.

— Et celle-ci ?

Il me l'a prise des mains, l'air gêné.

— Elle n'a rien de spécial.

Soulevant deux autres pierres similaires posées à côté, il les a rangées dans leur sac.

— Mais d'où viennent-elles ?

— D'ici. C'est du basalte. On en trouve partout dans le coin.

J'étais si proche de lui que je sentais la chaleur émise par son corps. Il m'a présenté une jolie pierre verte brillante.

— De la serpentinite.

Après un instant d'hésitation, il m'a donné une pierre d'un bleu-gris profond.

— Du schiste bleu. Quand je veux me souvenir de l'Oregon, c'est à ça que je pense.

J'ai soupesé la pierre dans ma main. Tous mes sens se sont aiguisés, comme un microscope amplifie la vue. Chaude et rugueuse contre ma peau, elle révélait une véritable explosion de couleurs : des tourbillons de bleu, des éclairs gris, des étincelles blanches.

— Ah la la, qu'est-ce que je jacasse, a soufflé Michael. Je parle tout le temps de pierres, quand je suis nerveux. Tu dois me trouver stupide.

J'étais émue, en vérité. Je l'imaginais loin d'ici, en un lieu exotique difficile à concevoir pour moi, avec un petit morceau d'Oregon dans sa poche.

— Figure-toi que j'avais préparé tout ce que je voulais te dire. Au cas où tu viendrais ici après mon arrivée en catastrophe à la réception.

J'ai souri.

— Tu as fait une liste ?

Il faisait tout le temps ça.

— Trois listes, pour être exact. Des idées de conversation au cas où on ne trouverait rien à se dire. Ce que je voulais te dire. Ce que je ne devrais pas dire.

— C'est cette dernière liste qui me semble la plus intéressante. Mais peut-être qu'il vaut mieux que je reste dans l'ignorance ?

— Je sais que rien n'a changé, a-t-il concédé. Je vais repartir, et tu ne peux pas être heureuse ailleurs qu'ici. Et trop de temps a passé depuis la dernière fois. On ne veut pas la même chose, toi et moi. On était déjà trop différents quand on était jeunes, et aujourd'hui c'est encore pire. Tu as ta propre vie, bien sûr.

— Michael, ai-je tenté de l'interrompre, sans succès.

— Simplement, ne crois pas que j'attends quoi que ce soit de ta part. Je ne débarque pas ici sans prévenir en me disant que tout ira bien entre nous et qu'on va reprendre là où on s'est arrêtés comme si de rien n'était. Rien n'a changé. Je ne sais même pas pourquoi je suis revenu.

— Tu réfléchis trop, lui ai-je dit avant de l'embrasser enfin.

J'ai posé la main sur sa joue, me suis hissée sur la pointe des pieds et ai pressé mes lèvres contre les siennes.

Cette fois, il s'est tu.

Il allait repartir et me quitter à nouveau, je le savais bien, mais dans la logique confuse dictée par mes sentiments ce n'était qu'une raison de plus pour l'embrasser sans plus attendre, tant que je le pouvais.

Ensuite, j'ai complètement arrêté de réfléchir. Michael m'a rendu la pareille, avec la passion d'un homme qui voudrait rattraper quinze ans de séparation en un seul baiser. C'est en tout cas l'impression qu'il m'a laissée. Il a soulevé mon chemisier par-dessus ma tête, tandis que je me battais fébrilement avec les boutons de sa chemise. Enfin, j'ai pu sentir sa peau chaude sous mes doigts.

Son corps était à la fois identique à mon souvenir et complètement différent.

Un monceau de nourriture et de fleurs

L'histoire de Pine Creek débute et s'achève avec l'exploitation forestière, et MacKenzie affirme qu'elle s'est achevée il y a bien des années. Depuis, la ville vit dans le déni.

Pourtant, autrefois, nous devions notre existence même aux forêts qui nous entouraient. À la fin des années soixante-dix, les hommes qui quittaient la Pine Creek High School avec leur diplôme en poche n'avaient pas à se préoccuper d'études supérieures ou de prêts étudiants. Personne ne déménageait. Tous savaient qu'ils pourraient aisément trouver un boulot payé douze dollars et quatre-vingts centimes de l'heure, en plus d'alléchants avantages.

Certes, déjà à l'époque, le monde extérieur débutait son intrusion. Féministes, hippies, Californiens et évangélistes débarquaient en Oregon pour établir des styles de vie alternatifs et communautaires. Mais on pouvait les balayer d'un revers de la main, tels des moucherons bourdonnant aux abords de l'existence, agaçants mais inoffensifs.

Ensuite, ce fut la déchéance. Dans tout l'État, pas seulement ici. L'industrie forestière licencia un tiers de ses employés. Quelques années plus tard, ce furent trente mille autres postes qui partirent en fumée. Des milliers de travailleurs restants durent accepter de faire moins d'heures, d'être moins payés ou de renoncer à certains privilèges, voire les trois. Comme toujours, le gouvernement fédéral se montra d'un grand soutien en protégeant les chouettes tachetées. Les chouettes tachetées, vous vous rendez compte ! Fin 70, il y avait trois scieries à Pine Creek. Vingt ans plus tard, toutes avaient mis la clé sous la porte.

Et nous, nous sommes encore là. MacKenzie dit que c'est parce qu'on est trop bêtes pour s'en aller. Elle plaisante, bien entendu.

Quand je me rends en ville à pied, je suis entourée d'immenses pins. D'une certaine manière, c'est toujours la forêt qui nous fait vivre : de nos jours, nombreux sont ceux qui gagnent leur croûte grâce aux touristes venus se promener, chasser ou pêcher. Les guides se font de plus en plus nombreux. Guide de pêche. Guide de chasse. Guide de randonnée. Il suffit d'une bonne grosse veste, d'une paire de chaussures de qualité et d'être un tout petit peu plus futé que les touristes. Ce qui n'est pas bien difficile, selon MacKenzie.

Je suppose que je devrais songer à des choses plus importantes, mais ce n'est pas le temps qui manque pour réfléchir, quand on est obligée de marcher pour se déplacer.

Une voiture approche un peu trop vite, et je m'écarte instinctivement sur le bas-côté pour l'esquiver.

Un peu tard pour t'inquiéter de ça, Henny. Ce qui ne m'empêche pas de recommencer le même manège à la voiture suivante.

Il doit exister un moyen de transport plus rapide pour les fantômes, mais je ne l'ai pas encore trouvé. Peut-être que je suis encore soumise aux lois de la physique, dans une certaine mesure.

Peut-être que je manque tout simplement d'imagination pour me rendre compte que je peux flotter au-dessus du sol.

Allez, flotte, me dis-je. Aucun effet.

La téléportation, peut-être ?

Je ferme les yeux et pense très fort à la maison de papa, mais je reste dans le fossé. Je continue donc à marcher.

Papa habite sur Water Street, une rue à la situation délicate, ce qui la rend unique, faute de mieux. Pine Creek est une ville qui adore les séparations claires. Avec ou contre, au-dessus ou en dessous, à l'intérieur ou à l'extérieur. J'imagine que ça fait gagner du temps.

Par exemple, le motel se situe du mauvais côté de la ville, il est de statut inférieur, et en marge de la communauté. La meilleure rue est Broadway. C'est là qu'on trouve les grandes et vieilles maisons victoriennes, où vivent les médecins, les avocats et les parents de Michael. Les pelouses sont soigneusement entretenues, et même les arbres n'osent pas pousser de travers.

Water Street se trouve quelque part au milieu, même si elle est plus proche de Broadway que du motel, aussi bien sur le plan géographique que métaphorique. Papa habite au numéro 17.

Quand j'arrive sur place, papa et Cheryl sont à l'extérieur de la maison ; lui juste devant la porte, et elle à quelques mètres de là. Ils ne pourraient pas être plus différents. Lui porte une chemise, un pull-over gris clair et une cravate. Elle est vêtue d'un jean bleu délavé, d'une paire de chaussures de sport turquoise et d'un tee-shirt frappé du message *Jesus is watching!* Si papa a toujours dégagé une aura de sévère résignation, Cheryl est l'incarnation de la détermination enjouée. Papa endure la vie. Cheryl s'efforce de la façonner à l'image de Dieu. Mais aujourd'hui, elle n'a pas l'air si sûre d'elle, et cela me fait un pincement au cœur.

Je franchis en courant les derniers mètres qui nous séparent. Papa représente mon lien le plus direct aux pompes funèbres. Si ça se trouve, il est sur le point de s'y rendre.

— Robert, l'interpelle Cheryl sur un ton mal assuré. Tu es certain de vouloir… ?

— Je sors toujours me promener à cette heure-ci. Chaque jour depuis que je suis à la retraite. Ensuite je fais mes courses, comme tous les mardis. Il faut avoir des habitudes dans la vie. On ne peut pas passer ses journées chez soi à ne rien faire.

Je lutte pour contenir mon impatience, mais ce n'est pas facile quand on ne sait pas de combien de temps on dispose encore. Je ne parviens pas à me défaire du sentiment que cette semi-existence, entre vie et mort, ne durera pas éternellement.

Et j'ai promis à Michael que je serais de retour d'ici quelques jours.

Papa appuie sur la poignée pour vérifier que la porte est bien verrouillée, puis il range soigneusement ses clés dans sa poche.

— D'accord, mais est-ce vraiment nécessaire, un jour comme aujourd'hui ? Tu ne devrais pas plutôt te reposer ?

Papa tapote sa poche comme s'il doutait déjà d'y avoir bien mis ses clés.

— Me reposer ! s'indigne-t-il. Des habitudes régulières, voilà ce qu'il me faut.

— Tu le sais mieux que moi, je suppose.

Les voisins épient la scène avec curiosité. Des rideaux de cuisine s'écartent sur notre passage. Une femme flanquée de deux enfants en plein jeu se fige, mais les petits réclament son attention avant qu'elle ne trouve quelque chose à dire.

— Toutes mes condoléances, Mr Broek ! finit-elle par crier.

Papa maintient le regard braqué droit devant lui, et refuse de relever quoi que ce soit. Cheryl, au contraire, s'arrête constamment, lançant un sourire désolé à la mère de famille, faisant signe à une fenêtre, et se retrouve à la traîne. Je marche à côté de papa et chuchote à son oreille :

— Les pompes funèbres. Mon corps. Tu veuuuuux aller aux pompes funèèèèbres…

Nous avançons ainsi. Papa en tête de file, l'air digne, moi à son côté, et Cheryl qui court à moitié derrière nous.

La rue principale de Pine Creek semble idyllique aujourd'hui. Un soleil chaleureux illumine les façades pastel, tandis qu'une douce brise agite les feuilles des ormes. Devant Sally's Café est garée la Cadillac de Bob Parker, décorée d'un autocollant *Cruising for Jesus*. Un rappel que la vie politique suit son cours. La ville ne va pas s'arrêter pour la simple raison que je suis morte.

Au supermarché, papa prend un panier et se met à longer les rayons d'un pas atrocement lent. Il lit toutes les étiquettes détaillant les ingrédients. Compare les prix. Coche les éléments sur sa liste de courses bien ordonnée. Les néons crus prêtent à son visage une teinte grise et malsaine.

— Tu n'as pas besoin de préparer à manger, l'assure Cheryl. Je t'apporterai quelque chose ce soir.

— Oui, tu ferais mieux d'aller aux pompes funèbres ! renché-ris-je avec enthousiasme.

— Je fais toujours mes courses le mardi, répond papa. Tu le sais très bien. Et je suis tout à fait capable de préparer mes propres repas, merci bien.

Je pousse un soupir.

Cheryl est sur le point de dire quelque chose, mais elle est interrompue par une femme âgée d'une cinquantaine d'années, qui marche droit vers papa et le prend dans ses bras. Surpris et confus, il proteste, alors qu'elle le serre contre sa poitrine.

— Je suis tellement, tellement désolée, couine-t-elle.

Elle berce papa d'avant en arrière. Ce dernier essaie de se dégager. Quand il y parvient enfin, il se retrouve tout échevelé, la cravate complètement de travers.

— Qu'est-ce qui lui est arrivé ? s'enquiert la dame.

— Un accident de la route.

— Doux Jésus. Comment vous sentez-vous ?

— Je ne sais pas.

La femme le regarde d'un air perplexe, puis hoche la tête.

— C'est le choc, s'explique-t-elle. Si je peux faire quoi que ce soit. N'hésitez pas. Vous n'avez qu'à demander.

Sur ce, elle s'éloigne, non sans jeter quelques coups d'œil en arrière.

Papa est comme pétrifié. Lui et Cheryl sont entourés de boîtes de conserve. D'interminables rangées de soupe de tomates Campbell. Papa en attrape une et la pose dans le panier, bien qu'elle ne figure même pas sur sa liste. Il porte une main tremblante à sa cravate. Malgré ses efforts pour la rectifier, elle demeure un rien oblique.

Je déglutis, fort mal à l'aise. Soudain il ne me paraît plus si important de me rendre d'urgence aux pompes funèbres.

Papa se redresse et poursuit ses emplettes. Compare des prix. Coche la liste. Il jette un regard anxieux à la soupe de tomate dans son panier, mais n'y touche pas. Il passe à la caisse, empoigne ses sacs de plastique et quitte le magasin d'une démarche résolue. Cheryl trottine derrière lui du mieux qu'elle peut.

— Qu'est-ce qu'ils font à traîner ici ? rouspète papa, visiblement irrité.

— Qui ça ?

— Ces jeunes, là !

Effectivement, un petit groupe est rassemblé non loin du supermarché. Certains fument. D'autres semblent en proie à un ennui mortel.

— Ben, ils sont en vacances, répond Cheryl avec détachement.

— De mon temps, on *travaillait* l'été !

— Je crois que ce n'est pas aussi facile de trouver un job, de nos jours.

— N'importe quoi ! Il suffit de se secouer un peu. Quand les scieries ont commencé à licencier, j'avais cinquante ans, et j'ai quand même réussi à retrouver du travail. Je me suis habillé correctement, je me suis exprimé avec respect, j'ai été reconnaissant chaque fois qu'on me laissait une chance, et ça a payé. Les autres se plaignaient et protestaient, mais moi, je ne doutais pas que la direction savait ce qu'elle faisait et se préoccupait des employés. Je ne supporte pas les gens qui passent leur temps à geindre et à blâmer le système.

— Je crains que ce ne soit plus aussi simple, aujourd'hui.

— Ils n'essaient même pas. C'est ça le problème. Moi non plus, je n'ai jamais eu la vie facile. Si j'ai réussi à m'en tirer, alors ils le peuvent aussi. Regarde donc ! Ils viennent de jeter une canette par terre. Ils n'ont même pas pris la peine d'aller la mettre à la poubelle. Qui voudrait embaucher des gens comme ça ? Ils ne peuvent s'en prendre qu'à eux-mêmes. S'ils s'habillaient correctement et apprenaient les bonnes manières, ils trouveraient du boulot en quelques jours.

— Oui, Robert, acquiesce Cheryl en fixant ses baskets turquoise.

— Mais non, ils restent là ! Ils se croient immortels. Ils pensent qu'ils ont toute la vie devant eux, et perdent leur temps.

— Oh, Robert...

— En quoi est-ce qu'ils méritent plus de vivre, *eux* ? C'est tout ce que je veux savoir.

Cheryl n'a pas de réponse.

Moi non plus.

Papa se raidit brusquement sur l'allée menant à sa maison. Il y a un drôle de tas devant la porte d'entrée. Il approche, puis se penche en avant.

Quelques Tupperware, tous soigneusement pourvus d'une étiquette précisant le contenu et la date. Une fleur. Plusieurs cartes, certaines toutes simples et écrites à la main, d'autres stylisées et achetées telles quelles. Blanches, avec un bord noir, une croix et un texte du genre *Nos sincères condoléances.*

Ne sachant trop comment réagir, papa pose ses sacs de courses.

Il jette des regards furtifs sur la pile de présents tout en se débattant avec son trousseau de clés. Il ne parvient pas à déverrouiller la porte à temps ; ils commencent à arriver, les uns après les autres, une procession d'humains compatissants. Certains sont gênés, d'autres éloquents, et d'autres encore silencieux. Ils lui tendent des moules remplis de nourriture, une orchidée, un sac de diverses conserves, encore des fleurs, une salade de pommes de terre maison.

— C'est tout ce que j'avais chez moi, lui souffle avec embarras la femme lui remettant ce dernier plat.

Papa a du mal à tenir toutes ces offrandes en même temps. Il cligne des yeux, totalement désemparé.

La dame qui vit à quelques maisons de là, celle avec les enfants qui jouaient plus tôt, débarque avec une tarte aux pommes. Elle la pose par-dessus un des moules.

— Je sais que ce n'est pas grand-chose, s'empresse-t-elle de déclarer. Mais quand j'ai perdu ma mère, je ne pouvais presque rien avaler, alors je me suis dit qu'une tarte serait peut-être plus réconfortante.

Elle se penche pour murmurer :

— Vous n'êtes pas obligé de manger tout ça, si vous ne voulez pas. Vous n'avez qu'à jeter la nourriture et rendre les plats. C'est ce que j'ai fait, moi.

À sa suite se présente un homme portant un veston en velours côtelé et une sacoche en cuir. Il tient un morceau de jambon fumé et un bocal d'olives de qualité.

— Ma femme voulait vous donner ça…, déclare-t-il.

Il étudie la masse de cadeaux qui s'élève jusqu'au menton de papa.

— Tenez, dit-il en donnant les siens à Cheryl.

Il lance un dernier regard à papa, puis s'en va en soufflant d'un air soulagé.

Cheryl contemple toute la nourriture, les fleurs et les cartes, et ses yeux s'emplissent de larmes.

— Oh, Robert, laisse-t-elle échapper.

— Je préférerais que les gens me fichent simplement la paix, grommelle-t-il.

Incapable de me résoudre à pénétrer dans la maison déprimante de papa, je préfère patienter dehors, sous le chêne. Trois heures plus tard, il n'est toujours pas ressorti. Je n'aurai plus qu'à retenter ma chance demain.

La pile de Tupperware et de fleurs gît encore devant sa porte.

Tu ne fais qu'un avec ton corps

— Tu aurais pu porter un autre haut, fait remarquer papa à Cheryl lorsqu'elle toque à sa porte le lendemain.

Sur son tee-shirt, un message clame son humeur du jour : *All I need in the morning is a little bit of coffee and a whole lot of Jesus.*

Papa, lui, porte sa sobre veste de costume. Il tient une pochette en carton sous le bras, et doit lutter pour ne pas la laisser tomber lorsqu'il verrouille la porte et enjambe le tas qui encombre son seuil. Le dossier porte l'intitulé *Obsèques*, tracé de son écriture appliquée et entortillée.

Je me relève promptement de la pelouse. Machinalement, je me frotte les jambes pour effacer des traces d'herbe inexistantes. J'ai patienté là toute la matinée et je me sens soudain nerveuse.

L'agence de pompes funèbres choisie par papa a établi ses locaux dans une splendide maison remontant à environ 1900, à quelques rues du Sally's Café. D'immenses chênes projettent leurs ombres sur les autres bâtiments, qui abritent principalement des résidences privées, des cabinets de vieux médecins ou d'éminents avocats. Au-dessus de la porte est suspendue une enseigne de style forgeron indémodable frappée d'une élégante écriture italique : *Pompes funèbres Annie Smith.*

C'est d'ailleurs cette dernière en personne qui vient nous accueillir à la réception.

— Mr Broek, salue-t-elle mon père.

Ses cheveux argentés sont bien tirés en arrière. Elle porte un costume anthracite et une jolie chemise crème, boutonnée jusqu'à son menton anguleux. Sa voix grave possède juste la bonne nuance de bienveillance qui sied à sa profession.

— Toutes mes condoléances, déclare-t-elle avant de guider papa et Cheryl dans son bureau.

Je m'attarde un peu dans l'embrasure de la porte à scruter le couloir, mais comme je n'ai aucun moyen de savoir où sont conservées les dépouilles, je finis par leur emboîter le pas.

Annie Smith ferme la double porte derrière nous. Tous les bruits s'atténuent. Des murs épais et une douce moquette nous protègent du monde extérieur.

Ce silence soudain met papa mal à l'aise. Il tapote la poche de sa veste contenant ses clés, et semble quelque peu rassuré de sentir leur contour à travers le tissu fin. De son autre main, il plaque la pochette contre sa poitrine.

— Je vous en prie, prenez place, les invite Annie Smith.

Les fauteuils sont moelleux et d'une teinte blanc cassé. La réceptionniste, une femme d'apparence maternelle à la chevelure grise désordonnée, vient servir du café, et papa s'escrime à tenir en même temps son dossier, sa tasse et sa soucoupe en porcelaine.

La pièce est tout aussi intemporelle que le service : papier peint lumineux à rayures, belles boiseries ouvragées et hautes fenêtres munies de discrètes persiennes préservant des regards intrusifs et du soleil éblouissant.

Sur les murs sont accrochées des photos noir et blanc datant de l'époque à laquelle l'agence s'appelait Smith and Sons. Plusieurs semblent représenter le père d'Annie Smith ; on reconnaît le large front distingué, les yeux profonds et le costume, exactement de la même nuance de gris.

— J'ai apporté mon dossier, annonce papa.

Annie lui lance un regard chaleureux.

— J'avais tout prévu. Le cercueil, les arrangements floraux et les psaumes.

Seigneur Dieu, me dis-je.

— Pour moi, je veux dire. Pour ma mort. Histoire que tout soit prêt pour Henny. Mais là, je ne sais pas vraiment quoi faire. Elle n'était pas censée mourir avant moi. Mais peut-être que ce sera… utile.

Il essaie de tendre la chemise, nerveusement, tel un écolier remettant un devoir, mais il la tient à l'envers, et tous les papiers tombent par terre.

Des psaumes parfaitement mis en page, des coupures vieilles d'au moins quinze ans représentant divers cercueils, un formulaire réglementaire déjà rempli et intitulé *Testament*, une page entière concernant les fleurs, et trois brouillons différents de faire-part de décès. Tout cela s'étale à nos pieds.

Papa ne bouge pas d'un poil. Il reste assis là, avec sa tasse de café pleine et sa pochette vide, tandis que Cheryl et Annie se penchent pour tout ramasser.

Annie lui prend le dossier et y range tous les documents, soigneusement, presque avec tendresse. La tasse tremble dans sa main. Cheryl et Annie le fixent avec inquiétude.

— Oh, papa.

— Aucune décision n'est nécessaire aujourd'hui, explique Annie. Nous allons juste discuter un peu. Nous avons largement le temps pour tout organiser.

Papa se redresse. Il raidit le dos et hausse le menton. La tasse s'agite toujours un peu, mais il finit par la poser sur le bureau devant lui.

— J'ai enterré mes parents, commence-t-il. J'ai enterré mon épouse. J'ai même enterré ma belle-mère, et Dieu sait que j'ai douté de voir ce jour arriver. Je suis parfaitement capable de discuter et de prendre toutes les décisions à ce sujet.

Il prend une inspiration, comme avant un grand plongeon.

— Je veux qu'elle soit incinérée.

— Quoi ?… *Incinérée ?* s'étrangle Cheryl.

Le ton employé laisse entendre qu'il s'agit là d'une pratique pour hippies et hipsters, le genre à répandre leurs cendres au-dessus de la mer ou dans une microbrasserie. Les gens normaux se font enterrer. Dans un vrai cercueil, sous une vraie pierre tombale.

— Oui, répond papa, déterminé. Une crémation.

— Mais où ira-t-on déposer des fleurs ou des bougies ?

Il semble hésiter.

— Peut-être aussi une pierre tombale. Mais je tiens à ce qu'elle soit incinérée.

J'avale ma salive. Une crémation. Je ne veux pas être enfermée dans un cercueil noir et étroit, mais… Des flammes ? Un brasier ? Ça semble tellement brutal. J'essaie de m'imaginer la scène. Le peu que je sais à ce propos vient sans doute d'un film. Un cercueil qui roule lentement vers un four. À moins qu'on l'y descende ? Je ne sais pas.

— Je… je ne supporte simplement pas l'idée qu'elle soit dans le noir. Prisonnière d'un cercueil. Pour moi, ça aurait été approprié, mais pas pour elle. Elle… J'ignore ce qu'elle aurait voulu, mais pas ça. Pas l'obscurité.

Il a peut-être raison. Je ne veux pas non plus imaginer des gens en costumes noirs stricts rassemblés autour d'un cercueil. Un trou dans le sol. Quelques poignées de terre jetées dessus, peut-être une ou deux roses. *Tu n'es que poussière* et tout le tralala, et en avant pour le repos éternel six pieds sous terre.

Je me force à ne pas oublier le plus important : tout cela est superflu. Je vais revenir à la vie.

— Je crois que j'aimerais voir son corps.

Je hoche frénétiquement la tête.

— Excellente décision, papa !

— Tu es vraiment sûr de... ? tente Cheryl.

— Nous pouvons organiser cela, naturellement, assure Annie. Mais peut-être pas aujourd'hui. Henny est décédée lors d'un accident. Elle est un peu... amochée. Bien entendu, nous allons tout arranger pour la cérémonie. Rien n'est impossible. Mais dans l'immédiat... elle n'est pas tout à fait comme dans votre souvenir. La mort nous change tous, de manière plus ou moins subtile.

Quelle belle manière de présenter la chose.

— Comment ça, vous allez l'arranger ? interroge papa.

— C'est en cela que consiste notre travail. Nous faisons en sorte que les proches puissent dire adieu dans la dignité, quelles que soient les circonstances. Un jour, nous nous sommes occupés d'un ouvrier qui avait été décapité. Un accident du travail. Et pourtant, ses funérailles se sont faites à cercueil ouvert.

Cheryl semble prise de nausées, et papa effaré.

— Mais ne rentrons pas dans les détails, abrège Annie.

— Je veux la voir, maintenant. Je veux voir à quoi elle ressemble véritablement. Avant que vous... ne la changiez.

Annie étudie le visage de papa, qui lui renvoie un regard obstiné.

— Comme vous voudrez, finit-elle par accepter. Mais je tiens à souligner que ce n'est pas la procédure habituelle.

Elle se lève, se rend à son bureau, échange quelques mots au téléphone, et cinq minutes plus tard nous fait pénétrer dans une pièce voisine.

Ici, tout est en acier inoxydable ; pratique, quand on s'occupe quotidiennement de cadavres. Le long d'un mur se trouve une armoire à tiroirs, comme celles qu'on voit dans les morgues des séries policières, en plus petit. Neuf compartiments. De quoi stocker neuf corps. L'un d'eux est ouvert.

Contre un mur, un poste de travail, lui aussi en inox. J'évite soigneusement de regarder le genre d'outils qui y sont posés, tout comme les bouteilles de produits chimiques alignées sur l'étagère. Malgré tout, une étiquette *Formol* me saute aux yeux.

Enfin, au milieu de la salle, sur une table à roulettes ressemblant à une civière, faite d'inox bien entendu, gît un corps recouvert d'un drap. Je reconnais immédiatement cette silhouette.

C'est mon corps.

Cette pièce suscite chez moi un profond malaise, mais je n'ai pas le choix. Je dois rester forte, encore un tout petit peu, et je pourrai revenir vers eux. Je m'encourage. *Fais-le pour Michael. Et pour MacKenzie. Tu pourras lui rendre son sourire. Et faire disparaître de son visage cet horrible masque gris inexpressif.*

Papa avance droit sur la table. Pas la moindre hésitation. Cheryl se fait violence pour le suivre. Annie reste légèrement en arrière, pour apporter son soutien sans être intrusive. Le silence est total, mis à part le bourdonnement du réfrigérateur et le haut-le-cœur étouffé par Cheryl lorsqu'elle baisse les yeux sur la table. Les lampes éblouissantes font scintiller tout cet acier.

Je contourne la table en me forçant à fixer leurs visages aussi longtemps que possible. L'expression renfermée de papa. Le choc de Cheryl. L'accompagnement placide d'Annie. Les enjeux sont tels que je ne sais pas par où commencer.

Lentement et respectueusement, Annie soulève le drap. Je baisse le regard.

Ce n'est pas moi, ça, me dis-je aussitôt.

C'est une étrangère, je ne la reconnais pas, et je ressens un pincement au cœur, de chagrin et de compassion pour cette défunte inconnue. Son visage est tout plat et creusé, bien différent du mien. Par contre, elle a bien mon âge. Peut-être avait-elle aussi un amoureux, des amis et une famille qui la pleurent.

C'est alors que survient un espoir égoïste, soudain et irrationnel. Il y a eu une erreur. Ce n'est peut-être même pas moi qui me suis fait renverser. Peut-être que je suis encore en vie, quelque part, je ne sais pas où, *mais ce n'est pas moi sur cette table !* Quelqu'un d'autre est mort. Mon Dieu, que je suis rassurée.

— Elle a l'air… bizarre, commente Cheryl.

— L'impact lui a brisé la mâchoire, explique Annie. C'est pour ça que son visage est différent.

Je tourne les talons et prends la fuite.

Juste avant d'être hors de portée, j'entends Annie demander :

— Et la… compagne de Henny ? Elle ne pouvait pas venir aujourd'hui ?

Je marche tout droit jusqu'au motel.

Un coup d'œil à la réception. Puis au diner, très animé en cette heure de déjeuner. Comment peut-on avoir envie de manger, étant donné les circonstances ? Je remonte le couloir pour voir si MacKenzie fait le ménage dans l'une des chambres. Je finis par la trouver dans la buanderie, au milieu du linge blanc qui tourbillonne dans les machines. Je crie.

— Il faut que tu fasses quelque chose ! J'ai trouvé mon corps, mais comment je vais faire pour revenir, s'il a l'air tout bizarre et ne me ressemble même pas ?

Je me raidis.

— Pire encore ! Qui sait quelles saletés de produits chimiques ils vont m'injecter ? Je doute que le formol soit bon pour la santé. Il faut qu'on fasse quelque chose. Avant qu'il ne soit trop tard.

Certes, ce serait pas mal s'ils pouvaient me rattacher mon bras droit avant mon retour, mais j'ai comme l'impression que ça me fera ressembler à la créature de Frankenstein. Sans doute vont-ils l'agrafer ou le recoudre, et on n'y verra que du feu sous les vêtements. Allez savoir. Peut-être qu'ils le colleront.

Je secoue la tête pour évacuer ces idées.

— Tout rentrera dans l'ordre, quand je reviendrai. Ce sera comme s'il ne s'était rien passé. On réparera ma mâchoire plus tard. Mais il faut faire quelque chose, même si je ne sais pas trop quoi. Du bouche-à-bouche ? Des décharges électriques pour faire repartir mon cœur ?

MacKenzie ne répond pas. Elle est occupée à charger un drap dans un des sèche-linge situés au-dessus des machines à laver. Son visage est tellement neutre que j'en suis agacée. C'est elle qui est morte, ou moi ? Je l'interpelle résolument.

— MacKenzie, concentre-toi.

Rien ne se passe.

Très bien. Dans ce cas, je vais me débrouiller toute seule.

La société est fondée sur des règles, Henny.

Ce n'est pas à nous de décider lesquelles nous plaisent ou non.

Ce pays n'existerait plus depuis longtemps si les gens pouvaient enfreindre la loi sans conséquences quand ça leur chante.

Facile d'aller où on veut, quand on est un fantôme. Mais pas aussi facile d'ignorer toute une éducation.

Ah, papa. Le champion de l'obéissance et de la bienséance.

La vieille maison est encore plus belle de nuit. Un réverbère illumine faiblement les lettres stylisées surmontant la porte verrouillée.

Allez, Henny, on s'y colle.

Heureusement, l'obscurité n'est pas totale, dans les locaux des pompes funèbres. Les fenêtres laissent passer l'éclairage public, et la lampe suspendue au-dessus de la réception est simplement tamisée. J'inspecte les alentours pour m'assurer que je suis bien seule. Je passe la tête à travers la porte du bureau d'Annie. Désert.

Tout est méticuleusement rangé, chaque document à sa place. Paré pour la prochaine journée de travail.

La pièce suivante est plus spacieuse, et contient des rangées de chaises en plastique ainsi qu'un genre d'autel, tout devant. Au cas où on préférerait que les funérailles se tiennent ici, plutôt qu'à l'église. Un choix vertement condamné, dans une ville aussi religieuse que Pine Creek. Avec plein de fleurs et de gens, l'ambiance doit être différente, mais dans l'immédiat je trouve l'endroit morne et dépouillé. On dirait davantage une salle de réunion vide qu'un lieu destiné à accueillir une cérémonie.

Ah, la voilà. La porte que nous a ouverte Annie. Je me tiens bien droite et la franchis en deux pas.

Je fixe le réfrigérateur. Quel tiroir était ouvert, plus tôt? J'essaie de reconstituer l'image mentale. La deuxième rangée, tout à droite.

Je n'ai pas réfléchi plus loin que ça, mais je suppose qu'il faut que je pénètre dans le compartiment et que je m'allonge sur mon corps. Que je me glisse dedans, comme on le voit à la télé quand quelqu'un a une expérience de mort imminente. Une lueur blanche qui descend sur le corps, dans la chambre d'hôpital.

Ça pour sûr, ce serait plus simple si mon corps était dans un lit, mais je vais devoir faire avec. Je ferme les yeux, déglutis, puis prends mon élan et me jette dans le tiroir.

Il fait sacrément noir, là-dedans.

Dieu que c'est noir. Et étroit. Vous croyez qu'il y a de l'écho?

— Hééé-hooo?

Pas d'écho.

Allez, Henny. Concentration. Tu peux y arriver. Tu sais quoi faire.

— Tu ne fais qu'un avec ton corps, dis-je tout haut.

Je ferme les yeux et me répète, avec emphase, comme si je récitais une incantation. Je joins le majeur et le pouce de chaque main, et entonne :

— Tu ne fais qu'un avec ton corps. Tu es un halo blanc qui recouvre petit à petit ton enveloppe charnelle. Tu vas ouvrir les yeux, et tu seras vivante. Et enfermée dans un frigo, certes, mais n'y pense pas ! Une chose à la fois.

Je presse plus fort sur le bout de mes doigts.

— Tu ne fais qu'un avec ton corps, un avec ton corps, *un avec ton corps*... Bon sang, qu'est-ce qu'il fait noir, là-dedans !

Zut ! Mince ! Nom d'une pipe ! Et encore, je reste polie.

Ça n'a pas fonctionné.

Quel fiasco. Qu'est-ce que je vais faire, maintenant ? Ce qui est sûr, c'est que je ne remettrai pas les pieds aux pompes funèbres. J'en tremble encore quand je m'allonge près de Michael.

Bien que nous soyons en plein milieu de la nuit, il ne dort pas. Il se tourne et se retourne, comme s'il était mal à l'aise dans son propre corps. Je clos mes paupières et essaie de refouler le souvenir de cet espace noir et exigu.

Quand il réussit enfin à s'endormir, peu après trois heures, il continue à s'agiter dans son sommeil, mais finit par se détendre à mon côté. Couchée là, je ferme les yeux encore plus fort et essaie de me convaincre que tout va bien, que rien ne sort de l'ordinaire, que la vie est belle et réjouissante, comme elle l'était le week-end passé et comme elle va le redevenir.

Dehors, un manteau de brume plane sur le pré. Les bouleaux au bord du ruisseau semblent si fragiles, comme s'ils s'étaient perdus dans la nature et ne s'arrêtaient là que pour réfléchir à la prochaine étape de leur voyage. Je ne vois pas les montagnes d'ici, et je ne parviens pas à me défaire du sentiment que je découvrirai qu'elles ne sont plus là si je me lève pour vérifier leur présence. La brume les a englouties. Plus rien n'est réel. J'ai soudain envie de pleurer.

— Michael ? dis-je tout bas.

J'avale ma salive.

— Je crois que je suis partie pour de bon.

Je me rapproche de lui. Son corps est chaud, lourd et détendu. C'est précisément dans ces instants que je me colle habituellement contre lui, et que ses bras viennent m'enserrer. Je n'ai jamais su s'il le faisait consciemment, ou si son corps était instinctivement attiré par le mien.

De quel droit Dieu jette-t-il la première pierre ?

Au final, peut-être que c'étaient nos corps qui prenaient toutes les décisions, depuis le début. Eux savaient ce qu'ils faisaient. Je me disais toujours que, peu importe ce que l'avenir nous réserverait, à Michael et moi, mon corps conserverait notre souvenir, et cela me donnerait la force de continuer pendant plusieurs années.

Comme un genre de dialyse. Les jours passés ensemble purifiaient mon sang de la solitude et me renvoyaient de l'hémoglobine fraîche et saine, des globules rouges et blancs renouvelés. Une véritable thérapie à base d'intimité, de contact d'un corps chaud contre le mien, de sexe orgasmique, d'éclats de rire soudains et de ces regards qu'il me lançait, juste après s'être esclaffé.

Maintenant que mon corps n'est plus là, je vais devoir m'appuyer sur autre chose pour tromper la solitude.

Au moins, je peux le regarder. Nous sommes tous les deux là.

Par la fenêtre, je constate que le soleil s'est levé. La brume se disperse. C'est à nouveau la fin de l'été, et les bouleaux ont retrouvé leurs contours bien définis. Leurs ombres sont chaleureuses et invitent à s'y prélasser. Le monde redevient un endroit familier et rassurant.

— On pourrait partir faire un pique-nique, proposé-je. Comme samedi dernier.

Je caresse doucement son front, du bout d'un doigt, avant de descendre sur sa tempe, sa joue puis la commissure de ses lèvres. Il sourit involontairement. Ses cils se mettent à remuer.

Il ouvre les yeux. Son regard est embrumé et confus, comme s'il était encore égaré dans un rêve, mais lorsqu'il se réveille pour de bon, j'ai l'impression que le brouillard s'est insinué dans le chalet. Tout devient gris, froid et informe. Dieu sait ce qu'il voit, maintenant.

Il roule sur le dos et se frotte les yeux. Ses paumes appuient fort sur ses paupières.

Quand il réussit à s'extirper du lit, ses gestes sont lents et las, comme ceux d'un homme abattu. J'éprouve le besoin de regarder par la fenêtre, pour m'assurer que le soleil brille toujours, que la nuit n'est pas revenue pendant que j'avais le dos tourné.

Finalement, je ne crois pas qu'on va sortir, aujourd'hui.

Michael va chercher un chariot de nettoyage au motel, puis passe toute la matinée à faire le ménage dans le cabanon. J'ai tout juste le temps de m'écarter quand le tapis du salon vole dans le couloir. Il arrache tous les draps et housses, mais les laisse en boule au pied du lit. Il nettoie la table du salon, le bureau et toutes les autres surfaces.

Tout le chalet sent le détergent. Je me surprends à détester cette odeur.

Je repère la voiture de Mr Callahan avant Michael. Il se gare devant la maison et claque la portière bien trop fort. Il faut toujours qu'il en fasse trop.

Le bruit pousse Michael à sortir. Le torchon dans sa main attire le regard de son père. Michael rougit légèrement, et prend l'air agacé lorsqu'il s'en rend compte. Je me tiens à côté de lui, et ce n'est qu'à cet instant que je remarque à quel point il est tendu. S'empêcher de serrer les poings lui demande un effort conséquent.

— On ne te voit pas pendant des années, et quand tu reviens à la maison tu ne préviens même pas ta famille ?

— Salut, papa.

Michael tente d'adopter un ton nonchalant, mais il parle avec les mâchoires crispées.

— Je l'ai appris en ville, nom d'un chien ! Tu as idée de l'image que ça donne de moi ?

Mr Callahan émet une aura d'agressivité et de déception. On sent une force menaçante juste sous la surface, à peine masquée par sa façade d'être civilisé. Enfin, peut-être que mon regard n'est pas tout à fait impartial.

— Celle du père aimant que tu es ? lance Michael.

— Ne me cherche pas. Tu n'es pas trop vieux pour recevoir une raclée.

— Non, pour ça, il n'est jamais trop tard, réplique Michael sur un ton faussement obligeant.

Mr Callahan le dévisage un moment, essayant de déterminer si ce ton est injurieux en lui-même. Il l'est, assurément.

— Tu es de retour, alors ? Tu as laissé tomber tous tes jolis cailloux ?

— Temporairement.

— Tu finiras bien par te lasser de Pine Creek à nouveau, j'imagine. Trop morne, après tous tes voyages palpitants. Pourquoi un auteur à succès s'attarderait-il ici ? Même pas pour voir ses parents, visiblement.

Michael se mord la langue pour ne pas répondre.

— Tu viens manger à la maison. Vendredi soir. Tu manques à ta mère.

— Je ne sais pas si je serai encore là.

S'il part d'ici, il ne reviendra plus jamais. J'en suis absolument certaine. Je le connais trop bien. Déjà avant la visite de son père, il ne fallait pas grand-chose pour lui faire quitter Pine Creek à tout jamais. Et s'il s'en va, il m'oubliera.

Il décidera de tourner la page, comme il l'a fait lorsqu'il m'a quittée la première fois. Je devrais avoir l'habitude, j'aurais dû m'y attendre, mais l'idée de ne plus exister, même dans sa mémoire, suscite chez moi une terrible panique. J'implore.

— Tu ne peux pas partir avant mes funérailles.

À ces mots, je suis comme pétrifiée.

Mes funérailles.

Je vais *disparaître.*

Je traverse le pré sans savoir ce que je fais réellement. Je veux simplement tout fuir. Je ne veux pas réfléchir, ni ressentir quoi que ce soit.

— L'heure la plus sombre précède toujours l'aube, me dis-je tout haut.

Ma voix chevrotante semble venir de très loin.

Je déglutis.

— « Dieu ne te donnera jamais plus de fardeaux que tu ne peux en porter. »

Prise de vertiges, je me tiens à un bouleau. Je ferme les yeux. Je prends une profonde inspiration. Quand je rouvre les paupières, les montagnes se dressent devant moi. Subitement, je sais ce que je dois faire.

Je vais affronter Dieu.

Je traverse la rivière sans hésiter. L'eau glaciale me monte jusqu'aux genoux, mais je ne ressens pas sa morsure. Je pénètre sur les terres du voisin et passe au milieu des vaches occupées à ruminer.

Je compte être très honnête avec Dieu. Je reconnaîtrai tous mes torts et mes défauts. Si j'ai été punie, je veux au moins savoir *pourquoi*. Et sinon... Peut-être que cette épreuve a un sens, qu'il y a une leçon à en tirer. Si j'avance les bons arguments, je réussirai peut-être à convaincre Dieu, il m'autorisera à revenir et tout le monde sera content. *Lui*, il peut encore arranger tout ça.

Je marche sans m'arrêter, le regard braqué sur les montagnes bleu-violet au loin, encore si lointaines alors que le soleil a déjà franchi le zénith et commence à tomber vers l'ouest. Je vais gravir ces montagnes, escalader leur plus haut sommet, jusqu'à pouvoir toucher les nuages, et je *forcerai* Dieu à me sortir de ce pétrin.

Si telle est sa volonté, bien sûr.

Surtout, ne rien exiger. Faire preuve d'humilité. Rester raisonnable.

Les montagnes s'élancent à l'horizon, plus impressionnantes que jamais, mais elles sont encore à plusieurs dizaines de kilomètres d'ici. D'accord, faisons un compromis. Je grimpe sur un petit affleurement rocheux et lève la tête vers les cumulus.

— Cher Dieu...

Et ensuite le blanc. J'ai oublié tout ce que j'avais préparé.

— Je n'ai jamais été quelqu'un de très intéressant. Est-ce que c'est considéré comme un défaut ? J'ai eu un tas d'opportunités dans ma vie, mais je n'en ai rien fait. Je n'ai pas voyagé. J'ai à peine quitté l'État. Une seule fois, en fait : un jour, MacKenzie et moi, on est allées à Cottonwood, dans l'Idaho, pour passer une nuit au Dog Bark Park Inn. Au moins, j'ai dormi dans le plus grand Beagle du monde.

Je m'obstine.

— Je suppose que j'aurais dû donner plus d'argent aux œuvres de bienfaisance. J'ai essayé d'aider à mon niveau, mais je sais que j'aurais pu en faire beaucoup plus. Je ne le nie pas. C'est ça, la leçon à retenir ? Être plus généreuse, penser davantage à mon prochain ? Parce que je le ferai avec joie, si je peux revenir à la vie. Actuellement, j'ai très exactement cent quarante-sept dollars et treize cents sur mon compte d'épargne, mais je peux faire don de toute la somme, sans problème.

« Je… je ne me suis pas assez occupée de mon père. J'aurais dû lui rendre visite plus souvent. Mais je fêtais quand même Noël et Thanksgiving avec lui chaque année, alors que MacKenzie restait toute seule au motel à manger de la pizza. Mais si j'ai le droit de revenir, je promets de prendre soin de lui. J'irai dîner chez lui toutes les semaines. Tous les jours, même !

Je ne sais pas quoi dire à propos de Michael. C'est un sujet délicat, car je pense que Dieu attend peut-être un sacrifice, et je ne peux pas l'abandonner. Aussi, j'opte pour la vérité.

— Je ne suis pas un modèle d'altruisme. Je désire Michael. Mais les autres ont le droit d'aimer sans le payer de leur vie, alors je… Non, je ne demanderai pas pardon. Je veux qu'il reste ici avec moi, et je me moque de savoir s'il serait plus heureux ailleurs. Je ne le lâcherai plus.

Je tourne la tête dans tous les sens, à la recherche d'un signe confirmant que j'ai été entendue. Un éclair, un chœur d'anges ou une mer soudain séparée en deux. Ou un genre de vent divin, qui viendrait me soulever et me faire remonter le temps jusqu'à ce dimanche après-midi fatidique. Je pourrais alors regarder avant de traverser la route, débarquer à la réception et choquer MacKenzie en la prenant dans mes bras sans prévenir…

Mais il n'y a guère que des vaches, dans ce pré.

— Allez, Dieu, c'est pas comme si tu étais toi-même irréprochable, hein ? Ça ne te dérange pas trop, les guerres, la faim dans le monde, et tes adeptes qui passent leur temps à persécuter la communauté LGBT ? D'accord, peut-être que je n'ai pas mené une vie exemplaire, mais tu trouves vraiment que je mérite un tel châtiment ? « Que celui qui n'a jamais péché jette la première pierre », ça te dit quelque chose ? Hein ?

Je passe une main devant mes yeux. Je ne voulais pas dire ça. À tous les coups, maintenant, je l'ai vexé. Cela dit, il n'y a toujours aucun éclair. Et de toute façon, soyons sérieux un instant : que pourrait-il me faire de pire ?

Je suis morte.

Je vais être incinérée.

Des flammes, une chaleur infernale, et puis plus rien.

Flammes et chaleur infernale

Rester assise à côté de lui dans la voiture, samedi matin, était une douce torture. Nous nous étions réveillés emmêlés aux draps et enlacés dans les bras l'un de l'autre, et Michael avait proposé de partir faire un pique-nique. Je ne voulais pas sortir du lit, ni cesser de le toucher, maintenant que c'était enfin possible, mais être assise près de lui sur le siège passager était tout aussi agréable. J'ai décidé que j'appréciais également de le voir tout habillé ; il était amusant de m'imaginer en train de le dévêtir.

Sa main reposait sur ma cuisse, le plus naturellement du monde, comme si nous étions un vieux couple en virée. Nous sentions tous deux le même shampooing. Comme j'avais également emprunté son déodorant, chacun de mes mouvements me faisait penser à son corps. Par-dessus moi et en moi, pas sagement assis à côté.

Je ne m'étais jamais sentie aussi en forme de toute ma vie, malgré l'épuisement et les courbatures dans mes jambes. J'étais décontractée et pleine d'espoir. Le temps me semblait figé. Une seule pensée occupait mon esprit : *Michael est là*. J'étais assommée par le bonheur, comme on ne peut l'être qu'après toute une nuit passée à faire l'amour.

Michael m'a lancé un regard, puis a souri en secouant la tête. À quoi pouvait-il bien songer ?

— Tu ne trouves pas ça bizarre, qu'on soit adultes, maintenant? m'a-t-il demandé. Parce que moi, j'ai jamais eu l'impression d'avoir vraiment grandi. Contrairement à mon père. Les années sont passées, mais je n'ai fait qu'assembler des trucs.

— Pas tant de choses que ça, ai-je nuancé en pensant à ses quatre sacs à dos dans le cabanon. Mais toujours plus que moi. Je n'ai même pas ma propre télécommande. Je ne possède rien du tout.

Je m'exprimais sur un ton très léger, mais cela a tout de même semblé l'agacer.

— Ce n'est pas vrai, a-t-il contesté fermement, comme s'il ne voulait pas m'entendre parler ainsi. Toi, tu as trouvé ta place. Au milieu de cette gigantesque planète, tu as trouvé un tout petit endroit, peuplé de huit mille habitants à peine, de quelques dizaines de kilomètres carrés, qui te rend heureuse.

J'ai regardé par la fenêtre de la voiture.

— Raconte-moi comment tout a commencé, lui ai-je demandé.

Devant nous, le bitume brillait sous le soleil, et les arbres défilaient telles des ombres noires sur le côté de la route. J'ai récité le début à sa place.

— Il y a bien longtemps, toutes les terres émergées formaient un unique supercontinent : la Pangée.

— Tu te souviens de ce nom?

Je me souviens de tout ce que tu m'as raconté, ai-je pensé.

— Bien sûr, ai-je répondu.

— Eh ben, le tout début, c'était il y a bien plus longtemps.

— Il y a des centaines de millions d'années?

— Beaucoup plus que ça. Il y a 4,5 milliards d'années.

— Il y avait quoi, à cette époque?

— Rien du tout. Que de la lave et de la fumée. Il n'y avait même pas de croûte terrestre. La température était infernale, et la Terre était constamment bombardée de météorites.

De sa voix calme et assurée, il racontait sans se presser les origines de notre planète. Son récit me transportait dans une dimension parallèle ; comme si nous remontions la grande autoroute du temps. À une vitesse de quelques millions d'années par tranche de dix kilomètres, je dirais. Mon imagination transformait le ruban d'asphalte et les pins en un paysage apocalyptique, mais en présence de Michael je me sentais en sécurité. Je savais déjà que l'eau refroidirait bientôt la surface de la Terre.

— Plus tôt qu'on ne pensait initialement, d'ailleurs, a-t-il précisé. Probablement déjà quelque cent cinquante millions d'années après la formation de notre planète. Mais il n'y avait toujours pas d'oxygène dans l'air. C'est pourquoi il faut faire un bond dans le temps, et zoomer sur l'Australie occidentale.

— Une de tes pierres vient de là-bas ?

— L'Australie est extraordinaire. Il y a encore tant de choses à y découvrir, de quoi occuper plusieurs générations de géologues. Des réponses à des questions qui ne nous sont même pas encore venues à l'esprit. Ce continent tout entier nous rappelle sans cesse à quel point nous sommes insignifiants et ignorants. Tu n'imagines pas toutes les merveilles que recèle cet endroit. Pour n'en citer qu'une seule, on a trouvé des stromatolithes dans la baie Shark, à l'ouest du pays.

— Tu y as été ?

— Oui, a-t-il acquiescé avec enthousiasme. Imagine un paysage absolument impitoyable.

Il y avait des étoiles dans ses yeux. Le débit de ses paroles s'accélérait, et il a même retiré sa main de ma jambe pour pouvoir gesticuler.

— Un soleil accablant, des falaises ocre, une terre desséchée et une eau deux fois plus salée que celle de la mer sur laquelle débouche la baie. Et ce sont précisément ces conditions extrêmes qui ont permis aux stromatolithes de se développer. S'ils survivent, c'est parce que rien d'autre n'en est capable. Autrefois, ils dominaient toute la vie sur Terre, et ils ont profondément affecté le climat. Ce sont eux qui ont posé les bases d'une énorme portion de la biodiversité ultérieure. C'est grâce à eux qu'on existe ici, en Oregon, au XXIe siècle, qu'on peut faire de la voiture et réfléchir au commencement des choses. Et c'est définitivement grâce à eux que j'ai décroché ce poste en Australie.

— On leur doit vraiment tant que ça ?

— Et comment : ce sont eux qui nous ont donné l'oxygène. D'abord sous l'eau, puis dans l'air, jusqu'à ce que la Terre soit prête à accueillir une véritable explosion de vie. Les stromatolithes sont l'un des plus anciens exemples de photosynthèse connus. Ils absorbaient les rayons du soleil et rejetaient de l'oxygène. À cette époque, les océans étaient encore très riches en fer. Et quand on associe de l'oxygène et du fer, qu'est-ce qu'on obtient ?

— De la rouille ?

— Exactement. Les mers se sont mises à rouiller. Au cours de centaines de millions d'années, des couches de rouille successives se sont déposées sur les fonds océaniques. On peut encore observer ces dépôts sédimentaires aujourd'hui, à certains endroits. C'est un peu comme voir notre planète respirer. La première grande inspiration de la biosphère. Cette rouille est à l'origine des énormes réserves de fer de l'Australie. C'est pour étudier ça que j'ai travaillé pendant un an au Mount Whaleback. Je… Henny ! Tu te moques de moi. Tu as fait exprès de me lancer sur le sujet pour que je parte dans un exposé de géologie, pas vrai ?

Je lui ai souri pour toute réponse.

— Ça m'a manqué.

Je me suis confortablement appuyée au dossier en riant et ai fermé les yeux, me disant que, tout compte fait, la liberté c'était de rouler en voiture sans connaître sa destination. De ne pas devoir faire le ménage dans les chambres du motel. La liberté, c'était le corps de Michael à mon côté, mes bâillements impossibles à contenir en raison du manque de sommeil, et une route en ligne droite qui fendait la forêt.

Je sais que Michael aime l'Oregon, au fond, parce qu'il m'a emmenée à Crater Lake, un lac dont la formation remonte à sept mille sept cents ans. Les Amérindiens étaient déjà là pour y assister. Et dès lors qu'un événement géologique est survenu après l'apparition de l'Homme, il perd tout intérêt aux yeux de Michael.

S'il a choisi cette destination, c'était donc pour d'autres raisons. Parce que c'est un des plus beaux lieux au monde, peut-être. Parce que l'eau y est si bleue et éclatante qu'elle en devient un véritable miroir, et qu'on a l'impression de se trouver au-dessus des nuages et de baisser les yeux sur le ciel. Parce qu'il savait à quel point j'aimais cet endroit.

Crater Lake a vu le jour lors d'une éruption cataclysmique du mont Mazama. La lave s'est écoulée dans toutes les directions : vers le Canada, le Wyoming, la Californie et le Nevada. Ensuite, le volcan s'est effondré sur lui-même pour laisser place à un gigantesque trou, un genre de chaudron qui s'est progressivement rempli d'eau de pluie et de fonte des neiges. Avec ses cinq cent quatre-vingt-douze mètres de fond, il s'agit du lac le plus profond des États-Unis. En outre, aucun cours d'eau ne s'y jette ni ne s'en écoule, et c'est ce qui lui confère toute sa splendeur.

— Même pas huit mille ans d'âge, ai-je commenté. Tu te ramollis.

— Je me suis dit que je t'avais peut-être montré assez de falaises perdues au milieu de nulle part.

— Avoue-le, tu voulais venir à cet endroit parce que tu le trouves beau. L'Oregon, ça t'a *manqué*.

— Certaines choses m'ont manqué en Oregon.

J'ai éclaté de rire. J'étais isolée dans une bulle de bonheur. Nous nous regardions sans cesse et n'arrêtions jamais de sourire.

Je ne me disais pas pour autant que nous resterions ensemble pour toujours. Peut-être qu'il finirait par me quitter. Il succomberait à l'appel des pierres, et de tous ces endroits palpitants et exotiques qui constituaient des souvenirs pour lui mais qui n'étaient que des noms creux à mes oreilles. *La baie Shark*. Je ne me préoccupais tout simplement pas de l'avenir. Nous étions hors du temps. Peut-être que cet instant au bord de Crater Lake durerait une éternité. Peut-être qu'il serait suivi d'autres moments tout aussi douloureusement merveilleux. Quoi qu'il en fût, j'entendais bien en savourer chaque seconde. Je n'avais pas peur de la douleur si souvent indissociable des histoires d'amour. À cet instant et en cet endroit, la vie était aussi limpide que l'eau à mes pieds.

Contente-toi de vivre, me suis-je dit. *Sois à l'écoute de tous tes sens. Chaque seconde est comptée. Plusieurs jours, c'est un miracle.*

Une amitié unique au monde

Je presse mes paupières et me pose la question : direction la ville ou le motel ?

Je suis assise sur la colline qui surplombe le parking, d'où MacKenzie et moi aimions observer les voitures qui ralentissaient au carrefour.

Clignotant à droite pour le motel, à gauche pour la ville.

Quand une voiture bifurquait, cela voulait dire qu'il allait se passer quelque chose. Un client, une livraison, n'importe quoi.

Le motel a presque l'air en ruine et abandonné sous le soleil. Tout est vide et gris. L'unique touche de couleur provient d'une canette rouge de Coca vide, que le vent fait rouler sur le parking. Je passe les bras autour de mes genoux.

Est-ce que tout ça existera encore, quand je disparaîtrai ? L'espace d'une seconde, tout l'Univers n'est que le fruit de mon imagination. La vie qu'est qu'une fantaisie. Rien n'est réel.

Une interrogation surgie de nulle part : *qui* disparaîtra au juste, quand je serai incinérée ?

Je pense qu'il y a une chose unique en chacun de nous. Une chose qui nous définit. Une façon de voir le monde, peut-être. Un genre de noyau central, une âme, peu importe le nom qu'on colle dessus. J'ai passé toute ma vie d'adulte à travailler dans un motel, alors je peux vous dire que j'ai croisé un paquet de gens spéciaux. Nous sommes trop étranges pour ne pas être uniques. Personne n'est bizarre exactement de la même manière.

Prenons MacKenzie, par exemple. Pour elle, tout est une aventure. Michael, lui, contemple le monde et voit des centaines de millions d'années d'histoire. Alejandro découpe le monde en arrêts sur image. S'il était là en cet instant, il aurait sans doute trouvé que la canette de soda était l'élément le plus important du tableau. Je pense qu'il est le seul employé de motel au monde à faire le ménage dans les chambres avec un appareil photo autour du cou. Photographe à temps partiel, il refuse d'arrêter de travailler ici, à cause des innombrables opportunités de saisir sur pellicule la solitude humaine. Avant, je ne comprenais jamais ce qu'il voulait dire. Nous étions toujours tous là, comment pouvait-on donc être seul ?

Et Dolores, tiens ! De son point de vue, chaque personne est un ventre qui crie famine.

Et moi, alors ? Qui étais-je ? Je ne vois pas en quoi le monde sera plus pauvre sans moi. Tout ce que je sais, c'est que le monde va me manquer, à moi.

Quand nous étions jeunes, MacKenzie rêvait de partir en road trip pour visiter tout un tas de motels. Elle a même constitué un album rempli d'articles sur divers établissements excentriques. Elle a commencé à les conserver le premier été où nous avons travaillé ici, et je ne comprenais vraiment pas ce qui la motivait. Pourquoi vouloir partir ailleurs ? Nous avions déjà un très beau motel.

Partir en voyage, ça ne m'a jamais fait rêver. J'étais très satisfaite de vivre ici. Et je le suis toujours. Même maintenant que je ne peux plus rien faire, cet endroit bien connu me réconforte et me donne de la force.

Aucune voiture ne s'arrête. Il est quinze heures, et personne n'est assez bête pour rester ici à moins de ne pas avoir le choix. Le déjeuner est passé : même le diner n'attire pas le moindre client. L'après-midi étire ses ombres sur le goudron. Ensuite viendra le soir. Puis la nuit. Et ainsi de suite, jusqu'à la fin des temps.

En plus, ce n'était pas sûr qu'il se passe quelque chose quand une voiture s'arrêtait. Certes, c'était toujours une distraction, mais rien ne garantissait qu'ils allaient rester.

Certains jaugeaient le motel depuis leur siège et estimaient que cela valait le coup de chercher un meilleur établissement. Après tout, Baker City, baptisée d'après Edvard D. Baker, l'unique sénateur de toute l'histoire des États-Unis à être mort au combat, ne se trouve qu'à quelques heures de route. Et de nos jours, avec Airbnb et toutes les alternatives, ils restent parfois dans leur véhicule le temps de consulter les autres options sur leurs téléphones.

Premier signe indiquant qu'ils vont rester : s'ils sortent de la voiture. « S'ils descendent, il y a 70 % de chances qu'ils restent », disait toujours Juan Esteban, une maxime reprise depuis par MacKenzie. « Ils ont fait une longue route. S'ils se sont levés et étirés, ils n'ont pas la moindre envie de retourner dans la voiture et de reprendre le volant pour plusieurs heures. »

S'ils sortent leurs valises, la probabilité passe presque à 90 %. « Les gens détestent trimbaler leurs bagages. Personne n'aime avoir l'air bête, et il n'y a rien de plus humiliant que de traverser deux fois de suite un parking avec ses valises. »

Unique exception à cette règle, le cas des couples mariés dont seul l'époux porte les bagages. « La femme n'a aucune objection à ce que son mari passe pour un idiot, raisonnait MacKenzie. Elle pourra toujours trouver quelque chose à redire. » Elle se méfie des couples mariés, et en particulier des épouses, convaincue qu'elles projettent toutes les frustrations de leurs vies sur son motel.

Sujets de dispute des couples mariés au motel : qui est responsable de leur départ trop tardif? Qui était censé lire la carte?

Pourquoi refuse-t-il de s'arrêter pour demander son chemin ? Comment peut-il être assez radin pour choisir ce motel ? Pourquoi faut-il aller voir sa mère à elle ? Par contre, si l'objet du voyage est de rendre visite à la mère de monsieur, madame ne bronche pas. Elle demeure stoïque, résolue, les mains crispées sur le cadeau réservé à la belle-mère.

Le parking est toujours désert. Même la canette de Coca s'en est allée.

C'est alors qu'une voiture ralentit, pour tourner brusquement.

Je me lève et cours à sa rencontre, comme nous le faisions petites, et pendant quelques minutes je m'égare dans un fantasme : MacKenzie est avec moi, nous avons quinze ans et nous débordons tellement d'énergie que nous ne pouvons nous contenter de marcher. Je dévale la pente et poursuis ma course sur l'asphalte, les places de stationnement libres devant moi, la route et les arbres à l'horizon.

Je pile sec quand l'illusion s'évapore. Normalement, je devrais voir le dos de MacKenzie. Elle me devançait toujours.

Néanmoins, la Honda est bien réelle et garée devant le motel. En approchant, je discerne une plaque d'immatriculation californienne, et quand je jette un œil par la vitre du côté passager, je repère tous les signes d'un long voyage. Un sandwich à moitié mangé, négligemment emballé dans du papier brun, une canette de Pepsi et sachet de chips ouvert.

La conductrice solitaire reste dans le véhicule. Elle agrippe le volant, puis pose le front dessus. Elle porte un splendide chapeau rouge à bord large. Ses longs cheveux noirs tombent sur ses épaules de façon théâtrale.

Elle tourne la tête, toujours penchée sur le volant, et balaie du regard le parking et le motel. Son visage me semble familier. Pas le rouge à lèvres écarlate ni les sourcils bien marqués, mais quelque chose dans ces pommettes saillantes, ce menton anguleux…

Je me redresse brusquement. *Camila.*

Lorsqu'elle descend de la voiture, tous mes doutes s'envolent. Camila est de retour.

Elle portait un nom complètement différent quand nous étions jeunes, mais je suis ravie de constater que ce nouveau prénom me paraît déjà tout à fait naturel. Elle *est* Camila, aussi assurément que si elle avait toujours été baptisée ainsi.

Je me force à détacher les yeux de sa nouvelle apparence, puis fonce à la réception. Je veux voir la tête que fera MacKenzie quand Camila apparaîtra sur le seuil.

Elle est assise derrière le guichet, le regard perdu dans le vide. Elle n'a même pas la force d'avoir l'air épuisée. Elle lève la tête quand la porte s'ouvre, mais comme le soleil de l'après-midi l'éblouit, elle se contente d'afficher un sourire courtois et de faire signe à la nouvelle cliente d'avancer.

Je crois que c'est la première fois que Camila voit le sourire poli de MacKenzie. Avant, elle n'en avait même pas. Désormais, c'est son seul sourire.

Pendant une fraction de seconde, je vois deux MacKenzie. La mienne, dont tous les détails me sont tellement familiers que je les remarque à peine, et celle que voit Camila, un amalgame déroutant de vieux et de neuf. La même mèche rebelle qui lui tombe toujours dans l'œil, et le même geste inconscient lorsqu'elle l'écarte avec agacement. Le visage bronzé, d'ordinaire éclatant de santé mais aux traits actuellement marqués par la fatigue. Une nouvelle assurance mêlée de retenue dans tout ce qu'elle fait. Le genre d'assurance qui s'empare de vous lorsque vous n'accordez plus aucune importance à l'image que vous renvoyez. Un cynisme las gravé sur sa figure. Je me demande si Camila lit déjà tout cela.

Mille et un, mille deux, mille trois, je compte dans ma tête, et soudain le voilà : un authentique sourire illumine le visage de MacKenzie.

Elle se lève, avance de cinq grandes enjambées en direction de Camila et la soulève dans ses bras. Camila étant beaucoup plus grande qu'elle, elle doit se pencher en arrière, mais elle s'en moque et commence à la faire tourner en rond.

Complètement prise au dépourvu, Camila éclate de rire et respire à pleins poumons l'odeur de MacKenzie, à la fois si familière et étrangère. Quand elle expire à nouveau, c'est de façon hachée, à mi-chemin entre un soupir et un sanglot. Je crois voir des larmes dans ses yeux, mais quand elle ferme les paupières et les rouvre je n'en suis plus si sûre.

— J'ai reçu ton message, déclare-t-elle. J'étais obligée de revenir.

— Évidemment, approuve MacKenzie.

Pourtant, quand nous avons enterré Juan Esteban, elle était aux abonnés absents.

Camila est partie peu après Michael.

Ce dernier parlait si souvent de quitter la ville que j'en venais presque à douter qu'il le ferait un jour.

Camila, au contraire, ne l'a jamais évoqué. Elle était presque aussi taciturne que moi, mais pas pour les mêmes raisons, je pense. Si je ne parlais pas souvent, c'était parce que je n'avais rien à dire. Or, je crois bien que le silence de Camila dénotait une véritable maîtrise de soi. Elle endurait sans broncher le travail au motel et les mesquineries si fréquentes dans les petites villes. Elle ne se plaignait pas de la morosité de son poste. Elle n'a jamais essayé de se faire accepter par les habitants. Elle n'avait aucun espoir de voir les choses changer tant qu'elle resterait ici.

Elle n'a jamais partagé l'amour que vouaient son oncle et MacKenzie au motel. Juan Esteban disait toujours que la liberté, c'était de posséder une propriété foncière et d'être chef de sa propre entreprise. Il avait trop souvent été la cible de racisme lorsqu'il avait émigré aux États-Unis depuis le Salvador pour croire encore à la possibilité de faire carrière dans une entreprise américaine.

Mais Camila n'a jamais compris en quoi faire le ménage dans les chambres du motel la rendait libre. Elle voyait Juan Esteban se tuer lentement à la tâche, et elle rêvait d'autre chose. Je pense qu'elle aspirait à l'anonymat des métropoles, à un boulot qui ne la suivrait pas chez elle en fin de journée, et surtout à ne plus jamais travailler dans le secteur tertiaire et devoir sourire à des clients déraisonnables.

Elle tracerait sa propre route, assurait-elle.

Cela dit, quelques années après son déménagement à Los Angeles, nous avons reçu un mail nous informant qu'elle avait changé de nom et de pronom. Elle ne nous avait pas tout à fait oubliées, si elle tenait à nous mettre au courant.

Naturellement, je lui ai répondu, et par la suite je recevais un message de temps à autre, évoquant la nature de son travail. Ou les embouteillages de L.A. qui commençaient à la rendre folle, par contraste avec la vie nocturne qui la comblait. Le début de sa thérapie hormonale. Ses opérations. Sa liaison avec une doctorante rédigeant une thèse sur le théâtre d'un point de vue queer et postcolonial. Leur rupture. Cette magnifique journée presque entièrement dépourvue de smog. Ce genre de nouvelles capitales.

Mais les mails se sont de plus en plus espacés au fil des années, pour finalement cesser. La dernière fois que je lui ai écrit, l'adresse n'était plus valide.

Depuis plusieurs années, MacKenzie envoie les bilans annuels et autres documents comptables à une boîte postale de Los Angeles, sans recevoir la moindre réponse. Le seul papier qui importait à Camila était le mandat qui donnait à MacKenzie le droit de faire ce qu'elle voulait de son motel.

MacKenzie guide Camila à sa chambre.

— À six heures, on va boire un coup, déclare-t-elle.

Cela tient plus de l'ordre que de la proposition. À six heures moins le quart, j'observe Camila qui se maquille en vitesse. Trois brèves applications de fond de teint, un peu de rouge et une nouvelle couche de mascara.

Je prends plaisir à la voir bouger ainsi. D'une certaine manière, elle est complètement différente : nouveau look, nouveau nom. *Nouveaux seins aussi*, me dis-je, un peu gênée. Mais, en même temps, elle n'a pas changé. Elle est toujours elle-même. Non, elle est *plus* elle-même qu'avant. Chacun de ses gestes témoigne d'une assurance sans faille.

Quand elle a fini de se maquiller, elle enfile ses bottes, attrape sa veste, et la voilà prête à sortir.

Sur toutes les portes du motel, une affiche incite les clients à éteindre la lumière derrière eux. C'était l'une des idées fixes de Juan Esteban, vers la fin. Chaque fois que nous recevions une facture d'électricité, il boudait pendant plusieurs jours. Camila secoue la tête, éteint la lampe et ferme la porte.

Je la suis à la réception, où l'attend MacKenzie qui lui fait signe. On dirait que l'arrivée de Camila a suscité un regain d'énergie chez elle. Je vois dans l'attitude de MacKenzie qu'elle a décidé de s'amuser, ce soir.

Une façade fragile; je sais qu'elle a les nerfs à fleur de peau. Seul son refus de craquer devant les autres l'empêche de réagir lorsque l'irritation, la colère ou la fatigue se fait ressentir. Depuis ma disparition, elle se laisse atteindre par les choses les plus insignifiantes.

Malgré tout, l'espace d'une soirée, elle oubliera tout ça et passera un bon moment. Elle boira de la bière et racontera des anecdotes drôles, dont au moins la moitié seront inventées. Pourquoi s'encombrer de la vérité? Tout ce qui compte, c'est de narrer une bonne histoire. Parfois elle ment alors que ça ne sert même pas son récit. *L'imagination est un muscle, Henny. Il faut l'entretenir. Si on arrête de mentir et de faire marcher les gens, un beau jour, on risque de se réveiller et de voir le monde tel qu'il est réellement. Ce serait horrible, tu ne trouves pas ?*

— Tu es seul maître à bord, ce soir, annonce MacKenzie à Alejandro. Nous, on va se saouler la gueule.

L'intéressé marmonne quelque chose sans lever les yeux de son écran. Il me semble capter « il était temps ».

Sur ce, MacKenzie se tourne vers Camila.

— On va chercher Michael, aussi.

Camila semble nerveuse au son de ce nom. Je suppose que ce ne sera pas *exactement* comme à l'époque. Nous avons tous changé. Certains… plus que d'autres. Mais tout ira bien. Elle a envie de voir Michael. Je le sais.

Je grimpe dans l'espace ouvert à l'arrière, tandis que Camila s'assied à côté de MacKenzie, qui démarre le pick-up avec un sourire aux lèvres.

— Direction la Redwood Cabin ! clamé-je dans la nuit.

MacKenzie s'arrête juste devant le cabanon, descend la vitre et hèle :

— Michael ! Viens boire un verre ! Camila est là !

Le boucan du moteur et sa voix exubérante brisent le silence crépusculaire, et semblent tirer Michael d'un genre de léthargie. Manifestement, il a lui aussi été prévenu par mail du changement de nom et de pronom, car il accepte sa nouvelle apparence sans la commenter.

Il ne prononce que trois mots.

— Tu es revenue.

— Toi aussi, répond Camila, visiblement tendue.

Ils se lorgnent discrètement, le temps de se réhabituer à leur présence mutuelle.

— Quand… ? demande-t-elle.

— Trois jours avant, répond-il.

Camila avale sa salive.

— J'aurais voulu…

— Oui.

— Je n'arrive pas à concevoir qu'elle nous ait quittés. Pas *Henny*. C'est impossible. Elle a toujours été la meilleure d'entre nous.

MacKenzie intervient immédiatement.

— Pas ce soir. Ce soir, on ne pense pas à ça. Je le refuse. Ce soir, on se met une mine et on ne pense à rien du tout.

Les regards de Michael et Camila se croisent, et on peut y lire une entente qui semble les surprendre tous les deux. Je crois qu'ils se demandent si c'est vraiment une bonne idée, de ne pas parler de moi. Or, ils n'ont aucune chance contre MacKenzie, lorsqu'elle est de cette humeur.

— Allez, dit-elle. On va en ville.

MacKenzie et Camila s'asseyent à l'avant, et Michael et moi dans la benne. Il a les jambes étendues et les bras posés sur les rebords. Je me blottis contre son épaule et admire les étoiles et les arbres qu'éclairent brièvement les phares.

Michael essaie de sortir de son apathie. Il tente de faire la conversation depuis l'arrière, bien qu'il doive crier pour couvrir le bruit du moteur.

— Tu bosses dans quoi, ces temps-ci ?

Le vent nous transmet la réponse de Camila.

— Je suis assistante. Mon patron gère une entreprise de construction, mais il rêve d'être scénariste pour le cinéma. La moitié de mon travail consiste à réserver des stages d'écriture et à harceler des agents pour leur faire lire son dernier chef-d'œuvre.

Je pose le bras sur la jambe de Michael. Aux abords de la ville, les étoiles cèdent la place aux lampadaires. Quand je perçois les silhouettes de nos ormes malingres, je sais que nous sommes presque arrivés.

Si je me concentre très fort, je peux sentir le vent sur ma peau.

De toute l'histoire de l'humanité, jamais une amitié n'a été aussi forte que la nôtre, et il n'y a rien de mieux qu'aller au Timber ensemble.

Nous sommes des soldats conquérants, une cavalerie qui déboule sur le champ de bataille, prêts à s'emparer de la nuit. Non, mieux. Des soldats *victorieux*, de retour de la guerre. Balafrés, peut-être, mais aussi plus mûrs et plus sages. Nous avons transformé la défaite en triomphe, nous sommes revenus quand tous nous pensaient anéantis. Regardez-nous ! Nous sommes adultes, nous sommes forts et nous sommes libres. Et réunis.

Dès l'ouverture de la porte, la chaleur du local et les notes de *Tunnel of Love*, de Bruce Springsteen, nous accueillent.

— Pour l'amour du ciel, Buddy, mets-nous quelque chose de plus gai ! s'agace MacKenzie.

Elle est notre commandante, comme toujours. Prête à nous ouvrir la voie de l'aventure ou des complications, et parfois des deux.

Buddy ricane dans sa barbe. Comme il aime bien MacKenzie, il change de disque en faveur de *Born in the USA*, et bientôt Bruce chante son refus de baisser les bras. Je chante en chœur en suivant Michael et en souriant à toute la salle.

— *No surrender !*

Ce bar ne m'a jamais semblé aussi attrayant, la lumière tamisée aussi intimiste ni les tables en bois noir aussi accueillantes.

Michael paie la première tournée. Je lui lance un regard perplexe lorsqu'il revient avec trois bouteilles de bière.

Pourquoi seulement trois ?

Ah, c'est vrai. Je suis morte.

Il aurait tout de même pu en prendre une pour moi. Une façon de me rendre hommage. « Elle est avec nous, dans nos pensées, et elle veut une Pabst Blue Ribbon, aurait-il déclaré, parce qu'elle n'a vraiment pas de goût et aime boire de la pisse. »

Cela ne m'empêche pas de trinquer avec eux, l'amitié et l'espoir me faisant tourner la tête, à défaut d'alcool.

— À la nôtre ! À tous ces jours passés au motel, et au retour de Michael et Camila, et à nos retrouvailles, et à la bière fadasse, et pourquoi pas à Bruce Springsteen, tant qu'on y est !

— Et, euh, ton boulot te plaît ? demande Michael.

Je constate avec stupeur que lui et Camila ne sont pas aussi enjoués que MacKenzie et moi. Camila nous a choisi une table aussi reculée que possible, et éloignée au maximum des autres clients. Nous sommes installés dans la pénombre, dans un coin du côté de la cible de fléchettes.

— C'est pas vrai, souffle MacKenzie. Parlez donc de quelque chose d'un peu plus fun !

Michael regarde autour de lui d'un air gêné. Camila arrache de petits morceaux de l'étiquette de sa bière. Le silence descend sur la table.

MacKenzie le comble avec de vieilles histoires fantasques. Chaque fois qu'elle ouvre la bouche, c'est pour commencer par « vous vous rappelez quand... ? » ou « souvenez-vous... ».

Nous n'aurions jamais dû nous disperser. Au moins, MacKenzie et moi étions là l'une pour l'autre, mais nous avons laissé Michael et Camila partir seuls de leur côté. Et aujourd'hui, nous sommes de nouveau là.

— Je ne pensais pas revenir un jour ici, finit par avouer Camila.

Malgré son air sceptique, son intervention me rappelle que nos retrouvailles sont un vrai miracle. Certes, nous ne nous connaissons plus vraiment et nous sommes mal à l'aise, mais nous sommes *ensemble*.

Il y a deux semaines à peine, je pensais que ma vie suivrait son cours habituel jusqu'à la fin des temps. Et aujourd'hui j'ai couché avec Michael, et nous sommes tous rassemblés. Je gardais le souvenir de notre amitié, et elle me manquait, mais j'avais baissé les bras. Je m'en rends compte, à présent. J'ai jugé l'avenir à l'aune de mon passé. Comme nous ne nous étions jamais réunis, aucune raison de l'espérer.

Quelque part, croire que la vie ne changera jamais, c'est une forme d'orgueil.

Camila inspecte les alentours. Elle semble égarée dans ce décor, et en même temps, sur un plan plus métaphysique, elle est parfaitement à sa place. Sa bière ne saurait être ailleurs qu'entre celles de Michael et MacKenzie, ni ses longs doigts graciles entre les mains robustes de mon amour et les paluches calleuses de mon amie.

Je ne saurais l'expliquer, mais il me semble subitement inévitable que nous nous soyons retrouvés. Deux semaines plus tôt, cela n'aurait pas été envisageable.

— Je n'arrive pas à croire que tout soit encore comme avant, observe Camila, toujours occupée à réduire son étiquette en charpie. Les choses n'auraient pas dû changer un minimum ? Ceux qui disent qu'il est impossible de revenir en arrière ne sont jamais venus à Pine Creek. En dix ans, c'est à peine si j'ai pensé à cette ville. Un peu comme si elle avait cessé d'exister à l'instant où je l'ai quittée. Comme si elle n'était qu'un vieux décor qu'on ressort pour la pièce de Noël, à l'école.

— Eh non, le décor reste en place toute l'année, dit MacKenzie.

— Pour moi, c'est le contraire, avance Michael. Cet endroit est bien réel et a vécu en mon absence. Tout ce que la ville attendait, c'était de me harponner et de me tenir entre ses griffes à nouveau.

Il fait tourner sa bouteille entre ses mains. Même MacKenzie semble en proie à une certaine agitation, trahie par des mouvements presque imperceptibles. Je les réprimande.

— Ça suffit, maintenant ! On est là pour s'amuser. On est de nouveau tous ensemble, que diable !

Évidemment, ils ne m'écoutent pas.

Michael se penche vers MacKenzie.

— Tu n'as jamais eu envie de partir d'ici ? lui demande-t-il.

Camila a fini de déchirer son étiquette. Elle forme un petit tas devant elle, et elle semble se demander ce qu'elle va bien pouvoir en faire.

MacKenzie hausse les épaules.

— Pour aller où ?

Michael hésite un instant.

— Et Henny ? Elle n'a jamais voulu s'en aller ?

Mon nom flotte en l'air, sinistre rappel de la raison de nos retrouvailles. J'aurais préféré qu'il ne le prononce pas, mais je suis heureuse de savoir qu'il pense à moi.

— Elle n'a jamais rencontré quelqu'un d'autre ? Un mariage, dix-sept enfants, une maison dans la même rue que son père ?

— On en parlait jamais, avoue MacKenzie, mais…

— Mais quoi ?

— Une sale histoire. Un vendeur itinérant. Charmant, beau gosse, bien bâti… la pauvre Henny n'a pas pu lui résister.

— MacKenzie ! m'indigné-je.

Michael et Camila la fixent avec fascination, tandis qu'elle peint un portrait de moi inédit et complètement erroné.

— Qu'est-ce qu'il s'est passé ? s'enquiert Camila.

— Il se trouve qu'il était déjà marié. À quatre autres femmes. Je ne crois pas qu'il avait exactement dix-sept gosses, mais c'était pas loin. Et pourtant… parfois, je me dis que ce ne sont pas ses mensonges qui l'ont le plus blessée, mais le gamin qu'il lui a laissé dans le ventre… Le père de Henny l'a forcée à le faire adopter. Elle n'était plus vraiment la même, après ça.

— MacKenzie ! s'exclame Camila. Rien de tout ça n'est vrai, hein ?

— Bien sûr que non. Mais ça vaut toujours mieux que votre vision méprisante de la vie rurale. Henny aimait cette ville. Respectez-la un peu.

Michael a l'air embarrassé, mais aussi soulagé.

Au comptoir éclate une dispute à propos de « cette putain de musique », mais Buddy s'impose aisément. Bruce peut continuer à danser dans le noir, et tant pis si ça ne plaît pas à Stacey Callahan. C'est tout ce que Buddy a à dire sur le sujet.

Michael se penche par-dessus la table.

— Je rêve, où c'est… ? demande-t-il tandis que Stacey titube dans notre direction.

— Stacey, Camila, annonce MacKenzie.

La première n'accorde même pas un regard à la seconde. Pas de signe de reconnaissance ni de commentaire surpris. Camila finit par se détendre.

— Tu connais Michael, naturellement.

Stacey s'incline et pose les mains sur la table.

— Contente de te revoir, déclare-t-elle. Ton frère est un imbécile.

— Euh, ravi de te revoir aussi, bredouille Michael.

Elle lutte pour concentrer de nouveau son attention sur MacKenzie.

— Désolée pour ce qui est arrivé à Henny. C'est mon mari qui aurait dû mourir à sa place.

— La vie est injuste, approuve MacKenzie.

— Et, euh, comment va Derek ? l'interroge Michael.

— T'en fais pas pour lui, il s'occupe. Il a couché avec tout ce qui marche sur deux jambes et presque tout ce qui marche à quatre pattes.

Michael avale sa bière de travers.

— Passe-lui le bonjour de ma part, hoquète-t-il quand il cesse de tousser.

— Tu le feras toi-même, réplique Stacey, avant de retourner au bar d'une démarche chancelante.

MacKenzie revient sur le jour où elle a planté la Volvo flambant neuve de Cheryl, qui la lui prêtait pour la première fois. *Vous vous souvenez… ?*

— Ensuite elle me donnait tout le temps des stickers avec marqué dessus « Klaxonne si tu aimes Jésus », « Je fonce pour Jésus » ou mon préféré : « La prochaine fois que tu pries, demande à Jésus de te donner des leçons de conduite. »

C'est la deuxième fois qu'on entend cette anecdote ce soir.

Michael retourne chercher des bières pour Camila et MacKenzie, endossant de lui-même le rôle de capitaine de soirée. Les nouvelles bouteilles s'entrechoquent avec les précédentes sur la table.

Quelque chose capte mon attention et occulte le comptoir à moitié désert et les boiseries foncées. Je vois des gyrophares bleutés, du gravier au bord de la route, des cordons de police fouettés par le vent. Le silence assourdissant après le choc.

Le chauffeur du camion.

Paul. À l'instar de tous les détails de ce dimanche après-midi, il est gravé dans ma mémoire. Il est assis seul dans un coin sombre, un verre de bière rempli devant lui. Je crois que ce sont les manches de la chemise à carreaux qui ont attiré mon regard. Je me souviens comme il tirait dessus.

Je ne sais pas vraiment ce que je ressens. Il me rappelle à la dure réalité de ma mort, mais c'est aussi la seule personne qui sait réellement ce qui m'est arrivé. Nous partageons un petit bout de route, à peine cent mètres de long, sur lesquels nos deux vies ont irrémédiablement basculé. Au final, je ne suis pas si seule.

Alors que je m'apprête à me lever pour aller le voir, Camila déclare :

— Je déteste ce motel.

Je me rassieds aussitôt.

Elle s'est exprimée sur un ton aussi détaché que si elle commentait la météo.

— Vous savez quelle est la première chose que je me suis dite quand je suis entrée dans ma chambre, aujourd'hui ? lance-t-elle.

— Non, quoi ? répond MacKenzie.

— Que les murs avaient besoin d'une nouvelle couche de peinture. Juan Esteban a travaillé là toute sa vie. Le motel l'a dévoré, a drainé toute son énergie et sa personnalité, et l'unique preuve de son dur labeur, de son existence même, c'est qu'il faut encore repeindre les murs. C'est un cycle infernal.

— Comptez pas sur moi, avertit Michael. Je me suis déjà farci toute la peinture une fois.

— J'étais la seule à voir la vérité. C'était un endroit délabré, miteux, *isolé*. Déjà à l'époque. Et ça ne s'est pas arrangé avec les années. Tout le monde était focalisé sur l'enthousiasme de Juan Esteban. Comme s'il était un illusionniste qui nous avait tous bernés. Quand on l'écoutait parler, on ne voyait pas la réalité. Tous ces types solitaires qui s'arrêtaient une nuit avant de poursuivre leur vie misérable. Ces chambres étroites et mal éclairées. Et l'appartement dans lequel on vivait ! C'était pas mieux. Il y avait même pas de cuisine ! Pas de plan de travail, pas de table à manger, rien qui lui donnait l'air d'un foyer. Ce n'était qu'une salle d'attente. Une demi-heure de repos avant le prochain coup de sonnette, le prochain client qui réclamait de nouveau quelque chose, ou la corvée suivante, jusqu'à ce qu'on puisse enfin aller se coucher. Et Juan Esteban qui agissait comme si tout ça était normal. Non, encore pire, comme si c'était une chose *positive*. Tout ce que je voulais, c'était une maison, un foyer, et j'ai eu un motel. Et maintenant je suis de retour.

— Je lève mon verre à cela, ironise MacKenzie.

Camila boit quelques gorgées de bière.

— Vous vous souvenez comme il parlait tout le temps de loisirs ? « Les loisirs, c'est le futur. Quand vous serez grands, vous pourrez gérer votre propre motel. » Comme si c'était la consécration de toute une vie. Comme si je ne désirais rien de mieux que de rester ici à jamais pour perpétuer son héritage.

Elle secoue sa bouteille et constate avec étonnement qu'elle est vide. Michael va lui en chercher une nouvelle. Le barman fait l'erreur d'offrir une tournée de whisky, et elle engloutit aussitôt le sien. Comme Michael ne touche pas son verre, elle l'avale à sa place.

— C'était un magicien dans un spectacle craignos. Il restait là à sourire et à gesticuler, sans comprendre que ses tours de passe-passe ne suffiraient pas à sauver le motel.

Une nouvelle gorgée. Elle s'attaque à l'étiquette, mais celle-ci se décolle avec une facilité provocante. Elle la roule en boule et l'écrase dans son poing.

— Si je suis revenue, c'est uniquement pour Henny, conclut-elle. Dès que les funérailles seront passées, je repartirai d'ici.

Je jette un œil du côté du coin isolé dans l'ombre, mais le routier a disparu. Il ne reste qu'une bière à moitié bue à sa place.

Sur le chemin du retour, c'est Camila qui s'installe dans la benne. Elle se recroqueville contre MacKenzie, tandis que Michael prend le volant. J'ai hésité entre l'arrière et le siège passager, mais j'ai fini par m'asseoir de l'autre côté de Camila.

Ivre morte, elle ne cesse de fredonner tout bas : « Henny est morte. Henny est morte. Henny est morte. » Comme une chanson de son invention. Sa tête tombe contre l'épaule de MacKenzie.

— C'est ton message, lui dit-elle en levant le visage vers elle. Depuis que je l'ai lu, cette phrase tourne en boucle dans mon crâne. « Demande de contact envoyée par MacKenzie Jones. »

Elle ferme les yeux.

— Je suis revenue seulement pour Henny.

— Naturellement, soupire MacKenzie.

Vidée de toute son énergie, elle se penche par-dessus le bord de la remorque, pour sentir le courant d'air frais sur ses joues. Ses cheveux virevoltent autour de son visage, m'empêchant de voir son expression.

Michael se gare devant le motel. MacKenzie refuse son aide et monte l'escalier en soutenant Camila, qui chantonne encore à voix basse. Elle trouve la clé dans la poche de sa veste et l'agite en direction de Michael. *C'est bon, je vais m'en sortir.*

Qu'importe, il reste en contrebas à les observer, pendant que MacKenzie ouvre la porte et entre dans la chambre avec son fardeau.

Elle dépose Camila sur le lit, au-dessus de la couverture et du couvre-lit à fleurs. Elle prend tout de même soin de lui retirer ses bottes.

Camila fixe le plafond, puis écarte les bras dans un geste exubérant.

— Mesdames et messieurs, je vous présente… le grandissime, le fabuleux Juan Esteban Alvarez ! Et pour son prochain tour… rien du tout !

Elle parle encore toute seule quand MacKenzie s'en va.

— Que dalle ! Nada !

Défaut numéro un…

Le lendemain matin, j'attends devant la chambre de Camila. Quand j'entends le bruit caractéristique de quelqu'un s'escrimant à ouvrir les persiennes défectueuses, j'en conclus qu'elle est habillée et je traverse la porte.

Elle me tourne le dos et continue à se battre avec les volets pendant quelques minutes. Étouffant un juron, elle s'avoue vaincue et reste dans la pénombre.

— Tu te rappelles la première fois que tu es venue ici ? lancé-je. Tu étais tellement plus cool que nous.

À vrai dire, je n'avais jamais vu quelqu'un avec autant de prestance. Impossible de définir exactement pourquoi. Elle portait un jean et un tee-shirt, tout comme nous, mais il était évident que les siens avaient été achetés dans une grande ville. À l'instar de ses vêtements, elle aussi était subtilement différente des autres. Quelque chose dans sa façon de bouger. Elle était grande, et mince, et gracieuse, et je me sentais toujours un peu gauche comparée à elle. Son regard donnait l'impression qu'elle essayait de lire dans vos pensées. Dans mon univers, tout le monde adorait MacKenzie, mais seule Camila était capable de l'observer avec une curieuse expression réservée. Elle la fixait souvent et ouvertement, sans se départir de son impassibilité.

— Et toi, tu détestais ce motel, poursuis-je.

En vérité, elle haïssait Pine Creek dans son intégralité, et peut-être même tout l'Oregon. Pourtant, elle n'a pas été plus épanouie à Los Angeles. C'est pas le genre de ville qu'on aime, avait-elle pour habitude de répéter. Elle existe tout simplement, mais elle est plus grande, plus dingue et plus crade que n'importe quelle autre ville. À L.A., on apprend la vie.

— Ouais, ben à Pine Creek aussi, répondait MacKenzie, vexée.

Du haut de ses dix-sept ans, Camila ignorait que le trafic routier chaotique et les embouteillages pouvaient en venir à manquer à certaines personnes, mais c'était bien ce qu'elle exprimait.

— Il n'y a même pas de bouchons, à Pine Creek, se lamentait-elle.

— Il y a la queue chaque fois que Dolores fait des tamales, rétorquait MacKenzie.

Camila a débarqué environ un mois avant les grandes vacances. Elle traînait des pieds, comme si elle refusait de vivre ici. *Je ne suis pas là*, disait son regard mutin. *Vous ne pouvez pas forcer mon corps à exister ici*, proclamait sa posture crispée. Elle semblait toujours légèrement détournée de la personne à qui elle s'adressait.

Camila s'allonge sur le lit. Seul le ronflement de la climatisation répond à sa respiration. Elle inspire rapidement et expire lentement. *Un*. Deux. *Un*. Deux.

Elle fixe le plafond.

— Oh, merde ! s'exclame-t-elle.

J'en déduis que la mémoire lui revient.

C'est sans doute le besoin de café qui la pousse à se remuer. Elle se lève péniblement, vérifie que ses habits ne sont pas froissés et quitte le confort de sa chambre.

En descendant, elle contemple le motel comme si elle rédigeait un de ces avis indignés sur TripAdvisor, laissés par des clients qui semblent avoir passé tout leur séjour à chercher méthodiquement le moindre défaut.

Défaut numéro 1 : Persiennes défectueuses.

Elle passe à côté d'une femme vêtue d'un poncho et portant des lunettes noires, sur le point d'aller rendre sa clé, et en profite pour jeter un coup d'œil dans la chambre.

Défaut numéro 2 : Peinture écaillée dans plusieurs chambres.

Hélas, elle n'a pas le temps de vérifier les persiennes avant que la cliente ne revienne chercher sa deuxième valise.

Camila essaie de se faufiler inaperçue dans le diner, mais à peine a-t-elle traversé la moitié de la salle qu'elle tombe dans l'étreinte d'un ours. Elle reste plantée là, inconfortablement pliée en avant, pressée contre Dolores, les bras le long du corps, tandis que la cuisinière la berce vigoureusement.

Défaut numéro 3 : Personnel trop enthousiaste et déterminé à ressasser le passé.

Dolores met un point d'honneur à installer Camila à sa meilleure table, celle juste à côté de la fenêtre qui donne sur le parking désert et la grisaille matinale. Elle passe un coup de torchon, malgré l'absence de la moindre miette sur la surface.

— Je suis contente que tu sois de retour… Camila? déclare-t-elle avec une note d'hésitation sur ce dernier mot, comme si elle testait le nom à voix haute.

Camila se fend d'un sourire crispé. Sous la table, elle enfonce ses ongles dans ses cuisses.

— Je savais que tu reviendrais. Tôt ou tard. Tu te rappelles… ?

— Pas maintenant, ma très chère et douce Dolores, l'interrompt Camila. J'ai besoin de café. Je n'ai pas la force d'affronter les souvenirs dans l'immédiat.

Dolores a l'air blessée, mais elle hoche la tête.

— C'est difficile pour nous tous, acquiesce-t-elle sur un ton compréhensif. Je te laisse tranquille.

Mais pas avant d'avoir réajusté le petit napperon inutile et d'avoir piqué la fleur en plastique de la table voisine sous le nez d'un ouvrier déconcerté.

— Je comprends très bien que tu aies besoin d'un peu de solitude, assure-t-elle.

Tapotant l'épaule de Camila, elle vérifie que la fleur est bien posée juste devant elle. Quand elle s'en va enfin, Camila ferme les yeux de soulagement.

Je doute que la fleur serve à quelque chose. Ses pétales rouge-orange en plastique n'illuminent guère la compacte grisaille extérieure. Un crachin irritant et persistant s'est mis à tomber, le genre qui vous mine le moral.

Après avoir puisé des forces dans une tasse de café, Camila retrouve MacKenzie dans la chambre 11.

Debout sur un escabeau, cette dernière s'escrime à réparer un ventilateur plafonnier. Elle porte une ceinture à outils et une épaisse chemise en coton rouge à carreaux.

Défaut numéro 4 : Ventilateurs défectueux.

Camila demeure un moment dans l'embrasure de la porte à observer MacKenzie à l'œuvre. Au premier abord, je crois qu'elle l'inclut dans son inspection critique du motel, mais il y a dans son regard une nuance que je ne parviens pas vraiment à identifier.

— Bon, je suis désolée pour hier soir, dit-elle soudain. Je n'avais pas vraiment prévu de boire autant et de vider mon sac comme ça.

MacKenzie continue à travailler comme si de rien n'était.

— Je suppose que c'est le fait de me retrouver ici, poursuit Camila. J'ai eu l'impression de retomber en adolescence. Et c'est pas une sensation agréable, tu peux me croire.

L'ombre d'un sourire danse sur les lèvres de MacKenzie.

— Et puis c'est le motel en lui-même. Rien n'a changé. Juan Esteban s'est ruiné la santé ici, et qu'est-ce que ça lui a rapporté ?

Du boulot à n'en plus finir, et le motel est toujours dans un état lamentable. Du coup, je…

Elle porte son attention sur le ventilateur.

— Bon sang, est-ce qu'il y a *une seule chose* qui fonctionne ici ? Je commence même à douter des bouilloires.

— La bouilloire de la numéro 7 fuit un peu, répond MacKenzie. Mais elle fera encore l'affaire un moment.

— Tu sais que je n'ai jamais porté son deuil ? lance Camila.

— Moi, si.

— J'étais trop occupée à haïr le motel pour faire attention à lui, et lui était beaucoup trop obsédé par le motel pour faire attention à *moi*.

Les yeux de Camila errent sur les rideaux à fleurs qui encadrent la fenêtre. Une touche de gaieté hélas perdue au milieu des murs gris et du mobilier impersonnel.

MacKenzie suit son regard.

— Henny a fait de son mieux pour rendre l'endroit un peu plus cosy, dit-elle sèchement.

On dirait qu'elle met Camila au défi de le critiquer, mais celle-ci se contente de sourire d'un air triste. Un silence croît entre elles.

— Je voulais juste m'excuser pour hier, finit par lâcher Camila. On fait mieux, comme première impression. Voilà, quoi. Je vais retourner… faire quelque chose.

MacKenzie descend de son perchoir et allume le ventilateur. Les pales décrivent quatre ou cinq tours, toussotent, puis s'arrêtent.

Par chance, Camila a déjà quitté les lieux. MacKenzie hausse les épaules et remonte sur l'escabeau. Moi, je m'en vais, direction la maison de papa.

La municipalité de Pine Creek se vante de compter davantage de paroisses que de pubs, mais vu l'activité nocturne de ses habitants, ce n'est pas vraiment un exploit, comme dirait MacKenzie.

Elle ajouterait également que ceux qui boivent en cachette sont plus nombreux que les vrais chrétiens.

Comme la grande majorité des paroisses, l'église de papa se trouve sur Church Street. Au premier abord, on dirait une banale maison en brique rouge, mais ce n'est qu'une façade, de la même manière que les gens vraiment aisés n'affichent pas de signes de richesse ostentatoires.

Malgré ses dimensions modestes, la Pine Creek United Methodist Church est l'un des plus vieux bâtiments de la ville. De plus près, on peut admirer les splendides vitraux colorés et les pierres tombales du « vieux cimetière », où reposent les résidents les plus riches.

Le pasteur est vêtu d'une chemise bleu clair, et il dégage une aura de vigueur et de pouvoir derrière son bureau.

Papa semble tout ratatiné en sa présence. Sa peau paraît pâle, noyée au milieu de ses habits sombres. Chaussures noires bien cirées. Pantalon de costume noir soigneusement repassé, chemise noire, veston noir. Quelques mèches grises récalcitrantes s'échappent de sa chevelure d'ordinaire si méticuleusement coiffée, et le fait qu'il ne l'ait pas remarqué me pince le cœur.

Message du jour sur le tee-shirt de Cheryl : *Si tu te crois parfait, essaie de marcher sur l'eau pour voir.*

Papa a emporté une liste de psaumes. Nous allons chanter *Abide with Me*, *The Lord is my Shepherd* et *When the Trumpet of the Lord Shall Sound.*

— Parfois, lorsqu'une personne meurt prématurément…, commence le pasteur. Ce que je veux dire, c'est qu'on pourrait essayer quelque chose de plus… moderne ?

— Moderne ? répète papa sur le ton qu'il aurait employé si on lui avait proposé un joint avec son café.

— Une chanson pop, peut-être ? Un morceau que Henny affectionnait particulièrement ?

Pour être honnête, je ne pense pas que ce serait une bonne idée. La plupart de mes chansons favorites sont de type country, et je trouverais cruel de faire subir cela à mes amis, alors qu'ils vivent déjà un moment difficile. J'estime que je devrais au moins contribuer à la discussion.

— *Bye, Bye, Baby* aurait été parfaite, si *Love Actually* n'avait pas déjà fait le coup. Ou les Beatles ? *I say hello, you say good-bye* ?

— Pourquoi pas *Fly on the Wings of Love* ? propose Cheryl avec enthousiasme. Ou bien *Over the Rainbow* ? Tu sais, « *sooooommmee-wheeeeeeere ooooooooooooover the raiiinboooooow* » ?

Elle cesse de chanter dès l'instant où elle croise le regard de papa.

— *Wind Beneath My Wings* ?

— Tout ce que je veux, c'est une cérémonie normale, traditionnelle et sobre ! s'indigne papa. C'est si difficile à comprendre ? Je veux que ce soit convenable. Pas de musique pop.

— Les gens pourraient peut-être s'habiller en blanc ? avance Cheryl. Entièrement en blanc, chaussures comprises, et…

— Du noir, assène papa. De la dignité.

Le pasteur note quelque chose sur un bout de papier. « Noir » sans doute, ou « dignité ».

— Voulez-vous me dire quelques mots au sujet de Henny ? Quel genre de femme était-elle ?

Papa lui lance un regard désemparé.

— Elle était… eh bien, tout à fait normale.

— Je vois.

— Une gentille fille. Toujours obéissante. Courtoise avec tout le monde.

Le pasteur prend poliment note. Je suppose qu'il écrit « tout à fait normale ».

— Et… est-ce que sa… *compagne* voudra prononcer quelques mots ?

Papa dévale Church Street à grandes enjambées. Son manteau noir flotte au vent.

Cheryl trottine à son côté, le regard rivé sur lui, ce qui la force à faire des pas chassés, tel un crabe stressé. À plusieurs reprises, elle ouvre la bouche, pour se raviser et secouer la tête, comme si elle lisait des brouillons dans sa tête avant de les jeter.

— Je…, tente-t-elle, pour se taire aussitôt que papa tourne la tête vers elle.

— *Quoi*, Cheryl ?

— Je tiens simplement à te dire qu'en cas de besoin je serai là pour toi. Tu peux compter sur moi.

— Je rentre à la maison. De quoi veux-tu que j'aie besoin dans l'immédiat ?

— Plus tard, je veux dire. De manière générale.

— Tu m'accompagnes déjà à tous ces rendez-vous, pas vrai ? Que je le veuille ou non.

— Certes, mais si je peux faire autre chose…

— Tu m'as déjà dit ça treize fois.

— Pas autant que ça, conteste-t-elle.

— Treize fois. J'ai compté. Tu vas finir par te prendre quelque chose en pleine figure si tu continues à marcher comme ça.

— Oui, Robert.

Papa a l'air épuisé, fâché et peiné. Beaucoup trop d'émotions simultanées ; même lui ne parvient pas à toutes les dissimuler.

— Tout le monde va jaser en la voyant aux funérailles, finit-il par lâcher.

Il prend bien soin de ne pas regarder Cheryl.

— Elle n'a pas une once de pudeur ! J'aurai beau planifier la cérémonie dans les moindres détails, ça n'y changera rien. Henny était irréprochable, tout le monde le sait, mais les gens vont quand même jaser, chuchoter et commérer, à cause d'*elle*. Elle m'a volé ma petite Henny, et maintenant elle va transformer mon enterrement en *spectacle*.

— Euh, l'enterrement de Henny, tu veux dire ? le reprend Cheryl.

— Toute ma vie, j'ai été droit dans mes bottes. Je ne me suis jamais plaint, je n'ai jamais râlé, contrairement à d'autres dans cette ville. Tout ce que je demandais, c'était qu'on me fiche la paix, que les gens me respectent et qu'ils ne parlent pas dans mon dos, comme ils le font à propos des autres. Henny était une enfant bien élevée. Personne ne trouvait à redire à son sujet. Elle disait toujours « s'il vous plaît » et « merci », et n'embêtait personne. Mais tout ça, ce sera oublié quand *elle* débarquera. Tout le monde se rappellera cette vieille histoire, et je suis certain qu'elle dira quelque chose d'inconvenant. Elle va se donner en spectacle, dire que le nom de Henny vient d'une marque de cognac, ou je ne sais quelle idiotie !

— Pour l'amour du ciel, papa ! C'était pour rire !

— Je veux juste une cérémonie respectable. C'est trop demander ? Ma fille est morte ! La *mienne* !

Une certaine mesure de bonheur

Je suis bien consciente de l'ironie de la situation.

Lors de notre ultime week-end ensemble, j'ai tenté de persuader Michael d'aller rendre visite à sa famille. Maintenant que nous sommes devant la maison de ses parents, ma seule envie est de tourner les talons.

Michael me fait perdre mon temps. *Notre* temps. Il ne reste que quelques jours avant ma crémation. Il porte un jean, un tee-shirt noir et un veston. Je le trouve terriblement élégant, mais même cela ne suffit pas à me motiver. Il va gâcher toute une soirée avec sa famille.

— Ils ne t'aiment même pas ! m'écrié-je.

Bien sûr, j'ai instantanément mauvaise conscience. Je ferais mieux de le soutenir. J'aurais même dû me passer une robe, ou quelque chose d'un peu plus habillé, mais je suis hélas prisonnière de ce jean et de ce maudit chemisier à pois, et je ne peux rien y faire parce qu'il se trouve que je suis morte.

Michael se tient sur le seuil sans oser sonner. Je me convaincs.

— Bon, allez. Tout va bien. Ça va bien se passer.

L'instant d'après, je recule d'un pas.

— Qu'est-ce qu'on fait là, Michael ?

Je n'ai pas le luxe de perdre mon temps dans une maison de riches, chez une autre famille dysfonctionnelle que la mienne.

— Il n'est pas trop tard, dis-je le plus sérieusement du monde. On peut encore s'en aller.

— Tu as donc décidé de venir ? grogne Mr Callahan en ouvrant la porte.

— On dirait bien.

Il fait entrer Michael, que je suis après un court instant d'hésitation. Deux ou trois heures. Je vais lui tenir compagnie et endurer la soirée, et ensuite je pourrai être seule avec lui. Je pourrai me relaxer dans ses bras et oublier que mon enterrement approche.

Ils prennent place dans le salon pour boire un verre avant le repas : Joyce, la mère de Michael, son frère Derek et Stacey, qui a déjà un bon coup dans le nez. Personnellement, j'aimais beaucoup Joyce. C'est une femme agréable tant qu'on ne la prend pas pour ce qu'elle n'est pas. Dans l'immédiat, elle articule « Michael » d'une voix confuse, comme si elle venait de se souvenir qu'elle avait un second fils.

Derek lui tape beaucoup trop énergiquement dans le dos, naturellement, en bon ancien footballeur. Certes, voilà plus de quinze ans qu'il n'a pas disputé un match, mais il faut bien prouver qu'il n'a pas perdu sa force. Stacey retient Michael un tout petit peu trop longtemps contre elle.

Nous formons une bande sacrément hétéroclite. Même Joyce n'a pas l'air à sa place, alors qu'elle se fond dans la pièce avec sa tenue lavande pastel. Elle papillonne autour de nous, visiblement étrangère à la conversation en cours, et lorsqu'elle nous quitte pour aller surveiller le repas dans la cuisine, il n'y a que Michael pour le relever. Seule la vague fragrance de son parfum témoigne de son passage.

Mr Callahan lance Stacey sur un sujet, et Derek en profite pour tirer un peu Michael à l'écart. Je me rapproche d'eux.

— Comment ça va avec tes cailloux, frangin ? s'enquiert Derek.

Il a pris du poids depuis qu'il a arrêté le sport. Il y a toujours des muscles sous cette graisse, mais ils sont bien planqués. Sa chemise est froissée et au moins une taille trop petite, et un des boutons paraît sur le point de lâcher.

Quelque chose d'autre a changé : il n'arrête pas de jeter des regards en coin à Michael. Lui qui affrontait toujours le monde en face, avec un charme indéniable. *Me voilà. Aimez-moi !* Aujourd'hui, il semble étonné que la vie ait suivi son cours sans lui. *Me voilà. Pourquoi vous ne m'aimez plus ?*

— Le fils prodigue est de retour, tente-t-il.

— Temporairement, répond Michael en se forçant à faire face à son frère.

Difficile d'interpréter ce qu'il ressent. Naguère, Derek était un dieu vivant à ses yeux. Il prenait soin de lui, l'autorisait parfois à l'accompagner dans ses aventures et le taquinait comme le font tous les grands frères et demi-dieux. Et s'il s'attendait à un peu d'adoration de sa part en retour, Michael le vénérait volontiers.

— Tu as bossé dans des trous intéressants, ces derniers temps ?

— En Arizona. Dans les mines de cuivre.

Je me demande s'il a manqué à Michael. En tout cas, je parie que le vieux Derek lui manque toujours.

— T'aurais pas emporté un peu d'or dans tes valises, par hasard ? Ça dit quoi, le cours actuel de l'or ?

Derek gagne sa vie en achetant et en revendant des trucs et des machins, chaque nouvelle affaire plus insensée que la précédente, mais il n'a jamais mis la main sur quelque chose d'aussi précieux que de l'or.

— Le bouquin a dû te rapporter un paquet de pognon, pas vrai ? Un best-seller du *New York Times*, rien que ça. Qui l'aurait cru ? Mon frérot est une vedette.

— Qu'est-ce que tu veux, Derek ?

— J'ai un investissement à te proposer. Une affaire en or, garanti. Je pourrais…

— Combien ? le coupe Michael.

— Cinq cents dollars. Je les allongerais moi-même, bien sûr, mais je voulais te donner une occasion de toucher une part du gâteau.

De l'autre côté de la pièce, Stacey plisse les yeux en observant son époux.

— Parce que tu es mon frère, ajoute Derek, les yeux pétillants. Et parce que je suis raide. Mes fonds sont un peu bloqués, dans l'immédiat. J'ai d'autres projets sur le feu. Qu'est-ce que t'en dis, frérot ?

À cet instant réapparaît le sourire de l'ancien Derek. Il est toujours convaincu qu'on lui pardonnera, même lorsqu'il essaie de soutirer de l'argent à son frère, qu'il revoit pour la première fois en quinze ans. Rares sont ceux qui résistent à ce sourire.

Michael tente de lutter, mais il cède et laisse échapper un gloussement. Subitement, une lueur s'allume dans son regard. Une étincelle d'amusement, mais aussi d'amour fraternel et d'humanité.

Je ne suis même pas étonnée de l'entendre dire :

— D'accord. Je te donne l'argent demain.

Derek le dévisage avec reconnaissance. Il se dit sans doute qu'il aurait dû demander mille. Il lui décoche un coup de poing amical sur l'épaule.

— Bienvenue à la maison, frangin.

Stacey lève les yeux au ciel, comme si elle savait exactement ce qui s'est tramé.

Sur ce, ils migrent enfin vers la salle à manger. Entre ses murs en lambris foncés, une grande table est couverte de vaisselle délicate. Je m'attarde le long des parois, soudain gênée de faire irruption ici sans avoir été invitée. Je ferais peut-être mieux de rester au salon. Combien de temps va durer ce repas ? *Je serai bientôt libre, bientôt libre*, me dis-je en boucle.

Les assiettes contiennent chacune une pièce de viande imposante, de la purée de patates douces et des petits pois.

— Je suppose que tu as entendu dire que les Canadiens ont fermé l'entrepôt de bois ? lance Mr Callahan.

Il marque une pause pour mâcher un gros morceau de viande.

— Trois ans.

Nouvelle bouchée. Il hache ses mots en même temps que sa nourriture.

— Ils n'ont pas tenu plus de trois ans sans moi. Je savais à quoi m'attendre dès que j'ai vu le chef qu'ils ont envoyé ici suite au rachat de la boîte. Ce type n'avait aucune idée de ce dont les gens d'ici ont besoin. J'aurais pu leur donner deux ou trois conseils s'ils avaient pris la peine de me le demander. Enfin, ils ont mis l'argent sur la table. Je n'ai pas à me plaindre. Je n'ai pas le temps de m'ennuyer, c'est moi qui te le dis. Il y a toujours un problème à régler dans cette ville. Bob fait de son mieux, je n'en doute pas, mais tu sais comment c'est. Au bout du compte, il reste un politicien. Il ne vit pas vraiment dans le monde réel.

— Vous êtes deux, alors, rétorque Michael.

Joyce pique un petit pois à la fois avec sa fourchette.

— Épargne-moi ton sarcasme. J'ai travaillé dur pour obtenir tout ça. On ne m'a pas fait de cadeaux dans la vie. Cette entrecôte n'est pas tombée du ciel dans mon assiette.

Il agite son couteau pour appuyer son raisonnement.

— Et toi, maman ? demande Michael. Quoi de neuf dans ta vie ?

Joyce manque son petit pois. Le métal de la fourchette tinte contre la céramique, tandis qu'elle tourne un visage décontenancé vers son fils.

— Quoi de neuf? répète Mr Callahan. Qu'est-ce que tu veux qu'il lui arrive dans sa vie ? Elle ne fait rien de ses journées.

Joyce paraît soulagée. À l'essai suivant, elle embroche le légume avec succès.

Après le dîner, Michael s'éclipse sur la véranda. Il pose sa tête contre le mur et ferme les yeux.

— On peut y aller maintenant, Michael. On peut bien s'accorder le reste de la soirée pour nous, tu ne crois pas ?

Non. Il reste planté là.

Mais oui, tu as raison, attardons-nous donc encore un peu, me dis-je, frustrée.

Stacey le rejoint, avec un verre de whisky pour chacun.

— Je suis désolée pour Henny, déclare-t-elle. Et parce qu'on n'a pas parlé d'elle pendant le repas. On est une bande de sales égoïstes. Vous étiez amis, n'est-ce pas ?

Michael avale son whisky d'un trait. Stacey hausse un sourcil, puis retourne brièvement à l'intérieur pour revenir avec un verre rempli. Et la bouteille.

— Tu veux en parler ? propose-t-elle en s'installant sur une des chaises.

Un peu à contrecœur, Michael prend place sur un autre siège.

— Papa est resté égal à lui-même, on dirait, observe-t-il.

Stacey allume une cigarette. Sur la table qui les sépare traîne une vieille cannette de soda, qui lui sert de cendrier.

— Tu pensais qu'il aurait changé ?

— Je crois que je l'espérais un peu.

— Pour ma part, je voudrais que tout soit comme avant. Mais Derek, lui, il a changé.

— Comment va ma mère, selon toi ?

— Comment va Joyce ? Elle a une santé de fer.

— Non, je veux dire… Est-ce qu'elle est heureuse ?

— Aussi heureuse que la plupart des gens. Plus heureuse, même, je dirais.

Stacey souffle un impeccable cercle de fumée.

— Tu sais qu'elle est devenue végétarienne ? L'autre jour, je l'ai surprise à faire entrer en douce du tofu dans la maison. Elle en mange le midi.

— Plein de gens mangent du tofu sans pour autant être végétariens.

— Tu crois ça ? On est pas à Portland, ici.

— Non, mais peut-être qu'elle...

— Est-ce que tu l'as vue prendre la moindre bouchée de ce délicieux filet de bœuf ?

— D'accord, elle est végétarienne. Et elle le cache à papa, je parie ?

— Manifestement.

Stacey sort une nouvelle cigarette. Elle tire une longue bouffée, ferme les yeux et laisse de minces volutes de fumée s'échapper d'un coin de ses lèvres. Tenant sa cigarette d'une main, elle boit une gorgée de whisky sans rouvrir les paupières.

— Tu te rappelles à quoi je ressemblais au lycée ? lance-t-elle.

— Tout le monde se souvient de toi au lycée, répond Michael.

Il vide son verre et le remplit à nouveau.

Comment oublier Stacey ? Une peau immaculée, comme si elle était trop parfaite pour être touchée par l'acné. Des fossettes adorables, des dents éclatantes. Un teint hâlé, de longues jambes fuselées. Débordante de vie et d'énergie adolescente.

— Non, je veux dire pour de vrai. Quand je me regarde dans le miroir aujourd'hui, j'ai du mal à croire que j'ai un jour été si jeune. Tu penses qu'on a droit à une quantité de bonheur limitée dans la vie ? Qu'on peut tout épuiser en quelques années, et qu'ensuite on est malheureux pour le restant de ses jours ?

— Ce que je peux te dire, c'est que la souffrance est illimitée.

— J'étais heureuse au lycée. Vraiment. Tout le monde oubliait que j'étais issue d'une famille blanche et pauvre pathétique,

que je vivais dans un mobile home cradingue. Même moi, j'ai cru à mes mensonges. Je voudrais que cette période n'ait jamais pris fin.

Stacey ne manquait jamais un seul match de Derek : les gens idolâtraient presque autant leur couple que l'équipe. Tous comptaient sur eux pour préserver encore un peu l'illusion du rêve américain.

La cigarette se consume jusqu'au filtre et lui brûle les doigts. Elle la jette en jurant dans le cendrier improvisé.

Moi aussi, j'étais heureuse au lycée. Maintenant je me dis que seuls les idiots croient au bonheur. Nous étions stupides et naïfs. Stacey raconte une longue anecdote remontant à cette époque. Michael boit son whisky en silence.

— Ça ne sert à rien de ressasser le passé, finit-il par commenter.

— Et pourquoi pas ? C'est un de mes passe-temps favoris. À la santé de ceux qui vivent dans le passé !

À la leur.

Elle laisse une marque de baume à lèvres rouge-orange pailleté sur le précieux verre à whisky de Mr Callahan.

— Tu as peut-être raison, admet-elle. Et tu as vraiment bien fait de te tirer d'ici. J'aurais dû te forcer à m'emmener.

— Je suis parti le lendemain de votre mariage.

— Raison de plus. Si j'avais été maligne, je t'aurais suivi.

Son regard est dur et impitoyable. Elle ne se voile pas la face, alors pourquoi ménager les autres ? Michael a l'air dans l'embarras, mais je ne peux m'empêcher de l'admirer. Je ne doute pas que, si elle l'avait vraiment voulu, elle serait montée dans la voiture de Michael le lendemain de son mariage.

Elle se relève en chancelant, puis hausse la voix.

— Si j'avais eu un cerveau, je me serais barrée *avant* mon mariage.

Une réponse nous parvient par la fenêtre du salon.

— Si seulement ma *femme* pouvait passer plus de temps à s'occuper de la maison et moins à picoler.

— Tout ce que je sais sur la boisson, c'est mon *mari* qui me l'a appris !

Michael reste assis le temps de boire deux verres supplémentaires avant de retourner à sa voiture. Il évite de justesse une collision avec un chêne. Les mains posées sur le toit, il attend que le monde arrête de tourner. Puis il donne un coup de pied dans un pneu et s'exclame :

— Merde, merde, *merde !*

Au moins, sa langue sait jurer sans fourcher.

Et il ne s'en prive pas.

— Bordel de merde !

Sa voix résonne entre les villas luxueuses et les voitures garées, qui ont certainement plus de valeur que le motel.

— Fait chier !

Un dernier coup de pied, et il se laisse glisser le long de la carrosserie. Assis sur le trottoir, il envoie un SMS et se prend le visage dans les mains. Nous restons là, abrités sous le grand chêne.

Vingt minutes plus tard, le pick-up de MacKenzie s'arrête devant nous. Michael se relève tant bien que mal et prend place sur le siège passager. Je grimpe à l'arrière. À travers la petite fenêtre qui sépare l'habitacle de la benne, j'observe leurs visages las, pour l'instant illuminés par le plafonnier. Pendant ce temps, moi, je suis dehors. Sur la remorque. Pendant que *MacKenzie* est assise à côté de Michael.

— J'ai trop bu, explique-t-il sèchement.

— Ça peut arriver, quand on va voir sa famille, répond-elle aussi abruptement.

Michael détourne la tête.

— Merci, dit-il à contrecœur.

MacKenzie hausse les épaules et appuie sur l'accélérateur.

— Ça fait partie de la pension complète.

— Je vais devenir fou.

— La folie aussi, c'est compris. Je suis certaine que le whisky n'aide pas.

Je vois ses traits dans le rétroviseur, partagés entre la passivité et le renfrognement, vaguement éclairés par le tableau de bord et les phares. J'aimerais pouvoir passer un doigt sur son front et y gommer ses rides.

— Au moins, ça peut pas être pire, souffle-t-il.

— Tu en es sûr ?

Quelques instants plus tard, elle ajoute :

— L'alcool, c'est surfait. Pour se passer les nerfs, rien de tel que de taper sur quelque chose.

— Ça aussi, j'ai essayé.

— On dirait que tu as disputé douze rounds contre toi-même.

— Et je les ai perdus.

Silence.

— Je suis fou d'être revenu ici. À quoi je m'attendais ? Que tout rentre dans l'ordre comme par magie, que les mystères de la vie se résolvent d'eux-mêmes et que le passé soit oublié ? Comme si le simple fait de me garer devant le motel ferait de moi une nouvelle personne.

— Ce n'est pas vrai, dis-je à voix basse. Tu es fou d'être parti si longtemps.

— Si tu le dis, soupire MacKenzie. C'était stupide de revenir.

— Je n'ai même pas pris de décision consciente. Je me suis réveillé un beau jour à la réception, et elle était là, et d'un seul coup, j'ai cru que j'avais trouvé la solution. Comme différentes parties d'un puzzle soudain rassemblées. L'Histoire et l'avenir, la réalité et la fiction.

— Tu *as* trouvé la solution.

— Et après ? rebondit MacKenzie. Tu comptais faire quoi ensuite ?

— Je n'y ai pas réfléchi. Et maintenant c'est trop tard.

Il passe une main sur son visage.

MacKenzie se gare devant le chalet. Michael se débat avec la ceinture et descend dès l'instant où il parvient à se libérer. Il nous tourne le dos à toutes les deux.

Pourtant, il continue à parler. Je crois qu'il éprouve le besoin de vider son sac, maintenant qu'il a commencé.

— Tu sais combien de fois j'ai nettoyé ce fichu cabanon ? lance-t-il.

— Non, répond, MacKenzie.

— Oui, dis-je en même temps.

— J'ai frotté par terre, récuré toute la salle de bains, lavé trois fois les draps, changé toutes les serviettes, essuyé toutes les surfaces…

— Le ménage est inclus dans le prix de la chambre.

— … et je sens *encore* son odeur partout. La nuit, je sens son corps contre moi. Doux et chaud, et désirable, et… *physiquement* présent, bon Dieu ! Je suis déjà resté trop longtemps ici, alors qu'il n'y a rien pour moi dans cette ville. Mais je n'arrive pas à m'y résoudre. J'entends constamment sa voix. « Reste, ne t'en va pas, reste avec moi. » J'ai toujours eu la force de savoir ce que je voulais dans la vie, mais maintenant elle a élu domicile dans mon crâne.

Michael se retourne vers la voiture, et lorsqu'il écarte grand les bras, j'ai l'impression qu'il s'adresse directement à moi.

— Je l'ai déjà quittée une fois, quand elle était *vivante*, nom de Dieu ! Pourquoi je n'arrive pas à la quitter maintenant ? Pourquoi je ne peux pas simplement foutre le camp, tourner la page et *arrêter de sentir sa foutue odeur partout* ?

— Va te coucher, Michael.

— Il faut que je parte d'ici.

MacKenzie enclenche la marche arrière. Je saute de la benne.

— Mais oui, mais oui, acquiesce-t-elle sur un ton fatigué par la vitre ouverte. Mais pas ce soir.

Il esquisse un demi-geste de la main.

— Merci, je suppose. Pour le trajet.

— Taxi officiel du motel, à votre service.

Sur ces mots, elle s'en va et nous laisse seuls.

Il a essayé de me faire disparaître à coups de serpillière.

Sans plus attendre, il se rend dans la salle de bains et entreprend de jeter toutes ses affaires de toilette dans un sac, avec des gestes vifs trahissant sa détresse. Brosse à dents, dentifrice, nécessaire de rasage. Tout finit pêle-mêle en un tas, ce qui l'énerve encore plus. Le désordre l'exaspère. Le fait de s'attarder ici l'exaspère. Il attrape un sac à dos, l'ouvre en grand, commence à lancer ses habits dedans et rate la cible une fois sur deux.

— Évidemment que tu ne peux pas me quitter, l'avertis-je dans son dos. Ta place est à mes côtés. Elle l'a toujours été. Et tu ne peux pas t'en aller *maintenant*. Je n'ai même pas encore été enterrée. Plus tard, peut-être, quand j'aurai disparu, mais certainement pas ce soir.

Il ramasse un tee-shirt tombé par terre pour le fourrer dans son sac. D'autres sont encore posés sur le bureau, soigneusement pliés.

J'écarte les bras et m'interpose pour lui barrer le passage. Pas question de le laisser faire sans me rebeller.

— Tu crois que tu peux reprendre le cours de ta vie comme si rien de ce qui s'est passé ici n'avait d'importance ? Ce qu'on a vécu était profond et sérieux, et tu le sais très bien. Tu te souviendras de moi, que tu le veuilles ou non. Et je vais te manquer.

Il se dirige vers la collection de pierres trônant sur le bureau.

Saisissant deux des échantillons prélevés en Oregon, il sort sur la véranda et les jette au loin, l'un après l'autre.

— Michael ! Arrête !

Mais il retourne à l'intérieur pour chercher l'étincelant fragment de schiste bleu que j'ai tenu dans ma main.

Son petit morceau d'Oregon.

Il semble hésiter. Du moins c'est ce que j'espère. Pourtant, ce ne devait être que mon imagination, car il prend son élan et met toutes ses forces dans son lancer, propulsant la pierre très haut et loin dans la forêt.

Qu'est-ce que tu attends de moi, Henny ?

De tout notre week-end passé ensemble, nous n'avons évoqué qu'une seule fois l'avenir avec sérieux.

Le samedi soir, nous avons emporté les couvertures et les oreillers pour nous installer dans l'herbe, au bord de la rivière, les montagnes invisibles devant nous et le ciel étoilé de l'Oregon au-dessus de nos têtes.

Sa tête reposait sur mon épaule, et mes doigts caressaient tendrement son dos. Je m'attardais sur les trois taches de rousseur à peine perceptibles qu'il avait sur l'omoplate, tout en me demandant combien d'autres femmes l'avaient touché pendant toutes ces années.

J'ignore d'où m'était venue cette pensée, mais je ne pouvais plus l'ignorer. La réalité m'avait à nouveau rattrapée, et je ne parvenais pas à me défaire de l'impression que le temps nous était compté.

Je ne savais pas jusqu'à quand il resterait ici, mais nous étions déjà samedi soir. Mon week-end était presque terminé. Le lendemain après-midi, je devrais retourner m'occuper de la réception.

Sans doute ai-je remué, car il a relevé la tête et remarqué que je l'observais.

— À quoi tu penses ? m'a-t-il demandé d'une voix rauque et ensommeillée.

J'ai secoué la tête.

— À rien.

Puis, quelques secondes plus tard :

— Tu es parti pendant si longtemps. Ta famille ne t'a pas manqué ?

Je m'efforce d'adopter un ton léger, mais ce que je veux vraiment savoir, c'est si *moi*, je lui ai manqué.

Michael s'est écarté pour s'allonger sur le dos à côté de moi, puis s'est frotté les yeux pour se réveiller.

— Tu veux qu'on parle de ma famille ? s'est-il étonné.

— Je me demandais juste… Tu n'es même pas rentré pour Thanksgiving, ni Noël, ni…

— Pourquoi aurais-je dû rentrer ? Je ne comprends pas ces gens qui se plaignent toute l'année de leur famille, mais qui rentrent quand même à la maison pour Noël. Pourquoi ne pas passer les fêtes avec quelqu'un qu'ils apprécient ?

Est-ce ce que tu faisais, toi ? ai-je pensé presque assez fort pour qu'il l'entende. Même à mes oreilles, cela sonnait comme de la jalousie.

— Et tu ne t'es jamais demandé comment ils allaient, ou si tu leur manquais ?

Ou si tu me manquais, à moi ? Pourquoi n'est-il pas rentré au moins une fois, ne serait-ce que pour avoir une excuse pour me rendre visite ? Avais-je vraiment si peu d'importance à ses yeux pour qu'il soit capable de me tourner le dos aussi facilement qu'à ses parents et à toute la ville ?

— Il leur restait Derek, et c'est toujours lui qui compte le plus pour eux.

Il prenait un air délibérément indifférent, mais la nuance de nostalgie dans sa voix ne m'échappait pas.

— Tu te rappelles, quand il faisait du foot ? Toute la ville se déplaçait, pour chaque match.

Il a secoué la tête.

— Je croyais vraiment qu'il parviendrait à s'en tirer.

Il décrivait toujours Pine Creek de la sorte. Comme un piège auquel échapper. Il était convaincu que, si on ne prenait pas garde, on risquait de se réveiller vingt ans plus tard, marié et avec quatre gosses. Et ce serait une chose horrible.

— Et du coup… Comment vont-ils ? a-t-il demandé avec hésitation, comme s'il était gêné que cela lui importe encore.

— Je ne sais pas, ai-je répondu.

Je n'avais jamais été proche de sa famille. Je saluais Joyce si je la croisais en ville, mais je n'avais jamais apprécié son mari.

— Tu comptes aller les voir ?

Michael a haussé les épaules. Je n'ai pas vu le mouvement, mais je l'ai senti. Il fixait obstinément les étoiles. J'avais aussi les yeux levés vers le ciel, mais je me suis rapprochée un rien de lui, de sorte que ma main entre en contact avec sa cuisse.

— Mais tu vas peut-être repartir, ai-je avancé. Après tout, je ne sais pas combien de temps tu comptes rester. Tu as certainement beaucoup à faire et…

Coupons court.

— À quoi on joue, Michael ?

— Comment ça ?

— Est-ce que tu vas t'envoler d'un jour à l'autre ?

— Tu penses vraiment ça de moi, Henny ?

C'était pourtant ce qui s'était passé la première fois.

Dès ce tout premier été où nous avions fait connaissance, je savais que je voulais passer le reste de ma vie à ses côtés. Je n'ai jamais cherché à me voiler la face. Je l'aimais, et je ne réfléchissais pas plus loin.

Je crois qu'il m'aimait en retour, mais nous étions si jeunes. Je ne savais pas encore qu'on ne pouvait vivre uniquement d'amour et d'eau fraîche. Lui avait déjà des projets pour sa vie. Il comptait partir de Pine Creek, et c'est ce qu'il a fait.

Mais je n'ai jamais trouvé quelqu'un que je désirais autant que Michael, et après l'avoir connu je ne voulais pas me satisfaire de moins. C'est en quelque sorte une malédiction de connaître une telle histoire si jeune. Allongée là, à contempler le ciel nocturne, je me demandais comment il avait vécu la chose.

Peut-être avait-il une fille sur chaque continent? Ou pour chaque portion du firmament.

Michael s'est redressé sur son coude et a plongé ses yeux dans les miens. Je pouvais y lire toutes ses émotions, mais j'ignorais leur signification : désir, passion, tendresse, manque, incertitude. Il me semblait également déceler une certaine mesure de remords, mais je n'aurais su déterminer s'ils portaient sur l'avenir ou le passé.

— Je ne peux pas te dire à quoi on joue, a-t-il fini par répondre. Je n'avais pas prévu tout ça. Peut-être que j'aurais dû y réfléchir plus longuement. En tout cas, que tu m'embrasses, ça ne faisait pas partie de mes plans.

— Toi aussi, tu m'as embrassée!

— Et ça non plus, ce n'était pas prévu.

Il a pris ma main, très doucement, comme s'il craignait que je la retire, puis l'a retournée dans la sienne. Ses doigts suivaient les sillons de ma paume, à la recherche de révélations.

— Qu'est-ce que tu attends de moi, Henny?

Tout. Rien. Je n'en avais pas la moindre idée, et maintenant cela n'a plus aucune importance.

Des rêves balayés par le vent

Je vais disparaître.

Dans quelques jours à peine, je n'existerai plus.

Je ne cesse d'y penser, mais je ne parviens pas à me faire à l'idée pour autant.

Michael a cessé de jeter des choses dans tous les sens. Je viens prudemment m'asseoir près de lui, au pied du lit.

— Je suppose que c'était notre première dispute de couple. Ce n'est pas exactement comme ça que je voyais notre soirée. Quelle pagaille on a mise dans nos vies, Michael.

Il finit par se laisser tomber en arrière sur le matelas, tout habillé. Je m'en vais sans vraiment savoir où aller.

MacKenzie est assise à la réception. La lumière crue du néon ne fait qu'accentuer son teint blafard maladif. Des cernes profonds sous les yeux, des sillons marqués dans la peau, des paupières plissées par la fatigue et le mal de crâne. Je la laisse tranquille.

Je m'arrête devant la chambre de Camila et tends l'oreille, mais je n'entre pas. Je ne la connais pas assez bien pour ça. Qu'est-ce que je cherche, au juste ? Peut-être de la compagnie. Peut-être quelqu'un pour partager mes souffrances.

Mais eux, ils sont encore soumis aux lois de la nature. Ils doivent manger, dormir et travailler. Ah, le petit train-train quotidien. Qu'est-ce que ça me manque. J'aimerais tant penser à des choses insignifiantes, m'énerver parce que je dois décider quoi manger ce soir, faire le ménage dans le motel… Même les taches de vin rouge sur la moquette, je commence à les regretter.

Au bout du compte, je me retrouve au diner.

Je m'assieds dans mon box favori près de la fenêtre. L'endroit est désert et plongé dans le noir, mais je reste là, les mains posées sur les genoux.

Dans quelques jours, je ne serai plus de ce monde.

Toutes mes craintes, mes obsessions, mes convictions, mes rêves et mes espoirs… tout ce qui me caractérise partira en fumée.

Je n'ai jamais eu peur de mourir. Je crois bien que j'ai toujours eu plus peur de vivre. Mais, à l'époque, je croyais que je serais la dernière à mourir. J'imaginais que cela se passerait de la même manière que lorsque nous allions nous baigner, l'été. Tous les autres se jetaient à l'eau sans hésiter, tandis que je restais au bord à tergiverser, jusqu'au moment où MacKenzie me criait : «Viens donc, Henny!», et le plongeon était alors une véritable libération.

Je ne devais pas partir comme ça. Pas la *première*.

Je ne peux pas les abandonner. Ça ne me ressemble pas de sauter dans l'eau en premier alors que les autres sont encore sur la berge.

Je pensais être unie à Michael, MacKenzie et Camila par un genre de lien indestructible. Je visualisais d'épais rubans de velours rouge, nous reliant les uns aux autres sans nous entraver. Non une prison, mais une proximité rassurante.

Or, maintenant, je me suis empêtrée dans ce cordon, enroulée si fort que je ne peux plus bouger, et plus je me débats, plus le piège se resserre.

Que vont-ils devenir quand je ne serai plus là? Je ne me suis jamais trouvée particulièrement forte, mais dans l'immédiat… ils me semblent si vulnérables. J'ai peur de les voir s'effondrer à tout instant. Et je ne serai plus là pour les protéger, ou les rassurer, ou juste pour écouter. Ça, au moins, j'en étais toujours capable.

Je m'inquiète de ce qui arrivera à tous nos souvenirs. Qui en prendra soin dorénavant ?

Je repense à l'été et à la dernière année de lycée que nous avons partagés, avec toutes les joies et les peines que cela implique. Aux personnes que nous étions, moi, MacKenzie, Camila et Michael. Tout ce que nous avons fait, tout ce que nous avons dit. Depuis leur retour, j'ai à peine eu le temps de véritablement penser à nous. Je veux revivre tout cet été dans ses moindres détails. Me rappeler l'automne, un peu à contrecœur, et sauter la fin. Non, n'ignorons aucune partie. Repassons tout en revue, avec sincérité, et demandons-nous si les choses auraient pu finir autrement.

Nos souvenirs resteront-ils seulement réels si je ne suis plus là pour les entretenir ?

Durant toutes ces années, j'ai endossé un rôle de défenseure, ou plutôt de conservatrice. Michael et Camila étaient partis, et MacKenzie n'évoquait jamais le passé. Mais moi, je refusais d'oublier.

Je crains que nos souvenirs deviennent pareils à une vieille maison délaissée, dont plus personne ne se soucie, maintenant que je suis morte. L'une de ces bâtisses à l'abandon, qui tombe de plus en plus en ruine et se mue en coquille vide, jusqu'à ce que la nature reprenne le dessus.

Le toit s'effondrera-t-il sur nos histoires, la mauvaise herbe envahira-t-elle nos conversations ? Des adolescents désœuvrés viendront sans doute briser les fenêtres, et peut-être qu'un voisin se sentira obligé de venir les réparer, et ensuite la rumeur que l'endroit est hanté commencera à circuler.

Si ça se trouve, des jeunes en mal de sensations fortes oseront un jour y pénétrer. Ils entendront le vieux plancher craquer sous leurs pieds. Ils découvriront des toiles d'araignée, des feuilles mortes accumulées au fil du temps, de l'humidité, de la moisissure et des ordures. Ils trouveront des restes de désirs oubliés et se diront : « Il n'y a que des détritus, ici. » Ce qui n'empêchera pas un bruit soudain de les faire sursauter.

« Qu'est-ce que c'était ? » s'écrieront-ils. « Vous avez entendu ça ? » Puis ils prendront leurs jambes à leur cou.

Ils n'avoueront jamais avoir été à ce point effrayés par une chose aussi bête que le bruit du vent dans nos vieux rêves.

Ils prétendront que la maison est hantée.

PINE CREEK GAZETTE

FAIRE-PART DE DÉCÈS

John Richard Lewis

John «Johnnie» Richard Lewis nous a quittés au terme d'un long combat contre la maladie. Né le 17 février 1935, il était le cadet d'une fratrie de six garçons fort élégants. Hélas, il n'a jamais eu autant de succès que ses frères à la pêche, qui attrapaient toujours de plus gros poissons. Et en dépit de tous ses efforts, il n'est jamais vraiment devenu aussi grand, fort et beau que ses frères. Il a travaillé pour les trois scieries de Pine Creek, et a soutenu jusqu'à son dernier souffle que c'est par pur hasard qu'elles ont toutes fermé ensuite. À part rentrer bredouille de la pêche, ses passions dans la vie étaient le football, les Ducks et sa femme. Sans ordre particulier. Il est pleuré par son épouse, ses enfants, ses petits-enfants et cinq frères aînés plus élégants qui ont payé pour cette annonce.

Sarah Elizabeth Robinson

Sarah Elizabeth, née le 5 mai 1927, a quitté la vie sur Terre pour rejoindre les Cieux. Elle s'est éteinte paisiblement chez elle, entourée de l'amour de sa famille et de ses chats adorés : Moe, Larry et Curly. Sarah aimait ses chats, sa famille, Jésus et sa paroisse ; elle se tenait toujours prête à aider les nécessiteux, restait à l'écoute de ses proches et était une amie loyale et un pilier de sa communauté.

Une cérémonie commémorative se tiendra en son honneur jeudi au Sacred Faith Temple. Les chats seront pris en charge par la paroisse.

Henny Broek

Henny est née le 23 juillet 1983. Elle vivait à Pine Creek, Oregon, et est pleurée par son père Robert Broek. Ses obsèques traditionnelles et tout à fait normales se tiendront à l'église méthodiste de Pine Creek, vendredi à 15 heures. Veuillez indiquer votre présence à Cheryl Stone, 15 Water Street, Pine Creek.

Une blague
vieille de quinze ans

MacKenzie a l'air si jeune sur le canapé de Cheryl. Elle regarde autour d'elle d'un air confus, comme si elle ne comprenait pas vraiment comment elle est arrivée là.

D'un point de vue pragmatique, l'explication est très simple : il y a une heure, Cheryl lui a passé un coup de fil pour lui demander de lui rendre visite quand elle aurait le temps. C'est la première fois en quinze ans que nous pénétrons chez elle, et je ne parviens pas à déterminer ce qui est le plus curieux : notre présence en ces lieux, ou notre absence pendant tout ce temps ?

Ni moi ni MacKenzie n'avons la moindre idée des raisons derrière l'invitation de Cheryl.

Cette dernière tend à son hôte une tasse de café.

— Tu aurais peut-être préféré un chocolat chaud, lance-t-elle.

— Et des tartines de confiture et de beurre de cacahuète, renchérit MacKenzie. Avec les bords découpés, bien sûr.

Elle scanne à nouveau les environs.

— Je n'arrive pas à croire que ça fait si longtemps que je n'étais plus venue ici. Plus depuis…

Elle laisse sa phrase en suspens, visiblement mal à l'aise. Cheryl semble partager ce sentiment.

— Je me conduis toujours comme une sauvage, confesse promptement MacKenzie.

Cheryl esquisse un sourire reconnaissant. À les voir ensemble, la discorde qui les a déchirées me paraît d'autant plus incompréhensible. Je crois que c'est exactement à ça qu'elles pensent en cet instant.

C'était d'ailleurs précisément à cet endroit que nous étions assises, la première fois que Cheryl nous a sauvées.

Nous avions seize ans. Le père de MacKenzie avait piqué une crise particulièrement intense. La première d'une longue série. Plus MacKenzie grandissait, plus son existence même horripilait son paternel.

Elle ne voulait pas rentrer à la maison tant qu'il ne se serait pas calmé ou endormi. Elle avait peur. Ma forte, courageuse et invincible MacKenzie avait le teint blême et les traits incertains. Nous étions donc assises sur un banc de Water Street, à faire semblant que tout allait bien, comme si nous traînions simplement ensemble.

Difficile de faire croire qu'il était plaisant de rester dehors par un soir d'octobre glacial et humide, mais nous tenions bon. Sous la lumière éthérée de notre réverbère, nous regardions les lampes s'éteindre les unes après les autres dans les maisons alentour.

Les maîtres de chiens avaient terminé leur dernière promenade du soir depuis longtemps, et étaient rentrés bien au chaud. Quelque part, c'était un soulagement de ne plus devoir agir comme si de rien n'était devant leur curiosité bienveillante.

J'étais déjà affreusement en retard. Papa était sans doute rouge de colère, mais je ne pouvais pas laisser MacKenzie toute seule. Alors je restais là, près d'elle. Nous avions toutes les deux le ventre vide. Nous ricanions d'un air gêné chaque fois que nos estomacs se mettaient à grogner.

MacKenzie avait rentré les mains dans sa veste en jean bien

trop légère. Elle refusait de prendre mon écharpe. L'humidité et le froid s'étaient insinués dans chacun de nos pores, et si nous avions cessé de grelotter, c'était par pur épuisement.

— Ça pourrait être pire, ai-je lancé. Il pourrait neiger.

MacKenzie a eu un gloussement à peine audible, mais cela représentait tout de même une victoire. Elle m'a alors dit de rentrer chez moi. Une fois de plus. Et une fois de plus, je l'ai ignorée.

Nous n'avons pas vu Cheryl approcher. Soudain elle est apparue devant nous, vêtue d'un pantalon de survêtement rose pâle et de la doudoune de son mari, bien trop grande pour elle.

— Qu'est-ce qui vous arrive, les filles ? a-t-elle demandé.

Elle avait dû nous apercevoir par la fenêtre de sa cuisine.

MacKenzie est restée muette.

Cheryl s'est tournée vers moi.

— Rien du tout, Mrs Stone, ai-je fini par mentir.

Je me suis rapprochée de MacKenzie pour m'assurer son soutien, mais son corps était raide et gelé contre le mien. Elle semblait beaucoup plus petite que d'habitude.

— Henny ? a insisté Cheryl.

Elle ne nous fichera pas la paix, me suis-je dit. *Elle va tenir à nous accompagner chez papa, et je ne peux pas me pointer comme ça avec MacKenzie.* Papa avait des règles très strictes en ce qui concerne les nuits chez des copines et les invitations à la maison.

J'en ai conclu que je ne pouvais pas nous sortir de ce pétrin toute seule.

Sans oser croiser le regard de mon amie, j'ai répondu :

— MacKenzie ne peut pas rentrer chez elle.

Le regard de Cheryl oscillait entre nous deux. MacKenzie essayait d'avoir l'air forte, mais ce n'était pas une franche réussite.

— Vous ne pouvez pas passer toute la nuit ici, a décidé Cheryl. Suivez-moi, les filles.

Il faisait divinement chaud dans la cuisine de Cheryl. C'était mille fois mieux que le banc public. Je me suis éclipsée aux toilettes et, quand je suis revenue, elle nous avait préparé du chocolat chaud. Les doigts gelés de MacKenzie enserraient déjà une tasse fumante, et une seconde n'attendait que moi.

Cheryl nous a tartiné de la confiture et du beurre de cacahuète sur des tranches de pain de mie aux bords découpés, et je n'avais jamais rien mangé d'aussi bon. Elle en a fait toute une montagne, que MacKenzie et moi avons dévorée tandis que nous nous réchauffions lentement. La détresse s'était quelque peu effacée de son regard.

Pendant ce temps, Cheryl a décroché le téléphone dans le couloir et appelé papa, le plus naturellement du monde, pour l'avertir que nous passerions toutes deux la nuit chez elle.

— Je ne crois pas que ça vaille la peine de téléphoner à ton père, a-t-elle estimé, arrachant un rire à MacKenzie.

Cheryl Stone était la personne la plus courageuse que j'aie jamais connue.

Actuellement, elle et MacKenzie revivent ce moment.

Le salon n'a presque pas changé. Il y a peut-être un peu moins de désordre depuis que les fils de Cheryl et son époux ont grandi, mais la pièce est toujours aussi accueillante. Des meubles couverts de tissu robuste, des fauteuils qui semblent faits pour s'y rouler en boule et s'endormir, des tableaux un peu de travers et des fleurs sur chaque centimètre carré disponible.

C'est Cheryl qui a appris à MacKenzie à conduire. Son père était trop occupé à boire pour s'inquiéter du permis de sa fille, alors un beau jour après cette fameuse soirée, elle a tout simplement pris la relève, comme si c'était absolument normal. Je suis même persuadée qu'elle lui a payé quelques leçons de conduite.

— Alors… comment ça va, de ton côté ? s'enquiert Cheryl. Tu t'en sors ?

MacKenzie hausse les épaules.

— Il faut bien.

— Je… je suis désolée.

Des condoléances sincères et chaleureuses. Elle partage la douleur, pas comme tous ces gens qui ne savent pas où se mettre et balancent les premiers mots qui leur viennent à l'esprit.

MacKenzie hoche la tête.

— J'aimerais te demander un service, annonce Cheryl. Mais je ne sais pas trop comment présenter la chose.

— En général, le plus simple, c'est d'aller droit au but.

— Est-ce qu'il serait envisageable… que tu ne viennes *pas* aux funérailles de Henny ?

Aller droit au but n'était peut-être pas la meilleure idée.

Cheryl poursuit sans laisser à MacKenzie le temps de réagir.

— Ce n'est pas pour moi que je te demande ça, mais pour Robert. Il a peur que tout le monde se focalise sur votre… relation, au détriment de la cérémonie.

— Notre relation, répète MacKenzie.

Elle repose sa tasse de café.

— Ça le travaille beaucoup, tu sais. Non pas que tu ne devrais pas avoir le droit de venir, bien sûr que tu as le droit.

MacKenzie semble avoir subitement vieilli.

— Je sais que nous ne voyons pas toujours les choses du même œil…, reprend Cheryl.

— C'est vrai. Tu pensais que je brûlerais en enfer. Moi non.

— … Mais c'est pour Robert. Je m'inquiète pour lui. Il a tout perdu, et maintenant il est obsédé par le fait que les gens vont jaser. À propos de… toi et Henny.

— Bon sang, Cheryl, même toi, tu sais qu'il n'y a jamais rien eu entre elle et moi. À moins que tu aies déniché un nouveau verset de la Bible qui interdise l'amitié ?

— Mais tu comprends bien pourquoi les gens le croient ? Tu

trouves ça vraiment si surprenant ? Vous viviez ensemble, et tu es… eh bien, tu es ce que tu es, et tu en as fait tout un foin, et…

— *Moi*, j'en ai fait tout un foin ?

— Est-ce que ça compte vraiment tant que ça pour toi ? Tu ne vas même plus à l'église. Que représentent quelques psaumes et les sermons ennuyeux d'un pasteur à tes yeux ?

Cheryl semble à court d'arguments.

— Et imagine ce que Robert doit traverser. D'accord, il fait une obsession de cet enterrement, mais il a toujours été comme ça. Tout doit être sobre et traditionnel. Il a horreur qu'on parle dans son dos. Tout ce qu'il veut, c'est qu'on lui fiche la paix.

— Il n'est pas le seul.

— Et maintenant toutes ces choses viennent lui compliquer la tâche avec l'enterrement. C'est une période difficile pour lui… Si on peut le décharger d'une manière ou d'une autre, ne devrions-nous pas faire de notre mieux ?

MacKenzie se relève lentement.

— Je vais y réfléchir, promet-elle.

MacKenzie rentre directement au motel et se met au travail. Elle se lance dans le ménage comme s'il n'y avait rien de plus important, en commençant par la chambre 3.

Or, les forces de l'Univers semblent s'être liguées contre elle. Le sac de l'aspirateur est plein. Elle a emporté deux housses de couette au lieu d'un drap-housse. Une ampoule est cassée.

— J'en reviens pas qu'elle ait pu dire ça ! m'indigné-je quand elle revient avec un sac vide, un drap-housse et une ampoule neuve. De quel droit se permet-elle de déterminer qui peut venir ou non à *mon* enterrement ? Et papa ! Qui a dit qu'il devait prendre toutes les décisions ? Tu devrais au moins pouvoir choisir la moitié des chansons. Et faire un discours. J'espère vraiment que tu vas te pointer et parler à tous de notre longue et *intime* amitié. Très intime, même. La moitié de la ville croit qu'on était en couple, alors autant ne pas les décevoir ! Emporte carrément une bouteille de champagne ! Lève ton verre à ma santé à l'église, et proclame qu'on en buvait chaque matin au petit déjeuner.

MacKenzie se cogne un orteil alors qu'elle s'apprête à faire le lit. Je grimace tandis que ses yeux lancent des éclairs. Tous ses muscles se tendent, davantage sous le coup de l'irritation que de la douleur.

Elle finit par se détendre. D'abord, elle feint l'indifférence : *Quelle importance ? Ce n'est qu'un orteil.* Puis, lorsqu'une authentique apathie s'empare d'elle : *Après tout, rien n'a d'importance.*

— J'ai une idée. Propose à tout le monde un verre de cognac Hennessy ! Mieux encore, habille-toi tout en blanc. Persuade les autres de faire pareil.

Je veux qu'elle débarque en furie et refuse de se laisser faire.

Mais elle est lasse. Tout est lent et laborieux, comme si elle pataugeait dans la boue. Une fois le lit prêt, elle ferme les yeux. Le simple fait de garder ses paupières ouvertes semble insurmontable.

— Ce n'est qu'un enterrement, m'entends-je dire. Ce n'est pas important.

Elle s'assied sur le lit tout frais. Les mains sur les genoux, les épaules arrondies, le visage tourné vers la moquette. Sa respiration s'accélère, ses yeux s'ouvrent brusquement, elle n'a plus d'air, le monde tourne autour d'elle. Elle fixe le sol comme si c'était l'unique point d'accroche de sa vie, tandis que son rythme cardiaque s'emballe.

Inquiète, je tombe à genoux devant elle et pose mes mains sur les siennes, mais je ne peux pas repousser la mèche de cheveux qui lui tombe dans l'œil.

— Chhhh, tout ira bien. Tu n'es plus seule. Michael et Camila sont là pour toi.

MacKenzie se laisse tomber en arrière. Elle se force à étendre les bras. Ses joues perdent un peu leur rougeur naturelle, et ses boucles blondes sont en désordre.

Je m'allonge à côté d'elle et contemple le plafond.

— Tout ira bien, répété-je. Camila est là.

Le souffle de MacKenzie se calme peu à peu.

Je chuchote à son oreille :

— Camila est là. Camila est là. Camila est là.

Bien des heures plus tard, MacKenzie descend à la réception, pose notre pancarte (*De retour dans 15 minutes, veuillez sonner*), prend quelques bières et va chercher deux chaises. Elle les installe devant la chambre de Camila.

MacKenzie et moi nous asseyions souvent ici. Un pack de six bières entre nous, les pieds sur la rambarde en fer-blanc devant nous, et notre royaume en contrebas. J'ignore si la seconde chaise est réservée pour Camila ou à ma mémoire.

MacKenzie ne toque pas à la porte. Elle ne prononce pas un mot. Elle reste assise là en silence. Je crois qu'elle veille sur quelqu'un, mais je ne saurais dire si c'est sur moi, sur Camila ou sur elle-même.

Un jour, elle m'a dit que ce qui lui plaisait le plus avec le motel, c'était que tout le monde est seul ici. Personne n'est chez soi. On est à la fois vivants et inexistants. « Perdus entre les réalités, disait-elle. Et nous, Henny, on peut y vivre à temps plein. »

Comme un miracle qui ne cessait de l'émerveiller.

Que va-t-il se passer, maintenant que je ne suis plus là pour l'aider ? Réussira-t-elle à tout gérer seule ? Compte-t-elle au moins rester ? Impossible de l'imaginer ailleurs qu'ici. Et impossible d'imaginer le motel sans elle.

Je lui jette sans cesse des coups d'œil inquiets, ce qui la rendrait dingue si elle me voyait. « Arrête de me prendre pour une gamine », me dirait-elle. Mais je suis un fantôme, et personne ne peut m'empêcher de garder un œil sur mes meilleurs amis.

La porte de Camila s'ouvre.

— Une bière ? propose MacKenzie sans se retourner.

— Il pleut.

MacKenzie lève la tête.

— On est sous le toit.

— Il est tard, MacKenzie. Va te coucher.

Elle se contente de tendre une cannette à Camila.

— J'ai pas envie de parler, prévient celle-ci.

— Pas de problème.

— Vraiment, je veux pas discuter.

— Ça me convient, assure MacKenzie avec emphase.

Je me lève pour libérer la chaise. Camila hésite, puis s'assied juste au bord. MacKenzie patiente quelques secondes, le bras tendu, avant de poser la bière à ses pieds.

Je grimpe sur la rambarde, et nous écoutons en silence le bruit de la pluie.

Camila étend ses longues jambes sveltes et perche ses pieds sur la balustrade. Presque inconsciemment, elle ramasse la bière et en boit quelques gorgées.

Voilée par la pluie, la lueur de l'enseigne au néon atteint à peine l'autre côté de la route. Il faut attendre qu'une voiture passe par là pour que la forêt ténébreuse se révèle dans la lumière des phares.

— Mince, j'avais oublié que ça pouvait être *beau*, s'étonne Camila.

MacKenzie esquisse un sourire.

— Ça arrive, acquiesce-t-elle.

— MacKenzie…, dit Camila, hésitante.

— Hum ?

— Comment as-tu pu rester dans cette ville ? Après le référendum, je veux dire. Dans les six mois qui ont suivi, tu la détestais encore plus que moi.

— Bah, c'était seulement les gens que je détestais. La route et le motel ne sont pas homophobes.

— C'était parce que je suis partie et t'ai laissée t'occuper de tout ?

MacKenzie ferme les yeux.

— Ce n'est pas ta faute, Camila. J'ai pris la décision moi-même. Sans doute que je... Qui sait ce qui m'a pris. Peut-être que j'étais simplement stupide.

Ne dis pas ça, MacKenzie.

— En réalité, moi non plus, je ne haïssais pas la ville après le référendum, avoue Camila. Dans l'ensemble, j'étais plutôt heureuse de savoir qu'il y avait d'autres personnes LGBT ici. Je me demande si l'Oregon Citizens Alliance a une idée du nombre de gays, lesbiennes et transgenres qu'ils ont rassemblés ? Mais je savais que je ne pourrais jamais effectuer ma transition ici. Tout le monde aurait continué à me voir comme un homme et à utiliser mes anciens prénom et pronom.

— Sans doute délibérément, ajoute MacKenzie sur un ton las. Bande de salopards.

Je prends la résolution de ne plus jamais employer son ancien prénom. Mais je dois reconnaître que je suis curieuse de connaître les raisons qui l'ont poussée à choisir « Camila ». Ce doit être intéressant de pouvoir choisir soi-même son nom à l'âge adulte.

— Je t'ai déjà parlé d'une leçon que j'ai apprise très jeune ? lance Camila, qui continue sans attendre de réponse. Très tôt, j'ai appris qu'on ne peut jamais revenir en arrière. Le seul moyen de s'en sortir, c'est d'être constamment prêt à prendre ses cliques et ses claques, et à se tirer. Juan Esteban avait tout faux à ce sujet : pour lui, la liberté, c'était de posséder sa propre entreprise. De ne travailler que pour soi, ce genre d'âneries. Mais c'est une prison comme une autre.

— Et donc tu es partie.

— Tu veux savoir une chose amusante ?

— Ouais, fais-moi rire.

— Je me suis fait virer, juste avant de partir. Le patron voulait quelqu'un de plus « persuasif » et doté de plus d'« initiative ». J'ai contacté des centaines d'agents. Je les ai suppliés de donner une chance à ses scénarios. Mais il a dû se dire que quelqu'un d'autre pourrait faire mieux. Alors il m'a mise à la porte. Et comme je n'avais plus de boulot, je ne pouvais plus payer ma part du loyer. Je partageais un appartement avec trois autres femmes. Quand je suis partie, j'ai vidé ma chambre.

— J'attends toujours la chute.

— Tu ne saisis pas ? Je suis devenue exactement comme Juan Esteban. Tout ce que je possède est dans ce motel. Je n'ai pas de vie, pas d'avenir. Je proclame sans arrêt que je repartirai tout de suite après l'enterrement, mais en réalité je n'ai nulle part où aller.

MacKenzie laisse échapper un rire jaune.

— On est deux, Camila.

Elle s'étire et se redresse, une détermination nouvelle dans le regard.

— J'ai *choisi* de rester ici, déclare-t-elle. C'était ce que je voulais. J'aime profondément cette vieille bicoque. C'est chez moi. Et Henny était mon *amie*. Pas question de les laisser gagner.

— Dolores m'a appelée Camila.

MacKenzie sonne à la porte de papa. Une deuxième fois. Puis une troisième. Le bruit strident ébranle la quiétude du quartier résidentiel. Les voisins n'ont qu'à regarder, si ça leur chante. Elle s'en moque, désormais. Il ne reste plus que deux jours avant mes funérailles.

Papa finit par céder et ouvre la porte.

— Entre donc, grommelle-t-il. Une tasse de café ?

Il semble aussitôt agacé par l'automatisme de sa propre hospitalité. Papa inviterait la Faucheuse à dîner si elle toquait à sa porte. D'ailleurs, avec sa tenue, on dirait qu'il attend sa visite. On le voit à peine dans le vestibule mal éclairé.

— J'ai discuté avec Cheryl, annonce MacKenzie. Elle a dit que vous ne vouliez pas que je vienne aux obsèques.

Papa refuse de croiser son regard.

— Robert ! l'interpelle-t-elle. C'est de l'*enterrement* de Henny qu'il est question. On était copines depuis l'âge de sept ans, et vous m'avez connue pendant toutes ces années. Elle était ma meilleure amie.

— Elle était ma *fille* ! La mienne ! Pas la tienne !

— Oh, je rêve…

— *Nous*, on était meilleurs amis avant que tu viennes me l'enlever. Et après, passer du temps avec moi ne lui suffisait plus. Je n'étais sans doute pas assez intéressant. Ou pas assez amusant, je suppose, comparé à toi et ton motel. Elle aurait dû vivre chez *moi*. La maison est bien assez grande. Je me suis battu pour la garder quand j'ai pris ma retraite, mais dès que Henny en a eu l'occasion, elle s'est installée au motel, avec *toi*.

MacKenzie est estomaquée, mais papa ne semble même pas le remarquer. À croire qu'il a entassé toutes ces accusations pêle-mêle dans sa tête. Un beau désordre accumulé au fil des années. Petites mesquineries et grandes frustrations, avérées et imaginaires, tout remonte à la surface. Et je ne peux rien faire pour l'en empêcher.

— Tu as dit que son nom venait d'un *cognac*. « Henny » est un très beau prénom hollandais traditionnel, et ma grand-mère était une femme formidable, et…

— C'était pour plaisanter ! J'avais quinze ans !

— Papa ! m'écrié-je, aussi fermement que possible. MacKenzie est mon amie. Elle a toujours été là pour moi. Si tu trouves que je t'ai tourné le dos, je le regrette, mais ce n'était pas sa faute.

Je brûle de le secouer et de le contraindre à m'écouter. Le chagrin de ma mort devrait plutôt les rassembler. Si les personnes qui me sont chères doivent être malheureuses, autant qu'elles pleurent ensemble.

Papa se met à cracher son venin encore plus vite.

— Et les gens ont commencé à parler de toi, et vous étiez tout le temps ensemble, et ensuite ils ont aussi parlé de Henny. Pourquoi deviez-vous vivre ensemble ? Ce n'est pas naturel. Elle ne serait jamais allée travailler au motel sans toi. Elle n'y aurait jamais emménagé, et elle ne se serait jamais trouvée sur cette route. Qu'est-ce qu'elle faisait là-bas ?

— Euh, je ne pense pas que tu veuilles connaître les détails, mais ce n'était pas vraiment pour le boulot.

Mais papa n'a que faire de la logique ou de la raison. Il s'est jeté dans le vide et est en chute libre.

Soudain le sol se dessine devant lui, de plus en plus proche, tandis qu'il tombe toujours plus vite. L'espace d'un instant, il semble avoir des remords. Il jette un regard désemparé à MacKenzie, comme pour tenter d'arrêter sa descente aux enfers.

Mais il est trop tard.

Presque malgré lui, il lâche :

— Sans toi, elle serait encore en vie.

Un terrible silence s'installe.

Moi, MacKenzie et papa sommes figés dans l'entrée tamisée. Pétrifiés par le choc. Ses paroles sont trop ignobles pour être blessantes.

— C'est bien qu'on ait mis les choses à plat, déclare MacKenzie sur un ton monocorde. Moi qui croyais que Cheryl exagérait.

Il y a des centaines de millions d'années…

Le réveil sur la table de nuit indiquait 14 h 03. À quinze heures, je devais être de retour à la réception.

Nos corps étaient enlacés au point que je ne savais plus où s'arrêtait ma peau et où commençait la sienne.

Je me suis dégagée juste pour pouvoir me redresser sur le lit et mieux l'admirer. Il demeurait allongé sur le dos, nu devant moi, à moitié endormi en plein après-midi. Penchée par-dessus lui, j'étudiais la peau bronzée sur son bras, ainsi que la partie blanche habituellement couverte par son tee-shirt. Il écartait mes cheveux quand ils me tombaient devant les yeux, mais autrement il restait entièrement immobile, livré à mes caresses.

— Tu sais, a-t-il débuté, je n'ai jamais douté d'avoir fait le bon choix en me concentrant sur ma carrière. J'aime être géologue. Je m'épanouis dans ma vie. Mais ces derniers temps… je crois qu'il me manquait quelque chose.

Moi, je lui manquais. Je me suis détournée pour dissimuler mon sourire, avant de retourner à l'exploration de son corps. Je n'en revenais pas de connaître à ce point ses moindres replis, au terme de ce week-end court comme l'éternité.

— C'était supportable tant que je devais trimer, mais mieux ça marchait pour moi, plus je ressentais ce vide. Ça te semble stupide ?

Pouvait-il voir le rythme effréné auquel battait mon cœur ?

— Tu es un auteur à succès, me suis-je contentée de répondre.

— J'ai juste écrit ce livre pour m'occuper quand je ne travaillais pas. Et peut-être que… Je crois bien que, durant toute la rédaction, je m'imaginais en train de te parler de mes pierres.

— Tu ne me l'as même pas dédié.

Je me suis blottie contre son épaule, les yeux fermés. Il a passé le bras autour de moi et m'a tirée vers lui.

— Parle-moi de tes pierres, lui ai-je demandé.

— Il était une fois, il y a fort, fort longtemps…, a-t-il commencé avec un sourire en coin. Des centaines de millions d'années avant notre ère vivait un poisson que nous appelons aujourd'hui « conodonte ».

Surprise, j'ai levé les yeux vers lui.

— Un poisson ? Décidément, tu as changé.

— Un peu de patience. Je viens bientôt aux pierres.

J'ai reposé la tête sur son épaule. Sa main traçait lentement des lignes oisives sur mon bras.

— Ce poisson en lui-même n'a rien de spécial. Il ressemblait à un genre d'anguille, avec un corps mou et fragile qui n'a pas très bien survécu au passage du temps. Dans le monde entier, il n'existe que deux spécimens préservés dans leur intégralité. Mais ce qui est intéressant, c'est qu'ils avaient vraiment beaucoup de dents, et celles-ci n'ont pas disparu. Les poissons mouraient, coulaient au fond et se décomposaient progressivement, jusqu'à ce qu'il ne subsiste que leurs dents. Et ces dents sont restées là, jusqu'au jour où les fonds océaniques se sont transformés en montagnes et falaises. Aujourd'hui, on retrouve ces dents fossilisées dans les formations calcaires de Grindstone Creek, dans les Blue Mountains. Ce sont les plus anciennes roches de l'Oregon.

Il était 14 h 27.

— Et le plus fascinant dans tout ça, c'est que comme ces

poissons vivaient il y a des centaines de millions d'années, et ont évolué au fil du temps, leurs dents peuvent servir à déterminer l'âge des formations rocheuses. « Tiens, ces dents ont telle forme ; on peut en conclure que le calcaire de Grindstone Creek est vieux de trois cent quatre-vingts millions d'années. » Tu ne trouves pas ça dingue, Henny ? Grâce aux dents d'une espèce de poisson éteinte depuis longtemps, on peut connaître l'âge d'une inébranlable falaise dans une chaîne de montagnes indestructible.

Enfouissant mon visage dans sa nuque, j'ai humé son odeur et gravé dans ma mémoire la texture de sa peau. Sa cage thoracique montait et descendait sous ma main, tandis que le silence nous englobait.

— Henny ? a-t-il dit tout bas.

J'ai hoché la tête sans la relever.

— Tu vois, je n'ai pas changé.

Et pourtant, le soleil se lève

Je me promène dans la nuit.

Le motel, le parking, les chalets, le potager, la rivière. J'inspecte chaque chambre libre. Je reste même quelques minutes dans l'obscure buanderie, entre les machines à laver.

C'est ma dernière occasion de voir tout cela. Je devrais peut-être faire un tour à Water Street, mais le visage blême maladif de MacKenzie lors de son départ est imprimé dans ma rétine. *Sans toi, elle serait encore en vie.*

Qu'importe, je m'y rends. C'est mon père, après tout. Il est quatre heures du matin, et il est assis dans son fauteuil, sans bouger. Les paupières closes. Il est si parfaitement immobile que je dois coller mon visage à quelques centimètres du sien pour m'assurer qu'il respire encore. Il est vivant. Il sommeille devant moi et ronfle très doucement.

Devrais-je lui dire quelque chose ? Lui laisser un dernier message ? *Ne sois pas si buté*, peut-être. *Demande pardon à MacKenzie.* Or, devant ses traits émaciés et sa peau semblable à du parchemin, je décide qu'il a sa propre croix à porter. J'espère que son Jésus veille sur lui. Je me contente d'un « au revoir, papa » puis m'en vais.

MacKenzie est toujours réveillée. Allongée sur le dos, elle fixe le plafond, les yeux mi-clos, le regard désespérément vide. *Au revoir, MacKenzie.*

Je m'arrête devant la porte de Camila. *Au revoir, Camila.*

Je ne peux me résoudre à dire adieu à Michael. Je préfère me blottir contre lui un moment, mais j'ai peur de perdre du temps. Peur que mes pensées se mettent à dériver et que je passe ma dernière nuit à faire des choses banales.

Je veux tout voir en même temps, non-stop, vivre intensément chaque seconde de mes ultimes heures sur Terre. Mon ultime lever de soleil. *Il faut que je trouve un bon endroit pour l'admirer*, me dis-je en faisant le tour du motel. Les premières lueurs de l'aube commencent déjà à poindre dans les ténèbres. L'aurore est si lente à venir que je dois regarder tour à tour à l'est et à l'ouest pour remarquer la différence. À l'occident, c'est le noir complet. À l'orient, une très légère nuance de gris apparaît à l'horizon.

C'est alors que je lève les yeux.

Le toit.

C'est pas comme s'il pouvait encore m'arriver malheur, me dis-je, grimpant sur la rambarde. J'agrippe la gouttière et me hisse, battant des jambes et parvenant tant bien que mal à poser un pied sur la toiture. Je rampe sur les derniers centimètres.

À l'est : une splendide grisaille. Les silhouettes noires des montagnes. À l'ouest : *Motel des Pins perdus. Ouv rt.*

Depuis le faîte du bâtiment, j'observe le soleil se lever pour la dernière fois. Un point de vue inédit pour mon ultime matinée. Le dernier miracle de ma vie.

L'explosion rouge-orange par-delà les montagnes présage de mon avenir proche : dans quelques heures à peine, je serai dévorée par les flammes, puis je disparaîtrai. Ensuite rideau.

Je m'avance tout au bord du toit. Une pointe de vertige me chatouille le ventre, mais je ne détourne pas le regard. Je ne me dérobe pas. Je savoure la peur. Elle me prouve que je suis encore en vie. Et quand je contemple la montagne bleutée sur fond embrasé, la beauté de la nature se manifeste en une pression sur ma poitrine. Comme toujours. Une force surnaturelle qui me coupe le souffle, un vertige métaphysique devant la splendeur du monde.

Heureusement, tout cela existera toujours. Il n'y a que moi qui vais disparaître.

Soudain je tombe à genoux. Un désespoir sans nom me prend à la gorge.

Je ne peux pas encore disparaître. Il y a encore tant de choses que je veux faire.

Je veux boire des bières avec MacKenzie au terme d'une dure journée de labeur. Je veux boire ma première gorgée de café par un matin d'automne frisquet. Et la deuxième, et les suivantes. Je veux m'escrimer avec MacKenzie à faire partir une tache de vin rouge sur la moquette, pour finalement décider de déplacer le canapé pour la cacher.

Je veux déguster une tomate fraîchement cueillie dans le potager. Marcher pieds nus dans l'herbe au bord de la rivière. M'effondrer sur le sofa de la réception, complètement épuisée, par un après-midi pluvieux. Je veux éclater de rire avec MacKenzie, pour quelque chose de stupide. Ça *doit* être stupide.

Je veux fumer un joint avec Camila. C'est légal, maintenant. Plus besoin de jeter des regards apeurés par-dessus l'épaule et de sursauter au moindre bruit. Je veux savoir qu'elle va bien.

Je veux tripoter Michael et dormir sur son épaule. Et faire tout ce qu'il y a à faire entre. Je donnerais tout pour passer plus de temps avec lui.

Voir pousser les premières fleurs du printemps et tomber les dernières feuilles de l'automne. Me réveiller et découvrir la première chute de neige de l'année. Respirer l'air pur et mordant de l'hiver.

Et je veux qu'ils connaissent à nouveau le bonheur. Je pleure les personnes que nous étions, celles que nous avons dû devenir et celles que nous aurions pu redevenir, si nous avions disposé de plus de *temps*. Je veux m'asseoir à nos places habituelles, à l'arrière du motel, sur des chaises alignées le long du mur. Je veux vieillir à leurs côtés et, plus que tout, je veux les revoir forts et libres.

Comme nous l'étions avant.

Camila est la première à sortir, élégamment vêtue d'une veste, d'une jupe et de bottes noires. Ses talons aiguilles claquent sur le bitume. *Tap, tap, tap*. Un bruit lent et régulier, comme le tic-tac d'une montre. *Il n'est pas trop tard, MacKenzie*, proclament-ils.

Allez MacKenzie, bouge-toi.

Ensuite arrive Michael, irrésistible dans son costume noir. C'est un adulte. Une nouvelle personne que je connais si bien.

Je détourne le regard, puis change d'avis. C'est potentiellement ma toute dernière chance de le voir ; je préfère m'appliquer à le mémoriser si précisément que même les flammes et la calcination n'éradiqueront pas son souvenir. Quand quatre-vingt-dix-sept pour cent de mon être passeront à l'état liquide, pour ne laisser que du sable, le souvenir du corps de Michael fera partie des trois pour cent restants.

J'aimerais que la vie se soit déroulée différemment, qu'ils ne soient jamais partis, qu'ils soient revenus plus tôt. Les regrets constituent peut-être l'ultime preuve que nous autres êtres humains ne pouvons accepter l'impuissance. Même en ce qui concerne le passé, les choses révolues, nous refusons d'admettre que nous ne pouvons plus rien y faire.

— On ne peut pas y aller sans elle, argumente Michael.

La cérémonie commence dans quinze minutes.

— J'ai toqué à sa porte. J'ai crié son nom. J'ai appuyé sur la poignée. C'était fermé.

Camila se passe une main sur le visage.

— Elle est peut-être partie en avance, suggère Michael.

Camila consulte à nouveau sa montre.

Ils finissent par monter dans la voiture, en se déplaçant le plus lentement possible. Ils replient les jambes. Ferment les portières, hésitent avec la main sur le contact. Je vois leurs reflets sur le pare-brise, éthérés et déformés, comme si c'étaient eux qui glissaient peu à peu hors de l'existence, et non moi.

Le moteur démarre. Le bruit me fait sursauter. Michael baisse la vitre et étire le cou vers le motel. Un dernier aperçu de son visage, tandis qu'ils quittent doucement le parking.

Je refuse d'accepter que le moment soit venu.

Mes jambes se meuvent sans décision consciente de ma part. Je bondis du toit, pour aller je ne sais où.

Une seule pensée : *Michael.*

C'est alors que retentit un bruit fracassant.

En provenance de ma chambre.

J'arrive sur place juste à temps pour voir MacKenzie jeter ma tasse favorite. Elle percute le mur avec un son sourd, tachant la belle paroi jaune canari de vieux café.

— MacKenzie ! On avait repeint ces murs !

Des relents âcres de parfum manquent de m'étrangler : mon flacon gît en mille morceaux dans un coin, à côté de trois éditions différentes du livre de Michael, toutes déchirées.

MacKenzie arrache mes habits de la penderie, puis le linge de lit : la couverture brodée dont j'étais si fière, mes jolis coussins bleu ciel. Elle déploie toutes ses forces pour les réduire en miettes, à coups de dents si nécessaire, jusqu'à ce que les plumes volent dans la pièce tels des flocons de neige. Je hurle.

— MacKenzie, arrête ! Arrête ça ! Ce sont mes *affaires* que tu casses, nom de Dieu !

Elle ne m'écoute pas, évidemment. Son regard est braqué

par-dessus mon épaule. Je me retourne pour voir ce qu'elle fixe. Mes photos. Amoureusement encadrées et parfaitement alignées sur le bureau.

MacKenzie et moi devant l'enseigne du motel, âgées de seize ans, engoncées dans de hideux jeans des années quatre-vingt-dix. Elle porte une chemise en flanelle, naturellement.

Moi, MacKenzie, Camila et Michael en route pour le bal de fin d'année, moi mal à l'aise dans mon costume, et MacKenzie vêtue d'une robe de bal. Par ironie.

Un cliché pris après la construction des chalets. Je l'ai conservé uniquement parce que Michael et moi sommes tous deux dessus, même s'il s'agit d'une photo de groupe et qu'on voit juste mon épaule droite qui dépasse. Qu'importe, Michael y est clairement visible et je savais que j'étais juste à côté de lui ; chaque fois que je regardais cette image, je me rappelais ce premier été passé ensemble.

— Non..., murmuré-je. Non, non, non !

J'ai acheté ces vieux cadres dépareillés au fil des années. Argent scintillant, peinture dorée écaillée et bois peint en noir, sobres rectangles et formes fantaisistes, ils formaient un joli ensemble hétéroclite que je trouvais harmonieux. Mon premier endroit rien qu'à moi.

J'écarte les bras pour les protéger de MacKenzie, mais elle est résolue à tout détruire.

Elle fracasse les cadres contre le bureau, brise les vitres en fragments tranchants et se moque des instantanés de ma vie qui choient au sol. Des bouts de bois volent dans tous les sens. Certaines photos se déchirent avec un *scratch* qui me fend le cœur.

Quand elle s'arrête enfin, la pièce est un véritable capharnaüm.

— Attention aux éclats de verre, avertis-je mécaniquement, même si dans l'immédiat je ne la plaindrais pas si elle se coupait.

La moitié des clichés est fichue, l'autre moitié enfouie sous les restes des cadres.

Je me penche et essaie désespérément de les ramasser, de les sauver, de les recoller, mais mes doigts impuissants glissent dessus ou passent au travers. MacKenzie s'est effondrée dos au mur, de l'autre côté de la chambre. Recroquevillée, les bras enserrant ses genoux, elle se balance d'avant en arrière. Sa respiration se fait saccadée, et les voilà enfin : les larmes.

Je ne l'ai jamais vue pleurer auparavant. Pas une seule fois, quoi qu'elle ait traversé. Toute une vie de larmes réprimées se déverse en un après-midi. MacKenzie ne prête pas attention à la morve qui lui coule du nez, ni aux sanglots qui la secouent. Elle est complètement désarmée, soumise à ses émotions telle une enfant.

Elle marmonne quelque chose, mais ses hoquets sont si violents et son souffle si haché que je ne capte que quelques mots isolés.

— Jamais. On avait dit. Jamais. Quitterait.

Elle prend une inspiration. Se frotte les yeux. S'essuie le nez du dos de la main.

Ouvre la bouche.

— On avait dit qu'on ne se quitterait jamais.

Ainsi tout prend fin

Un déluge d'ultimes souvenirs, les uns se confondant avec les autres, comme des pop-up toujours plus nombreux.

MacKenzie et moi devant l'école, le jour de la première rentrée. Sa veste trop grande. Sa manière de secouer le bras pour sortir sa main. *Amies pour la vie.*

L'odeur du bois neuf, de la sciure et de l'herbe chaude. Michael et moi isolés, à l'époque où la solitude était un luxe. « Je vais la baptiser Redwood Cabin. » Une photo sur laquelle seul mon bras est visible. *Un jour, je laisserai tout ça derrière moi.*

Le visage souriant de Cheryl, aussi tragiquement familier qu'effroyablement déformé. Une tente installée sur Main Street, tout au début, quand cette histoire semblait encore ridicule. Des baskets roses.

Le regard d'acier de MacKenzie. MacKenzie, la survivante. MacKenzie qui retrouve la raison. MacKenzie qui m'emmène au Dog Bark Park Inn. MacKenzie qui abandonne tous ses rêves.

Nous sommes regroupés à l'arrière du motel. Michael et Camila sont avec nous. C'est l'une de ces interminables journées d'été. Le soleil brûle nos jambes et nos bras nus. Nous sommes bronzés et couverts de piqûres de moustiques.

Ensemble, à nouveau.

La maison de nos souvenirs qui tombe peu à peu en ruine. Le vent qui balaie nos rêves.

Un endroit hanté.

Libre comme un aigle

Les ombres s'allongent, puis disparaissent entièrement.

Mille et un, mille deux, mille trois...

Je suis toujours là.

Quand les réverbères clignotent puis s'allument, je trouve ça presque décevant.

Des lumières apparaissent sur la route menant en ville, tel un collier de perles fort irrégulier. D'abord une, puis une deuxième, puis un long espace noir avant la troisième. Les suivantes sont très serrées.

La voiture de Dolores arrive en premier sur le parking. Elle descend avant même qu'Alejandro n'ait fini de se garer.

— Des gâteaux ! rouspète-t-elle. C'est pas avec des gâteaux et du café qu'on va nourrir les gens ! Si seulement ils m'en avaient parlé plus tôt, j'aurais pu préparer un vrai repas. Il suffisait de demander.

— Peut-être qu'ils ne voulaient pas..., hasarde Alejandro, avant de se faire directement interrompre par sa mère.

— Ma cuisine n'est pas assez bien, peut-être ?

— Mais si, mais si.

— Et tu ne crois pas que Henny aurait voulu que les gens soient rassasiés après son enterrement ? Tu crois que ça lui plairait qu'on nous prenne pour des pingres ? Ou qu'on nous reproche notre manque d'hospitalité ?

— Mais non, mais non.

— Alors arrête de discuter et lance la friteuse ! Ils vont bientôt arriver.

Je m'étire et me rapproche de la fenêtre.

— MacKenzie ? Je crois… On dirait bien que je suis encore là.

Après un instant de réflexion, j'ajoute :

— On pourrait descendre donner un coup de main ? Si plein de gens se pointent, Dolores et Alejandro vont avoir besoin d'aide.

Quand Michael et Camila entrent dans le parking, je ne tiens plus en place. Je dévale l'escalier et les suis dans le diner. MacKenzie finira bien par nous rejoindre, je n'en doute pas une seconde.

Dans la cuisine règne une effervescence fébrile. Il semble tout à fait naturel qu'ils soient sur leur trente et un, comme si Dolores grillait toujours ses steaks en robe noire et si Alejandro n'imaginerait pas une seconde de faire chauffer la friteuse sans son costume et son Nikon. Camila se tâte un bref instant, puis envoie valser ses bottes et entreprend de hacher des oignons en collants. Ils forment une belle équipe, dansant les uns autour des autres sans avoir besoin d'échanger un mot, avec une coordination instinctive. Une main sur l'épaule, un geste fluide dans le dos, des pas légers, la beauté d'un mouvement perpétuel.

Et puis il y a Michael. Il se tient dos au mur juste à côté de la porte de la cuisine, pour ne pas déranger. Le choc se lit sur son visage, et le malaise, comme s'il avait échappé de justesse à une catastrophe.

Seuls ses yeux se meuvent. Mis à part le funeste désespoir, on semble y lire un certain plaisir à voir Camila, Dolores et Alejandro à l'œuvre dans cet endroit qu'il connaît si bien. Je crois que c'est un adieu, avant de s'en aller à jamais.

— Michael ! l'interpelle Camila.

Elle l'attrape par le bras et l'emmène dans la cuisine.

— Ils seront bientôt là. Tu peux t'occuper du café, histoire qu'on puisse le leur servir pour les faire patienter ? Et quand ils arriveront, tu pourras ouvrir la porte. On ne va pas les faire attendre sur le parking.

Elle lui tapote l'épaule.

— Je te conseille d'enlever ta veste.

Les premières voitures ne tardent pas à rappliquer. Vieilles connaissances, anciens professeurs, des gens que je n'ai plus vus depuis des années et certains que je ne connais pas du tout.

Buddy et son comparse Miguel, et la femme de ce dernier, que je n'ai jamais rencontrée. Deux ouvriers qui déjeunent toujours chez nous et dont j'ignore les noms. Ils restent près de Buddy.

Clarence débarque en compagnie de quelques habitués du Timber. Pourvu qu'ils aient emporté leurs propres flasques, car ils n'iront pas loin avec celle de Clarence.

Ils sont venus pour moi.

Abattus par des psaumes déprimants et saucissonnés dans des costumes noirs peu confortables, ils dégustent la fraîcheur de l'air automnal comme s'ils sortaient de prison. Ils se détendent lorsqu'ils constatent que papa n'est pas présent ; plusieurs défont les premiers boutons de leurs chemises et rangent leurs cravates dans leurs poches.

Ceux en tête de file hésitent, le portefeuille à la main, mais Dolores refuse catégoriquement toute rémunération.

— Des gâteaux ! soupire-t-elle en secouant la tête.

L'atmosphère devient vite enjouée. Le fumet des plats de Dolores s'échappe de la cuisine, et Alejandro et Camila font des allers-retours les bras chargés d'assiettes.

— Henny aurait adoré la cérémonie, ironise quelqu'un. Surtout les psaumes.

— Une chanson de Bruce, je parie que ça lui aurait plu, lance Buddy.

Tout le monde éclate de rire, et la bonne humeur commence à repousser le chagrin. Tous sauf Buddy, bien entendu. Il était sérieux.

Clarence sort sa flasque de sa poche. *À la tienne, Clarence*, pensé-je avec tendresse.

Michael a remonté les manches de sa chemise et fend la foule pour servir le café. Quand la chaleur dans le diner devient insupportable, il sort et s'adosse à un mur. À l'extérieur, l'air est frisquet et léger. Sa respiration crée de petits nuages devant sa bouche. Une fois assuré que personne ne le voit, il relâche ses traits et se laisse gagner par le désespoir.

Camila vient le retrouver.

— Tu vas faire quoi, maintenant ? lui demande-t-elle.

Michael hausse les épaules. Je crois qu'il ne sait vraiment pas.

— Tu vas repartir ?

— Henny adorait cet endroit, concède-t-il contre son gré. Et pas seulement le motel. Toute cette foutue ville.

Camila hoche la tête. Elle patiente en silence, une main posée sur l'épaule de Michael. Pour lui signifier qu'il n'est pas seul, je suppose.

— Je devrais partir d'ici, finit-il par déclarer. Maintenant je n'ai vraiment plus aucune raison de rester. Mais je n'arrive pas à me défaire d'un sentiment d'inachevé. Comme si Henny attendait encore quelque chose de moi. Ça sonne stupide, pas vrai ?

Camila fait lentement « non » de la tête.

— Non, je vois ce que tu veux dire. Parfois je crois ressentir sa présence dans le motel.

— Tu vas rester, alors ?

— J'ai pas vraiment le choix. Mais oui, je vais rester.

Je souris. Je n'en demande pas plus. Soudain je ne peux plus rester immobile. J'écarte les bras et cours dans tous les sens, comme lorsque MacKenzie et moi faisions semblant d'être des aigles, quand nous étions petites.

Je suis prise d'un bonheur insouciant et frivole, comme si un feu d'artifice explosait dans ma poitrine. Spontanément, je suis si heureuse, et me réjouis de tout ce qu'il y a à voir, entendre et sentir dans la vie.

Je sprinte sur le parking, zigzague entre les voitures garées et fais tout le tour du motel. Je suis toujours là, je suis libre, je file entre les pommiers, les plants de concombres et les tomates, puis je suis de retour sur le parking.

MacKenzie devrait être là.

Elle est descendue à la réception, où elle demeure seule dans la pénombre. Je la rejoins à côté des portes automatiques closes, et nous observons le diner.

— MacKenzie, tu sais que tu n'es pas *obligée* de rester ici toute seule ? Pas la peine de te morfondre dans le noir, non plus. Certes, tu n'étais pas à l'enterrement. Je ne sais pas pourquoi tu as écouté papa et Cheryl, mais ils ne sont pas là ce soir. Tes amis sont là, eux. Dans ton motel, dans ton diner. Pourquoi tu ne vas pas les rejoindre ?

Je colle mon nez à la fenêtre.

MacKenzie ne m'écoute pas. Elle fixe intensément le diner, et quand je suis son regard, je constate que Camila est ressortie. Elle se frotte les bras pour combattre le froid nocturne, et peut-être devine-t-elle la présence de MacKenzie car elle regarde soudain droit dans notre direction. Il n'y a pourtant pas la moindre lumière à la réception.

Mon attention oscille entre mes deux amies.

Aucune ne bouge. Deux femmes se toisent, chacune entourée de ses propres ténèbres.

Camila se détourne la première. Elle prend une profonde

inspiration, comme si quelque chose l'avait surprise. Ses yeux rayonnent d'une curieuse chaleur, et l'ombre d'un sourire danse à la commissure de ses lèvres. Elle contemple le motel, semble prendre une décision qui l'étonne elle-même, et lance à MacKenzie un regard empreint d'une affection déroutante. On dirait qu'elle ne sait pas quoi faire de ces nouveaux sentiments. Elle est figée dans la nuit, immobile comme MacKenzie, alors que je suis certaine qu'elle meurt d'envie de venir la rejoindre.

Or, l'expression de MacKenzie est sans équivoque : *Ne me pose pas de questions. Ne viens même pas me parler*.

Camila respecte son choix. Elle reste où elle est et lui tient compagnie à distance.

À la poursuite d'un sourire

Je jurerais que le soleil brille plus fort, que l'air est plus pur et les couleurs de l'automne plus vives que jamais. De toute l'histoire de l'Oregon, nul lever de soleil n'est comparable à celui de ce matin.

Plus merveilleux encore : il y en aura un autre demain !

Pendant le petit déjeuner, je fourre le nez dans la cafetière et respire les vapeurs dégagées par l'union de l'eau bouillante et des grains de café finement moulus. Comme je ne peux plus en boire, je me contente de son odeur.

Dolores est seule en cuisine, mais elle semble l'apprécier. Les obsèques ont débloqué quelque chose en elle. Comme si elle avait terminé de porter le deuil et s'autorisait désormais à retravailler. Elle fouette la pâte à pancakes avec des gestes vifs et précis. Des tranches de bacon frémissent sur la plaque à frire. Des œufs sont cassés, mélangés, salés, poivrés et saupoudrés de cheddar râpé pour donner forme à une bonne omelette.

Je vais me placer devant la cuisinière pour humer les épaisses tranches de jambon qui accompagnent le bacon. Des avocats parfaitement mûrs sont réduits en purée. Des glaçons sont versés dans de grandes cruches remplies de jus d'orange et s'entrechoquent en tintant lorsqu'elles sont posées sur le comptoir.

Certes, je ne peux plus rien manger, mais l'odeur de la nourriture n'est-elle pas tout aussi délicieuse que son goût ?

Il y a tant de choses que j'aimerais pouvoir déguster. Une tomate dorée au soleil. Un *grilled cheese sandwich*. Ou un *steak salade*, avec de la viande bien grillée et de la salade fraîche et croquante. Et des nachos ! Toute une montagne, avec du poulet, des jalapeños, de la crème aigre et du fromage. Les petits déjeuners d'anniversaire de Dolores, que j'attendais toujours avec une impatience mêlée d'appréhension ; comment peut-on s'enfiler des gaufres, du poulet frit, un burrito, des œufs brouillés, du bacon, des tomates grillées, un cocktail mimosa et du pain tout droit sorti du four en un seul et même repas ?

Le plus bel anniversaire de ma vie fut sans hésitation mon premier au motel, l'année après que j'ai commencé à y travailler. Juan Esteban a déclaré que je devais tout manger moi-même, mais heureusement MacKenzie, Camila, Michael et Derek m'ont aidée sans se faire prier. Vous auriez dû voir ma tête quand j'ai découvert ce festin et cru que je devrais tout engloutir !

Après le petit déjeuner, je pars me balader en ville, presque pour m'assurer qu'elle existe toujours. Ouf, elle est encore là !

Voici le joli panneau d'entrée, complètement éclipsé par la vieille enseigne chaotique du motel. Et voici les ormes ! Toutes leurs feuilles ont pris un teint écarlate. Si je suis encore là l'année prochaine, je viendrai ici chaque jour, pour voir le moment exact où la première feuille vire au rouge.

Pine Creek et l'histoire de nos vies sont tellement indissociables que j'en oublie presque que je n'ai plus d'avenir. Je vois la ville avec mes yeux d'enfant : énorme et déroutante. Chaque excursion pouvait donner lieu à une aventure, et il était tout à fait possible pour une gamine de douze ans et sa meilleure amie de se perdre dans ces rues peu nombreuses. Quand nous étions petites, nous explorions Pine Creek comme s'il s'agissait de notre royaume rien qu'à nous. Notre domaine s'étendait avec chaque nouvelle rue que nous conquérions, chaque boutique dans laquelle nous jetions un coup d'œil, chaque adulte que MacKenzie charmait.

Passant devant l'école, je nous revois jouer dans la cour ensoleillée. Je crois bien que c'est ce type de soleil que j'aime par-dessus tout. Des rayons clairs et froids, plus francs qu'en été. Comme l'eau d'un ruisseau glacial. Cependant, un doute m'envahit, et je dresse dans ma tête une liste de mes types de soleil favoris.

Un lumineux jour d'automne fin septembre. Les premiers rayons printaniers, quand tout est encore morne et gris, les branches des arbres dénudées presque étincelantes. Le soleil assuré du mois de juillet, d'interminables jours de suite, sous une chaleur accablante. Les rayons filtrant à travers le feuillage d'un chêne particulièrement touffu, comme lorsque MacKenzie et moi nous allongions sous l'arbre de papa pour admirer les nuages. Le soleil hivernal possède lui aussi son propre charme, naturellement, et je me promets d'y faire plus attention cet hiver.

Je reste presque une heure sur Elm Street, à regarder les gens se presser. Le quotidien se déroule sous mes yeux telle une pièce de théâtre ininterrompue : des mères stressées font leurs courses flanquées de bambins fatigués, des ouvriers prennent une pause déjeuner anticipée au Sally's Café, des retraités déambulent lentement mais résolument le long de la rue.

Je suis un tantinet déçue que mes concitoyens ne semblent pas prendre mesure de la chance qu'ils ont d'être en vie, mais c'est peut-être injuste de ma part. Facile à dire pour moi, qui ai fait le grand plongeon. Eux ont certainement d'autres choses en tête.

Je me retrouve alors à suivre un sourire, d'Elm Street jusqu'à Water Street. Tout commence par une fillette d'environ sept ans marchant aux côtés de sa mère. Cette dernière a un demi-pas d'avance, laissant constamment la petite à la traîne. Je peux presque lire dans les pensées de l'adulte, qui passe en revue le programme de la journée, courant mentalement d'une tâche à l'autre. La gamine, au contraire, admire les alentours : son regard scanne les passants, les maisons, un fascinant sachet plastique vide, un petit gant tristement oublié que quelqu'un a soigneusement accroché à une branche d'orme. Au milieu de toute cette inspection, elle trouve le temps d'offrir le plus sincère des sourires à une femme âgée d'une soixante-dizaine d'années, aux rides chaleureuses et à la chevelure blanche coiffée d'un bonnet tricoté à la main.

Je décide de suivre ce sourire.

La dame le renvoie au jeune garçon qui emballe les emplettes à la caisse du supermarché et qui sourit franchement, et pas seulement par politesse, à la personne suivante, une femme qui s'escrime à manipuler simultanément son portefeuille, ses courses et ses gants. Je reste coincée en sa compagnie pendant dix bonnes minutes, trop concentrée qu'elle est à s'assurer de n'avoir rien oublié pour prêter attention aux gens qu'elle croise. Heureusement, juste avant Water Street, elle lève la tête et présente un sourire radieux à un vieux monsieur promenant son chien.

La piste s'achève ici. L'homme marmonne un « bonjour » puis poursuit sa route, le regard rivé au sol. Il ne relèvera pas le nez pour sourire inutilement, j'en suis certaine.

Papa se trouve dans le jardin. Il porte un pantalon gris aux plis apparents, une chemise bleu ciel et un pull-over. Ses gestes sont lents et retenus, afin que tout le monde sache qu'il ratisse les feuilles mortes avec dignité et tristesse.

Cheryl et son mari travaillent dans leur jardin, et papa doit sans cesse se défendre contre sa sollicitude ; il ne s'écoule pas deux minutes sans qu'elle lui propose un verre de jus de fruit, du café ou un pull plus chaud.

Papa intensifie les coups de râteau.

Mon cher papa.

Sur tout le chemin du retour, je pense au regard de la petite fille souriante.

L'étonnement, voilà ce que j'y ai lu. Pour elle, la rue principale de Pine Creek est un univers vaste et captivant, comme elle l'a un jour été pour MacKenzie et moi. Quand avons-nous perdu cette fascination ?

Peut-être pouvons-nous réapprendre à porter un regard vierge sur le monde. Peut-être suffit-il de s'arrêter deux secondes et de s'autoriser à se souvenir des choses telles qu'elles étaient.

Aussi, quand je rentre au motel, je me place sur le parking et observe le bâtiment. En me concentrant très fort, sous ce soleil étincelant, je le revois comme il m'est apparu pour la première fois. Passionnant. Gigantesque. L'aventure la plus amusante qui nous soit jamais arrivée.

Motel des Pins perdus. Ouvert.

L'enseigne au néon dégageait une impression d'inconnu et d'excitation. Et une très légère note de danger, alors que nous étions en pleine journée et que l'endroit était quasi désert.

Je n'avais jamais dormi dans un motel. J'avais seize ans, et je n'étais même jamais sortie de Pine Creek.

Par ce radieux matin de mai, MacKenzie et moi nous sommes arrêtées juste avant le motel, afin de pouvoir l'admirer à loisir. Je me rappelle la chaleur étouffante dans la voiture immobile, et MacKenzie qui repoussait une mèche de cheveux collante de sueur.

— Regarde, Henny, a-t-elle dit.

Seuls trois véhicules étaient garés là, mais MacKenzie les étudiait intensément. Elle a tendu la main pour attraper un carnet et un stylo dans la boîte à gants, puis ajouter « Montana » à la liste qui contenait déjà « Washington », « Idaho » et « Iowa ».

— Des voitures en provenance de tout le pays s'arrêtent à ce motel. Et on va travailler ici.

Une nouvelle lueur était apparue dans son regard. Avec le recul, je sais que c'était un coup de foudre.

Ce n'était pas seulement un prétexte de plus pour ne pas devoir rentrer chez elle le soir, ni même un petit boulot supplémentaire amusant. MacKenzie était tombée amoureuse de ce drôle d'établissement sordide et décrépit. Une grande nouveauté avait débarqué dans sa vie, et je faisais de mon mieux pour la suivre.

Toutefois, même MacKenzie a connu un instant d'hésitation quand nous nous sommes présentées à la réception. Comparée au soleil aveuglant qui régnait à l'extérieur, cette pièce semblait sombre et cloisonnée. Un ventilateur tentait en vain de combattre la chaleur, mais ne faisait que brasser de l'air chaud et du boucan. J'étais douloureusement consciente que nous ne venions pas prendre une chambre et que nous n'avions que seize ans.

— Il faut qu'on parle au patron, a déclaré MacKenzie.

J'ignore toujours pourquoi aujourd'hui, peut-être par curiosité, pour savoir ce que voulait cette adolescente maigrelette dotée de l'assurance d'une adulte, ou peut-être parce que MacKenzie avait développé un charme irrésistible en guise de mécanisme de défense, mais toujours est-il que la réceptionniste nous a directement emmenées au bureau privé de Juan Esteban.

Je n'avais jamais vu un bureau de ce genre. À mes yeux, il était grand comme une salle de bal. Les rayons de soleil semblaient danser au beau milieu de ce chaos maîtrisé.

La moindre surface libre était couverte de papiers épars. Dans un coin se trouvaient un évier, des pinceaux et une boîte de peinture ouverte. Une ceinture à outils traînait sur une étagère, prête à servir. Et au centre se tenait Juan Esteban.

Pas bien grand et plutôt mince, il flottait dans un costume à épaulettes démodé, mais sa personnalité emplissait toute la pièce.

Non, mieux : la pièce *incarnait* sa personnalité.

Il ne tenait pas en place. Pendant les quelques secondes qui se sont écoulées entre l'instant où nous avons pénétré dans son antre et celui où il nous a dévisagées, il s'est saisi d'un document, l'a parcouru du regard, reposé, en a pris un autre, a tapoté la poche de son veston et a fait volte-face dans notre direction. Il avait les yeux intensément sombres, et ses cheveux fins et grisonnants partaient dans tous les sens. Seul son front luisant de sueur indiquait qu'il ressentait la chaleur.

— On veut travailler ici, a annoncé MacKenzie.

Je soupçonne Juan Esteban d'avoir vu quelque chose en elle, car il s'est soudain figé. Je ne vois pas de meilleure façon de le décrire. L'énergie débordante que chacun recelait résonnait avec celle de l'autre.

MacKenzie a soutenu son regard sans se dérober.

Il a hoché la tête.

— D'accord. Je te prends à l'essai. Je suppose que tu veux travailler après les cours ? Un week-end par mois ? Pendant l'été ?

— « Nous », l'a-t-elle fermement rectifié.

Juan Esteban s'est tourné vers moi, l'air étonné, comme s'il venait seulement de remarquer ma présence. Puis il a agité la main, me réduisant à un simple détail. Une gamine ou deux, quelle différence ?

— Vous avez déjà travaillé dans un motel ? a-t-il demandé.

— Non, a répondu MacKenzie.

J'ai promptement secoué la tête.

— Moi non plus, pas avant d'acheter cet établissement. Mais je peux vous garantir que ça va être l'aventure de votre vie. Tout peut arriver, dans un motel.

Le coucher de soleil embrase temporairement le paysage. Quand la nuit tombe, je n'ai pas bougé d'un centimètre. Je prends trois longues inspirations et fais semblant que ma cage thoracique s'élève et s'affaisse encore, et que mes poumons s'emplissent toujours d'air. C'est un peu comme quand on retient sa respiration sous l'eau, avant de remonter à la surface. Bientôt, je rejoindrai MacKenzie à la réception, pour lui tenir compagnie pendant son travail, puis j'irai voir Camila pour faire ce qui lui chante, et après je courrai retrouver Michael au chalet. Quelle richesse incommensurable que d'avoir à nouveau *le temps*.

J'ignore pourquoi j'existe encore, mais j'entends bien profiter de cette seconde chance qui m'a été accordée. Les possibilités dansent dans la lumière bleu-rouge du parking.

Je ressens quelque chose de nouveau. Un regain d'énergie, un but à atteindre, peut-être. Si je suis toujours là, c'est forcément pour une raison, et tôt ou tard je la trouverai.

MacKenzie est seule à la réception. Son visage inexpressif crie son épuisement : paupières mi-closes, front ridé, joues blafardes, comme si la peine s'était installée dans ses sinus.

S'il y a une chose que je déteste, ce sont les visages éteints.

— Si seulement tu pouvais voir le monde comme je le vois maintenant, lui soufflé-je.

Camila se présente à la réception, mais MacKenzie lève tout juste les yeux.

La nouvelle venue a préparé un discours.

— Comme je n'ai nulle part d'autre où aller, je me suis dit que je pourrais t'aider, énonce-t-elle bien trop vite.

Elle s'interrompt d'elle-même devant l'air indifférent de MacKenzie, mais se force à poursuivre.

— Mais dans l'immédiat, je ne sais pas du tout comment ça fonctionne. Je suppose que les choses ont changé depuis que je suis partie. Je ne sais même pas dans quel état sont nos finances.

— Elles sont intéressantes.

— Ni comment marche le système de réservation.

— Ça, c'est encore plus intéressant.

Je pense que Camila suspecte MacKenzie de se moquer d'elle, mais il n'y a pas une once d'humour dans ce regard.

— Tu dois crouler sous le travail, maintenant que Henny…

— Ça va, je m'en sors, la coupe MacKenzie.

— Oui, mais quand même…

— Tu m'as déjà entendue me plaindre ? Ou t'appeler au secours ?

Camila détourne la tête, mais persiste.

— Je peux faire n'importe quoi. Le ménage. Tenir la réception de nuit.

— Je n'ai pas besoin d'aide.

Liste des choses que Michael et moi ne ferons jamais : partir en road trip ensemble. Nous disputer pour savoir chez quelle famille passer Noël. Emménager ensemble. Adopter un chien. Nous engueuler pour savoir qui doit le sortir. Surprendre l'autre avec un bouquet de fleurs. Accueillir l'autre avec un bon repas, quand il rentre du travail épuisé. Oublier le repas et faire l'amour à la place.

Je pourrais sombrer dans la dépression, mais je préfère me concentrer sur le principal : je suis encore là.

Aussi, j'emménage chez lui.

C'est bien plus facile que je ne m'y attendais. Je pensais qu'on se querellerait pour savoir ce qu'il adviendrait des livres de l'un et de la table de l'autre. Et pour décider quel canapé conserver.

Mais non, il me suffit de prendre mes cartons et mes affaires imaginaires, de me pointer au cabanon et de faire semblant de m'installer.

Je me livre à un véritable numéro de mime. Je porte une boîte. Une grosse, même si j'ignore de quoi elle pourrait bien être remplie. De photos déchirées, peut-être ? Dans ce cas-là, j'écarte grand les bras, fais semblant d'ouvrir la porte d'un coup d'épaule et déclame :

— Voilà le premier chargement !

Je me retrouve au milieu du salon, mon carton impalpable dans les mains.

Michael erre dans le chalet, comme si la réponse aux mystères de l'univers se terrait toujours dans une autre pièce. Il décale une paire de chaussures à côté de la porte d'entrée, ramasse deux tasses à café dans le salon, puis oublie ce qu'il voulait faire et les emporte dans la chambre à coucher.

Je me hâte de lui emboîter le pas.

— Ça te va, si je prends un des tiroirs du bureau ? lui demandé-je avec entrain, dans son dos.

Ce n'est pas comme si mes affaires prenaient beaucoup de place. Je suis coincée dans ce jean et ce chemisier à pois rouges, qui commencent vraiment à me lasser, d'ailleurs.

Je pousse un soupir. Habiter ensemble, ça compte quand l'un des deux n'est pas au courant ?

Michael tourne en rond. Le salon est la plus grande pièce du chalet, c'est donc ici qu'il a le plus de place, mais ce n'est quand même pas suffisant pour faire de grandes enjambées satisfaisantes. Il doit se contenter de slalomer entre le sofa et la table basse. Je me poste à côté de la fenêtre pour lui laisser le champ libre, et je suis presque soulagée quand le téléphone sonne.

Je me raidis en constatant que l'écran indique *Julia*. Cependant, vu le ton las sur lequel il décroche, aucune chance qu'il s'agisse d'une petite amie ; son agente, en réalité.

— Comment va mon geek préféré ? demande-t-elle avec gaieté.

— Je n'ai pas le temps de parler, là, ment Michael.

Si une chose ne lui fait pas défaut, c'est le temps.

— On peut se rappeler…, commence-t-il, mais se fait couper aussitôt.

— Pourquoi il n'y a que moi qui me préoccupe de ta carrière ?

— Je suis géologue. Ma carrière se porte très bien, merci. Je n'ai pas besoin d'un agent.

— Le fait que tu dises ça prouve à quel point tu as besoin de moi.

— Qu'est-ce que tu veux, Julia ?

— Que tu écrives un nouveau livre, pardi.

— Je n'ai pas d'inspiration.

— L'inspiration, c'est pour les faibles. Ça ne doit pas être bien compliqué de trouver quelques pierres intéressantes au sujet desquelles écrire, si ?

— Je... je n'ai pas vraiment la tête aux pierres, en ce moment.

Je lui caresse le bras d'une main inquiète.

— Il faut battre le fer tant qu'il est chaud, insiste Julia. Actuellement, les pierres, ça parle au public, mais ça ne va pas durer éternellement. Bientôt, ils s'en désintéresseront et se trouveront une autre lubie. Les grenouilles, peut-être. Qui sait ? Il ne faut pas perdre de temps. Tu es où, là ?

Elle pose cette dernière question avec une note d'espoir dans la voix.

— En Oregon.

— C'est pas terrible ça, question pierres exotiques. Il me faut quelque chose de *captivant*. Je te vois bien sur des pics enneigés d'Amérique du Sud, ou dans les étendues sauvages canadiennes...

— On ne verrait pas les pierres, s'il y avait de la neige.

— Ah, je te jure, tu vas me faire vieillir.

— Julia...

— OK, OK. Mais réfléchis au moins à quelques destinations dépaysantes, tu veux ? Si tu trouves une bonne idée, je peux t'obtenir une jolie avance. Écris-moi juste quelques pages et, quoi que tu fasses, vas-y mollo avec les théories géologiques assommantes, d'accord ? On veut que ça reste *vendeur* par-dessus tout.

Sur ce, elle raccroche. Michael fixe son téléphone d'un air crispé, comme s'il envisageait de la rappeler rien que pour lui dire ce qu'il pense de ses recommandations.

Mais cela lui demanderait trop d'efforts. Il préfère s'asseoir avec un bloc-notes et y écrire docilement : *Endroits exotiques avec des pierres.*

Il note à la volée la première idée qui lui vient, et ce qu'elle lui inspire.

Aconcagua (Argentine, cordillère des Andes). L'autel sacrificiel le plus haut du monde. Zone de subduction. Pierres volcaniques : lave, brèches et pyroclastes.

Il attaque alors un second paragraphe empreint de sarcasme.

Idée de génie ! Partir pour Saturne. Là-bas, il pleut des diamants. Best-seller garanti. Par contre, ne pas oublier de préciser à Julia qu'ils ne sont pas taillés. Est-ce que ça influera sur les ventes ? Plan B : se lancer dans le commerce de diamants. Avant le départ, ne pas oublier d'acheter un parapluie en adamantium. Et une bonne paire de bottes en caoutchouc.

Je ne peux m'empêcher de sourire. Michael m'a parlé de Saturne et de ses diamants. J'ai imaginé une scintillante pluie de pierres précieuses, avant qu'il ne précise qu'il s'agit surtout de pierres qui tombent du ciel.

— Le méthane dans l'atmosphère supérieure de Saturne se transforme en particules de carbone, à cause des tempêtes de foudre. Au cours de sa chute vers un environnement plus chaud, le carbone devient d'abord du graphite.

— Du graphite, ai-je répété. Il pleut des mines de crayon, donc ?

— Oui, mais seulement temporairement. Après six mille kilomètres de chute à travers la planète gazeuse, le graphite se change en diamant. On estime qu'il pleut environ mille tonnes de diamants par an sur Saturne.

— Il faudrait un parapluie sacrément robuste, ai-je dit d'un air pensif. Le nôtre ne résiste même pas à un coup de vent, alors une pluie de pierres…

— En fait, a nuancé Michael, on ne sait pas vraiment ce qui arrive aux diamants lorsqu'ils approchent du noyau de la planète. Mais on suspecte les conditions d'être si infernales que les diamants ne peuvent maintenir leur forme solide et se liquéfient.

— Moi qui croyais que les diamants étaient éternels, ai-je soupiré avec déception.

— Pas sur Saturne. Peut-être qu'il y a une mer de carbone liquide.

— Il faudrait aussi une bonne paire de bottes en caoutchouc, alors ?

Sur ce, il est parti dans un exposé très détaillé des problèmes que poserait tout voyage sur une géante gazeuse, d'un point de vue pratique.

Michael arrache la page, la chiffonne avec une satisfaction évidente et la jette sans regarder par-dessus son épaule. Dehors, la nuit est déjà tombée. Lorsque je regarde par la fenêtre, je ne vois que son reflet sur la vitre. Le voir lutter ainsi, tout seul, me fend un peu le cœur.

Je tourne le dos à la vitre.

— Tu te rappelles notre première rencontre ?

C'était l'été de mes dix-sept ans. Si je pouvais figer le temps, ce serait à ce moment-là. Je suppose que c'est ce qui nous plaît tant, avec les souvenirs. Dans notre mémoire, il est possible d'arrêter le temps. Les jours ne continuent pas à se succéder inexorablement, car ils sont tous déjà écoulés.

D'autres prétendront certainement qu'il ne s'est rien passé cet été, et ils auront peut-être raison. Ce n'est pas l'été de mon premier baiser. Ni celui où j'ai découvert ce qu'était réellement l'amour, ou celui de mon passage hésitant de l'enfance à l'âge adulte. Personne n'est mort, cet été-là. Aucun terrible secret familial n'a été dévoilé, pour me changer à jamais. Personne n'a changé, d'ailleurs, sauf peut-être moi. Et même moi, je ne saurais désigner un événement particulier et dire : « Là. Il s'est passé ça, au moins. » Pour unique signe d'activité, trois chalets tout à fait banals sont apparus.

Je ne sais même pas si nous étions heureux. En tout cas, nous ne nagions pas dans un bonheur insouciant, si tant est qu'une telle chose existe.

Mais une certaine promesse de félicité planait dans l'air. Tout était nouveau. Nos cœurs ne s'étaient pas encore solidifiés. Tout demeurait possible.

D'un jour à l'autre, le motel fourmillait d'activité. Des arbres étaient abattus, des clairières dégagées, et moi, Camila et MacKenzie combattions buissons, fourrés et mauvaises herbes jusqu'à avoir les mains en feu et le dos raide. Ensuite sont arrivés les hommes venus pour construire les cabanons.

— Ces types me terrifiaient, avoué-je au dos de Michael. Ils avaient les ongles sales, crachaient sans prévenir, engloutissaient une bière en une minute et broyaient les canettes à main nue. MacKenzie adorait ça, bien entendu. Elle traînait souvent avec eux, et on ne la voyait presque plus, vu qu'ils mesuraient tous un demi-mètre de plus qu'elle. Mais tu la connais, elle était assez impertinente pour arriver à les faire rire. Elle leur posait des questions sur la pêche et la chasse, pour leur faire raconter des histoires toujours plus abracadabrantesques, jusqu'à ce que chacun d'entre eux ait attrapé un poisson d'au moins deux mètres. À mains nues. Voire avec les dents.

L'air semblait vibrer sous la chaleur. C'était une canicule à faire fondre l'asphalte et à décimer les vieux comme des mouches. Une atmosphère particulière. Les gestes des hommes trahissaient quelque chose. Une frustration aussi palpable que la sueur.

Ils s'étaient déjà vu réduire leurs heures de travail à la scierie, il n'était donc pas bien difficile de les recruter pour venir bâtir des chalets après le boulot. Quand ils ne fanfaronnaient pas devant MacKenzie, ils évoquaient les catastrophes passées et à venir. « Il va y avoir d'autres licenciements. » « N'importe quoi, qu'est-ce qui te fait dire ça ? » « Peut-être parce que tout ce foutu pays part en couille. »

Ils se divisaient en deux camps. Ceux qui croyaient que tout ne ferait qu'empirer comme d'habitude, et ceux qui pensaient que les choses se gâteraient de manière différente et bien plus spectaculaire, cette fois. « Plus personne n'habitera ici, car les scieries fermeront », prétendait l'un. « Les gens sont assez bêtes pour rester », contrait un autre. « On aura toujours besoin de bois », soutenait un troisième. « Ouais, mais on aura plus besoin de nous. »

— Ensuite, Juan Esteban a engagé Derek et « quelques autres jeunes ». Et ma vie a été bouleversée, aussi simplement que ça. Tu te souviens ?

Derek Callahan.

Une légende locale. Un héros du football américain. Un demi-dieu. L'unique personne qui mettait tout le monde d'accord, populaire et adulé où qu'il aille.

Mais ça, je ne le dis pas à voix haute ; je ne veux pas que Michael entende l'irritation dans ma voix. Il avait toujours vénéré son frère. J'opte pour une note plus positive.

— La nouvelle que Derek allait travailler avec eux motivait encore plus les ouvriers que la bière.

Il nous a rejoints un lundi ou un mardi au début du mois de juillet. J'avais déjà perdu le compte des jours. Il était quatre heures de l'après-midi, et la chaleur demeurait intolérable. Tous se réfugiaient à l'ombre. Personne ne se tuait à la tâche. Dolores nous faisait parvenir du thé glacé et de la limonade dans des récipients ruisselants de condensation, remplis presque à moitié de glaçons, tandis que les hommes trempaient leurs bières dans la rivière pour les refroidir.

Quatre garçons sont descendus du célèbre pick-up rouge pétant de Derek, mais tous les regards étaient braqués sur ce dernier. Il était la personnification de l'idéal du jeune Américain : cheveux décolorés au soleil, yeux trop bleus pour être vrais, courtois avec juste ce qu'il fallait d'arrogance, épaules larges, ventre plat et hanches minces qui rappelaient aux hommes plus âgés qu'ils ressemblaient eux aussi à cela, il fut un temps. C'étaient de vrais bonshommes, qui avaient travaillé dur pour cultiver leur panse à bière, mais il n'empêche qu'à une époque ils avaient été jeunes et sportifs.

— Derek !

— Derek Callahan.

— Hey, Callahan !

Autant de cris retentissant dès qu'il est sorti de la voiture.

Ils se sont rassemblés autour de lui, lui tapotant l'épaule, le frappant dans le dos et clamant que les Beavers n'avaient qu'à bien se tenir. Maintenant qu'il était dans l'équipe, les Ducks allaient remporter le derby les doigts dans le nez, pas vrai, Derek ?

— Comment tu as choisi pour quelle école jouer ? a demandé MacKenzie, qui avait toujours encouragé en secret les Beavers.

Néanmoins, elle était prête à changer de camp désormais, comme toute la ville. Derek lui a donné une tape amicale dans le dos avant de répondre :

— C'est mon petit frère qui a tranché.

Tous se sont esclaffés devant sa blague.

Juan Esteban n'y connaissait rien au football, mais il comprenait comment fonctionnaient les gens, et savait comment transformer ses projets en quelque chose de plus ambitieux.

— Les loisirs, c'est le futur, a-t-il déclamé. Les loisirs et le foot.

C'est le rêve américain, et c'est la chose la plus proche de la liberté que connaîtront la plupart d'entre nous.

Derek a poliment hoché la tête, avant de donner un coup de coude à un de ses compères quand Juan Esteban a eu le dos tourné. Ses amis ont étouffé tant bien que mal leurs ricanements, dont Juan Esteban ne se préoccupait de toute façon pas, et moi… Moi, j'avais le regard rivé sur Michael.

Grand et mince, il aurait pu être costaud s'il était parvenu à maîtriser ses bras et ses jambes. Sa chevelure était plus foncée que celle de Derek, et ses yeux plus réservés. Ils avaient la même teinte de gris que les montagnes au crépuscule, et ils recelaient une certaine distance qui me rappelait également les montagnes : elles vous paraissent si proches mais, lorsque vous marchez dans leur direction, vous avez l'impression que vous ne les atteindrez jamais. J'aurais beau me rapprocher de Michael des jours durant, je ne parviendrais jamais à le toucher.

— Tu me trouves ridicule ? lui demandé-je. Peut-être bien que je le suis. Mais c'est ce que je ressentais à l'époque. Je n'arrivais pas à détacher mon regard de toi, sans vraiment m'expliquer pourquoi. Aujourd'hui, je crois simplement que c'était un de ces moments dans la vie où l'on sait instinctivement qu'on a trouvé sa place. Te rencontrer, c'était émerger dans une clairière après avoir erré en forêt. Même si je la voyais pour la première fois, je savais qu'elle avait toujours existé. Et qu'elle m'avait attendue, avais-je l'impression. J'avais suivi un sentier sans même savoir où il me conduirait. Et j'étais enfin arrivée à destination.

Là où nous nous trouvons actuellement, il n'y avait que des pins, des racines rétives et des tas de planches. Une ribambelle d'hommes bruyants et moi, toujours laissée de côté, mais qui était cette fois ravie d'avoir le champ libre pour admirer Michael.

Lui ne me regardait pas. Pas au début, du moins. Il s'émerveillait devant Derek, ignorait les amis de ce dernier, jetait des regards amusés à MacKenzie et était fasciné par Juan Esteban.

— Nous sommes là pour construire des chalets, a annoncé celui-ci. De merveilleux chalets. Les gens se précipiteront de tout le pays pour venir y passer une nuit. Ce seront les plus beaux chalets que le monde aura jamais connus.

Camila se tenait à l'écart, les bras croisés. Michael la regardait elle aussi. Elle secouait la tête en écoutant son oncle, manifestement embarrassée par son enthousiasme. MacKenzie, elle, était complètement emballée.

C'est alors que les yeux de Michael sont enfin passés sur moi. Il m'a souri d'un air surpris en constatant que je le regardais, et je me suis dit qu'il devait tout autant avoir l'habitude de vivre dans l'ombre de son frère que j'étais accoutumée à me cacher derrière MacKenzie. Pendant ces interminables secondes lors desquelles nos regards se sont croisés, je me suis demandé si c'était également un choix conscient de sa part, ou si son invisibilité lui pesait.

À côté de nous, MacKenzie éclatait de rire suite à une blague de Derek. Rougissante, je me suis détournée, soudain consciente de tous les gens qui nous entouraient. Mais je savais que Michael m'observait toujours. Je sentais son regard sur moi, doux et curieux. Il n'était ni invasif ni inquiétant, mais étonnamment prudent. Comme s'il cherchait à m'étudier sans m'importuner. Comme s'il voyait en moi quelque chose qui vaille la peine de s'approcher lentement et précautionneusement.

— Tu sais que c'était la première fois de toute ma vie que j'étais reconnaissante que MacKenzie ne se tienne pas devant moi ? Et quand tu as fini par me quitter des yeux, j'ai immédiatement ressenti un manque sur ma peau. J'ai souhaité être plus intéressante, plus mystérieuse. Du moins suffisamment pour que tu continues à me regarder.

Ça aussi, c'était une première dans ma vie.

À nos rêves abandonnés

MacKenzie est assise seule au diner, à côté d'une fenêtre, quand Camila se glisse devant elle.

— Explique-moi comment fonctionne le motel, exige-t-elle.

Nous sommes à mi-chemin entre le petit déjeuner et le repas de midi. Une tasse de café froid croupit devant MacKenzie. Les tubes fluorescents qui éclairent la salle accentuent ses traits tirés et les rides sur son front. Peut-être que le café lui a donné mal au crâne.

— Tu ne vas pas baisser les bras, hein ? s'agace-t-elle.

— Non.

— Je croyais que c'était débile, de travailler dans un motel. Que Juan Esteban avait gâché sa vie ici. Que rien ne fonctionnait. Que tu détestes cet endroit et tout ce qu'il représente.

Camila hausse les épaules. Une nouvelle détermination semble guider ses gestes.

— Il n'y a que les idiotes qui ne changent pas d'avis, déclare-t-elle.

MacKenzie pousse un soupir.

— D'accord, mais ne viens pas te plaindre quand tu en auras marre.

Elle s'adosse à la banquette.

— Il y a deux façons de gagner de l'argent avec un motel, énonce-t-elle.

Camila fouille dans son sac à main et en sort un stylo à plume. Comme elle ne trouve pas de papier, elle déplie soigneusement une serviette devant elle. Prête à prendre note.

— Tu peux mettre la barre tellement haut que les gens seront prêts à payer plus cher pour venir chez toi. Micro-ondes et bouilloires dans toutes les chambres, une propreté irréprochable, une jolie réception, du personnel avenant. Si quelque chose est cassé, tu peux appeler quelqu'un qui viendra le réparer pour toi, au lieu de t'en occuper toi-même et de rouspéter. Tu peux aussi arranger un mignon petit bed and breakfast avec une déco personnalisée dans chaque chambre et un petit déjeuner classe. Mettre l'accent sur le charme et l'individualité.

— Mais pourquoi… Enfin, quels sont les risques de cette stratégie ?

Un sourire naît presque sur les lèvres de MacKenzie.

— Tu veux dire, pourquoi préférerait-on gérer un motel bas de gamme et miteux ?

— Euh, un peu, oui.

MacKenzie balaie la salle du regard. Une seule cliente en vue : une femme d'environ soixante-cinq ans, vêtue d'un chandail rouge flashy et portant des lunettes roses. Quand elle est arrivée, elle a salué Dolores d'une voix claire et enjouée.

— Excusez-moi, madame ? l'interpelle MacKenzie.

La dame est assise devant deux assiettes, l'une contenant une part de tarte aux pommes, et l'autre de la tarte aux noix de pécan.

— La vie est trop courte pour ne choisir qu'une seule tarte, a-t-elle déclaré à notre cuisinière en passant commande.

— Puis-je vous demander pourquoi vous avez choisi de vous arrêter à notre motel ?

— J'avais juste besoin de dormir quelques heures. J'ai pris la route un peu tard hier, et en passant j'ai vu que vous aviez des chambres libres.

— Et si nos prix avaient été deux fois plus élevés ?

— Quatre-vingts dollars pour une chambre de motel ? s'indigne la cliente.

— Imaginez que nous soyons un charmant petit bed and breakfast.

La femme semble gênée.

— Pour être honnête, dans ce cas-là, j'aurais certainement dormi dans la voiture. Je n'avais pas besoin d'une chambre fantaisiste. Je vais rendre visite à ma petite-fille à Washington. Elle…

La leçon s'interrompt pendant une demi-heure. Visiblement, cette dame a de nombreux petits-enfants, éparpillés dans tout le pays. Elle sort du diner avec une mine réjouie et en nous adressant un clin d'œil, et MacKenzie reprend :

— Il y a tout simplement une limite à ce que les gens sont prêts à payer pour une chambre de motel, et une limite à ce qu'ils veulent consacrer à leur hébergement tout court.

— Tu n'as jamais plutôt eu envie de tenir un joli bed and breakfast ? l'interroge Camila, avec une note rêveuse dans la voix.

— Qu'est-ce que j'aurais fait du motel, dans ce cas-là ? L'autre tactique, c'est d'éliminer toutes les dépenses inutiles et de proposer les prix les plus abordables possible pour être compétitif. Si quelqu'un vient se plaindre, tu peux leur répondre que le service est à la hauteur de leurs dépenses. Tu ne lances pas de réparations si elles ne sont pas absolument nécessaires. Tu limites l'entretien au strict minimum. Si tu peux dénicher un ami ou un proche qui accepte de travailler en échange d'être nourri et logé, c'est tout bénef. Pour le reste, tu fais tout toi-même.

— Ah ben ça, Juan Esteban, il l'a trouvé, son proche, marmonne Camila, si bas que MacKenzie ne semble pas l'avoir entendue.

En vérité, cette dernière semble requinquée par la conversation. Un bref instant, je reconnais l'ancienne MacKenzie, la vraie, dans son expression et sa gestuelle. Celle d'avant l'érection de ses murs de défense, d'avant ma mort, d'avant tout ça. D'une certaine manière, Camila a trouvé le sujet de discussion parfait. MacKenzie a toujours adoré le motel, et toute la folie requise pour le gérer.

Elle semble en proie à un débat intérieur, mais finit par se lever.

— Suis-moi, intime-t-elle.

— Pour aller où ?

— Tu verras.

Elles montent à l'étage. Au sommet de l'escalier, on se retrouve dans un couloir court et étroit. D'un côté se trouve ce qui était autrefois l'appartement privé de Juan Esteban, où MacKenzie et moi habitons actuellement.

La porte de l'autre côté est restée fermée depuis des années.

— Si tu restes ici, tu vas avoir besoin d'un bureau, raisonne MacKenzie.

Elle ouvre la porte.

— On n'a plus utilisé cette pièce depuis la mort de Juan Esteban.

— Seigneur Dieu, souffle Camila.

— Tu as dit que tu voulais donner un coup de main. Tu peux commencer par faire le ménage là-dedans.

Le bureau de Juan Esteban est figé dans le temps, mais il serait difficile de dater son époque.

Sur une étagère traîne la vieille machine à écrire dont il se servait chaque fin d'année pour écrire des cartes de vœux à nos clients. Sur le bureau, c'est un énorme écran d'ordinateur qui trône, à peine plus récent que la machine à écrire. Des brochures de Cross Country Inn et d'autres chaînes sont encore répandues à côté du moniteur. Plastifiées et hautes en couleur, elles présentent à coups de diagrammes fort convaincants les avantages inhérents à l'adhésion. Toutes sont couvertes d'une bonne couche de poussière.

Camila a enfilé un vieux jean troué aux genoux et taché de peinture sur les cuisses, ainsi qu'un tee-shirt délavé. Elle s'attache les cheveux avec un foulard et scanne la pièce du regard.

Elle ferme les yeux, puis les rouvre. Le désordre n'a pas disparu par magie.

— Bon, allez, se motive-t-elle. Sache que tu ne me fais pas peur. C'est mon bureau, maintenant.

J'ignore si elle s'adresse à la pièce elle-même ou à l'esprit de Juan Esteban, mais en tout cas elle part en quête d'ustensiles de nettoyage. Et ce n'est pas ça qui manque, chez nous.

Nous les rangeons dans un grand débarras sous le bureau. Comme aucun client ne risque d'y mettre les pieds, nous n'avons pas dépensé le moindre centime pour le rendre accueillant. Les murs de béton sont froids et bruts, et les étagères constituées de planches non peintes juste suffisamment poncées pour éviter de se prendre des échardes.

Camila traîne un chariot de ménage sur les marches et jure dans sa barbe. Quelques secondes plus tard, elle revient chercher l'aspirateur.

Les persiennes du bureau de Juan Esteban fonctionnent admirablement bien, mais la pièce a l'air dans un état encore plus lamentable à la lumière du jour.

Un faux tapis oriental couvre la majorité du plancher ; il s'agit peut-être bien de l'unique touche frivole de tout le motel. Les couleurs rouges et bleues criardes sont ternies par la poussière, même après plusieurs passages d'aspirateur.

Camila doit y consacrer plusieurs heures, mais elle finit par dépoussiérer suffisamment la pièce pour pouvoir y travailler. Les couleurs du tapis sont réapparues, et l'immense bureau est immaculé.

Avec l'ordinateur, c'est une autre paire de manches.

Elle tente de se débarrasser de l'écran encombrant. Or, non content d'être bien trop lourd, celui-ci semble doté d'une personnalité capricieuse : les câbles se coincent partout, et il lui glisse sans cesse des mains. Elle est contrainte de s'arrêter au milieu de l'escalier pour s'essuyer les paumes sur son jean et trouver une meilleure prise. Son visage se fait de plus en plus rouge.

Dehors, au soleil, MacKenzie est nonchalamment adossée à un mur.

— Si j'étais un gentleman, je t'aurais bien proposé mon aide.

— J'en... attendais... pas... autant... de... toi, halète Camila, les mâchoires serrées sous l'effort.

— C'est blessant ce que tu me dis là ! Tiens, tant que j'y suis : je ne devrais pas m'inquiéter que tu sois manifestement en train de voler des biens du motel ?

— Tu l'as dit toi-même, c'est mon motel.

Le moniteur échappe des mains de Camila et tombe par terre.

— Oh, et puis merde ! s'emporte-t-elle.

MacKenzie s'esclaffe et secoue la tête.

— Allez, laisse-moi m'en occuper. Je vais le jeter à ta place.

Malgré son air mutin, Camila ne proteste pas quand MacKenzie soulève un côté.

— Tu veux l'emporter où ? demande-t-elle.

— Aucune idée. J'ai pas réfléchi aussi loin. On n'a qu'à le fourrer dans ma voiture le temps que je trouve un endroit pour m'en débarrasser.

— Allons plutôt à ma voiture. Il y a un container en ville où je pourrai le jeter, plus tard.

Elles hissent l'écran à l'arrière du pick-up.

— Ne me force pas à retourner dans cet horrible bureau, implore Camila.

— C'est toi qui voulais te rendre utile.

— Est-ce qu'il jetait des choses, parfois ?

— Pas les dernières années. Mais on a passé l'aspirateur après sa mort. Son avocat a récupéré les papiers dont on avait besoin, et on ne s'est jamais occupées du reste.

— Sage décision.

MacKenzie se penche vers Camila et passe un pouce sur sa joue. Elle suspend son geste, sa main à quelques millimètres de son visage.

Camila écarquille les yeux. Le regard de MacKenzie est irrésistiblement attiré par ses lèvres. L'air alentour semble crépiter d'énergie, comme si elles étaient prises dans un champ de force qui n'englobait qu'elles deux.

MacKenzie se détourne la première.

— Tu avais une tache, offre-t-elle pour toute explication.

Elle recule d'un pas, visiblement résolue à mettre une distance de sécurité entre elles.

Camila cligne des yeux, déboussolée, puis remonte dans le bureau. Sur le chemin, elle touche du bout des doigts l'emplacement encore récemment maculé de saleté. MacKenzie la suit du regard tout du long.

Le bureau est déjà bien plus prometteur sans l'ordinateur. Camila nettoie le reste de la planche et dispose désormais d'une véritable surface de travail.

Elle s'assied. La vieille chaise grince sous son poids, protestant après toutes ces années de repos.

— Bon, voilà, se dit-elle. Qu'est-ce que je vais bien pouvoir faire, maintenant ?

MacKenzie est sur le point d'aller se coucher quand elle remarque que la porte du bureau de Juan Esteban est entrouverte. La lumière de la lune entre par les fenêtres et dessine de pâles rectangles sur le plancher fraîchement récuré. Le bureau semble démesurément grand, maintenant qu'il est débarrassé. L'espace d'une seconde, je crois que MacKenzie revoit Juan Esteban, debout devant la fenêtre, comme à son habitude, veillant sur son domaine d'asphalte et de béton en contrebas. C'est alors qu'elle aperçoit Camila, assise à même le sol, au milieu de la pièce, totalement immobile.

Je ne sais pas depuis combien de temps elle est là, mais cela doit faire au moins plusieurs heures : bien que le soleil se soit couché depuis longtemps, Camila n'a pas pris la peine d'allumer les lampes. En m'approchant, je constate qu'un livre est posé sur ses genoux. Je plisse les yeux, tentant de discerner duquel il s'agit dans la pénombre.

L'album photo ! Je me penche un peu plus. Mais oui, c'est bien le vieil album photo de MacKenzie qu'elle tient dans ses mains.

Il s'agit d'un album rose pastel démodé, avec des motifs de dentelle blancs le long des bords, que quelqu'un a un jour oublié dans une de nos chambres. Il ne recelait qu'une seule image : un portrait de famille représentant une mère et ses deux fils sur un affreux canapé léopard, avec le père debout à côté, guindé, sérieux et vêtu d'une chemise hawaïenne.

Comme personne n'est venu le réclamer, MacKenzie a commencé à s'en servir elle-même. Elle a conservé la photo originale, et inventait des histoires fantasques sur cette famille et les aventures que la chemise hawaïenne avait vécues avant de trouver son actuel propriétaire.

Le reste de l'album est rempli de coupures de journaux et de brochures jaunies à propos de motels originaux, excentriques ou juste classieux. Certaines sont découpées, dans les cas où

MacKenzie avait une paire de ciseaux à portée de main en les lisant, tandis que les autres ont été arrachées sans pitié. Parfois des fragments des articles voisins ont été emportés en même temps. Parfois il manque la moitié du nom d'un motel. Contextes oubliés depuis longtemps et bouts de phrases incompréhensibles. « Un jour, on ira là-bas », disait-elle toujours. Or, nous n'avons visité que le Dog Bark Park Inn, et il ne figure même pas dans la collection.

— Ton vieil album photo, dit Camila sans lever les yeux. Je me souviens comme tu le remplissais, l'été où on a construit les chalets.

MacKenzie s'accroupit doucement devant elle.

— Pourquoi tu lis ce vieux machin ?

— Qu'est-il arrivé à nos rêves ?

— La même chose qui arrive à tous les rêves, assène MacKenzie. On en a réalisé quelques-uns, et on a oublié le reste. Tu imagines comme les humains seraient malheureux si on n'était pas aussi forts pour refouler les choses ?

— Tu es partie faire ton road trip, finalement ?

— Ça n'a plus d'importance, maintenant.

— Je me demande combien de ces motels existent encore.

MacKenzie lui prend l'album et le tourne entre ses mains, presque avec tendresse.

— Qui sait ? finit-elle par lancer.

— J'ai pensé à Juan Esteban toute la journée, avoue Camila.

MacKenzie hoche la tête d'un air distant.

— C'est bizarre, je ne me suis jamais accordé le droit de penser à lui depuis que je suis partie d'ici. J'ai tourné le dos à tout ce qui touchait de près ou de loin à mon adolescence. Je pensais que je ne pouvais qu'aller de l'avant, mais c'est impossible, pas vrai ? Tôt ou tard, le passé nous rattrape.

— Si tu le dis.

— J'aurais aimé le revoir, maintenant que je suis adulte. Discuter de la vie avec lui. Déjà qu'on ne s'est pas beaucoup parlé quand j'étais jeune. Lui était trop occupé par le motel. Quand même, il a voyagé du Salvador jusqu'en Oregon pour acheter un motel au milieu de nulle part. J'aimerais pouvoir lui demander comment on fait, pour commencer une nouvelle vie comme ça. Avait-il des regrets ?

— « Rien ne sert de lutter contre le destin. Mieux vaut conserver ses forces pour affronter les épreuves que le destin met sur notre route », récite MacKenzie.

Juan Esteban n'était jamais à court d'adages de ce genre. Toujours prêt à partager sa vision du monde, et MacKenzie était avide de connaissances. Un jour, il a dit : « Ne jamais travailler pour des Blancs. » MacKenzie s'est sentie obligée de lui rappeler qu'elle était blanche, elle. « Personne n'est parfait », lui a répondu Juan Esteban avec un clin d'œil.

Camila esquisse un sourire, mais son regard est tristement vide.

— Je… je n'ai rien ressenti quand j'ai appris sa mort. J'étais même *contente*. Il était tellement loin, et j'avais ma propre vie. Et maintenant j'ai l'impression de porter à la fois son deuil et celui de Henny. J'aurais dû revenir plus tôt, j'aurais dû… Je ne sais pas. Pleurer quand il est mort, sans doute.

— Il n'est jamais trop tard, assure MacKenzie. Chacun porte le deuil quand il est prêt. C'est l'avantage avec le chagrin. Il est toujours là à nous attendre.

Ça n'a pas l'air de la ravir.

— J'ai pleuré plus de fois cette semaine que dans toute ma vie. Je crois que c'est peut-être à cause de Henny. Je ressens toujours sa présence ici.

Elle fait une pause pour avaler sa salive.

— Comme si elle m'encourageait à m'ouvrir à mes émotions.

Mais quelque part ça me *plaisait* de ne quasi rien ressentir. C'est… MacKenzie, je ne suis pas sûre que j'aime ça, pleurer.

MacKenzie s'est raidie en entendant son nom, mais son visage est à nouveau outrageusement inexpressif et renfermé. Toutefois, quand elle ouvre la bouche, c'est avec une étonnante affection.

— C'est parce que tu as pleuré seule. Viens, laisse couler tes larmes. Il y a une épaule amicale juste là, si tu en as besoin.

Camila ne se fait pas prier. Elle fourre son nez dans la nuque de MacKenzie et sanglote.

MacKenzie prend une inspiration silencieuse.

— Ne t'en fais pas, souffle-t-elle tout bas. Tout ira bien. Tout rentrera dans l'ordre. Je te le promets.

Malgré la douceur de ses paroles, je n'aime pas son regard.

Elle n'y croit pas elle-même.

Cette nuit-là, je reste chez MacKenzie. Allongée sur le dos dans son lit, elle fixe le plafond sans dormir.

— Je me souviens parfaitement de toi, plantée devant moi dans la cour d'école, le jour de notre première rencontre, évoqué-je.

C'était la rentrée des classes. La silhouette intimidante de l'école se dressait devant moi, et sa vaste cour s'étendait à mes pieds. Je n'arrivais pas à comprendre qu'il puisse y avoir autant d'autres enfants autour de nous, ni comment ils pouvaient avoir l'air aussi sûrs d'eux. Ils couraient dans tous les sens, se battaient, riaient aux éclats et faisaient un boucan du diable.

Et puis il y avait moi, qui n'osais toujours pas m'éloigner de mon père. Levant les yeux vers lui, je me suis dit pour la première fois de ma vie que lui non plus, il ne savait pas quoi faire.

MacKenzie portait un jean déjà sale, alors que la journée avait à peine commencé, un tee-shirt gris troué et une veste deux fois trop grande, comme en attestaient ses manches qui descendaient jusqu'aux extrémités de ses doigts.

Je l'observais avec fascination. Dans mon univers, les habits n'étaient jamais sales ou abîmés. J'avais moi-même l'air d'une petite chose fragile, avec mes collants et mon pull, donnant sagement la main à papa, tandis que les autres faisaient les fous.

MacKenzie est venue droit vers nous, a secoué le bras pour retrousser sa manche et m'a tendu la main.

— MacKenzie Jones, s'est-elle présentée.

Je n'avais jamais serré la main de quelqu'un avant.

— Henny, ai-je répondu.

Elle a serré la main de papa.

— Monsieur le papa de Henny, l'a-t-elle salué.

Puis elle m'a prise par le bras et m'a entraînée à sa suite dans la cour.

— On va être copines, a-t-elle affirmé. Je le sens. Ça m'arrive, parfois. De sentir des choses, je veux dire. Pourquoi ta maman est pas là ?

— Elle est morte, ai-je répondu avec embarras.

— Moi non plus, j'ai pas de maman, alors on est faites pour s'entendre. On va être copines pour toujours.

Et nous l'avons été. MacKenzie était une véritable force de la nature, qui a déboulé dans ma vie et m'a emportée sur son passage, que je sois prête ou non. J'avais peur de tout, et elle ne craignait rien. Du moins était-ce ce que je pensais à l'époque. J'étais timide et réservée, tandis qu'elle pouvait charmer n'importe qui. Même papa l'appréciait au début. D'une manière ou d'une autre, elle est responsable de tout ce qui est arrivé dans ma vie après ce premier jour d'école.

— Parfois je me dis que je serais restée pétrifiée à jamais à l'entrée de la cour d'école, sans toi. Une petite fille toute seule dans son coin, avec ses collants violets et ses deux couettes, tandis que tous les autres se ruent vers de nouvelles aventures. Je crois que tu étais le moteur qui nous a toutes deux poussées à avancer dans la vie.

Enfin, il y avait Michael, aussi. Mais lui, il n'était qu'à moi.

— Et tu arrivais toujours à me faire rire, quelles que soient les circonstances. Ton rire était une merveille. Lugubre et rauque, comme s'il naissait dans tes entrailles et bouillonnait jusqu'à s'échapper par tes lèvres. J'aurais pu passer mon temps à écouter ton rire. Il me donnait du courage. *Toi*, tu me donnais du courage. Il ne pouvait rien m'arriver de mal si tu étais capable d'en rire.

Dans l'immédiat, MacKenzie n'est pas franchement d'humeur à rire. Je pousse un soupir.

J'inspecte son visage à la recherche de signes confirmant qu'elle est plus épuisée que d'ordinaire. J'espère qu'elle parviendra au moins à somnoler quelques heures.

— Je sais que tu rejettes tout concept de puissance supérieure, et que tu serais capable de me coller une gifle si j'avais le culot de te dire que ma mort avait un sens. Mais ça, c'est parce que tu crois que ce genre de sens doit forcément être positif. Tu crois que je vais te dire : « Il y a un sens à tout ça, c'était donc une bonne chose que je meure. » Ne t'inquiète pas, je suis tout autant en rogne que toi devant ce qui m'est arrivé. Tout ce que je veux dire, c'est que dans l'éventualité où je *suis* morte, ce qui me semble hélas être le cas, je tiens à ce que ma mort serve à quelque chose. Je veux qu'elle fasse trembler le monde jusque dans ses tréfonds. Que plus rien ne soit comme avant. Que tout ton être soit transformé.

MacKenzie se relève subitement. Je viens me placer à côté d'elle, et nous contemplons nos reflets sur la fenêtre.

— Je sais ce que tu me répondrais. Tu dirais que c'est déjà le cas. Que ton univers est sens dessus dessous. Mais c'est exactement ce que je veux dire. En dépit de toutes les épreuves atroces que ma mort t'a fait vivre, je veux que tu en tires quelque chose de positif. Juste un truc. Peut-être deux. Et dans l'immédiat, je pense que ma mort a déjà servi à nous réunir avec Camila.

J'espère que tu ne refuses pas de voir ça comme une chose positive. Je sais que tu ne peux pas concevoir que le chagrin puisse avoir un sens ni donner naissance à quelque chose de beau, mais voilà. J'arrête de te rebattre les oreilles avec ça. Essaie... essaie de te reposer un petit peu. Je reste ici jusqu'à ce que tu t'endormes.

Elle n'est pas vraiment assoupie quand je sors de sa chambre à l'aube, mais elle est au moins couchée dans son lit, les yeux fermés. C'est déjà pas mal pour l'instant.

Je suis en route pour rejoindre Michael lorsque j'entends claquer une porte dans la Aspen Cabin. Je m'arrête pour observer une famille épuisée charger ses bagages dans le coffre et aller rendre sa clé.

Immobile dans la clairière qui abrite le chalet, je pense aux arbres qui se trouvaient ici auparavant et me dis qu'un jour il y en aura de nouveaux. Nous en avons abattu un paquet pour construire les cabanons, mais la nature est tenace et a tout son temps, contrairement à nous. De jeunes pousses ont déjà commencé à croître, presque sournoisement, ainsi qu'un bouleau solitaire, qui a soudain bénéficié d'un meilleur ensoleillement une fois les immenses pins disparus.

C'est MacKenzie qui a baptisé le troisième chalet Aspen Cabin. Je crois qu'elle était fascinée par les couleurs éclatantes et les mouvements dramatiques des peupliers trembles ballottés par le vent. Camila a appelé le sien Pine Cabin.

Le soleil se hisse par-dessus les montagnes et illumine les trembles qui tapissent leurs versants. Ils doivent leur nom à leurs tiges aplaties et souples, qui permettent aux feuilles de s'agiter au moindre souffle de vent. Pour ma part, j'ai toujours imaginé qu'ils chantaient. Il y a quelque chose de frivole chez eux, qui me donne l'impression de les voir fredonner une mélodie dans la brise automnale. Je pense que leurs couleurs vives n'y sont pas étrangères. Ils forment une mer embrasée, bruissant gaiement au pied des montagnes grises et sobres.

Soudain j'ai l'impression de sentir l'odeur des planches fraîchement découpées et de l'herbe grillée au soleil d'été. Je crois bien que c'était exactement ici que nous étions assis.

Le job d'été pour lequel Juan Esteban nous avait embauchées était sporadique et irrégulier, mais cela ne nous gênait pas. Nous travaillions quand il nous le demandait, nous nous écartions quand les adultes nous le disaient, et entre-temps nous discutions ou nous empiffrions.

Dolores nous envoyait de la nourriture sans interruption : d'épais sandwichs jambon-tomate-mayonnaise, des frites, des seaux de pommes rouges luisantes que seule MacKenzie croquait, du café, de la limonade et du thé glacé.

MacKenzie et moi étions assises sur l'herbe en attendant qu'on nous donne quelque chose à faire. Le soleil brillait. MacKenzie cueillait des brins d'herbe et tentait de s'en servir pour siffler. Camila restait de son côté. Je n'avais toujours pas trouvé de moyen de me rapprocher d'elle, et MacKenzie n'essayait même pas. Dolores trimbalait un gril pour pouvoir préparer des hamburgers au milieu des scies et des marteaux, et Michael était avec Derek.

Je ne cessais de lorgner dans sa direction. J'étais persuadée que tout le monde savait ce que j'éprouvais pour lui, mais je ne pouvais pas m'en empêcher. J'étais frustrée s'il n'était pas dans les parages, et terriblement nerveuse en sa présence. Je souhaitais à la fois qu'il nous rejoigne et qu'il ne soit jamais venu ici.

Toute cette agitation m'effrayait. Trop de monde. C'était plus simple, quand il n'y avait que MacKenzie et moi.

Lorsque Derek s'est mis à faire des pompes, Michael est venu vers moi.

— Viens, Henny, m'a-t-il proposé. J'ai envie de travailler un peu. On s'ennuie. On peut au moins transporter quelques planches avant le repas.

Ainsi, lui et moi avons entrepris de déplacer des planches, deux à la fois. Les autres se regroupaient autour du barbecue, nous étions donc seuls à l'emplacement d'un des futurs chalets. Chacun porterait le nom d'un type d'arbre, et Juan Esteban avait promis à MacKenzie, Camila et moi que nous pourrions les choisir. Ici, c'était ma cabane.

— Tu crois que tu vas rester ici toute ta vie ? m'a demandé Michael.

Il me toisait comme s'il voulait connaître toutes mes pensées.

— Oui.

— Il n'y a rien que tu veux voir, ailleurs ? Ou des choses que tu veux accomplir ? Le monde est vaste.

La planche avait longtemps chauffé au soleil. J'ai doucement posé mon extrémité au sol. Je ne voulais pas la salir.

— Tu sais ce que tu veux faire, après le lycée ? m'a-t-il relancée.

J'ai secoué la tête.

— Moi, je vais étudier la géologie. Et ensuite voyager. Je vais remonter le fil de l'histoire de la Terre. Voir des pierres vieilles de centaines de milliers d'années.

Michael ne semblait pas vouloir rejoindre les autres.

— La plupart des gens restent toute leur vie à l'endroit où ils ont vu le jour, poursuivait-il. Comme si des murs invisibles se dressaient aux lisières de la ville. Et le pire, c'est que rien ne les empêche de partir. On est libres ! Ces limites, on se les impose nous-mêmes.

— Est-ce que ce serait forcément mieux dans une autre ville ? ai-je demandé en retour.

— Pour certains dans cette ville, ça ne pourrait pas être pire, en tout cas. Mais ce n'est pas là que je veux en venir. En vérité, on reste dans l'ignorance. Parce qu'on n'ose pas aller plus loin. Regarde tous ces types, là. Ils font de moins en moins d'heures à la scierie, mais ils restent. Ils se font mettre à la porte, et ils restent. Ils divorcent, se mettent à picoler, sont malheureux… mais ils restent ici.

Le repas était prêt. Avec un marteau dans une main et un hamburger dans l'autre, les ouvriers iraient au bout du monde. Quand Juan Esteban avait le dos tourné, ils proposaient des bières à Derek avec des sourires de conspirateurs. « Raconte pas ça au coach Stevenson. » J'entendais leurs voix, mais elles me paraissaient si lointaines.

— Heureusement, Derek n'est pas comme ça, nuançait Michael. Lui, il va arranger les choses. L'entraînement pour la présaison commence dans quelques semaines, et ensuite il sera libéré de cette ville. L'université de l'Oregon ne sera qu'un début. Il va voyager dans tout le pays. Il vivra des choses incroyables. Et moi aussi. Je ne suis peut-être pas footballeur, mais je compte bien partir d'ici. Je veux vivre ce monde, Henny. Je suis né à Pine Creek, c'est tout. Personne ne peut me forcer à y rester. Pas question de purger une peine de perpétuité ici.

Je lui ai lancé un regard presque choqué.

— On n'est pas en prison, Michael.

— Regarde les gens qui vivent ici. C'est tout comme.

Nous étions entourés d'odeurs de sciure de bois, d'herbe sèche, de viande grillée et de planches prêtes à être clouées, et ce qu'il disait n'avait aucun sens.

Il ne le pense pas, me disais-je. *Pas sérieusement.* La rivière coulait à nos pieds, et les montagnes s'élançaient à l'horizon. Comment pouvait-on vivre dans un tel cadre et vouloir partir ?

J'ai effleuré de la main la cabane à moitié bâtie.

— Je vais l'appeler Redwood Cabin, ai-je révélé.

Personne d'autre n'était au courant, pas même MacKenzie.

— Tu sais comment poussent les séquoias ?

— Non.

— Ils peuvent dépasser les cent mètres de haut, faire presque dix mètres de diamètre et vivre des milliers d'années.

— Ça, je le savais, a-t-il assuré, avec une note d'amusement dans la voix.

Il a retiré ses gants en appuyant les paumes sur ses cuisses. Visiblement, aucun de nous deux n'avait envie de rejoindre les autres. Je tentais de m'essuyer le front avec mon avant-bras quand il ne me regardait pas.

— Mais ils ne peuvent s'épanouir que dans des conditions bien particulières, ai-je repris. Ils poussent uniquement le long des côtes et préfèrent les vallées. Leurs racines sont étonnamment peu profondes, vu leur taille. Mais leur secret, c'est qu'ils les entrelacent avec celles des arbres voisins. C'est ça qui leur permet de résister au vent et aux intempéries.

Je lui ai jeté un coup d'œil pour m'assurer que j'avais bien réussi à transmettre mon message. Or, son expression faciale ne me donnait guère de réponse ; il pouvait tout aussi bien être sceptique qu'amusé.

— Ils survivent parce qu'ils restent ensemble, ai-je poursuivi. C'est comme ça que je vois les gens. On encaisse peut-être beaucoup, mais on reste incroyablement fragiles. L'unique moyen de s'en sortir, c'est d'enchevêtrer nos racines. De trouver un vallon bien abrité et des compagnons de vie. Et en quoi ce serait plus facile à faire ailleurs qu'ici ?

— Donc, tu veux rester ici parce que c'est plus sûr ?

J'ai fait « non » de la tête. Ce n'était pas ce que j'avais dit. Ce n'était pas une question de sécurité. C'était simplement nécessaire pour grandir et se développer. Nous avions besoin les uns des autres pour accomplir des choses.

Michael voulait partir en solitaire, mais déjà à ce moment-là je devinais en lui un désir qu'il ne voulait pas s'avouer. Je le voyais dans la façon dont il revenait toujours vers nous, dans les regards qu'il nous lançait. Il était assoiffé d'amitié. Comme nous tous. MacKenzie, Michael, Camila et moi ; nous deviendrions tous amis et étendrions nos racines, et plus aucun de nous ne voudrait quitter Pine Creek.

J'interromps mes rêveries. C'est exactement ça. Nous avons été séparés par un univers rude et impitoyable, mais nous sommes désormais réunis grâce à moi. C'est certainement pour cette raison que je suis encore là. J'ai enfin trouvé mon objectif : je dois les rendre heureux à nouveau.

Les choses n'auraient pas dû se passer ainsi. Nous aurions dû tous rester ici et couler des jours heureux ensemble, et c'est ce que nous aurions fait si cette ville n'avait pas été aussi étroite d'esprit. Quoique. Après tout, Michael était décidé à partir bien avant la campagne qui a précédé le référendum. Peut-être que ça n'aurait rien changé. Mais, au moins, nous aurions eu une *chance*. J'aurais peut-être réussi à le convaincre de rester, sans l'Oregon Citizens Alliance.

Qu'importe, nous sommes à nouveau ensemble. Et je vais leur redonner le sourire.

MacKenzie, Camila, Michael. Et peut-être papa, j'ajoute avec un soupçon de mauvaise conscience. Ça fait une belle liste.

Quatre personnes. Ce n'est pas trop ambitieux, si ? Je ne demande pas la paix sur Terre, tout de même.

Il fut un temps, je les connaissais mieux que quiconque. Mieux qu'ils ne se connaissaient eux-mêmes, j'en suis certaine. Non pas qu'ils fussent incapables d'introspection, mais tout simplement parce qu'ils étaient trop occupés à vivre pour prendre le temps de se regarder dans une glace.

Mais moi, je les observais.

Je n'étais pas distraite par la vie. Je ne nourrissais nulle autre ambition que d'être ici, avec eux. Je ne désirais rien de plus que ce que j'avais déjà. Cela faisait peut-être de moi une personne ennuyeuse, mais cela voulait aussi dire que j'étais *lucide*.

Si je les connaissais par cœur à une époque, je peux réapprendre à les connaître. Je vais dresser la liste de leurs besoins, et pour cela je n'aurai pas à chercher plus loin que dans notre passé, dans la maison de souvenirs que nous avons édifiée ensemble, puis laissée dépérir.

Je ne sais pas encore comment, mais je leur rappellerai à tous qui nous étions, puis je leur ferai voir tout ce que nous pourrions devenir. Peut-être…

Je retourne au motel au pas de course. J'ai une idée.

J'ai essayé de leur parler lorsqu'ils étaient éveillés, et par moments j'ai presque cru qu'ils ressentaient ma présence. Mais ça ne suffit pas. Peut-être sera-t-il plus facile de me faire entendre dans leur sommeil.

Je commence par MacKenzie, car j'espère qu'elle a fini par s'endormir, maintenant qu'elle doit se lever dans moins d'une heure. Quand j'avais des insomnies, c'était toujours juste avant de me lever que j'arrivais enfin à dormir.

Effectivement, elle a succombé à un sommeil agité et bien trop léger. Ses yeux tressaillent sous ses paupières, et elle a les sourcils froncés, mais elle dort. Je chuchote avec enthousiasme à son oreille.

— MacKenzie. Tu es forte, libre et invincible. Tu veux rire, faire des blagues et partir à l'aventure. Tu veux *vivre* à nouveau. Tu es dure à cuire et formidable, et tu peux rire de tout.

Je continue à l'encourager, inlassablement, encore et encore.

MacKenzie Jack Daniels Jones

Le lendemain, MacKenzie paraît investie d'une énergie nouvelle. Cependant, ses yeux recèlent un reflet dangereux, dur et tranchant comme du verre.

Elle attrape sa veste au passage, traverse le parking d'une démarche décidée et se dirige droit vers… une poubelle ? Elle se courbe en avant, fouille dans son contenu et en ressort une bouteille de vodka et un pack de bières vides.

Je n'irais pas jusqu'à dire qu'elle a l'air heureuse, mais son énergie contenue et sa frustration semblent en tout cas avoir trouvé un nouvel exutoire. Je m'incruste dans sa voiture lorsqu'elle conduit jusqu'à la boutique de spiritueux située à mi-chemin entre le motel et la ville.

Elle en ressort avec une bouteille de whisky de très basse qualité.

Dont elle verse immédiatement la moitié dans les plates-bandes.

Pas très étonnant ; pour MacKenzie, on ne plaisante pas avec le whisky. Jamais elle ne s'abaisserait à boire cette marque-là. Ce que je trouve curieux, c'est qu'elle en conserve la moitié. Sur le chemin de la voiture, la bouteille en poche, elle s'arrête subitement et fait demi-tour.

Les bennes à ordures à l'arrière des boutiques se révèlent être une véritable mine d'or : une autre bouteille de vodka vide, dix-sept cannettes de bière et une fiole de gin. MacKenzie va chercher des sachets et emporte ses trésors.

Qu'est-ce que tu trafiques, MacKenzie ?

Nous reprenons la route de la ville. Une vague odeur de bière et de gin emplit l'habitacle. Nous fredonnons toutes deux avec Bruce Springsteen. Je passe la tête par la fenêtre et quand vient le refrain nous chantons à tue-tête (et faux) : *Cause we made a promise that we'd always remember. No retreat, baby, and noooo surrender.*

MacKenzie se gare sur Water Street et scrute les environs, puis elle bondit hors de la voiture pour se ruer sur la poubelle de papa, qu'elle remplit de bouteilles et cannettes vides.

Aussi vite qu'elle est partie, elle est de retour dans le pick-up. Battant le rythme sur le volant (*blood brothers in the stormy night, with a vow to defend*), elle exécute un brusque demi-tour en trois temps et quitte la rue.

Si elle ourdit un plan, j'ignore entièrement sa finalité. En tout cas, elle semble satisfaite de cette première étape.

À l'heure du déjeuner, elle attend devant chez Hank, prête à intercepter papa sur le chemin de sa promenade quotidienne.

— Mr Broek ! le salue-t-elle.

Papa semble méfiant. Il se raidit comme jamais. Il redresse automatiquement le dos, comme toujours quand il ne sait pas comment réagir.

— Je voulais juste m'excuser pour la dernière fois, déclare MacKenzie sur un ton bien trop chaleureux et servile pour être honnête. Je crois que je n'ai pas fait preuve d'assez de compassion pour votre situation.

Papa est en proie à la confusion la plus totale. Et il y a de quoi : MacKenzie qui présente des excuses ! Alors que c'est *lui* qui a proféré toutes ces horreurs. Je ne lui ai pas pardonné, d'ailleurs.

— Ah, euh, d'accord, bafouille-t-il, incapable de croiser son regard. Je suppose que ce n'est pas si grave.

MacKenzie empoigne la main de mon père et la serre avec enthousiasme. Elle y met tant de vigueur qu'elle lui secoue le bras et le manteau avec, et profite de la confusion pour glisser de sa main libre la bouteille de whisky à moitié vide dans la poche de son manteau.

Sur ce, elle lui donne une tape sur l'épaule et remonte dans sa voiture.

Curieuse de comprendre en quoi consiste le plan de MacKenzie, je m'attarde quelques heures en ville. En retournant à la maison de papa, j'entends la voix affectée de Cheryl.

Après une seconde d'hésitation, je m'infiltre dans son jardin et me tapis dans les plates-bandes. Cachée dans un buisson de rhododendrons, accroupie sous la fenêtre ouverte du salon, je me relève doucement pour découvrir Cheryl en train de faire les cent pas devant le canapé.

Son mari y est assis, un épais livre sur les genoux, et ne semble pas avoir tout à fait abandonné l'espoir d'en lire encore quelques pages. Toute sa personne respire la douceur et la patience, de ses yeux profonds à ses atroces lunettes de lecture, en passant par le pull-over tricoté à la main qu'il porte sans le moindre complexe. Le simple fait de l'observer est apaisant en soi.

— Il a mis la main dans la poche de son manteau et en a sorti une bouteille de whisky, devant tout le monde ! Ça a fait un choc au pauvre Harrison, tu peux me croire. Et elle était ouverte, en plus ! Ça se voyait que Robert avait déjà bu quelques bonnes gorgées. Il a fait semblant de ne pas savoir d'où elle venait. « Elle n'est pas à moi », qu'il a dit, comme si la bouteille s'était matérialisée toute seule. Il n'a même pas pris la peine d'inventer une meilleure excuse !

L'époux de Cheryl referme son livre, un doigt entre les pages pour ne pas oublier où il s'est arrêté.

— Qu'aurais-tu voulu qu'il dise ? demande-t-il. « Ce n'est pas pour moi, mais pour un ami » ?

— Ç'aurait toujours été plus crédible que de prétendre qu'une bouteille de whisky est apparue comme par magie dans sa poche.

— Un tour plus impressionnant qu'un lapin sortant d'un chapeau.

J'ai toujours soupçonné cet homme d'avoir un grand sens de l'humour. Je me redresse un peu plus.

— Du whisky ! Il n'a jamais bu une goutte de sa vie, j'en suis certaine, mais le chagrin nous fait faire des choses étranges. Et ces derniers temps, il a été un peu… surmené.

— Si tu veux mon avis, il a été surmené toute sa vie, réplique le mari, arrachant un vague sourire à Cheryl.

Étonnamment, MacKenzie s'applique à démentir fermement toutes les rumeurs concernant l'alcoolisme supposé de papa. En temps normal, elle évite la ville autant que possible, et encore plus ses habitants. Depuis le référendum, elle a conclu un genre de trêve avec eux. Elle n'a pas fait la paix, non, et elle ne leur a certainement pas pardonné. Elle a simplement appris à coexister en faisant comme s'ils n'existaient pas. Son monde se limitait au motel. Elle se rendait parfois au bar, au supermarché ou à la poste, mais c'était tout.

Et voilà que MacKenzie s'arrête même pour tailler une bavette avec l'une des voisines de papa, lorsqu'elle la croise devant Hank's Diner.

— Je suppose que tu as appris, pour Robert ? s'enquiert la voisine. On se fait beaucoup de souci pour lui.

— Robert, un problème d'alcool ? Jamais de la vie, réfute

MacKenzie, avant d'ajouter : Hélas, tout le monde boit un verre de temps à autre.

Un autre jour, un autre voisin.

— Il n'y a rien d'étonnant à vouloir prendre un petit remontant, occasionnellement. Si les gens veulent boire de la vodka chez eux dans une tasse de café, qu'on les laisse faire. Robert serait bien la dernière personne à tomber dans l'alcoolisme.

Une étincelle dans l'œil du voisin.

— De la vodka dans une tasse de café… ?

— Bah, il n'était même pas saoul.

MacKenzie marque une pause pour plus d'effet.

— Un peu joyeux, peut-être, mais pas *bourré*, ça non.

Cheryl ne reculera devant rien pour sauver papa du mal qui le ronge.

Elle se sait investie d'une mission, et personne ne pourra lui reprocher de ne pas faire tout son possible pour assurer le salut corps et âme d'un être cher. Je peux littéralement lire sur son visage la compassion toute chrétienne qui l'envahit chaque fois qu'une nouvelle bouteille d'alcool surgit mystérieusement dans la vie de papa.

Finalement, elle se résout à l'affronter.

Installés dans sa cuisine, ils partagent un café, et tout est parfaitement normal jusqu'à ce que Cheryl aborde le sujet.

— Robert, je te dis ça en tant qu'amie. Ne le prends pas mal, mais il faut qu'on parle de ta consommation d'alcool.

Papa tourne vers elle le plus intense des regards.

Il ne s'énerve même pas, trop choqué pour s'emporter.

— De ma *quoi* ?

— De ton problème d'alcool, réitère Cheryl, inflexible. Je sais que la mort de Henny a été un coup dur pour toi. Je *comprends*, vraiment. Ce doit être tellement tentant de se laisser glisser et d'arrêter d'y penser, de se libérer, de se détendre, de rire et de s'amuser...

Elle interrompt son énumération et conclut fermement :

— Mais l'alcool n'est pas la solution. Crois-moi. L'alcool fait partie du problème.

— Je ne bois pas, affirme papa. Je ne sais pas d'où tu tiens cette idée. Si c'est à propos de cette bouteille que j'ai trouvée dans ma poche, j'ai bien dit qu'elle n'était pas à moi. J'étais tout aussi surpris que toi.

— Mais enfin, Robert, il y avait trois bouteilles de vodka vides dans ta poubelle ! Rien que cette semaine !

— Tu fouilles dans mes ordures ?

Cheryl est trop convaincue de l'importance de sa mission pour avoir l'air embarrassée.

— Non, c'est un éboueur qui a remarqué le bruit de verre, et il l'a mentionné à Bill, qui l'a raconté à... C'est sans importance. Ce qui compte, c'est que tu as un problème. Tu dois te l'avouer.

— Elles n'étaient pas à moi !

— Celles-là non plus ? doute Cheryl en haussant un sourcil. Le déni...

Elle murmure ces deux mots en secouant la tête.

Ce n'est qu'à cet instant que papa prend la mesure des paroles de Cheryl. Son visage vire au blanc. Les mains tenant la tasse de café se mettent à trembler.

— L'éboueur, et Bill, et... *Tout le monde* parle de ça ? C'est pour ça qu'ils me regardent tous de travers ? Parce qu'ils croient que j'ai un problème d'*alcool* ?

— On s'inquiète pour toi.

— Laissez-moi tranquille.

— Mais Robert !

Papa lui lance un regard noir.

— On reparlera de ça plus tard, lui promet Cheryl.

Une fois seul, papa enfouit le visage dans ses mains.

— L'*éboueur*, gémit-il.

Papa refuse de quitter la maison.

Il contrôle sa poubelle tous les jours pour s'assurer que de nouvelles bouteilles n'y ont pas apparu, mais il le fait en douce : chaque fois qu'il va dehors, il scrute les alentours pour vérifier qu'il n'y a pas de voisin dans les parages. Cheryl lui téléphone, mais il ne décroche pas. Quand elle toque à sa porte, il ne vient pas ouvrir.

Assis seul à la table de la cuisine, il ressasse la calamité qui lui tombe dessus.

— Allez, papa. Ce n'est qu'une mauvaise farce.

Enfin, à bien y réfléchir, je sais très bien ce qu'il pense des plaisanteries.

C'est exactement pour cette raison que MacKenzie a perdu son estime.

Nous venions de commencer le lycée, et chacun devait se présenter devant la classe pour raconter d'où venait son prénom et quelle était sa signification. Mon tour venu, je me suis sagement levée et ai expliqué que « Henny » était un vieux prénom européen, une variante de « Henrietta », et que j'avais été baptisée en hommage à la grand-mère paternelle de mon père, à laquelle il vouait un véritable culte et qui avait émigré des Pays-Bas avec ses sept enfants à la fin du XIXe siècle. « Sans en perdre un seul sur la route », comme disait toujours ma grand-mère.

À peine avais-je terminé que MacKenzie s'est levée pour ajouter :

— … Enfin ça, c'est ce que Mr Broek a dit à Mrs Broek pour la convaincre d'accepter ce prénom.

Tout le monde s'est tourné vers elle d'un air fasciné, même Buddy, qui était le trublion de la classe.

— Vous n'êtes peut-être pas au courant, mais une marque célèbre de cognac porte ce nom.

Voilà qui éveillait définitivement l'intérêt de Buddy.

— Les cognacs Hennessy. Mr Broek en raffole, et il s'est dit que s'il donnait le nom de la marque à sa fille, et envoyait l'acte de naissance et tout à l'entreprise, il serait sûrement fourni à vie en gage de reconnaissance. Ou qu'il recevrait au moins quelques bouteilles. Certes, il a été sacrément déçu en découvrant qu'il s'était fait de faux espoirs, mais ce n'est rien à côté de la réaction de *mon* père quand il a entendu parler de cette idée. « Merde alors, qu'il a dit. Si j'avais su, je t'aurais appelée Jack Daniels ! »

Papa n'a pas *du tout* apprécié cette plaisanterie quand elle est parvenue à ses oreilles. « Baptisée d'après un cognac ! s'est-il indigné, effaré. Comment peut-elle dire ça ? »

J'ai eu beau répéter que MacKenzie n'avait pas dit cela pour être méchante, que tout le monde avait compris qu'il s'agissait d'une blague, ciblant avant tout son propre père, mais papa ne l'a plus jamais vue du même œil depuis.

Et s'il a réagi avec tant de véhémence à une inoffensive blague de lycéenne, je ne veux même pas imaginer ce qu'il ressent actuellement.

Bien fait pour lui, pense une autre partie de moi. *Il n'avait qu'à ne pas être aussi odieux avec MacKenzie.*

Au bout d'un moment, il faut bien qu'il sorte pour faire ses courses. Il choisit pour cela une matinée calme, quand la plupart des gens sont censés être au travail. Il ne parvient pas pour autant à passer totalement inaperçu : à trois maisons de là, une femme le salue gaiement depuis sa cuisine.

Elle se penche par la fenêtre, et ressemble à une tête flottante au sourire invasif et à la permanente grise trop figée pour être vraie.

— Robert ! Je voulais vous dire que j'ai discuté avec MacKenzie l'autre jour, et elle m'a assuré que c'était absolument faux, que vous n'aviez pas de problème d'alc… Robert ? Robert ! Où allez-vous ?

Papa a accéléré le pas.

Deux types discutent devant le supermarché. Papa se raidit, certain qu'ils parlent dans son dos.

Il attrape un panier et y jette ses articles à mesure qu'il passe devant, sans s'arrêter une seule fois pour vérifier sa liste de courses, comparer les prix ou lire les ingrédients en petits caractères, contrairement à son habitude.

En s'engageant dans le rayon des fruits et légumes, il manque de percuter deux femmes. Elles vivent à une rue de chez lui, et se taisent aussitôt qu'elles le reconnaissent. Papa se dirige vers la caisse sans même se souvenir d'acheter du lait.

Il jette des regards par-dessus son épaule tel un animal traqué et lance des pièces de monnaies prises au hasard au pauvre garçon qui tient la caisse.

La liberté n'est qu'à quelques pas de là.

Bientôt, il sera à nouveau en sécurité chez lui.

Hélas pour lui, Clarence se trouve juste derrière dans la queue, un pack de six bières à la main. Tandis que papa attend qu'on emballe ses emplettes, Clarence se tourne vers lui et lance d'un ton amical :

— Impossible de traverser cette chienne de vie sans une petite bouteille, pas vrai ?

Papa prend la fuite.

Il abandonne carrément ses achats, franchissant les portes automatiques à grandes enjambées et esquivant de justesse une vieille dame cherchant à entrer.

Le jeune caissier s'élance à sa poursuite.

— *Sir !* l'appelle-t-il, brandissant les deux sachets de courses délaissés.

Mais papa a déjà remonté la moitié d'Elm Street.

Y a-t-il une seule chose qui fonctionne, ici ?

Michael et moi sommes assis face à face au diner. Le rush du petit déjeuner est passé, il a donc un box pour lui tout seul. Il a emporté son ordinateur portable et son bloc-notes pour travailler, tandis que je lui raconte les dernières mésaventures de mon père.

C'est agréable de pouvoir simplement passer mon temps à lui parler. Au final, les choses ne seraient pas très différentes si… j'étais toujours en vie. Il serait venu bosser au restaurant, et je l'aurais rejoint pour partager une tasse de café et le déranger en plein travail.

Avec un sourire, je me dis qu'il n'y aurait certainement vu aucun problème.

Soudain Michael se met à écrire. Je me lève et m'installe à côté de lui pour lire par-dessus son épaule. En titre, il inscrit : *Se souvenir de Henny.*

Il marque une pause, le stylo en main. Au comptoir, Alejandro essaie de photographier les plats de Dolores, mais Michael ne le remarque même pas. Il regarde par la fenêtre d'un air songeur, puis note :

Découvrir la personne qu'elle est devenue après mon départ.

Apprendre à voir cette foutue ville avec ses yeux.

— Ouh, c'est très ambitieux, ça, observé-je.

Il hésite, puis ajoute à contrecœur :

Renouer connaissance avec ma famille.

Je ne saurais l'affirmer, mais je crois que Joyce ressent avant tout de la surprise quand Michael sonne à la porte. Elle ne le montre pas, mais son regard est encore plus vide que d'ordinaire, si une telle chose est possible.

Michael comptait commencer par Derek, mais ni lui ni Stacey n'étaient chez eux. Comme ils vivent dans une partie séparée de la maison de ses parents, Michael était presque contraint de sonner chez ces derniers, maintenant qu'il était là.

— Je passais dans le coin, explique-t-il.

— Quel plaisir, répond Joyce sans le moindre enthousiasme.

Elle ouvre néanmoins suffisamment la porte pour qu'il puisse entrer.

La cuisine est décorée de couleurs chaudes et rustiques, mais elle est trop spacieuse pour avoir de la personnalité ou sembler accueillante. Une table en bois fonctionnelle se trouve en son centre et, tout autour, les meubles et plans de travail s'étendent à perte de vue.

Ils s'asseyent chacun d'un côté de la table. Un océan de bois verni les sépare.

— Une tasse de café, peut-être ? finit par proposer Michael.

— Quel plaisir, dit Joyce sans esquisser un geste.

Michael se relève et fouille dans les meubles à la recherche d'une machine à expresso et de café en poudre. Une bonne moitié des placards est entièrement vide. Le reste recèle presque autant de casseroles en inox et de poêles à frire que nous en possédons au motel. Derrière une porte, il y a assez de conserves pour survivre à l'apocalypse.

Michael finit par trouver du café instantané et décide de s'en contenter.

— Ah voilà, dit-il.
— Quel plaisir.
— Alors, comment tu vas, maman ?
Joyce le regarde avec l'intensité d'un merlan frit.
— Et papa ?
— Tout va toujours très bien pour ton père.
Joyce est assise au bord de sa chaise. Avec sa minceur et ses longs membres, elle ressemble à une biche sur le point de s'enfuir. Ses mains reposent sur ses genoux, mais elle n'a pas l'air décontractée pour autant. On dirait plutôt qu'elle n'en a plus l'utilité. Elle ne touche pas à la tasse posée devant elle.
— Des projets pour cet automne ? Personnellement, je ne sais pas encore combien de temps je vais rester.
— Quel plaisir.
Sa voix est extrêmement ténue.
— Maman… Est-ce que tu as toujours été certaine de ce que tu voulais dans la vie ? Tu n'as jamais douté de ta route ? Tu ne t'es jamais demandé si tu avais fait le bon choix ?
— Oh ! s'exclame Joyce.
Elle se lève avec une rapidité fulgurante.
— Il faut que je prépare le déjeuner, dit-elle en ouvrant une porte au hasard.
Hélas, il s'agit de celle du salon.
L'instant d'après, la porte d'entrée s'ouvre. Les pas lourds et énergiques de Derek résonnent dans le vestibule.
— Maman ! hèle-t-il. Il faut juste que j'emprunte un peu de…
Scannant brièvement la cuisine, il remarque la présence de Michael et les deux tasses de café.
— Où est maman ?
— Je crois qu'elle est partie dans le salon, répond Michael, confus.
— Qu'est-ce que tu as fait ?

— Rien du tout ! J'ai seulement essayé de la faire parler un peu de sa vie.

— « Rien du tout », qu'il dit, répète Derek avec sarcasme, tout en secouant la tête.

Il saisit Michael par le bras et l'entraîne vers la sortie.

— On va faire un tour, Michael et moi ! braille-t-il par-dessus son épaule en poussant son frère dehors.

Il me semble entendre la voix de Joyce juste avant que la porte ne claque derrière eux. Je crois qu'elle a dit « quel plaisir ».

— C'est juste pour qu'elle sache qu'elle peut revenir, maintenant, explique Derek.

— Qu'est-ce que j'ai fait ?

— Maman n'aime pas parler d'elle-même.

Il réfléchit un moment.

— Elle n'aime pas parler tout court, en fait.

Il monte dans la voiture de Michael, qui l'observe avec perplexité.

— Allez, direction le centre-ville, décide Derek.

Michael est infiniment plus à l'aise avec son frère qu'avec sa mère. Il connaît un instant d'hésitation devant l'ordre donné par Derek, mais il y a quelque chose d'irrésistible dans cette vieille habitude infantile de suivre son grand frère. Je m'assieds au milieu de la banquette arrière, de sorte à pouvoir m'accouder sur leurs dossiers tout en les regardant. Michael secoue la tête en écho à ses propres pensées, mais il sourit aussi. Je crois qu'il songe à toutes les fois où il a pu accompagner son dur à cuire de frangin dans ses aventures.

— Ça fait longtemps que maman fuit la réalité comme ça ? demande-t-il.

— Tu crois vraiment qu'elle a un jour apprécié la réalité ? Pourquoi tu lui poses des questions, aussi ? Tu sais bien qu'elle n'aime pas réfléchir.

— J'imagine que je l'ai su un jour, admet Michael avec incertitude. Mais je ne me souvenais pas que c'était aussi sévère. On ne devrait pas faire quelque chose ?

Je me demande s'il ajoute mentalement une nouvelle résolution sur sa liste. *Faire accepter la réalité à maman.*

— Pourquoi donc ? rétorque Derek. Si tu veux mon avis, c'est elle la personne la plus heureuse de la famille.

— Mais elle a pris la fuite quand j'ai voulu lui parler !

— Qu'est-ce qu'il y a de mal à fuir les choses pénibles ? Je trouve que c'est un talent. Maman est la plus maligne d'entre nous, c'est une certitude. Ce qui ne veut pas dire grand-chose, je te l'accorde. Certes, elle vit peut-être dans le déni. Et ses compétences sociales laissent un peu à désirer. Mais, à sa manière, elle parvient à échapper à cette ville, à la réalité et à tout ce que nous autres appelons « la vie ». Elle le fait tout le temps. Moi, je n'y arrive pas. Papa non plus. Même toi, je doute que tu aies eu plus de succès. Pourtant, on a eu largement plus d'occasions qu'elle de partir d'ici. Si elle a réussi, c'est uniquement en puisant dans ses ressources internes.

— Ses « ressources internes » ?

— Un de ces jours, tu devrais venir la voir regarder dans le vide toute la journée. Je te jure, question évasion de la réalité, c'est une vraie Mariota !

Typique de la part de Derek, d'utiliser un joueur de football américain en guise d'unité de mesure d'excellence.

— Elle devrait écrire des livres, poursuit-il. Animer des émissions télé. « L'art de se détacher de tout et de garder le sourire. » Si l'alcool me permettait de m'évader à ce point, on ne me verrait jamais sobre.

— Tu crois qu'elle boit en cachette ?

— Maman ? Non. Le reste de la famille, très certainement.

— Et toi ? Comment tu vas ? Tu es, euh, heureux dans ta vie ?

— Sérieux, frangin, soupire Derek, avant de s'exclamer : Oh, merde !

Il se laisse glisser aussi bas que possible sur le siège, puis souffle :

— Continue tout droit.

Ce n'est qu'après le prochain croisement qu'il ose regarder en arrière.

— Tu crois qu'il m'a vu ?

Michael jette un regard dans le rétroviseur. Le coach Stevenson se tient sur le trottoir d'Elm Street, brandit le poing et vocifère. Impossible d'entendre ce qu'il dit, mais son visage rouge vif et ses traits convulsés par la colère ne laissent guère de place au doute. À croire que nous sommes un convoi d'arbitres vendus.

— On dirait bien, oui, répond sèchement Michael.

Derek hausse les épaules avec philosophie, puis se redresse.

— Bah, on lui a échappé.

Michael lance à son frère un regard perplexe.

— Depuis quand tu fuis le coach Stevenson ?

— Depuis qu'il m'a fait savoir son mécontentement suite à une commande que j'ai passée pour lui. C'était censé être une bonne affaire, ajoute-t-il sur un ton impassible. J'ai commandé des maillots pour l'équipe sur un site chinois. J'ai bien vérifié que tous les noms étaient écrits sans faute, plusieurs fois, même. Les fabricants étrangers ont du mal avec les noms américains. Mais tout était correct !

— Pourquoi il t'en veut, alors ?

— Ils étaient un peu trop petits. Juste un chouïa.

Derek ne peut retenir un ricanement.

— Sans doute la bonne taille pour les poussins.

Michael ne voit pas en quoi la situation est comique.

— Tu ne peux pas l'éviter éternellement, estime-t-il.

— Tu plaisantes ? C'est précisément ce que je fais.

Michael se tourne vers lui.

— Mais c'est le coach Stevenson. Il te vouait un véritable culte.

— Ouais, ben les temps changent.

— Tu n'as jamais songé à trouver un boulot classique ?

Michael parle d'une voix excessivement nonchalante, et c'est ce qui m'indique qu'il est attristé par ce qu'est devenu son frère. Il n'a pas assisté à sa déchéance progressive, contrairement à moi.

— Qu'est-ce que tu voudrais que je fasse comme job ? Et de toute manière ça donnerait raison à Stacey. Elle me rebat les oreilles avec ça depuis notre mariage. Je ne vais pas lui donner cette satisfaction. Tu peux me déposer ici.

Ils se trouvent à hauteur d'une petite sortie dépourvue de panneaux.

— Comment tu vas rentrer ?

— Jim me ramènera sans doute. Il y a encore des gens qui m'apprécient dans cette ville.

Michael rentre au chalet et reprend aussitôt son projet. Il prépare du café, lance le bloc-notes sur la table, empoigne son stylo et se met au travail. Il écrit, raye des phrases, arrache toute une page, réfléchit, recommence depuis le début. À mon avis, il planche sur cette liste pour ne pas penser à la vie que mène Derek. Pour lui, les listes permettent de contrôler son destin.

Je lui tapote l'épaule, puis me rends à la réception pour voir comment va MacKenzie aujourd'hui. Un chariot de ménage m'indique dans quelle chambre elle se trouve. Camila ne tarde pas à nous rejoindre.

Elle s'assied sur le lit, le dos raide, tandis que MacKenzie nettoie la salle de bains. Cette fois, elle est vêtue d'une chemise blanche décolletée, d'un jean, de bottes et d'une détermination toute neuve.

MacKenzie est engoncée dans un sweat-shirt à capuche, un jean trop grand et une lassitude permanente. Je crois qu'elle remarque avant tout le parfum de Camila, une fragrance fraîche et épicée, des effluves langoureuses qui se mêlent au détergent.

Quand MacKenzie sort de la salle de bains, Camila croise les jambes, se courbe en avant et déclare avec ardeur :

— On pourrait faire tellement plus, avec ce motel.

— Euh, dit MacKenzie, le regard attiré malgré elle par le décolleté.

— On sait toutes les deux que tu n'es pas aussi indifférente que tu veux le faire croire. Tu aimes ça.

MacKenzie se contraint à lever les yeux.

— Tu crois ?

— Absolument. Tu adores cette vieille baraque. Le motel compte toujours pour toi.

— Ah, le motel, bien sûr.

— On doit pouvoir faire plus que ça. Revoir un peu les choses. Apposer *notre* marque. Ce n'est plus le motel de Juan Esteban.

Elle jette un regard par la fenêtre, et se met à sourire.

— On pourrait même acheter une nouvelle enseigne. Quelque chose d'un peu plus… homogène, peut-être ?

MacKenzie conserve son expression plate.

— Camila, tu peux bien faire ce que tu veux, soupire-t-elle.

— Oui, mais je ne veux pas le faire seule. Je ne veux pas te piquer ton motel. Ce que je veux, c'est qu'on le fasse ensemble.

Allez savoir pourquoi, MacKenzie rougit à ces mots.

— Camila. Si tu veux vraiment le faire, fonce. Je suis sérieuse quand je dis que c'est ton motel. Non, ne me coupe pas. Je ferai de mon mieux pour t'aider, mais je ne sais pas… je ne sais pas si j'aurai la force d'être enthousiaste. Ni pour ça, ni pour quoi que ce soit d'autre. Je ne ressens rien du tout.

L'éclat vacille dans les yeux de Camila.

— Je comprends, souffle-t-elle en détournant le regard.

MacKenzie ne semble pas particulièrement soulagée par son empathie. Elle a même l'air déçue.

— D'accord, dit-elle, comme si elles étaient tombées d'accord sur quelque chose.

— Je sais que tu ne veux rien ressentir, insiste Camila. Et tu as tes raisons, naturellement. Mais quitte à travailler ici, autant s'y mettre sérieusement. Les choses vont changer, je le sens. On peut faire tellement mieux que ça. *Je* peux faire mieux que ça.

MacKenzie jette ses gants sales dans la corbeille à linge et en prend de nouveaux sur la pile soigneusement pliée sur le chariot.

Camila se lève et s'écarte pour laisser MacKenzie arracher les draps.

— Je n'étais peut-être qu'assistante dans l'entreprise de construction où je travaillais avant, mais dans les faits je m'occupais de presque tout. C'était moi qui correspondais avec le cabinet qui gérait notre comptabilité ; je leur fournissais tous les papiers dont ils avaient besoin, je gardais un œil sur nos liquidités, nos dettes et nos factures, et j'étais quotidiennement en contact avec les clients et les fournisseurs. Howard était… un peu dispersé.

— Donc, il te laissait tout gérer ?

Camila hausse les épaules.

— Il était très généreux avec ses employés, en ce qui concernait l'assurance-maladie. C'est cet argent qui a couvert ma transition, et il a approuvé tous les congés pour mes opérations. Ce genre de choses garantit une certaine loyauté. C'est tellement rare que les personnes transgenres soient soutenues par leur employeur. Je lui étais reconnaissante. Howard était de nature généreuse et amicale, du moment que ça ne lui demandait pas trop d'efforts personnels. Je pense qu'il trouvait simplement ça moins compliqué d'être gentil.

La pièce est si étroite qu'elles doivent se tenir très proches l'une de l'autre, coincées entre la chaise dans un coin, le lit et la fenêtre donnant sur le parking. Moi, je me trouve de l'autre côté du lit, adossée au mur.

— Pourtant, ça devait être délicat pour lui de te donner tes congés ? s'étonne MacKenzie. Si tu t'occupais de tout.

Camila glousse.

— J'ai trouvé moi-même ma remplaçante, et je l'ai formée avant mon départ. Je ne suis même pas sûre qu'il ait remarqué mon absence. Peut-être même qu'il l'a appelée « Camila » pendant tout ce temps. Là où je veux en venir avec tout ça, c'est que j'en connais un rayon, niveau gestion d'entreprise. Si tu es d'accord pour que je mette le nez dans la comptabilité, je pourrais bien dénicher quelque chose. Qui sait, il me viendra peut-être des idées.

— Si tu tiens vraiment à te plonger dans des chiffres tristes et ennuyeux, je ne vais pas te retenir.

— Seulement avec ta permission.

— C'est ton motel. Éclate-toi si tu veux.

Comptes de résultat et bilans comptables s'entassent sur le bureau devant Camila. Je me suis perchée sur le minuscule coin du meuble qui n'est pas couvert de vieux dossiers et d'impressions jaunies.

Méthodiquement, elle commence douze ans en arrière. Parcourt les rapports. Passe à l'année suivante. Une fois toutes les pochettes vérifiées, elle se lève, s'étire le dos, va se réapprovisionner en café et recommence. Elle trouve un bloc-notes dans notre pile confuse de fournitures de bureau bon marché, ainsi qu'un stylo aux couleurs d'une entreprise de dépannage, et se remet à éplucher les dossiers, cette fois dans le détail. De temps à autre, elle griffonne un mot ou un chiffre, mordille un peu son stylo, puis continue.

Plus tard, elle retrouve MacKenzie devant sa voiture, sur le parking. Le capot ouvert, elle est penchée par-dessus le moteur. Quand elle se redresse, nous constatons qu'elle a un peu de saleté et d'huile sur la joue. Camila tend la main et frotte avec son pouce.

— Tu avais une tache, explique-t-elle avec un sourire.

MacKenzie se tourne à nouveau vers le capot ; je suis certaine de la voir rougir avant qu'elle ne se détourne.

— Tu as déniché quelque chose d'intéressant dans notre compta ?

Camila s'adosse au véhicule.

— Qu'est-ce qu'il s'est passé, il y a trois ans ? demande-t-elle prudemment.

— Comment ça ?

— Vous aviez des frais de personnel curieusement élevés. Mais seulement pendant un an et demi. On avait un employé supplémentaire ?

MacKenzie relève la tête.

— Tu as peur que j'aie piqué dans la caisse ?

— MacKenzie !

— Après tout, tu es partie pendant longtemps. C'était trop tentant, je crois. J'ai augmenté mon salaire et ouvert un compte aux îles Caïmans pour passer ma retraite au soleil…

— Les frais n'étaient pas aussi élevés que ça.

— Tu veux dire que j'aurais dû en prendre plus ? Mais, comme tu l'as dit toi-même, on se fait tellement peu de marge…

Camila lui tape sur le bras.

— Arrête de dire n'importe quoi. J'ai envie de savoir, c'est tout. Et d'ailleurs je n'aurais rien eu contre, si tu avais pris de l'argent pour te tirer au soleil. Tu as bien le droit d'être récompensée pour avoir travaillé dur toutes ces années. Mais j'aurais sans doute été vexée si tu étais partie sans moi.

— Toi et moi sur la plage, à l'ombre des cocotiers…

— Et *au chaud*, soupire Camila.

Le soleil a beau briller, il ne réchauffe guère. Elle grelotte dans la brise fraîche. MacKenzie indique du menton sa veste jetée sur le toit de la voiture. Bien qu'elle soit trop petite pour elle, Camila s'en drape les épaules.

— Bon, désolée mais tu vas être déçue, prévient MacKenzie. Hélas, je n'ai pas de compte aux Caïmans.

— Ça vaut pas trop la peine que je te drague, alors, dit Camila tout bas.

— Qu'est-ce que tu as dit ?

— Non, rien. C'était pour quoi alors, ces dépenses ?

— Dolores a eu des problèmes de santé. Elle a dû arrêter le travail pendant un moment. Même avec notre assurance-maladie, c'était pas dit qu'elle puisse garder sa maison.

— La pauvre, et elle s'en est sortie ?

— Comme tu peux le voir, elle est de nouveau au top de sa forme. Et elle a toujours sa baraque.

— Du coup, tu as embauché un remplaçant, ou… ?

— On a augmenté le salaire de Dolores.

— De combien ?

MacKenzie hausse les épaules.

— Cent quarante pour cent.

— Mais… C'est énorme… Comment vous avez fait pour rentrer dans les frais ?

— Oh, Henny et moi, on a aussi réduit nos propres salaires. Comme disait Henny, au bout du compte, ça revient au même.

MacKenzie s'essuie les mains sur un vieux torchon. Elle referme le capot avec un claquement retentissant.

— Je sais ce que tu penses, déclare-t-elle.

— Quoi donc ?

Elle tape sur la carrosserie.

— Que rien ne fonctionne dans ce foutu motel.

Camila lui lance un drôle de regard.

— Bien sûr. C'est exactement ce que je me disais.

Le soir venu, de nouveaux objectifs sont apparus sur la liste de Michael. Plusieurs papiers sont éparpillés sur la table. Apparemment, il a décidé d'aider Derek à reprendre sa vie en main. Je suppose qu'il se dit que quelqu'un doit bien le faire. Il a laissé tomber l'idée de lui trouver un travail, mais il est résolu à négocier une paix entre son frère et le coach Stevenson.

Sur une autre feuille, il a dressé une liste des personnes à interroger à mon sujet. MacKenzie, Camila, bien qu'elle ait été absente si longtemps, Dolores, Alejandro, Buddy et Clarence. Ces deux derniers, c'est surtout parce qu'ils traînent souvent autour du motel et qu'ils ont tout leur temps. Papa figure également sur la liste, suivi d'un point d'interrogation ; sans doute ignore-t-il comment l'aborder. Si je le pouvais, je lui dirais que mon père ne me connaissait pas plus que lui.

Par contre, pour ce qui est d'apprendre à aimer la ville, il sèche toujours.

Normaux et fiers de l'être

Tout a commencé par une plaisanterie, au début de l'automne de notre dernière année de lycée. C'est ainsi que je m'en souviens.

Difficile de se faire du mouron pour quelque chose, à partir du moment où on arrive à en rire. Ça tombait bien, car MacKenzie avait le chic pour rire de tout.

Deux événements ont eu lieu presque en même temps. Dans le courrier des lecteurs de la *Pine Creek Gazette*, un habitant se plaignait qu'il était de toute évidence permis aux écoles de propager l'homosexualité ! Imaginez sa tête quand il avait dû apprendre que la bibliothèque scolaire disposait d'un exemplaire de *La Couleur pourpre*. Si l'on n'y prenait garde, des jeunes pourraient l'emprunter en toute gratuité !

La lettre était signée « Normal et fier de l'être ».

— Personne n'est normal à Pine Creek, a contesté MacKenzie. Ce qui ne nous empêche pas d'en être fiers.

Le second événement avait eu lieu en ville, ou du moins c'était ce que prétendait Hank. Deux femmes étaient venues déjeuner, et puis tout d'un coup, sans se cacher ni qu'on leur eût demandé, elles s'étaient embrassées, à la vue de tout le monde. Elles s'étaient penchées l'une vers l'autre au-dessus de la table, sans la moindre gêne !

— Naturellement, je les ai mises dehors, assurait Hank à qui voulait bien l'écouter. Ça ne se fait pas de s'embrasser en plein repas. Évidemment, elles ont protesté et fait du tapage, elles ont dit que c'était de la discrimination et ont menacé de me poursuivre en justice. Mais ça ne marche pas, avec moi. Ça n'a rien à voir avec de la discrimination. S'embrasser comme ça en public, ça ne se fait pas.

— Hank, a répondu MacKenzie. Tu sais qu'on est tous de ton côté dans cette histoire. Mais tu aurais dû expliquer ça à Derek et Stacey. Ça m'aurait peut-être évité de le voir fourrer sa langue jusque dans sa gorge.

— Ah, c'est pas pareil, ça, a dit Hank avec indulgence.

Il aimait bien MacKenzie.

— Bien sûr que non. Eux, ils sont normaux et fiers de l'être.

— J'arrive pas à croire que j'aie manqué ça ! s'est exclamée MacKenzie de retour au motel. Le nombre de queers à Pine Creek a doublé pendant quelques heures, et je n'étais pas là pour le voir.

C'est ainsi que tout a commencé.

Quelques semaines plus tard, MacKenzie m'a invitée à partager un milk-shake et un burger chez Hank, après la fin des cours. Ce qui veut dire qu'elle a payé la note en faisant le service. Elle travaillait beaucoup moins souvent ici depuis qu'elle avait été embauchée au motel, mais elle aimait enfiler un tablier, se balader avec la cafetière et remplir les tasses. La véritable serveuse la tolérait avec bienveillance tant qu'elle ne devait pas partager son pourboire avec elle.

Ainsi, MacKenzie et moi buvions nos milk-shakes, tandis que trois hommes au comptoir critiquaient le café et les gays.

— Même si on était payés pour boire ce café infect, ce serait quand même du vol, estimait le premier.

— Je suis pour l'Initiative 9, parce que j'ai deux fils. Si

quelqu'un ose leur dire que c'est pas un problème, de sucer des queues, je lui casse la gueule, jurait le deuxième.

— Bordel, Hank, il date de quel siècle, ce café ? s'indignait le troisième. Vous savez ce que c'est le problème, avec les pédés ? Ils peuvent pas se reproduire, alors ils recrutent. Ils vont convertir dix pour cent de nos gamins. Si ça se trouve, ils persuaderont mes petits-enfants de devenir homos.

— C'est pas mon genre d'avoir des préjugés, assurait le premier. J'ai rien contre personne, et tout le monde le sait. Mais les pédés et les gouines, c'est pas pareil.

L'un des trois acquiesce et l'autre grimace après avoir bu une gorgée.

— Qu'est-ce qu'on s'en fout, de leur avis, a maugréé MacKenzie à voix basse. Ils sont assez cons pour boire le café de Hank.

Néanmoins, nous sommes parties dès que nous avons terminé de manger.

Pine Creek à travers mes yeux

Étonnamment, c'est à la ville que Michael décide de s'attaquer ensuite.

Je crois qu'il n'a pas la moindre idée de comment procéder. Coup de chance, Camila vient l'aider sans s'en douter. Elle s'assied à sa table du diner, celle que je qualifie toujours de « box habituel de Michael » désormais, et lui annonce d'un air gêné qu'elle aimerait « faire quelque chose » au sujet des chambres du motel.

— Mais j'aurais besoin d'un peu de soutien moral, ajoute-t-elle.

Elle regarde Michael d'un air à la fois incertain et touchant, comme si elle ne savait pas vraiment où se situent les limites de leur amitié, ni ce qu'elle peut raisonnablement lui demander.

— Je croyais que tu détestais ce motel ? s'étonne Michael.

— J'étais bourrée ! C'est juste que c'était… bizarre, d'être de retour.

— Et maintenant tu veux l'arranger ?

Camila observe le fond de sa tasse.

— C'est MacKenzie, finit-elle par avouer. Elle a dû gérer le motel elle-même depuis que je suis partie. Et maintenant, elle est toute seule. Je veux simplement lui donner un coup de main.

Un sourire rebelle étire un côté de ses lèvres.

— Qu'elle le veuille ou non.

Le regard de Michael oscille entre elle et son ordinateur. L'espace d'un instant, je crois qu'il va retourner à son travail ou à sa liste. Puis il lit ce fameux objectif. *Apprendre à voir cette foutue ville avec ses yeux.*

— Une virée des magasins de Pine Creek, ça te dit ? propose-t-il.

Le visage de Camila s'illumine de reconnaissance.

Il rassemble ses affaires, et une demi-heure plus tard ils se tiennent ensemble sur Elm Street. La voiture de Michael est garée non loin. Ils ont choisi la sienne en raison de son coffre plus spacieux.

Ils commencent par le magasin de décoration le plus cher de la ville, tout simplement parce qu'il se trouve sur cette rue. Verres et porcelaine, neufs et rutilants, sont disposés de façon séduisante, afin de bien faire comprendre aux clients potentiels à quel point leur vie est vide sans bocaux en verre marqués *pâtes*, *riz* ou *céréales*. Chaque article semble nous hurler au visage : « Voilà à quoi pourrait ressembler votre maison ! Vous aussi, vous pouvez mener une vie bien organisée, avec une décoration harmonieuse et des couvertures colorées négligemment jetées çà et là, comme un véritable artiste ! »

La caisse est tenue par Tiffany, une blonde qui était dans notre classe. Dans la hiérarchie de l'école, elle se situait pile au milieu, mais aspirait à gravir les échelons. Je crois même qu'elle est brièvement sortie avec Derek avant qu'il ne passe à Stacey ; elle a eu droit à son quart d'heure de gloire. Aujourd'hui, elle dégage l'assurance suffisante de celle qui sait que sa maison est déjà décorée à la perfection.

Michael et Camila ne l'ont pas reconnue. Toute leur attention est concentrée sur des coussins aux couleurs chaleureuses, blanc crème ou vert citron. De son côté, Tiffany les observe sans cacher sa curiosité. En l'absence d'autre client dans la boutique, elle a tout son temps pour les épier.

Michael soulève un petit coussin sans doute davantage dédié à la décoration qu'au confort.

— Tu veux des chambres dont chaque lit est recouvert d'un millier de coussins, de sorte que les clients doivent les jeter par terre avant de dormir, sans pour autant trouver un seul véritable oreiller ?

Il considère la pile devant eux.

— Parce que, dans ce cas, pas sûr que ceux-là suffisent. Il va nous en falloir des centaines.

Camila vérifie l'étiquette avec le prix.

— Peut-être pas. Je vais bien trouver *quelque chose* à faire pour…

Elle n'a pas le temps de finir sa phrase, car Tiffany vient l'interrompre, incapable de contenir sa curiosité.

— Excuse-moi, tu ne serais pas le petit frère de Derek ? demande-t-elle en regardant Michael d'un air admiratif. Tiffany. On était dans la même classe.

Elle s'intéresse ensuite à Camila, comme pour essayer de mesurer la concurrence, et une ride confuse apparaît entre ses sourcils impeccablement épilés.

— Et toi… ? Tu t'appelais…

— Camila, s'empresse-t-elle de compléter. Je m'appelle Camila, maintenant.

Tiffany semble sur le point de protester, mais tant de questions se bousculent dans sa tête qu'elle passe à la suivante.

— Vous êtes ensemble ? Parce que j'ai toujours cru que tu étais gay.

Elle se tourne à nouveau vers Camila.

— Naturellement, toi aussi, je pensais que tu l'étais.

Il est évident qu'elle n'a d'yeux que pour Michael.

— Tu es revenu vivre ici ? s'enquiert-elle avec une note d'espoir dans la voix.

— On est revenus pour l'enterrement de Henny, révèle Michael.

S'il croit qu'elle refrénera sa curiosité par respect pour leur deuil, il se fourre le doigt dans l'œil.

— On loge au motel, ajoute-t-il.

— Ah, le motel ! Bien sûr. Avec MacKenzie Jones. *Elle*, elle est lesbienne en tout cas, non ?

Michael et Camila se ruent hors du magasin.

— Non pas que ça me pose problème, hein ! entendent-ils piailler avant que la porte se referme.

— Quel succès, ironise Camila.

Ils s'éloignent de plusieurs pâtés de maisons avant de s'arrêter, afin d'être certains que Tiffany ne les suit pas.

— C'était une idée stupide, j'imagine.

Michael passe la main sur ses yeux.

— Pas aussi stupide que la mienne, affirme-t-il sans détailler le fond de sa pensée.

— Tu te souviens de nous quand on était jeunes ? lance Camila.

Michael laisse échapper un rire amer et cassant.

— Une bande d'empotés et de parias.

— C'est vrai, mais pas seulement… Tu te rappelles à quel point la séparation entre nous et les élèves cool était marquée, au lycée ? Je n'ai jamais compris pourquoi ce n'était pas nous, les gros durs populaires. D'une certaine façon, MacKenzie réussissait à faire croire que c'était de son propre gré qu'elle ne fréquentait pas les autres. Comme si le fait d'être timide ou extraverti était un choix conscient. Elle façonnait autour de nous une bulle de protection, qui nous rendait libres et cinglés, à l'intérieur de laquelle tout pouvait arriver.

Ça, c'est bien vrai.

— Pas seulement MacKenzie, nuance Michael. Henny aussi. Quand elle me regardait, je me sentais plus intéressant que Derek.

Camila hoche la tête.

— Elle était la première à qui j'ai fait mon coming out.

— Et qu'est-ce qu'elle a dit ?

— Rien du tout. Elle s'est simplement mise à me considérer comme une femme, et c'était plié.

— Tu aurais aussi pu nous en parler, à nous.

— Je n'étais pas prête, répond-elle avec un haussement d'épaules.

Michael hoche la tête.

— Tu l'as revue… avant sa mort ? demande Camila.

— Oui.

— J'aimerais pouvoir en dire autant.

Il reste muet.

— Elle était comment ?

— Elle était… parfaite. Juste… parfaite.

Je fais « non » de la tête.

— Personne n'est parfait.

— Elle avait changé ?

— Oui et non. D'une certaine manière, elle était exactement la même personne. Comme si elle m'avait simplement attendu ici. Je sais qu'elle a mené sa propre vie et fait plein de choses, mais c'est l'impression qu'elle m'a donnée. Elle était comme mes pierres : intemporelle.

— En tout cas, MacKenzie a changé, elle. Bon sang, avant, passer du temps avec elle, c'était comme être pris dans une tornade.

Ça ne sonne peut-être pas très positif, mais je sais précisément ce qu'elle veut dire. MacKenzie était bouleversante. Enivrante. Exubérante.

— Elle n'avait peur de rien. Elle était indomptable.

— Exactement ! ai-je approuvé avec ardeur.

Camila secoue la tête.

— Non. Elle était aussi humaine. Je n'ai jamais connu quelqu'un de plus libre, plus courageux et plus ouvert d'esprit. Et maintenant elle paraît tellement résignée. Elle passe son temps à travailler. Je me suis dit que si je me lançais dans un projet au motel, elle se laisserait entraîner. Tout ce que je veux, c'est retrouver la MacKenzie que je connaissais.

On est deux, Camila.

— J'aurais aimé la protéger de la vie, poursuit-elle. Elle refuse carrément de parler de Henny. Alors que je sais qu'elle pense sans cesse à elle.

Michael semble rayer mentalement « parler avec MacKenzie » de sa liste dédiée à mon souvenir. Cela vaut sans doute mieux ; MacKenzie peut se révéler particulièrement désagréable quand on veut lui faire faire quelque chose contre son gré.

— Allez, on s'y remet, suggère Michael. Il faut juste changer de stratégie. Je crois que c'était pas la meilleure idée, de commencer par une boutique de déco à la mode. Ce qu'il nous faut, c'est un magasin d'occasions. Essayer de transformer le motel en ce qu'il n'est pas, ça ne marchera pas. Mieux vaut… le perfectionner petit à petit.

Camila ne semble pas plus optimiste.

— Cette fois on jette un œil par la vitrine avant d'entrer, promet Michael. Si on aperçoit la moindre personne qui a l'air d'avoir notre âge, on s'en va aussi sec, d'accord ?

Fort heureusement, la première boutique d'occasions sur laquelle ils tombent est tenue par une charmante femme d'une cinquantaine d'années. Elle est parfaitement à l'image de son établissement, chaotique et vêtue d'une robe taillée dans un tissu ressemblant à du chintz.

Le magasin est beaucoup plus grand qu'il n'y paraissait de l'extérieur. Soit ça, soit la propriétaire a tout bonnement ignoré les lois de la physique quand elle y a entassé autant de choses que possible. Un coin est dédié au mobilier. On y trouve pêle-mêle des tables, des chaises dépareillées, de vieilles bergères à oreilles et un gigantesque canapé en cuir. Dans une autre section s'entassent des centaines de tableaux. Portraits à l'huile de personnes mortes depuis longtemps, broderies au point de croix, affiches encadrées et photographies de paysages forment un ensemble des plus hétéroclites. Camila commence par là et prend pour plaisanter trois points de croix avec des messages exaltants.

Maintenant qu'elle a acheté quelque chose, le reste vient tout seul. Des sacs se remplissent. Michael va chercher la voiture et la gare devant le magasin, puis il transporte patiemment toutes les acquisitions de Camila. La femme derrière le comptoir a l'air absolument ravie.

— Vous l'avez bien dressé, celui-là, chuchote-t-elle à dessein beaucoup trop haut, alors que Michael est encore assez proche pour l'entendre. Tous les hommes devraient être comme ça.

Camila achète de nombreux napperons blancs en dentelle, deux vases différents, des lampadaires, des lampes de chevet, une petite table de nuit en noyer.

— Faites attention avec ça, avertit gentiment la vendeuse à l'attention de Michael.

Ce dernier case soigneusement tout dans la voiture. Sous le soleil automnal, il regarde quelques gamins jouer au football américain, à quelques mètres de là. Trois d'entre eux portent le maillot vert des Oregon Ducks. Dans leur dos, un 8 doré est surmonté de lettres épelant « Mariota », le légendaire quarterback de l'équipe. Michael ne peut s'empêcher de sourire en chargeant les meubles, puis il s'arrête et se met à réfléchir.

Quand il retourne dans la boutique pour chercher le reste des achats de Camila, il a toujours l'air absent. Une idée germe dans sa tête ; je le connais.

Camila a déjà tout payé quand la tenancière lui propose :

— Peut-être voudriez-vous ce formidable ancien comptoir de bar ? Fabriqué à la main selon les traditions et impeccablement verni, comme vous pouvez le constater. Il appartenait à un homme qui s'est hélas marié peu après l'avoir acheté. Lui et sa femme ne voyaient pas du même œil ce qui était important dans une maison, et le bar a été la première chose qu'ils ont bazardée. Mais regardez-moi ces détails sublimes !

— Je ne crois pas qu'on ait besoin d'un bar.

— En vérité, il s'agissait d'un secrétaire, à l'origine. Il peut donc très bien faire office de surface de travail. Pour votre bureau, peut-être ?

Cette question est posée à Michael, mais c'est Camila qui songe à son grand bureau impersonnel et au vieux mastodonte qui trône en centre. Elle se met à considérer avec envie ce meuble simple et élégant.

— Je peux vous faire un prix très avantageux.

Ce serait une dépense fort extravagante. Je suis certaine que Camila entend en ce moment même Juan Esteban lui faire la morale. *Inutile de gaspiller de l'argent pour des choses que les clients ne verront pas.*

— Je le prends, décide-t-elle.

Sur le chemin du retour, Michael réfléchit à sa nouvelle idée. Il aide Camila à monter ses acquisitions dans le bureau, en attendant qu'elle décide où les caser, mais il est évident qu'il a l'esprit ailleurs. Il s'excuse promptement, va chercher Derek et conduit à nouveau en direction du centre-ville. Ce dernier parle pendant tout le trajet.

— De la lessive. Voilà sur quoi j'aimerais vraiment mettre la main. Tout le monde a besoin de lessive. Et la marque n'est pas importante, contrairement au shampooing et au démêlant. Ça, je l'ai appris à mes dépens.

Ils bifurquent sur Elm Street. Derek continue son monologue.

— Un jour, je suis tombé sur un gros lot de lessive. Toute une palette. Avec quelques boîtes d'assouplissant, même. J'ai fait du porte-à-porte, en journée, quand les femmes au foyer ne demandent pas mieux que de prendre une pause et d'avoir un peu de compagnie. « Une tasse de café, Derek ? », ou « Entrez donc, Mr Callahan », toute la journée. Et elles m'ont toutes acheté quelque chose. Les prix étaient alléchants pour elles, bien entendu, et je me faisais une bonne marge. « Si vous achetez pour un certain montant, je peux même vous vendre de l'assouplissant en plus. » Du coup, la fois d'après, le même type m'a fait une autre proposition. Du shampooing et de l'après-shampooing. Une palette de chaque.

Derek secoue la tête en y repensant.

— C'était une sacrée erreur. J'aurais dû m'y attendre. Pas une seule de ces femmes…

Il s'interrompt et se raidit.

— Attends un peu. Où est-ce qu'on va ?

Michael se gare devant notre ancien lycée. Un bâtiment bleu ciel particulièrement hideux. Il n'a pas changé d'un iota depuis que nous avons cessé de le fréquenter. À part que tout semble si petit, désormais : le parking, le bâtiment central à deux étages, l'entrée, le bureau du recteur, la salle des professeurs.

— Qu'est-ce qu'on fiche ici ?

— Derek, c'est ridicule. Tu ne peux pas esquiver le coach Stevenson pour l'éternité. Il faut régler cette histoire une bonne fois pour toutes. Qu'est-ce qui peut arriver de pire ? Qu'il te gueule un peu dessus ?

— *Un peu ?* On voit bien que t'as jamais fait de foot à l'école.

Michael sort de la voiture, ouvre la portière de Derek et lui empoigne résolument le bras. Le terrain et la salle de sport sont situés à droite de l'école ; quand on se trouve ici, il saute aux yeux que cette dernière joue le second rôle.

Si l'école en elle-même n'a pas changé en quinze ans, le terrain de football a eu droit à un meilleur entretien. Nouveaux projecteurs. Nouvelles tribunes ; certes, il ne s'agit que de bancs en inox dépourvus de toit, mais il n'en faut pas plus. Le public ne rate jamais un match, peu importent les caprices de la météo. La pelouse est fraîchement tondue, les lignes blanches éclatantes. En revanche, la piste de course qui encercle le terrain n'a eu droit à aucune attention.

Le bureau de l'entraîneur se trouve juste au bord du terrain.

— Derek Callahan Junior.

Les deux frères sursautent à la voix qui gronde dans leur dos. Ils se retournent lentement, tels des enfants surpris en train de faire une bêtise.

— N'essaie pas de t'enfuir. Tu es plus jeune que moi, mais je suis en bien meilleure forme.

— Bonjour, coach Stevenson. Ravi de vous revoir après tout ce temps.

— Pas la peine de faire diversion, Michael. J'ai un paquet de choses à dire à ton bon à rien de frangin.

Ce qui ne l'empêche pas de serrer la main tendue de Michael.

— Allez, coach. Dites-moi ce que vous avez sur le cœur. Je suis prêt.

Derek essaie de lancer un sourire désarmant. Échec critique. Coach Stevenson a passé les trente dernières années à entraîner des adolescents. Ce n'est pas à un vieux singe qu'on apprend à faire la grimace ; il est insensible à toute tentative de se soustraire à son courroux.

— Les maillots que tu m'as vendus sont inutilisables.

— C'était de la bonne qualité ! proteste Derek.

Il écarte les bras comme s'il était blessé et outré par la suggestion que lui, Derek Callahan, puisse vendre de la camelote.

— Il y avait la bonne quantité, les bons noms et les bons numéros. Aucune faute d'orthographe.

— Peut-être que tout ça était correct, mais qu'est-ce que ça change ? *Tu as commandé les mauvaises tailles !* Ces maillots iraient à des gamins de douze ans. « Paiement en avance », que tu m'as dit. « Faites-moi confiance », que tu disais. « Est-ce que je ne suis pas le meilleur joueur de votre carrière ? » Mais oui, bien sûr que tu l'es, Derek. Si on ignore le fait que tu n'en as plus branlé une depuis, que tu es devenu un zéro et que ta tafiole de petit frère passe pour un exemple d'intégrité à côté de… Oh, pardon, Michael. C'est sorti tout seul. Je me suis laissé emporter.

— Ne vous en faites pas, j'ai arrêté d'écouter quand vous avez commencé à enguirlander mon frère.

— Ouf. On est censés être inclusifs, de nos jours. J'essaie de vivre avec mon temps, mais…

— C'était une métaphore ?

— Hein ? Quoi ?

— Quand vous parliez des maillots. Ils iraient vraiment à des gamins de douze ans ?

— Je pense, ouais. Mais j'entraîne pas des poussins, tu vois ? Je m'occupe d'une *vraie* équipe, moi !

Et c'est reparti pour un tour. Michael le laisse passer un peu sa colère, puis l'interrompt.

— Mais il y a des enfants de cet âge à l'école. Et, comme à mon époque, ils sont passionnés de football et vénèrent votre équipe.

— Évidemment. Mais c'est quoi le rapport ?

— Faites-en un événement. Invitez les médias locaux, forcez vos gros durs de joueurs à prendre la pose avec quelques gamins maigrelets et à leur offrir des maillots. Cultivez la prochaine génération, tout ça. Gardez la forme, et vous les entraînerez à leur tour. Le record de Derek est encore d'actualité ?

— Si tu crois que c'est un vieux record qui va me faire…

— Ça n'a pas d'importance, vraiment. C'est juste que ça sonnera mieux dans les articles. Une rencontre sponsorisée par l'ancien héros du football Derek Callahan, qui sera là pour sourire, serrer des mains et souhaiter qu'un de ces gringalets batte un jour son record.

Le coach Stevenson s'apprête à protester, mais s'arrête de lui-même. Il ouvre et ferme la bouche, comme un poisson rouge.

— Sponsorisée par moi ? répète Derek. Attends un peu, frérot…

— Oui, oui, sponsorisée par toi, affirme Michael.

— Et il sera sobre, présentable, et portera un fichu costume, comme un vrai adulte ?

— Oh que oui, même si je dois le lui enfiler moi-même.

Derek conserve une bonne mine tant qu'ils sont à portée de voix du coach Stevenson. Dès qu'ils se sont suffisamment éloignés, il agrippe Michael par le bras.

— Tu peux me dire à quoi tu joues, bordel ?

— Tu pouvais pas continuer à te planquer comme un enfant, soutient Michael, obstiné. Toi qui étais imbattable. Tout le monde t'idolâtrait. Regarde-toi un peu. Réduit à arnaquer les gens en leur vendant des merdes inutiles, et à fuir ton ancien entraîneur. J'arrive pas à y croire, Derek.

— De quel droit tu arranges ce genre de choses sans me demander mon avis ? C'est ma vie !

— Fais-en quelque chose, alors !

Ils se toisent un moment, l'air renfrogné. Derek se détourne en premier.

— Ce qui est fait est fait, je suppose, ronchonne-t-il.

— Tu pourrais pas te battre un peu, pour une fois ? Énerve-toi ! Affirme ton opinion !

Derek semble sur le point de le frapper, mais il se dégonfle comme un vieux ballon.

— Tu crois tout savoir, hein ? Parce que t'as fait l'université, que t'es parti d'ici et que t'as vu plein d'endroits exotiques. Et quand tu reviens, tu crois avoir le droit de dicter la vie des autres. Qu'est-ce que tu connais à la vie ?

On dirait davantage un petit garçon qui chouine qu'un homme qui défend son point de vue. Derek s'en rend compte lui-même et rougit de colère.

Michael a soudain l'impression d'avoir donné des coups de pied à un chiot, et cela ne fait que l'enrager encore plus. C'est Derek, bon sang ! Il est censé être assez costaud et courageux pour se défendre contre son petit frère.

Je crois bien que Michael aurait préféré que Derek le frappe.

— T'auras qu'à dépenser un peu de l'argent que t'as emprunté.

Derek lui lance un regard las.

— Parfois tu peux être un sacré emmerdeur, quand même.

Illusions

J'ai toujours voulu croire que la vie était régie par une sorte de justice fondamentale. Peut-être même cosmique.

Certes, ces derniers temps, ma foi a été quelque peu ébranlée, mais qu'importe. On pourrait dire que je crois au karma. Si on est quelqu'un de bien, on sera récompensé. Et si on est une mauvaise personne, on sera tôt ou tard puni.

MacKenzie se moquait toujours de ce qu'elle qualifiait de ma « croyance touchante en une justice divine ». « Dis-moi, Henny, me lançait-elle. Quand tu regardes l'histoire de l'humanité, où est-ce que tu vois de la *justice* ? Les riches s'enrichissent, et les pauvres ont de moins en moins. Les gentils sont punis, et les salopards s'en tirent toujours. »

Aussi, je dois avouer que c'est avec une certaine satisfaction que je constate qu'elle va aujourd'hui découvrir que les péchés se punissent parfois d'eux-mêmes.

Papa marche vers la réception, une lourde valise à la main.

Si lourde qu'il penche d'un côté et traverse ainsi le parking par à-coups, en zigzaguant. Régulièrement, la valise frotte par terre, prêtant à sa démarche un accompagnement sonore singulier : un pas, un choc sourd, un bruit de frottement. *Tap, touc, scratch.*

MacKenzie le voit débarquer avec des yeux écarquillés par l'étonnement et le front ridé de culpabilité.

— Mr Broek ?

Papa fixe un point situé au-dessus de la tête de MacKenzie et se force à formuler ce qui doit être dit.

— Je t'ai peut-être mal jugée.

— Je ne crois pas, non, murmure MacKenzie.

— J'ai entendu dire que tu ne croyais pas…

Il serre les dents.

— Que tu ne croyais pas que j'avais un problème d'alcool.

— Je *sais* que vous n'avez pas de problème d'alcool, déclare-t-elle en toute sincérité.

— Dans ce cas-là, tu es bien la seule. Les gens me *regardent* dans la rue. Cheryl fouille dans mes poubelles ! Je ne peux plus vivre dans ma maison.

Le regard de MacKenzie oscille entre papa et sa valise. La consternation sur son visage me donne presque envie de rire.

— Vous voulez emménager ici ? devine-t-elle, effarée.

— C'est un motel, non ? Vous louez des chambres ? C'est bien votre métier ?

— Mais… Vous voulez vraiment habiter *ici* ?

— Oui. Je veux une chambre. Peu importe laquelle, du moment que je ne suis pas chez moi. Si Cheryl vient encore une fois me parler de « mes problèmes » ou de « mes nerfs », je ne réponds plus de rien.

— Euh, bienvenue au motel des Pins perdus ?

— Donne-moi juste une foutue clé.

Papa se tape le front du plat de la main.

— Regarde ce que tu m'as fait faire ! Je commence à jurer, maintenant.

MacKenzie a donné à papa une chambre située à l'étage.

Il souffle par les narines d'un air dédaigneux en découvrant l'état de la pièce, mais il doit se dire que cela vaut toujours mieux que d'habiter sur la même rue que ses voisins, car il entreprend de défaire son bagage. Lentement et méthodiquement, comme tout ce qu'il fait dans la vie. Chaque chose à sa place.

Il sort les chemises de la valise, les secoue et les dispose sur des cintres. Deux pull-overs, parfaitement pliés, finissent dans le tiroir du bureau, en compagnie des chaussettes, elles aussi pliées, et des sous-vêtements, repassés, eux. Trois costumes, suspendus sans attendre.

Il sort ensuite son nécessaire de toilette et aligne tout sur l'étagère de la salle de bains. Un tube de dentifrice soigneusement enroulé afin de ne pas en perdre un gramme, une nouvelle brosse à dents, ses lunettes de lecture. Il y a quelque chose de touchant dans la précision presque militaire avec laquelle il dispose toutes ses affaires. Comme s'il se préparait à une inspection.

Pour finir, il se penche sur sa valise et en ressort prudemment… Seigneur, une urne. Est-ce que c'est… *moi* ?

Il a scotché le couvercle à l'aide d'un épais ruban adhésif, et mes cendres ont ainsi pu l'accompagner au motel.

Je suis émue qu'il m'ait emmenée ici, dans ma véritable maison.

Il retire doucement le scotch, frotte l'urne avec la manche de son pull et la pose à côté de la télévision.

Oh, papa.

Il s'assied alors au bord du lit, les mains délicatement jointes sur ses genoux et le regard braqué droit devant lui.

« Et maintenant, qu'est-ce que je fais ? » doit-il se demander.

— Tu sais qu'il y a un homme qui passe son temps à boire devant ton motel ?

MacKenzie ne lève même pas les yeux de l'ordinateur. Cela fait déjà une demi-heure que papa hante la réception. Pensant se rendre utile, il souligne, l'une après l'autre, toutes les choses qui ne vont pas avec le motel.

— En pleine journée ! Avec une flasque !

— L'hôpital qui se moque de la charité, ça vous dit quelque chose ? soupire MacKenzie. Pardon, pardon, je sais que vous ne buvez pas. Mais ce n'est que Clarence. Il est discret, au moins.

Papa est enfoncé dans notre inconfortable canapé. Il a décalé une lampe cassée et de vieilles brochures sur la table basse voisine, afin d'y faire de la place pour mon urne. MacKenzie ne peut s'empêcher d'y jeter des coups d'œil.

— Et on dirait que les persiennes de ma chambre sont bloquées. Je me suis dit que tu voudrais être prévenue au plus tôt.

C'est la deuxième fois que papa descend à la réception. MacKenzie semble rêver avec nostalgie au temps idyllique où elle pouvait être en paix.

— Et comment suis-je censé repasser mes chemises ? Il n'y a pas de table à repasser !

MacKenzie marmonne quelque chose, avant de se lever pour aller en chercher une.

Camila prend sa place à la réception pendant qu'elle aide son dernier client. Quand MacKenzie revient, Camila est en pleine conversation téléphonique avec quelqu'un qui a manifestement vu notre enseigne.

— Non, *sir*, nous n'avons pas de bar, hélas. Ni de piscine. Oui, c'est un peu bête de l'avoir écrit sur la pancarte. Elle doit être… mise à jour. L'Initiative numéro 9 ? C'était un référendum en l'an 2000 pour interdire aux écoles de « propager » l'homosexualité. Oui, c'est de la folie. Ah, vous voulez dire l'homosexualité. Je croyais que vous parliez de l'initiative. S'il y a des pédés par ici ? Naturellement. Nous en accueillons un bus entier par jour. Je suis navrée que vous ne trouviez pas ce motel à votre goût. Bonne journée, monsieur.

— Un futur client ? ironise MacKenzie.

— Tu n'as jamais songé à changer d'enseigne ? demande Camila. Et qu'est-ce que c'est, ça ?

Elle indique un bout de papier scotché au guichet, orienté de telle manière que seuls les employés puissent le voir.

— La Prière de la Sérénité, répond MacKenzie. J'en ai sacrément besoin, depuis que Mr Broek est arrivé.

— « Mon Dieu, donne-moi la sérénité d'accepter les choses que je ne peux changer, le courage de changer les choses que je peux changer, et la sagesse d'en connaître la différence », lit Camila à voix haute. Très approprié.

Une voix masculine grave se fait soudain entendre.

— Je m'en sers tous les jours dans mon travail, déclare Ed le shérif, faisant sursauter Camila et MacKenzie avec un air coupable.

La présence inopinée d'un représentant des forces de l'ordre tend à avoir cet effet sur les gens.

— Vous pouvez m'accorder quelques minutes ? demande-t-il à Camila.

— Pardon ? Vous voulez me parler, à moi ?

— Si vous avez le temps.

Elle se tourne vers MacKenzie d'un air incertain.

— Bien sûr. Je suppose.

— Autour d'un repas, si ça vous dit ? propose le shérif, ouvrant la marche.

Camila le suit d'un pas hésitant jusqu'au diner, jetant des regards par-dessus son épaule, comme si elle implorait qu'on vienne la sauver.

— Dolores ! s'exclame Ed. Vous êtes radieuse, comme toujours.

— Et vous avez faim, comme toujours.

— Je plaide coupable.

Le shérif passe sa « commande habituelle » et remplit un gigantesque gobelet en carton de Mountain Dew. Camila se contente d'un café.

Ed s'installe à une table, repousse d'un air décidé le pot de fleurs en plastique et annonce la couleur.

— Il s'agit d'un entretien tout à fait informel.

Camila n'a pas l'air particulièrement rassurée, mais boit une gorgée et se force à sourire.

— Vous n'allez donc pas m'arrêter, me lire mes droits et me passer les menottes ?

— Pas aujourd'hui. Mais certaines personnes en ville m'ont demandé de vous parler, pour voir s'il serait possible de faire quelque chose au sujet de votre enseigne. Ils trouvent que... Comment dire ? Qu'elle donne un peu mauvaise impression.

— Ils voulaient que vous me parliez, à *moi* ?

— Oui, j'ai cru comprendre que c'était votre motel, techniquement, alors...

— Vous vous êtes dit que vous auriez plus de chances avec moi qu'avec MacKenzie ?

Le shérif essaie d'afficher un sourire désarmant.

— Disons qu'elle est un peu sensible, en ce qui concerne les doléances des gens de la ville.

— Vous en recevez beaucoup ? l'interroge Camila, étonnée.

À cet instant, Dolores arrive avec le repas d'Ed, lui épargnant d'avoir à répondre. Un énorme hamburger qui occupe la moitié de l'assiette, une montagne de beignets d'oignons dorés et une unique tranche de tomate, qu'il met aussitôt de côté.

— C'est le motel de MacKenzie, affirme Camila.

— D'un point de vue juridique, c'est le vôtre. Un beignet ?

Camila secoue promptement la tête.

— Ils trouvent aussi que l'enseigne n'est pas vraiment...

honnête. Peut-être que Mr Alvarez a été un peu trop… enthousiaste sur la fin ? Et puis… ces affiches que MacKenzie a rajoutées ? Ne serait-il pas temps de faire le deuil du passé ? De tourner la page ?

— « Certaines personnes en ville », dites-vous. De qui s'agit-il, au juste ?

— Vous viviez à Los Angeles il n'y a pas si longtemps, n'est-ce pas ?

— Qu'est-ce que ça vient faire là-dedans ?

— Dans une ville comme la nôtre, le métier de policier n'est pas le même qu'à L.A., vous savez. Je ne passe pas mon temps à résoudre des crimes. J'ai un enquêteur pour ça, et son boulot n'est pas franchement compliqué. Si quelqu'un commet un crime grave, on sait en général tout de suite qui est le coupable. Notre tâche la plus délicate consiste à préserver l'ordre public. On fait de la prévention. On intervient dans la vie communautaire afin de minimiser les conflits et d'épargner les troubles aux honnêtes citoyens. Comme ça, les gens se sentent en sécurité et nous font confiance. Vous savez quelle est la première chose que j'ai faite en tant que shérif ?

Camila semble s'impatienter, mais elle a la courtoisie de secouer la tête.

— J'ai organisé une collecte pour les enfants malades à Noël. Des gamins ont donné les vieux jouets qu'ils n'utilisaient plus, et en remerciement le commissariat a arrangé un grand pique-nique l'été suivant. Grillades et tours en voiture de police, les gosses étaient ravis. C'est comme ça qu'on se rapproche des gens, ici. Ensuite on s'évertue à conjuguer les intérêts de tout un chacun. On fait en quelque sorte office d'intermédiaire entre les différents groupes. Les vieilles dames qui réclament le silence à partir de dix-neuf heures, les jeunes qui veulent juste s'amuser un peu…

— Les homophobes qui veulent cracher leur haine en paix ?

— Allons, les gens sont chics, par ici. Du moins quatre-vingt-dix pour cent d'entre eux. Parfois ils perdent un peu la raison, c'est tout. Mais ils font aussi beaucoup de bonnes actions. Il ne faut pas l'oublier.

— Et maintenant, ils sont de nouveau mécontents ?

— Certains sont sacrément remontés. Ils ne sont pas très nombreux, mais ils sont allés voir Bob, et Bob est venu me voir moi. Bob Parker ? C'est vrai, vous ne le connaissez pas forcément. Un homme politique. C'est lui qui fait bouger les choses. C'est ainsi que ça fonctionne, dans une ville comme Pine Creek. On coopère et on dénoue les tensions avant qu'elles ne donnent lieu à de véritables problèmes.

Camila lorgne l'enseigne depuis leur table à côté de la fenêtre. Impossible d'interpréter l'expression de son visage. Elle se retourne vers le shérif.

— Comment vous faites pour manger autant et rester si mince ?

— Je brûle énormément de calories en m'inquiétant de l'état du monde.

MacKenzie croise les bras tandis que Camila lui explique la raison de la visite du shérif.

— Tu veux changer l'enseigne pour *eux* ?

— Allez, tu dois bien reconnaître toi-même qu'elle n'est pas tout à fait… honnête.

Un éclat de défiance passe dans les yeux de MacKenzie.

— Pas certaine qu'une enseigne honnête leur convienne vraiment, marmonne-t-elle avant d'ajouter à l'attention de Camila : enfin bon, c'est ton motel.

— Essaie de voir ça comme une opportunité. Une nouvelle enseigne, l'occasion de montrer que les choses vont de l'avant.

Après tout, c'est la première impression que les gens ont du motel. Tu ne crois pas que ce serait bien si elle était un peu plus fidèle à la réalité ? Et un peu moins… dispersée ?

— Fidèle à la réalité, tu dis ? Je crois que j'ai une idée.

— Tu t'en occupes, alors ? Je ne sais pas du tout comment se procurer une nouvelle enseigne.

— Ne t'inquiète pas. Tu vas avoir une merveilleuse enseigne. Plus fidèle à la réalité que ça, tu meurs.

Une nuance dans le ton ou le regard de MacKenzie me dit que Camila aurait raison de s'inquiéter. Elle doit également le percevoir, car elle précise :

— Et pas de mensonges au sujet d'un prétendu bar, d'une piscine ou d'autres sornettes, d'accord ? Ni d'un parc d'attractions.

Elle prend bien soin d'ajouter ce dernier détail, au cas où MacKenzie se mettrait en tête de trouver de nouvelles inventions.

— Ce sera l'enseigne de motel la plus honnête qu'on ait jamais vue, promet-elle.

Le lendemain matin, Michael se consacre de nouveau à sa liste. Au cours de la nuit, j'ai essayé de lui donner inconsciemment envie de retourner voir Derek pour discuter de leur dernière entrevue, mais quand il s'est levé et s'est rendu au diner, il a tout simplement rayé l'objectif *Réconcilier Derek et le coach Stevenson*, et est passé au suivant.

Il en arrive à *Apprendre à connaître Henny*, mais semble rechigner à se mettre à la tâche. La matinée durant, il reste assis là, à regarder par la fenêtre. Quand il se met enfin à l'œuvre, c'est avec Dolores, de passage pour lui resservir du café et de la tarte aux noix de pécan. Qu'il le veuille ou non.

— Je suis parti pendant tellement d'années, dit-il tandis que Dolores remplit sa tasse.

— Pendant trop longtemps, acquiesce-t-elle.

Il lui indique le siège d'en face, et elle s'assied en émettant un petit bruit de soulagement typique des gens qui ont passé toute leur vie debout.

— Et pas seulement toi, Camila aussi, ajoute-t-elle.

— C'est vrai. En fait, je me demandais comment était Henny, en tant qu'adulte. Quel genre de personne est-elle devenue ? Tu sais… après.

Il semble redouter la réaction de Dolores. Moi aussi. L'enterrement était censé clore un chapitre. Je ne veux pas qu'ils passent leur temps à me pleurer ou à évoquer mon souvenir.

Mais non, Dolores a l'air *ravie*. Je crois bien qu'elle a *envie* de parler de moi. Je ne comprends pas très bien, mais je dois avouer que ça me fait plaisir.

— Son dessert favori était « n'importe quoi avec du chocolat », énonce-t-elle. Chaque fois que je lui demandais ce qu'elle voulait pour son anniversaire, elle répondait « un truc avec du chocolat ». Du coup, une année, je lui ai préparé une « tarte aux mille chocolats ». Pâte au chocolat, mousse au chocolat, une couche de chocolat noir par-dessus, le tout saupoudré de copeaux de chocolat et décoré de fraises trempées dans du chocolat fondu. Après, elle m'a réclamé la même chose chaque année.

Elle prend l'assiette et la tasse de café vides.

— Il ne m'appartient pas de juger le Seigneur, mais j'espère vraiment qu'Il réussit ce gâteau aussi bien que moi, au ciel.

En sortant du diner, Michael tombe sur Buddy et Clarence, qui prennent un bain de soleil sur le banc habituel de ce dernier, et il s'arrête spontanément pour passer un moment avec eux. Ils se poussent aussitôt pour lui faire de la place sur le banc, et sont volontiers disposés à parler de moi. Comme je ne peux pas les rejoindre sur le banc, je m'assieds par terre à côté d'eux.

— Elle était chic, Henny, déclare Clarence avec dignité et en versant un peu du contenu de sa flasque dans sa tasse de café. Et je tiens à ce que vous sachiez que je lui ai entièrement pardonné pour ce qu'elle a dit après la mort de ma femme.

Michael et Buddy se tournent immédiatement vers lui d'un air choqué. Moi-même, j'ai l'impression de recevoir un seau d'eau glacé sur la tête. Je n'ai pourtant jamais rien dit de méchant sur sa femme ?

— Elle a dit que je la retrouverai au paradis !

Il laisse tomber la dignité et avale sa tasse d'un trait.

— Mais enfin, c'était gentil de sa part, non ? avance Michael.

— Oui, c'est vrai, elle ne pouvait pas savoir que c'est justement ce que je redoute le plus.

— Pardon ?

— De la revoir ! Elle aura énormément de choses à me dire, et elle aura eu des années pour se répéter son discours. Cette femme en savait plus long sur mes vices que Dieu lui-même.

Il remplit à nouveau sa tasse.

— Tu aimerais donc mieux connaître notre Henny ? relance-t-il.

— Oui.

— Tu n'y arriveras pas. Personne ne connaît qui que ce soit. Pas réellement. On ne voit que l'image qu'on se fait d'eux. On ne se connaît même pas nous-mêmes !

— Vous savez ce que Henny me disait toujours ? demande Buddy.

— Un petit coup ? propose Clarence en tendant sa flasque.

— Non, elle disait : « Salut Buddy. Comment ça va ? » Elle avait toujours du temps à vous accorder, et elle était toujours de bonne humeur. C'est plus pareil, depuis qu'elle est partie. C'est les petites choses qui font qu'on se sent bienvenu et apprécié, vous voyez ce que je veux dire ? Quand on avait un gros problème et besoin d'un coup de main, on allait voir MacKenzie, évidemment. Mais parfois on a le moral dans les chaussettes, et on veut pas vraiment se faire aider, vous voyez ? Ben dans ces cas-là, c'était Henny qu'il fallait aller voir. Pas pour parler de ses émotions, mais juste pour sa compagnie. Être avec elle, c'était comme… être dans la plus accueillante des maisons.

Je ne l'ai jamais entendu parler aussi longtemps d'affilée, et encore moins dire quelque chose d'aussi beau.

— Comme cette histoire avec le sapin de Noël, poursuit-il.

Michael semble perdu, mais Clarence sait tout de suite de quoi il parle.

— Je leur avais obtenu un sapin de Noël. Je me suis dit que ça rendrait bien à la réception, tu comprends. Mais j'avais, euh, mal jugé la hauteur.

— Il mesurait au moins un mètre de trop, précise Clarence.

— Ouais, j'ai été nul sur ce coup-là. C'est ce que je leur ai dit. Mais MacKenzie a simplement cherché une scie et l'a coupé en deux. Et Henny a insisté pour installer les deux moitiés à la réception. Elle disait que ça la rendrait unique, qu'aucune autre entreprise en ville ne pouvait se vanter d'avoir *deux* sapins de Noël. Tu vois, MacKenzie règle les problèmes, mais Henny remontait le moral de tout le monde.

Je ne sais pas si je suis vraiment d'accord. À mes yeux, c'était toujours MacKenzie qui faisait sourire les gens. Moi, je l'aidais juste un peu.

Les gens qui fréquentent les motels bon marché peuvent être répartis en deux catégories : ceux qui sont juste de passage, et ceux qui n'ont nulle part d'autre où aller. Dans les deux cas, leur séjour est temporaire. L'un l'est simplement plus que l'autre.

Au fil des années, plusieurs habitants de la ville ont trouvé un refuge provisoire au motel. Nous constituons en quelque sorte un filet de sécurité tendu par-dessus l'abîme. Et l'abîme est bien plus proche que les gens ne veulent le croire.

La plupart finissent par trouver un autre foyer. Tôt ou tard, ils reprennent le cours de leur vie. Mais ce qui est intéressant, c'est que, parfois, je crois bien qu'ils étaient plus heureux ici. Ils étaient libres. Ils jouissaient de l'humour sans limite de MacKenzie et de la cuisine de Dolores, ils riaient de nouveau, peut-être pour la première fois depuis longtemps. Le rire les prenait toujours par surprise, mais passé les premiers éclats il leur venait naturellement. En leur for intérieur, leurs corps n'avaient pas oublié la sensation de rire, et ils la redécouvraient chez nous.

Puis ils se disaient « tout ça est temporaire », et finissaient par s'en aller.

Aucun n'est jamais revenu. Tout bien réfléchi, nous leur rappelions certainement les pires moments de leurs vies. Quand ils se reprenaient en main, ils édifiaient à nouveau leurs barrières protectrices, et ils préféraient oublier la forme particulière de liberté qu'ils avaient connue chez nous, née de l'impuissance. La plus belle liberté qui soit, selon moi.

Tout au long de la conversation, Alejandro s'est appliqué à photographier l'enseigne sous divers angles ; c'est donc tout naturellement que Michael se dirige ensuite vers lui. Le fils de Dolores travaille en tant qu'extra au motel quand nous avons un besoin de main-d'œuvre, et à mi-temps pour un photographe en ville. Il passe son temps de travail à prendre des clichés arrangés de couples, d'enfants et d'animaux de compagnie, et son temps libre à saisir des instantanés du motel. Il préfère largement cette seconde activité, car les images qu'il capture ne sont pas composées à l'avance.

— Henny ? répète-t-il, à genoux pour photographier la bosse sur l'enseigne témoignant de la tentative d'un conducteur saoul de se garer. Elle avait cinq ans de plus que moi, mais je l'ai toujours vue comme une petite sœur. Elle avait l'air d'une petite fille innocente et sans défense. Elle était si gentille que j'étais persuadé que le monde finirait par l'écraser.

— Perdu, c'est un camion qui m'a eue.

— Et tu avais raison ?

— Non. Au début, je me suis dit : « Ça, c'est bien une femme blanche. Elle peut vivre toute sa vie dans la naïveté sans que la réalité la rattrape. » En fait, peut-être qu'une certaine forme de gentillesse peut constituer un moyen de défense en soi. Je croyais que sa bonté était due à un optimisme béat, et que ses illusions voleraient peu à peu en éclats. Or, si elle était tellement gentille, c'était parce qu'elle ne se faisait plus aucune illusion. Elle savait pertinemment à quel point le monde peut être atroce, et c'est justement pour ça qu'elle se rendait utile là où elle le pouvait. Quand on n'a pas d'illusions, on est invulnérable.

Il s'accroupit pour prendre un nouveau cliché. Je crois qu'il a besoin de se réfugier derrière son appareil pour continuer à parler.

— Elle a beaucoup aidé ma mère quand elle a eu ses problèmes de santé, tu le savais ? MacKenzie me forçait à prendre une pause de temps en temps, en me faisant monter dans sa voiture manu militari, en me jetant une bouteille de whisky sur les genoux et en conduisant au hasard pendant que je maudissais le sort. Un jour, elle s'est garée, m'a regardé droit dans les yeux et m'a dit : « Je te promets que Dolores va s'en sortir. » Je m'en souviens comme si c'était hier. On aurait cru qu'elle était Dieu et qu'elle pouvait contrôler la vie et la mort. Et le plus dingue, c'est que je l'ai crue.

Il secoue la tête comme pour chasser ce souvenir, puis conclut son récit :

— Henny rendait chaque jour visite à maman, et quand elle a appris qu'elle luttait pour garder la maison, elle a tout simplement augmenté son salaire.

Il plonge le regard dans celui de Michael.

— J'aurais fait n'importe quoi pour Henny.

On dirait qu'il menace Michael de lui briser les genoux s'il me brise le cœur. Un peu tard pour ça.

— Et toi ? rebondit Michael. Tu ne te fais plus d'illusions non plus, je suppose ? Tu vois le monde tel qu'il est ?

L'expression résolue d'Alejandro laisse place au rire.

— Moi ? Je suis un romantique de la pire espèce. J'ai des rêves, je suis assez stupide pour essayer de les réaliser, et à la fois suffisamment réaliste pour savoir que je n'y arriverai jamais. C'est pourquoi je me contente de tirer le portrait à des gamins toute la journée. Et de prendre en photo les plats de maman, désormais. J'ai créé un compte Instagram pour le motel. Pour l'instant, il n'y a que cinq images de petits déjeuners, et une de l'arrière du motel, avec le ruisseau, la brume matinale sur le pré et la silhouette bleu-violet des montagnes en arrière-plan.

— Ça doit être joli.

— Bah, des conneries sentimentales. Impossible de prendre d'autres parties du motel en photo. Tout a l'air minuscule et miteux.

— Vous avez combien d'abonnés ?

— Dix-sept, avec moi.

— Alejandro a tort, dis-je à Michael.

Le soir même, tard dans la nuit, nous sommes tous deux couchés sur le dos. J'entends à sa respiration qu'il ne dort pas, lui non plus. Nous nous contentons de fixer le plafond.

— J'avais des illusions, poursuis-je. Tout le monde en a. En fait, c'est un peu l'opposé des vêtements. On naît nus, et plus on vieillit, plus on enfile d'habits, jusqu'à être vieux et quasi disparaître sous les châles, les pulls bien chauds et plusieurs couches d'écharpes et de chaussettes. Les illusions, c'est le contraire. À notre naissance, on en a des tas, puis la vie nous les ôte les unes après les autres. J'ai conservé les miennes plus longtemps que la moyenne, car la vie a été tendre avec moi et je n'avais pas assez d'imagination pour concevoir des choses qui ne m'étaient pas arrivées directement. Je ne faisais pas le lien entre les bleus de MacKenzie et la façon réprobatrice dont papa secouait la tête. « Pauvre petite », la plaignait-il, et moi je me disais : « *MacKenzie ?* Personne n'est aussi fort ni courageux qu'elle ! » Une fois, elle s'est cassé le bras. En tombant d'un arbre, qu'elle a dit, et papa a de nouveau secoué la tête. Et un beau jour, elle m'a dit : « On invente un prétexte. N'importe quoi, mais je veux pas rentrer à la maison. Papa est encore bourré. » Et pouf, une nouvelle illusion s'est envolée quand j'ai compris qu'il existait des pères qui buvaient et battaient leurs enfants, et des maisons où on n'avait pas envie de rentrer.

Je ne veux pas m'aventurer sur ce terrain. Je veux demeurer dans cet été idyllique, mais je commence à comprendre que ce n'était que le début. Je ne peux pas considérer mon histoire avec Michael dans son ensemble en rejetant tout ce qui est arrivé après.

Et ça, je n'en ai pas envie.

— La mémoire est si capricieuse, parfois, observé-je.

Michael n'a pas tiré les rideaux. La lune brille par la fenêtre et illumine les fissures au plafond. Je les suis du regard comme si j'essayais de démêler une pelote de laine, une fente à la fois, mais dès l'instant où j'en quitte une des yeux, elles s'entortillent toutes à nouveau pour former un inextricable méli-mélo.

— Notre dernière année de lycée. Beaucoup de mes illusions sont parties en fumée, à cette époque. Pourtant, personnellement, j'étais heureuse. C'est ça que j'ai du mal à comprendre. Comme si deux histoires séparées se déroulaient parallèlement dans ma tête. Toi et moi d'un côté, et tout le reste de l'autre. Je n'ai jamais cessé de penser à nous deux, mais j'ai toujours refusé de revenir sur cette maudite campagne. Ça faisait ressortir trop d'émotions.

Je ne pouvais pas rester dans cette ville et continuer à le ressasser, tu comprends ? Mais en réalité ce n'est qu'une histoire, pas vrai ? Ce sont ces événements qui nous ont rapprochés, et qui nous ont séparés.

PINE CREEK GAZETTE

UNE ANCIENNE LÉGENDE DU SPORT PASSE LE FLAMBEAU À UNE NOUVELLE GÉNÉRATION

L'ancien record de Derek Callahan reste toujours imbattu. Selon le principal intéressé, il est grand temps que cela change. Et voici l'équipe qui en sera peut-être capable.

La *Pine Creek Gazette* était présente quand Derek Callahan et le coach Stevenson, deux légendes dans le monde du football à Pine Creek, accompagnés de l'équipe des seniors, sont venus rendre visite à nos braves jeunes. Chacun des juniors a reçu un maillot portant le nom et le numéro d'un des seniors, dans une ambiance propice aux conseils avisés, à la plaisanterie et la bonne humeur.

Le coach Stevenson a hâte de voir le record de Derek Callahan battu, et ce dernier est du même avis. Il est temps d'aller de l'avant.

« Je suis certain qu'un de ces héros en herbe sera notre nouveau champion », a déclaré Derek Callahan à notre envoyé.

Une page se tourne, un nouveau chapitre s'ouvre

À Pine Creek, certaines choses font partie du paysage depuis si longtemps qu'elles sont devenues de véritables monuments. Qu'importe si elles furent un jour vues d'un mauvais œil, au fil des années elles ont acquis une identité propre et se sont imposées comme des évidences. Si les ormes d'Elm Street connaissaient une soudaine poussée de croissance, nombreux seraient ceux qui regretteraient les anciens arbres ratatinés. De même, personne ne se rappelle qui a pris la décision de peindre notre lycée en bleu ciel, ou de ne jamais passer de nouvelle couche pour recouvrir les graffitis. Aujourd'hui, le vieux bâtiment bariolé fait partie de notre jeunesse à tous.

Peu de monuments historiques ont été aussi controversés que l'enseigne du motel de Juan Esteban Alvarez et les libertés créatives que ce dernier s'est accordées dans sa conception. Pour certains, il s'agit d'une illustration parfaite du rêve américain. Juan Esteban Alvarez n'avait que dix-sept ans quand il a débarqué à San Francisco. Après avoir fait l'acquisition d'un motel délabré perdu dans le Nord, il s'est employé à le rénover et à le compléter. Il a bâti des chalets, mais n'a jamais concrétisé son projet de bar ni de piscine.

En revanche, si les dernières mentions ajoutées à l'enseigne ne sont pas du fait de Mr Alvarez, elles témoignent d'une heure sombre dans l'histoire de notre ville et de cet État. Elles nous rappellent que nos concitoyens furent un jour divisés par des forces cherchant à monter un groupe contre un autre.

D'après les informations dont dispose la *Gazette*, l'enseigne disparaîtra dès demain. Espérons que l'histoire ne sera pas oubliée pour autant.

Micro-ondes dans toutes les chambres !

Le panneau proclamant *Micro-ondes dans toutes les chambres !* choit au sol avec un bruit assourdissant qui couvre temporairement *Wrecking Ball* de Bruce Springsteen. Une chanson fort appropriée pour le démantèlement d'un monument.

Les pancartes sont tellement rouillées qu'une scie est nécessaire pour les démonter. Perché sur une nacelle élévatrice sans la moindre gêne, Buddy joue de la scie à métaux, casque antibruit sur les oreilles, tout en fredonnant *Death to my Hometown* avec une effrayante bonne humeur.

— Huuum-hum-hum-hum, *DEATH TO MY HOMETOWN* ! chante-t-il avant de passer à la portion suivante de l'enseigne.

Le diner est bondé. Les clients s'empiffrent d'œufs brouillés et de bacon tout en gardant un œil sur le spectacle dehors. Certains emportent leur café à l'extérieur pour l'admirer depuis le parking. D'autres ne prennent même pas la peine de passer commande, se contentant de se garer et de s'asseoir sur leur capot pour voir un pan d'histoire s'effondrer. Ou la civilisation triompher. Ça dépend à qui on pose la question.

Le conducteur d'une Toyota rongée par la rouille, coiffé d'une casquette rouge et aux cheveux légèrement gras, déclare :

— C'est dingue, mais ce vieux machin va me manquer.

— On devrait l'exposer dans un musée, acquiesce un type qui s'appelle Jack, je crois.

Tel semble être l'avis général.

— Au moins, c'était une enseigne unique. Qui sait ce qu'ils vont mettre comme truc morne à sa place.

MacKenzie et Camila assistent à la démolition. J'imagine qu'elles ne peuvent se résoudre à détourner les yeux, alors qu'une partie de notre histoire tombe en morceaux.

Clarence leur fait signe depuis son banc.

— Je ne raterais ça pour rien au monde, même si toutes les microbrasseries de Portland servaient gratuitement et à volonté aujourd'hui ! hèle-t-il gaiement.

— Viens, chuchote MacKenzie en tirant Camila vers la partie du mur dépourvue de fenêtres, un peu plus loin.

Là, elles peuvent avoir la paix. Un arbuste et quelques buissons séparent l'endroit des portes de la réception, et leur permettent d'assister à la scène sans être vues. Elles ont toutes les deux les mains dans les poches et s'efforcent de prendre un air détaché, mais leurs épaules ne cessent de se frôler. Je parie qu'elles le font exprès.

— Je ne pensais pas que ça serait si bizarre, avoue Camila.

— C'est un pan de notre histoire.

— J'arrive pas à décider si je veux regarder ou non.

— Pareil pour moi.

Vue sur la forêt ! est l'écriteau suivant à mordre la poussière. Quelques personnes se mettent spontanément à applaudir ; la destruction a quelque chose de captivant et de grisant.

Je me fais du souci pour l'esprit de Juan Esteban et ne cesse de jeter des coups d'œil fautifs en direction de son ancien bureau. Et s'il était toujours là et assistait impuissant au spectacle ?

Les hommes assis au diner (car oui, il n'y a presque aucune femme) ont toujours les chaises orientées de manière à pouvoir regarder par la fenêtre. Les frites refroidissent dans leurs assiettes, le café coule à flots et Bruce chante *We Take Care of our Own*.

— D'accord, l'enseigne était un peu mensongère, souligne un des spectateurs sur le parking. Mais est-ce qu'elle faisait du mal à quelqu'un ? Tout le monde sait qu'il n'y a pas de piscine.

— Ni de bar.

MacKenzie et Camila échangent un regard. Les yeux de la première scintillent, tandis que la seconde secoue la tête.

— C'est quand même un peu dommage, opine quelqu'un, avant d'être interrompu par des vivats.

Votez « non » à l'Initiative 9 ! vient de tomber.

MacKenzie et Camila détournent le regard.

Le public se dilue au cours de l'après-midi, mais les gens se pressent à nouveau le soir, pour le montage de la nouvelle enseigne. Ce n'est peut-être pas un spectacle aussi divertissant que la destruction, mais la révélation d'une nouvelle enseigne reste un événement. Cela mérite bien un rituel.

— Santé ! lance Clarence en buvant sa tasse de café.

— Ça y est presque, s'impatiente quelqu'un.

— Ça m'étonnerait pas qu'ils s'attendent à un discours, dit MacKenzie à Camila. Je te laisse gérer ça.

— Moi ?

— C'est ton motel.

— Tu sais bien que ce n'est pas vrai.

Cela n'empêche pas MacKenzie de la pousser légèrement en avant.

— J'espère que ta fichue enseigne en vaut le coup, marmonne-t-elle.

Elle s'avance à contrecœur et offre un sourire crispé à tous ceux qu'elle croise.

Quand Buddy éteint le lecteur CD, l'assemblée sait que le moment est venu.

— Je pense que vous êtes tous d'accord pour dire que l'ancienne enseigne était en quelque sorte une institution, amorce Camila d'une voix qui annonce clairement qu'elle ira droit au but. Mais parfois il est nécessaire de tourner la page et de secouer un peu les choses. Nous voulions une enseigne qui reflète mieux notre vision du motel, et ce qu'il représente pour la ville. Nous espérons qu'elle vous plaira aussi.

Quelques applaudissements épars. Tous les regards sont rivés sur l'enseigne.

Sauf celui de MacKenzie, qui dévore Camila des yeux.

Dans un silence quasi religieux, on entend le bruit de l'interrupteur sur lequel appuie Miguel et le crépitement du néon qui s'allume. Le parking est soudain baigné de lumière. Des lueurs jaunes, bleues et rouges dansent sur les visages levés.

Une nouvelle enseigne. Uniforme. Honnête.

Quelques éclats de rire retentissent, suivis de nouveaux applaudissements.

— Bon choix ! approuve quelqu'un en élevant la voix.

— Voilà, ça c'est fidèle à la réalité.

— Ça fait des générations que ma famille moisit dans ce bled, reconnaît un homme.

— Très honnête, très rafraîchissant, estime Clarence.

MOTEL DES PEINES PERDUES

MacKenzie s'est permis d'ajouter une toute petite mention, en souvenir du bon vieux temps, ou peut-être en guise d'hommage :

Nouveau : télé couleurs !

Trois chaises alignées devant la chambre de Camila. Trois paires de chaussures sur la rambarde. Les vieilles baskets élimées de MacKenzie, les élégantes bottes de Camila, les robustes chaussures de randonnée de Michael. Trois visages illuminés par la lumière des néons. Tous tournés vers l'enseigne.

Un pack de bières ouvert est posé par terre, et l'odeur douceâtre du joint qu'ils se font tourner se mêle à l'humidité nocturne et terreuse.

Michael a observé l'abattage de l'ancienne enseigne et l'installation de la nouvelle depuis la lisière du terrain du motel. Il a dû voir MacKenzie et Camila ensemble, mais ne les a pas rejointes. Il ne semblait pas trop savoir si sa présence était désirable ; ils ne s'étaient pas retrouvés tous les trois depuis leur virée au bar avant mon enterrement. Cependant, une fois les badauds rentrés chez eux après le discours de Camila, MacKenzie a pris un pack de bières et est passée le chercher, et ils sont enfin tous là, avec moi.

Voilà qui aurait plu à Juan Esteban.

En réalité, ils n'ont rien en commun. MacKenzie porte sa veste en jean à doublure et une écharpe tricotée multicolore. Camila est enveloppée d'un manteau noir et d'un sobre foulard beige qui a dû lui coûter cher. Michael a son coupe-vent habituel, discret et pratique.

Eux contemplent le parking et la nouvelle enseigne, mais moi, je suis assise sur la balustrade, pour les observer eux. Je ne m'en lasse pas. Ils sont enfin à leur place. J'ai l'impression que le monde a retrouvé son équilibre, maintenant qu'ils sont assis côte à côte. Ils étaient seuls et égarés, mais ils ont retrouvé le chemin de la maison.

— Formidable enseigne, estime Michael en levant sa bière à l'attention de MacKenzie.

Leurs deux bouteilles s'entrechoquent.

— J'ai fait de mon mieux, avoue-t-elle modestement.

— Je ne suis pas sûre que le reste de la ville appréciera autant, remarque sèchement Camila.

Devant le regard interloqué de Michael, elle ajoute :

— Certains se sont plaints de l'ancienne. C'est pour ça qu'on l'a changée.

— Quoi qu'on fasse, ils trouveront à redire, garantit MacKenzie. Ils voulaient une nouvelle enseigne et ils l'ont eue, comme promis.

— Du coup, vous allez changer le nom du motel ? suppose Michael.

MacKenzie fait balancer sa chaise en arrière et pose la tête contre le mur.

— Bienvenue au motel des Peines perdues.

— Je trouve que ça sonne bien, dit Michael.

— C'est agréable d'être installés ici ensemble, observe Camila.

Je hoche la tête pour signifier mon approbation.

— Comme quand on était jeunes, se souvient Michael.

— Toutes nos grandes théories sur l'Univers, l'amour et le sens de la vie, évoque Camila. On pensait toujours tout savoir.

— Pas Henny, conteste Michael. Elle restait toujours silencieuse, et il fallait tout le temps l'interroger pour savoir ce qu'elle pensait. Et, à la fin, c'était la plus futée de nous quatre.

MacKenzie inspire une taffe.

— Ouais, ce qui veut pas dire grand-chose.

— Vous vous rappelez la fois où on discutait de ce qu'on voudrait faire quand on serait vieux ? lance Camila. Toi, MacKenzie, tu voulais une sarbacane pour tirer des petits pois sur les gamins. Tu serais installée sur notre véranda, parce que tu étais persuadée qu'on en construirait une au motel, et tu viserais tous les enfants qui passeraient par là.

— C'est toujours dans mes plans.

Ses plans impliquaient d'avoir de longs cheveux blancs bouclés, comme une inoffensive vieille dame. Elle ressemblerait à la plus bienveillante des grand-mères. Ensuite elle ferait feu sur tous les gosses qu'elle verrait et, quand ils se plaindraient à leurs parents, elle écarquillerait ses yeux innocents. « Qui ? Moi ? » s'offusquerait-elle en brandissant sa pelote de laine et ses aiguilles. Ses desseins étaient ourdis jusque dans les moindres détails : elle tricoterait quelque chose avec de la laine rose clair, pour un camouflage optimal.

— Je crains que les parents de la ville ne te connaissent trop bien pour croire à ton innocence, avance Michael.

— C'était quoi, déjà ? reprend Camila. Michael voulait avoir vu et vécu des tas de choses, MacKenzie voulait s'être amusée…

— Et tu voulais avoir trouvé ta véritable identité, complète Michael. Tu aspirais à la liberté, à l'honnêteté et au courage.

— On n'en est pas si loin, finalement, juge Camila.

— D'accord, on a eu ce qu'on voulait, concède MacKenzie. Mais je trouve pas franchement qu'on soit heureux pour autant.

Je me souviens de cette conversation. Brièvement, je nous revois, à l'époque. C'était après la construction des chalets, après le référendum, même, lors de nos derniers mois au lycée.

Eux, ils savaient exactement ce qu'ils voulaient, mais moi, j'étais terrifiée à l'idée qu'ils me posent la question. J'ignorais quoi répondre. Je n'avais jamais considéré la vie sous cet angle-là. Naturellement, ils ont fini par m'interroger. Comme toujours.

— Et Henny a répondu : « Je ne crois pas que la vie prenne nos projets en compte », récite Michael. Je m'en souviens encore.

— Henny était toujours la fataliste de notre groupe, ajoute Camila.

— Ensuite elle a dit : « Tout ce que je veux, c'est être assise ici avec vous, sur notre nouvelle véranda, quand on sera vieux. Dans des fauteuils à bascule assortis. »

— Et on est là.

— Sans Henny, souligne MacKenzie.

Je ne peux m'empêcher de sourire. Certes, je me suis trompée d'une véranda, d'une personne et d'environ trente ans, mais c'est quand même pas si loin du but, si ?

Michael prend le joint à MacKenzie et tire dessus. Il retient son souffle, puis laisse lentement s'échapper la fumée.

— On a passé de bons moments ensemble, pas vrai ?

— On aura au moins accroché un drapeau arc-en-ciel sur l'école, se targue Camila.

— Qui est resté en place exactement trente secondes, rappelle MacKenzie. Avant d'être emporté par un coup de vent.

— Oh ça va, hein, soupire Michael. Le ruban adhésif n'était peut-être pas la solution idéale.

Il aspire une bouffée supplémentaire avant de passer la cigarette à Camila.

— Mais en tout cas, je sais ce que Juan Esteban aurait fait à notre place.

— Quoi donc ? demande Camila.

MacKenzie réfléchit un instant, puis sourit de toutes ses dents.

— Il aurait installé une nouvelle enseigne.

Michael et MacKenzie s'exclament en chœur :

— Au motel des Peines perdues : une nouvelle enseigne !

Même le scotch a ses limites

Dans ma mémoire, la période qui a précédé le début de la campagne autour de l'Initiative 9 me semble grise et dénuée de sens.

J'ignore pourquoi. Certes, les grandes vacances étaient terminées. Les cours avaient repris. Mais cela ne m'avait jamais posé de problème auparavant. J'avais toujours aimé l'école. Je m'y sentais en sécurité.

Pourtant, un certain mécontentement m'habitait.

Cette sensation m'était tellement étrangère qu'il m'a fallu plusieurs semaines pour comprendre à quoi rimait cette agitation qui s'emparait de moi. Soudain les murs mornes de notre maison m'irritaient. Il ne se passait rien. Et ne parlons pas des cours. Pourquoi devrais-je rester sagement assise pendant des heures, à perdre du temps précieux en écoutant les professeurs réciter leurs leçons ?

Parfois je croisais Michael dans la cour ou dans les couloirs, et le monde redevenait palpitant. Il était toujours seul, toujours en mouvement, et avait toujours les bras chargés de livres de géologie au lieu des manuels scolaires qu'il était censé lire.

Je suis sûre que MacKenzie pouvait compter les battements de mon cœur, tant ils se faisaient bruyants en la présence de Michael. *Comporte-toi normalement*, me disais-je en rougissant.

Rien d'autre ne me paraissait aussi réel. Ma vie prenait tout son sens dans ces courts instants où je le voyais ou, encore mieux, quand MacKenzie le faisait s'arrêter pour discuter un peu. Elle demandait toujours des nouvelles de Derek. Comme tout le monde.

Peut-être est-ce pour cette raison que je ne me rappelle pas avoir accordé grande importance à l'Initiative 9 à l'époque, du moins pas au début.

J'ai sondé mes souvenirs à la recherche de signes indiquant que je m'inquiétais de cette folie collective galopante, en vain. Tout s'est passé si lentement. Difficile de croire qu'on va droit à la catastrophe quand le quotidien suit son cours habituel.

L'Initiative 9 représentait la seconde offensive d'une organisation baptisée Oregon Citizens Alliance, un groupe de chrétiens conservateurs qui, au début des années quatre-vingt-dix, s'est mis en tête que les homosexuels étaient responsables de tous les maux de la société. Rassemblés sous la bannière de Lon Mabon, ils comptaient dans leurs rangs des personnalités controversées telles que Scott Lively, connu pour son livre *The Pink Swastika*, qui affirmait que les homosexuels étaient les vrais responsables de l'Holocauste et du nazisme.

En 1992, ils ont réussi à soumettre une première initiative à un référendum. Leur objectif? Ajouter un amendement à la constitution de l'Oregon prohibant les « droits spéciaux » selon eux accordés à la communauté LGBT. Dans le texte prévu à cette occasion, l'État déclarerait que « l'homosexualité, la pédophilie et le sadomasochisme sont anormaux, odieux, contre nature et pervers ». La proposition a été rejetée avec une maigre majorité.

C'était de la démence pure et dure. J'aurais dû m'inquiéter. Évidemment, nous étions trop jeunes pour comprendre et nous opposer à cette première initiative, mais quand même. La suivante, celle que nous appelons l'Initiative numéro 9, n'était pas moins révoltante. Dans trois mois, les citoyens de l'Oregon auraient l'occasion de voter pour interdire aux écoles de diffuser des informations au sujet de l'homosexualité et de la bisexualité, de propager ces orientations, de les encourager ou de les approuver.

— Parce que les écoles passent leur temps à faire ça, c'est bien connu, ironisait MacKenzie. Tout le temps cette homopropagande !

Elle a décidé de lancer à l'école une campagne d'opposition à l'Initiative 9, et elle et moi avons passé plusieurs jours à dessiner des affiches en vue de la première réunion. Je rédigeais les textes, MacKenzie les rendait « un petit peu plus drôles » à coups de couleurs, d'illustrations et de slogans. Nous les avons placardées dans toute l'école, et MacKenzie brûlait de prendre la tête de la résistance.

Nous avions obtenu le droit d'emprunter une salle de classe pour notre réunion. En dehors des heures de cours, elle me semblait complètement différente. Peut-être était-ce simplement parce que MacKenzie avait réarrangé le mobilier. Les tables avaient été poussées le long des murs, et les chaises disposées en cercle. MacKenzie avait entendu dire que c'était une bonne façon de procéder, car les choses seraient ainsi plus ouvertes et moins hiérarchisées. Comme j'étais la seule assise dans ce cercle, entourée de chaises inoccupées, je ne sais pas vraiment si ça fonctionnait. Un drapeau arc-en-ciel était tendu entre deux dossiers. MacKenzie était assise sur le bureau du professeur, devant le tableau noir. *Ça*, ça changeait tout. C'était là sa place, aucun doute. Elle était la cheffe, et moi le public.

Hélas, nous étions aussi les deux seules participantes.

Jusqu'à ce que la porte s'ouvre pour laisser place à Michael.

Il est entré sans cérémonie, a posé sa pile de livres par terre et s'est assis sur la chaise voisine de la mienne. Je crois bien que j'ai cessé de respirer.

Je me forçais à regarder MacKenzie, mais du coin de l'œil j'épiais constamment la moindre variation des traits de Michael. J'ai tenté de redresser mon dos pour prendre une position plus avantageuse, et j'ai regretté de ne pas avoir enfilé un plus joli pull ce matin-là. Et de ne pas m'être maquillée. Et de n'avoir aucun moyen d'attirer son attention sur moi.

Si j'étais venue à cette réunion, c'était pour MacKenzie ; maintenant, j'étais dangereusement près d'éprouver de la gratitude pour cette initiative homophobe, qui m'avait à nouveau rapprochée de Michael. Soudain tout était possible. Les odeurs habituelles de salle de classe, la poussière sur le tableau, le renfermé, l'anxiété adolescente… tout me semblait respirer la liberté et l'aventure.

Toute concentrée que j'étais sur Michael, j'ai quand même levé la tête quand Camila nous a rejoints. J'ignore qui, de MacKenzie et moi, était la plus surprise de la voir ici : nous avions beau fréquenter le même lycée et travailler toutes trois au motel, elle avait toujours réussi à nous éviter.

Jusqu'à cet instant.

Elle a considéré le cercle de chaises, puis s'est assise sur la plus isolée.

— Cette initiative est complètement tarée, a-t-elle déclaré.

MacKenzie a consulté son ordre du jour. Je savais exactement ce qu'elle y lisait.

1. Ouvrir la réunion.

2. Débattre de l'initiative cinglée.

— On a pas encore abordé ce point, a-t-elle répondu.

Je dois ici mettre mes souvenirs sur pause et faire un tour dans le chalet.

Comment avais-je pu être aussi égoïste ? Comment avais-je pu me focaliser sur mes sentiments insignifiants et être aveugle aux événements qui se tramaient autour de nous, ainsi qu'à leurs enjeux ?

Je me consolais en me disant que l'initiative serait rejetée, naturellement. MacKenzie était convaincue que nous gagnerions. En outre, je travaillerais d'autant plus dur avec Michael à mes côtés. Plus nous étions nombreux à nous engager, mieux c'était.

Mais cela ne m'apaise plus aujourd'hui. Pourquoi l'amour nous met-il de telles œillères et nous empêche-t-il de nous concentrer sur quoi que ce soit d'autre ? Et, sachant cela, pourquoi aspirons-nous tellement à être aimés ?

J'appréciais la vie que je menais avant Michael. Après l'avoir rencontré, tout ce qui ne touchait pas à lui m'était indifférent.

MacKenzie a fait son coming out lors de cette réunion, mais je ne me souviens pas avoir eu de réaction particulière. Évidemment, je me rappelle ce qu'elle a dit. Comme toujours avec elle, c'était inoubliable.

— J'avais une idée vachement plus marrante pour vous dire ça, mais ça ne marchait pas, alors je vais être directe.

— D'accord, avons-nous répondu.

— Je suis lesbienne !

— OK, a observé Michael.

J'ai hoché la tête. Seule Camila semblait intéressée. Elle s'est penchée en avant sur sa chaise.

MacKenzie avait l'air frustrée.

— Je savais que j'aurais dû m'en tenir à ma première idée. Je voulais l'écrire sur un gâteau. Et puis Ellen DeGeneres en aurait surgi en agitant en drapeau arc-en-ciel. Ou une banderole.

Elle a réussi à arracher un sourire à Camila.

— Mais ça ne s'est pas fait ? s'est-elle enquise.

— Ellen était occupée, malheureusement. Mais elle m'a écrit et m'a souhaité bonne chance.

— Ça aurait été divertissant, a reconnu Michael.

— On peut faire semblant que ça s'est passé comme ça, ai-je proposé.

La présence de Michael et Camila a insufflé un regain d'énergie dans la réunion. Et il n'y avait pas que moi qui le ressentais : MacKenzie aussi était stimulée par ces nouveaux arrivants. La question était de savoir comment pousser d'autres à s'engager à leur tour.

— Il faut quelque chose pour nous faire connaître, raisonnait Michael.

— On a essayé de coller des affiches.

MacKenzie a lorgné le drapeau arc-en-ciel.

— On pourrait peut-être accrocher le drapeau quelque part. À un endroit bien en vue.

— Il nous faudrait une échelle pour ça.

— On en a une au motel.

J'ignore s'ils avaient vraiment réfléchi à leur plan ou s'ils ressentaient juste le besoin de laisser libre cours à leur énergie. En tout cas, nous nous sommes rendus sur le parking, où était garée la voiture de Michael. MacKenzie était ravie de passer à l'action ; elle se sentait plus libre à l'extérieur que dans la salle de classe. Michael s'impliquait volontiers, et Camila et moi… suivions le mouvement. Elle, je ne savais pas ce qu'elle pensait, mais moi, j'étais simplement heureuse d'être en compagnie de Michael. Je souhaitais que la réunion et la soirée ne prennent jamais fin. Nous sommes montés dans la voiture, et je me suis crue en plein été, alors que le mois de septembre touchait à sa fin. MacKenzie a pris le volant, et introduit dans l'autoradio son CD favori, qu'elle faisait sans cesse tourner à cette époque. Nous avons donc écouté *Get Out the Map*, des Indigo Girls. En boucle.

— OK, l'échelle, c'est bon, a déclaré MacKenzie après s'être garée et l'avoir cherchée. Il nous faut quoi d'autre ?

— De la ficelle ? Du scotch ? Un endroit pour accrocher le drapeau ?

— Du scotch, ça je peux trouver.

Le chemin du retour fut bien trop court à mon goût. À peine avions-nous fait demi-tour que nous étions arrivés. Michael a bondi hors de la voiture sans perdre de temps. Pendant le trajet, lui et MacKenzie avaient opté pour la façade la plus courte du lycée, celle sans fenêtre.

Ils sont tous les deux montés à l'échelle. C'était une de celles qui se déplient, et à laquelle deux personnes peuvent grimper en même temps, une de chaque côté. Ensemble, ils se sont appliqués à fixer le drapeau.

Mission accomplie. Durant un bref instant, nous avons pu contempler un spectacle fantastique. Ils avaient recouvert les quatre coins de plusieurs couches de ruban adhésif argenté, plus quelques bandes au milieu des côtés. Ils sont descendus, ont replié l'échelle et nous ont rejointes, Camila et moi. Côte à côte, adossés à la voiture de Michael, nous avons admiré notre travail. Enfin, le leur.

En cet instant, je pensais réellement que la vie était une aventure et que rien n'était impossible. Le drapeau arc-en-ciel qui ornait le mur de l'école en était la preuve.

Quelques secondes plus tard, il s'est décroché. C'était à prévoir. Lentement, il a dégringolé jusqu'au sol.

— Je suppose que même le scotch a ses limites, a commenté MacKenzie.

Camila s'est mise à rire. Un éclat spontané et expansif, qui a transformé tout son corps et son visage, et l'a étonnée autant que MacKenzie et moi. Je crois que c'était la première fois que je l'entendais rire. MacKenzie l'a regardée avec un intérêt décuplé.

— On pourra dire ce qu'on veut, mais on s'ennuie jamais avec toi, MacKenzie Jones, s'est esclaffée Camila.

— Il nous faut juste un peu plus de scotch, a conclu MacKenzie.

Un nouveau Ronald Reagan

Camila espère que l'enseigne marquera un nouveau départ. Pour elle, pour MacKenzie et pour le motel. Or, c'est bel et bien Derek qui semble être le moteur du plus grand changement.

Je traîne en ville pour faire passer le temps, pendant que les autres travaillent. Quand j'ai quitté le motel, Michael était installé au diner avec son ordinateur et son téléphone, absorbé par une conversation très technique avec un collègue de Colombie-Britannique, tandis que MacKenzie et Camila se tuaient à la tâche, comme toujours. Nouvelle enseigne ou non, il y a toujours des chambres à nettoyer.

Aussi, je me suis rendue en ville à pied et, en passant devant Sally's Café, j'ai remarqué que la Cadillac de Bob Parker était garée là. C'est donc à cet endroit que je me trouve.

Pour un politicien local, Bob est plutôt populaire, même s'il est le premier à admettre qu'il s'agit d'un oxymore. Il est plutôt un genre d'institution. Les gens se plaignent de lui, mais jamais il ne leur viendrait à l'idée de le remplacer.

Bob accueille officieusement ses concitoyens au Sally's Café, mais jamais à heure fixe. Si sa voiture est devant l'établissement, c'est qu'il est là. Dès lors, si vous avez une doléance, une proposition qui bénéficierait à la communauté, ou simplement envie de prendre un café et des biscuits, il suffit de pousser la porte.

Je me dis que ça pourrait être une façon de me divertir pendant une petite heure. Un peu comme quand je lisais le courrier des lecteurs de la *Gazette*.

Ce n'est pas le temps qui me fait défaut, en ce moment.

Cependant, je ne me suis toujours pas habituée au fait d'être devenue invisible. À peine entrée, je me sens perdue et observée. J'essaie même de réajuster mon chemisier, de me tenir droite et de faire semblant d'avoir une raison d'être ici.

Deux tables dépliables sont alignées contre un mur, couvertes chacune d'une nappe à carreaux rouges trop petite. Un large plat de donuts, des sandwichs dégoulinant de graisse et d'énormes thermos de café attendent les citoyens engagés ou les badauds affamés. Trois hommes sont assis sur des chaises, dos au mur avec une tasse de café, mais je ne parviens pas à déterminer ce qui les amène ici. Bob jette sans cesse des coups d'œil sur l'horloge, comme s'il attendait quelqu'un.

C'est alors que Derek fait son entrée.

Il a l'air tout aussi nerveux que moi, ce qui le rend infiniment plus sympathique à mes yeux. Lui non plus ne semble pas savoir ce qu'il fait là.

Bob vient directement à sa rencontre. Il l'accueille chaleureusement.

— Entre donc, Derek. Ravi que tu aies pu passer.

Les hommes près du mur lèvent le nez de leurs donuts et leur café. Derek les observe d'un air pensif, comme s'il essayait de se rappeler s'il leur a un jour vendu quelque chose.

Ils se révèlent bien vite avoir lu l'article de la *Gazette* : ils lui donnent des tapes dans le dos, lui serrent la main et évoquent avec enthousiasme ses anciens exploits et les chances de l'équipe actuelle. Par contre, lorsqu'ils abordent l'avenir des Ducks après le départ de Mariota, l'ambiance devient pesante. Mais ils se ressaisissent promptement et en reviennent au football lycéen.

— Ton record tiendra bon, assure un bonhomme rougeaud en tapant Derek si fort dans le dos qu'il renverse une partie de son café.

— J'en suis pas si sûr, Roy, répond Derek. Certains de ces gamins m'ont fait bonne impression à l'entraînement. Un beau jour, ils me feront passer pour un has been.

Ils s'esclaffent tous avec politesse. Non, avec bienveillance, plutôt. L'article leur a rappelé toute l'affection qu'ils lui portaient.

Au bout d'un certain temps, Bob lui pose une main sur le bras et l'entraîne dans un coin plus calme. Il a bien choisi son moment, car un éclat calculateur commençait à luire dans l'œil de Derek. Ma main à couper qu'il réfléchissait à ce qu'il pourrait leur refourguer, maintenant qu'ils semblent à nouveau l'aduler. Aiguillonnée par la curiosité, je les suis pour les écouter en douce.

— C'est bien ce que je pensais, dit Bob avec satisfaction. Toi, un vendeur ? Tu as complètement gâché ton talent.

— Je suis doué pour vendre des trucs, proteste Derek, manifestement désireux de retourner auprès des trois types pour le prouver ici et maintenant.

— Je n'en doute pas. Là où tu as du mal, c'est pour trouver les bonnes tailles de maillot. Mais tu rends bien sur les photos, tu souris et serres des mains comme un pro et tu sais gérer les gens bizarres. Pour faire court, tu devrais faire de la politique.

— Il me reste quand même encore un peu de dignité !

— Dommage. Il faudra t'en débarrasser. On ne se lance pas dans la politique par fierté. Tiens, prends un donut à la vanille.

Derek en attrape deux et tente de les faire tenir en équilibre sur sa tasse.

— C'est donc pour ça que tu voulais me voir. Pour me parler de politique ! Tu perds les pédales, Bob. Mais je dois te passer le bonjour de mon père.

Il engloutit un gâteau en deux bouchées.

— Je ne suis même pas membre du parti.

— L'Oregon n'est pas comme les autres États. On fait les choses à notre façon. Le parti, tu dis ? Il n'a aucune influence. Ici, ce qui compte, ce sont les campagnes personnelles.

J'en sais bien trop à mon goût sur le système politique de l'Oregon. La principale différence, comparé aux autres États, ce n'est pas tant que nous nous centrons sur des personnalités, mais plutôt que nous organisons des tas de référendums. À chaque campagne électorale, nos pauvres compatriotes doivent prendre position sur des dizaines d'initiatives citoyennes différentes.

Mais ce n'est pas là que Bob veut en venir.

— Fais-moi confiance, poursuit-il. Tu aurais du succès. À condition que tu n'aies pas déjà vendu trop de conneries aux habitants. Il faut juste qu'on te trouve le bon rôle.

— Hein ? Vous avez besoin d'un ancien joueur de foot dans vos réunions ? J'y connais rien à la politique. Je ne sais même pas ce qu'est censé faire un politicien. Lire des papiers ? Assister à des meetings ?

— Parler et écouter. Surtout écouter. C'est pour ça que j'ai besoin de toi. Tu en es capable, non ?

— Je ne suis pas encore sourd, si c'est ta question.

— Il y a des tas de gens qui sont doués pour lire très attentivement des propositions, des textes de loi et des paragraphes en petits caractères, jusqu'à s'en faire saigner les yeux. Mais on n'arrivera jamais à rien si on n'écoute pas les gens. Quels sont leurs désirs ? De quoi rêvent-ils ? Qu'est-ce qu'ils ne supportent pas ? Qu'est-ce qui les empêche d'avancer ? Lui, par exemple.

Bob désigne du menton un homme qui passe devant la fenêtre.

— Tu serais capable d'aller lui parler pendant une demi-heure et te renseigner sur tout ça, pas vrai ?

— Quel intérêt ?

— Résous un seul de ses problèmes, et il votera pour toi jusqu'à la fin de ses jours. C'est comme ça qu'on fait de la politique : à coups de ruses, de services rendus et de problèmes résolus.

Derek hausse les épaules. Il se lasse déjà.

— Qu'est-ce que j'aurais à y gagner ?

Bob le regarde droit dans les yeux.

— Tu serais à nouveau respecté.

La tasse de café de Derek s'arrête avant d'avoir atteint ses lèvres, unique signe de son intérêt. Il boit ensuite une gorgée avec une nonchalance tout étudiée. Rien que deux hommes qui partagent un café par un banal lundi après-midi.

— Respecté pour ce que tu es aujourd'hui, et non ce que tu étais.

— Qu'est-ce qui te fait croire que ça compterait pour moi ?

Pas très convaincant.

— Merci pour les donuts, dit-il en hochant la tête à l'attention de Bob et des trois autres.

— C'était un plaisir, assure le politicien sans une once de déception dans la voix.

La porte claque derrière Derek, et une bourrasque soulève un pan de sa veste.

Il reviendra, se dit indubitablement Bob.

Je ne suis pas étonnée de voir Derek pousser la porte du véritable bureau de Bob dès le lendemain. J'ai tout le temps du monde et je suis curieuse de savoir ce que Derek fera de cette proposition. Je me suis dit que j'allais simplement me promener en ville, mais j'essayais délibérément de croiser son chemin.

Il ne figure pas sur ma liste, mais on ne peut pas tout le temps s'en tenir à suivre une liste. En plus, si ça se trouve, ça fera plaisir à Michael. Peut-être qu'une carrière de politicien est le genre de « vrai boulot » qu'il aimerait voir son frère débuter.

Enfin, il faut être sacrément optimiste pour considérer la politique comme un vrai métier.

Je prends Derek en filature comme une pro. Sur plusieurs pâtés de maisons, je fais semblant d'admirer les vitrines, emprunte des ruelles détournées, me cache derrière d'autres piétons ou marche dans son dos d'un air nonchalant.

Il est fort satisfaisant de filer le train de quelqu'un lorsqu'on est un fantôme.

Derek a un instant d'hésitation devant le hideux bâtiment couleur saumon où travaille Bob, juste à la sortie de la ville. Je fais mine d'être absolument captivée par la devanture voisine. Hélas, comme il s'agit d'une agence de pompes funèbres, je me retrouve à contempler une couronne mortuaire aussi élégante que déprimante.

Il finit par murmurer « oh, et puis merde » et se présente à la réception, où une secrétaire impassible tue le temps en lisant la *Gazette*.

— Derek Callahan, annonce-t-il avec un sourire éclatant.

La réceptionniste a au moins trente ans de plus que lui et porte un chandail en tricot plutôt laid, mais il est dans sa nature de jouer les charmeurs.

— Est-ce que Bob est là ? Non, je n'ai pas pris rendez-vous.

La femme tend avec lassitude une main vers le téléphone, appuie sur une touche, signale la présence de Derek Callahan et attend une réponse. Avant que Derek n'ait le temps de changer d'avis, elle lui confirme sur un ton des plus plats que Bob Parker peut lui accorder un entretien. Au bout du couloir à gauche.

Le corridor sombre et étroit mène à une porte comme toutes les autres, munie d'une de ces plaques nominatives que l'on peut changer en un rien de temps.

— Entre donc, invite Bob. Je te proposerais bien un café mais, très sincèrement, il est imbuvable.

La moquette de basse qualité du couloir se poursuit dans le bureau, meublé de placards en métal gris et morne, et d'une étagère branlante remplie d'ouvrages de référence, de textes de lois fédérales et locales. Aux murs sont affichés des papiers signés et une lettre de remerciement personnelle de l'ancien gouverneur. Sur la gauche, on devine un sofa enseveli sous des piles de documents et de pochettes brunes.

— Je suppose qu'on ne se lance pas dans la politique pour devenir riche, avance Derek.

Bob s'incline pour débarrasser la chaise réservée aux visiteurs d'un tas de journaux.

— Absolument pas, acquiesce-t-il. Mais il y a mieux que l'argent, figure-toi. Le pouvoir. La reconnaissance. La liberté de faire les choses à ta façon.

— Ça a l'air de demander beaucoup de boulot, tout ça.

Bob scanne la pièce du regard et finit par larguer les journaux sur le canapé. La pile s'effondre lorsqu'il la pose. Au moins la moitié des périodiques glisse par terre.

— Assieds-toi, dit-il en indiquant la chaise désormais libre.

Derek reste debout, devant un portrait encadré de Ronald Reagan.

Bob hausse les épaules, puis prend place derrière son bureau. Il décale un tas de papiers, puis s'adosse d'un air satisfait.

— Ronald Reagan, lance-t-il. Quarantième président de notre beau pays. Tu savais qu'on l'a souvent qualifié de président fainéant ? La belle affaire ! Il faisait travailler les autres à sa place. Tu sais ce que c'était, son secret ? Il avait compris que la politique était une *idée*. Et les idées l'emportent sur les faits. Il a vendu une belle histoire. Sans doute parce qu'il était acteur, avant. Les États-Unis étaient une terre de héros. Le reste du monde nous détestait, parce qu'ils jalousaient notre liberté. On était prêts à travailler dur, à se sacrifier pour notre patrie, à triompher à la dure, sans l'aide d'un État invasif et incompétent. Les Américains étaient différents de toutes les autres nations. À l'époque, on pouvait encore dire ça.

Derek hoche la tête. Pourquoi, après tout ? Il n'est pas bien difficile pour lui de croire que les Américains sont le meilleur peuple sur Terre.

— Tu sais ce qui est drôle ? Aujourd'hui, on est nostalgiques de Reagan. Or, tout son projet à lui, son *idée*, se fondait sur la nostalgie d'une période révolue.

Bob se lève.

— On aurait vraiment besoin d'un nouveau Reagan.

Il tapote l'épaule de Derek.

— Qui sait, ce sera peut-être toi ? Un footballeur, au lieu d'un acteur. Les uns comme les autres, vous vendez du rêve. Et c'est précisément ce que tu dois faire pour réussir en politique.

— J'ai pas encore dit « oui », souligne Derek.

Il ne proteste que pour la forme. Tous deux savent parfaitement qu'il est intéressé.

— La politique, en soi, c'est facile. Tu t'opposes aux taxes et au gouvernement fédéral, et tu es en faveur de l'entreprenariat local, de la nation et de Dieu. Dans cet ordre-là. Pour le reste, c'est la personnalité qui fait tout. Va à l'église, habille-toi correctement et arrête de coucher à droite et à gauche.

— Qu'est-ce qui te faire croire que je fais ça ?

Bob ne prend même pas la peine de répondre.

— Pas sûr que la politique vaille le coup d'arrêter.

Bob semble comprendre qu'il lui en demande trop.

— D'accord, mais sois discret. Et pas touche aux femmes mariées.

Il fronce les sourcils.

— Je t'assure, ça va pas être si facile. Les femmes mariées vont s'attendre à ce que tu flirtes avec elles. Les maris se sentiront insultés si tu ignores leurs épouses et s'offusqueront si tu leur fais du gringue.

Derek se fend d'un petit rire.

— Bob, ce numéro d'équilibriste, je le maîtrise depuis que j'ai seize ans. Les femmes mariées ont toujours flirté avec moi.

— D'ailleurs, en parlant d'épouses, que pense Stacey de tout ça?

— Je n'ai même pas encore pris ma décision, tu crois vraiment que je lui en ai parlé?

Bob ignore sa réponse.

— Vous allez former un duo parfait, tous les deux. Je le vois d'ici.

— Je te rappelle que je n'ai toujours pas accepté.

— Certes, certes. Mais quand tu le feras, vous serez le couple royal de la politique. Rien ne vous résistera, j'en suis certain. Bon sang, je me souviens de quand vous étiez jeunes! Elle assistait à chaque match, pas vrai?

— Ça n'avait rien d'exceptionnel; toute la ville le faisait.

— D'accord, mais quand même. Tu as épousé ton amour de jeunesse. Une *happy end* comme on les aime. L'épouse fidèle, toujours à tes côtés! Toujours fière de toi, un soutien sans faille!

— Euh, c'est ça, ouais…

On dirait que Bob songe soudain à la version actuelle de Stacey Callahan.

— Tu devrais peut-être lui offrir quelques nouvelles tenues, recommande-t-il. Vous formez une équipe, dorénavant. Les électeurs voudront vous voir ensemble.

— Les électeurs ne connaissent pas ma femme.

— Non, mais ils voudront la voir quand même. Et lui parler. Toutes les femmes aiment recevoir de nouvelles fringues, pas vrai? Achète-toi aussi un nouveau costume. Et quelques vestons un peu plus décontractés. Certes, l'Oregon n'est pas le plus guindé des États, et les gens ne s'attendent pas à te voir tout le temps en costume, mais Pine Creek reste une ville conservatrice. Un veston ne peut pas te faire de mal. N'oublie pas que tu es républicain.

— Ça, il y a pas de risque, marmonne Derek.

— Tu as un don pour ça, crois-moi. Suis bien mes conseils, et tu auras encore plus de succès en politique que tu en as eu dans le football, ce qui n'est pas peu dire. Et je t'assure que ta carrière durera plus longtemps.

— Mais merde à la fin, Bob ! J'ai arrêté à cause de mes problèmes de genou.

— Les footballeurs sont des vainqueurs-nés. Ta confiance en toi sera ton plus grand atout en politique. Ce n'est qu'un jeu, un spectacle, comme tout le reste dans la vie. Tu te rappelles la sensation d'avoir un talent inné ? De savoir faire instinctivement ce que d'autres passent des années à apprendre ?

— Vaguement.

— Eh bien, tu vas retrouver ce sentiment. Je ne vais pas te mentir : ça te demandera beaucoup d'efforts, mais ce ne sera pas très différent d'un entraînement de football. Plus tu te donnes du mal, plus tu auras l'impression que les choses vont toutes seules. Tout se mettra en place. Les gens t'admireront pour ce que tu feras sans y réfléchir. Tu seras invulnérable. Je vais de ce pas t'organiser quelques déjeuners avec les personnes les plus influentes en ville, et tu rejoindras bientôt leurs rangs.

Derek se décontracte à nouveau. Quand Bob lui rappelle d'acheter des habits à Stacey, il ne proteste plus.

En ce qui concerne le motel lui-même, la conséquence la plus notable de l'apparition de la nouvelle enseigne est pour le moins inattendue : les jeunes les plus turbulents de la ville se rassemblent désormais sur la colline qui surplombe le parking, sans doute parce qu'ils trouvent que les lettres en néon proclament une certaine vérité au sujet de leur propre existence.

En soi, ils ne font de mal à personne, mais la conjugaison de leur désœuvrement, des tragédies propres à l'adolescence et de leurs hormones agitées contribue à créer une atmosphère déprimante. Quand ils se regroupent ici pour le troisième après-midi de suite, après la fin des cours, MacKenzie passe un coup de fil au shérif pour lui demander s'il peut y faire quelque chose.

— Ils ne sont pas sur le terrain du motel, alors je ne peux pas les faire partir, répond Ed. S'ils commencent à boire ou à faire trop de bruit, j'imagine que je peux envoyer une patrouille leur toucher deux mots, mais je doute que ça serve à quelque chose. Ils trouveront bien vite un autre endroit.

Ainsi, les jeunes traînent toujours là quand Cheryl passe chez nous, le soir même.

Le motel baigne dans la lueur dorée du soleil couchant. Les immenses pins tanguent dans la brise. On ne saurait nier le charme du moment, mais je vois soudain la scène à travers les yeux de Cheryl : les jeunes oisifs et leurs éclats de voix stridents donnent une impression sinistre. La nouvelle enseigne prête une couleur funeste à l'asphalte et au béton craquelés, et à travers une fenêtre du diner la silhouette solitaire de papa semble encore plus tragique que d'ordinaire.

Cheryl ne peut réprimer un frisson.

Même le sourire amical de Clarence lui semble intrusif et potentiellement dangereux. Elle serre son sac à main contre elle. Je tente de la rassurer.

— C'est juste Clarence.

— Une petite gorgée ? lui offre-t-il, hélas, sur un ton enjoué.

Voilà qui confirme tous ses préjugés. Si elle avait encore le moindre doute quant à la raison de la présence de papa en ces lieux, il vient de s'envoler.

Tout comme ses éventuelles intentions de se montrer calme et raisonnable. À peine arrivée à la table de papa, elle s'exclame :

— Oh, *Robert* ! Comment *peux-tu* faire ça ?

Cheryl le prend dans ses bras, un geste se voulant réconfortant mais qui le paralyse de terreur.

Toutes les autres personnes présentes dans le diner, à savoir deux bonshommes et MacKenzie qui discute avec eux, se tournent avec curiosité dans leur direction. Cela aurait pu être comique si papa n'était pas dans un embarras aussi douloureux. Évidemment, MacKenzie et ses compères n'ont pas de tels scrupules, et la scène semble bien les amuser.

Cheryl ne leur accorde aucune importance.

— Comment peux-tu quitter ainsi tous tes amis, tes voisins et ta propre maison ?

— Pour l'amour du ciel, Cheryl, reprends-toi, chuchote papa.

— Tout le monde sait qu'il ne faut pas s'entourer de gens qui ont une mauvaise influence quand on essaie d'arrêter de boire. Ce qu'il faut, c'est cesser de les fréquenter, pas emménager chez eux !

— Je n'essaie pas d'arrêter de boire !

Cheryl a l'air estomaquée.

— Mais tu le dois ! Tu ne peux pas continuer ainsi. Qui sait jusqu'où l'alcool t'entraînera ?

— Bah, vous savez ce qu'on dit : avec l'alcool, la fête est plus folle ! lance un des deux hommes, et son ami s'esclaffe pour témoigner son approbation.

Papa balaie la salle d'un regard aux abois.

— Cheryl, je ne peux pas parler de ça maintenant.

— Ta maison ne te manque pas ? Combien de temps comptes-tu rester ici ? Rentre donc avec moi, maintenant, et je nous mijoterai un bon dîner. Tout le monde s'inquiète pour toi.

Peut-être bien que papa envisageait un instant de rentrer chez lui, mais ce qui est sûr, c'est que cette dernière phrase le fait immédiatement s'enfermer dans l'entêtement, les dents serrées.

— Pour qu'ils puissent continuer à parler dans mon dos et fouiller dans mes ordures ? Non merci. Je ne rentrerai pas. Ici au moins, on me laisse tranquille.

MacKenzie rattrape Cheryl sur le parking. Elle l'interpelle et tente un sourire désarmant, qui disparaît aussitôt qu'elle se retourne.

— Toi ! s'insurge Cheryl sur un ton accusateur.

Sa voix tremble d'un courroux légitime à ses yeux.

— Je voulais juste te dire que ce n'était pas mon idée qu'il vienne emménager ici. Crois-moi, j'aurais largement préféré qu'il reste chez lui.

— Tout est ta faute ! Et tu t'en laves les mains !

MacKenzie croise les bras.

— Tu peux bien croire ce que tu veux, philosophe-t-elle.

Seul détail révélant ses sentiments : ses doigts qui tremblent. Elle les enfouit sous ses coudes et ressort son sourire, tout simplement car elle sait que cela enragera encore plus Cheryl.

— Voilà le problème avec toi, MacKenzie Jones. Tu ne prends jamais rien au sérieux. Tout n'est qu'une plaisanterie pour toi, pas vrai ? Comme ta nouvelle enseigne. Sans parler de l'ancienne ! Tu as accusé toute la ville d'être homophobe !

— Pas toute la ville, non. Mais si tu t'es sentie visée…

— Je suis fière de mon travail à l'église. Moi, au moins, j'ai des convictions. Et c'est la *Bible* qui dit que c'est un péché, pas moi.

— La Bible dit aussi un paquet d'autres conneries, si j'ai bonne mémoire.

— Je doute que la Bible te parle, à *toi*. Tu as toujours eu une mauvaise influence sur les gens. C'était le cas quand tu allais toi-même à l'école, et c'est toujours le cas aujourd'hui, pour les jeunes de cette ville.

Par réflexe, MacKenzie jette un regard du côté de la colline. Ils sont encore plus nombreux.

— S'ils traînent ici, c'est juste qu'ils n'ont nulle part d'autre où aller, raisonne-t-elle avant d'arborer un sourire excessivement sympathique. Mais tu as raison, bien entendu. J'ai essayé de les faire partir d'ici, mais je ferais mieux de les aider. Après tout, ils passent leurs journées enfermés dans une école triste à en pleurer. Sans parler de l'état du bâtiment. Il est vrai que je pourrais leur remonter un peu le moral.

— Laisse notre école tranquille ! Tu as déjà causé assez de problèmes quand tu allais en cours.

— Je ne pensais pas à l'école en elle-même, mais maintenant que tu le dis...

— Cette histoire n'est pas terminée, tu peux me croire ! menace Cheryl avant de monter dans sa voiture.

Elle ferme la portière avec fracas et démarre.

Cet éclat à faire froid dans le dos surgit à nouveau dans les yeux de MacKenzie.

— Ne recommence pas avec les bouteilles vides, l'imploré-je. Rappelle-toi ce que ça a donné la dernière fois. Tu imagines si Cheryl venait aussi habiter ici ?

MacKenzie considère un instant les ados sur la colline. Elle se rend au diner, puis se dirige vers eux avec une tarte aux pommes.

— Je ne suis pas sûr que ce soit une bonne idée de les nourrir, dit Alejandro en la voyant passer.

— Tiens la boutique à ma place ce soir, tu veux ? répond-elle. J'ai quelques trucs à faire à Baker City.

Un coup de klaxon fait voler en éclats le silence nocturne.

Confuse, je m'assieds dans le lit et me sens presque aussi mal réveillée que Michael. J'avais laissé mes pensées dériver. Je n'ai pas vraiment dormi, mais ce n'était pas loin, quand j'ai soudain entendu…

Et revoilà ce son irritant. Bruyant et impatient. Les chiffres rouges du réveil indiquent 02 h 47.

— Mais qu'est-ce que…, grommelle Michael en enfilant jean et pull-over.

Il ne comprend pas mieux la situation en ouvrant la porte et en découvrant le pick-up de MacKenzie garé devant le chalet. Dans les ténèbres, derrière les phares, on distingue les contours de la grande échelle du motel, dépassant dangereusement par-dessus le toit de la voiture.

MacKenzie est effrontément de bonne humeur. Elle porte une épaisse doudoune, des mitaines et une écharpe aux couleurs vives, et irradie d'énergie.

— Monte, invite-t-elle. On va faire un tour.

Michael baisse les yeux sur ses pieds nus.

— Donne-moi une minute, dit-il avant de rentrer dans le cabanon.

Il est bien vite de retour, vêtu mais à moitié endormi. Ses cheveux partent dans tous les sens, et ses paupières plissées protestent contre cette visite inopinée. Néanmoins, l'air frais de la nuit semble le revigorer.

Camila occupe déjà le siège passager, mais elle se pousse pour faire de la place à Michael. Sur son visage, la patience se mêle à l'agacement et à la confusion la plus totale.

Mon regard oscille entre l'habitacle bondé et la benne glaciale encombrée par l'échelle. Je décide de me plier en deux pour m'asseoir sur les genoux de Michael, la tête maladroitement pressée contre la vitre. Une position peu glorieuse, mais c'est toujours mieux qu'être seule à l'extérieur, sous une échelle. J'ai eu ma part de déveine pour la vie, merci bien.

— Qu'est-ce qui se passe ? demande Michael.

Il ne remet pas les choses en question. À vrai dire, sa voix trahit tout juste une once de curiosité. N'empêche qu'il se demande ce qu'il fait dans une voiture à trois heures du matin.

Camila essaie de hausser les épaules, mais elle est tellement serrée entre Michael et MacKenzie qu'elle parvient à peine à les bouger.

— Me demande pas à moi, ronchonne-t-elle.

— Vous verrez bien, répond MacKenzie.

À cette heure-ci, en pleine semaine, la ville est déserte. Boutiques, cafés et bars sont fermés depuis belle lurette. Les réverbères illuminent des rues vides, et lorsque nous traversons un quartier résidentiel je constate que toutes les fenêtres sont éteintes.

Il n'y a pas davantage d'animation autour de l'école. Quelques lumières restent allumées du côté du terrain de football, comme pour affirmer que le sport ne dort jamais, mais le bâtiment en lui-même est plongé dans l'obscurité.

MacKenzie se gare devant la façade la plus courte, celle qui n'a pas de fenêtres, de sorte que les phares éclairent le mur. Elle laisse les feux de route, contourne le véhicule et grimpe à l'arrière. Michael et Camila l'aident à déployer l'échelle et réceptionnent tout ce qu'elle leur passe depuis la benne.

À même le sol s'accumulent des pots de peinture, tout un sac de rouleaux et une longue perche.

Michael observe avec incrédulité MacKenzie ouvrir les pots les uns après les autres.

— Nom de Dieu, souffle-t-il à Camila. Elle va peindre un drapeau arc-en-ciel.

— Qu'est-ce qu'on fait si quelqu'un vient ? chuchote cette dernière en retour.

— On prend la fuite, je suppose. On a un véhicule juste là. Par contre, on abandonne l'échelle sur place.

Je me positionne légèrement à l'écart pour faire le guet,

mais c'est peine perdue : je ne peux m'empêcher de regarder MacKenzie.

Elle fixe le premier rouleau sur le manche, le cale sous son bras, empoigne le seau de peinture rouge vif et monte à l'échelle avec assurance et détermination. À son sommet, elle se trouve à la moitié du mur, et avec sa perche sa portée est doublée. Elle trempe le rouleau tout entier dans la peinture, puis le fait rouler le long du mur, plusieurs fois, jusqu'à obtenir une bande horizontale longue de presque deux mètres et large d'une trentaine de centimètres. Je me sens nerveuse.

— Tu es sûre que c'est une bonne idée ?

Elle est sacrément haut, tout de même. Et l'échelle n'est pas très stable.

Une fois satisfaite de sa première bande, elle redescend, prend un nouveau rouleau et un pot de peinture orange, puis remonte. Michael s'avance pour emballer le premier rouleau dans un sachet plastique, afin qu'il puisse être lavé et réutilisé. Il retourne ensuite auprès de Camila, adossée au capot.

— Quand je disais vouloir retrouver l'ancienne MacKenzie, c'était pas non plus à prendre au pied de la lettre, plaisante Camila. Ça va leur faire piquer une crise, ça.

— Je crois que c'est précisément le but, ricane Michael.

— Ils vont simplement repeindre par-dessus.

— Sans doute. Mais ils auront beau passer autant de couches qu'ils voudront, on saura tous ce qu'il y a en dessous.

— Elle est magnifique, tu ne trouves pas ? demande Camila tout bas.

— Absolument.

Je ne peux qu'approuver. MacKenzie donne de grands coups de rouleau, dans un sens puis dans l'autre. Je crois bien qu'elle a de la peinture sur le nez. Et dans les cheveux. Tout du long, elle fredonne un air connu d'elle seule, tandis que le gigantesque drapeau arc-en-ciel se matérialise au-dessus de nous.

MacKenzie passe une dernière fois le rouleau sur la bande violette tout en bas, puis descend de l'échelle.

On dirait que son corps prend subitement conscience de son épuisement. Elle se tient dans la lumière des phares, l'air désemparé, sans savoir quoi faire ensuite.

Michael et Camila rassemblent le matériel éparpillé autour d'elle. Ils hissent l'échelle à l'arrière du pick-up et l'attachent précautionneusement, y balancent les pots de peinture, et enfin Michael prend les clés de contact à MacKenzie, doucement mais fermement.

Celle-ci s'assied docilement sur le siège passager et pose la tête sur l'épaule de Camila. Les deux autres sont encore sous l'effet de l'adrénaline et du soulagement d'être passés inaperçus. Pendant tout le trajet du retour, ils évoquent à quel point ils aimeraient voir la tête des gamins lorsqu'ils arriveront à l'école le lendemain, et les probabilités statistiques qu'il y ait des membres de la communauté LGBT parmi les étudiants, et la revanche du scotch... Puis Camila jette un coup d'œil à MacKenzie, pour s'apercevoir qu'elle s'est endormie.

MacKenzie est en train de dormir ! Un vrai sommeil, profond et paisible !

Camila tend très prudemment un doigt dans sa direction, et Michael hoche la tête. Ils poursuivent leur route en silence. On n'entend que le bruit du moteur et les doux ronflements de MacKenzie. À l'approche du motel, Michael ralentit avec hésitation.

— Laissons-la encore dormir, suggère Camila à voix basse.

Elle tente de regarder le visage de MacKenzie, ce qui n'est pas évident avec sa tête sur son épaule.

— Je crois que ça fait très longtemps qu'elle n'a pas réellement dormi.

Michael passe devant le motel sans s'arrêter. Nous roulons jusqu'à Baker City. Au lever du soleil, Michael fait demi-tour. Sur le retour, nous croisons des automobilistes lève-tôt qui font la queue au drive-in du McDonald's mais, en dehors des feux arrière d'un camion au loin, la route 84 se déroule devant nous, entièrement déserte.

Michael conduit, Camila sert d'oreiller, et je sonde mes souvenirs.

Pendant tout ce temps, MacKenzie sommeille sereinement.

Il y en a d'autres comme moi !

Les autres élèves ne s'inquiétaient pas de la nouvelle proposition de loi, alors qu'elle touchait directement à l'école. Nous avions beau représenter le champ de bataille sur lequel s'affrontaient les deux camps, aucun de nos camarades ne se sentait concerné.

C'était notre dernière année de lycée, mais j'avais l'impression qu'elle ne s'achèverait jamais et qu'il ne se passerait rien du tout. La plupart ne poursuivraient pas leurs études à l'université, et rares étaient ceux qui savaient quoi faire à la place. Nous étions pris entre la sécurité de notre vie passée et un avenir incertain qui permettrait au moins d'échapper aux bancs de l'école.

Lors des récréations et après les cours, nous traînions dehors, désœuvrés. Certains trompaient l'ennui en se battant, d'autres en fumant en cachette ou en piquant une sieste. Loin, très loin à l'horizon, nous attendait le bal de promo. De quoi se réjouir, du moins pour les filles populaires. Quelle importance pouvait bien revêtir un projet de loi, en comparaison ? Nous ne pouvions pas voter, et la majorité d'entre nous ne s'en serait pas donné la peine si nous en avions eu le droit.

Néanmoins, nous n'étions pas les seules personnes en ville à nous opposer à l'initiative. Des adultes ont constitué un groupe de travail et affiché des annonces au bureau de poste. MacKenzie nous a tous les trois forcés à assister à la première réunion, qui avait lieu dans la maison de deux femmes sur Broadway, juste à côté de chez les parents de Michael.

Je crois que nous étions tous stressés mais, quand nous sommes arrivés sur place, les femmes présentes se sont révélées tout aussi tendues. Elles étaient une dizaine, la plupart autour de la quarantaine, assises dans un canapé, des fauteuils ou des chaises prises dans la cuisine, l'air totalement perdues.

Seule MacKenzie paraissait à l'aise.

— Bonjour, je m'appelle MacKenzie, s'est-elle présentée. Et je suis lesbienne. Voici Henny, elle est hétéro mais elle est venue car elle est mon amie. Michael, aussi hétéro, et Camila, pareil.

Du moins était-ce ce que nous pensions. Je me demande soudain quels souvenirs Camila garde de cette époque. MacKenzie s'épanouissait dans sa nouvelle liberté depuis son coming out, et j'étais entièrement focalisée sur Michael. Mais Camila n'a pas protesté. Elle s'est contentée de regarder tour à tour MacKenzie et les autres participantes, les sourcils ironiquement arqués, comme si elle savait exactement ce qu'elles pensaient.

Elles pensaient qu'elle n'avait pas vraiment l'air très virile.

— Voilà, je crois que c'est tout, a conclu MacKenzie.

Elle s'est tournée vers les adultes, les yeux pleins d'espoir. Les glaçons cliquetaient dans leurs verres, tandis qu'elles s'empressaient d'assurer qu'elles non plus, elles n'étaient pas « comme ça », mais qu'elles s'opposaient quand même à l'initiative. On peut partager ces valeurs tout en étant hétérosexuelle. Jusqu'au bout des ongles. Mariée, même. Et leurs époux partageaient ce point de vue. Car elles étaient mariées. Chacune d'entre elles.

Toutes, sauf les deux femmes qui nous accueillaient. Elles ont échangé un regard, puis haussé les épaules, comme si elles avaient pris leur décision à l'avance et attendaient simplement que l'occasion se présente.

— À vrai dire…, a amorcé l'une d'elles.
— Nous ne sommes pas simplement « amies ».
— Et on n'est pas mariées non plus. On l'a été, un jour, avant de se rencontrer.
— On s'est mises en couple, et quelques années plus tard on a déménagé ici. Personne n'a semblé s'inquiéter de voir deux femmes emménager ensemble. Je suppose qu'ils se disaient qu'on faisait ça pour avoir les moyens de se payer une maison. Je sais que certains étaient au courant, mais personne n'en parlait. Jusqu'à aujourd'hui.
— Jusqu'à aujourd'hui, répète la première.
— Je pige pas ce qui leur prend, tout d'un coup, s'agace MacKenzie. Ça fait pourtant des générations qu'on évite le sujet. Pourquoi changer un concept qui marche ? Enfin bref. Qu'est-ce qu'on va faire, pour empêcher les gens de cette ville de perdre entièrement la boule ?

Carol et Pat.

Voilà comment elles s'appelaient. Je me rappelle leurs noms mais, maintenant que je repense à elles, tout le reste est curieusement flou. J'en viens même à douter de leur existence. Étaient-elles des fruits nécessaires de notre imagination ? Ressemblaient-elles tellement à toutes les autres quadragénaires de la ville que je me trouve incapable de mettre le doigt sur le moindre signe distinctif ? Quelle était leur couleur de cheveux ? Allez savoir. Châtain clair, peut-être. Avec un sourire bienveillant, comme tout le monde.

Je me souviens de leur maison par fragments. Notre cerveau zoome sur certains détails des images que nous accumulons tout au long de notre vie. Une fenêtre de cuisine bordée de rideaux blancs en dentelle, avec les géraniums les plus rouges que j'aie vus de toute ma vie. Un aimant sur le réfrigérateur : *Home is where the heart is*. Des coussins beiges brodés sur le canapé du salon. Un couloir mal éclairé. Une paire de bottes en caoutchouc. Une pelle de jardin et des gants de jardinage oubliés dehors. Un… chat ? Vieux, grognon et chouchouté.

Après la réunion, nous sommes restés pour les aider à ranger, puis MacKenzie et Camila ont donné un coup de main pour la vaisselle et, quand tout était terminé, MacKenzie a encore participé à l'essuyage. Tout du long, elle observait Carol et Pat avec fascination. Elle, elle n'a certainement pas oublié leurs visages.

De son point de vue, elles étaient uniques et mémorables. Leur simple existence exerçait sur elle une attraction magnétique : chaque fois que l'une d'elles entrait dans la cuisine, pour voir si tout allait bien, pour déposer une tasse oubliée ou pour répéter qu'il n'était vraiment pas nécessaire de faire la vaisselle, MacKenzie avait l'air émerveillée, comme si elle s'attendait à ce qu'elles réalisent un miracle à tout instant.

Quand il ne restait véritablement plus rien à faire, et que MacKenzie s'était proposée pour revenir tondre leur pelouse, nous sommes rentrés ensemble. MacKenzie sautillait de joie à côté de Camila, tandis que Michael et moi traînions un peu en arrière.

— Il y en a d'autres comme moi ! se réjouissait MacKenzie. J'ai toujours cru que j'étais la seule lesbienne en ville. Comment c'est possible ? Comment j'ai fait pour ne jamais les remarquer, et combien d'autres j'ai raté ? Si ça se trouve, on est super nombreuses ! Vous voyez, on peut déjà tirer quelque chose de positif de toute cette folie.

Camila gardait le silence, mais avec le recul je pense qu'elle a aussi été inspirée par Pat et Carol. Bien qu'elle ait été qualifiée à tort d'hétérosexuelle, elle regardait MacKenzie avec une indéniable admiration.

Prenez un biscuit, Mr Broek

Nous rentrons juste à temps pour le petit déjeuner. Je me délecte de la nouvelle teinte qu'a prise le visage de MacKenzie et de la camaraderie renouvelée entre elle, Michael et Camila.

Ils en sont à leur troisième tasse de café quand MacKenzie déclare :

— J'aimerais tellement voir leurs tronches.

Michael et Camila lui font aussi sec jurer de ne pas passer devant l'école, pas même pour demander le plus innocemment du monde qui a embelli ainsi la façade. MacKenzie grommelle dans sa barbe, pique une fourchette d'œufs brouillés dans l'assiette de Camila et admet contre son gré qu'il ne serait guère diplomatique de les titiller davantage.

En tout cas, pas avec des restes de peinture arc-en-ciel dans les cheveux.

Un raisonnement fort sensé, mais cela ne veut pas dire que *moi*, je dois également me tenir à distance. Je prends conscience que j'ai sacrément manqué à mes devoirs de fantôme.

Je les abandonne au diner, souris quand Camila essaie sans grande conviction de défendre ce qui lui reste d'œufs brouillés et me mets à marcher en direction de la ville.

Le temps que j'arrive à l'école, les cours devaient déjà avoir commencé, mais toute une foule de jeunes traîne dehors. Je crois également repérer quelques enseignants. Peut-être que l'apparition spontanée du drapeau arc-en-ciel a perturbé leur emploi du temps.

J'entends quelques parents s'agiter, naturellement, mais les élèves semblent avant tout trouver la situation amusante. Est-ce parce que les temps ont changé, ou simplement parce qu'ils aiment l'imprévu ?

Une jeune fille aux cheveux roses prend des selfies en se gaussant devant le drapeau. Son groupe d'amis patiente à proximité, et en les examinant de plus près je remarque un badge *Basic Rights Oregon* sur une des vestes.

Tiens donc. On dirait bien que les choses se sont améliorées. Les voix indignées des mères de famille ne m'atteignent même pas.

Sur le chemin du retour, je manque d'entrer en collision avec Bob et Derek. Le premier semble traîner le second dans toute la ville pour le présenter à ceux qu'ils croisent. Naturellement, je leur emboîte le pas.

Derek sourit, échange des poignées de main et s'emploie vaillamment à donner l'impression de comprendre tout ce qu'il se passe. Les gens se montrent à la fois amicaux et distants : ils le jaugent du regard et se rappellent sa carrière dans le football, mais ne sont pas encore certains s'il s'agit d'un mérite ou non.

— En tout cas, la réussite, ça le connaît, reconnaît une personne avant que Derek ne soit tout à fait hors de portée de voix.

— L'échec aussi, nuance une autre. Il est revenu sacrément vite de l'université, et qu'est-ce qu'il a réellement fait depuis ?

Derek serre les dents. Prochaine rencontre, un couple de cinquantenaires qui présente tous les signes distinctifs d'un niveau de vie élevé. L'homme porte un veston impeccablement taillé, et la femme arbore une coiffure millimétrée à la couleur blond miel plus vraie que nature. Le sourire de Derek s'élargit encore plus, comme pour prouver qu'il ne se laisse pas abattre par les commentaires qu'il vient d'entendre.

— Je ne sais pas si je fais confiance à un politicien qui sourit autant, laisse échapper le mari après l'entrevue.

Ça aussi, Derek l'entend.

Accompagnée d'une amie, Cheryl tombe sur Bob et Derek au milieu d'Elm Street. L'autre femme porte un gamin de deux ans, et toutes deux rayonnent d'une assurance propre à ceux qui savent Jésus de leur côté.

— Bob Parker, le grand manitou, le salue Cheryl.

Sa compagne hoche la tête si énergiquement que l'enfant est secoué de haut en bas, et éclate de rire. L'expression renfrognée des deux femmes paraît encore plus menaçante, comparée au rire du bambin.

— Comment on va faire, pour recouvrir cette chose ?

— Je vous ai dit que j'allais m'en occuper, rappelle Bob. Ne vous inquiétez pas, on trouvera une solution.

— C'est MacKenzie Jones qui est derrière tout ça, j'en suis certaine, affirme Cheryl.

— Évidemment que c'est elle, approuve Bob.

— Elle a dû utiliser un sacré paquet de pinceaux, observe Derek d'un air admiratif. Enfin ce ne sera pas bien compliqué de peindre par-dessus. D'ailleurs, tant qu'on y est, pourquoi ne pas repeindre toute l'école ? Ce ne serait pas du luxe, vu son état.

À ces mots, Bob l'attire un peu à l'écart et lui chuchote :

— On n'a pas l'argent. Tu vas entendre ça un paquet de fois, je peux te le garantir. Les caisses sont à sec. Ned, du magasin de peinture, fait en général don d'un pot ou deux lorsqu'il y a un tag… intéressant à recouvrir. La direction de l'école me harcèle avec son projet de rénovation depuis des années, mais il n'y a pas d'argent pour ça. Et il n'y a pas que la peinture à payer, mais aussi la main-d'œuvre.

— Pourtant, on avait l'argent pour le nouveau terrain de foot. Et on n'a pas lésiné, je crois.

— Il y a une différence entre le football et une vieille école hideuse, souffle Bob, avant de se retourner vers Cheryl et son amie.

— On aimerait bien savoir ce que la ville compte faire à ce sujet, dit Cheryl.

Bob lève les mains, paumes tendues.

— Allons, allons, mesdames. L'administration scolaire prendra tout ça en charge. Vous connaissez Derek, bien sûr ? Un formidable footballeur, et un politicien d'exception en devenir.

Elles jettent un regard désintéressé à ce dernier, lui adressent un hochement de tête tout juste poli, puis reportent leur attention sur Bob.

— L'école est déjà en piteux état ! tonne la femme que je ne connais pas. Beaucoup de parents comme moi trouvent cela inacceptable, j'espère que tu en as conscience. Quel infect acte de propagande homosexuelle !

Quelque chose pousse Derek à agir ; très certainement la façon dont on l'ignore pour s'adresser uniquement à Bob.

Il sort son téléphone portable et fait deux pas de côté tandis que Bob s'escrime à déployer tout son charme pour apaiser ses interlocutrices en émoi.

— Excusez-moi un instant, s'éclipse Derek, le mobile collé à l'oreille. Ned ! Tu as une minute ? Le bonjour de mon père. Non, je n'étais pas souvent au golf, ces temps-ci. Toujours mes problèmes de genou. Tu sais ce que c'est. Ah ça oui, on vieillit tous un jour. Dis voir, tu serais prêt à me rendre un service ? Non, je n'ai rien à vendre. Il me faudrait de la peinture. D'extérieur. Pour l'école. Oui, évidemment que c'était MacKenzie. Encore une de ses farces. Non, non, pas drôle du tout. Naturellement. Ah, il te reste un pot de peinture bleu ciel ? Seulement, je pensais être un peu plus ambitieux, cette fois. Si j'arrive à rassembler quelques braves gars pour tenir les outils, tu accepterais de fournir gracieusement la peinture et quelques pinceaux ? Je pense que l'équipe de foot pourrait faire un geste. Ils me doivent une faveur. Ça te ferait une bonne pub dans la *Gazette*. Tu me promets d'y réfléchir ? Super. Embrasse ta femme pour moi.

Derek raccroche. Trois paires d'yeux sont braquées sur lui.

— Il va accepter, assure-t-il. Il lui faudra juste un peu de temps pour se convaincre que c'était son idée depuis le début.

La mère de famille se fend étonnamment d'un sourire appréciatif avant de s'en aller pour continuer son programme de la journée. Bob tourne un regard plein d'espoir vers Cheryl, mais celle-ci s'attarde.

— Derek, que penses-tu du motel ? demande-t-elle sur un ton enjoué.

— Euh, je n'ai pas vraiment d'avis sur la question.

— Figure-toi que j'ai une idée, poursuit Cheryl. Et je crois bien que tu serais la personne idéale pour la mener à bien. J'ai besoin de quelqu'un capable de faire bouger les choses et doté des bonnes ambitions. Il faut *absolument* faire quelque chose au sujet de ce fichu motel.

— Excuse-moi, Cheryl, intervient Bob. Nous sommes déjà en retard pour une autre réunion. Maintenant que Derek semble avoir résolu le problème avec l'école…

— Mais c'est précisément pour ça que je veux lui parler de…

— Il faut qu'on file !

C'est tout juste s'il ne traîne pas Derek derrière lui.

— Pourquoi tu ne voulais pas l'écouter ? C'est pas justement ça, le but de la politique ? Écouter les gens raconter leurs problèmes et voir ce qu'on peut y faire ? J'ai pourtant bien géré le truc avec l'école.

— Je sais ce qu'elle allait dire. Elle m'en a déjà parlé.

— Et… ? Tu as déjà réglé l'affaire, peut-être ?

— Il n'y a pas de solution.

— Je crois que tu as besoin d'un regard frais.

— Laisse-moi te parler de… Appelons ça des intérêts particuliers. Les gens peuvent se révéler très persuasifs. Et très, très enthousiastes. On se laisse facilement emporter, mais si quelque chose va mal, c'est toi qui te retrouves avec toute une rue d'ormes atrophiés sur les bras.

— Et s'ils soulèvent un problème judicieux ?

— Ils soulèvent toujours un problème judicieux, de leur point de vue. Le hic, c'est qu'ils n'ont aucun sens de la mesure ni de la perspective, et ne peuvent pas concevoir qu'on puisse penser différemment. Ils ont leurs principes, et ça ne les intéresse pas de rencontrer le parti adverse, de faire des compromis ou même de simplement discuter de la chose.

— Ah ben oui, on va pas mêler les idéaux et la politique, quand même, de quoi on aurait l'air ? ironise Derek.

— Ce que je veux dire, c'est qu'il y a des tas de gens avec des tas d'idéaux différents, et on partage tous la même ville. Mais ils voudraient que leur doléance personnelle passe avant les autres.

— Et c'est quoi, la doléance de Cheryl ?

— Le motel.

— Le motel de MacKenzie ? Juste à cause du drapeau arc-en-ciel ?

— Ça n'a fait qu'apporter de l'eau à son moulin. Ce qui l'indigne réellement, c'est que le motel contribue à l'avilissement des jeunes de la ville, et des moins jeunes. Pour elle, c'est une porte d'entrée vers l'alcool, la drogue et la débauche.

— Je savais pas qu'on s'amusait autant au motel. Je devrais peut-être y déménager moi aussi ?

— Ne plaisante pas là-dessus en présence de Cheryl. Quand on a des convictions aussi fortes, l'humour est mal apprécié.

Il s'autorise à sourire, soulagé que Derek ne semble pas se laisser entraîner par l'enthousiasme de Cheryl.

— Crois-moi, les gens comme ça ne démordront pas de leurs obsessions.

Derek hausse les épaules. Il n'y pense déjà plus, encore enivré de sa première victoire politique.

— Au moins, cette fois, elles ne m'ont pas reproché mon sourire, se réjouit-il en donnant une tape dans le dos de Bob.

— Peut-être, mais tu dois te farcir la peinture de l'école, maintenant, rappelle ce dernier.

Néanmoins, il est impressionné et considère Derek avec une nouvelle estime.

— Et discute un peu avec Stacey. J'aimerais que vous m'accompagniez à quelques dîners. Rien de formel, que du social. Avec les personnalités les plus influentes en ville. Pour réussir dans la politique, tu auras besoin de leur soutien.

Vingt-quatre heures plus tard exactement, Stacey débarque en furie à la réception, deux gros sacs en tissu sur les épaules.

— Vous savez ce qu'il m'a dit ? éructe-t-elle en guise de salutations.

MacKenzie était en train de montrer quelque chose à Camila sur l'ordinateur. Toutes deux lèvent les yeux en même temps. La main de la seconde est posée sur l'épaule de la première.

Stacey écarte grand les bras, manifestement ravie d'avoir un public.

— Euh, qui ça ? demande MacKenzie.

— Derek ! Mon bon à rien de mari alcoolique et infidèle. Il a dit que je devrais m'habiller autrement. *Moi !*

— Il est encore plus bête que je croyais, murmure MacKenzie à Camila. Plus courageux, aussi.

Elle se tourne ensuite vers Stacey.

— Il est encore en vie ?

— Oui, et c'est plus qu'il ne mérite. Il trouvait que je devrais être plus « représentative ». Moi ! Parce qu'il compte se lancer dans la politique. Et moi alors ? que je lui ai demandé. Je suis censée faire quoi ? Jouer la femme de politicien docile ? Jamais de la vie, j'ai encore un peu de dignité !

Stacey laisse tomber ses valises avec un grand bruit sourd.

— Tu veux prendre une chambre ? devine Camila.

— Qu'est-ce que je ferais ici, sinon ? C'est bien un motel, que je sache. Avec un nom très approprié, d'ailleurs. Ça résume toute ma vie.

MacKenzie recule la chaise pour laisser Camila accéder à l'ordinateur, puis lui indique quels champs remplir : nom, prénom, plaque d'immatriculation, numéro de chambre.

Pendant ce temps, Stacey poursuit son monologue.

— « Tu es même pas inscrit sur les listes électorales » que je lui ai dit, mais il a répondu qu'il n'était jamais trop tard pour apprendre et qu'il voulait faire quelque chose de sa vie. Être à nouveau respecté. Non mais vous entendez ça ?

Elle se met aussitôt sur la défensive.

— Enfin, je veux dire, ce n'est pas une mauvaise chose qu'il veuille être actif. Il retrouverait le respect rien qu'en arrêtant de vendre des conneries à tout le monde. Mais de là à rentrer à la maison et me dire de but en blanc d'acheter de nouveaux habits « corrects », parce que je devrai me tenir à son côté et hocher la tête comme une idiote… Non, trop c'est trop.

— Nous espérons que vous passerez un bon séjour chez nous, dit Camila en lui tendant une clé.

— Ah ça, c'est l'endroit parfait pour me laisser dépérir, réplique Stacey en soulevant à nouveau ses valises.

MacKenzie a placé Stacey dans la chambre voisine de celle de papa. Malgré la pluie persistante, elle a laissé la porte ouverte. J'ignore à quoi elle pense à cet instant, mais ça n'a pas l'air plaisant.

Elle se tient au beau milieu de la pièce, coincée entre le lit et le bureau, une hostilité non réprimée sur le visage. Sur le chemin de la salle de bains, elle se cogne l'orteil contre le pied du lit et pousse un juron.

— Saloperie de lit de merde !

Quand elle se décide enfin à défaire ses bagages, elle ouvre le premier sac et en sort des affaires au hasard. Une trousse de maquillage, on dirait, qui atterrit sur le bureau. Un tube de mascara desséché pioché dans son sac à main, qu'elle jette sur la table de nuit. Toujours dans le sac à main, trois vieilles serviettes, une boîte de comprimés pour la gorge qui s'est ouverte pour déverser son contenu dans tout le sac, du rouge à lèvres, des tickets de caisse et environ trois dollars en petite monnaie.

Elle empoigne la valise et la secoue au-dessus du lit. Deux jeans, cinq tee-shirts, une drôle de robe orange, deux paires de collants, des chaussettes dépareillées et deux vestes d'été en dégringolent.

Papa, qui passe justement par là, s'arrête juste assez longtemps pour souffler par les narines d'un air dédaigneux.

Stacey le fusille du regard, puis saisit la pile de vêtements pour les jeter en l'air. Ils retombent pêle-mêle par terre, et papa s'empresse de rejoindre le diner, visiblement indigné.

Un parfum de cookies aux éclats de chocolat plane dans le restaurant, signe que Dolores est aux fourneaux. Malgré la grisaille, cette odeur me transporte vers les après-midi ensoleillés de mon enfance, quand je rentrais de l'école pour découvrir papa vêtu de son tablier propret, en train de surveiller les gâteaux cuisant dans le four. Je souris instinctivement en entrant dans le diner, comme chacun de nos clients.

À l'exception de Stacey, qui grimace en ouvrant la porte et en sentant ce doux fumet. Elle reste plantée dans l'embrasure, laissant entrer un courant d'air frais automnal qui fait frissonner papa dans son costume trop léger.

Quand elle le repère, tout seul dans un box, elle le rejoint et s'installe face à lui.

Il lui lance un regard peu amical, lui rappelant qu'il ne l'a pas invitée à s'asseoir.

— Alors, vous avez fait quoi, vous ? lui demande-t-elle.

— Je vous demande pardon ?

— Pour vous retrouver ici.

— Mais rien du tout !

— Un innocent, hein ? doute-t-elle, comme dans un mauvais film de gangsters. C'est ce qu'ils disent tous.

Dolores passe servir une tasse de café.

— Les gâteaux sont prêts dans dix minutes.

— Comme dans une jolie petite famille, marmonne Stacey avec sarcasme une fois la cuisinière hors de portée de voix.

— En quoi cela pose-t-il problème ? s'offusque papa. Ne me dites pas que vous avez quelque chose contre la famille ?

— Et pourquoi pas ? Vous pouvez me dire ce que ma foutue famille a fait pour moi, hein ?

— Les jurons font très mauvaise impression, récite automatiquement papa.

Stacey ne peut s'empêcher de rougir.

— Et la famille constitue le fondement de toute notre société !

Ces mots lui valent un regard méprisant de son interlocutrice. Courroucé, il poursuit :

— Que pouvez-vous bien reprocher à la famille, à l'ordre, aux règles et aux traditions ? Tout ça nous simplifie la vie. La famille est le socle même de notre civilisation, et ce qui ne va pas dans ce pays, c'est que les gens n'ont plus de respect pour ça.

— Comme c'est dommage, siffle Stacey. Affreux vieux bonhomme !

Sur ce, elle quitte le diner en claquant la porte.

— Ah, encore une journée harmonieuse au motel des Peines perdues ! se réjouit MacKenzie en piquant un gâteau sur la plaque avant que Dolores n'ait le temps de lui taper sur la main.

— Il faut les laisser refroidir ! rouspète cette dernière.

Ce qui ne l'empêche pas d'en garnir deux assiettes, une pour MacKenzie et l'autre pour papa, qui est toujours assis à sa table, l'air complètement dérouté.

— Qu'est-ce que j'ai fait de mal ? demande-t-il sur un ton plaintif.

— Vous voulez vraiment une réponse ? lance MacKenzie.

Elle prend son assiette, puis s'en va sans laisser à Dolores le temps de protester.

— On ne peut plus dire aux gens qu'ils doivent se comporter correctement ? La vérité est trop dure à entendre, maintenant ? Depuis quand la décence est-elle indésirable ? Il n'y a pourtant rien de mal à dire que ce n'est pas poli de jurer à tout bout de champ ?

— Prenez un biscuit, Mr Broek, l'invite Dolores.

Les souvenirs de Michael

Le joli bouquet couleur lavande a été déposé là par Michael. Ailleurs, il aurait pu être joyeux et coquet, mais devant ma pierre tombale, il s'en dégage une impression de mélancolie.

— C'est la première fois que tu m'offres des fleurs, remarqué-je à l'attention de Michael, qui ne semble hélas pas d'humeur à rire.

La matinée durant, il a tourné en rond dans le chalet, incapable de se concentrer sur quoi que ce soit. Il a bien tenté de faire la vaisselle, mais s'est tout simplement mis à errer avec une brosse à la main, jusqu'à se retrouver devant la table, fixant une tasse de café sale comme s'il se creusait la tête pour savoir quoi en faire. *Une tasse de café. Sale. Je tiens une brosse à vaisselle. Qu'est-ce que je suis censé faire ?*

Et il s'en est allé sans emporter la tasse.

Je crois que la météo ne faisait qu'aggraver les choses. Une couverture nuageuse compacte s'était posée au-dessus de la ville. Les cieux eux-mêmes semblaient vouloir nous opprimer. Michael a jeté un regard méfiant aux murs, comme s'il craignait qu'ils ne se rapprochent pour l'écraser.

En cet instant, il était douloureusement évident qu'il avait besoin de moi. J'aurais trouvé un moyen pour qu'il se décontracte. Moi, je ne réfléchis pas autant que lui. Si je trouve une tasse de café sale, je la nettoie. La vie n'est pas une liste de cases à cocher.

Soudain il s'est levé, a attrapé sa veste et ses clés de voiture, et s'est lancé dans la partie suivante de son projet intitulé *Se souvenir de Henny*.

Le bouquet de Michael est flanqué de roses, de lys et d'un triste petit Tupperware contenant des enchiladas.

Manifestement, Dolores craint que je ne sois pas assez bien nourrie au paradis.

Quelle chose étrange que le deuil. J'aurais juré que Michael était heureux avec MacKenzie et Camila, mais en cet instant il semble se l'interdire. Comme si le deuil devait être vécu d'une manière bien précise. Dans le chagrin et la solitude.

Sous la pluie. Une lourde goutte d'eau lui tombe pile dans la nuque, sans le faire réagir pour autant.

Que pense-t-il trouver dans le cimetière, au juste ? S'il est en quête de souvenirs de moi, il ferait mieux d'aller boire des bières avec MacKenzie et Camila.

Quoique. Peut-être devrais-je le laisser seul et malheureux.

Peut-être que la peine est un mal nécessaire, parfois.

Les autres tombes ont l'air abandonnées dans la grisaille qui nous entoure, malgré tous les signes attestant que l'endroit est bien entretenu : pelouse fraîchement tondue, plates-bandes ne débordant pas d'un pouce, bouquets de fleurs posés devant la plupart des sépultures, et pas la moindre mauvaise herbe en vue. Les nuages sont tellement bas qu'on dirait qu'ils vont s'effilocher sur le clocher de l'église.

Je déambule d'un pas mal assuré sur les allées de gravier serpentant entre les tombes, et m'étonne pour la première fois depuis ma mort de n'avoir vu aucun autre fantôme. Je ne dois pourtant pas être la seule qui ne peut se résoudre à quitter ses êtres chers ?

Peut-être que nous ne pouvons simplement pas nous voir, tout comme Michael, Camila et MacKenzie sont incapables de me voir, moi. Peut-être que nous finissons tous par disparaître un jour, pour partir… ailleurs.

— Michael, j'amorce, mais je constate en me retournant qu'il est déjà en train de partir.

Je dois courir pour le rattraper.

La cour de l'école est déserte sous la pluie fine.

Debout côte à côte, nous contemplons l'asphalte, un panier de basket et les portes closes de l'établissement. Bien que ce soit le beau milieu de l'après-midi, nous sommes complètement seuls.

Je sais ce que nous faisons ici : nous sommes en quête de souvenirs. Après avoir parlé de moi avec d'autres personnes, il essaie de retrouver les individus que nous étions autrefois.

En me concentrant, je parviens à discerner les contours d'un jeune Michael et d'une jeune Henny. Au milieu de la cour, nous discutons gaiement de géologie, de la campagne autour de l'Initiative 9 et de moult autres sujets. Les nuages semblent se fissurer au-dessus de moi, et un rayon de soleil illumine notre passé tel un projecteur.

C'est alors que j'ai le malheur de poser les yeux sur le véritable Michael, et le soleil est englouti par la pluie.

Il s'efforce de nous trouver, mais son visage demeure fermé et éteint. Il ne voit rien. Si nos fantômes apparaissaient devant lui, il sourirait, je le sais.

Il ne passe même pas devant le gymnase, où nous avons dansé ensemble, au bal de promo. Et il doit y avoir quelque chose de contagieux dans son expression ou dans la morosité ambiante, car je lui suis reconnaissante d'éviter cet endroit.

Moi non plus, je ne veux pas repenser à cette soirée. Superstitieuse, j'esquive ce souvenir bienheureux de la seule et unique danse que nous avons partagée. Sans doute ma réticence est-elle due au fait que le bal a eu lieu tout à la fin de notre histoire. Je n'ai pas envie de penser à ce qui s'est passé après, mais mon cerveau en a parfaitement conscience. Il m'a quittée. Il est revenu. Je suis morte.

Quand nous rejoignons la voiture, je suis aussi soulagée que lui.

Sur Broadway, il ne descend même pas du véhicule. À travers la vitre embuée, nous voyons passer la maison où vivaient Pat et Carol, et le spectre de la pancarte plantée devant la demeure des Callahan. *Oui à l'Initiative 9.* Elle n'était pas la seule, et de loin. Tous affichaient fièrement leur sectarisme.

Sur Elm Street, Michael doit faire le tour de plusieurs pâtés de maisons pour repérer l'endroit où se trouvait le magasin de sucreries. Il passe plus d'une fois devant sans le reconnaître, car il s'agit en réalité du magasin de décoration branché qu'il a visité avec Camila, l'autre jour. Il fait la moue quand il s'en rend compte.

— Ça ne voulait rien dire, assuré-je. J'étais juste un peu contrariée.

Bon, ça suffit maintenant, non ? Que je le laisse porter son deuil en paix, c'est une chose, mais pourquoi doit-il se servir de ses souvenirs pour se tourmenter ? C'est comme gratter une plaie en cours de cicatrisation. Il s'expose à la douleur. Non, pire encore, il la cherche sciemment. Il utilise notre histoire pour se flageller, et je me demande s'il croit devenir ainsi plus fort.

Il ne passe même pas par notre endroit favori ! Il suit une visite guidée de nos souvenirs, et il ne prend pas la peine d'aller là où nous nous sommes embrassés pour la première fois, là où il m'a emmenée pour me calmer, ce jour-là.

— Michael, inutile de te donner tellement de mal pour te souvenir de moi. Tu as déjà assez de peine comme ça. Tu as le droit de te relâcher de temps en temps. De t'amuser un peu.

À la vue de sa triste silhouette, je me dis que « s'amuser », c'est peut-être lui demander beaucoup.

— Essaie donc plutôt de te trouver une occupation. Parfois il vaut mieux ne pas trop réfléchir. Fais quelque chose. N'importe quoi. Comme Camila, qui travaille au motel, ou MacKenzie et son drapeau arc-en-ciel. Bon, évite d'en peindre un deuxième, quand même. Ce serait drôle d'en mettre dans toute la ville, mais je crois que Cheryl est assez remontée comme ça.

Je pousse un soupir. Je crains que mes paroles n'aient aucun effet sur lui. Je crois qu'il est déchiré par deux pulsions contradictoires : porter le deuil ou apprendre à vivre ici. Il ne comprend même pas que ces deux choix ne sont pas opposés. Ils vont même de pair, à vrai dire. Il en apprendra davantage sur moi et Pine Creek en passant du temps avec MacKenzie et Camila, voire avec Derek, qu'en restant seul sous la pluie sur Elm Street.

Je le soupçonne de culpabiliser au moindre bon moment qu'il passe, et j'ai peur qu'il finisse par laisser tomber et s'en aller s'il continue à se mettre autant de pression.

Et je crains bien de ne rien pouvoir y faire. Je cède, tout en me jurant de lui susurrer des souvenirs joyeux chaque nuit.

— Je suppose qu'on doit faire ça à ta façon.

Sur ce, nous nous rendons au Timber, où nous ne sommes jamais allés ensemble. Il se laisse tomber sur un tabouret du comptoir, épuisé, à côté de Clarence.

— Tu m'as pas l'air en forme, constate gentiment ce dernier. Qu'est-ce que l'univers t'a jeté à la face, aujourd'hui ?

— Des souvenirs.

— Je vois.

Il gesticule à l'attention du barman.

— Ce jeune homme a besoin d'une bière. En tout cas, tu es venu au bon endroit. La plupart des gens qui viennent ici ont des choses à oublier.

— Ce que je voulais, c'était me souvenir.

— Vraiment ? Bah, ça sert à rien d'essayer de se souvenir, pas plus que d'essayer d'oublier. La mémoire n'obéit pas à notre volonté.

— Il faut que je me souvienne. Je dois…

— « Il faut. » « Je dois. » Ce sont des mots qu'on emploie pour se persuader qu'on contrôle nos vies. Alors qu'en réalité c'est la vie qui nous balance des saloperies à la gueule. Mieux vaut baisser directement les bras. C'est ce que j'ai toujours fait. La vérité est on ne peut plus simple : depuis l'apparition de notre espèce jusqu'à notre extinction, les humains ne seront toujours que des assemblages d'oxygène, d'hydrogène et de carbone. Et d'un peu d'azote, de calcium et de phosphore, pour être très précis, mais c'est presque négligeable. 65 % d'oxygène, 20 % de carbone et 10 % d'hydrogène, si je ne me trompe pas. Puis quelques pourcents d'azote, de phosphore et de calcium pour les protéines, l'ADN, les os et les dents. Voilà tout ce que nous sommes.

— Je sais, je sais, soupire Michael d'un air las. Nous ne sommes que des concombres anxieux.

— Tu te donnes trop de mal. Tu gaspilles ton énergie. Je ne pense pas me tromper en affirmant que, si Henny était là, elle te dirait de te détendre un peu. Elle n'était pas du genre à lutter en vain contre le destin.

Ah, si tu pouvais me voir, maintenant, pensé-je d'un air bougon.

— Mais tu as raison à propos de l'anxiété.

Clarence désigne du menton le coin sombre le plus éloigné de la salle.

— En voilà un autre qui se bat contre la vie.

Paul. Le chauffeur du camion.

Il a dû perdre au moins dix kilos au cours des dernières semaines. Ses joues sont creuses, sa peau grise et tendue, son visage marqué d'ombres profondes. Ses yeux morts sont des puits sans fond.

— Tu connaissais Henny ? lui demande Michael.

Clarence secoue frénétiquement la tête.

— Je l'ai tuée, répond Paul.

— Et voilà, c'est reparti, se lamente Clarence. Pourquoi il fallait que tu dises son nom ? Enfin bref, j'imagine que tu pouvais pas savoir.

— Je la vois tout le temps. Elle avait l'air si gentille. Elle n'a même pas eu le temps d'avoir peur. Si seulement j'avais pris dix minutes de pause en plus. C'est ce que je me dis sans cesse. Ou si je m'étais mis en arrêt maladie. Je n'ai jamais été malade de toute ma vie. J'aurais bien pu prendre un jour de congé, non ? Comme ça, elle serait encore en vie. Je n'aurais même pas pris cette route.

On dirait que ma vie n'est pas la seule à avoir pris fin ce jour-là.

Michael observe la silhouette tragique de Paul.

— Ou si tu n'avais pas bu, gronde-t-il.

— Il était sobre !

Je m'indigne, mais Paul semble n'avoir rien entendu.

— Et tu vas continuer à boire jusqu'à ce que le bar soit à court d'alcool, je parie ?

— Hé, sois pas si dur avec lui, intervient Clarence. En plus, il est pas très doué, niveau picole. Il y a assez de bouteilles pour tout le monde.

— C'est pas ce que je voulais dire. S'il est à ce point déprimé ou rongé par le remords, pourquoi il ne fait pas plutôt quelque chose de constructif ? Il croit que Henny serait contente de le voir passer ses journées ici ?

— Tu voudrais qu'il fasse quoi ?

— J'en sais rien. Mais il pourrait commencer par poser ce verre de bière.

— Michael…, essayé-je de l'interrompre.

— Fais quelque chose ! N'importe quoi ! Déjà que Henny est morte, autant que sa mort serve à quelque chose. Et je *refuse* que ce soit un prétexte pour que tu te transformes en épave qui passe sa vie au bar. C'est elle qui est morte, pas toi. Tu pourrais te secouer un peu. Si *moi* j'en suis capable, alors…

— Michael ! Je ne pense pas que ce soit si simple. En plus, il était là, avec moi, quand c'est arrivé. Je n'étais pas seule. Ça doit bien compter, quand même ? Par contre, lui, je crois bien qu'il est seul depuis.

— Te fatigue pas, il entend rien de ce que tu lui dis, explique Clarence. J'ai passé une heure à essayer de lui proposer un verre. Mais il reste là, prisonnier de son propre monde.

Paul se lève et titube. Sous l'effet de l'alcool ou de l'épuisement ? Je ne saurais le dire.

L'un des piliers du bar crie « Timber ! », comme toujours lorsque quelqu'un a trop bu et semble prêt à s'effondrer.

Ça non plus, Paul ne l'entend pas. Il pose un billet de vingt dollars sur le comptoir sans prononcer un mot. Sa silhouette grise se découpe contre la pluie qui s'abat toujours au-dehors, lui conférant une apparence éthérée. Je cligne des yeux, croyant à un mirage, mais il est toujours là quand je rouvre les paupières.

— On va vraiment le laisser rentrer en voiture ? proteste Michael. Il n'a pas déjà causé assez de malheurs ?

— Oh, il ne conduit plus du tout. Il vient ici à pied et repart à pied. Pauvre diable.

— Mais c'est pas possible, grommelle Michael en retournant à sa voiture.

Paul n'est même pas encore arrivé au croisement. Michael se penche par-dessus le siège passager et ouvre la portière.

— Monte, lui ordonne-t-il, et Paul s'exécute tel un automate.

Il se révèle habiter dans un petit appartement à environ une demi-heure de marche de la ville, dans la direction opposée au motel.

— Voilà, on est arrivés, annonce Michael.

Paul ne bouge pas d'un poil.

— Non, mais je rêve.

Michael contourne le capot, ouvre la portière et fait sortir son passager.

— Donne-moi les clés.

Paul fouille mollement dans ses poches. Impatient, Michael pose la main sur la poignée, et il s'avère que la porte n'avait pas été verrouillée.

Dans le salon, des habits sales sont éparpillés un peu partout. Les stores roulants sont encore descendus dans la chambre à coucher. Tout n'est que pénombre et odeurs de renfermé. Je meurs d'envie de monter les stores et d'ouvrir les fenêtres. De la lumière et de l'air frais, voilà ce dont a besoin cet endroit.

Dans la cuisine plane une odeur âcre de lait caillé. Des tasses de café crasseuses et des cannettes de bière à moitié vides emplissent l'évier. Des enveloppes jamais ouvertes s'accumulent sur la table. Plusieurs sont frappées de cachets rouges agressifs.

Le pire dans tout ça, c'est qu'on voit qu'il n'était pas un homme désordonné. L'appartement est décoré avec soin. Il y a même un tapis dans le salon. Les placards de la cuisine sont méticuleusement rangés. Les pots d'épices et herbes aromatiques portent des étiquettes. Il y a des étagères qu'il a construites lui-même dans le salon, et le plan de travail de la cuisine a été agrandi de façon astucieuse. Sous la pile de courrier, on devine un napperon.

Paul se laisse tomber sur le canapé. Il atterrit sur un tas de vêtements.

— Michael, je ne crois pas qu'on devrait le laisser seul, suggéré-je.

— Si tu en as marre de t'abîmer dans l'alcool, viens me trouver au motel, dit Michael.

Une proposition faite à contrecœur et sur un ton agacé, mais c'est déjà ça.

— Le motel ! C'est une formidable idée. Tu peux directement l'emmener là-bas…

Michael tourne les talons sans même jeter un dernier regard à Paul.

Je me retrouve seule dans cet appartement déprimant. Je chuchote :

— Bon. Dieu, si tu m'entends, j'aurais besoin d'un coup de main. Qu'est-ce que je dois dire ? Qu'est-ce que je fais ici, d'abord ?

J'hésite devant Paul.

— Est-ce que… ça va ?

Je m'assieds prudemment à côté de lui, sur l'accoudoir du sofa.

— Tu n'as peut-être même pas envie que je sois là.

Je joins les mains sur les genoux et poursuis d'une voix mal assurée :

— Je m'excuse si je fais intrusion. Je me suis dit que tu aurais peut-être besoin d'un peu de compagnie. Seulement, je n'ai pas la moindre idée de ce que tu veux.

Ses yeux sont fermés, et il respire rapidement et superficiellement. J'ignore quelles scènes se déroulent dans sa tête, mais je peux le deviner.

— Paul ! m'écrié-je, frustrée devant mon impuissance.

Je me rapproche de lui.

— Est-ce que ça va ? Enfin je veux dire, évidemment que tu ne vas pas bien, mais est-ce que je peux faire quelque chose ?

Bien sûr que non.

— Tu ne devrais pas rester seul. Tu n'as personne à appeler ? Un ami ? Ton patron ?

C'est alors que retentit le doux bruit d'une voiture se garant devant l'immeuble. Quand Michael entre à nouveau dans l'appartement, je m'élance à sa rencontre, plus soulagée que jamais. Je le supplie.

— Il faut que tu fasses quelque chose.

Il considère un moment Paul, toujours assis sur son canapé, et semble arriver à la même conclusion.

— Viens avec moi, lui propose-t-il. Tu ne peux pas continuer comme ça. Je vais t'amener au motel.

Paul lève un regard confus vers lui, mais le suit sagement. Je ne saurais dire si c'est parce qu'il apprécie la compagnie ou parce que protester lui aurait demandé trop d'efforts.

Je bondis du véhicule à l'instant où nous nous garons, et atteins la réception avec quelques secondes d'avance. MacKenzie bâille en s'étirant derrière le guichet. Il est dix heures du soir. Elle lève la tête à l'instant où Michael entre, flanqué de Paul.

Ce dernier se fond tellement dans le décor qu'il faut plusieurs secondes à MacKenzie pour remarquer sa présence derrière Michael.

— Tu t'es fait un copain ?

— Pas exactement, répond Michael en grimaçant.

Il réalise subitement que le motel n'est peut-être pas le foyer idéal pour le chauffeur du camion qui m'a ôté la vie. Il se retourne juste à temps pour voir Paul chanceler, puis tomber dans les pommes.

MacKenzie vient se planter à côté de Michael pour regarder Paul, qui gît désormais au sol.

— Eh ben dis donc.

— Il vaut mieux que tu saches : c'est lui qui… conduisait le camion.

MacKenzie reste muette. Impossible d'interpréter l'expression de son visage. Nul besoin que Michael précise de quel camion il parle.

— C'était peut-être une erreur de l'amener ici, poursuit-il, mais je ne savais pas quoi faire d'autre. Il ne faut pas qu'il reste seul. Cela dit, je comprendrais que tu ne veuilles pas de lui ici. Si tu veux que je l'emmène ailleurs, dis-le-moi.

Il hésite un instant.

— J'imagine que je peux le faire dormir sur le canapé du chalet.

— Il peut rester.

Sur ces entrefaites, Camila nous rejoint.

— Notre dernier client, annonce MacKenzie en désignant Paul.

Elle se penche sur lui. Quand il ouvre les paupières, leurs visages ne sont qu'à quelques centimètres l'un de l'autre. Il cligne lentement des yeux.

— Je la vois tout le temps, déclare-t-il.

— Je n'en doute pas, répond MacKenzie.

Elle se tourne vers Michael.

— Ça ira, je gère le reste.

— Tu veux un coup de main pour le porter dans une chambre ?

MacKenzie secoue la tête.

— Il n'a qu'à dormir dans le bureau, cette nuit. Je m'en occupe avec Camila.

Michael passe une main dans ses cheveux d'un air dépassé.

— Je reviens demain matin, promet-il.

MacKenzie opine du chef, le regard toujours rivé sur Paul.

Elle et Camila saisissent chacune un bras, le hissent sur ses pieds, et titubent en le soutenant jusqu'au sofa du bureau, sur lequel elles parviennent à l'allonger.

— C'est qui ? chuchote Camila.

— Figure-toi que j'en ai pas la moindre idée.

— Mais…

MacKenzie s'incline à nouveau vers lui.

— Excusez-moi, monsieur, mais je n'ai pas saisi votre nom.

— Paul Jackson.

— Enchantée. Je m'appelle MacKenzie Jones, et voici Camila Alvarez. Bienvenue au motel des Peines perdues. Nous vous souhaitons un agréable séjour chez nous.

Elle ne peut s'empêcher de plaisanter, mais son ton enjoué sonne faux.

Elle traîne Camila hors du bureau et tire la porte derrière elles, en prenant soin de laisser une ouverture d'une vingtaine de centimètres. Juste ce qu'il faut pour laisser passer un peu de lumière et de bruit en provenance de la réception.

Camila a le front ridé d'incompréhension.

— Mais c'est qui, ce type ? demande-t-elle à voix basse.

Je suis certaine que Paul peut encore les entendre. Toutefois, quand je jette un coup d'œil dans l'entrebâillement, je constate qu'il est tout simplement allongé sur le dos, le regard rivé au plafond.

— Tu l'as entendu comme moi. Paul Jackson.

— D'accord, mais qu'est-ce qu'il fait *ici* ?

Quand MacKenzie répond, c'est d'une voix totalement dénuée d'émotion, sur un ton à dessein absolument neutre.

— Il conduisait le camion qui…

En dépit de ses efforts, les mots restent coincés dans sa gorge.

— … qui a hélas croisé la route de Henny.

Camila lui touche le bras.

— Mais… Comment peux-tu l'accueillir chez nous ? proteste-t-elle.

— Ce n'était pas sa faute. Ni celle de qui que ce soit d'autre. Et je crois qu'il n'a pas connu de vraie nuit de sommeil depuis bien longtemps.

— Certes, mais tu crois que c'est une bonne idée de le laisser dans le bureau ? On pourrait quand même lui donner une vraie chambre. C'est pas comme si on était complets.

— Mouais…

MacKenzie observe la porte entrouverte d'un air pensif.

— Tu sais, je me demande s'il n'aurait pas avant tout besoin d'avoir un peu de monde autour de lui.

— Dans le bureau ?

— De manière générale, je veux dire. Je crois que la solitude ne lui réussit pas.

Une ride apparaît entre ses sourcils.

— Enfin, je suppose qu'on ne peut pas faire grand-chose pour lui ce soir. À moins que…

— À moins que ?

— Tu sais quand c'était, la dernière fois que j'ai vraiment bien dormi ? Quand toi et Michael discutiez dans la voiture, après qu'on a peint le drapeau arc-en-ciel sur l'école. Et si c'était ça qu'il lui fallait ?

— Tu veux le fourrer dans une voiture ? Maintenant ?

— Une voiture, ça me paraît vraiment une mauvaise idée, opiné-je nerveusement.

— Pas besoin de voiture, réfute MacKenzie. Mais on pourrait faire un peu de bruit et d'agitation autour de lui. Est-ce que ce ne serait pas la soirée idéale pour faire le ménage de la réception ? Histoire qu'il se laisse distraire par le canapé rigide, la lumière de la pièce voisine et les sons rassurants de gens qui travaillent.

Camila semble hésiter.

— C'est plus amusant de faire le ménage à deux, risque-t-elle.

MacKenzie n'objecte pas et se contente d'aller chercher l'aspirateur. Quand le câble se prend dans les pieds de la table, Camila se baisse pour le démêler. Ensemble, elles déplacent même le sofa, afin que MacKenzie puisse aspirer derrière.

Leur manège ne tarde pas à porter ses fruits. Une fois l'aspirateur éteint, des ronflements irréguliers nous parviennent de l'intérieur du bureau, accompagnés du bruit d'un corps qui se retourne dans son sommeil. Camila secoue la tête, ce qui ne les empêche pas de trouver d'autres prétextes pour émettre des sons domestiques plusieurs heures durant.

Il est minuit passé, et elles sont toujours à l'œuvre. La façon dont la réception est éclairée de nuit change totalement votre apparence. Les gens ont l'air plus fatigués, plus abîmés par la vie. Cette lumière est absolument impitoyable envers les rides et les cernes sous les yeux. La peau prend la texture du papier de verre. Or, étonnamment, MacKenzie et Camila me semblent plus belles à chaque heure qui passe.

Camila va chercher du café, tandis que MacKenzie met de l'ordre dans des papiers. Leurs doigts s'effleurent lorsque l'une tend une tasse à l'autre, et toutes deux sourient involontairement. Aucune tâche n'est trop laborieuse : elles s'attaquent au nettoyage des portes vitrées, en pleine nuit.

— On voit même pas les saletés, glousse Camila en secouant la tête.

Au moins, la pluie a cessé. Les nuages sont en train de se disperser.

MacKenzie pose une main dans le bas du dos de Camila, afin de ne pas perdre l'équilibre lorsqu'elle se penche pour atteindre une partie plus éloignée de la vitre. Sa main s'attarde plus que nécessaire. Je ne suis même pas sûre qu'elle soit consciente de son geste. Peut-être ne peut-elle tout simplement pas s'empêcher de la toucher.

— C'est comme ça qu'il faut laver les fenêtres, déclare-t-elle. En plein jour, on voit trop la saleté. Même quand on a fini de nettoyer.

Une odeur d'ammoniaque se répand dans le bureau. Cela aiderait-il vraiment Paul à dormir ? La nouvelle enseigne illumine le parking. Dehors, tout est calme dans notre petit monde.

— Bon, il faut que je te demande, dit soudain Camila. Comment tu as fait, pour rencontrer des filles à Pine Creek ?

MacKenzie s'interrompt en plein coup de raclette.

— Si j'avais cherché des filles à Pine Creek, j'aurais jamais réussi à baiser, répond-elle.

— Comment tu as fait, alors ?

— Je vais à Eugene.

— Ah.

— C'est une ville universitaire. Plein de lesbiennes, là-bas. Même si la plupart veulent surtout débattre de leurs théories académiques. Leur bourrer la gueule, ça aide.

— Et… tu as une relation sérieuse ?

MacKenzie termine de nettoyer la porte, tandis que Camila se tient à côté d'elle, nonchalamment adossée au mur. Toutes deux se comportent comme si elles partageaient une banale discussion entre amies.

— Ça fait très longtemps que j'ai pas rencontré quelqu'un de sérieux. Et toi ?

— Pareil.

— Parce que tu n'as pas trouvé la bonne, ou… ?

— Je ne sais pas. Les bars de lesbiennes, je trouve ça pas évident. C'est comme si j'étais jamais assez « femme » pour elles. Parfois j'ai l'impression qu'elles trouvent les butchs plus féminines que moi. Je me sens toujours bien mieux accueillie dans les bars gays. Ce serait plus simple si j'étais attirée par les hommes.

MacKenzie se tourne vers elle.

— Mais tu ne l'es pas ?

— Absolument pas.

MacKenzie passe la raclette à un endroit déjà impeccable, et laisse échapper un gloussement gêné.

— Je crois que les portes sont propres, maintenant, observe-t-elle.

Camila s'approche un peu plus.

— On peut toujours nettoyer le présentoir à brochures ?

— C'est plus amusant de faire le ménage à deux.

— Je parie que tu dis ça à toutes les femmes.

— Seulement à celles qui comptent pour moi.

— Qu'est-ce que tu penses des lesbiennes féminines ?

— Oh tu sais, je préfère les femmes qui se maquillent et qui font le ménage en talons.

Camila éclate d'un rire profond, spontané et sincère.

— Ah la la, qu'est-ce que tu m'as manqué, avoue-t-elle.

Elle s'arrête aussitôt de rire. Leurs regards se croisent au-dessus des raclettes. MacKenzie est sur le point de lancer une blague, mais elle s'interrompt d'elle-même. Elle se tient là, devant Camila, sous cette lumière peu flatteuse, tard dans la nuit, au terme d'une longue journée de travail, et elle est plus belle que jamais. Tout comme Camila.

MacKenzie pose lentement une main sur la hanche de Camila. Même elle, elle ne peut plus se cacher derrière l'illusion qu'elles font simplement le ménage ensemble. Très doucement, un millimètre à la fois, elles se rapprochent, et franchissent allégrement la limite entre deux amies d'enfance. La tension en est presque douloureuse. J'ai envie de hurler à MacKenzie de foncer. *Embrasse-la, pour l'amour du ciel ! Pelote-la un peu, comme tu rêves de le faire depuis l'autre jour, sur le parking, et peut-être même depuis son retour ici.*

Or, d'un seul coup, l'instant est passé. C'est arrivé si brusquement que je suis incapable de dire qui a détourné le regard en premier.

MacKenzie reprend son souffle, ébranlée.

— Le présentoir à brochures, bafouille-t-elle.

Camila se racle la gorge.

— Le présentoir, oui.

Sur ce, je les laisse tranquilles.

En chemin pour rentrer au cabanon et retrouver Michael, je m'arrête pour lever les yeux vers les nuages. J'ai beau secouer la tête, je ne peux m'empêcher de sourire.

— Alors comme ça, tu veux que je sauve cinq personnes maintenant, Dieu ? C'est d'accord. Mais pas plus.

Je n'arrive pas à arrêter de sourire. J'avance de deux pas bondissants, m'arrête et lève de nouveau la tête.

— Et je ne t'ai toujours pas pardonné, au cas où tu te ferais des idées.

Deux pas de plus. Décidément, quelle merveilleuse soirée.

— Mais c'était chic de ta part, de faire en sorte que Paul atterrisse ici. Maintenant il ne te reste plus qu'à t'arranger pour que MacKenzie et Camila s'embrassent.

Si ça t'aide, hoche la tête

J'ignore si Paul a bien ou mal dormi, malgré ou grâce au ménage.

En tout cas, il a l'air tout aussi affligé le lendemain. Il fait de son mieux pour éliminer toute trace de son passage dans le bureau, mais après avoir enfilé ses bottes et réajusté les coussins du canapé, il ne reste plus grand-chose à faire.

Il fixe la porte menant à la réception, comme si des horreurs sans nom étaient tapies de l'autre côté, mais finit par se glisser hors de la pièce.

Papa est assis sur le sofa de l'accueil. Mon urne est posée à côté, mais Paul ne la remarque pas. Il se faufile aussi vite que possible et, une fois dehors, cligne des yeux d'un air ahuri face au soleil éblouissant.

Je suppose que j'étais bien trop optimiste en espérant que le motel réglerait tous ses problèmes. En effet, Paul reprend ses occupations habituelles, qui consistent à essayer sans succès de s'enivrer. Il se rend à pied à la boutique de spiritueux, où il achète un pack de six Budweiser, puis revient s'asseoir sur le banc devant le diner sans pouvoir se résoudre à ouvrir une canette.

Clarence lui jette un regard effaré, en route vers le restaurant pour un petit déjeuner tardif.

— Seigneur Dieu, mon pauvre ami, qu'est-ce que tu fais là ?

— Je me bourre la gueule, répond Paul en toute franchise mais sans grande passion.

Clarence frissonne d'effroi.

— Quel manque de conviction ! Pas la moindre application ! Comment espères-tu réussir dans la vie si tu n'es pas prêt à te donner du mal ? La boisson, c'est une occupation à temps plein, que dis-je, une vocation ! En tout cas, ce n'est pas pour les amateurs. Si tu t'y prends mal, ton corps risque de te lâcher. D'abord, un petit déjeuner. Ensuite seulement, la picole au soleil.

Paul étant loin d'avoir la force nécessaire pour lui résister, il se laisse guider au diner et se retrouve bientôt à avaler des œufs brouillés, du bacon, du pain toasté, du café et deux tranches de tarte aux pommes. Il ne proteste même pas quand Dolores lui impose la seconde part.

De retour sur le banc, il écoute sagement Clarence, qui s'évertue à lui impartir sa sagesse.

— Les gens se croient capables de faire tout et n'importe quoi. Ils pensent qu'il suffit de désirer une chose pour l'obtenir. Tout ça, c'est la faute de ces livres de développement personnel. La pensée positive et toutes ces conneries. Voilà le problème avec notre société actuelle. Plus personne ne veut faire d'*efforts* pour obtenir quelque chose. Moi, par exemple. Tu crois que je suis arrivé là par un coup de chance ? Certainement pas, je me suis donné du mal pour finir dans cet état lamentable, des années durant. Mais aujourd'hui les jeunes commencent directement par la drogue et vont plus loin que moi en à peine quelques mois. Ils ne savent même pas si c'est ça qu'ils veulent. C'est peut-être ce qu'ils croient, mais comme ils n'ont jamais eu à faire d'efforts, ils n'ont jamais dû réellement se poser la question : « Est-ce que je veux vraiment passer mes journées à boire sur un banc public ? Est-ce que je suis taillé pour ça ? » Regarde-toi donc. Je parie que tu t'es réveillé un beau matin en te disant : « Je vais commencer à boire. » Juste comme ça. Sans préparatifs.

Il baisse les yeux sur les canettes de bière avec mépris.

— Aucune conviction.

Paul a fermé les yeux. Pas certaine qu'il écoute encore. Il a tourné son visage vers le soleil et appuyé la tête sur le rude mur en béton derrière eux.

— De la discipline. Des habitudes régulières. Voilà ce qu'il faut.

Il se tourne vers Paul.

— Tu as une mine épouvantable, lui dit-il sur un ton des plus amicaux.

— Comment on fait pour vivre, quand on a tué quelqu'un ?

— En se noyant dans l'alcool ?

Paul secoue la tête.

— Ça ne marche pas.

— Alors là, je sèche.

— Je n'arrive pas à dormir. Quand tout est silencieux, j'entends constamment l'impact de son corps contre le pare-chocs du camion. Et quand je ferme les yeux, je vois son visage. Il était si étrange quand elle est apparue devant moi. Elle a surgi de nulle part. Je me souviens du crissement des freins, mais je ne me rappelle même pas si elle a écarquillé les yeux. Elle devait tout juste sortir de la douche, parce que ses cheveux étaient encore mouillés. Elle avait essayé de se coiffer, mais le vent l'avait ébouriffée. Je me suis dit que j'allais foutre sa coupe en l'air. C'est bizarre, non ? Et c'est ce que j'ai fait. Mon Dieu, je l'ai complètement décoiffée. Elle avait du sang dans les cheveux, et…

— C'est bon, c'est bon, j'ai compris, l'interrompt Clarence. Tu devrais essayer de te changer les idées.

— J'ai tenté de faire la vaisselle, l'autre jour. Mais, d'un seul coup, l'eau dans mon évier s'est transformée en sang. Du sang rouge et bouillonnant. J'ai tiré le bouchon, mais ça a continué à faire des bulles. À gargouiller, même. Alors qu'il n'y avait pas tant de sang que ça, en vrai. Elle gisait juste là, sur la route.

— Nom de Dieu, il faut que je boive quelque chose, soupire Clarence avant de se lever et de s'en aller.

Paul reste seul sur le banc.

Clarence revient au bout d'environ une heure. Il se tapote les poches, puis en sort une serviette roulée en boule, sur laquelle il a manifestement noté quelques phrases de soutien.

— Bon. J'ai discuté avec les gars, au bar. Hoche la tête si ça t'aide. Sinon, secoue-la. D'accord ?

Paul acquiesce.

— Ne t'inquiète pas pour ça ?

Paul fait « non » de la tête, mais esquisse tout de même l'ombre d'un sourire.

— Tout ira bien.

Non.

— Le temps guérit tous les maux.

Non.

— Essaie de penser à autre chose.

Il secoue la tête d'un air des plus las.

— Elle est entre les mains de Dieu, maintenant.

Clarence lui-même ne parvient pas à prononcer ces paroles sans grimacer. Paul fait « non ».

— Moi non plus, je trouvais pas ça convaincant, mais on sait jamais. Rien ne se produit sans raison ?

Paul ne prend même plus la peine de réagir.

— Michael ! s'exclame Clarence en attrapant celui-ci par le bras lorsqu'il passe devant le banc. On a besoin d'aide ! Il reste planté là, et rien de ce que je lui dis n'a d'effet.

Il agite une main sous le nez de Paul sans déclencher la moindre réaction. Le pauvre hère continue à regarder dans le vide d'un air apathique.

— C'est bon, je prends le relais, assure Michael. Tu peux t'en aller et… faire ce que tu fais d'habitude.

— C'est-à-dire que, d'habitude, je m'assieds ici, explique Clarence.

Michael se passe une main sur le visage.

— D'accord. Reste ici. Nous deux, on va ailleurs.

Sur ce, il empoigne résolument le bras de Paul et l'emmène à l'arrière du motel. Je pense qu'il cherche surtout à se soustraire aux regards curieux des clients du diner, mais je crois aussi qu'admirer les montagnes sera bon pour Paul. En tout cas, moi, ça m'a toujours aidée.

Michael l'aide à s'adosser au mur, puis en fait de même.

Le silence les enveloppe. Cela semble convenir à Paul, qui demeure parfaitement immobile.

Michael pousse un soupir.

— Henny adorait cet endroit, déclare-t-il.

La mention de mon nom dissipe le brouillard. Paul tourne la tête au son de sa voix.

— De toutes les montagnes au monde, elle a choisi celles-ci, qui n'ont strictement rien de spécial. Il en existe des plus hautes, des plus impressionnantes, des plus intéressantes sur le plan géologique, mais elle s'en moquait. Tout ce qu'elle voulait, c'était cette vue-là, et pouvoir admirer ces sommets tous les matins.

— Ce sont de belles montagnes.

Michael laisse échapper un gloussement. Pour la première fois depuis ma mort, son regard s'adoucit.

— Foutrement belles, même, reconnaît-il. Henny rêvait de bâtir une véranda ici.

— Ce n'était pas la véranda, le principal, dis-je tout bas.

— Et on se serait assis là ensemble : moi, sa meilleure amie

Mackenzie et Camila. Et Henny, bien entendu. On aurait vieilli tous ensemble.

Un sourire flotte sur les traits de Michael, puis il secoue la tête en écho à ses propres pensées.

— Elle avait l'air si étonnée quand elle est morte, articule Paul. Tout à coup, elle est apparue au milieu de la route.

Une grimace tord les traits de Michael.

— On peut plutôt se concentrer sur Henny quand elle était en vie ? Arrêtons de revivre sa mort, d'accord ?

— Je ne l'ai jamais connue quand elle était en vie.

— Moi non plus, j'en ai bien peur. Mais j'espère pouvoir faire mieux connaissance avec elle maintenant. Et j'imagine que c'est aussi possible pour toi.

Michael remet temporairement la garde de Paul à Clarence. Tandis qu'ils s'installent relativement tôt pour le dîner, il cherche Camila.

— J'ai une question un peu bizarre à te poser, annonce-t-il. Si on construisait une véranda à l'arrière du motel, Paul et moi, tu en penserais quoi ?

— Une véranda pour Henny ?

— Je sais, c'est ridicule, mais ça occuperait Paul, et…

— Je trouve que c'est une idée formidable. Et je pense que Henny aurait adoré ça.

Un instant d'hésitation.

— Ça va peut-être te sembler bizarre, mais parfois j'ai l'impression de ressentir sa présence dans le motel. Je crois qu'elle veut qu'on reste ici ensemble. Peut-être que c'est ce qu'elle a toujours voulu.

Ravie, je pose une main sur son bras.

— Tu ne rêves pas. Je suis toujours là. Et tu as raison : votre place à tous est ici.

— Dans ce cas, j'ai gaspillé un sacré paquet d'années, dit Michael.

Je secoue la tête, agacée.

— Je croyais que tu t'épanouissais dans ton travail ? demande Camila.

— C'est vrai, mais…

— Alors, ce n'était pas du temps perdu, si ?

Michael esquisse un sourire.

— Henny m'a dit la même chose.

— Essaie un peu de l'écouter, de temps en temps, recommande Camila.

J'adore cette nana.

— Je crois qu'elle est contente de nous, maintenant, reprend-elle. Je crois qu'elle est satisfaite de nous revoir tous au motel.

Michael n'a pas l'air convaincu.

— Tu sais, tes tentatives d'embellir les chambres ? avance-t-il.

Camila fait la moue.

— M'en parle pas. J'ai beau m'appliquer, impossible de les rendre accueillantes. Toutes les nouvelles décos font tache, d'une certaine manière.

— Je suis mal placé pour donner des conseils, mais…

— Donne-moi des conseils, par pitié !

— Quand je voyageais pour le boulot, j'ai logé dans un paquet de motels. Souvent pendant plusieurs semaines, voire plusieurs mois. Je ne prenais pas trop la peine de me trouver un appartement, à moins d'être certain de passer au moins un an au même endroit. Je n'ai jamais désiré des logements luxueux.

— Peut-être pas luxueux, mais au moins un tout petit peu cosy ?

— Certes, mais est-ce vraiment sur les chambres qu'il faut se concentrer ? Je n'y passais jamais plus de temps que nécessaire. Les meilleurs établissements étaient ceux qui avaient un genre de salle commune, où on pouvait passer du temps avec d'autres gens, le soir. On n'y faisait pas grand-chose, mais on regardait un peu la télé, on discutait des dernières nouvelles ou on buvait du café. On ne restait pas seuls à s'ennuyer dans nos chambres.

— Comment tu faisais ? s'enquiert Camila. Pour être tout le temps sur la route comme ça. Ne jamais avoir de vrai chez-toi.

Michael lui lance un regard perplexe.

— Ça me plaisait. Mon conseil, c'est tout simplement d'investir dans les espaces communs, où les clients pourraient passer du temps ensemble. Comme le diner, le banc de Clarence ou...

— Je ne peux pas faire grand-chose au sujet du diner, raisonne Camila d'un air pensif. De toute façon, rien qu'avec la personnalité de Dolores, il a déjà du caractère. Mais je me demande si... Michael, qu'est-ce que tu as fait des restes de peinture du drapeau arc-en-ciel ?

— Je les ai stockés dans le chalet.

— Va les chercher.

Camila se rend à la réception et attrape Alejandro au passage.

— Votre attention, s'il vous plaît, annonce-t-elle d'un ton déterminé. Je vais devoir vous demander de quitter la réception. Emportez tous les meubles que vous pouvez.

Papa se lève d'un air confus. Il se dit qu'elle doit plaisanter au sujet du mobilier, mais il emporte tout de même mon urne au diner. Michael lance un regard interloqué à Camila.

Ce n'était absolument pas une blague. Camila recrute encore Buddy, qui se met à transporter les meubles avec Alejandro. Tout finit sur le parking : la lampe, le présentoir avec les vieilles brochures, la table basse et le canapé.

Agitant les mains, Clarence indique à Buddy et Alejandro de poser le sofa élimé sous l'enseigne, puis s'assied dessus, croise les jambes et fait signe à Paul de venir le rejoindre.

— « J'aime le travail, il m'enchante. Je resterais des heures à le contempler », cite-t-il gaiement.

Alejandro fait une pause pour prendre une photo.

Papa et Stacey sont seuls au diner, assis le plus loin possible l'un de l'autre.

Buddy, Alejandro et Michael doivent s'y prendre à trois pour sortir le guichet. Le meuble encombrant finit derrière le coin du mur, hors de vue du diner. Camila a stocké l'ordinateur, le téléphone, tous les papiers et objets divers dans le bureau.

Elle et MacKenzie contemplent l'espace vide. Il y a des traces sur la moquette aux endroits où se trouvaient les meubles, et de la poussière et des saletés sous le canapé, alors qu'elles ont passé l'aspirateur la veille. Dans un coin traîne un mégot isolé. En tout cas, la pièce paraît plus grande sans le mobilier.

— Tu prends vraiment le ménage au sérieux, remarque MacKenzie.

— Le ménage n'est que le début.

Michael apporte les pots de peinture et le sachet de rouleaux, et le travail peut commencer. Camila et MacKenzie repeignent l'intérieur de la réception. Je suis assise dehors, sur une des chaises, et me délecte de cet agréable chaos. La lampe est installée à côté des chaises, comme pour inviter quelqu'un à venir s'y asseoir pour lire. Les brochures, elles, sont emportées par la brise. Comme personne ne se donne la peine de les rattraper, elles s'éparpillent bientôt sur tout le parking.

Le soleil automnal couchant baigne la scène de couleurs sépia, et la lampe, les chaises et le présentoir projettent de longues ombres théâtrales.

Et Paul est allongé sur le sofa.

Il s'est encore endormi ! Et cette fois, il ronfle tranquillement, presque immobile, sous les néons de l'enseigne. Ses traits sont relâchés. MacKenzie avait raison : il est plus facile de dormir au beau milieu du bruit et de l'agitation que dans une chambre silencieuse.

Vu de l'extérieur, Michael semble simplement traîner dans le coin, mais quelque chose a changé. Il s'engage à nouveau. Il participe aux choses. Quand Alejandro prend un cliché de Paul, assoupi sous l'enseigne, il vient à sa rencontre.

— Dis, j'ai repensé à ton compte Instagram. Celui que tu as créé pour le motel.

Alejandro continue sa séance photo sans répondre.

— À ta place, je n'essaierais pas de présenter une version embellie de cet établissement, poursuit Michael. Pourquoi n'y mettrais-tu pas le genre de photos que tu aimes prendre ? Ici, rien ni personne ne cherche à se faire passer pour ce qu'il n'est pas.

Alejandro se redresse subitement.

— Le motel de la sincérité, envisage-t-il.

— L'endroit parfait pour dépérir en paix, complète Michael.

À partir de là, ce n'est plus un groupe de personnes sur qui je m'efforce de veiller, mais tout un troupeau. En cet instant ils sont tous rassemblés en un seul et même endroit : papa et Stacey sont assis au diner ; Alejandro débute déjà sa série de portraits et interviewe précisément Clarence ; Michael et Buddy se tiennent prêts à donner un coup de main ; MacKenzie et Camila repeignent la réception. Et Paul continue de ronfler.

Il n'y a rien de plus beau au monde que de voir les gens qu'on aime redevenir soudain actifs. C'est un réel bonheur, un mélange enivrant de soulagement et de libération. Le soleil est plus lumineux, les couleurs plus nettes et l'air plus frais, tout ça parce que Michael compte construire une véranda et que Camila redonne un coup de jeune à la réception.

D'une certaine façon, nous allons tous parfaitement ensemble. Mieux encore, le motel constitue à nouveau un point central. Le drôle de spectacle sur le parking confère à l'endroit l'atmosphère magique qu'il avait perdue.

Je me promène de-ci de-là et capte des bribes de conversation. « Non, je ne veux pas une fichue nouvelle tasse. » (Stacey) « Il ne reste plus qu'à peindre le diner en rose, maintenant. » (Clarence) « Oui, et à construire la véranda de Henny. » (Michael). Quelle magnifique soirée.

C'est maintenant que les choses vont réellement bouger. Je le sens. Ils ne sont plus seuls. Pas même papa et Stacey. S'ils semblent bien solitaires au premier abord, ils prennent en réalité plaisir à s'irriter l'un l'autre. Parfois l'agacement peut devenir votre unique point d'ancrage.

Même Paul n'est pas vraiment seul : Clarence est rentré lui chercher une couverture et l'a négligemment posée en boule sur lui, puis Michael est venu la mettre correctement. Quand le soleil descend encore plus bas, il va en chercher une supplémentaire.

Et Paul continue de dormir.

Quand tout est terminé, ceux qui sont encore éveillés se rassemblent à la réception. La curiosité pousse même papa et Stacey à quitter le diner.

— C'est… euh… fort coloré, commente Michael.

Il savait d'avance quelles couleurs elles avaient à disposition, mais il semble tout de même… surpris par cette première impression.

— Ah ça, on peut pas dire le contraire, acquiesce Clarence.

Effectivement, c'est *très* coloré. Camila a laissé tomber toute idée de perfection épurée : désormais, ce sont la liberté d'expression et les couleurs vives qui priment. MacKenzie et elle ont peint différentes portions de la pièce en différentes couleurs, jusqu'à vider les pots de peinture. Le mur derrière le guichet est bleu et jaune. Ces deux couleurs dépassent les coins, puis s'étalent sur deux parois se faisant face. S'ensuit une large partie rouge d'un côté et verte de l'autre, jusqu'aux portes automatiques, que MacKenzie et Camila ont encadrées d'orange et de violet.

Tout est à peu près symétrique, sans que ce soit vraiment voulu. Si Juan Esteban aurait certainement fait une attaque en voyant cela… je trouve que ça fonctionne.

L'impression d'ensemble est certes chaotique, mais non dénuée de charme. Il y a quelque chose d'accueillant, de chaleureux, de presque infantile.

— Ça fait… beaucoup de couleurs, observe papa. Comment peut-on peindre une réception avec tant de couleurs différentes ? Ce n'est pas convenable.

— Au moins, c'est pas tout propret et gentillet, approuve Stacey.

Tout le monde met alors la main à la pâte pour rentrer les meubles. Camila sort des coussins et des couvertures de leur placard, et Buddy et Michael descendent le secrétaire qu'elle a récemment acheté. Il s'intègre merveilleusement bien au milieu de toutes ces couleurs.

— Qu'est-ce qu'on fait du canapé ? hésite Michael.

— Il y a pas trente-six solutions, on le remet à l'intérieur.

Aussitôt dit, aussitôt fait. C'est toujours le même sofa, brun et banal, mais il semble infiniment plus douillet contre le mur rouge. Camila sème quelques plaids blancs cotonneux, puis glisse prudemment un nouveau coussin décoratif sous la tête de Paul.

Rien ne respire autant le confort qu'un homme endormi paisiblement sur un canapé.

— Staaaaaaaaacey !

Je me lève de ma chaise à la réception. Il est une heure du matin, mais je n'ai toujours pas pu me résoudre à quitter la pièce. Jusqu'à maintenant. Je sors à l'instant même où s'ouvre la porte de Stacey.

Elle s'est emmitouflée dans une épaisse doudoune.

— Derek, souffle-t-elle, choquée.

Elle se frotte vivement sous les yeux pour effacer le mascara de la veille, se passe une main dans les cheveux pour les ébouriffer de manière plus égale, puis descend sur le parking, où l'attend son époux.

Celui-ci chancelle, mais se rattrape à la portière de sa voiture.

— Tu es bourré, observe-t-elle.

— Pas assez, répond Derek. J'essaie d'oublier que ma femme s'est barrée, mais j'ai pas encore réussi, merde !

— Ne jure pas, le reprend-elle, souriant en écho aux paroles de mon père.

— Qu'est-ce qui t'a pris ? Allez, Stacey, on a peut-être pas toujours vu les choses du même œil…

— Ha !

— Mais on a toujours formé un bon duo, non ?

Il me semble que Stacey hésite ; son regard s'adoucit et se fait plus chaleureux.

— Comment veux-tu que je sois respecté, si ma femme crèche dans un *motel* ? Personne me prendra au sérieux en tant qu'homme politique.

Les traits de Stacey se durcissent à nouveau.

— Oh, pauvre chou.

— Très bien, si c'est comme ça que tu veux la jouer. Si tu crois que je vais te supplier à genoux, tu te fourres le doigt dans l'œil.

— Pfff, c'est toi qui es venu me chercher ici.

— Je voulais juste te dire que c'est pas la peine de revenir à moi en rampant quand tu en auras marre de cet endroit. Et t'imagine pas que je vais payer la note. T'as vécu une vie foutrement confortable jusqu'ici, pas vrai ? Jamais travaillé, ni même fait le ménage ou préparé à manger. Tout ce que tu sais faire, c'est me reprocher de pas avoir de vrai boulot.

— Dans ce cas-là, je devrais pas te manquer tant que ça, siffle Stacey, lasse.

— Ça, je te le fais pas dire. J'ai une paix royale, tu peux pas savoir. Je sais même pas pourquoi je suis venu ici. Sans doute parce que j'ai plus l'habitude du calme, à force de t'entendre me crier dessus.

— Tant mieux pour toi, parce que ça va durer.

— Peut-être même que je me trouverai quelqu'un d'autre. Ça doit pas être bien dur. Il y a encore un paquet de femmes qui m'apprécient, dans cette ville.

Stacey se jette sur lui.

— Va te faire foutre ! hurle-t-elle. Je te jure que si je revois ta face pathétique ici, je vais…

Derek l'attrape par les poignets et la tire vers lui. Stacey retient sa respiration. La scène se fige.

On dirait qu'ils ont tous deux perdu leur langue. Ils restent parfaitement immobiles. La poitrine de Stacey se soulève et s'affaisse par saccades. Derek se penche vers son visage.

— Stacey…, finit-il par articuler.

Elle avale sa salive.

Papa passe la tête par la porte, prêt à la refermer aussitôt pour la verrouiller derrière lui.

— Qui est-ce qui fait un tel vacarme ? rouspète-t-il. Je vous préviens, j'ai appelé la police !

— Et merde, lâche Derek, filant vers sa voiture.

Avant même que Stacey n'ait le temps de comprendre ce qui se passe, il a démarré et quitté les lieux en trombe.

Elle se passe une main sur le visage.

— Vous pouvez pas vous mêler de vos affaires, non ? accuse-t-elle.

— Vous vous disputiez et hurliez. Impossible de fermer l'œil avec votre boucan !

— Et vous pouviez pas simplement demander si tout allait bien ? Poser une ou deux questions, avant d'appeler les flics ? Juste une fois dans votre vie, vous auriez pas pu être sympa et foutre la paix aux gens ?

Elle pousse un soupir muet, frustrée devant sa propre réaction, sans doute.

— Non, évidemment que vous en seriez incapable.

Sur ce, elle sonne à l'accueil et réveille MacKenzie, pour l'avertir de l'arrivée prochaine de la police.

MacKenzie descend à la réception et l'assure qu'elle saura gérer la situation. Lorsqu'un jeune adjoint au shérif mal réveillé daigne enfin se montrer, elle lui explique que deux inconnus se sont garés sur le parking pour s'enguirlander. Ils sont partis désormais, et il s'est donc déplacé pour rien, mais peut-être accepterait-il une tasse de café ?

— Donc, deux étrangers sont venus se garer chez vous, pour se mettre à crier sous vos fenêtres ? récapitule-t-il.

— C'est ça. Vous savez, les gens sont tendus lors des longs trajets en voiture.

Le représentant des forces de l'ordre est parcouru d'un frisson, comme s'il en avait lui-même fait l'expérience. Il refuse poliment le café.

Ce n'est qu'un début

— Écoutez-moi ces conneries, lançait MacKenzie sur un ton enjoué, avachie sur le canapé de Pat et Carol.

Quelques semaines s'étaient écoulées depuis la première réunion chez elles, et MacKenzie avait déjà pris ses aises. On ne voyait que ses boucles blondes qui dépassaient du dossier, et ses pieds posés sur l'accoudoir, remuant en rythme avec une mélodie qu'elle seule entendait. Elle émettait des bruissements de papier en agitant la *Gazette*.

Pat et Carol m'ont souri. Nous faisions la vaisselle dans la cuisine, après un dîner organisationnel des plus informels.

Michael n'était pas présent. Accaparé par ses candidatures aux différentes universités, il venait donner un coup de main pour la campagne quand il en avait le temps.

— L'Église évangélique de Sacred Faith a écrit une lettre à la rédaction. Eh ben, je savais pas qu'on était aussi puissants, nous autres homosexuels !

MacKenzie s'est lancée dans la lecture du courrier, d'une voix faussement hautaine.

— « Présenter l'homosexualité comme quelque chose de normal, de naturel ou d'acceptable, c'est enseigner à nos enfants qu'ils peuvent aller à l'encontre de la parole de Dieu sans peur des conséquences. Cela est contraire à la morale qui guide notre société et nos écoles depuis plus de deux siècles. Les écoles ne doivent pas devenir un lieu de recrutement pour les homosexuels ! »

— Je l'admire, tu sais, m'a soufflé Carol. Je n'aurais jamais eu le courage de faire mon coming out au lycée. Aujourd'hui encore, j'ose à peine le faire. J'espère qu'elle sera prudente, et qu'elle fera attention à elle.

— Mais bien sûr, on recrute chez les jeunes, poursuivait MacKenzie. Heureusement, la *Gazette* se distancie de ce genre de cinglés. Ils ont publié un éditorial, attendez que je le trouve.

Les feuilles font des froufrous tandis qu'elle cherche la bonne page.

Ça y est, mes souvenirs de Pat et Carol se précisent. Je me rappelle le soin avec lequel je lavais les tasses à café. J'avais peur d'en casser une, alors qu'elles étaient déjà vieilles et ébréchées. Toute leur maison était un peu ébréchée, d'ailleurs. Elles-mêmes aussi, peut-être. Elles portaient des jeans confortables mais guère seyants. Elles vouaient un culte à leur potager. Il y avait toujours de la terre devant la porte menant de la cuisine au jardin, des gants de jardinage un peu partout, un sécateur çà et là, et on sentait constamment l'odeur saine et terreuse d'une maison dont les portes et les fenêtres sont ouvertes tout au long de l'année.

— Ah, voilà, annonce MacKenzie. « Les unions de parents et professeurs de l'Oregon ont déjà assuré qu'aucun cours "n'encourage ni ne promeut" l'homosexualité. » Ça, c'est certain. « La proposition de loi est donc par définition inutile. Le rôle des enseignants consiste à répondre aux besoins des élèves et à les accompagner dans leur développement, et non à différencier un groupe ni à mettre en exergue les différences entre ces groupes. Au contraire, il leur appartient d'enseigner la tolérance et le respect. » Édifiant, vous trouvez pas ?

Pat avait de grands yeux profondément ancrés dans leurs orbites, des rides témoignant d'une vie longue et intense, et des cheveux de la couleur des feuilles au mois de novembre. Le visage de Carol, lui, était dominé par une bouche fort expressive habituée à manifester la gentillesse et la bonne humeur. Or, en cet instant, on y lisait le doute.

— Nous n'avons jamais voulu nous politiser, m'a avoué Pat. Nous sommes comme n'importe qui d'autre. On vote républicain, on s'occupe de notre potager, on fait des cookies pour les kermesses de l'église.

— On n'a pas un caractère aussi fort que MacKenzie, a renchéri Carol.

Pendant ce temps, celle-ci continuait sa lecture à voix haute, faisant la critique des arguments de la *Gazette* et de son style journalistique.

— Tout ce qu'on veut, c'est partager notre vie, a repris Carol, se penchant vers moi. La *Gazette* nous a approchées pour nous demander une interview. Ça ne dérangera personne, tu ne crois pas ? On est juste un couple de femmes, on ne fait pas de mal à qui que ce soit.

— Je suis sûre que tout ira très bien, ai-je assuré. Je trouve ça génial qu'ils veuillent vous interviewer.

— Oui…, a dit Pat. On pensait commencer par installer une pancarte devant la maison. Il faut bien que quelqu'un s'oppose à l'initiative sur cette rue.

Des pancartes *Oui à l'Initiative 9* avaient déjà fait leur apparition sur Broadway. MacKenzie avait secoué la tête en les voyant sur le chemin. Comme personne que nous apprécions n'habitait là, nous n'y accordions pas trop d'importance.

Pourtant, Pat et Carol hésitaient dans le vestibule.

— Tu es prête ? a demandé la première.

La seconde lui serrait fort la main. Son visage blême tranchait sur son pull rose clair.

— Je suppose, a-t-elle répondu. Et toi ?

— Autant régler ça tout de suite.

— Allez, à l'assaut ! a gaiement clamé MacKenzie.

Carol a esquissé un sourire.

— Ce n'est que de la politique, après tout. Chacun a le droit d'avoir sa propre opinion. Personne n'y fera attention, si ?

— J'espère bien qu'ils y feront attention ! a tonné MacKenzie. Qui sait, peut-être que vous allez lancer une nouvelle mode dans cette rue.

— On peut y arriver, a dit Pat, prenant une profonde inspiration. Allez. On y va.

Quelques minutes plus tard, une pancarte solitaire était plantée sur la pelouse, avec l'inscription *Non à l'Initiative 9* et le logo de l'association Basic Rights Oregon.

— Je vais aussi en installer une au motel ! a promis MacKenzie.

— C'est bien, qu'on fasse enfin quelque chose, a estimé Pat.

— Je vais te dire, ça me fait du bien d'agir enfin, a approuvé Carol.

— Et ce n'est qu'un début, a conclu MacKenzie.

Jésus sur la plage

Par le plus grand des hasards, je me trouve dans les parages lorsque Derek rend visite à Cheryl, le jour suivant.

Je voulais vérifier que tout allait bien dans la maison de papa. Je ne sais pas vraiment pourquoi. Je suppose que je me sens responsable, maintenant qu'il vit au motel. J'ai donc marché jusqu'à Water Street et suis arrivée à l'instant où Derek se garait dans la cour de Cheryl.

Nous sommes dimanche, le soleil se reflète sur la carrosserie des voitures fraîchement lavées, et les bonnes gens sortent de chez eux parés de leurs plus beaux atours, prêts pour leur visite hebdomadaire à l'église. On croirait que la rue, les maisons et les arbres eux-mêmes cherchent à se présenter sous leur jour le plus pieux.

Derek regarde de gauche à droite pour s'assurer qu'il se trouve à la bonne adresse, et j'accours pour épier la conversation qui va suivre.

Il a l'air fatigué et encore sous l'effet de la gueule de bois, bien qu'animé d'une nouvelle détermination. Il rejoint la porte à grandes enjambées et grimace à peine quand la sonnette stridente réveille son mal de crâne.

Cheryl et son mari sont sur leur trente et un pour la messe :

elle porte un joli chemisier en plus de son jean et ses baskets roses, et lui une chemise bleu foncé en coton, presque repassée.

— Tu disais vouloir faire quelque chose à propos du motel, amorce Derek. Je suis venu t'écouter.

Cheryl regarde sa montre.

— Derek, est-ce que tu vas souvent à l'église ?

— Ça fait dix ans que j'utilise ce machin, explique le pasteur en se débattant avec son combiné casque-micro. Et je n'ai toujours pas trouvé quelqu'un capable de me faire comprendre comment le mettre sur ma tête. Mais sachez qu'ils ont fait de leur mieux. Dieu sait que Cheryl a tout donné.

Une courte pause pour essayer de coincer l'arceau derrière son oreille.

— Pas plus tard qu'il y a une demi-heure, elle m'a encore tout expliqué.

Nouvelle pause.

— Trois fois, pour être exact.

Les cheveux gris du pasteur partent dans tous les sens suite à sa lutte avec l'appareil, mais il ne prend pas la peine d'essayer de les aplatir. Son regard amical et facétieux nous invite à rire *de* lui et *avec* lui. Il irradie la bienveillance et la modestie : son veston est froissé, trop grand d'une taille, et s'accorde assez mal avec son pantalon. *Il est des choses plus importantes que les habits, dans la vie*. Tel semble être son message.

Je me tiens tout au fond de la salle, près de l'entrée. Juste à côté de moi se trouve le tableau d'affichage, garni de notes vantant les diverses activités de la paroisse. Un message rédigé en grosses lettres rouges propose des informations au sujet du programme de rétablissement à douze étapes, un autre invite aux études bibliques, et d'autres encore font la promotion d'une soirée dansante en octobre ou de séances de « tricot pour Jésus ».

Sur un présentoir à brochures s'entassent des publicités pour des stations-service réservées aux camions équipées de chapelles et proposant des offices réguliers (« Toutes les confessions sont bienvenues ! »), ainsi que pour le parc à thème Holy Land Experience (« Des vacances plus près de Dieu pour toute la famille ; spectacles tous les jours à 11 heures et 15 heures ! »).

— Ce qui illustre à merveille ce dont j'aimerais vous parler aujourd'hui, reprend le pasteur. Aucun de nous n'est parfait.

De mon poste, je vois seulement les dos de Cheryl et Derek. Ce dernier se tortille sur son siège. Il n'est pas naturel pour lui de se tenir aussi droit. Il jette des regards furtifs dans diverses directions, se demandant ce qu'il fait là.

— Nous aspirons tous à la perfection. Nous essayons de l'atteindre. Parfois il est tentant de penser que Dieu ne nous aime que lorsque nous faisons suffisamment d'efforts. Comme si son amour était une récompense à mériter. « Si j'arrive à faire ceci. Si j'arrête de faire cela. »

Quand son regard parcourt l'assemblée, il semble s'attarder sur Derek.

— « Si j'arrête de boire », poursuit-il. « Si je commence à aller à l'église. Si seulement j'arrive à devenir une meilleure personne, *alors* Dieu m'aimera. » En ce qui me concerne, j'étais ivre pendant une grande partie de l'enfance de ma fille. J'ai fait des choses dont j'ai honte aujourd'hui. Des choses que je ne me suis toujours pas pardonnées. Désormais je suis sobre. Je suis devenu pasteur. Il me serait aisé de penser : « *Maintenant* Dieu m'aime. » Or, Dieu m'aimait déjà avant, même quand je n'en étais pas digne. Jésus m'aimait alors que je me trouvais tout au fond du gouffre, alors que moi-même je ne m'aimais pas.

Les muscles dorsaux de Derek se relâchent. Ses épaules s'affaissent, et il retrouve une posture naturelle. Quand Cheryl lui tapote le genou, il lui adresse un sourire reconnaissant. Un bref instant, je vois son visage de profil : livide, mal rasé, des cernes sous les yeux, mais aussi paisible. Il ne quitte jamais le pasteur du regard.

Je sais ce qu'il ressent; la voix profonde de l'homme de Dieu et l'église elle-même ont un effet semblable sur moi. Malgré tout ce que je sais à leur sujet, il est difficile de résister à la chaleur et l'humble gaieté qui se dégage de la paroisse. Si votre chemin vous conduit ici, vous êtes les bienvenus. Ils ne réfléchissent pas plus loin. Le bâtiment en lui-même est dénué de toute prétention et plein à craquer. Des gens se pressent sur les bancs latéraux, contraints de se tordre la nuque pour apercevoir le pasteur.

— Je vais vous narrer une parabole moderne, qui a toujours beaucoup compté pour moi. Un homme marche sur la plage en compagnie de Jésus. Tout au long de sa vie, leurs traces de pas se côtoient sur le sable. Un beau jour, l'homme trébuche et tombe. Il souffre. Il se retrouve seul. En proie au doute. Il est absolument au fond du trou. Et quand il se tourne vers le passé, qu'il regarde en arrière, vers les derniers mètres de plage qu'il vient de parcourir, il ne voit qu'une seule trace de pas. « Mon Dieu, implore-t-il, pourquoi m'as-tu abandonné ? Pourquoi suis-je seul au moment où j'ai le plus besoin de toi ? »

Il contemple à nouveau son auditoire.

— Je crois que nous avons tous vécu cela un jour, n'est-ce pas ?

Derek hoche instinctivement la tête.

— C'est alors que Jésus lui répond : « Ne comprends-tu pas ? C'est précisément sur ce bout de chemin que je t'ai porté. »

Le pasteur marque une brève pause, avant de reprendre :

— Notre beau pays est en proie à une famine spirituelle. Sur le plan matériel, nous sommes plus riches que jamais, et nous avons compris que cela n'est pas une fin en soi. Nous croulons sous la nourriture, les vêtements et la technologie, mais nous avons soif d'autre chose. L'Homme ne saurait se satisfaire du dernier modèle de téléphone portable, et je crois que ce que nous cherchons, c'est, entre autres, ces deux traces de pas sur le sable. Un sens à nos vies. Une présence à nos côtés.

Sur le banc le plus proche de moi, une femme visiblement au bout du rouleau a des larmes aux yeux.

— La foi évangélique est pragmatique. Chaque jour, nous marchons sur la plage aux côtés de Jésus. Tous les jours. Nous ne pensons pas seulement à Jésus le dimanche, pour l'oublier le reste de la semaine. La Bible nous dit d'aimer notre prochain, et c'est ce que nous faisons. Nous prenons soin les uns des autres. Nous emmenons Jésus avec nous au travail. Nous ne trichons pas en affaires pour gagner quelques dollars de plus. Nous faisons notre travail avec fierté. Nous nous aimons mutuellement et nous pardonnons, comme Dieu nous pardonne. Et nous ne sommes pas seuls. Nous sommes plus nombreux que jamais. Ce pays a été fondé par des chrétiens, même si peu s'en souviennent aujourd'hui.

Je ne suis plus du tout décontractée. Mon estomac s'est noué. Sa voix monte en volume.

— Ce monde a plus que jamais besoin de nous. De nos traditions. De nos valeurs. Or, notre mode de vie tout entier est menacé. Et Dieu sait que ce ne sont pas les médias *mainstream*, les écoles ou Hollywood qui nous viendront en aide. Nous sommes passés du mariage à vie au mariage pour tous, de Clint Eastwood à *Brokeback Mountain*.

Derek se met à ricaner. Il est le seul.

— Nous livrons une guerre culturelle et nous sommes en train de perdre !

Le public est véritablement échauffé, désormais. On échange des regards et on hoche la tête. Certains applaudissent.

— Et pendant ce temps on nous dit d'arrêter de nous battre. De baisser les bras. Eux peuvent lutter pour avoir le droit de se syndiquer, ou s'engager en faveur de normes environnementales toujours plus strictes, et ce sont les gens ordinaires qui en paient le prix, les petites entreprises qui ploient déjà sous nos lois fédérales. Mais si vous osez faire campagne pour la morale, pour les valeurs chrétiennes, vous serez critiqués, raillés, jugés indésirables, voire accusés.

Le pasteur glisse une main dans sa chevelure, qui se dresse sur son crâne, comme électrifiée par son sermon. Quand il reprend la parole, c'est d'une voix totalement différente. Calme et encore plus chaleureuse. Il prend bien soin d'exclure toute note de jugement de son ton, ce qui contraste fortement avec la teneur de ses paroles.

— Je voudrais vous parler d'une entreprise. Vous savez à laquelle je pense. Le motel, oui.

Je regarde autour de moi, m'attendant presque à les voir tous se retourner et pointer leurs doigts accusateurs dans ma direction.

— Le motel attire des âmes égarées en leur promettant le réconfort fallacieux des drogues, de l'alcool, du cynisme et de l'insouciance apathique, prétendant que l'on peut rire de tout et ne rien prendre au sérieux. Ce genre de personnes auraient pu trouver un véritable foyer chez nous.

Cheryl hoche la tête avec enthousiasme. Derek se penche en avant sur son banc.

— Le motel aurait pu constituer un point clé de la ville, un foyer pour les gens de passage, un centre d'activités touristiques, un modèle et une fierté. Mais ils l'ont laissé décrépir. Ce qui n'est guère surprenant, étant donné les propriétaires. Cet établissement est géré par des personnes qui n'ont pas le moindre respect pour l'Église ou pour Jésus. Elles ne prennent rien au sérieux. Ni nos jeunes, ni notre école, ni nos aînés, ni notre ville, ni notre style de vie. À leurs yeux, nous moisissons dans cette ville qui est notre foyer, et qui nous a tant offert. Telle est l'image qu'ils présentent à tous ceux qui visitent Pine Creek.

« Personne n'est parfait. Ni eux, ni nous. Là n'est pas la question. Mais nous au moins, nous essayons. Nous faisons de notre mieux. Nous accueillons Jésus dans nos vies, nous ne nous moquons pas de lui ! Nous sommes capables de faire changer les choses. La foi peut déplacer des montagnes, n'en doutez jamais. N'écoutez pas les voix sournoises dans vos têtes, ni celles des gens qui vous entourent, ou dans les médias, et qui vous disent que vos efforts sont futiles. Car nous sommes nombreux à marcher sur la plage en compagnie de Jésus.

Une fois l'office terminé, les fidèles s'attardent dans l'église. Je pense qu'ils veulent demeurer encore un peu dans le beau tableau qui a été peint devant leurs yeux. Ils sont vus, pardonnés, aimés. Plusieurs souhaitent parler au pasteur, soit pour le remercier, soit dans l'espoir qu'une portion de sa grâce saura les toucher. Ils ont été sages et silencieux jusqu'ici, et veulent maintenant s'exprimer, raconter leur destinée, lui montrer qu'ils comprennent et partagent son point de vue. Il les accueille tous de bon cœur. Il a longuement parlé ; maintenant, à son tour d'écouter.

J'observe la scène à distance, les bras croisés en signe de défiance.

Dehors, le soleil radieux semble démontrer la grandeur de Dieu, et quand les membres de la paroisse se résolvent enfin à sortir en file indienne l'air se charge d'une certaine tension électrique. Comme si la messe les avait galvanisés d'une énergie qui devait maintenant se décharger.

Derek le sent également, mais à l'extérieur, à l'air frais, la forte impression que lui a laissée le sermon s'estompe. Il se tient légèrement à l'écart et paraît de nouveau égaré, incertain. Doit-il s'en aller ou rester ?

C'est alors que le pasteur l'aperçoit et vient à sa rencontre, Cheryl à son côté.

Il tape gentiment sur l'épaule de Derek.

— Ça fait plaisir de te voir ici, déclare-t-il.

— Formidable sermon, pasteur, complimente Derek avec sincérité.

Un attroupement spontané se forme autour d'eux, attiré par la présence du pasteur.

— C'est Derek ici présent qui s'est arrangé pour qu'on redonne un coup de pinceau à notre école, qui en avait bien besoin, explique l'homme de Dieu.

Et l'assistance de hocher la tête en souriant.

— Je ne manquais jamais un seul de tes matchs, naturellement. Mais si je puis me permettre, je crois que tu auras encore plus d'impact ici que sur le terrain.

— Oui, euh…, bégaie Derek.

— J'imagine que l'influence néfaste du motel sur notre ville ne t'a pas échappé ?

— Ce sata… je veux dire ce maudit motel ! Ils ont monté la tête à ma femme, ça je peux vous le dire. Mais si elle croit que je vais lui courir après, elle se fait des idées. Enfin, elle a seulement quitté la maison temporairement, mais…

— Séparer un homme de sa femme, commente un type en secouant la tête.

— *Moi*, je n'y ai jamais mis les pieds, assure un autre.

Soudain j'éprouve une rage déraisonnée à leur égard.

— Mais par où commencer ? demande Derek. C'est un motel. Je ne vois pas ce qu'on peut y faire.

Le pasteur se fend d'un sourire.

— Mon cher Derek, nous avons le bras bien plus long que tu ne l'imagines. Et nous allons commencer par une pétition.

— Ça commence toujours par une pétition, approuve gaiement Cheryl.

— Vous savez pourquoi j'ai épousé Derek ?

Stacey est à moitié couchée sur le canapé de la réception, les jambes étendues devant elle.

— Non ! s'exclame papa d'un air affolé, assis le plus loin possible d'elle, dans un coin du sofa. Et je ne tiens pas à le savoir.

— Je l'ai fait pour ma belle-mère. Je sais que c'est ridicule, mais elle avait un mari qui ne buvait pas, qui ne se droguait pas, et elle vivait dans cette superbe maison. Elle avait toute la place qu'elle voulait, et ses vêtements étaient toujours nickels et parfaitement choisis pour l'occasion. Les repas qu'elle nous servait étaient délicieux. Du saumon, des mini-carottes hyper douces, de la viande tendre et des *petits pois*, vous imaginez ? Elle les mange à la fourchette ! Mes parents auraient pas été foutus de manger des petits pois, même avec une bavette et une cuillère.

— Ça ne se fait pas, de parler ainsi de ses parents.

— Je ne voulais pas devenir comme Joyce ; je voulais qu'elle remplace ma mère. Je nous imaginais, toutes les deux, dans son immense cuisine. Seigneur, elle me semblait si grande. Là, on ne se cognait pas à la table en voulant aller au micro-ondes. Je me disais qu'elle m'apprendrait à faire à manger, autre chose que des pâtes au fromage. Et elle apprécierait mon aide. Je lui tiendrais compagnie en journée. On pourrait préparer un dessert ensemble, de la tarte aux pommes, bien sûr, celle avec le quadrillage de pâte au-dessus, et on boirait du café, et le soleil brillerait par les fenêtres garnies de jolis rideaux en dentelle blanche. Ne rigolez pas.

Papa est bien loin de rire : il semble encore effrayé par toutes ces confidences.

— J'ai grandi dans un mobile home. Impossible de faire deux pas sans se cogner quelque part. Mon père et ma mère étaient quasi saouls en permanence. Saouls ou absents. Il leur arrivait de disparaître plusieurs jours d'affilée. L'un ou l'autre, parfois les deux, partis sans prévenir. Il ne restait plus que ma petite sœur et moi, et j'avais mauvaise conscience, parce que la vie était plus simple quand nos parents n'étaient pas là. Je préparais à manger pour nous deux. Des pâtes au fromage. Des hot-dogs. Vous avez idée à quel point les hot-dogs deviennent lassants, même pour un enfant ?

— Ce n'est pas la peine de me raconter tout ça ! proteste papa.

— Non, je suppose que, même vous, vous ne méritez pas de subir mes pathétiques souvenirs d'enfance. Mais quand j'avais dix ans, je me suis juré que j'aurais un jour une famille tout à fait normale, et heureuse. Naturellement, je rêvais de découvrir que j'avais été adoptée et que mes véritables parents viendraient me sauver. C'est alors que j'ai rencontré Derek, et pendant un moment j'ai vraiment cru que j'allais trouver ma place.

Papa regarde droit devant lui pour ne pas risquer de croiser son regard.

— Mais c'est impossible. Dans cette ville, les gens n'oublient jamais rien. Et ils parlent à tout-va. Je ne supporte pas l'idée qu'on crache dans mon dos, qu'on se moque de moi et…

Papa se redresse.

— Exactement ! s'écrie-t-il énergiquement.

— Ils n'ont rien de mieux à faire ? Qu'ils s'occupent plutôt de leurs propres vies.

— Vous avez fini par apprendre à cuisiner ? l'interroge papa. Parce que ce n'est pas si difficile que ça. Il suffit de suivre les instructions et…

Stacey enfouit son visage dans ses mains.

— Bien sûr, bien sûr, soupire-t-elle. C'est tout à fait de ça que je parlais.

Papa lui lance un regard confus, se demandant certainement ce qu'il a encore fait de mal.

Une véranda pour Henny

Alejandro se jette à corps perdu dans son projet de renouvellement du compte Instagram. Tout l'après-midi, je l'observe se promener, appareil autour du cou. À plusieurs reprises, il s'arrête pour demander à nos clients ce qu'ils pensent du motel, et leur poser des questions sur leurs vies. Je ne doute pas qu'il reçoit des réponses intéressantes. Il finit par chercher Camila pour discuter un moment avec elle.

— Tu sais que j'ai créé un compte Instagram pour le motel ? Il n'est pas très actif pour l'instant, tout simplement parce que ce n'est pas évident de prendre des photos flatteuses de cet établissement.

— Un défi à relever, répond Camila avec le sourire. Mais maintenant on a une réception aux couleurs de l'arc-en-ciel.

— Euh, certes. Ne t'inquiète pas, j'en ai déjà publié des images. Mais Michael m'a suggéré de mettre plutôt l'accent sur la *sincérité*. Comme la nouvelle enseigne, tu vois. Quelque chose de fidèle à la réalité. Avec une touche d'humour. Histoire de montrer qu'on sait rire de nous-mêmes.

Je soupçonne Alejandro d'avoir affûté ses arguments en avance.

— D'accord…, dit Camila, ne sachant trop que penser.

— Super, j'allais justement mettre en ligne quelques images sincères.

— Je peux voir ?

Il parcourt rapidement ses clichés pour lui en montrer quelques-uns. Il ne plaisantait pas en ce qui concerne l'honnêteté. Il y a bien entendu plusieurs photos de l'enseigne, mais le thème du dépérissement ne s'arrête pas là. Sur l'une des images suivantes, papa est assis à la réception, l'air boudeur. Son visage étant un peu flou, nous sommes les seuls à pouvoir le reconnaître, car la mise au point est effectuée sur le mur jaune clair derrière lui et sur l'urne étincelante posée à côté. Le texte qui accompagne la photo est composé d'une liste de doléances au sujet du motel qu'il a lue à voix haute la veille, comprenant ses commentaires sur le manque de sérieux de la réception multicolore. La plupart des portraits sont indistincts, des êtres humains impossibles à identifier, excepté une photo de Clarence, qui regarde droit dans l'objectif et lève sa tasse de café à la santé de l'observateur. En dessous de l'image, qui ne révèle pas que le récipient est rempli d'alcool, on peut lire une longue citation du sujet. Ça me fait un peu penser à *Humans of New York*, sauf que Clarence explique comment l'alcool a contribué au développement de notre État. L'alcool et le racisme institutionnalisé. Fiers de figurer sur la photo, on trouve également une bande de types du Vermont en pleine gueule de bois. Là aussi, Alejandro publie leurs avis sur la ville sans en modifier une virgule.

Le reste est constitué de clichés artistiques d'objets oubliés ou abandonnés. Une tasse de café solitaire portant une trace de rouge à lèvres, un sachet de chips vide traînant sous une poubelle, un gros plan sur le goudron et quelques très belles photos des montagnes, qui dégagent malgré tout une impression de solitude et de mélancolie.

Et bien sûr une image de Paul, assoupi sur le canapé sous l'enseigne, flanquée du hashtag *#chambreslibres*.

Je jette un regard nerveux à Camila. Lorsqu'elle prend la parole, je ne pense pas qu'elle exprime son véritable ressenti.

— Et tu crois que ça va donner *envie* aux gens de venir ici ?

— C'est juste un compte Instagram, se défend promptement Alejandro. Personne ne réserve un motel en se basant sur des photos d'Instagram. Notre site officiel et nos pages sur Booking.com et TripAdvisor sont toujours complètement normaux. Ça, c'est juste… un trait d'humour.

Je ne suis pas d'accord avec lui. Il s'est peut-être laissé convaincre qu'il faisait ça pour plaisanter, mais ses photos respirent la sincérité. Elles sont magnifiques, et étonnamment personnelles. L'espace d'un instant, je vois le monde à travers ses yeux.

— Je voulais simplement m'assurer que tu étais d'accord.

— Oui… Je suppose.

Il n'est pas impossible que Camila n'ait écouté qu'à moitié Alejandro, car lorsqu'elle repart il est évident qu'elle a l'esprit ailleurs. Elle va chercher un panier dans sa chambre, puis descend à la réception.

— Viens, MacKenzie, l'invite-t-elle. On va faire la fête.

— Pour fêter quoi ?

Camila hausse les épaules en l'entraînant vers la voiture.

— À toi de choisir, répond-elle. Notre nouvelle réception. Les dix ans du canapé.

— Je crois qu'il est plus vieux que ça.

Néanmoins, elle suit docilement Camila, puis elles gagnent toutes les deux un endroit tranquille au bord du ruisseau.

Camila déroule une couverture sur l'herbe et expulse quelques feuilles mortes, tandis que MacKenzie contemple la lisière de la forêt. Les yeux fermés, elle hume les senteurs intemporelles de l'humidité, de la fraîcheur et de la liberté. Le bruissement de la route, en arrière-plan, se confond avec l'écoulement de l'eau et amplifie son volume. Les camions qui passent par là sonnent comme le fracas des vagues.

Des bouleaux menus s'agrippent à la berge, et un pin particulièrement téméraire semble sur le point de tomber dans l'eau. Trois pierres forment un genre de tête de pont dans le courant. De l'autre côté, les pins s'écartent temporairement, et le monde semble plus vaste vu d'ici.

Camila tient une bouteille de mousseux et deux tasses à café.

— Pas de fête sans boisson gazeuse.

Je m'allonge sur le dos dans l'herbe. Le soleil et le vent jouent dans les cimes des arbres. Une feuille solitaire tourbillonne lentement vers le sol, quand une légère brise s'en empare. Elle virevolte dans les airs en décrivant de larges cercles.

MacKenzie s'assied à côté de Camila sur la couverture. Cette dernière ouvre la bouteille, et MacKenzie sourit en voyant la mousse déborder.

— Je peux te poser une question ? s'enquiert Camila.

MacKenzie prend la tasse qui lui est tendue et s'en renverse immédiatement sur la main.

— Je t'écoute, répond-elle.

— Comment ça se fait que tu ne m'aies pas encore embrassée ?

Dans le silence abasourdi qui suit, elle continue le plus calmement du monde.

— Ça fait pourtant bien assez longtemps qu'on flirte ensemble. Mais peut-être que je ne te plais pas tant que ça, au final ?

Je me redresse, absolument choquée par cette question sortie de nulle part.

Enfin, pas aussi choquée que MacKenzie.

— Nom de Dieu, Camila, dit-elle, prise de panique.

Camila étend paisiblement les jambes et boit une gorgée dans sa tasse.

— C'est une question très simple. Il suffit de répondre « oui » ou « non ».

— Et pourquoi est-ce que tu ne m'as pas embrassée, toi ?

— J'y avais songé. Mais je me suis dit que ce serait plus drôle de voir pendant combien de temps tu tournerais autour du pot avant de faire le premier pas.

— Et là, tu attends toujours patiemment ?

— Je me suis lassée.

— J'ai arrêté ce genre de choses.

— Tu vas rester célibataire pour le reste de ta vie ?

— Tu n'es pas un coup d'un soir, Camila. Et les sentiments, merci bien, j'ai donné. Je ne ressens plus rien. Je me rappelle même pas comment fonctionne mon cœur.

— Oh, MacKenzie. Tu ressens tant d'émotions qu'elles vont finir par te détruire de l'intérieur.

MacKenzie est sur le point de se lever quand Camila l'attrape par le bras et la fait se rasseoir sur la couverture.

— Tu comptes arrêter de bavarder un jour et commencer à me tripoter, ou il faut que je fasse tout moi-même ?

MacKenzie reste muette. Je ne crois pas qu'elle va répondre.

— Les préliminaires sont toujours aussi longs avec toi ? la taquine Camila. Parce que, dans ce cas, c'est pas quelques jours qu'il faut t'absenter à Eugene pour baiser, mais plusieurs sem…

MacKenzie plaque Camila contre elle et l'embrasse sans lui laisser le temps d'achever sa phrase. Je détourne pudiquement le regard, me lève et pars me promener.

Il va falloir que je rentre au motel à pied, mais ça en vaut la peine.

Les petits plaisirs de la vie : voir MacKenzie choquée, fébrile, et surtout amoureuse.

Elles formeront un couple parfait ! Ça ne m'étonnerait pas que MacKenzie fasse sa demande en mariage avant la fin de l'automne.

Bon, ça suffit. Calme-toi, Henny. Pas de fausses joies. MacKenzie peut être sacrément lente, parfois.

Disons avant Noël.

Curieux, à quel point les hommes semblent aimer mesurer les choses. Je conçois bien que Paul et Michael ne peuvent pas commencer à construire ma véranda n'importe comment, mais il faut voir la concentration et l'amusement avec lesquels ils comptent leurs pas, tendent des ficelles, plantent des bâtons et jouent du mètre pliant pour mesurer longueur, largeur et profondeur. Ils vérifient à plusieurs reprises, y compris les angles, et ne jettent pas une seule fois leurs outils de frustration. Au contraire, ils ont l'air tout aussi satisfaits lorsqu'il faut corriger quelque chose.

Ils ne prononcent pas un seul mot ; la communication se fait sans doute à un autre niveau. Un genre de télépathie menuisière.

Nous sommes le lendemain du pique-nique de MacKenzie et Camila, et je sautille encore de joie.

— Vous êtes sûrs que c'est la bonne période de l'année pour construire une véranda ? demandé-je sur un ton enjoué.

Michael secoue la tête. Paul acquiesce, puis déplace une ficelle de quelques millimètres.

— Ça m'a pas l'air très droit, critiqué-je rien que pour les embêter.

Michael est passé chercher Paul sur son banc, plus tôt dans la journée. Celui-ci l'a sagement suivi jusqu'à sa voiture. Il a brièvement hésité avant de monter dedans, et se crispait inconsciemment chaque fois qu'ils croisaient un camion, mais il n'a pas protesté une seule fois. À vrai dire, il ne disait rien du tout.

— Tu t'y connais en menuiserie ? lui a demandé Michael sur la route.

— Je me débrouille.

Ce n'est qu'à cet instant que Paul a pensé à demander :

— On va où ?

— Acheter du bois, naturellement.

Une fois de retour, ils ont pu travailler en paix pendant presque une heure, tant qu'ils prenaient des mesures. Mais maintenant qu'ils s'attellent à décharger les planches, tout le motel se rassemble autour de la voiture.

— Vous voulez bien m'expliquer ce qui se passe ici ? demande MacKenzie d'une voix autoritaire.

Michael et Paul se figent.

— On va construire une véranda, répond Michael. À l'arrière du motel. Camila est d'accord.

Il a l'air d'un enfant, avec son besoin de se justifier ou de rejeter la faute sur quelqu'un d'autre.

Tous le suivent de l'autre côté du motel. Michael et Paul ont réservé un endroit pour stocker le bois, où six planches sont déjà soigneusement empilées. Des ficelles tendues délimitent l'emplacement de la future véranda.

— Mes plants de tomates ! se lamente Dolores.

Ah oui, ils se trouvent clairement dans la zone de construction.

— On compte les transplanter, s'empresse de préciser Michael.

— Les transplanter !

— On construit une véranda pour Henny, explique Paul. Ici, c'était son endroit préféré.

— Je vois, concède Dolores. Une véranda pour Henny. Dans ce cas, c'est autre chose. Mes tomates pousseront tout aussi bien contre ce mur-là.

MacKenzie et Alejandro se mettent à porter des planches, Dolores retourne dans la cuisine, et Michael et Paul déplacent une ficelle d'un invisible millimètre.

— À quoi elle ressemblait ? demande Paul.

— Henny ? Je n'ai jamais vu de femme plus belle qu'elle.

— Michael ! protesté-je. Ne raconte pas n'importe quoi à ce pauvre Paul. Il va encore te croire.

— Elle ne correspondait peut-être pas aux canons de beauté. Non, elle était plus belle que ça. À côté d'elle, toutes les autres femmes avaient l'air ennuyeuses et impersonnelles.

— Je préfère ça, dis-je instinctivement, avant de me ressaisir. Mais tu as le droit de rencontrer quelqu'un d'autre. Un jour. Pas tout de suite.

Je n'y crois pas une seule seconde. Pas maintenant qu'il a enfin trouvé sa place. Nous serons ensemble pour toujours, telle est l'impression que j'ai en cet instant.

La conversation est mise entre parenthèses lorsque MacKenzie et Alejandro déposent plusieurs planches sur la pile. Une fois repartis, Michael reprend :

— Je crois que c'était quelque chose dans sa manière de te regarder. Elle aurait pu me convaincre de n'importe quoi. Son regard rayonnait d'un genre d'évidence. *Elle* savait qu'elle avait raison, et si elle le savait, comment pouvais-je en douter ? Tout ira bien, l'être humain est bon de nature, la terre est plate… Peu importe ce qu'elle disait, quand elle te regardait avec ses yeux bleus. D'un bleu presque translucide, comme les eaux de Crater Lake.

Il se tait.

— Je suis ridicule. Allez, on continue à creuser.

Ils déplacent soigneusement les plants de tomates de deux mètres. Michael continue de parler sans vraiment en avoir conscience.

— On entend souvent dire, même si c'est faux, que les Inuits ont une centaine de mots pour désigner la neige.

Paul creuse de son côté.

— Eh bien moi, il m'en faudrait au moins autant pour décrire les différents sourires de Henny. Elle pouvait communiquer tout et n'importe quoi avec un sourire : le rire, l'amour, la sollicitude, la compassion, même le désaccord. Et je pense que si on demandait à tous ceux qui l'ont connue de décrire son sourire, on découvrirait qu'elle réservait un sourire différent à chaque personne. Cela rendait toute dispute impossible avec elle. Oh, j'ai bien essayé, quand j'étais jeune et stupide. Tout comme j'ai essayé de lui tenir tête. Je savais que je m'en irais un jour, et je n'avais pas besoin qu'on me rende la tâche plus difficile. Et puis alors elle me souriait, et soudain j'étais de nouveau prêt à tout faire pour elle. J'ai toujours été disposé à faire tout ce qu'elle me demandait.

— C'est bien joli tout ça, mais tu as quand même quitté la ville. C'est pas pour être mesquine, mais ça, ce n'était pas ce que je voulais.

Je souris pour montrer que je ne lui en tiens pas rigueur, puis j'en prends conscience et éclate de rire. Je contorsionne mon visage pour afficher une mine très sérieuse, tirant les commissures de mes lèvres vers le bas et fronçant les sourcils, mais c'est tellement peu crédible que je me remets à glousser au bout de quelques secondes.

— J'étais un imbécile, maintient Michael. Je pensais pouvoir réaliser tous mes rêves, puis trouver quelqu'un de semblable à Henny quand je serais prêt.

— Je ne crois pas que la vie attende que nous soyons prêts pour nous balancer des trucs au visage, observé-je.

— Je n'ai jamais rencontré une femme comme elle.

Alejandro et Camila apportent du café, et Michael semble soulagé par cette interruption.

— On parlait de ce à quoi ressemblait Henny, énonce Paul.

Michael a l'air gêné.

— Elle était d'apparence très avenante, opine aussitôt Alejandro. N'importe qui lui aurait confié n'importe quoi. Elle était la personne idéale quand vous aviez besoin de quelqu'un qui vous écoute. Comme elle n'avait aucune idée préconçue, elle écoutait vraiment ce qu'on lui disait, et pas ce qu'elle pensait qu'elle entendrait.

Dolores nous rejoint, une tarte dans les mains.

— Serviable, déclare-t-elle sans la moindre hésitation. C'était le premier adjectif qui me venait à l'esprit en la voyant. Sans prononcer un mot, elle vous faisait savoir qu'elle trouverait toujours le temps de vous aider, si vous en aviez besoin.

— Mon pauvre Paul, déploré-je quand le travail reprend, je commence à m'inquiéter de l'image de moi qu'ils te présentent. Ce serait presque libérateur, si quelqu'un venait te dire que mes cheveux ne ressemblaient à rien au sortir du lit, ou à quel point je pouvais devenir grincheuse quand il pleuvait trop de jours de suite.

Seule MacKenzie ne s'exprime pas à mon sujet. Débarquée en plein milieu de la conversation, elle s'est raidie et a aussitôt tourné les talons.

Camila, qui a vu son visage drainé de toute émotion, s'est élancée à sa poursuite. Quand je tourne le coin du bâtiment, MacKenzie repousse précisément la main de Camila.

— Je ne peux pas faire ça, souffle-t-elle, refusant de croiser son regard. Je vais te faire de la peine, c'est tout.

Camila s'empresse de dissimuler son air blessé.

— Je suis prête à courir le risque, assure-t-elle.

— Pas moi. Je ne veux pas d'une relation.

— Je n'ai jamais dit que je voulais une relation. Mais on pourrait passer du bon temps ensemble, MacKenzie. Tu sais combien de temps ça faisait que je n'avais pas réellement ri avant de venir ici ? Et ne prétends pas que tu ne peux pas me faire rire.

Le regard de MacKenzie est irrémédiablement attiré par les lèvres de Camila, mais elle s'exprime sur un ton navré.

— Je ne changerai pas d'avis. On n'est pas dans une comédie romantique où le mec qui ne veut pas s'engager tombe fou amoureux de la fille à la fin. Je ne suis jamais à la hauteur des attentes. Un jour, je vais te décevoir, puis je te briserai le cœur, et ça, je le *refuse*.

— D'accord, accepte Camila. Pas de sentiments. Pas d'attentes. Cœur brisé à prévoir dans le futur proche.

MacKenzie hoche lentement la tête.

— Bien, approuve Camila. Ça, c'est réglé.

Sur ce, elle tire MacKenzie à elle et l'embrasse à nouveau.

Je m'éloigne en secouant la tête. C'est peut-être ce que MacKenzie veut, mais pas ce dont elle a besoin.

GA_

Avec l'interview de Pat et Carol, c'était la première fois que la *Gazette* donnait la parole à un couple homosexuel en chair et en os. Le sujet était sur toutes les lèvres. Michael, MacKenzie, Camila et moi-même nous dirigions chez elles après les cours pour leur dire à quel point nous avions adoré l'article. MacKenzie était propulsée par le vent du changement. Encore un peu et elle aurait sautillé le long du trottoir de Broadway.

Je louchais constamment sur Michael. J'essayais de faire comme si de rien n'était, mais j'avais oublié comment on faisait quand on n'était pas amoureuse et ivre de bonheur à la simple idée de marcher à côté de quelqu'un. *Ne souris pas si fort*, me disais-je en vain.

De toute façon, qui pourrait s'empêcher de sourire avec ce soleil radieux, ces beaux arbres qui ombrageaient la rue et ce ruisseau d'eau chaude et savonneuse qui coulait vers nous sur l'asphalte aride ? Bondissant par-dessus, je me suis dit qu'un des riverains avait choisi un excellent jour pour laver sa voiture. J'ai esquissé un nouveau pas de danse, juste pour le plaisir, alors qu'il n'y avait aucun risque que l'eau éclabousse mes baskets.

Pat n'était pas à la maison, et Carol ne nettoyait pas la voiture. Elle se tenait dans leur allée et frottait frénétiquement la porte du garage, sur laquelle figurait l'inscription « GA » en grandes majuscules rouges. La lettre Y n'était déjà plus qu'une ombre foncée.

— Je ne comprends pas qui a pu faire ça ! s'émouvait Carol. Lequel de nos voisins est venu ici cette nuit avec une bombe de peinture ?

Elle récurait sans répit, épandant des torrents de mousse, tentant de ravaler ses larmes.

— Ça ne devait pas se passer comme ça. Ce n'est pas pour ça qu'on est venues vivre ici, Pat et moi. On voulait juste mener une vie normale dans une jolie petite ville. On s'est rencontrées quand on était toutes les deux serveuses. Elle vous l'a raconté, ça ? On était toutes les deux mariées. Alors on a déménagé. Pour repartir de zéro. Pour avoir la paix. Une vie sans histoire, ensemble. On se disputerait peut-être parce que l'une ne ferait jamais la vaisselle ou ne saurait jamais quoi faire à manger le soir. Et maintenant je me retrouve à essayer d'effacer un tag sur la porte de notre garage avant que Pat ne rentre !

Michael lui a gentiment retiré l'éponge des mains et s'est mis à frotter à sa place. Camila et moi l'avons escortée jusqu'au seuil, tandis que MacKenzie prenait une deuxième éponge dans le seau d'eau et passait sa colère sur le graffiti.

— C'est juste un imbécile qui a fait ça, a-t-elle sifflé. Il faut pas se laisser atteindre. L'avis des crétins ne compte pas. Il y a des tas de gens chics dans cette ville, et ils ne toléreront pas ça !

Je tapotais le dos de la main de Carol. Les mots me manquaient.

— Tu veux que j'aille taguer « hétéro » sur toutes les autres portes de la rue ? a suggéré MacKenzie. Parce que je le ferais avec plaisir. Ou « hétérosexuel », même. Il y a plus de lettres. Ça leur prendra des plombes à effacer.

Cela a au moins eu le mérite d'arracher un rire à Carol.

— La lutte va définitivement prendre de l'ampleur, maintenant, a garanti MacKenzie.

En y repensant, je me demande si ce n'est pas là que tout a vraiment commencé. Mais s'il y a une chose que la vie et la mort m'ont enseignée, c'est que le début et la fin sont des concepts relatifs. Quand on vit les choses, on ne sait jamais réellement où on se trouve.

L'avertissement

Depuis son arrivée chez nous, papa a développé une routine immuable.

Chaque matin, il prend son petit déjeuner à 7 h 30 pétantes. Du café, des œufs durs et une épaisse tartine au fromage saupoudrée de paprika rouge. Une dernière tasse de café une fois les restes débarrassés.

Avant le repas de midi, il vient s'asseoir à la réception. Puis il mange au diner et sort faire sa promenade quotidienne, comme il en avait l'habitude à la maison. Naturellement, maintenant il se borne à faire le tour du motel. Cinq tours, très exactement. Toujours cinq. Même aujourd'hui, malgré la pluie et le vent mordant, alors que ses vêtements sont plutôt adaptés aux balades en ville sous le soleil. Ses chaussures sont délicates, son manteau trop léger pour la saison. Rien ne le protège des gouttes glaciales et déprimantes.

Mais il ne se laisse pas intimider. Il arpente le goudron avec son costume, sa chemise et sa veste trop fine, sans gants ni écharpe. Il tente bien de se réchauffer les mains en les fourrant dans les poches de son manteau et d'enfouir le menton dans son col, rien n'y fait. Ses joues creuses rougissent et son nez se met à couler.

Après sa promenade, il retourne au diner pour son café digestif.

Même à l'intérieur, il n'a pas vraiment chaud ; il reste assis là en silence, rigide comme un piquet et frissonnant telle une feuille morte. Ce n'est pas tant qu'on lésine sur le chauffage pour faire des économies, mais la porte ne cesse de s'ouvrir, laissant entrer le vent et le froid. L'isolation n'est pas idéale, et des courants d'air s'insinuent par les fenêtres.

Ses malheurs n'échappent pas à Stacey, assise à la table voisine.

— Pourquoi vous ne vous habillez pas plus chaudement ? lui demande-t-elle.

— Mes habits d'hiver sont restés à la maison, répond-il avec autant de dignité que possible pour un homme adulte avouant qu'il n'ose pas rentrer chez lui.

— Seigneur Dieu, marmonne Stacey. Plus ridicule, tu meurs.

Sur ce, elle se lève et s'en va en trombe.

Papa la regarde partir d'un air perplexe.

— Qu'est-ce que j'ai fait cette fois ? se lamente-t-il tout seul.

Or, moins d'une heure plus tard, Stacey est de retour avec deux paquets, emballés à la hâte dans du papier brun.

— Tenez, dit-elle en les laissant tomber sur la table, sous son nez. Vous ne pouvez pas passer votre temps à mourir de froid.

Papa ouvre les paquets avec réticence. Le premier contient une gigantesque doudoune rouge vif, et l'autre une paire de moufles multicolores tricotées et une écharpe assortie.

— Vous grelottez, explique Stacey. J'ai froid rien qu'à vous voir assis là. Allez, essayez-les.

Papa considère les gants, visiblement désemparé. Ils sont décorés de rennes, de flocons de neige inégaux et d'un motif bleu et vert dont je ne saisis pas vraiment le sens.

— Peut-être plus tard, dit-il.

Stacey paraît blessée, mais fait de son mieux pour donner le change.

— Parfois ça fait pas de mal de porter des vêtements un peu

fantaisistes. C'est pas nécessaire d'être tout le temps foutrement correct.

— Ne jurez p..., commence-t-il, avant de comprendre qu'il est ridicule. Merci, ajoute-t-il à contrecœur.

— C'est ça, ouais, répond Stacey sur un ton indifférent. Continuez donc à vous les geler.

Il faut de l'abnégation pour récolter des signatures par un mercredi après-midi pluvieux, et ce n'est pas ce qui fait défaut à Cheryl. Elle a monté une petite tente au beau milieu d'Elm Street, avec l'assistance dévouée bien que peu efficace d'un autre membre de la paroisse, mais les gouttes ruissellent sur les parois et forment de petites flaques sous le tissu tendu.

Je me suis abritée sous la tente, surprise par une averse soudaine. Je n'aime pas me rappeler que les intempéries ne peuvent plus m'incommoder. Cela me fait sentir exclue lorsque tout le monde se met à couvert et que je me retrouve seule sous la pluie. J'entre donc dans la tente et observe l'inquiétant spectacle qui se déroule sous mes yeux.

L'autre femme porte un K-way jaune poussin et n'hésite pas à s'exposer aux éléments, armée de sa foi, de sa bonne humeur et d'une poignée de prospectus.

— Halte au péché ! scande-t-elle gaiement. À bas le motel !

Derek se faufile sous la tente peu après moi, pour se cacher dans un coin. Il semble gêné et mal à l'aise. Cheryl lui tend une tasse de café.

Au-dehors, les parapluies et manteaux de pluie aux cols relevés se pressent sans s'arrêter.

— J'ai aucune idée de comment ça marche, tout ça, avoue Derek.

— Tu apprendras bien vite, ce n'est pas compliqué. Il suffit de parler à un maximum de gens. Essaie de trouver quels arguments résonnent chez les différents types de personnes. Et tiens-t'en à notre message. On ne cherche pas la discussion. C'est plutôt un genre de test. Certains tenteront de te duper, de contrer tes arguments et de te faire te sentir bête…

— Ce sera pas bien difficile, ça…, ronchonne Derek.

— Encore une fois, contente-toi de faire passer le message. Vois les passants comme des instruments venus te mettre à l'épreuve. Eux non plus ne cherchent pas le dialogue. Ils voudront simplement te convaincre que tu as tort.

— Je ne parlais pas seulement de ça, mais… de tout.

— De tout ?

— Tout ce mode de vie chrétien. Je crois en Dieu, naturellement, s'empresse-t-il d'ajouter. Mais je crois que j'ai toujours été plus doué pour le péché. J'en suis pas fier, mais c'est la personne que je suis.

— Pas la personne que tu es : la personne que tu étais.

Derek lui lance un regard confus.

— Laisse-moi te raconter une histoire, reprend-elle. J'ai fugué de chez mes parents quand j'avais quatorze ans. À vingt ans, j'étais serveuse et je me débrouillais toute seule depuis des années. Je me trouvais tellement fortiche. Je pensais être plus maligne que les autres, alors que j'étais juste cynique. Je me moquais de tout et de tout le monde, ou du moins était-ce que je me répétais, et je noyais mes émotions dans l'alcool. Et un beau jour, sur le chemin du boulot, je suis passée devant l'enseigne d'une église. Ce panneau devait être là depuis des mois, mais je ne l'avais jamais vu avant. On y lisait : « Jésus a une mission pour chacun d'entre nous. » À ce moment-là, quelque chose en moi… Je me suis tout simplement effondrée. J'ai fondu en larmes dans ma voiture et j'ai dû me garer pour me calmer. À compter de ce jour-là, ma vie a changé. J'ai recommencé à aller à la messe. Je me suis mise à lire la Bible, pour de vrai cette fois, comme la parole de Dieu. Ensuite, j'ai rencontré mon futur mari et j'ai atterri ici.

— Mais rien de ce qu'on fait ne changera quoi que ce soit, si? Quel intérêt de se les geler ici?

— Tu sais, Derek, ce n'est pas une poignée de personnes d'exception qui change le monde, mais les masses anonymes. Et on ne sauve pas le monde une fois pour toutes. Il faut constamment voler à son secours. Tout comme je suis convaincue que nous devons continuellement nous sauver nous-mêmes. Mais n'est-il pas agréable d'œuvrer pour le bien d'autrui? De faire partie de quelque chose de plus ambitieux?

Derek se met à bouger, sans doute pour se réchauffer, à moins qu'il se sente à l'étroit dans cette minuscule tente.

— Pour l'instant, j'ai surtout foutr... sacrément froid.

Cheryl laisse échapper un gloussement.

— J'ai conscience de mon passé. Je n'en fais pas un mystère. Mais j'ai aussi conscience de ce que je suis devenue, et je sais qui je dois remercier pour cela.

— Qui?

— Jésus, évidemment!

— Tu crois qu'il peut faire quelque chose au sujet de ce sale temps?

— Tu peux toujours lui demander, Derek.

Elle lui tapote l'épaule.

— Tu peux toujours demander, répète-t-elle tout bas, pour ses propres oreilles.

Bob Parker est parmi les badauds qui se hâtent sous la pluie. Le regard rivé sur sa voiture garée à deux pâtés de maisons de là, il n'accorde qu'un bref regard indifférent à la tente. Or, lorsqu'il y repère Derek, il s'arrête net et fait demi-tour.

— Signez la pétition pour une économie locale placée sous le signe de la morale ! braille l'autre membre de la paroisse.

Bob lui adresse un sourire crispé, saisit un flyer d'une main et Derek de l'autre.

— Je peux te parler deux secondes ? lui siffle-t-il entre ses dents.

Il l'entraîne à l'extérieur de la tente, où ils trouvent un abri de fortune sous un store quasi replié. Ils se tiennent là, le dos collé à une vitrine.

— À quoi tu joues ? lui lance Bob.

Il parcourt le tract du regard.

— Qu'est-ce que c'est que ces idioties ? « Une économie locale placée sous le signe de la morale » ? Ça sonne presque communiste.

Derek détourne le regard et balbutie :

— Nous sommes nombreux à nous inquiéter de…

— Bon sang, ne me dis pas qu'ils t'ont embrigadé ? Je t'avais pourtant dit de ne pas…

— Stacey a *quitté la maison*. C'est la faute de ce foutu motel. Et tes précieux conseils n'ont pas servi à grand-chose.

— Jake ne va pas aimer ça. C'est bien beau d'aller à l'église, mais toucher à l'industrie, c'est autre chose.

J'ignore totalement qui est ce Jake, et Derek ne semble pas s'inquiéter de ce qu'il peut bien penser.

— C'est peut-être justement une partie du problème, contre-t-il. Si plus de monde s'était préoccupé de Jésus au quotidien…

Il grimace d'un air embarrassé. Les mots comme « Jésus » et « Dieu » ne lui viennent pas encore naturellement.

— Tout ce qui nous préoccupe, c'est le motel, conclut-il.

Même à mes oreilles, il semble sur la défensive.

— Tout ce que je t'ai demandé, c'était de hocher la tête, de sourire et de serrer des mains. Et tu t'es laissé entraîner là-dedans.

Le cerveau de Bob fonctionne à cent à l'heure.

— Bon, voilà ce qu'on va faire. On dit à tout le monde que

tu voulais juste faire mieux connaissance avec les différentes paroisses. La semaine prochaine, je t'emmènerai à l'église méthodiste, c'est celle que fréquentent Jake et la plupart des autres entrepreneurs importants. Tu pourras leur expliquer à tous que tu crois en la libre entreprise et en Dieu, dans cet ordre-là. Je te soufflerai exactement quoi dire, et…

— Je vais te dire un truc, Bob, l'interrompt Derek sur un ton opiniâtre. Figure-toi qu'il y a des gens qui me croient capable de penser par moi-même et de contribuer autrement qu'en souriant et en hochant bêtement la tête.

— Bien sûr, bien sûr, concède impatiemment Bob. Mais tu dois d'abord apprendre les ficelles du métier.

— Certains pensent que je suis déjà parfaitement compétent.

Sur ce, il s'avance sous la pluie, prend une poignée de prospectus et apostrophe le premier passant trempé et frigorifié.

— Ça vous inquiète que nos jeunes passent leur temps à boire au motel ? Signez la pétition et dites « non » aux péchés des entreprises locales !

Je retourne aussitôt au motel, courant tout du long sous la pluie, mais je ne suis même pas essoufflée quand j'arrive. Tout le monde est à la réception. Assise derrière l'ordinateur, Camila fronce les sourcils et clique à répétition sur quelque chose. Papa est installé sur le canapé, comme toujours, et MacKenzie et Michael regardent la pluie battre le bitume par les portes vitrées.

— Ils ont lancé une pétition contre le motel ! m'écrié-je.

— C'est bizarre, dit Camila. On dirait que notre site web ne répond plus.

Alejandro rejoint la troupe, et Michael et MacKenzie s'éloignent des portes lorsqu'un coup de vent fait pénétrer quelques gouttes. Je hurle.

— Sacred Faith Temple ! Une pétition ! Contre le motel !

— Quelqu'un sait ce qui se passe avec le site ? persiste Camila.

Je piétine sous leur nez dans l'espoir vain d'attirer l'attention de l'un d'entre eux. *C'est pas le moment de s'inquiéter pour des problèmes techniques*, me dis-je, frustrée.

Alejandro arbore un air fort coupable.

— Vous vous souvenez de mon nouveau compte Instagram ? demande-t-il.

Camila hoche distraitement la tête, et MacKenzie la secoue. Alejandro s'explique promptement.

— Le motel sans fard, dit MacKenzie. Ça me plaît !

— Tant mieux. Parce que je crois bien qu'on commence à se faire connaître.

Camila se raidit.

— C'est-à-dire ?

— C'est-à-dire qu'on a environ 137 000 nouveaux abonnés.

J'arrête immédiatement mes bonds insistants.

— Je crois que je commence à cerner la source des problèmes de notre site, analyse MacKenzie d'un air amusé.

— Qu'est-ce qui s'est passé ? s'enquiert Camila.

Alejandro ne sait pas où se mettre.

— Ben, ça a débuté par un article sur BuzzFeed. Ensuite, euh, George Takei a partagé le lien. C'est là que ça a vraiment pris de l'ampleur. Apparemment, les gens trouvent ça rafraîchissant, une entreprise qui ne se voile pas la face.

MacKenzie éclate de rire.

— On est un phénomène sur Internet ! s'exclame-t-elle.

À cet instant, les téléphones se mettent à sonner.

MacKenzie et Camila prennent place à la réception arc-en-ciel et répondent à tour de rôle aux demandes d'interviews, de commentaires et d'avis honnêtes sur tout et n'importe quoi. Un magazine veut savoir si nous souhaiterions répondre en toute sincérité aux questions vitales que se posent ses lecteurs. Tout espoir que j'avais encore de parvenir à me faire entendre est parti en fumée.

— Désolée, mais nous ne sommes pas intéressés, décline Camila. Nous gérons un motel, rien de plus.

— Nous n'avons aucun commentaire à faire, répond gaiement MacKenzie à l'appel suivant. Et ne me citez pas.

Elle lève le nez du téléphone pour s'adresser à Alejandro.

— T'as songé à mettre des photos de chats sur notre Instagram ? Il n'y a rien de tel pour générer du trafic. Il faut penser à nos fans.

Le photographe fait la moue. Michael secoue la tête. Papa reste assis à sa place habituelle, une expression des plus confuses sur le visage, et essaie tant bien que mal de suivre toute cette agitation.

C'est alors que les portes automatiques s'ouvrent à nouveau. Tous les regards se tournent vers la silhouette élancée qui se découpe contre la pluie, la tête couverte d'un énorme châle et la moitié du visage dissimulée derrière des lunettes de soleil.

Dieu tout-puissant. Je rêve, ou c'est… ?

— Maman ? s'étonne Michael, incrédule.

Les lunettes se couvrant de buée dans la chaleur soudaine de la réception, Joyce les retire et entreprend de les nettoyer. Elle parcourt la pièce colorée du regard. Michael la fixe d'un air sidéré, la mâchoire décrochée.

— Je suis venue vous avertir, déclare-t-elle.

Elle sourit avec bienveillance en direction du sofa.

— C'est une urne, ça ?

Jésus prendrait-il une chambre ici ?

Alejandro tient la réception tandis que MacKenzie, Camila, Michael et Joyce migrent vers le diner. Joyce choisit la table la plus éloignée des fenêtres, mais elle enlève tout de même son écharpe et ses lunettes.

— Ils en ont après le *motel* ? répète Camila d'un air dubitatif.

— Ils veulent une économie locale plus vertueuse, confirme Joyce.

Une tasse de café apparaît devant elle, et elle en boit une gorgée.

— Mais… nous sommes un motel, avance Camila. Ils ne peuvent quand même pas dénicher une citation de la Bible qui interdise de loger dans un motel ?

— Ça m'étonnerait pas qu'ils en soient capables, siffle MacKenzie.

— De qui s'agit-il ? demande Michael.

— Sacred Faith Temple.

— Cheryl ? gronde MacKenzie.

Joyce lui lance un regard complètement creux.

— Baskets roses ? Tee-shirts frappés de citations bibliques ? Complètement cinglée ?

Rien du tout. Joyce reste muette. MacKenzie hausse les épaules.

— Comment tu as appris ça, maman ? s'enquiert Michael.

— Je… les ai vus, en ville, répond Joyce, évasive.

Je remarque qu'elle ne mentionne pas Derek. Intéressant. Selon elle, combien de temps avant que Michael ne découvre que son frère fait partie des responsables ?

Dans l'immédiat, il est en proie à la confusion la plus totale.

— Mais pourquoi tu es venue ici ? Tu as toujours été indifférente à tout.

Joyce ne semble pas s'offusquer le moins du monde de ce reproche implicite.

— Je me suis dit qu'il fallait vous prévenir. J'ai noté ce qu'ils disent à votre sujet, pour ne pas l'oublier.

Elle ouvre son sac à main, vérifie méthodiquement les compartiments parfaitement organisés et en sort un petit carnet et ses lunettes de vue.

— Des jeunes picolent sur une colline, lit-elle à voix haute. Je ne sais pas de quelle colline ils parlent. Ils étaient un peu confus.

Camila et MacKenzie échangent un regard interloqué.

— Le drapeau arc-en-ciel sur l'école, poursuit Joyce en cochant sur sa liste.

Tiens, peut-être que Michael tient cette habitude de sa mère.

— La nouvelle enseigne. Vous entraînez les aînés de la ville dans le péché.

— On fait *quoi* ?

Elle relit ses notes pour être sûre.

— Je crois qu'ils parlent de Mr Broek, avance-t-elle.

MacKenzie ne peut s'empêcher de rire.

Joyce pousse un soupir.

— Ça va me rendre la vie pénible, tout ça, se lamente-t-elle. *Exactement* comme la dernière fois.

— *Te* rendre la vie pénible ? rebondit Michael, qui ne comprend plus rien à rien.

— Très pénible, même. Je ne comprends pas pourquoi personne ne peut laisser les autres vivre en paix. Et maintenant vous allez vous y mettre aussi.

Elle rassemble ses affaires et se lève, visiblement soulagée que la conversation se termine. Elle commence déjà à retrouver son regard absent, comme si elle venait d'en finir avec une chose déplaisante mais nécessaire (une visite chez le dentiste, par exemple), et pouvait de nouveau se replier sur elle-même. Elle refuse d'un vague revers de la main la proposition de Michael de la raccompagner à sa voiture.

— Papa sait que tu es là ? demande-t-il.

Il ferait mieux de l'interroger au sujet de Derek.

Joyce s'immobilise.

— Pourquoi voudrais-je impliquer ton père dans ma vie ? réplique-t-elle avant de remettre son écharpe et ses lunettes de soleil et de sortir sous la pluie.

Michael secoue la tête.

— Je crois que je vais renoncer à essayer de comprendre ma famille.

— Qu'est-ce que c'est que cette histoire ? demande Camila.

— Cette histoire, c'est qu'ils ont perdu la tête, répond MacKenzie. Une fois de plus.

Les manifestations débutent dès le lendemain.

Les manifestants ont beau n'être que sept, ils sont armés de bibles, de pancartes et de convictions religieuses. Ils forment une bande pathétique mais unie, de l'autre côté de la route par rapport au motel.

Derek et Cheryl ne sont pas présents. Cependant, je crois reconnaître la femme au K-way jaune. Elle n'en a nul besoin aujourd'hui ; l'énorme doudoune dans laquelle elle manque de se noyer est plus indiquée pour le temps qu'il fait. Son visage replet de grand-mère respire la ferveur religieuse, tandis qu'elle agite un écriteau portant l'inscription *JÉSUS PRENDRAIT-IL UNE CHAMBRE ICI ?*

Leur présence fait cesser toute activité au motel. Tout le monde se rassemble sur le parking pour admirer le spectacle.

— C'est une question intéressante, en vérité, estime Clarence. Si Jésus était en vie aujourd'hui, dans quel genre d'hôtel logerait-il ?

— Vous brûlerez en enfer ! crie un des manifestants.

La suite de ses paroles est noyée par le vacarme d'un camion de passage.

— Il ne peut pas tout le temps trouver une étable, raisonne très sérieusement Clarence. Et je ne le vois pas vraiment choisir un établissement de luxe. Si on transpose les paraboles à notre époque, il ne serait pas improbable qu'il s'arrête à un motel miteux au volant d'une vieille bagnole cabossée, vous ne croyez pas ?

— Va donc en discuter avec eux, dit sèchement Michael.

— On connaît quelqu'un qui a un canon à eau ? lance MacKenzie. Ou au moins un très long tuyau d'arrosage ? Une petite douche leur ferait sûrement passer l'envie de manifester ici.

— Promets-moi que tu ne feras pas quelque chose de stupide juste pour les énerver, exige Camila.

— C'est comme ça que ça va se passer à partir de maintenant ? J'ai plus le droit de m'amuser ?

— Aucune raison de s'abaisser à leur niveau. Prenons plutôt ça comme une opportunité : c'est l'occasion de nous faire mieux connaître des habitants et de prouver qu'il n'y a pas de conflit. Que nous sommes *bénéfiques* pour cette ville.

— Il y a carrément un conflit, objecte MacKenzie. Qu'un camp refuse de se battre n'y change rien du tout. Ça ne contribue qu'à faire pencher la balance d'un côté.

Plus tôt dans la journée, Michael s'est rendu en ville pour

chercher un de leurs flyers, mais cela ne nous avance guère. Sous le titre « Halte à la débauche au motel des Peines perdues », on nous explique que « les *no-tell motels* sont souvent des lieux propices à la criminalité, la prostitution, la violence et les drogues. Signez la pétition pour soutenir le nouveau projet de loi en faveur d'une économie placée sous le signe de la morale ».

Alejandro prend les manifestants en photo.

— Je ne sais même pas ce que c'est, un *no-tell motel*, avoue-t-il.

— Je regrette de leur avoir servi le petit déjeuner pendant toutes ces années, s'emporte Dolores. Je vais, je vais...

— Commencer à préparer le déjeuner, complète Camila avec fermeté. Vous savez qu'en chinois le mot pour « crise » est composé des idéogrammes signifiant...

— « Danger » et « opportunité », ouais, l'abrège à son tour MacKenzie. Et comme beaucoup de choses que les gens répètent sans réfléchir, c'est des conneries.

Elle sort son portable et appelle la police. Ed le shérif se déplace en personne, mais même son autorité rassurante ne parvient pas à calmer les manifestants. Au contraire, sa présence semble leur insuffler un regain d'énergie : ils crient encore plus fort désormais. Ce sont des martyrs chrétiens qui endurent stoïquement les persécutions des forces de l'ordre.

Ed le shérif traverse la route et vient se garer devant le motel.

— Je ne peux pas faire grand-chose, regrette-t-il. Si ça empire, je suppose que je peux les sommer de partir pour trouble à l'ordre public, mais je préférerais ne pas en arriver là. Ça risque de ne faire qu'envenimer la situation. Vous avez songé à essayer d'arriver à un compromis avec eux ?

— Comment ? répond Michael. En acceptant d'aller brûler en enfer ?

Le même jour, la démence locale arrive aux oreilles d'un groupe chrétien de droite, puis BuzzFeed s'empare du sujet, et les choses s'emballent. Des chrétiens radicaux lancent une campagne pour faire chuter notre note sur TripAdvisor. En l'espace de quelques heures, notre page est infestée d'évaluations négatives nous accusant de vivre dans le péché et le vice. Des activistes libéraux montent au créneau et nous noient sous les 5/5. Selon leurs appréciations, nous sommes de courageux défenseurs de la liberté et des valeurs libérales. Aucun d'eux n'a mis les pieds ici.

MacKenzie joue les standardistes ; elle se laisse moins atteindre par les menaces que Camila. Alejandro s'occupe des mails.

— On en est à combien d'invitations à aller rôtir en enfer ? s'enquiert-il.

— J'ai perdu le compte. Et de ton côté, les mails ?

— J'ai passé tout l'après-midi à en supprimer.

— Je peux vous aider, se propose Michael. J'ai un peu d'argent de côté, au cas où le motel en aurait besoin. Il suffit de demander. Ils ne l'emporteront pas au paradis.

— Tu nous aides déjà assez en construisant la véranda, répond Camila.

À ces mots, Michael retourne dehors avec Paul. Ils pataugent dans la boue, et bientôt des coups de marteau énergiques résonnent dans le pré de l'autre côté de la rivière.

— Henny me dirait de leur pardonner, estime Michael. Enfin, du moins elle me rappellerait qu'ils ne forment qu'une infime partie de la ville. Elle avait une curieuse capacité à se fier aux gens. Même lorsqu'ils la trahissaient.

— Il y a des choses que nul ne peut pardonner, opine Paul. Pas même Dieu.

— Pas leur Dieu, en tout cas, maugrée Michael.

— Vous représentez un autre motel, une agence de voyages, ou bien… ? dit MacKenzie au téléphone.

Elle a décidé de faire désormais preuve de créativité lorsqu'on l'appelle pour lui dire qu'elle brûlera en enfer.

— Quoi qu'il en soit, j'ai quelques questions. Si je dois finir en enfer, comment sont les chambres, là-bas ? Je préférerais avoir un lit double, plutôt que deux lits simples. Car je suppose que ma petite amie, qui est lesbienne jusqu'au bout des ongles, sachez-le, m'y rejoindra ? Ensuite, j'aimerais vous parler des coussins. La qualité des oreillers est de première importance, n'êtes-vous pas d'accord ? Ils ne doivent pas être trop durs, ni… Allô ? Allô ?

MacKenzie lève les yeux vers Camila.

— Il a raccroché sans confirmer ma réservation en enfer. Je ne sais même pas *quand* je suis censée y aller.

— Bon, ça suffit, plus de téléphone pour toi, décide Camila.

Elle hausse un sourcil, puis ajoute :

— « Ma petite amie lesbienne jusqu'au bout des ongles ? »

— J'ai improvisé.

— J'ai tapé *no-tell motel* sur Google, déclare Camila en faisant mine de mettre de l'ordre dans le présentoir à brochures. Moi non plus, je ne savais pas ce que c'était. Je suis tombée sur une page d'informations de la police. « Le crime dans les motels à bas prix », ça s'appelait, ou un truc du genre. Si j'ai bien compris, les *no-tell motels*, ce sont des établissements extrêmement bon marché et pas très regardants sur la clientèle ni sur la durée des séjours. Apparemment, l'anonymat et les prix plus qu'abordables conduisent à toute sorte d'activités douteuses.

— J'imagine tout à fait lesquelles, dit MacKenzie.

— Le plus intéressant, c'est qu'ils prétendent que quatre-vingts pour cent des clients des *no-tell motels* vivent dans les environs immédiats. Ils s'en servent pour mener des affaires illégales :

trafic de drogue, prostitution, réunions de criminels, règlements de comptes et fêtes, ce genre de choses.

— Exactement ce qu'on fait ici, ironise sèchement MacKenzie.

— N'est-ce pas ? Qui sait comment Clarence occupe ses après-midi ? Mais ça m'a donné des idées.

— Camila, tu t'es *inspirée* des mises en garde de la police concernant les motels miteux ?

— Ça sonne bizarre quand tu présentes la chose sous cet angle, mais oui, en quelque sorte.

MacKenzie la regarde d'un air admiratif.

— Voilà qui donnerait du grain à moudre à Cheryl. Mais tu as raison, naturellement. Si on réussissait à convaincre Dolores de pimenter le déjeuner en refourguant un peu de drogue, on pourrait se faire de sacrées marges. Tu crois que Mr Broek accepterait de mettre la main à la pâte ?

— Tu sais très bien que c'est pas ce que je voulais dire.

— Peut-être que Stacey serait plus qualifiée, maintenant que j'y pense. Elle a plus de cran.

— Je voulais juste dire qu'on pourrait renforcer nos relations locales. Du coup, j'ai fait ça, regarde.

Elle lui tend un prospectus. MacKenzie s'avance pour le prendre et le lire.

— « Réduction de dix pour cent pour la famille des habitants de Pine Creek ! » lit-elle. Tu aurais dû ajouter qu'aucun proche n'est trop toqué pour nous. On accepte même les beaux-parents !

— J'ai encore d'autres idées, assure Camila. Tu te rappelles les cartes de vœux de Juan Esteban ? On pourrait envoyer de vraies cartes postales, et pas des électroniques, à nos clients favoris, et…

MacKenzie pose tendrement les mains sur ses joues. Camila cligne des yeux, comme si elle avait totalement oublié ce dont elles parlaient.

— Tu sais que ça ne va pas marcher, pas vrai ?

— Oui, oui, je sais. Je ne dois pas avoir d'attentes, et tu vas me briser le cœur.

— Je ne parlais pas de ça, mais du motel. Tu n'arriveras jamais à gagner face à eux. Au fond de toi, tu dois le savoir. Ils ont tout le temps au monde, et il est toujours plus facile de lancer des pierres que de s'en protéger.

— C'est différent, maintenant.

— Je ne me suis plus jamais engagée politiquement, après l'Initiative 9.

— Ce n'est pas pareil, insiste Camila. Et il faut au moins qu'on essaie.

Sans prévenir, MacKenzie l'embrasse avec une telle intensité qu'elle semble chercher à lui faire oublier le monde entier.

— Tout ce que je veux, c'est t'épargner la déception, explique-t-elle.

Camila détourne le regard.

— Dans ce cas, fais en sorte qu'on ne perde pas.

Première épître aux Corinthiens 6:9

Je ne crois pas que j'aie beaucoup pensé à Dieu avant de mourir, mais ce qui est certain, c'est que j'ai grandi avec lui.

Nombreux étaient les soirs où MacKenzie devait fuir son père. Aussi, elle et moi n'avons pas tardé à nous sentir plus à l'aise au sein des différentes paroisses de la ville qu'elle ne l'avait jamais été chez elle. Personne ne s'offusquait de nous voir fréquenter plusieurs églises à la fois. Pas même les catholiques, à condition que nous ne prenions pas part à la communion. Le prêtre acceptait même MacKenzie dans le confessionnal, mais c'était peut-être parce qu'il aimait entendre ses histoires.

MacKenzie insistait pour que nous continuions d'aller à la messe après le début de la campagne. Le sujet divisait les paroisses : les Églises méthodistes et catholiques se distanciaient de l'initiative, mais Sacred Faith Temple prenait clairement position en sa faveur. Curieusement, MacKenzie ne s'en préoccupait pas. Elle était convaincue qu'ils finiraient par changer d'avis. Après tout, ne nous servaient-ils pas des gâteaux et du café depuis des années ? Et n'était-ce pas chez eux qu'on assistait aux offices les plus amusants ? Personne ne chantait avec autant d'enthousiasme qu'eux.

Pourtant, je ne pouvais m'empêcher de lui jeter des regards

en coin en me demandant si elle ne regrettait pas d'être venue, maintenant que nous étions assises sur ces bancs durs, contraintes d'écouter le pasteur.

— Voici la question du jour : suivez-vous la parole de Dieu ou la rejetez-vous ? Vivez-vous en accord avec des traditions établies depuis des millénaires ou selon vos propres règles ?

« Aujourd'hui même, j'ai reçu un appel alarmant de Mr Lon Mabon, de l'Oregon Citizens Alliance. "Savez-vous que les homosexuels sont en train de prendre le contrôle de nos écoles ?" m'a-t-il informé, avant de me demander si moi et toute cette paroisse étions de ceux qui ont le courage de combattre cette invasion. Telle est la question que je vous pose aujourd'hui : Avons-nous le courage ? Allons-nous résister ? Défendrons-nous la Bible et l'avenir de nos enfants, ou fléchirons-nous devant le péché ? San Francisco a déjà succombé. Des hommes dénudés arpentent ses rues sans pudeur. Si nous n'agissons pas maintenant, notre ville sera la prochaine victime.

— Franchement, je doute que Pine Creek devienne un jour le nouveau Castro, a chuchoté MacKenzie. On pourra jamais rivaliser avec le quartier gay de San Francisco.

Malgré son trait d'humour, elle a le visage terriblement pâle.

— Et si nous tolérons l'homosexualité, qu'accepterons-nous ensuite ? Le sadomasochisme ? La pédophilie ? En vérité, je vous le dis, si nous, en tant que société, déclarons que l'homosexualité est normale, nous serons forcés d'en dire autant de la pédophilie. Est-ce la voie sur laquelle nous souhaitons nous engager ? Accepterons-nous que nos politiciens s'y engagent ?

La femme assise à côté de nous a secoué la tête avec ardeur.

— La Bible est on ne peut plus claire. Première épître aux Corinthiens, chapitre 6, verset 9 : « Ne savez-vous pas que les injustes n'hériteront pas du Royaume de Dieu ? Ne vous y trompez pas ! Ni les impudiques, ni les idolâtres, ni les adultères, ni les sodomites. »

MacKenzie a bien tenté d'arborer un sourire, mais ses lèvres raides refusaient de s'étirer vers le haut.

— Ça va, je ne suis pas concernée, a-t-elle soufflé.

— L'homosexualité est une déviance, elle est anormale, perverse, et sera punie. Dieu dit qu'ils seront foudroyés, et ils le seront, puis ils brûleront en enfer.

— Bon, là, j'y coupe pas.

— C'est Dieu qui a façonné nos corps, qui nous a créés, et Il sait ce qui est bon. Il sait ce qui arrive lorsqu'un homme couche avec un homme comme il couche avec une femme. Il savait que le sida surgirait. L'homosexualité est un mode de vie dépravé et dangereux.

Indignée, MacKenzie s'est levée et est sortie de l'église en plein sermon. Les têtes se tournaient sur notre passage, tandis que je courais à sa suite, nos vestes sur les bras.

Cheryl l'a suivie également, mais lorsqu'elle a posé une main implorante sur le bras de MacKenzie, cette dernière l'a repoussée et a poursuivi sa route. Nous n'avons ralenti le pas que quelques pâtés de maisons plus loin. Cheryl était restée au niveau de l'église. J'imagine qu'elle tenait à entendre la suite du sermon.

— Comment *osent*-ils, Henny ? a tonné MacKenzie.

Je ne l'avais jamais vue dans un tel état. Ses joues étaient rouges de fureur, sa voix hachée et ses yeux luisants de larmes contenues.

— Ils me connaissent, pourtant. Ils ont pris soin de moi toute ma vie. Quand mon père était ivre, j'étais toujours la bienvenue. Et Cheryl ! Elle est restée là à écouter ces conneries. Mais je suppose que… tout le monde ne me connaît pas si bien. Ils n'ont sans doute jamais rencontré d'homosexuel. Je n'aurais pas dû repousser sa main comme ça. Je sais qu'elle a de bonnes intentions. Pas vrai ?

J'ai promptement hoché la tête, ne sachant guère quoi faire d'autre.

— Ils vont changer d'avis, dit-elle une fois de plus.

Peut-être bien qu'elle y croyait encore.

À l'école, la campagne avait fini par s'insinuer dans la cour de récréation. L'un des professeurs s'est mis à porter un badge *Non à l'Initiative 9* et a été signalé à la direction. Après ça, tous les enseignants sont restés « neutres ». Ce qui n'a pas empêché des badges *Oui à l'Initiative 9* d'apparaître sur les vestes de nos camarades de classe. Tout le monde semblait s'être découvert une conscience politique du jour au lendemain.

MacKenzie était bien plus brave que moi. Quand l'un des caïds de l'école nous a un jour barré la route pour nous traiter de gouines, elle a avancé vers lui sans hésiter. Moi, je me suis cachée derrière elle. Je n'en suis pas fière, mais c'est la vérité.

Je crois que je n'ai jamais éprouvé un tel soulagement qu'en voyant Buddy s'interposer.

— Trouve-toi un adversaire à ta taille, a-t-il grondé.

Soudain l'autre faisait moins le malin, et il a fui devant l'agressivité à peine contenue de son rival.

— Sale pédé, a craché Buddy, avant de regarder par-dessus son épaule d'un air gêné. Oh, pardon, MacKenzie. Une vieille habitude.

Cela dit, le plus insupportable avec cette campagne, c'étaient les adultes. Autrefois rassurants, raisonnables et bienveillants, ils devenaient aveuglés par la haine. Mon monde était subitement devenu immense et incompréhensible.

Ils avaient installé un stand au centre-ville. Avec une gestuelle agressive et le visage convulsé, ils beuglaient leurs messages sur les passants.

— Vous pensez que les homosexuels ont plus de droits que les autres ?

— Vous voulez que des homosexuels, des pédophiles et des sadomasochistes fassent cours à vos enfants ?

— Vous saviez que quatre-vingt-dix pour cent des homosexuels sont aussi pédophiles ?

La plupart passaient leur chemin, mais un nombre non négligeable s'arrêtaient, et pas un seul ne protestait. MacKenzie et moi observions la scène à distance. Je ne sais pas pourquoi. Peut-être aimions-nous nous faire souffrir.

— Pourquoi les homos auraient-ils droit à un traitement de faveur ? Il y a des gens dans cette ville, des gens tout à fait normaux, des gens pieux, qui ne trouvent pas de travail. Des personnes âgées qui sont seules et dont personne ne s'occupe. Des sans-abri, dans nos rues. Et ce sont les homosexuels qu'il faudrait défendre ? Vous pensez qu'ils devraient avoir des droits spéciaux, pour la simple raison qu'ils ont choisi de vivre dans le péché et la déviance ? En plus ils sont riches, ne vous y trompez pas. C'est un fait : leurs salaires sont plus élevés que celui de l'Américain moyen.

Je tirais MacKenzie par le bras pour nous en aller, mais elle refusait de partir. Je pense qu'elle ne pouvait concevoir que des gens qui affirment croire en leurs idéaux n'aient aucun problème à mentir pour leurs intérêts, et qu'elle comprenait encore moins comment on pouvait gober ces mensonges.

Elle était courageuse. Elle était magnifique. Elle est allée se planter devant le stand pour débattre avec eux. J'ai hésité une demi-seconde, et quand je l'ai rejointe elle était encerclée d'adultes outrés, beaucoup plus grands et vieux qu'elle, qui proféraient sans répit leurs arguments.

— Dieu ne déteste pas les pécheurs, mais le péché, prétendait l'un d'eux, le visage beaucoup trop proche de MacKenzie.

— Je ne crois tout simplement pas que les homosexuels méritent des droits spéciaux, estimait un autre.

— C'est dans leur propre intérêt. On ne peut pas leur dire que c'est naturel et sain, ce qu'ils font.

Je tentais de me frayer un chemin, mais un homme me barrait constamment la route. Placé hors de vue des autres qui tenaient le stand, il a saisi MacKenzie par le bras, fort, si violemment qu'il lui a laissé des marques blanches sur la peau, et lui a sifflé dans l'oreille : « Salope de gouine. »

MacKenzie grimaçait.

— Tu vas brûler en enfer.

Quand j'ai enfin réussi à la rejoindre, elle venait de se libérer. Je lui ai pris l'autre bras, le plus gentiment possible, et suis partie avec elle. Les traces sur sa peau avaient pris une teinte violacée. On reconnaissait clairement l'empreinte de cinq doigts d'adulte.

MacKenzie s'est frotté le bras.

— S'ils veulent me faire mal, il va falloir qu'ils y aillent plus fort, a-t-elle dit d'un air dédaigneux. Ça, c'est rien du tout comparé à l'éducation que m'a donnée mon père.

Je retenais tant bien que mal mes larmes. Moi qui n'avais même rien fait.

Soudain MacKenzie s'est raidie. Quasi collée à elle, je sentais chaque fibre de son corps se crisper. J'ai lentement tourné la tête par-dessus mon épaule, la peur au ventre, mais je me suis aussitôt détendue. La personne qui marchait vers nous n'était autre que Cheryl.

Je me rappelle encore le soulagement que j'ai ressenti en l'apercevant. Je clignais frénétiquement des yeux ; curieusement, le fait d'être rassurée me donnait encore plus envie de pleurer. Je souhaitais désespérément qu'un adulte vienne nous sauver, une personne bienveillante qui ferait tout rentrer dans l'ordre. Qui mettrait un terme à la campagne. Qui rendrait le monde normal à nouveau.

Or, Cheryl se dirigeait vers le stand. Sur son tee-shirt du jour, on pouvait lire *Oui à l'Initiative 9.*

D'instinct, je me suis placée devant MacKenzie pour lui épargner cette vision.

— Elle… elle peut… *aller se faire foutre!* ai-je éructé.

Effraction nocturne

En vérité, les premiers jours, la présence des manifestants n'a pas d'impact négatif sur nos affaires. Au contraire, nous accueillons encore plus de clients lorsque les habitants de la ville viennent voir l'attroupement de leurs propres yeux. Le parking se remplit de voitures, et on s'amasse au diner pour observer le spectacle de l'autre côté de la route.

Et cela ne semble pas non plus dissuader les gens de prendre une chambre. La plupart arrivent après tout le soir, quand les manifestants sont rentrés chez eux. Plusieurs nuits, nous nous retrouvons avec dix à quinze chambres occupées, ce qui est plus qu'honnête pour cette période de l'année. Quant à ceux qui ne sont pas encore repartis le matin avant le retour des membres de Sacred Faith Temple, ils ne font pas grand cas de la chose. Ce sont des chauffeurs de camion et des commerciaux en déplacement qui ont avalé bien des kilomètres, et il faut plus qu'une poignée de chrétiens fanatiques avant le petit déjeuner pour les défriser.

Au bout du compte, la seule différence, c'est que Michael et moi dormons désormais sur le canapé du bureau. Une suggestion de sa part, acceptée volontiers par MacKenzie et Camila. J'imagine que les menaces proférées à notre égard ne nous laissent pas tant de marbre que ça.

Quelques jours durant, nous connaissons un genre d'équilibre de la terreur des plus tendus. Les chambres sont nettoyées et louées comme d'habitude, Alejandro donne un coup de main au diner pour nourrir le public affamé, et les manifestants scandent leurs accusations, mangent leurs sandwichs et rentrent chez eux au coucher du soleil.

Puis, au bout d'une semaine, ils reviennent de nuit.

Tout d'abord, je remarque les phares des voitures. À deux heures du matin, ils se garent prudemment au bord de la route, en activant sagement leurs clignotants. Des ombres descendent des véhicules, empoignent des lampes de poche et se mettent à décharger le contenu des coffres. La lumière frappe une surface réfléchissante, mais je suis trop loin pour distinguer sa nature, et je ne veux pas quitter la sécurité de la réception pour les approcher seule.

— Michael ! crié-je par-dessus mon épaule lorsqu'une auto ralentit puis s'arrête. Réveille-toi !

Je l'entends bouger dans le bureau ; une minute plus tard, il se tient à mon côté dans la pénombre, devant les portes automatiques, plissant les yeux en direction du sinistre attroupement muet. Des silhouettes noires et graves attendent en rang, telle l'avant-garde d'une armée.

D'instinct, il tend la main vers le téléphone et compose le numéro de MacKenzie.

— Je crois qu'on a un problème, annonce-t-il.

Bientôt, MacKenzie et Camila nous rejoignent.

— Tu as prévenu la police ? demande immédiatement la première.

— Je ne savais pas ce que tu voudrais faire.

— Certainement pas aller leur parler, en tout cas.

Une nouvelle fois, je capte un reflet. Un gros objet argenté et… rond, je crois.

Michael porte la main à ses yeux.

— Ce truc, c'est… un *couvercle de casserole* ?

Soudain une cacophonie infernale vient nous briser les tympans : couvercles de casserole, louches, et même une paire de véritables cymbales. Ils ont dû les emprunter à la chorale de l'église.

— Mais qu'est-ce qu'ils foutent ? s'écrie MacKenzie.

Les fenêtres du motel s'allument les unes après les autres, et les portes des chambres commencent à s'ouvrir.

— La ferme ! tonne un homme au réveil difficile.

N'ayant pas pris la peine de se vêtir, il se tient dans l'embrasure de la porte entièrement nu, éclairé par-derrière de manière théâtrale. Même à distance, son corps hirsute suffit à faire taire les manifestants.

Papa passe la tête par la fenêtre.

— J'ai appelé la police, prévient-il.

Pour une fois, c'était la bonne chose à faire.

Sur ce, le vacarme reprend de plus belle, et toute remarque supplémentaire qu'il avait à faire est noyée dans le fracas métallique et les cognements sourds. Je jette un coup d'œil nerveux aux voitures et semi-remorques sur le parking, et prie pour qu'aucun de nos clients ne porte d'arme. Certains se sont habillés et sont sortis ; MacKenzie et Michael font tout leur possible pour les empêcher de traverser la route et d'en venir aux mains avec les manifestants. Camila rappelle la police.

Un côté hurle des insultes, l'autre récite des versets et poursuit son tintamarre. C'est encore plus insupportable à l'extérieur. Même moi, tout ce chahut commence à me taper sur les nerfs, et je n'ai même plus de système nerveux !

Le shérif débarque une demi-heure plus tard, avec trois véhicules. L'un se gare sur le parking, et les deux autres devant les manifestants. Chez nous, on se contente de marmonner et de maudire les intrus. Les clients lancent un dernier regard assassin de l'autre côté de la route, mais ils se laissent guider jusqu'à leurs chambres par MacKenzie.

Les manifestants, eux, ne sont pas aussi obligeants. Ils continuent à taper sur leurs instruments et à brailler au visage du pauvre shérif Ed, qui hausse les épaules et ordonne à ses adjoints de les embarquer.

Nous restons sur le parking à observer la scène en silence, l'air interdit. Ça devrait pourtant être *drôle*. Un vice-shérif tente de convaincre une dame âgée d'une cinquantaine d'années de lâcher sa casserole, tandis qu'un autre reçoit des coups de cuillère en bois de la part d'un ado maigrelet. L'agent ne sent probablement rien sous son blouson épais, mais il perd tout de même patience. Il finit par soulever tout bonnement le garçon pour le fourrer dans la voiture. Je n'aperçois plus que ses jambes s'agiter dans tous les sens avant qu'il ne disparaisse.

Pourtant, aucun de nous n'a envie de rire. Pas même lorsque les officiers doivent s'y prendre à deux pour désarmer une mère au foyer de ses cymbales. Courant autour d'une des voitures de police, elle continue à les entrechoquer jusqu'à ce qu'ils la coincent des deux côtés.

Leur dévotion ardente est de mauvais augure. J'ai le sentiment que quelque chose est en train de se jouer devant nos yeux, une suite d'événements sur laquelle nous n'exerçons déjà plus aucun contrôle. Rien de plus angoissant qu'un numéro de cirque qui ne fait rire personne.

Ed le shérif vient à notre rencontre.

— Je les relâcherai dès qu'ils se seront calmés. Même s'ils ont techniquement résisté à l'interpellation et agressé un agent dans l'exercice de ses fonctions.

— Avec une cuillère en bois, précise MacKenzie sur un ton monocorde.

— Merde, à la fin ! C'est pas drôle, cette histoire.

— Pas du tout, acquiesce-t-elle.

— Les arrêter ne représente pas une victoire. On ne fera que les ériger en martyrs.

MacKenzie observe les véhicules bondés de l'autre côté de la route.

— Je crois que c'est peut-être déjà trop tard, opine-t-elle.

— Merci mille fois, shérif, s'empresse d'ajouter Camila.

Ed passe une main lasse sur son visage.

— Ne me remerciez pas encore. Cette affaire n'est pas terminée.

Au moins, le calme règne à nouveau. Nous échangeons des regards confus en le constatant. Derrière nous, les lampes s'éteignent les unes après les autres, et une fois les voitures de police parties nous nous retrouvons soudain plongés dans le silence.

Personne ne semble plus savoir quoi faire.

Le lendemain, je me rends au Sacred Faith Temple pour espionner l'ennemi. Depuis le trottoir opposé sur Church Street, j'observe l'activité fébrile. Sur le parking s'alignent des voitures immatriculées au Montana, au Dakota du Nord et du Sud, en Idaho et dans le Wyoming. Quelqu'un a même fait le déplacement depuis l'Arkansas.

Bob et Derek se trouvent à quelques mètres de là.

Officiellement, Bob ne prend aucune position vis-à-vis de la campagne. Il est dans la politique depuis suffisamment longtemps pour savoir qu'il vaut mieux attendre que la tempête passe. Toutefois, en compagnie de Derek, il laisse transparaître sa véritable opinion.

— Bon sang, on importe les cinglés des autres États, maintenant, soupire-t-il. Comme si on n'en avait pas assez chez nous.

— Nos frères et sœurs membres d'autres paroisses, répond automatiquement Derek, avant d'ajouter : Comment aurait-on pu se douter qu'il y aurait un tel engouement ? Mais cette histoire semble inspirer les gens, et toute publicité est bonne à prendre... Merde, c'est en train de dégénérer, pas vrai ?

— C'est exactement ce que veut le pasteur.

— Ils ne viennent même pas d'ici et ils s'imaginent avoir le droit de critiquer *notre* motel. Ça me fait presque douter. Qu'est-ce qu'un bouseux de l'Idaho connaît à notre ville, hein ?

Bob hausse les sourcils.

Derek lui jette un regard en coin et demande avec une nonchalance très affectée :

— Tu es passé dans le coin du motel, ces derniers temps ?

— Pour qu'on me hurle que je vais brûler en enfer ? Non merci, très peu pour moi.

— Ah.

— Pourquoi tu ne vas pas tout simplement la voir ?

— Je crois que mes nouveaux « amis » n'apprécieraient pas trop que j'aille au motel en douce.

— Passe-lui donc un coup de fil. C'est une super invention, le téléphone.

— Le pays tout entier semble se passionner pour cette affaire, dit Derek pour changer de sujet. Toutes les grosses chaînes de télé et les journaux ont appelé.

Bob se tourne vers son apprenti.

— Ne me dis pas que tu as accepté. Ne me dis pas que tu vas passer à la télé nationale et devenir célèbre comme « le fou du motel ».

— Le pasteur se charge lui-même de toutes les interviews. Et d'ailleurs, on ne fait pas confiance aux médias *mainstream*. Ils déforment tout.

— Tu sonnes comme un perroquet, remarque Bob sur un ton geignard.

— Ce qui te dérange, c'est que je ne sois pas *ton* perroquet, rétorque Derek.

Pour une fois, Bob reste muet.

Je vais faire un tour dans le bâtiment abritant la paroisse. Les gens peignent des pancartes, rassemblent des pétitions, préparent du café et photocopient des prospectus. Tout en riant : l'atmosphère est décontractée et festive. Ici se retrouvent amis et connaissances qui se sont rencontrés lors de conférences, de vacances organisées entre chrétiens ou sur des forums en ligne. Certains semblent loger chez des membres de la paroisse locale, tandis que d'autres ont emporté des matelas gonflables et des sacs de couchage pour dormir ici même. Cheryl court dans tous les sens, l'air enchantée. Toutes ses compétences organisationnelles sont mises à l'épreuve. Son tee-shirt du jour proclame : *À bas le motel !*

À cet instant précis, je n'ai jamais été aussi proche de haïr quelqu'un. Tout cela l'*amuse*.

Devant le motel, les manifestants sont de retour comme d'habitude.

— Vous allez brûler en enfer ! les entend-on promettre.

— Ah, *home sweet home !* ironise MacKenzie en poussant le chariot de ménage.

— Repentez-vous de vos péchés avant qu'il ne soit trop tard ! lui crient-ils tandis qu'elle change les draps de la chambre 12.

— S'il y a une chose que je ne regrette pas, c'est bien d'avoir péché ! leur hurle-t-elle en retour, les bras chargés de linge sale.

Ils apostrophent même Dolores lorsqu'elle sort prendre une bouffée d'air frais.

— Les pancakes, c'est terminé pour vous ! les punit-elle avant de rentrer aussitôt.

Alejandro prend des photos de tous les angles possibles. Il a une préférence pour les moments absurdes et humoristiques, comme l'instant où un manifestant muni d'une pancarte moralisatrice ouvre grand la bouche pour mordre dans son sandwich au fromage, ou celui où un autre s'escrime à tenir en même temps son écriteau, sa thermos et sa tasse de café. Hélas, même son objectif ne parvient pas totalement à occulter l'ignoble et l'effrayant : des visages tout à fait ordinaires déformés par l'hystérie collective.

Et la triste vérité, c'est qu'ils nous écrasent peu à peu. Ils sont au moins une centaine, désormais. Personne ne veut déjeuner avec une foule de chrétiens qui vous jugent par la fenêtre. Ce n'est plus amusant de les observer : ils constituent à présent une sérieuse entrave à la digestion. Personne n'a envie d'entendre cent personnes crier qu'on brûlera en enfer, du moins pas le ventre vide.

— Combien de temps encore je vais préparer des repas que personne ne mange ? se lamente Dolores.

— Encore un peu de patience, l'implore Camila. Ils finiront par se lasser.

Dolores lui place une main sur l'épaule.

— Ne t'en fais pas, ce n'est pas moi qui vais baisser les bras. Mais c'est un gâchis de mes talents, voilà tout.

Buddy est notre unique client qui ne loge pas au motel. Par pure solidarité, il commence à prendre ses petits déjeuners, déjeuners et dîners chez nous. À part lui, il n'y a plus que papa, Paul et Stacey. Paul se contente de secouer la tête et de bâtir sa véranda, Stacey répond aux manifestants avec véhémence, naturellement, et papa abandonne ses promenades pour se planquer au diner. Il porte toujours son veston trop léger, au lieu de la veste rouge de Stacey, mais de temps à autre il regarde cette dernière d'un air songeur. Il va même jusqu'à hocher la tête d'approbation lorsque Stacey hurle quelque chose d'inconvenant aux intrus. Néanmoins, il se ressaisit promptement et affiche une mine impassible lorsqu'elle se tourne vers lui. Ils sont seuls au restaurant. Même Clarence s'éclipse au pub dès que possible.

Personne ne se présente à la réception. Le soir venu, les manifestants restent là avec des flambeaux et leurs pancartes, mais sans casseroles. Un vice-shérif garde un œil sur eux, mais que pourrait-il bien faire ? Aucune voiture ne s'arrête. Les manifestants continuent à affluer, chaque jour plus nombreux.

Michael, Camila et MacKenzie tournent en rond à la réception.

Je fais tout mon possible pour leur remonter le moral.

— Ce n'est pas comme la dernière fois. Ces types-là ne sont même pas du coin. Ils finiront par en avoir marre.

Camila reste assise bien droite derrière le guichet, dans l'attente de voir surgir un nouveau client. MacKenzie est allongée sur le sofa, fixant les tubes fluorescents au plafond. J'ajoute :

— Le principal, c'est qu'on est tous ici ensemble. On était sur le point d'être heureux. Tout ça n'est qu'une interruption temporaire. On va bien… trouver une solution.

Michael vient se placer devant les portes.

— Combien de temps on peut tenir ? demande-t-il.

— C'est pas la première fois qu'on traverse une période creuse, répond MacKenzie sans bouger du canapé.

— On survivra encore un moment sans souci, assure Camila. Mais j'espère vraiment qu'on va bientôt avoir des clients. Qui passent la nuit chez nous.

— J'ai réfléchi à ça, lance MacKenzie. On pourrait droguer les clients. Il suffit de demander à Dolores de glisser un peu de somnifère dans les repas du soir, et ils dormiront à poings fermés toute la nuit.

— Pour ça, il faudrait d'abord qu'ils s'arrêtent, rappelle Michael.

Les plafonniers ronronnent. Les manifestants déclament leurs slogans. Des voitures passent sans ralentir.

Le téléphone sonne.

Camila se fige et regarde l'appareil sans bouger. Je crois qu'elle ne peut se résoudre à subir un nouvel appel haineux.

MacKenzie bondit du divan pour la rejoindre. Elle pose une main sur son épaule et décroche.

— Bienvenue au motel des Peines perdues, dit-elle en décochant un clin d'œil à Camila. Pour les menaces de mort, appuyez sur la touche 1. Pour l'invitation classique à aller brûler en enfer, appuyez sur la touche 2. Pour les canulars téléphoniques, appuyez sur la touche 3. Pour réserver une chambre au motel qui ne dort jamais, appuyez sur la touche 4.

Camila secoue la tête, mais se fend d'un sourire.

— Tiens, c'est bizarre, on a raccroché, s'étonne MacKenzie.

Le téléphone se remet aussitôt à sonner.

— Oui, oui, dit MacKenzie avant que Camila puisse ouvrir la bouche.

Cette fois-ci, elle répond normalement et se redresse d'un seul coup, pour se mettre quasi au garde-à-vous.

— Oui, madame, acquiesce-t-elle quand la femme à l'autre bout du fil lui laisse le temps d'en placer une. Non, madame. Bien sûr que non. Oui, madame. Je vous demande pardon. *Combien* de personnes ? Non, non, aucun problème. Quand ? Ne vous en faites pas, je m'occupe de tout. Ce sera un réel plaisir pour nous. Je vais juste avoir besoin de votre nom, votre numéro de téléphone et votre numéro de carte bancaire pour la réservation.

Elle tape toutes les informations dans le logiciel de réservation, le combiné coincé entre l'épaule et la joue.

Quand elle raccroche enfin, elle explique :

— Une certaine Mrs Davies vient de réserver dix-neuf chambres. Pour vingt-trois personnes, avec repas du soir. Ils arrivent après-demain.

— Dix-neuf chambres ! s'exclame Camila. On va pas avoir le temps de s'ennuyer. Et Dolores sera ravie d'avoir de nouveau des bouches à nourrir.

— Vous êtes sûres… que ce n'était pas un canular ? s'inquiète Michael.

— Si c'est le cas, c'est le plus réussi que j'aie jamais entendu. Elle avait exactement la voix d'une dame pétulante à qui on la fait pas, et certainement pas celle de quelqu'un qui condescendrait à faire des blagues.

MacKenzie fait la moue.

— D'ailleurs, elle a trouvé beaucoup à redire au sujet de *ma* plaisanterie.

— C'est pas pour jouer les rabat-joie, rappelle Michael, mais qu'est-ce qu'on va faire à propos de nos manifestants ?

— Merde, c'est vrai, peste MacKenzie.

Elle jette un coup d'œil par la fenêtre, comme si elle espérait qu'ils aient disparu par magie. Ce qui n'est pas le cas.

— Et si on les droguait, *eux* ? On va leur servir du café pimenté d'un peu de somnifère ? Parce que je ne compte pas décommander la réservation de Mrs Davies. Elle passera un séjour de rêve chez nous.

— Ils ne vont pas s'envoler pour autant.

— On ne les entend presque plus.

Hélas, à cet instant précis, la foule se met à scander « Jésus ! Jésus ! Jésus ! » en chœur, comme une tribune de supporters.

— Bah, qui n'aime pas Jésus ? tente de dédramatiser MacKenzie.

Camila semble se résigner.

— Il faut au moins la prévenir. On ne peut pas les laisser venir ici en s'attendant à un séjour paisible et harmonieux.

MacKenzie croise les bras d'un air obstiné, mais elle finit par décrocher à nouveau le téléphone.

— Mrs Davies, amorce-t-elle sur un ton grave, avant d'être interrompue. Non, non, aucun problème avec votre réservation. Seulement…

Elle pousse un soupir.

— Je vais être franche avec vous. Dans l'immédiat, nous avons un petit problème avec des manifestants. Des manifestants, oui. Mais ils font beaucoup moins de bruit, maintenant, et le shérif veille à ce qu'ils partent au plus tard à vingt et une heures, chaque soir, et… oui, naturellement. Je comprends. Sage décision. Très bien, on fait comme ça.

Elle raccroche et cligne des yeux, décontenancée.

— Elle était déjà au courant. Elle a lu les articles.

— Et ? Qu'est-ce qu'elle a dit ?

— Elle a dit que si on commence à écouter ce genre de timbrés, on ne s'en sort plus. Elle n'a jamais laissé quiconque lui dicter comment vivre sa vie. Pour être exacte, elle a tout simplement cessé d'écouter les autres depuis plusieurs années.

— Et donc… ?

— Elle veut toujours venir chez nous. Avec une vingtaine de ses plus proches parents.

À quatre heures du matin, le motel est entièrement désert. Les lampadaires solitaires éclairent vaguement leurs territoires respectifs, mais cela ne fait qu'accentuer l'atmosphère désolée qui se dégage des environs. Les manifestants sont rentrés chez eux depuis bien longtemps.

À moins que… ?

Je me fige. Un rai de lumière éthéré s'échappe soudain du diner.

Au premier abord, je ne suis même pas certaine d'avoir bien vu. Le restaurant est encore vide et ses lumières éteintes, mais l'obscurité qui y règne est… différente, plus grise que la nuit qui nous enveloppe. *La cuisine*, me dis-je. Quelqu'un a allumé les lampes de la cuisine, mais pas celles de la salle.

Ils sont de retour !

Après avoir écarté mon premier instinct de réveiller Michael, je sens un étrange calme m'envahir. Je vais mener l'enquête moi-même, et s'il s'agit des manifestants je trouverai un moyen de leur mettre des bâtons dans les roues ou de sonner l'alarme.

Je longe les murs jusqu'à l'étroit couloir derrière le diner. Les radiateurs grincent et les conduites gémissent, mais je ne relève aucun bruit suspect avant d'approcher des portes de la cuisine.

J'entends alors des pas discrets, l'œuvre d'une personne qui fait tout pour ne pas se faire entendre.

Allez, Henny, courage, me dis-je en plaquant le dos au mur. *C'est pas comme s'il pouvait encore t'arriver quelque chose. Souviens-toi que tu es morte.*

Sur ce, je traverse la porte.

Et reste pétrifiée.

— Papa ? dis-je d'un air bête.

Car c'est bien lui, si incompréhensible que cela puisse paraître, vêtu de son pantalon de costume fraîchement repassé et de son vieux tablier. Sur l'une des surfaces de travail libres est posé son livre de recettes favori, celui que j'ai connu toute ma vie.

— Mais qu'est-ce que tu manigances ? je demande, à l'instant même où il ressort de la cuisine.

Il laisse la porte déverrouillée, ce qui semble le faire culpabiliser bien plus que nécessaire. Après un dernier regard par-dessus son épaule, il gravit silencieusement l'escalier menant aux chambres.

La nuit est noire, l'air glacé et humide. Les lampes minimalistes entre les portes font scintiller le givre sur la rambarde en métal. Mais papa n'a pas froid, et pour cause : par-dessus son tablier, il porte la veste rouge vif de Stacey, en plus des moufles tricotées aux couleurs folles. L'écharpe est enroulée plusieurs fois autour de son cou.

Il inspecte à nouveau les alentours, tendant l'oreille à l'écoute d'un signe de vie. Ensuite, il se place à quelques centimètres de la porte de Stacey et toque doucement.

Si doucement qu'elle n'entend rien du tout. *Il est quatre heures, elle dort, bon sang!*

Il hésite un instant, puis toque une nouvelle fois. Il colle quasiment le nez sur la porte.

— Mrs Callahan ? chuchote-t-il. Excusez-moi, Mrs Callahan ?

Il jette des regards paniqués autour de lui. Ils sont nos deux seuls clients, je ne vois pas qui risquerait de l'entendre.

Papa paraît de plus en plus nerveux, quand la porte finit par s'ouvrir lentement.

— Qu'est-ce que c'est que ce bordel ? grogne Stacey.

Elle porte un tee-shirt trop grand qui lui descend presque jusqu'aux genoux. D'une voix ensommeillée et confuse, elle constate :

— Vous portez ma veste.

— Mrs Callahan ?

— Appelez-moi Stacey. Mrs Callahan, c'est ma belle-mère.

— Venez avec moi.

Son front se ride et lui donne un air souffreteux.

— Quelle heure il est ? demande-t-elle d'un ton las.

— Quatre heures. Il faut que vous veniez tout de suite.

Trop fatiguée pour protester, elle ouvre la porte et s'avance de deux pas titubants dans la nuit glaciale.

— Nom d'un chien, qu'il fait froid, frissonne-t-elle.

— Euh, bégaie papa en détournant le regard. Vous devriez peut-être d'abord vous habiller ?

Stacey baisse les yeux sur ses jambes nues. Elle fait volte-face et ressort cinq minutes plus tard vêtue d'un jean, de bottes et d'une veste, mais l'expression tout aussi renfrognée. Papa ouvre la marche d'un pas vif et silencieux, tandis qu'elle traîne les pieds en maugréant.

— Ça a intérêt à être très important, rouspète-t-elle. On n'a pas idée de réveiller les gens à cette heure-ci…

— Chuuuut ! murmure papa avec émoi. Contentez-vous de me suivre. Et ne faites pas de bruit.

— Pourquoi tant de discrétion ? Qu'est-ce que vous avez fait ?

— Je n'ai rien fait du tout, se défend papa.

Ils se dirigent vers l'entrée de service de la cuisine.

— Le diner est fermé à cette heure, non ? suppose Stacey.

Papa ne répond pas. Il ouvre prudemment la porte et fait entrer Stacey, essayant tant bien que mal de faire comme si tout était normal, mais il hésite plusieurs secondes avant d'allumer la lumière. Quand les tubes se mettent à vibrer et clignotent avant de s'allumer, il ne peut s'empêcher d'avoir l'air coupable.

— Mr Broek, vous êtes entré par effraction dans la cuisine ?

— Bien sûr que non !

— Vous avez volé les clés, alors ?

— Je les ai empruntées.

Stacey éclate de rire et a soudain l'air bien mieux réveillée.

— Mr Broek, je vous ai sous-estimé.

— Appelez-moi Robert. Et ne parlez pas si fort.

Sur un plan de travail s'amoncellent ingrédients et ustensiles. Farine, sucre, cannelle. Un moule à tarte en verre. Huit pommes Granny Smith vertes reluisantes. Un rouleau à pâtisserie et un couteau.

— Il est temps pour vous d'apprendre à faire une tarte aux pommes, annonce papa. Une tarte aux pommes traditionnelle, à l'américaine. Il n'y a qu'à suivre les instructions écrites là. J'ai pris la liberté de me fauf… de rentrer chez moi chercher mon tablier et mon vieux livre de recettes. Avec ça, on peut pas se rater.

Stacey est comme figée devant le meuble. Je trouve que les ingrédients ont l'air seuls et abandonnés, mais Stacey les fixe comme si elle voulait s'assurer qu'il ne s'agit pas d'un mirage.

— C'est… Je…, bafouille-t-elle.

— Non, non, ne pleurez pas ! s'exclame papa, effaré.

— Je ne pleure jamais, conteste Stacey en haussant le menton d'un air mutin, en dépit de ses yeux clairement humides. C'est juste que personne n'a jamais rien fait de tel pour moi. Je ne dirai rien de plus.

— Du café ? propose papa en montrant une thermos du doigt.

— Vous avez pensé à tout.

— L'organisation, c'est essentiel, affirme-t-il d'un ton particulièrement satisfait.

Stacey s'avance et le prend dans ses bras.

— Merci, Mr Broek.

— Bon, vous voulez faire cette tarte ou non ? bredouille papa, les joues empourprées.

Papa abreuve Stacey d'instructions (éplucher les pommes, retirer les pépins, les découper en tranches d'un centimètre d'épaisseur, ni plus ni moins, sinon elles ne seront pas toutes cuites en même temps), et Stacey les suit avec une minutie touchante. Elle ne s'offusque même pas du fait que papa se penche constamment par-dessus son épaule pour rectifier son travail.

— Vous allez me laisser tout faire ? plaisante-t-elle à un moment.

Papa lui répond très sérieusement :

— Comment espérez-vous apprendre si vous ne faites pas le travail vous-même ?

Ensuite une nouvelle volée d'instructions.

— Faites chauffer le four. Mélangez la farine, le sucre et le beurre. Maintenant on laisse le tout reposer un moment au frigo. Au moins une demi-heure. En réalité, on aurait pu le faire en avance, ça ne fait pas de mal si le mélange reste au froid un peu plus longtemps.

Stacey étouffe un bâillement. Papa remplit deux tasses de café, tout en poursuivant sa leçon.

— Il faut des pommes bien fermes, sinon elles deviendront

toutes molles. Un peu acides, aussi. Comme vous pouvez le voir, tout est écrit dans le manuel. Il suffit de suivre les instructions.

— Comment ça se fait que vous vous y connaissiez autant en pâtisserie ?

— Quand la mère de Henny nous a quittés, il a bien fallu que j'apprenne.

— Je suis désolée. Pour votre femme, je veux dire. Et pour Henny. Et je suis désolée de ne rien avoir dit avant. Je ne sais jamais ce qu'on est censé dire dans ces situations.

— Personne ne le sait, reconnaît papa.

— Ça a dû être difficile pour vous de devoir tout faire seul.

— Il faut bien s'en sortir, quand on n'a pas le choix.

— Et tu t'en es formidablement bien sorti, certifié-je.

— Peut-être, oui, concède Stacey. Mais ça peut quand même être douloureux.

— Si on suit bien les règles, on arrive à tout. Et c'est pareil avec la cuisine.

Il s'incline pour vérifier si le four commence à chauffer.

Peut-être que papa n'a jamais été une personne chaleureuse capable d'exprimer verbalement son amour, mais il le manifestait différemment. Je ne manquais de rien, quand j'étais petite. Et il m'a appris à faire la tarte aux pommes.

— Ce n'est pas vraiment mon expérience, opine Stacey.

Quand papa a le dos tourné, elle chipe un morceau de pomme.

— Que voulez-vous dire ?

— Qu'on arrive pas à tout en suivant les règles. Ça marche peut-être avec les livres de recettes, mais dans la vie la plupart des règles sont implicites. Et contradictoires. Et personne ne vous les explique en avance. On en entend seulement parler quand on les enfreint.

— Dans ce cas, vous le saurez pour la prochaine fois !

— À condition qu'elles n'aient pas changé d'ici là. Et peu

importe si vous faites tout bien comme il faut. Les gens n'oublieront jamais votre passé.

Papa s'enflamme lorsqu'il tient une occasion de parler de son sujet favori.

— L'important, ce n'est pas tant de tout faire bien que de ne rien faire de mal !

— C'est impossible de ne rien faire de mal.

Papa semble voir tout son univers remis en question.

— Mais..., objecte-t-il. Ça doit être possible. À quoi peut-on aspirer d'autre ?

— J'en sais rien. Vous pourriez essayer d'être heureux, je suppose ?

— Être heureux ! Comment est-on censé savoir si on est heureux ?

— Je crois que c'est une question de ressenti, avance Stacey, peu convaincue.

Je la soupçonne de ne pas croire elle-même au bonheur.

— Je trouve ça terriblement arbitraire, juge papa. Mais mettons qu'on soit heureux. Et ensuite ? Ça signifie simplement qu'une nouvelle catastrophe va bientôt vous tomber dessus, et à quoi peut-on se raccrocher, alors ? Non, il faut de l'ordre et de la discipline. Des règles et des instructions. Ne jamais rien faire de mal. Voilà les seules choses immuables dans la vie. Découpez le reste de la pâte, maintenant. Faites de longues bandes d'environ deux centimètres d'épaisseur.

Stacey se penche sur le plan de travail et tranche lentement et méticuleusement la pâte.

— Déposez les morceaux de pomme. Mettez-en plus au milieu, pour que ça fasse une petite bosse. Ajoutez un peu de beurre pour tirer davantage de jus. Ensuite on recouvrira le tout avec les bandes de pâte. En forme de quadrillage, comme si on faisait un filet. Une fois au-dessus, une fois en dessous.

Voir papa avec Stacey me fait prendre conscience pour la première fois à quel point il a dû se sentir seul quand j'ai emménagé au motel. Ça ne m'avait jamais traversé l'esprit. Il était tellement engoncé dans ses routines et tenait tellement à ce que tout soit fait à sa manière que je me disais parfois qu'il devait être soulagé que je quitte le foyer. Au moins, maintenant, il pouvait faire la vaisselle comme il le voulait, et aucune assiette n'était placée de travers sur la table.

Or, plus il devenait maniaque, plus j'aurais dû être à son côté pour le secouer. Si l'on ne prend pas garde, on peut facilement se retrouver prisonnier de son propre cerveau. Et si la mort m'a enseigné une chose, c'est bien que la vie se moque de nos tentatives futiles de la contrôler. On peut ne jamais faire un pas de travers, et quand même finir écrasée par un camion.

Enfin, cela dit, j'étais peut-être moi-même bien trop méthodique pour pouvoir le bousculer.

Je souris à l'idée que Stacey en sera parfaitement capable.

Dans l'immédiat, elle s'applique dans son travail, disposant les tranches de pommes avec le plus grand soin.

— Vous n'avez jamais eu envie… de laisser tomber ? s'enquiert-elle. D'envoyer balader toutes leurs lois et règles tacites ?

— Les règles et les normes sont indispensables au bon fonctionnement de la société.

— Mais ça ne les empêche pas de parler dans votre dos, alors que vous n'avez jamais commis le moindre écart ! Vous n'êtes pas au moins tenté de vous foutre de leurs attentes ? Croyez-moi, c'est libérateur, d'avoir déjà déçu tout le monde. Après, ils ne peuvent plus rien vous faire. Ayez un petit grain de folie. Dites aux gens ce que vous pensez réellement d'eux. Choquez-les un peu.

— Mais je ne sais pas comment on fait, pour choquer quelqu'un, avoue papa.

Stacey lui tapote le bras.

— Ah ben ça, je peux vous l'enseigner, assure-t-elle. C'est même la seule chose que je sais faire. Quand est-ce qu'on peut manger la tarte ?

— Il faut la laisser à peu près une heure au four, mais on baissera la température au bout de trente minutes.

— Une heure !

Cependant, devoir attendre ne semble pas lui poser de problème. Elle colle le nez à la vitre du four.

— C'est ma tarte ! se réjouit-elle. C'est moi qui l'ai faite !

— Absolument.

— Elle est bientôt prête ?

Tandis que la tarte cuit, ils rassemblent tout le matériel, font la vaisselle, essuient les ustensiles et rangent la cuisine. Ensuite, ils s'asseyent dans la pénombre du diner, boivent du café et mangent de la tarte aux pommes, dans un silence de bonne compagnie. Dehors, une nouvelle merveilleuse aurore se lève sur mon domaine. Le soleil illumine progressivement la route et le parking, jusqu'à toucher le diner de ses rayons dorés.

Dolores est légèrement en retard. D'ordinaire, elle est déjà en pleins préparatifs à cette heure-ci. Mais d'un autre côté, elle aura bien assez de temps pour s'en occuper au fil de la journée.

Une voiture se gare sur le parking. Un homme épuisé en sort et s'étire en bâillant. Sans doute a-t-il roulé toute la nuit. Il a dû apercevoir papa et Stacey par la fenêtre et conclure que le diner est déjà ouvert. Les manifestants ne sont même pas encore là.

— Est-ce que c'est…, hésite Stacey.

— Que vont-ils s'imaginer, si tout est éteint et qu'on reste assis là, à manger de la tarte en les ignorant ? s'affole papa. Que va dire Dolores quand elle l'apprendra ?

Il semble se demander si sa dignité s'en remettra, s'il se planque sous la table.

— Il y a pas trente-six solutions, déclare Stacey d'un air déterminé. On va prendre les choses en main. Vous pouvez faire du bacon et des œufs brouillés ?

— Mais…

— Parce que le café, je peux m'en occuper. Et on a de la tarte aux pommes, après tout.

Il faut quelques minutes à Stacey pour comprendre comment ouvrir la porte, mais ensuite tout s'enchaîne sans heurt. Elle allume toutes les lampes et lance la cafetière, pendant que papa fouille dans le frigo à la recherche d'œufs et de bacon.

Stacey attrape un des blocs-notes rangés derrière le comptoir et s'avance d'un pas assuré vers le premier client.

— Du café, commande-t-il.

— Ça vient tout de suite.

Elle glisse le carnet dans sa poche arrière et lui verse une tasse avec la thermos, en attendant que la cafetière soit prête.

— Une part de tartes aux pommes ?

— Pourquoi pas.

On dirait que Stacey a été serveuse toute sa vie.

— Vous savez faire fonctionner la caisse ? s'étonne papa, admiratif.

— Bah, quelle importance ? Le café et la tarte sont offerts par la maison ! crie-t-elle à l'homme seul.

Quand le prochain client arrive, ils sont fin prêts.

— Le menu est limité aujourd'hui, et nous n'acceptons malheureusement que les espèces, prévient Stacey.

L'ouvrier hausse les épaules.

— Café, bacon, œufs brouillés et tarte aux pommes pour… cinq dollars ?

— Ça me va.

Hélas, les manifestants pointent le bout de leur nez avant que nos clients aient le temps d'avaler leur petit déjeuner. Ils boivent leur café d'une traite, emportent leur part de tarte et mettent les voiles.

Stacey agite un billet d'un dollar.

— Regardez ! s'exclame-t-elle. On a eu un pourboire !

Dolores se cogne presque à un des clients en essayant d'entrer.

— Mais qu'est-ce qui se passe ici ? demande-t-elle d'un air confus.

Stacey et papa se raidissent.

— Rien du tout, Dolores, répond promptement Stacey.

Papa retire son tablier, et tous deux reculent lentement vers la porte arrière.

— Juste quelques clients très matinaux, explique Stacey.

Sur ces paroles, ils prennent la fuite.

Liberté

Sur Elm Street, les branches dénudées des arbres brillent sous le soleil d'automne. Les passants se réfugient sous leurs bonnets, leurs écharpes et leurs manteaux d'hiver, mais marchent sur le trottoir d'un pas décontracté, comme si le froid ne les incommodait pas le moins du monde. Camila et Alejandro se tiennent à côté de la voiture de cette dernière, et sourient d'un air gêné quand les badauds les saluent comme s'il ne se tramait rien d'anormal en ville.

— Ils sont au moins au courant pour les manifestants ? s'interroge Alejandro.

— Peut-être qu'ils s'en fichent, tout simplement.

Une demi-heure plus tôt, Camila est venue chercher Alejandro au diner et lui a demandé s'il pouvait lui accorder un moment.

— Emmène ton appareil photo, a-t-elle précisé.

Naturellement, je me suis incrustée dans la voiture, et nous sommes désormais en route pour le magasin d'occasions où elle et Michael ont acheté le nouveau secrétaire de la réception et tout le reste.

— Prends des photos sous plusieurs angles, lui recommande-t-elle lorsque nous sommes arrivés. Fais en sorte qu'elles soient aussi flatteuses que possible. Essaie de la présenter comme la plus charmante boutique d'antiquités qui ait jamais existé.

Alejandro hausse les épaules et se met à l'œuvre. Il photographie la façade ensoleillée, puis l'écriture quelque peu effacée au-dessus de la fenêtre, qui sous le bon éclairage a presque l'air dorée. Il réalise des gros plans artistiques sur les articles exposés dans la vitrine, qui pourraient passer pour des antiquités en plissant les yeux, puis recommence à l'intérieur.

La même femme que la dernière fois est assise au comptoir, emmitouflée dans trois pulls épais et portant une paire de mitaines.

— Prenez autant de photos que vous voulez, leur dit-elle, mais si vous voulez que je sois dessus, il faut d'abord que je me recoiffe.

Elle leur lance un regard plein d'espoir.

— J'espère que vous ne l'avez pas mal pris, s'excuse Camila. Je voulais prendre quelques photos pour vous montrer une idée qui m'est venue.

Elle pose sur le guichet un flyer publicitaire du motel, tout simple, épuré et élégant, avec un des clichés d'Alejandro, aux couleurs extravagantes.

— On va imprimer de nouvelles brochures pour le motel, explique-t-elle.

— Et vous voulez en laisser ici ? devine sèchement la gérante.

— Non, non. On aimerait faire la même chose pour vous. J'ai passé en revue les brochures qu'on a au motel, et je me suis rendu compte qu'elles étaient toutes extrêmement vieilles. Votre formidable boutique n'y figure même pas ! Du coup, je me suis dit que je pourrais en réaliser de nouvelles, afin que nos clients sachent tout ce qu'il y a à faire et à voir dans notre belle ville.

Alejandro tourne l'écran de son appareil vers la propriétaire et fait défiler les photos qu'il vient de prendre.

— Je ne savais pas que ma boutique pouvait avoir l'air aussi charmante ! Ça fait trente ans que je l'ai, et c'est à peine si je la reconnais sur ces images.

Sur un ton cynique, elle pose l'inévitable question :

— Et combien ça me coûterait ?

— Pas un centime, promet Camila. On en imprime quelques-unes au motel, et si vous en voulez davantage, je vous enverrai volontiers le fichier pour que vous puissiez les imprimer vous-même, à moins que vous ne préfériez les photocopier. C'est vous qui voyez.

— Hum, considère la patronne. Dans ce cas, si vous voulez laisser quelques-unes de vos brochures, ça ne me dérange pas.

— On va faire des brochures gratuites pour toute la ville, alors ? résume Alejandro sur le chemin du retour.

Ils ont répété le même manège dans plusieurs autres boutiques.

— Oui, si c'est nécessaire.

— Mais qu'est-ce qu'on y gagne ? Je trouve que ça fait beaucoup de boulot pour qu'ils affichent en échange nos brochures.

— Ce n'est pas mon objectif. Par ici, les gens sont orgueilleux et têtus. Personne ne veut avoir l'air immoral, ni être associé à un antre du péché. Du coup, s'ils ont déjà des relations avec nous…

— … c'est qu'on ne peut pas être aussi mauvais que le Sacred Faith Temple le prétend ?

— Exactement.

— Ça vaut le coup d'essayer, je suppose, reconnaît Alejandro, pas tout à fait convaincu.

— Mon projet suivant, c'est d'organiser une fête. Je pense que beaucoup d'habitants de la ville n'ont pas mis les pieds au motel depuis des années. Si on réussit à leur prouver qu'on est un établissement familial tout ce qu'il y a de plus normal…

— Tu crois vraiment qu'ils viendraient ?

— Qui n'aime pas faire la fête ? Et puis tu as bien vu comme tout le monde nous disait bonjour avec le sourire, avant. Ce n'est qu'une minorité bruyante qui s'en prend à nous.

— Très bruyante, même, marmonne Alejandro.

De retour au motel, ils voient passer MacKenzie, trois draps dans les bras, le regard rivé sur le diner. Elle s'arrête toutefois pour les saluer.

— Mrs Davies a téléphoné toute la journée, annonce-t-elle. Ainsi que d'autres membres de sa troupe. Au moins cinq ont proposé de payer un supplément pour qu'on leur donne une chambre aussi éloignée que possible de celle de Mrs Davies. Et j'ai eu une idée au sujet des manifestants.

Sur ce, elle rejoint le diner en chantonnant.

— Elle m'a l'air de bonne humeur, observe Camila.

— MacKenzie est incapable de résister lorsqu'on lui lance un défi. De plus, Mrs Davies m'a l'air un peu cinglée. Et tu sais l'effet que les vieilles folles ont sur elle.

— Non, quel effet ?

— À elles non plus, elle ne peut pas leur résister.

Le motel fourmille à nouveau d'activité.

Les portes de toutes les chambres sont grandes ouvertes pour faire circuler l'air et faciliter le ménage. Michael et Camila prennent un étage chacun, armés d'un chariot de nettoyage, tandis que dans la cuisine Dolores s'affaire déjà à préparer joyeusement le dîner du lendemain. Alejandro a dû délaisser temporairement son appareil photo pour lui prêter main-forte.

MacKenzie est absorbée par un projet de son cru : elle a étalé trois draps sur le sol du diner, les a agrafés ensemble et accrochés sur trois rondins. Elle a déjà écrit quelque chose de l'autre côté, mais j'ignore quoi. En tout cas, de celui-ci, on peut lire « BIENVENUE MRS DAVIES » en grandes lettres majuscules tracées avec ce qu'il restait de peinture rouge.

Papa et Stacey se promènent au milieu de toute cette sympathique agitation. Papa porte de nouveau la grosse veste rouge ; Stacey a le visage enfoui dans une gigantesque écharpe. Ils font le tour du motel en boucle, tellement impliqués dans leur conversation qu'ils ne remarquent même pas les manifestants, qui leur hurlent que la prière est la meilleure arme de toutes.

— Je ne vais pas pour autant revenir vivre avec lui, tempère Stacey. Sûrement que je ne lui manque même pas. Je parie qu'il s'est déjà trouvé une autre traînée.

— Bien sûr que non. Vous êtes mariés !

— Ça ne lui a jamais posé de problèmes avant, grommelle-t-elle. Mais c'est pas parque que je suis venue ici qu'il doit se comporter comme si tout était fini entre nous ! Et maintenant il veut se lancer dans la politique.

— C'est une ambition louable.

— Ouais, il essaie, au moins. C'est déjà ça, je suppose.

Elle se tourne vers papa, en quête de son approbation, et celui-ci hoche vigoureusement la tête.

— Je... j'imagine qu'il serait plus heureux avec moi à ses côtés, reprend-elle. Il a l'air confiant comme ça, mais Derek n'aime pas faire les choses seul. Il a l'habitude d'avoir toute une équipe autour de lui. Et si moi, je ne sais pas ce que je veux faire, c'est peut-être pas plus mal de faire quelque chose dont lui aurait envie, vous ne croyez pas ?

Ils arrivent de nouveau à l'arrière du motel. Michael et Paul font une pause dans le nettoyage pour travailler sur la véranda avant que le soleil ne se couche. Stacey continue sans même lever le nez, mais papa ralentit pour suivre leurs mouvements du regard.

— Michael ici présent est sorti avec Henny, l'informe Stacey lorsqu'elle remarque son intérêt.

— Avec ma Henny ? Quand ça ?

— Quand ils étaient jeunes. Pendant la dernière année de lycée, quand Derek est parti pour l'université. Mais je crois qu'ils se sont revus étant adultes. Avant que…

— Mais que fait-il avec cet homme maladif qui dormait dans le bureau de MacKenzie ?

— Ils construisent une véranda. Pour Henny.

— Henny voulait une véranda ?

— Je crois, oui. C'était son endroit préféré, si j'ai bien compris. En tout cas, on dirait que se concentrer sur le travail fait du bien à Paul. Il a l'air complètement traumatisé. Et c'est pas étonnant. Le pauvre.

— Traumatisé ?

Stacey tourne un visage perplexe vers mon père.

— C'est lui qui a percuté Henny.

— Qui a… écrasé ma Henny ?

— Je suis terriblement désolée, Robert. J'aurais peut-être mieux fait de me taire.

Ils ont déjà contourné le coin du motel et ne peuvent plus voir le chantier, mais papa se retourne quand même. Pour une fois, il ne sait pas comment il est censé réagir.

— Ça va aller ? lui demande Stacey.

— Bien sûr que ça ira, répond-il avec impatience.

Ils arrivent sous la forme d'un convoi composé de neuf véhicules. Les voitures ralentissent les unes après les autres, mettent le clignotant à gauche et bifurquent. Les manifestants s'interrompent d'eux-mêmes, surpris par ce débarquement inattendu. Le parking s'emplit de gens qui se dispersent d'un air soulagé. Au moins trois jeunes et deux adultes s'éclipsent derrière un coin pour fumer en cachette.

Clarence, Buddy et Paul accourent alors avec la banderole de MacKenzie, tenant chacun une hampe, pour la déployer sous les yeux des manifestants. Buddy se courbe pour allumer le magnétophone, et Bruce Springsteen couvre les cris indignés et moralisateurs provenant de l'autre côté de la route.

Un père et son fils de treize ans sont les premiers à se présenter à la réception. Le père jette un regard agacé autour de lui.

— C'est juste un motel ordinaire, déplore-t-il.

Les manifestants redoublent d'intensité vocale pour combattre Bruce, et on entend parfois un « Repentez-vous de vos péchés avant qu'il ne soit trop tard ! » au milieu de *Born in the USA*.

— On avait déjà réservé un super motel à Bend, bien mieux situé par rapport à notre trajet. Mais non, on a dû partir un jour plus tôt, pour la simple raison que la tante a décidé qu'on passerait la nuit ici. Et maintenant on débarque là pour constater que ce n'est qu'un motel comme les autres.

— Ah oui, nous sommes tout à fait normaux, acquiesce MacKenzie à la réception aux couleurs de l'arc-en-ciel.

— Ce n'est même pas vraiment ma tante. On l'appelle comme ça, mais elle ne l'est que par alliance. Je ne comprends pas ce qui a pris mon oncle. C'était bien la peine de l'épouser, pour mourir quelques années plus tard à peine. Il devait vraiment y tenir à tout prix.

Il lance un coup d'œil nerveux par-dessus son épaule, puis reprend à voix basse :

— Enfin bon. Maintenant on est là. Puisqu'elle voulait tant que ça venir chez vous, j'espère que vous saurez la distraire. Si vous parvenez à l'occuper pendant toute une journée, je vous offre mon premier-né.

— Papa ! proteste le gamin dans son dos.

— Au moins, tu esquiverais la réunion de famille, répond sévèrement le père.

Le garçon garde le silence.

— En ce qui concerne vos chambres…, commence le paternel, avant d'être interrompu par l'ouverture des portes automatiques.

Mrs Davies est si petite que c'en est presque risible, vu l'effet qu'elle semble avoir sur les personnes qui l'entourent. Elle porte une jupe lui descendant aux genoux, des chaussures confortables, des collants épais, un chemisier blanc crème, un cardigan beige et un manteau brun clair. Sa peau ridée est desséchée comme du parchemin, et l'éclat dans ses yeux indique que son sens de l'humour est encore plus sec. Voici une femme qui ne prend pas la peine de cacher son avis sur le monde.

Elle hausse un sourcil à l'attention du père et son fils, un centimètre à peine, et ils reculent tous deux, jusqu'à se retrouver presque dos au mur.

— Je pense qu'il vaut mieux que je supervise le check-in, décide-t-elle.

Père et fils hochent énergiquement la tête et s'éclipsent sans demander leur reste.

— Susan, appelle Mrs Davies.

Ce n'est qu'à cet instant que je remarque la jeune femme derrière elle. Sa fille ou sa nièce, peut-être, coincée à cette période pénible entre enfance et âge adulte. Elle tient un porte-bloc, une pochette et une liste prête à être cochée. On la croirait aisément contrainte et malheureuse d'endosser ce rôle, si elle n'était pas aussi détendue en la présence de Mrs Davies.

— J'ai une liste, déclare cette dernière. Comme chacun paiera sa propre chambre, je me suis dit qu'il serait plus simple qu'ils se présentent eux-mêmes. Au fur et à mesure, nous cocherons ceux qui sont passés sur ma liste. Ça ne devrait pas prendre toute la soirée, si ?

— Absolument pas, certifie MacKenzie. Et juste pour être sûre, j'ai aussi une liste.

— Tu es prête, Susan ?

— Oui, tatie.

— Alors on y va.

Mrs Davies hausse un sourcil, et Susan siffle avec autorité. En quelques minutes, la réception explose dans un chaos organisé : un groupe à la fois prend sa chambre, Mrs Davies et MacKenzie cochent leur liste respective, Alejandro et Michael donnent un coup de main pour les bagages, MacKenzie dit « bienvenue » et Mrs Davies ordonne « suivant ! ».

Quarante minutes plus tard, il ne reste plus que Mrs Davies et Susan.

MacKenzie leur offre un sourire.

— Il y a encore plusieurs heures avant le dîner, et je me suis dit que vous auriez peut-être envie d'un café et de petits gâteaux après tous ces kilomètres. Une fois que vous serez bien installés dans vos chambres, n'hésitez pas à descendre au restaurant pour une petite collation. C'est la maison qui régale.

— Hum, grogne Mrs Davies.

Je suis certaine qu'elle est impressionnée, en réalité.

La grande table du diner n'est pas encore prête pour le repas du soir, mais nous en avons réservé une plus petite, juste à côté de la fenêtre. Camila a sorti une des nappes en dentelle récemment achetées et un vase orné de roses diaphanes. Quand Mrs Davies et Susan arrivent, une cafetière pleine, une petite tarte aux pommes, des tasses et des assiettes les attendent.

MacKenzie les guide jusqu'à la table et les invite à prendre place d'un geste de la main.

— Aimeriez-vous nous tenir compagnie, si vous n'êtes pas occupée ? propose Mrs Davies.

— Ce serait un honneur, répond sincèrement MacKenzie.

Susan sert le café. Mrs Davies boit le sien avec deux sucres et un nuage de lait. MacKenzie, elle, secoue la tête quand la jeune fille lui tend sucrier et pot de lait. La suspicion fait briller les yeux de notre invitée : elle sait très bien que notre diner ne fait pas salon de thé, d'ordinaire.

— Savez-vous pourquoi la famille de mon tendre époux, paix à son âme, a tellement peur de moi ?

— Je préfère ne pas hasarder de réponse, s'abstient MacKenzie.

— Sage décision. Vous croyez peut-être que je suis une vieille mégère qui mène tout le monde à la baguette ?

— Ça ne me serait jamais venu à l'esprit.

Susan fixe MacKenzie d'un air timide mais fasciné. Peut-être est-ce la première fois qu'elle rencontre une autre personne qui ne tremble pas devant sa tante. Qu'importe, elle conserve le silence, se contentant de regarder les deux femmes à tour de rôle en dégustant sa part de tarte. Elle semble incapable de déterminer si MacKenzie l'inspire ou la terrifie.

— C'est à cause de ma clairvoyance, révèle Mrs Davies. Je vois le monde tel qu'il est. C'est ça qui leur fait peur. La majorité des gens passent le plus clair de leur vie à se voiler la face. Et quand quelqu'un déchire le voile, et découvre qui ils sont réellement, ils sont terrorisés. Ils croient se protéger en refusant de voir la vérité, mais rien n'est plus faux. Regarder le monde en face, voilà la solution.

— Et vous appréciez souvent ce que vous voyez ?

— Il n'est pas nécessaire d'être particulièrement intelligent pour être lucide. En théorie, il est tout à fait possible de voir le monde sous son vrai jour et d'être assez stupide pour apprécier cette vision. Or, d'après mon expérience, c'est une occurrence extrêmement rare. Quoi qu'il en soit, cette question est hors de propos. Aimer ou ne pas aimer, ce ne sont que des jugements personnels. Ce qui compte, ce sont les faits. Une bonne fois pour toutes, nous avons décidé que la famille se rassemblerait au grand complet une fois tous les deux ans. C'est un fait. Aussi, nous devons nous rendre au lieu de rendez-vous, et nous devons nous arrêter pour manger et dormir sur le chemin. Il est totalement futile de se mentir en se persuadant que la famille sera plus supportable si on ne la voit que quelques jours tous les deux ans.

— Il n'est donc pas uniquement question de clairvoyance, observe MacKenzie, mais aussi de logique et de rigueur.

Mrs Davies se fend d'un léger hochement de tête.

— À condition d'en être capable, précise-t-elle.

Susan glousse et ne peut s'empêcher d'ajouter :

— Tatie, tu sais très bien que l'humour est aussi important dans la vie. N'essaie pas de lui faire croire que tu n'aimes pas te moquer d'eux.

Elle lance ensuite un regard anxieux à MacKenzie, comme si elle regrettait d'avoir pris la parole.

Mrs Davies sourit avec indulgence.

— Ah, les jeunes, soupire-t-elle. Ils croient encore que le plus important est de pouvoir rire de tout. Or, plus on vieillit, plus on se rend compte que les gens ne sont pas si drôles. L'humour s'appuie sur la nouveauté, et la nature humaine ne change pas tant que ça.

— Moi, je trouve toujours beaucoup de choses rigolotes, opine MacKenzie avec un clin d'œil à Susan.

— Le café est excellent, estime Mrs Davies. La tarte aux pommes, succulente. Et les manifestants… intéressants.

— Nous aimons penser qu'ils font partie de notre programme de divertissement.

— Tout de même, ça ne doit pas être bon pour les affaires ?

— Au contraire. Tôt ou tard, ils finiront par avoir soif et faim à force de crier. Je suis sûre qu'ils se présenteront au diner un beau jour.

— La clairvoyance, miss Jones. Telle est la clé de la survie en ce bas monde.

— Encore un peu de tarte ? propose MacKenzie.

Susan tend immédiatement son assiette.

Lorsqu'elles quittent le restaurant, si MacKenzie s'attarde pour contribuer aux derniers préparatifs, je préfère les suivre par curiosité. Je ne sais pas encore si je trouve Mrs Davies formidable ou imbuvable, ou les deux à la fois.

À peine sont-elles sorties que Susan prend Mrs Davies par le bras. Elle inspecte les alentours, baisse la voix et dit avec insistance :

— Moi, je les trouve super, tatie !

La vieille dame semble étonnée.

— Tu ne vas pas écrire une de tes atroces chroniques à leur sujet, hein ? D'accord, ce n'est pas un établissement extraordinaire non plus, mais c'est… joli. Rappelle-toi ce qui s'est passé avec le propriétaire de l'hôtel, à Santa Monica.

Je me raidis.

— Je n'ai fait qu'écrire la vérité, proteste doucement Mrs Davies.

— Tu as dû demander une ordonnance restrictive contre ce pauvre homme !

— Je lui ai rendu un service. Quand on a les nerfs tellement à fleur de peau, on n'est pas fait pour travailler dans l'hôtellerie.

— Tu ne pourrais pas te passer d'écrire quelque chose, juste pour cette fois ? Ils ont fait beaucoup d'efforts pour nous. Tu risques de les blesser.

— Je ne suis pas responsable de leurs émotions. Avec un raisonnement pareil, je n'écrirais jamais rien.

Elle se tourne vers Susan et fléchit quelque peu.

— Je peux au moins te promettre que je n'écrirai que des choses véridiques. Je n'inventerai ni n'exagérerai rien.

Susan ne semble guère rassurée, et je ne suis moi-même pas très convaincue. J'ai la forte impression que cette promesse n'a pas beaucoup de poids. Devant nous, Clarence vient de décider qu'il est resté sobre assez longtemps. La banderole s'affaisse un peu lorsqu'il laisse Paul et Buddy se débrouiller seuls, pour aller s'asseoir sur son banc.

— Un peu plus à gauche, les gars, dicte-t-il en sortant sa flasque.

Mrs Davies prend un bloc-notes dans la poche de son manteau. Susan l'implore du regard.

— Ce n'est qu'une personne, argumente-t-elle. Je suis certaine que tous les autres sont des gens normaux, gentils et…

Elle laisse sa phrase en suspens.

Papa passe justement par là, mon urne sous le bras.

Je ne trouve aucun moyen de les avertir à propos de Mrs Davies. Je ne saisis pas vraiment quel genre de chronique elle rédige, mais si elle a poussé à bout un banal hôtelier de Santa Monica, je n'ose imaginer ce qu'elle écrira à notre sujet.

Quel culot ! Avec tout le mal qu'ils se sont donné pour elle. Elle prétend venir ici parce qu'elle n'accorde pas d'importance à ce que les gens disent de nous, alors qu'elle cherche en réalité à mettre le doigt sur ce qui ne va pas. Si seulement MacKenzie n'avait pas pris la peine de peindre cette banderole. Ni de lui servir de la tarte aux pommes. Elle n'en est pas digne. Elle devrait s'estimer heureuse d'avoir droit à un dîner.

Je suis peut-être incapable de lui mettre des bâtons dans les roues, mais je ne compte pas pour autant la laisser tranquille ; je lui file le train tout l'après-midi. À un moment, elle regarde par-dessus son épaule comme si elle devinait ma présence. J'espère qu'elle a peur des fantômes.

Elle commence par s'entretenir avec Paul, qui œuvre seul sur la véranda. Avec tout ce labeur à l'extérieur, son visage a pris une nouvelle teinte plus saine, et il y a quelque chose d'apaisant à le voir travailler sous le soleil de l'après-midi. Ses gestes sont lents et délicats, comme s'il vouait une déférence quasi religieuse aux planches qui formeront la rambarde, alors qu'il ponce une légère imperfection. Il est tellement absorbé dans son propre monde qu'il ne remarque pas tout de suite l'intrusion de Mrs Davies.

— Je peux vous demander ce que vous faites ? s'enquiert-elle.

Le carnet est à nouveau rangé dans sa poche. Paul lève des yeux étonnés, un morceau de papier de verre en main.

— Je construis une véranda, explique-t-il. Pour Henny.

— Est-ce qu'elle travaille au motel ?

— Henny est morte. Je l'ai tuée. Elle a simplement surgi devant moi. Je ne dois pas en parler, mais je n'avais nulle part d'autre où aller, après. Alors je suis venu ici. Et maintenant je construis une véranda.

— Pour Henny.

Paul hoche la tête.

— Il faut bien que je fasse quelque chose.

Ensuite vient le tour de Stacey. Elle rentre tout juste de la ville, les bras chargés de sachets, quand Mrs Davies croise sa route.

— Puis-je vous demander ce que vous pensez du motel ? l'interroge-t-elle.

— Il est pas trop mal.

L'émotion me fait cligner des yeux. Tant de louanges ! Hélas, Mrs Davies ne connaît pas Stacey et ignore donc la teneur d'un tel compliment, venant d'elle.

— Et pourquoi logez-vous ici ?

— Parce que mon bon à rien de mari infidèle veut se lancer dans la politique, déclare-t-elle avant de monter dans sa chambre.

Son téléphone portable se met à retentir sur le chemin. Elle le laisse sonner dans le vide. Debout au milieu de l'escalier, elle fixe l'appareil. Arrivée à sa hauteur, je lorgne par-dessus son épaule. « Derek », peut-on lire sur l'écran.

Elle finit par décrocher, mais reste muette.

— Stacey ? Stacey ? l'appelle Derek. Tu es là ?

— Oui.

Quelques secondes de silence.

— Tu as lu le dernier numéro de la *Gazette* ? demande Derek au bout d'un moment.

Sa voix ne paraît pas naturelle à mes oreilles, mais peut-être est-ce simplement parce qu'il est inhabituel pour lui de parler avec Stacey.

Et elle ne lui facilite pas la tâche.

— Non, répond-elle, laconique.

— Ils disent que je suis un imbécile ! Ils critiquent notre nouveau projet, non, ils se *moquent* de nous, comme si c'était inconcevable de vouloir corriger ce qui ne va pas dans cette ville, et ils disent que je suis encore plus un raté en politique qu'au football. Stacey ? Tu es toujours là ?

Elle hoche la tête, puis se souvient qu'il ne peut pas la voir et répond :

— Oui.

Je jette un regard du côté du parking, pour voir Mrs Davies se diriger vers la réception. Je tiens à garder un œil sur ses agissements, mais je veux aussi en savoir davantage sur ce fameux article.

— C'est des mensonges, de la diffamation ! s'indigne Derek. J'ai jamais été un raté au football.

Stacey laisse échapper un rire, qui semble l'étonner elle-même.

— Tu étais fantastique, approuve-t-elle.

Cet éloge spontané les prend tous deux par surprise. C'est désormais au tour de Derek d'hésiter.

— Je suis censé faire un discours pour une assemblée publique au sujet de l'économie locale, explique-t-il, mal à l'aise. C'est de ça que parlait l'article. Bob pense que la moitié de la ville sera présente, surtout depuis que la *Gazette* en a parlé. Tu ne pourrais pas… Tu accepterais de venir, toi aussi ? C'est demain soir.

— Je ne sais pas, Derek.

— Juste pour me soutenir. J'ai besoin d'avoir quelqu'un de mon côté. Ils… ils vont *rire de moi*, Stacey.

— Je vais y réfléchir, promet-elle.

Mrs Davies a localisé papa et son urne à la réception. Quand je les rejoins enfin, papa est assis sur le canapé, raide comme un piquet, le regard vide braqué devant lui. Elle doit l'interpeller trois fois pour qu'il l'entende. Lorsqu'il lève la tête et ouvre la bouche, on dirait qu'il poursuit un monologue commencé dans sa tête.

— Je ne sais plus quoi faire. Cet endroit est dépourvu de règles et de discipline. J'ai fait une tarte aux pommes au beau milieu de la nuit. Ça ne me ressemble pas. Pas du tout, même. La pâtisserie, ça se fait en journée. En début d'après-midi, peut-être. Oui, ça, je crois que c'est un bon moment pour faire une tarte.

Il tend un bras.

— Que pensez-vous de cette veste ?

— Elle est… très colorée.

Papa hoche la tête, affligé.

— Ça ne me ressemble pas du tout.

— Pourquoi habitez-vous ici ? Vous non plus, vous n'avez nulle part d'autre où aller ?

— J'ai ma propre maison, figurez-vous. Avec le prêt remboursé, et tout. J'ai travaillé dur et j'ai eu une conduite exemplaire toute ma vie. Mais tout le monde parle dans mon dos. Ces bouteilles d'alcool n'étaient même pas à moi !

Mrs Davies désigne l'urne d'un mouvement de tête.

— Et ça, c'est… un ami ? demande-t-elle sur le ton excessivement calme que l'on emploie lorsqu'on pense s'adresser à une personne démente et potentiellement dangereuse.

Papa hausse le menton.
— C'est ma fille, clarifie-t-il avec dignité.

Mon unique réconfort, c'est que Mrs Davies n'a pas l'occasion de s'entretenir avec Clarence. Alors qu'elle se dirige vers lui, il se lève soudain et déclare :
— Désolé, il y a un temps pour tout, et là, c'est le temps d'aller boire !
Sur ce, il part pour le pub.
Mrs Davies griffonne dans son bloc-notes. Buddy se débat toujours avec la banderole, mais comme il la tient désormais tout seul, il est impossible de lire ce qu'il y est écrit. Maintenant que les choses se sont tassées au motel, les manifestants reprennent du poil de la bête. Mrs Davies tente également de leur parler, sans grand succès. Ils savent qu'elle loge chez nous.
Ensuite, Dieu merci, il est temps pour elle de se préparer pour le dîner.
Quand elle ferme la porte de sa chambre, je peux enfin souffler.

Le repas est un succès, du moins lorsqu'on prend en compte le fait que la majorité des convives n'ont aucune envie d'être là. La longue table occupe presque toute la salle. Naturellement, Mrs Davies s'est installée en bout de table, et les autres se sont assis dans l'ordre de leur arrivée : les premiers ont pris place le plus loin possible d'elle, tandis que les infortunés retardataires se sont retrouvés à ses côtés. Dolores s'est surpassée ce soir, et je crois bien que personne ne prête attention aux manifestants frigorifiés de l'autre côté de la route. Bien au chaud dans le diner, entouré des senteurs appétissantes de la cuisine, on tend aisément à la magnanimité. Même la silhouette menaçante de Mrs Davies n'est plus aussi terrible lorsqu'on fait bonne chère. Papa et Stacey ont le bon sens de se tenir à l'écart : le premier reste dans sa chambre, et la seconde est partie en ville.

Après le dîner, Mrs Davies vient à la rencontre de MacKenzie, adossée à un mur dans la pénombre, sortie fumer une cigarette taxée à un des adolescents.

Le vice-shérif est justement en train de superviser le départ des manifestants pour la nuit. Ils agitent une dernière fois leurs pancartes en direction de la cigarette incandescente.

— Ce n'est qu'un motel, soupire Mrs Davies.

MacKenzie prend une bouffée, puis souffle la fumée en acquiesçant.

— Je ne vous le fais pas dire.

— Il en existe des dizaines de milliers comme celui-ci.

— Mais possèdent-ils leurs propres chrétiens fanatiques ?

— Les motels étaient déjà bien trop nombreux avant même votre naissance. Et ça n'a fait qu'empirer depuis. Pourquoi vous obstinez-vous ? Pourquoi ne pas vendre la propriété et partir d'ici ?

— Et les laisser gagner ?

Une réponse plus sincère que MacKenzie ne l'avait escompté. Elle grimace, agacée par sa propre honnêteté.

— J'ai entendu parler de votre motel, reprend Mrs Davies. C'est pour ça que je voulais venir ici. Les libéraux prennent votre défense. Les groupes chrétiens radicaux vous menacent. J'ai lu des éditoriaux, des posts Facebook, des évaluations indignées et d'autres beaucoup trop dithyrambiques. Je suis donc venue ici, et… ce n'est qu'un motel banal, et les manifestants ne sont qu'une centaine. Dix-sept mille personnes ont laissé des évaluations sur votre motel, rien que la semaine dernière.

— Je ne lis jamais les avis, ment MacKenzie.

— Cela est-il révélateur de notre société actuelle ? Nous sommes tous connectés, nous nous emportons pour un rien, mais nous sommes incapables de déterminer quelles questions méritent notre attention en priorité. Il y a des problèmes plus urgents dans le monde, mais les gens se déchirent autour de votre motel ?

— Ce n'est pas mon cas. Vous, en revanche, vous me semblez tout aussi intéressée que le premier venu.

— Vous trouvez ça raisonnable ?

— On ne participe pas aux débats. On n'a même pas publié le moindre post sur Facebook. On ne partage pas de lien, on ne s'exprime pas dans les médias. Tout ce qu'elle… enfin ce que je veux, tout ce que nous faisons, c'est gérer un motel.

Les derniers manifestants s'éloignent dans leurs voitures, et le vice-shérif ferme le convoi, gyrophare allumé. On croirait que la police les escorte.

MacKenzie écrase sa cigarette.

— Enfin libres, déclare-t-elle.

— C'est ça que le motel représente pour vous ? La liberté ?

— Non. C'est pour ça que d'autres viennent vivre ici. Ce n'est pas parce qu'ils n'ont nulle part d'autre où aller. Du moins pas seulement. C'est parce que, ici, ils sont libres.

Sur ce, elle retourne au diner pour se lancer dans la vaisselle.

Mais c'est pas possible, ils le font exprès, me dis-je avec irritation en voyant Stacey sortir en douce de sa chambre à quatre heures du matin. Le moment est mal choisi pour une nouvelle effraction, avec tous ces nouveaux clients.

Mais elle ne semble pas s'en préoccuper et toque sans hésiter à la porte de papa de sa main libre. Dans l'autre, elle porte quatre sacs frappés du logo d'un magasin de vêtements.

Papa lui ouvre dix minutes plus tard, vêtu d'un pantalon de costume, d'une chemise et d'un cardigan. Il n'a pas eu le temps de se coiffer, mais essaie tout de même d'aplatir ses cheveux.

— Il est quatre heures, souligne-t-il.

Il remarque alors les sacs que tient Stacey.

— Je n'ai pas besoin de nouveaux habits ! proteste-t-il aussitôt.

— C'est pour moi, pas pour vous. J'ai besoin de votre aide.

— Une tarte aux pommes ?

— Non, aux cerises. Mais ce n'est pas pour ça que j'ai besoin de vous.

Cette fois, c'est Stacey qui a tout préparé dans le diner. Les ingrédients d'une tarte aux cerises sont disposés sur le petit bout de plan de travail qui n'est pas recouvert de la vaisselle du soir.

— Il va y avoir une assemblée publique pour discuter de la vie économique locale, si vous y comprenez quelque chose, expose Stacey.

Papa mesure interminablement la bonne dose de café.

— Derek doit donner un discours, c'est tout ce que je sais. Du coup, il faut que je m'habille de façon… représentative. Attendez ici.

Elle s'éclipse dans les toilettes pour se changer. Quand elle en ressort cinq minutes plus tard, papa a déjà commencé à préparer la pâte.

— Ne vous moquez pas, prévient Stacey.

Or, elle est tout à fait ravissante. Un jean et des bottes ne correspondent peut-être pas à ce que papa qualifierait de « représentatif », mais son chemisier est très élégant.

— Il est quatre heures du matin, rappelle papa. Pourquoi essayez-vous des habits maintenant ? Vous ne pouviez pas simplement demander de l'aide au magasin ? Je n'y connais rien à la mode.

— Pour qu'on se moque de moi et qu'on parle dans mon dos ? Jamais de la vie. OK, je me change.

Papa fait le gros du travail lui-même, comme Stacey passe son temps à entrer et sortir des toilettes pour faire son petit défilé.

— Et ça, vous en pensez quoi ? Assez morne pour une femme de politicien ?

— Très approprié.
— Ne bougez pas.
Tenue suivante. Nouveau commentaire hésitant de papa. Le cycle se répète, jusqu'à ce qu'ils tombent d'accord. Mais cela n'apaise pas Stacey pour autant.
— C'est pas tout d'être bien habillée, explique-t-elle. Il va falloir que je parle aux gens, aussi. Sans trop montrer que j'y comprends rien. Mais comment faire ?
— Parlez aussi peu que possible. Ne jurez pas. Et pas de plaisanteries !
— Eh ben, je vais me marrer. Pardon, c'était de l'humour.
Stacey pousse un soupir.
— J'espère que ça en vaudra la peine. Des nouveaux vêtements, pas de gros mots, pas de blagues… Je ne serai pas moi-même du tout !
— Je croyais que vous vouliez apprendre à être correcte ?
— Oui, c'est ce que je veux.
— Dans ce cas, « être vous-même » n'a rien à voir là-dedans. Ça, vous pourrez l'être une autre fois.
Stacey se met à glousser. Papa a l'air surpris.
L'instant d'après, il se prend une poignée de farine en pleine tête.
Absolument choqué, il toise Stacey tandis que la poudre blanche lui tombe dessus. Il y en a partout : dans ses cheveux, sur son beau pull-over gris foncé, sur le sol à ses pieds et sur la table qu'il vient de nettoyer. J'amorce.
— Stacey, je ne suis pas sûre que mon père soit prêt pour…
— Mais qu'est-ce qu'il vous prend ? s'offusque papa.
Il passe une main sur son crâne et secoue la tête pour se débarrasser de la farine, mais il ne fait que la répandre davantage. Il en a aussi sur la joue, désormais.
Stacey lui lance un regard plein d'espoir.

— Allez ! l'aiguillonne-t-elle.

— J'ai de la farine dans les cheveux, gémit papa, se frottant automatiquement les mains sur le pantalon. Et maintenant j'en ai sur le pantalon !

— Allez, jetez-m'en dessus aussi !

Il se fige devant elle.

— Qui sait, peut-être que ça vous plaira, d'être jeune et irresponsable ? lance-t-elle.

Incroyable, il lorgne sur la farine. Stacey hoche la tête pour l'encourager, et il tend une main pour la retirer aussitôt.

— Je ne peux pas faire ça ! s'écrie-t-il, laissant malgré lui échapper un rire nerveux.

Être sur le point de se décontracter et s'amuser doit lui faire tellement peur.

— Avec ce genre de scrupules, vous ne vous en sortirez jamais dans une vraie bataille de bouffe ! l'avertit Stacey.

Elle prend une nouvelle poignée de farine et lève le bras d'un air menaçant.

— Mais c'est salissant !

— On aura tout le temps de nettoyer après. Allez, profitez un petit peu de la vie.

Du coin de l'œil, il me semble apercevoir le visage de Mrs Davies par la fenêtre, mais quand je tourne la tête dans cette direction, je ne vois rien. Sans doute mon imagination. Du moins je l'espère.

Stacey lance son projectile. Elle touche principalement le haut du crâne et le front de papa. Celui-ci cligne des yeux, les sourcils blancs de farine.

Or, cette fois, il ne s'essuie pas. Non, il tend la main à la vitesse de l'éclair, empoigne un peu de farine au hasard et la jette avant d'avoir eu le temps de réfléchir. Il touche Stacey en plein visage, et ils ont désormais tous deux l'air aussi ridicules.

— Ouille, grimace-t-il. Je ne voulais pas… Ouh, désolé. Tenez, prenez un essuie-tout. Ou un torchon ?

Stacey secoue la tête et éclate de rire.

— En plein dans le mille ! le félicite-t-elle, avant de refaire feu sans lui laisser le temps de se défendre.

Cette fois-ci, ils quittent le diner avant l'heure du petit déjeuner ; une sage décision. Je m'attendais à ce que la plupart soient trop assommés par le repas de la veille pour avoir la force de descendre, mais personne ne manque à l'appel. Des bouches affamées dévorent œufs brouillés, bacon frit et pain encore chaud, tandis que le café et le jus d'orange coulent à flots. Chacun fait son possible pour éviter Mrs Davies.

Quant à cette dernière, elle mange une tartine, boit deux tasses de café et fiche la paix à son monde. Le seul commentaire qui franchit ses lèvres a pour but de rappeler son cholestérol à l'un des pères de famille, mais elle le formule de façon presque bienveillante, sans le moindre espoir qu'il renonce à la montagne de bacon dégoulinant de graisse sur son assiette.

Tout le personnel donne un coup de main : Alejandro suit les ordres de Dolores en cuisine, Michael remplit tasses et verres, Camila court dans tous les sens, les bras chargés d'assiettes pleines dévorées en quelques minutes, et je m'amuse à aboyer des ordres lorsque je le juge nécessaire. « Cette table est à sec de café ! » « Plus d'œufs brouillés ! » « Pas de tomates ! »

Grâce à l'autorité impressionnante de Mrs Davies, les chambres sont rendues et les notes réglées sans le moindre accroc. Les clients font leurs bagages, chargent leurs valises dans les voitures et sont prêts à repartir en un temps record.

Mrs Davies monte à l'arrière d'un des véhicules, puis descend la vitre pour faire signe à MacKenzie d'approcher.

— Je dois au moins vous accorder une chose : on ne s'ennuie jamais, dans votre motel.

— On fait de notre mieux.

Clarence, Buddy et Paul brandissent à nouveau la banderole, mais ils l'ont cette fois tournée dans le mauvais sens. Mrs Davies sourit et secoue la tête, mais reprend bien vite son air grave.

— Vous ne pouvez pas gagner, déplore-t-elle. Ils sont plus nombreux que vous et ils ont moins à perdre.

Sur ces paroles, la caravane se met en branle. MacKenzie reste plantée sur le parking à la regarder s'éloigner. Je ne saurais interpréter son regard.

Après coup, nous nous rassemblons à la réception. Camila est enivrée par le succès de l'opération.

— On a réussi ! se réjouit-elle. Pas un seul d'entre eux n'a demandé à être remboursé !

Michael se fend d'un sourire.

— Par contre, on attend toujours le premier-né promis. On l'a pourtant occupée toute la journée. D'ailleurs, c'était très facile de la distraire, et elle semblait prendre plaisir à faire le tour du motel pour discuter avec nous. Et puis Mr Broek ne s'est pas offusqué, et Stacey n'a pas juré, alors elle ne doit pas être si terrible que ça.

— Ce n'est que le début, assure Camila. On sait comment les vaincre, désormais. Je vais organiser une fête et inviter toute la ville, et ils verront bien qu'on est un motel tout ce qu'il y a de plus normal.

— C'est pas une mauvaise idée, une fête, admet Michael. Si tu as besoin d'un coup de main, n'hésite pas à me demander. Ça devrait montrer à ces imbéciles que les habitants ne sont pas de leur côté.

— J'ai déjà réalisé des prospectus pour plusieurs boutiques de la ville, révèle Camila. Il ne me reste plus qu'à faire des affiches pour la fête et à demander aux magasins de les exposer.

MacKenzie reste muette. Au bout d'un moment, Michael et Camila se taisent à leur tour.

Dans le silence soudain, nous entendons à nouveau scander les manifestants. Nous les avions presque oubliés, ces derniers jours.

— Vous brûlerez en enfer !

— Confessez vos péchés avant qu'il ne soit trop tard !

— À bas le motel !

— Bon, on a encore du pain sur la planche, déclare Camila.

Elle se tourne vers MacKenzie.

— Qu'est-ce qu'elle t'a dit, Mrs Davies, avant de partir ?

— Elle voulait juste nous remercier pour cet agréable séjour, ment-elle sans la moindre hésitation.

Nous prenons tous les quatre un moment pour contempler la banderole. De ce côté, on peut lire : *VOUS ÊTES JÉSUS ? 10 % DE RÉDUCTION SUR NOS MAGNIFIQUES CHALETS !*

Puis, en dessous, en petits caractères : *Offre valable du jeudi au dimanche, tout l'automne. Non cumulable avec nos autres offres.*

Peut-être que c'est moi qui vais te sauver

Deux semaines avant le référendum autour de l'Initiative 9, Michael et moi nous étions portés volontaires pour aller distribuer des tracts ensemble. C'était l'une de ces journées ensoleillées et éclatantes, le genre qui nous faisait presque oublier que nous étions déjà en novembre. N'empêche que le jour du vote et l'hiver approchaient à grands pas.

Nous avons commencé par Broadway, longeant les rangées de maisons luxueuses et de pancartes *Oui à l'Initiative 9*, glissant des prospectus dans chaque boîte aux lettres. Michael en a mis deux dans celle de ses parents. Nous sommes passés devant chez Pat et Carol, et les avons saluées gaiement.

Une fois arrivés sur Main Street, Michael a proposé de faire une pause.

— Une glace, ça te dit ? m'a-t-il demandé.

Je scrutais les environs comme si je redoutais de voir MacKenzie surgir de derrière une poubelle pour nous accuser de fainéantise.

— On peut en profiter pour y déposer des flyers ? a insisté Michael.

J'ai accepté en gloussant. Nous nous sommes contentés d'un café, mais avons consciencieusement posé quelques tracts sur le comptoir. Quand le tenancier, qui s'appelait Joe, nous a apporté nos tasses, je lui en ai également remis une. Je connaissais Joe depuis des années. Il avait pour habitude de nous donner des bonbons gratuits, à MacKenzie et moi, quand nous venions ici, le samedi. MacKenzie se pointait avec les trois sous qu'elle avait réussi à mettre de côté, et par miracle cela suffisait toujours pour acheter une sucette, une barre de chocolat et un soda. En outre, lorsqu'il faisait chaud, il nous offrait également une glace en remerciement de notre fidélité.

Naturellement, MacKenzie proposait chaque fois de travailler pour payer sa glace, mais, allez savoir pourquoi, je ne crois pas que cela aurait été rentable pour Joe de laisser MacKenzie courir dans sa boutique.

— Tu vas voter pour nous, Joe, pas vrai ? lui ai-je demandé.

— Tout ce que tu veux, ma puce, a-t-il acquiescé.

Il avait une chevelure blanche clairsemée, un tablier rose clair et la bonhomie joviale que l'on attendait de quelqu'un qui passait ses journées entouré de glaces et de sucreries. Il a baissé les yeux sur le prospectus.

— Euh, qu'est-ce que je dois voter ? a-t-il ajouté.

— « Non » à l'Initiative 9, évidemment !

— Ah, ça, a-t-il dit en me rendant le feuillet. Je ne m'intéresse pas vraiment à la politique. Mais je pense quand même que je vais voter « oui ». Ça ne peut pas faire de mal, selon moi.

— Tu ne peux pas voter pour ! ai-je explosé. Toi qui nous offrais toujours des bonbons ! Tu... tu... tu étais *gentil* avec nous !

— Calme-toi, c'est juste de la politique. Quelle importance peut bien avoir un petit référendum ? Ça ne changera rien du tout, tu verras.

Je me suis alors mise à pleurer. Comme ça, d'un seul coup. Joe a paru aussi effaré que moi. Mais je ne pouvais plus m'arrêter. Je versais des larmes brûlantes de colère, et Joe pâlissait à vue d'œil.

— Comment peux-tu dire ça ? Ça a déjà changé les choses

pour nous ! me suis-je emportée. Ça compte, pour nous. Et on n'a même pas le droit de voter. Je ne reviendrai plus jamais ici. Je ne mangerai plus jamais de bonbons. Je…

J'ai reniflé bruyamment et sangloté de plus belle, jusqu'à ce que Michael m'entraîne hors d'ici, tandis que Joe espérait me réconforter en m'offrant une glace, ou peut-être un soda, vu que j'avais fait le vœu d'arrêter les sucreries.

Je marchais à grandes enjambées vers la voiture de Michael.

— Comment peuvent-ils s'en foutre à ce point de nous ? Et ne me dis pas que ce n'est pas important !

— Ça ne me serait pas venu à l'idée.

— Ni que je dois me calmer !

— Crie autant qu'il le faudra.

J'ai pris une inspiration tremblotante.

— Je regrette d'avoir fondu en larmes. J'aurais dû le regarder droit dans les yeux et lui dire d'aller se faire voir !

— Je ne sais pas, Henny. Ça ne te ressemble pas vraiment.

— J'en ai marre d'être moi-même. J'en ai assez d'être gentille et lâche.

— Tu te sens concernée. Tu vois la part positive des gens. Tu as même de l'affection pour cette ville pourrie. C'est une qualité. Allez, monte.

— On va où ?

— Est-ce que ça a une importance ?

J'ai haussé les épaules et suis entrée dans la voiture.

— Je tiens à préciser que je ne suis pas triste, ai-je prévenu. Je suis en colère.

— Je sais.

Je me suis concentrée sur le ronflement du moteur et l'asphalte qui défilait sous les roues. Plus nous nous éloignions de Pine Creek, plus la pression sur ma poitrine s'atténuait. Ce n'était pas normal ! Quitter la ville n'aurait pas dû être libérateur. J'étais chez moi, ici. Ces gens-là nous connaissaient. J'avais toujours cru qu'ils nous aimaient.

Michael fixait la route sans ciller, mais ses mains serraient le volant si fort que je me demandais s'il n'imaginait pas la gorge de Joe sous ses doigts.

— Je pensais tout savoir sur cette ville. J'ai vécu ici toute ma vie. Les gens me souriaient, me disaient bonjour et…

— T'offraient des bonbons.

J'ai secoué la tête, souriant à contrecœur, puis l'ai appuyée contre la vitre fraîche.

— Ce monde me fatigue, ai-je soupiré. Quoi qu'on fasse, on finit toujours par être blessé. Moi aussi, je vais me foutre de tout.

Michael s'est garé, a contourné la voiture et a ouvert ma portière.

— Où est-ce qu'on va ?

— Tu verras.

Nous avons marché une heure durant, montant sans nous arrêter, jusqu'à ce que l'effort physique éclipse mes émotions déchirantes, que mes poumons se mettent à brûler et que Joe disparaisse totalement de mes pensées. Quand le monde s'est ouvert devant nous, j'ai retenu mon souffle.

— C'est magnifique, ai-je déclaré.

Michael m'a prise par les épaules et m'a penchée en avant, de sorte que j'observe la Pine River en contrebas. Sa poigne était ferme, comme s'il tentait de me forcer à voir la même chose que lui.

— Ici, avant, il y avait des récifs coralliens, m'a-t-il raconté avec passion. Il y a des centaines de millions d'années, le climat était tropical sous nos latitudes. Aujourd'hui encore, on peut voir les traces des volcans qui formaient autrefois l'Oregon. Ils ont mis des millions d'années à migrer si loin au nord.

J'ai cligné des yeux. Je ne voyais que des falaises banales, des pins ordinaires et la rivière paresseuse à nos pieds.

— Et les continents continueront à dériver, et les montagnes à s'affaisser et s'élever. Un jour, il n'y aura plus aucun archéologue pour exhumer les vestiges des humains qui ont vécu ici, mais il y aura toujours des montagnes et de l'eau. Tout ceci, nos vies, nos campagnes politiques, tout Pine Creek et tous les idiots qui vivent ici, tout ça n'est qu'une fraction de seconde dans l'histoire globale de la Terre. Rien n'a de sens ni d'importance.

Michael a lâché mes épaules pour se passer une main dans les cheveux.

— Bon, ce n'est pas exactement ça que je voulais dire, avoue-t-il. Je ne suis pas très doué pour ce genre de discours. Mais j'ai toujours vu le véritable visage de cette ville. Je sais que ses habitants sont des imbéciles. Je ne vois aucun moyen de te faire croire que les gens d'ici sont formidables, et qu'ils t'adorent, et que tout ira bien dans le meilleur des mondes, mais j'aimerais tellement en être capable. Henny, si je le pouvais, je le ferais.

Il me regardait intensément, et je me demandais s'il allait enfin m'embrasser, quand il s'est brusquement détourné. La soudaine distance entre nous me paraissait étrange.

— Ce ne sont pas tous des idiots, ai-je contesté. Et MacKenzie les fera tous changer d'avis, tu verras.

Michael a fourré les mains dans ses poches. Raide et inflexible, il se tenait à un bon mètre de moi.

— Ça va empirer, a-t-il assené. Tu t'en doutes, non ? Ils ne vont pas changer d'avis. Au contraire, ils seront encore plus nombreux de leur côté avant que toute cette histoire ne soit finie.

— Non. *Non !* Ce n'est pas du tout ce qui va se passer. Les gens vont se réveiller un beau jour et se rendre compte à quel point ils ont été ridicules, et ils demanderont pardon, et ils ne voteront jamais pour une initiative aussi ignoble. Et puis il y en a d'autres qui s'engagent contre cette proposition de loi. On n'aurait jamais rencontré Pat et Carol si ce n'était pas le cas. Et ça nous a rapprochés, tous les… quatre. MacKenzie est sûre qu'on restera amis toute notre vie.

Michael m'a lancé un drôle de regard.

— C'est ça que tu veux ?

J'ai détourné la tête.

— Oui.

J'ai très légèrement pivoté vers lui, un sourire incertain sur les lèvres.

— Tu n'as pas besoin de…, commençais-je quand il m'a rejointe en un pas, pour poser les mains de part et d'autre de mon visage, comme s'il ne pouvait se retenir une seconde de plus.

Plongeant son regard dans le mien, il a déclamé le mensonge que je voulais entendre.

— Tout va s'arranger. Ils vont se rendre compte qu'ils sont stupides et vont changer, et l'initiative ne sera jamais adoptée, et plus rien ne te blessera jamais.

J'ai avalé ma salive.

Il m'a tirée à lui et a pressé son corps contre le mien, comme s'il pouvait ainsi me protéger de tous les malheurs de la vie, de la plus insignifiante déception à la plus terrible tragédie, et m'a embrassée comme s'il voulait sauver le monde entier rien que pour moi.

— Michael. Tu sais que tu n'as pas à me sauver, hein ?

— Bien sûr, a-t-il répondu sans grande conviction.

Mais il m'avait *embrassée* ! Il avait beau essayer de se persuader qu'il n'accordait aucune importance à ce qui se passait ici, je sentais bien que son cœur battait à tout rompre contre ma cage thoracique.

Mes mains exploraient la peau chaude sous son pull, et l'instant d'après c'était moi qui l'embrassais. Rien d'autre n'existait, à part nous deux et les montagnes qui se fichaient pas mal de nous. Ici et maintenant, j'étais invincible. Rien ne saurait plus jamais me terrasser.

— Qui sait ? ai-je lancé. Peut-être que c'est moi qui vais te sauver.

Il a pris une profonde inspiration.

— Henny, je crois sincèrement que rien n'est impossible, pour toi.

Une averse estivale

Une assemblée publique portant sur la vie économique et industrielle de Pine Creek. Le conseil municipal en organise régulièrement pour débattre des questions soulevées par les entrepreneurs de la ville, mais elles sont ouvertes à tous. Et ce soir, on dirait bien que la majorité des citoyens a fait le déplacement. À l'ordre du jour, l'actuelle campagne en faveur d'une économie locale placée sous le signe de la morale.

Cheryl a collé des affiches partout, mais, selon moi, c'est l'article critique et moqueur de la *Gazette* au sujet de la campagne qui a réellement poussé les gens à sortir de chez eux. Nous avons lu l'article au motel, mais quand je suis partie, Michael, Camila et MacKenzie n'avaient pas encore décidé s'ils y assisteraient ou non. *Il faut bien qu'un de nous garde un œil sur eux*, ai-je raisonné en les laissant sur place.

Une demi-heure avant le début de la réunion, le plus spacieux local public de la ville est déjà plein à craquer. Je ne pensais pas que tant de monde se donnerait la peine de venir.

J'observe avec incrédulité la salle se remplir encore plus. Les nouveaux venus accrochent leurs manteaux et leurs parapluies au niveau de l'entrée, et une odeur de café et de tissu mouillé emplit bientôt la salle. Je sillonne le public et écoute en douce les conversations. La plupart m'ont l'air ouvertement sceptiques. Ils sont tout aussi pieux les uns que les autres, et si les fidèles de Sacred Faith Temple s'imaginent pouvoir s'immiscer dans leurs vies, ils se fourrent le doigt dans l'œil.

La propriétaire de la boutique d'occasions est présente et discute d'un air contrarié avec sa voisine.

— Je vais leur en donner, moi, de l'immoralité ! Pour qui se prennent-ils, à nous traiter de débauchés ? Je vais à l'église depuis que je suis née ! J'y allais même déjà avant ma naissance, car ma mère ne ratait jamais la messe, jusqu'au jour de l'accouchement ! Et s'ils nous reprochent d'être ouverts le dimanche, je ne vais pas me gêner pour dénoncer ceux d'entre eux qui font les magasins après la messe.

Elle tend la nuque et jette un regard noir à Derek, qui fait les cent pas à côté de l'estrade. Il a l'air raide et mal à l'aise dans sa chemise et son veston. Tout son charme habituel s'est envolé. Ses lèvres bougent, mais aucun son n'en sort.

La présence de ses parents au premier rang ne semble aucunement l'apaiser. Mr Callahan anticipe avec tension les premiers pas de son fils en politique, tandis que Joyce sourit amicalement à tout le monde et personne à la fois. « Quel plaisir », l'entends-je dire, mais je trouve son regard absent un peu moins naturel que d'ordinaire. Peut-être que cette affaire lui a déjà compliqué la vie.

— Essaie juste de ne pas trop t'attarder sur cette histoire de motel, souffle Bob dans une oreille de Derek. Crois-moi, tu ne veux pas être associé à ça, et surtout pas *célèbre* pour ça. Pense au long terme.

— Tout ce que tu dois te rappeler, c'est que Jésus est de ton côté, lui rappelle Cheryl dans l'autre oreille. Tu défends une grande cause juste, c'est tout ce qui compte. S'ils se moquent de toi, laisse-les rire.

Derek ne semble visiblement pas très à l'aise.

Quand papa et Stacey débarquent ensemble, je ne saurais dire qui de Derek ou Cheryl est le plus stupéfait.

— Robert ! s'exclame Cheryl.

— Stacey ! se réjouit Derek.

Après avoir jeté quelques regards autour de lui, il la prend à part.

— Tu es venue ! Et tu es… ravissante.

Elle porte un tailleur beige, un chemisier blanc, des collants épais et des escarpins à talon bas.

— Ne t'avise pas de te marrer, l'avertit-elle, avant d'ajouter plus bas : C'est Robert qui m'a aidée à choisir ma tenue. Peut-être qu'il s'est laissé emporter par son enthousiasme, mais selon lui, je suis habillée « correctement ».

— Je n'ai aucune envie de rire, l'assure Derek. Je suis simplement content de te voir. J'aurais jamais dû me laisser traîner ici. Regarde-les ! Ils vont me *lyncher* !

Le brouhaha s'éteint peu à peu quand Bob s'avance pour présenter le premier intervenant de la soirée, Derek Callahan. Nul besoin de présenter Derek, affirme-t-il avant de se lancer dans un exposé long de dix minutes sur tous ses exploits et sa fantastique carrière de footballeur. Il s'évertue à rappeler à tous qu'ils adulaient Derek naguère, mais à en juger par l'expression renfrognée du public, ce n'est pas un franc succès.

Pétrifié sur le côté de la scène, Derek contemple une mer de visages glaçants.

— Souviens-toi que tu es capable de vendre n'importe quoi, lui murmure Stacey en le poussant presque sur l'estrade.

Elle va ensuite s'asseoir à côté de Joyce.

— C'est quelque chose, hein ? amorce Derek. Un footeux qui se lance dans la politique, vous l'aviez pas vue venir celle-là, pas vrai ? Croyez-moi, je sais que ça vous semble dingue.

Personne ne sourit. Pas un ricanement ne retentit. Derek lance un regard implorant à Stacey, son unique point d'accroche. Elle hoche la tête pour l'encourager.

— Je suppose que vous avez tous entendu parler de notre proposition pour une économie locale placée sous le signe de la morale ? reprend-il. J'imagine que vous avez lu la *Gazette* ? Je tiens tout de suite à vous rassurer : quoi qu'ils aient pu y écrire, nous n'avons aucun problème avec *vous*.

— Y a plutôt intérêt ! s'écrie l'antiquaire.

Derek perd le fil de son discours préparé, mais je crois que c'est une bonne chose pour lui. Gloussant dans sa barbe, il semble se rappeler qu'il connaît toute l'assistance. Soudain ils ne sont plus une foule anonyme et intimidante, mais des concitoyens qu'il a côtoyés toute sa vie.

— Ce qui est sûr, c'est que je n'ai pas de problème avec toi, Margaret, répond-il en souriant. Voilà une femme que je n'oserais jamais me mettre à dos, je n'ai pas peur de l'avouer.

L'intéressée lui rend volontiers son sourire, et on entend même plusieurs personnes rire.

— Ce sont les entrepreneurs comme toi qui ont bâti cette ville et qui continuent à la faire vivre, poursuit Derek. Je n'ai pas besoin de vous expliquer ce que ça signifie de gérer un commerce dans une ville comme Pine Creek. Il n'est pas seulement question d'argent, même si ça fait toujours plaisir de se faire quelques sous.

Un nouveau sourire désarmant, qui réduit le nombre de mines sévères dans l'assemblée.

— Non, il s'agit de contribuer à la communauté. Nous avons tous notre part de responsabilité. Les entrepreneurs font figure d'exemples. Nos enfants et nos jeunes comptent sur nous et s'attendent à ce que nous prenions soin d'eux. À ce que nous leur montrions la voie à suivre et faisions de Pine Creek une ville où ils pourront grandir en sécurité et selon les traditions chrétiennes. Personne ici, à part bien sûr les journalistes libéraux de la *Gazette*, ne peut nier que notre mode de vie respecte la morale et les valeurs chrétiennes. Et je suis convaincu que nous aspirons tous à ce même idéal.

Le public ne se gêne pas pour hocher la tête d'approbation.

— Mais avec le motel, c'est différent. Il n'a jamais fait partie de la ville. Toutes les autres entreprises mettent la main à la pâte lorsque c'est nécessaire. Le magasin de peinture de Ned, par exemple. Il a fourni le matériel pour repeindre l'école. Et qu'ont fait les gens du motel ? Ils l'ont vandalisée. Ce sont *eux* qui ne veulent pas s'intégrer à Pine Creek.

La gérante de la boutique d'occasions hoche la tête.

— Je savais bien qu'ils ne pouvaient rien avoir à nous reprocher, à nous. Mais le motel, c'est une autre affaire.

— Aucune intégration, acquiesce sa voisine. Il était temps que quelqu'un dise ce qu'on pense tous.

— En plus, il est très chic en costume.

— Je me souviens de lui en maillot de foot…

Les deux femmes sourient d'un air nostalgique.

— Demandez un peu à Ed le shérif ou à ses adjoints combien de fois ils ont dû intervenir au motel, avance Derek.

— Ça, c'est une attaque injuste ! ai-je protesté. La plupart du temps, c'est la faute des gens de la ville !

— Comptez un peu combien de lois le motel est autorisé à enfreindre, alors que tous les autres commerces doivent appliquer à la lettre la moindre lubie émise par Washington.

Il laisse planer son regard sur une assemblée d'ores et déjà acquise à sa cause.

— Je ne vais pas m'éterniser. Je débute en politique, je le reconnais volontiers, mais même moi, je sais qu'il n'y a rien de pire que de devoir écouter les harangues sans fin d'un politicien. Ce qui m'intéresse, c'est de savoir ce que *vous* en pensez. Si vous avez des suggestions concernant des choses à améliorer, ou si vous voulez contribuer à rendre notre cadre de vie plus moral, vous pourrez me trouver à cette table toute la soirée. Passez dire bonjour ou prendre un café.

Sa prestation est saluée par un tonnerre d'applaudissements, et on se presse ensuite pour le féliciter de son discours d'une concision exemplaire. Les femmes sourient, les hommes lui tapent dans le dos et plusieurs s'attardent pour discuter.

Stacey est la première à les apercevoir.

Elle se fige, saisit inconsciemment le bras de mon père, et ils prennent tous deux un air terriblement coupable. À travers la foule de visages, je repère MacKenzie, Michael et Camila.

Je ne sais pas depuis quand ils sont là mais, vu leurs expressions, j'en déduis qu'ils en ont entendu bien assez.

Ils s'attardent au fond de la salle, raides et immobiles, bloquant ceux qui tentent de se frayer un chemin jusqu'au vestiaire ou au stand improvisé près de la sortie.

— Excusez-moi, leur dit une femme se faufilant pour aller signer les pétitions.

Les gens font la queue pour inscrire leur nom.

Camila jette des regards impuissants tout autour d'elle.

— On ne devrait pas… faire quelque chose ? demande-t-elle.

Elle et moi nous tournons simultanément vers MacKenzie, comme dans l'attente d'un miracle.

— Dis quelque chose ! la supplie Camila.

MacKenzie secoue la tête. Je doute qu'elle soit consciente de son geste. Elle recule même instinctivement d'un pas.

Au final, c'est Michael qui réagit.

— Attendez, moi, je vais dire deux mots à Derek, décide-t-il.

Il décale doucement mais fermement MacKenzie, puis joue des coudes pour marcher droit sur son frère.

Et peu importe si ce dernier est en pleine conversation.

— On peut savoir ce qui te prend ? l'apostrophe Michael, sans même remarquer le silence qui tombe autour d'eux.

— Ce n'est pas l'endroit ni le moment de…, tente de désamorcer Derek avec un sourire crispé.

— Le moment est très bien choisi. Tu as perdu les pédales ou quoi ? Pourquoi tu t'en prends au motel ? Tu apprécies MacKenzie. Tu étais son ami. Et tu y as toi-même travaillé, nom d'un chien !

Dans les environs immédiats, les gens s'arrêtent pour assister à la dispute. Un homme en train d'enfiler sa veste s'interrompt, le bras en l'air.

— Depuis quand tu te préoccupes de la morale ? poursuit Michael. Tu adores le péché, tu es un expert en la matière.

— Il plaisante, bien sûr, prétend Derek, attrapant son frère par le bras pour l'attirer de côté.

Michael se libère avec hargne.

— Et vous deux, là ! accuse-t-il papa et Stacey. Après tout ce que le motel a fait pour vous ! Comment osez-vous venir ici et écouter ce genre de conneries ? Vous vivez au motel, bande d'ingrats !

Voilà qui fait sortir Derek de ses gonds. Il oublie complètement qu'il est censé être un politicien placide et raisonnable.

— Parce que, toi, tu crois être parfait ? Tu fais irruption dans ma vie, tu me dis que je dois me reprendre en main et, quand je fais quelque chose, tu viens me critiquer ?

— Tu ne vois pas à quel point cette histoire est insensée ?

— Qu'est-ce qui est tellement insensé, Michael ? Explique-moi donc. Que les gens puissent voter pour moi, que je puisse contribuer à la communauté, ou que je puisse être bon à autre chose qu'au football ?

— Ce qui est insensé, c'est que tu te pavanes en jouant les

politiciens conservateurs. Avec une femme béate qui te soutient à ton côté, pour compléter le cliché.

— Au moins, moi, j'ai épousé mon amour d'enfance.

— Ah oui, ça, quel succès, bravo. Dis-moi la vérité, vous êtes heureux dans votre vie de tous les jours ?

— Plus heureux que toi et Henny.

Michael lui décoche instantanément un coup de poing.

Il le touche en plein menton et s'arrête aussitôt, choqué par son propre geste, secouant sa main endolorie.

— Ça suffit, maintenant, intervient Mr Callahan, vert de rage. Tu te donnes en spectacle. Tu…

Avant qu'il n'ait le temps de finir sa phrase, Derek se jette sur son frère, le plaquant au sol. Tous deux roulent aux pieds de leur père, qui doit promptement s'écarter pour ne pas tomber lui aussi.

Sous les yeux ébahis de la moitié de la ville, Michael et Derek se battent par terre. Les chaises volent comme les gens s'écartent de leur chemin.

— Fais quelque chose ! s'écrie Camila.

MacKenzie et elle se sont avancées au premier rang du ring improvisé.

— Je trouve que Michael s'en sort très bien tout seul, estime MacKenzie en croisant les bras d'un air mutin.

Mr Callahan réussit finalement à attraper un bras au hasard et tire dessus tandis qu'un second citadin fait de même avec un autre bras, parvenant ainsi à les séparer. Stacey aide Derek à se relever.

Il frotte sa veste pour en faire tomber la saleté, puis se fend d'un sourire confus, tentant de dédramatiser la situation.

— Juste une petite divergence de points de vue. Rien de plus normal entre deux frères.

— Va te faire foutre, rétorque Michael.

Les essuie-glaces bataillent intensément contre la pluie, sur le chemin du retour. Les phares n'éclairent pas plus loin que deux ou trois mètres. Le monde entier semble avoir été englouti sous les flots. MacKenzie conduit lentement et avec concentration.

Michael est assis tout à droite, collé contre la vitre. J'ignore à qui il s'adresse réellement lorsqu'il déclare :

— Je suis un imbécile. J'ai vraiment essayé de donner une chance à cette ville. Je pensais que si je parvenais à la voir à travers les yeux de Henny… Je ne sais pas à quoi je m'attendais. Sans doute que je me suis dit que les choses seraient différentes, après tout ce temps.

— Elles peuvent encore changer, persiste Camila. N'oubliez pas la fête que je vais organiser. Elle est plus importante que jamais, maintenant. On va leur prouver que…

Michael continue son monologue comme s'il ne l'avait pas entendue.

— Je l'ai connue en tant qu'adulte pendant trois jours. Et j'ai été assez naïf pour croire que cela avait un sens. Qu'elle pouvait m'apprendre quelque chose. Mais vous savez ce que j'aurais dû me rappeler ? Qu'elle a toujours fait passer la ville avant moi. J'aurais mieux fait de me concentrer là-dessus.

— Évidemment que vos retrouvailles avaient du sens, réfute Camila.

— Je ne sais pas ce qui m'a pris, de revenir ici. Qu'est-ce que j'espérais ? Que tout s'arrange, que la vie n'ait plus de secrets pour nous et que le passé ne compte plus ? Que franchir les portes du motel ferait s'envoler tous nos problèmes ?

— Tu l'aimais. Voilà pourquoi tu es revenu.

— Tu ne comprends pas. Je ne pouvais pas… je ne sais pas… Bon Dieu, Camila, il fallait que je *sache*.

Maintenant qu'il s'est enfin mis à parler, il ne peut plus s'arrêter.

— J'ai beau être parti, j'ai quand même passé la moitié de ma vie ici. C'est comme dans le film *Pile et face*. Sauf que j'en étais tout le temps conscient, et ça ne faisait qu'aggraver les choses. Quoi que je fasse, une moitié de moi me chuchotait que j'aurais pu mener une autre vie. J'imaginais un jardin, je sentais l'odeur des plants de tomates et des buissons de romarin par une douce soirée d'été, autour d'un barbecue avec Henny et ses meilleurs amis. Parfois, la nuit, quand je logeais à un nouvel endroit, dans un énième motel ou un appartement en sous-location, je ne parvenais à m'endormir que si je m'imaginais dans cette existence alternative, dans la maison que nous aurions possédée, dans un confortable lit double, avec Henny blottie contre moi.

— C'est pour ça que tu es revenu ici, souligne Camila. Et tu as pu la revoir.

— Je ne pouvais plus rester à l'écart. Je ne l'ai même pas décidé consciemment. Un beau jour, je me suis retrouvé à la réception. Elle était là, devant moi, et tout rentrait dans l'ordre.

— Michael, ce que tu racontes est beau et touchant, pas insensé. Pas vrai, MacKenzie ?

Camila pose une main sur sa cuisse.

— Dis-lui qu'il n'a pas eu tort de revenir.

— Compte pas sur moi pour ça, répond MacKenzie. Je suis d'accord avec lui. Il n'aurait jamais dû revenir. À quoi s'attendait-il ? Ils ont passé un week-end à coucher ensemble, c'est tout. Et toi, tu es tout aussi naïve si tu crois que tu réussiras à te faire accepter dans cette ville.

Après avoir déposé Michael, MacKenzie se gare de travers devant le motel et monte directement dans notre appartement. Camila et moi nous précipitons à sa suite.

Nous arrivons juste à temps pour la voir essayer de descendre sa valise du haut de l'armoire, perchée sur la pointe des pieds. Camila hésite un instant, puis tend les bras pour la lui chercher.

— Je ne sais pas si c'est une très bonne idée de te donner un coup de main, dit-elle. Qu'est-ce que tu fabriques, MacKenzie?

— J'ai l'air de faire quoi? Je fous le camp d'ici.

Elle jette plusieurs tee-shirts dans la valise.

— Tu sais ce que j'ai fait pendant que tout le monde était concentré sur Derek et Michael? J'ai inspecté les pétitions. Ils avaient déjà rempli plusieurs pages!

— Ne t'en va pas.

— Je t'avais bien dit que je finirais par te quitter.

— Moi oui, mais pas le motel. C'est ta maison, ici.

— Tu l'as dit toi-même, ce n'est qu'un trou noir qui absorbe toute notre énergie. On peut gâcher toute une vie à trimer ici, sans jamais arriver à rien.

— Je me suis trompée. J'avais oublié qu'on pouvait être heureux ici. Nous étions amis. Il fut un temps, j'étais libre, ici.

— Je n'ai pas la force de vivre deux fois la même galère.

MacKenzie fourre quelques pulls au hasard dans la valise, deux, trois jeans, les premiers vêtements qui lui passent sous la main, puis s'en va dans ma chambre pour fouiller dans les photos qui gisent au sol. Elle en choisit deux, les emporte et les met dans son sac, face à l'envers.

— Mais… tu es restée après l'Initiative 9. Et après tous les autres référendums qu'ils ont fait voter. Tu es même restée pendant la campagne autour du mariage pour tous, alors que tu devais te douter qu'on ne gagnerait jamais.

— C'était pas pareil. Après l'Initiative 9, j'ai cessé d'attacher de l'importance à ce genre de choses.

— Mais alors… ça veut dire que tu te sens concernée, cette fois?

— Non.

Camila s'interpose entre MacKenzie et la valise.

— Ça suffit. Parle-moi. Aide-moi à comprendre.

— Toi, tu y attaches de l'importance, Camila. Tu ne gagneras jamais contre eux, et ils te briseront le cœur. Pas question que je reste là pour voir ça.

— MacKenzie…

— Je suis sérieuse.

Elle repousse gentiment Camila, ferme la valise avec fracas et la descend jusqu'à la voiture, pour la hisser sur le siège passager.

— MacKenzie, *arrête !*

Elle suspend son geste, puis regarde Camila comme si elle lui manquait déjà.

— Tu as beau essayer de te mentir, la vérité est que tu aimes ce motel. Et que tu tiens à moi.

MacKenzie pose une main sur sa joue. Elle hésite, puis décale une mèche de cheveux déjà trempée par la pluie.

— Je t'avais dit de ne pas t'attacher à moi. Je t'avais prévenue.

Sur ces mots, elle monte dans la voiture et s'en va. Aussi simplement que ça.

Michael est encore debout quand je le rejoins dans le chalet. Il est assis à table, sous l'unique lampe allumée, qui éclaire impitoyablement son visage las. Une demi-bouteille de whisky est posée devant lui.

— Elle est partie ! Comme ça, d'un claquement de doigts ! m'écrié-je. Elle a fourré des habits au pif dans sa valise et elle a pris la route. Mais c'est seulement temporaire, hein ? Elle va revenir. MacKenzie ne quitterait jamais le motel. Pas pour de vrai. Pas définitivement. Dis-moi que ce n'est pas vrai.

Michael plante le menton dans le creux de ses mains, et j'interromps mon soliloque. Il a l'air tellement accablé que je ne veux pas l'alourdir avec mes problèmes. Je préfère m'avancer et poser une main sur son épaule. Les fenêtres du cabanon ouvrent sur une nuit d'encre. L'obscurité pèse sur notre monde telle une couverture humide.

— Ne me dis pas que tu vas partir toi aussi ? soufflé-je.

Mais y crois-je encore vraiment ? Après tout, MacKenzie est partie. L'impensable s'est déjà produit.

— Je peux toujours vous rendre heureux, affirmé-je.

Ça non plus, je ne sais pas si j'y crois encore.

Peut-être auraient-ils été plus heureux sans moi ? Auraient-ils mieux réussi à aller de l'avant si j'avais eu la force de les quitter ?

Cette idée me terrasse à un tel point que je ressens le besoin de m'asseoir sur le lit.

Ils ne se seraient pas sentis obligés de rester ici. Ils auraient pu reprendre le cours de leur vie. Peut-être que Michael avait raison. Peut-être bien qu'un monde vaste et palpitant attend au-dehors. Peut-être qu'il aurait été plus tendre avec eux. MacKenzie et Camila auraient pu couler des jours heureux ensemble quelque part, si Camila n'avait pas ressenti ma présence ici et pensé qu'elle devait rester quand MacKenzie est partie.

Renoncer à une personne que l'on ne peut pas avoir devrait être la chose la plus facile au monde. J'imagine que c'est un peu comme mourir. Quand on a souffert pendant si longtemps, on comprend que ça ne vaut plus la peine de s'accrocher et on… laisse tomber. On ferme les yeux, on cesse de respirer, on tourne la page et on est libre.

Sauf qu'évidemment je ne suis pas très douée pour mourir, non plus.

Si seulement j'avais disparu lors de ma crémation.

Ç'aurait été mieux pour tout le monde.

Et peut-être… peut-être que si mes cendres avaient été dispersées aux quatre vents… par des chemins détournés, j'aurais pu revenir vers eux.

Pas de façon intrusive, naturellement.

Non, j'aurais pu devenir un petit rayon de soleil rien que pour MacKenzie, qui l'aurait suivie partout. Comme quand elle conduit toute la nuit et voit le soleil se lever. « Bon Dieu, se serait-elle dit, il est déjà si tard ? » J'aurais été la seule à pouvoir la taquiner. Ou un souffle de vent qui décoifferait Camila. Qui la rendrait un peu moins parfaite et la ferait rire.

Peut-être aurais-je pu me dissoudre dans l'eau, m'évaporer et pleuvoir sur Michael. Mais pas sous la forme d'une pluie froide et désagréable, non. Comme une averse d'été, légère et tiède. Il aurait pu rester sous les gouttes, humer le parfum de la terre et de l'herbe fraîche, se réjouir que l'air devienne plus respirable et savourer la musique de la pluie dans les flaques, qui occulterait tout autre bruit.

Voilà ce que j'aurais pu être.

Festivités

Quand le résultat du référendum est tombé, Pat et Carol ont organisé une fête impromptue pour célébrer notre victoire. La température dans leur salon est vite devenue insupportable avec tous les gens qui s'y amassaient. Je ne reconnaissais pas la moitié d'entre eux, bien qu'ils aient maintenu que nous avions combattu du même côté. C'était la première fois que je constatais le pouvoir d'attraction de la victoire et de la nourriture offerte.

Les adultes ne semblaient pas ressentir la chaleur, avec tous les verres de vin blanc glacé qu'ils s'enfilaient. Leurs visages rougissaient à vue d'œil, et leurs mouvements se faisaient erratiques.

— J'avais bien dit que ça ne fonctionnerait pas, cette fois non plus, affirmait une femme totalement inconnue à mes yeux.

Elle portait un badge *Non à l'Initiative 9*, et tenait un verre dans une main et un mini-hamburger dans l'autre.

— Les citoyens de l'Oregon ne laissent pas passer ce genre de choses.

— La lumière finit toujours par l'emporter sur les ténèbres, approuvait une autre voix.

Ils avaient vu juste, et pouvaient désormais reprendre le cours de leurs vies. Ils nous avaient aidés. Nous avions gagné.

Je retrouvais toute la troupe dans la cuisine : Pat, Carol, MacKenzie, Camila et Michael. Pas de célébration pour eux.

Pat et Carol avaient invité tous ceux qui s'étaient engagés de près ou de loin contre la proposition de loi. C'était une réception improvisée à la va-vite ; elles n'avaient pas prévu de faire la fête. Je crois qu'elles avaient déjà deviné ce que nous ne soupçonnions pas encore, que le jour du scrutin et la révélation des résultats étaient des événements auxquels on survivait en solitaire, et non qu'on fêtait en groupe. La simple tenue de ce référendum était un échec en soi. Même son issue positive ne pouvait effacer de notre mémoire les voisins, collègues, amis et étrangers qui avaient pris position pour le camp opposé. Ce que nous avions vu, jamais nous ne pourrions l'oublier.

Je me demandais quelles images dansaient dans la tête de MacKenzie en cet instant. Pour ma part, c'était son expression, le jour où nous avions croisé Cheryl vêtue d'un tee-shirt clamant son soutien à l'Initiative 9, qui était imprimée sur ma rétine.

— Cinquante-deux pour cent ! entendait-on dans le salon.

Les « Honorables Femmes au foyer Hétérosexuelles » assuraient l'ambiance.

Au bout d'un moment, il ne restait plus que nous six, seuls au milieu des verres vides posés à des endroits défiant toute logique, des plateaux récurés de la moindre miette et des serviettes sales. Une moitié de haloumi enroulé dans du bacon avait été oubliée sur une assiette, tandis que la dernière bouchée d'une mini-pizza avait roulé sur le tapis.

— On va déménager, a soudain annoncé Pat à MacKenzie.

— On ne voulait pas que tu l'apprennes de la bouche de quelqu'un d'autre, a ajouté Carol.

— C'est une jolie ville, a promptement assuré Pat, mais on n'est pas de la région, et on n'a pas de famille ni d'amis dans le coin… Rien ne nous force à habiter ici.

— Si jamais tu passes à Portland, viens nous rendre visite.

— Je n'y manquerai pas, a promis MacKenzie.

— C'est juste que ce n'est plus pareil, maintenant.

MacKenzie hochait la tête.

— Rentrez donc à la maison, nous a invités Carol. On va s'occuper du ménage.

J'ai lancé un regard hésitant à MacKenzie.

— Tu veux encore faire quelque chose ? Aller quelque part ?

Elle s'est penchée pour ôter le morceau de pizza du tapis.

— Je bosse au motel ce soir, a-t-elle répondu. On se revoit demain. Les cours continuent comme d'habitude.

J'ai fait « oui » de la tête.

Personne ne le disait, mais nous le pensions tous. C'était grâce aux villes libérales et tolérantes comme Portland et Eugene que nous avions échappé de peu à la catastrophe. Cinquante-deux pour cent, c'était le score final sur tout l'État de l'Oregon.

Pour MacKenzie, à Pine Creek, il n'y avait aucune raison de se réjouir. Chez nous, l'initiative avait été approuvée par soixante-quatre pour cent des suffrages.

Élément numéro 1…

Assise sur la colline surplombant le motel, je contemple le parking en contrebas.

Le silence est tellement oppressant que je suis presque soulagée de voir débarquer les manifestants avec leurs thermos et leurs pancartes. Leurs exhortations à brûler en enfer sonnent comme des psalmodies rythmiques et apaisantes, à l'instar du sifflement des camions qui passent sans s'arrêter. Leur présence routinière est rassurante, et me convainc presque que tout est normal. D'une seconde à l'autre, MacKenzie va sortir du diner pour leur crier dessus.

Mais seules trois voitures sont garées devant l'établissement : celles de Camila, d'Alejandro et de Dolores. L'emplacement habituellement occupé par le pick-up de MacKenzie reste désespérément vide. Tout est gris. À croire que MacKenzie a emporté les couleurs avec elle.

Une bruine glaciale s'abat sur les pins et les manifestants. Ces derniers s'accroupissent pour se protéger du vent. Leurs cafés refroidissent en un rien de temps, et leurs K-way sont impuissants face à l'humidité et au froid pénétrants. Ils articulent leurs slogans en reniflant, les joues et le nez rougis. Ils sont considérablement moins nombreux, aujourd'hui.

Camila a sorti un chariot de nettoyage et s'attache à faire le ménage dans les dernières chambres restantes, suite à la visite de Mrs Davies. Mais la tâche est laborieuse. Même d'ici, je constate à quel point ses mouvements sont lourds. Elle ressort de l'ultime chambre, fourre les anciens draps dans le panier à linge sale, puis s'appuie contre la rambarde pour lutter contre la grisaille et l'insignifiance du quotidien.

Elle abandonne alors le chariot sur la coursive.

Quand j'entre à la réception, j'y découvre Dolores et Alejandro.

— Je ne comprends pas, se lamente Dolores.

À en juger par l'expression de Camila, ce n'est pas la première fois qu'elle dit cela. Comme tant d'autres personnes ayant survécu à un désastre, Dolores semble trouver du réconfort dans la répétition de ces quelques mots. Je connais ça. J'ai fait pareil toute la nuit.

— Elle n'a jamais disparu comme ça, du jour au lendemain. Tu as dit quelque chose qu'il ne fallait pas ?

Camila serre les dents et enfonce une des nouvelles brochures dans le présentoir.

— Elle est majeure et vaccinée, rappelle-t-elle. Elle est libre d'aller où elle veut.

— Mais elle n'est jamais partie comme ça avant.

— Oui, eh bien, je ne peux pas y faire grand-chose, si ?

— Viens, maman, l'invite Alejandro. Il est l'heure de préparer le repas.

— Le repas ? Quelle importance ? lance Dolores, sans doute pour la première fois de sa vie.

Néanmoins, elle se laisse guider vers la cuisine sans protester.

Camila ferme les yeux, soulagée. Toutefois sa quiétude est de courte durée, car papa entre en trombe dans la pièce.

— Je tiens à dire que ce n'est pas parce que j'ai assisté à l'assemblée que je soutiens l'initiative. Mais c'était important pour Stacey, et j'ai appris à…

Il s'interrompt et jette un regard confus à la ronde.

— Où est MacKenzie ?

— Elle est partie.

— Mais MacKenzie ne peut pas être ailleurs qu'ici ! Elle ne peut pas partir, c'est inconcevable !

— Ouais, ben elle a pas l'air de partager cet avis.

Papa est tellement déboussolé qu'il va toquer à la porte de Stacey, avant de se rappeler qu'elle a rendu sa chambre. Il se met alors à tourner en rond autour du motel. De loin, il constitue vraiment une silhouette minuscule, un point rouge sur fond gris, le visage penché en avant face au vent, marchant à pas courts et rapides.

À l'arrière du bâtiment, c'est un autre personnage, tout aussi solitaire, qui trime lentement et péniblement sur une véranda dont plus personne ne se préoccupe. Paul a beau être seul, il ne baisse pas les bras. Le chantier n'est qu'à moitié achevé, et sous la pluie froide planches, clous et outils paraissent tout aussi égarés et désolés que nous-mêmes.

Papa s'arrête un instant à sa hauteur, mais n'esquisse pas le moindre geste pour l'aider, tandis que Paul s'apprête à clouer une planche.

Il s'étonne alors lui-même en ouvrant la bouche pour déclarer :

— J'y suis juste allé pour Stacey. Ce n'était pas une prise de position. MacKenzie a bien dû le comprendre, non ?

— MacKenzie était la meilleure amie de Henny, répond Paul.

— Je n'ai rien contre le motel. J'ai peut-être formulé quelques suggestions pour l'améliorer, mais j'ai toujours été sincère à ce sujet. Elle n'est quand même pas partie parce que j'ai assisté à l'assemblée, si ?

Paul hausse les épaules. Il décale la planche d'un millimètre vers la gauche. Ses doigts sont rougis par le froid.

— Alors comme ça, vous construisez une véranda pour ma Henny ?

— Je la vois tout le temps devant moi.

Quelque chose dans sa voix fragile me pousse à l'observer de plus près. S'il semble en meilleure santé au grand air, en son for intérieur rien n'a changé. La véranda n'est qu'une distraction, et non le salut.

— Surtout quand je dors. Je me réveille toujours au moment précis où le camion percute… quand il est trop tard.

Il rêve toujours de moi. Je hante toujours ses cauchemars. Cela me fend le cœur de savoir que mon image tourmente quelqu'un, n'importe qui, de la sorte. Mais dans le cas de Paul, c'est encore pire ; il n'a pas le moindre souvenir de moi lorsque j'étais vivante.

— Quoi que je fasse, elle est toujours là, articule Paul. J'essaie de freiner, mais c'est trop tard. Elle a simplement surgi sur la route. Ça n'a duré que quelques secondes. Comment une vie peut-elle s'éteindre aussi brutalement ? Si seulement j'avais bu un café de plus. Si seulement j'avais choisi un autre métier. Ça n'aurait rien changé pour moi, si ?

Il se tourne vers papa avec ferveur, heureux d'avoir enfin quelqu'un à qui en parler.

— Si j'avais travaillé dans un autre domaine, elle serait toujours en vie. Mécanicien. J'aurais pu être mécano. Ou agent d'entretien. Peu importe, du moment que Henny aurait survécu.

— Paul, lui dis-je doucement. Tous ces « si » finiront par te rendre fou. Crois-moi. Je suis déjà allée au bout de tous ces raisonnements.

— Avant, je trouvais qu'elle avait l'air surprise, maintenant je crois qu'elle était *heureuse*. C'est ça le plus horrible. Elle était *heureuse* jusqu'à ce que j'arrive.

Papa a arrêté d'écouter. Il fait volte-face et s'en va, me laissant seule avec Paul.

— Elle va revenir, promet Alejandro en tendant un café à Camila lorsqu'elle entre dans le diner.

Elle ne répond pas. Elle fixe sans détour la pathétique bande blottie de l'autre côté de la route, puis prépare une nouvelle cafetière, alors qu'elle a déjà une tasse en main et qu'il n'y a aucun client.

Une fois le café prêt, elle le verse dans une thermos et traverse la route au pas de course.

Les manifestants la dévisagent avec suspicion et, pendant un court instant, ils scandent avec un regain d'énergie. Camila n'en a cure. Comme personne ne vient prendre la thermos, elle la pose par terre, à quelques mètres d'eux, puis fait demi-tour.

Ils louchent sur l'offrande comme s'il s'agissait d'une tentation impie. Ils tournent autour. Regardent ailleurs. S'en approchent à nouveau. Agitent leurs pancartes avec un manque évident de conviction. Quand le vent redouble d'intensité, l'un d'eux se penche pour attraper le récipient et se servir une tasse de café fumant, les mains tremblantes et la mine soulagée.

Alejandro secoue la tête.

— Je ne suis pas sûr qu'ils méritent du café, objecte-t-il.

— Je ne suis pas sûre que ça ait encore de l'importance, répond Camila.

Le lendemain, le téléphone sonne toute la journée.

Ce sont tous les commerces pour qui Camila a réalisé des brochures. Depuis l'assemblée publique, ils doutent du bien-fondé de cette collaboration. Naturellement, *eux* n'ont rien contre le motel, mais bon, vous savez ce que c'est. Et du reste, souligne l'un d'eux, sur la défensive, il n'y a pas de fumée sans feu, et si nous tenons tant que ça à faire partie de la ville, nous aurions dû y réfléchir avant, et puis…

Camila raccroche en plein milieu de sa diatribe.

Ed le shérif se pointe juste avant le déjeuner. Courageuse à l'extrême, Camila tente de lui décocher un sourire amical, mais elle ne parvient pas à étirer ses lèvres de plus de quelques millimètres.

— Que puis-je faire pour vous, shérif? demande-t-elle sur un ton harassé.

Ed semble n'avoir aucune envie d'être ici.

— Il paraît que vous étiez à l'assemblée, avant-hier? s'enquiert-il.

Camila hoche la tête.

— Vous avez donc entendu ce qu'il s'y est dit. Nous avons reçu de nombreuses plaintes. Les habitants appellent et nous demandent pourquoi nous n'avons jamais fait de véritable inspection chez vous. « Qui sait ce qui se trame là-bas », « Que comptez-vous faire à leur sujet ? », vous voyez le genre. Je ne doute pas que ces inquiétudes soient complètement infondées, mais vous savez ce que c'est.

— Non, répond Camila. Je ne sais pas.

— Ah. Peut-être pas, non. Les gens font aussi pression sur Bob. Du coup, il m'a demandé de venir jeter un œil. De « mener l'enquête ».

— Vous voulez dire que c'est une visite *formelle*? déduit Camila, incrédule.

Le shérif paraît gêné.

— Juste pour pouvoir dire qu'on prend l'inquiétude de nos concitoyens au sérieux, assure-t-il.

Camila croise les bras. L'espace d'un instant, je suis persuadée qu'elle va le mettre à la porte en hurlant. Je crois bien qu'elle brûle de passer sa frustration sur quelqu'un et de dire exactement ce qu'elle pense des inquiétudes de ses concitoyens. *J'espère* qu'elle va crier. Comment Ed ose-t-il dire ça? Lui qui est un de nos fidèles clients du déjeuner depuis des années ! Je regrette à présent de m'être souciée de son taux de cholestérol.

Or, Camila semble tout simplement s'avouer vaincue. Soudain elle n'a plus la force de s'indigner. Ses bras pendent le long de son corps. La colère s'éteint dans ses yeux, laissant place à un vide et une indifférence glaçantes.

— Faites ce que vous voulez, lâche-t-elle.

Elle se contente alors de répondre à ses questions. Il s'intéresse à notre système de réservation, inspecte nos procédures pour le check-in, vérifie que nous notons bien les noms et numéros d'immatriculation, que nous contrôlons bien les pièces d'identité de nos hôtes, demande si nous avons eu des problèmes avec des clients turbulents, ce genre de choses. Avons-nous reçu des plaintes ? Avons-nous vu des choses louches ?

Camila endure stoïquement l'interrogatoire et, quand Ed ne trouve rien de plus à examiner, elle lui demande même s'il veut déjeuner avant de repartir.

Cela semble le mettre encore plus mal à l'aise.

— Il ne vaut mieux pas, soupire-t-il. Les gens pourraient croire que je prends parti.

— Shérif, dit Camila calmement. Faites-moi plaisir et débarrassez-moi le plancher.

Une fois seule, elle se laisse tomber sur le canapé. Son regard erre sur les murs multicolores, comme s'ils la narguaient. Le fantôme de MacKenzie pèse sur chaque centimètre carré de la réception.

— À quoi je joue, exactement ? pense-t-elle tout haut.

L'après-midi même, nous nous rendons en ville ensemble. Camila se gare sur Elm Street, mais ne sort pas de la voiture. On dirait qu'elle s'applique à mémoriser le moindre détail grisâtre de la rue principale.

Au milieu de la rue s'élève précisément cette maudite tente. Cheryl semble bien plus enthousiaste que ses sbires devant le motel ; possiblement parce qu'elle est à l'abri, elle. Et les passants s'arrêtent pour discuter. Malgré le temps exécrable, ils ne se pressent pas. Ils relèvent simplement un peu plus leur col, écoutent, hochent la tête et prennent un flyer.

Quand je découvre que Camila marche droit vers eux, je m'élance à sa suite.

— Tu es sûre de vouloir… Ils sont plus nombreux que toi !

Cela ne l'empêche pas de se planter directement devant Cheryl pour lui dire :

— Il faut qu'on parle.

Je le savais ! Elle a un plan. Elle va tout arranger.

— Je suis tout ouïe, assure Cheryl.

Sa doudoune rose pâle masque le message chrétien de son tee-shirt du jour. La veste jure avec ses baskets rose vif. Avec son écharpe violette, le tableau est complet.

— Quelque part où il fait un peu plus chaud, peut-être ? J'ai une proposition à vous faire.

Elles finissent par s'installer chez Hank, à une petite table voisine d'une fenêtre, dans un coin aussi éloigné que possible des oreilles indiscrètes du tenancier. Elles commandent du café et ignorent ses questions curieuses, puis Camila se lance directement dans le vif du sujet.

— Si je vends le motel, vous arrêtez vos manifestations ? Je ne peux pas vous garantir que vous serez plus satisfaits des nouveaux propriétaires, mais vous serez au moins débarrassés de moi.

Cheryl boit une gorgée pour gagner du temps.

— Nous n'aurions donc qu'à espérer que ça ira mieux avec les nouveaux propriétaires ? demande-t-elle une fois remise du café de Hank.

— Impossible de vendre le motel si des manifestants campent

devant. Du coup, oui. À vous de voir si vous voulez tenter votre chance.

— En tout cas, ça ne peut pas être pire, raisonne Cheryl.

Camila attend patiemment sa réponse. J'ai envie de la secouer, de m'insurger, de lui dire qu'elle est folle de leur donner raison, mais je reste bêtement assise à son côté. Ses paroles résonnent dans mon crâne. *Nouveaux propriétaires. Vendre le motel.* Elle n'est pas sérieuse, c'est impossible.

— Et s'ils ne coopèrent pas, on peut toujours relancer la campagne, envisage Cheryl.

— Non. On règle cette histoire une bonne fois pour toutes. Pas question de vendre le motel si c'est juste pour refiler le problème à quelqu'un d'autre. Ce ne serait pas juste pour ceux qui reprendraient l'affaire.

— Il faut que j'y réfléchisse.

— En attendant, rendez-moi service et rappelez les manifestants. Ils me filent la migraine.

Alors qu'elle fait mine de se lever de sa chaise, Cheryl lui lance un regard inquisiteur.

— Et vous en seriez capable ? De vendre le motel de votre oncle comme ça ? Avec tout le mal qu'il s'est donné et tous les efforts que vous y avez consacrés depuis votre retour ?

Camila se rassied.

— J'ai saisi le message. Même s'il était très subtil. Ma place n'est pas ici. Du coup, je suppose que vos manifestants ont déjà mené leur mission à bien. En soi, vous auriez réussi à faire passer le message d'autres façons, mais quelques pancartes proclamant qu'on va brûler en enfer, ça ne peut pas faire de mal, pas vrai ?

Cheryl semble mal à l'aise, à tel point qu'elle préfère boire une nouvelle gorgée de café plutôt que de croiser le regard de Camila.

— Les attaques personnelles n'ont jamais été notre objectif, murmure-t-elle, avant de relever la tête d'un air obstiné. C'est du motel qu'il est question. Il ne s'est jamais intégré à la ville, vous le savez vous-même.

— Ça, c'est sûr, vous y avez bien veillé. Non, non, ne prenez pas ça comme une critique. Je conçois que MacKenzie puisse être foutrement agaçante. Moi aussi, elle me rend dingue, parfois.

— Il ne s'agissait pas de MacKenzie non plus !

Cheryl ne trouve toujours pas le courage de la regarder dans les yeux.

— Tant mieux. Parce que je ne peux pas vous garantir qu'elle ne reviendra jamais. Elle a dit qu'elle quittait la ville pour de bon, mais si ça se trouve, elle changera d'avis.

À ces mots, Cheryl regarde enfin Camila en face. Elle ne peut plus s'en empêcher.

— MacKenzie est *partie* ?

— Depuis hier soir.

— Mais… c'est de *MacKenzie* qu'on parle…

— Ouaip, ben je suppose que vous avez fini par l'emporter.

Camila se lève.

— C'est bon, on a fini ? Réfléchissez à ma proposition et passez-moi un coup de fil quand vous aurez pris une décision.

— Mais à propos de MacKenzie, je n'ai jamais dit que…

— Écoutez, je m'en fiche.

Après son entrevue avec Cheryl, Camila rend visite à l'avocat du motel, un homme plutôt âgé qui nous aide à régler les questions juridiques depuis l'époque de Juan Esteban. Je ne l'accompagne pas à son cabinet ; je ne supporterais pas d'entendre davantage parler de la vente du motel.

Une fois Camila et moi rentrées, elle monte directement dans sa chambre. Je la suis.

— Tu ne peux pas vendre le motel, tenté-je de la raisonner.

J'interromps immédiatement mon argumentaire quand je constate qu'elle fixe les persiennes défectueuses de sa fenêtre.

Elle ne les observe pas d'un œil critique. Non, elle les regarde comme si elle faisait un curieux inventaire du motel.

Liste de tout ce qui va me manquer ici :

Numéro 1 : Les persiennes cassées, contre toute attente.

Arrêt suivant, la réception. Cette fois, elle ne peut réprimer un sourire face aux murs colorés, et elle caresse lentement son beau secrétaire blanc qui fait office de guichet. Repense-t-elle à la nuit où elle et MacKenzie ont nettoyé les vitres et se sont presque embrassées ?

Numéro 2 : La réception tout entière.

Au diner, elle boit une tasse de café avec Dolores et ne proteste même pas quand cette dernière revient à la charge à propos de MacKenzie. Quand elle quitte le restaurant, elle donne une tape sur l'épaule d'Alejandro.

Numéro 3 : Le personnel beaucoup trop enthousiaste.

Elle passe également par l'ancien bureau de Juan Esteban, mais ne semble pas en tirer grand-chose. La pièce est peut-être ordonnée maintenant, mais ce n'est plus un centre d'activité. Le cœur du motel se trouve ailleurs. Elle s'attarde devant la fenêtre pour contempler la nouvelle enseigne, puis son regard est inexorablement attiré par l'emplacement vide de la voiture de MacKenzie, sur le parking.

Enfin, Camila s'introduit dans l'appartement que MacKenzie et moi partagions. Elle se promène lentement et prudemment dans mon ancienne chambre, ramasse l'exemplaire relié du livre de Michael et le range à sa place, sur l'étagère. Il a l'air encore plus triste, seul sur un meuble poussiéreux, dans une chambre saccagée. Je crois entendre un sanglot étouffé, mais je n'en suis pas certaine.

— Tu sais, j'ai toujours cru que tu avais baptisé ton chalet Pine

Cabin pour illustrer le peu d'importance que tu attachais à tout cela, déclaré-je soudain. Un nom prosaïque pour exprimer ton indifférence. Le cabanon des pins, au motel des Pins perdus.

Camila se courbe pour ramasser une des photos. Celle qui nous représente tous les quatre, en partance pour le bal de l'école : moi, Michael et Camila en costume, MacKenzie en robe. Cette dernière regardait droit dans l'objectif d'un air rebelle, pour cacher à quel point elle se sentait inconfortable dans ce vêtement.

— Or, la caractéristique principale des pins, c'est leur résilience. Les séquoias sont des divas en comparaison, et les trembles sont majestueux mais fragiles. Les pins, eux, survivent à tout. Et tu veux savoir autre chose à leur sujet ? Ils sont sacrément obstinés, une fois qu'ils ont bien pris racine. Une fois qu'ils ont décidé de s'installer quelque part, bonne chance pour les en arracher.

Le cliché retombe par terre en virevoltant, et Camila renifle bruyamment. Elle sort de ma chambre pour aller se recroqueviller sur le lit de MacKenzie. Adossée au mur, elle serre son oreille de toutes ses forces. J'imagine qu'il a encore son odeur.

Numéro 4 : MacKenzie.

Je m'assieds à côté d'elle et pose la tête sur son épaule. Telle était notre position exacte lorsqu'elle m'a fait son coming out. C'était une semaine après que Michael m'avait quittée. Je refusais qu'elle s'en aille elle aussi. « Je dois partir, Henny », m'a-t-elle expliqué.

Elle s'exprimait comme s'il était primordial pour elle que je comprenne, même si je la soupçonnais de vouloir surtout convaincre MacKenzie. Camila devait s'en aller, elle n'avait pas le choix. Elle devait nous quitter pour pouvoir vivre sa vie. Elle ne pouvait renoncer à son avenir, pas même au nom des amitiés que nous avions nouées en nous opposant à l'Initiative 9, ou en travaillant toutes les trois au motel. Je pouvais comprendre ça, non ? Elle ne serait jamais libre ici, pas réellement.

Les paupières de Camila se font de plus en plus lourdes, sa tête tombe un peu sur le côté. Elle sursaute lorsqu'elle s'endort, mais se remet aussitôt à piquer du nez. Je lui caresse les cheveux, et sa respiration se fait bientôt plus calme et régulière.

— Repose-toi donc, lui susurré-je. Je reste près de toi un moment.

Fier opposant aux droits des gays depuis 1992 !

Le référendum s'est déroulé au mois de novembre de notre dernière année de lycée. Bien que rien n'ait plus jamais été pareil après, la vie et les cours continuaient.

Michael et moi sortions toujours ensemble, mais nous n'en parlions à personne. Je crois qu'il ne voulait pas admettre que quelque chose puisse le retenir dans cette ville, et je ne voulais pas avouer à MacKenzie que la campagne nous avait rapprochés. Néanmoins, je pense qu'elle s'en doutait. Je n'ai jamais su lui faire de cachotteries.

MacKenzie passait presque tout son temps à travailler au motel. Elle venait juste assez en cours pour réussir ses examens, mais pas une heure de plus ; elle n'y accordait plus la moindre importance. J'en suis même venue à me demander si je comptais encore pour elle.

Pourtant, elle venait toujours sonner chez mon père. « Tu viens, Henny ? » me disait-elle comme toujours, mais il n'y avait aucun entrain dans ses paroles. Elle ne conduisait plus l'ancienne voiture de Cheryl ; il se racontait en ville qu'elle l'avait laissée dans le jardin de cette dernière, après en avoir traversé la clôture. Désormais, elle possédait un vieux tas de ferraille rouillé qui ne démarrait que quand bon lui semblait.

Un jour de février, elle est passée me chercher. Elle m'a dit les mêmes mots que d'habitude. Elle plaisantait, fidèle à elle-même. Mais quelque chose avait changé. Il y avait comme une barrière invisible entre nous : une nouvelle limite à notre amitié, qui n'avait jamais existé auparavant. À chacune de nos conversations, elle semblait dire « j'irai jusqu'ici, mais pas plus loin ».

Aujourd'hui, je me dis que j'aurais dû prendre ce mur d'assaut. J'aurais dû l'abattre. La forcer à pleurer, à hurler et à casser quelque chose. Mais j'étais trop jeune pour savoir que, parfois, la vraie amitié, c'est aussi aller contre les souhaits de ses amis.

Nous avons roulé jusqu'au motel. Les pins ployaient sous leur manteau de neige, mais quand nous nous sommes garées et avons éteint le moteur, j'ai entendu les gouttes tomber du toit. Le printemps n'était plus très loin. Et un nouvel écriteau avait été ajouté à l'enseigne hétéroclite de l'établissement.

— T'en dis quoi ? m'a demandé MacKenzie en déployant fougueusement le bras.

Sur la nouvelle pancarte, on pouvait lire : *L'État d'Oregon, fier opposant aux droits des gays depuis 1992 !*

J'aurais dû démolir ce rempart, mais avec le recul je suis heureuse qu'elle ait eu Camila. Elle aussi avait changé. Quand je la voyais au motel, je ne parvenais pas à mettre le doigt sur ce qui était différent chez elle, mais je dirais qu'elle se sentait plus libre que jamais ce printemps-là, après le référendum. Comme elle l'a dit elle-même la veille de mon enterrement, elle avait découvert l'existence d'autres personnes LGBT. Parfois je la surprenais à observer MacKenzie de la même façon que cette dernière regardait Pat et Carol.

Qui sait ? Peut-être que Camila était une amie plus courageuse que moi. Peut-être qu'elle ne s'arrêtait pas à cette barrière invisible. En tout cas, je sais qu'elles passaient toutes deux le plus clair de leur temps au motel, et quand la MacKenzie que je connaissais est enfin revenue à moi, ce fut pour fomenter un plan qui nous incluait tous.

À cette époque, Michael, Camila, MacKenzie et moi étions justement de nouveau rassemblés. Nous repeignions les chambres du motel. C'était le mois de mai. Michael avait reçu sa lettre d'admission à une université de Californie. Nous n'en parlions pas. Pour tous les autres élèves, il ne restait plus qu'un mois avant de goûter enfin à la liberté. Plus important encore, plus que trois jours avant le bal de promo.

Je ne m'explique pas vraiment comment, mais MacKenzie est parvenue à nous convaincre de profiter du bal pour une dernière prise de position : Michael et Camila s'y rendraient ensemble, tandis que j'accompagnerais MacKenzie.

— Vous ferez un couple gay, a-t-elle expliqué à Michael et Camila. Et Henny et moi, on sera un couple de lesbiennes. C'est pas comme si on avait quelqu'un d'autre avec qui y aller, de toute manière.

Elle a marqué une pause, au cas où je protesterais. Malgré moi, j'ai jeté un regard furtif à Michael, mais aucun de nous n'a ouvert la bouche.

— Et vous vous en foutez, si nos abrutis de camarades de classe pensent qu'on est homos, pas vrai ?

Tout semblait si simple, à l'entendre. Cependant, lorsque nous nous sommes retrouvés devant le gymnase, trois jours plus tard, je crois bien qu'elle stressait tout autant que nous. Ce qui est sûr, c'est qu'elle n'était pas à l'aise dans sa robe. Je me tenais à côté d'elle, vêtue d'un smoking. Nous avions tiré au sort pour savoir qui de nous le porterait, et j'avais gagné. Enfin, façon de parler. Je pense que nous aurions volontiers inversé nos tenues. Juste derrière nous marchaient Michael et Camila, tous deux en smoking.

Tout le monde s'est tu quand nous sommes entrés. Une salle

entière remplie d'adolescents, qui ont tourné leurs visages ébahis dans notre direction. On n'entendait plus que la sono rustique cracher *Here's to the Night*, du groupe Eve 6.

— J'ai une flasque dans ma poche, m'a chuchoté MacKenzie. Si ça dérape, on pourra toujours se bourrer la gueule.

Sous les flots

Les manifestants sont toujours là. Je suppose que Cheryl n'a pas encore pris de décision concernant la proposition de Camila. La pluie fine brouille leurs visages. Ils restent là, une présence menaçante de l'autre côté de la route, comme pour nous rappeler que nous ne serons jamais acceptés nulle part. Ils ont réussi à faire fuir MacKenzie, et maintenant Camila va vendre le motel.

Nous pensions pouvoir faire de cet endroit notre foyer, et créer notre propre communauté alternative au motel.

Je croyais même que cela nous rendrait plus forts. Plus libres, peut-être. Parce que nous étions indifférents à ce que disaient les gens de la ville, parce que nous étions capables de nous occuper d'autres personnes dans le besoin, comme nous savions ce que c'était d'être exclu.

J'avais tort. Maintenant que MacKenzie est partie, le motel n'est plus qu'un amalgame de béton et d'asphalte. Un bâtiment, rien de plus. Incapable de nous protéger.

Je rends d'abord visite à Michael, puis à Camila. Je leur dis à tous deux la même chose : « Partez, si vous le souhaitez. Je ne vous retiens plus. Faites ce qui est nécessaire pour être vous-mêmes. »

Seulement, je sais que je ne pourrai pas les suivre. Je suis coincée ici, aussi bien dans la mort que de mon vivant. Et je ne supporte pas l'idée d'y rester sans eux.

J'emprunte le chemin menant du cabanon au motel, que je connais si bien, et traverse le parking. Je jette un dernier regard sur les manifestants. Je n'ai pas pu m'en empêcher, mais je le regrette. Je ne veux pas que leur image soit gravée dans ma tête au moment de ma disparition. Paul travaille sur la véranda. Le bruit de ses coups de marteau réguliers m'accompagne jusqu'au bord de la rivière.

Je marche droit dedans. L'eau glaciale se précipite autour de ma taille, mais je ne ressens pas le moindre froid. Je m'allonge au fond, cherchant une échappatoire à tout prix. Le monde se déforme au-dessus de moi. D'ici, tout semble étincelant, mais aussi fragile. Les gouttes de pluie dessinent des cercles à la surface.

Je ne fais qu'un avec l'eau.

Si je me dissous dans cette rivière, je pourrai revenir à eux sous forme de pluie. Je ne serai plus là pour les voir se séparer, et ils seront plus libres sans moi.

Le temps s'écoule.

Rien ne se passe, sinon que les branches des bouleaux s'assombrissent et deviennent toujours plus déprimantes comme l'après-midi touche à sa fin. Je finis par m'ennuyer bien avant de disparaître.

Soudain la colère m'envahit.

Comment *osent*-ils ? MacKenzie nous a quittés à cause d'eux ! Camila va vendre le motel ! Comment peuvent-ils se tenir là, avec leur air suffisant et méprisant, et nom de Dieu, c'est un *poisson*, là ?

Je bondis hors du ruisseau, bouillonnante de rage. Camila a raison. Nous étions heureux ici, c'est vrai. Et ce n'est pas parce qu'ils ont tous les trois abandonné que je vais baisser les bras.

Du moins pas encore. Pas avant d'être certaine d'avoir fait tout mon possible.

Et ils ne vont certainement pas me forcer à passer l'éternité au milieu de ces horribles poissons.

J'ai une idée, mais je ne sais pas si elle fonctionnera. Quoi qu'il en soit, ça vaut la peine d'essayer. Je patiente donc toute la soirée et, à l'approche des deux heures du matin, je marche d'un pas déterminé vers la ville.

La lueur lointaine des réverbères d'Elm Street me guide. Naturellement, une fois en ville, je n'ai aucun mal à trouver mon chemin jusqu'à la maison de Cheryl, plongée dans l'obscurité à cette heure-ci.

Parfait.

Toutefois, il n'est pas si facile de se déplacer dans une maison inconnue, de nuit. L'obscurité est tout aussi compacte à l'intérieur. Les nuages se séparent un peu, et un vague clair de lune entre par la fenêtre, mais cela ne m'aide guère.

Je ne sais pas comment font les cambrioleurs. De mon côté, je traverse un pot à parapluies et la moitié d'un large bureau avant de me rendre compte que les contours de mon corps s'arrêtent à ma taille. J'émerge d'un meuble en bois ciré, ce qui aurait été particulièrement déconcertant si je n'étais pas tellement focalisée sur ma mission.

J'avance d'un pas vers le mur, et mes jambes réapparaissent sous moi. Ouf. Allez, pas de temps à perdre.

La chambre à coucher se trouve à l'étage. Aucune surprise de ce côté-là. Je m'oriente aisément en suivant les ronflements du mari de Cheryl.

Les chiffres numériques du réveille-matin brillent d'un air lugubre dans les ténèbres. 2 h 07. Je me penche sur ma victime et chuchote à son oreille :

— Tu ne te soucies plus du motel. Tu veux t'engager pour une nouvelle cause. Il y a tant de choses contraires aux valeurs chrétiennes à combattre dans le monde. Mais laisse la communauté LGBT tranquille. Trouve-toi autre chose. Je ne sais pas quoi. Mais tu en as terminé avec le motel.

Je répète mon laïus plusieurs fois, espérant que mes paroles pénètrent son inconscient, au moins en partie.

— Tu te lasses du motel. Tu as fait le tour de la question. Le motel ne t'intéresse plus. Tu veux passer à autre chose. Le motel est ennuyeux.

Je m'interromps de moi-même. Elle a l'air si… vulnérable, dans son sommeil, avec son pyjama rose en flanelle et la marque de l'oreiller sur sa joue. Ses cheveux sont en pagaille. En cet instant, elle paraît plus jeune que lors de notre première rencontre. J'ai une soudaine envie de chocolat chaud et de tartines de confiture et de beurre de cacahuète.

— La vraie Cheryl est encore là, quelque part, lui soufflé-je. Celle qui prend soin de deux adolescentes paumées et donne des leçons de conduite à MacKenzie, et achète une nouvelle voiture juste pour pouvoir lui offrir l'ancienne.

Une ride se forme sur son front.

— Je sais que cette facette de ta personnalité n'a pas disparu. Tu dois simplement trouver un moyen de renouer avec elle, je suppose.

La Cheryl que j'ai connue *doit* toujours exister. Sinon, je doute d'être encore capable d'aimer cette ville.

Je suis bien plus confiante pour l'infiltration suivante. Désormais, je sais qu'il vaut mieux marquer une pause juste après avoir traversé la porte d'entrée et tendre l'oreille en quête de ronflements. C'est ça qui est pratique, quand on hante des maisons habitées.

Les ronflements de Derek m'indiquent immédiatement la voie à suivre.

La lune illumine les chemises de Derek et les nouveaux vêtements distingués de Stacey, négligemment jetés sur le fauteuil dans le coin ou abandonnés à même le sol. Derek dort la bouche ouverte, un bras sous les épaules de Stacey.

— Arranger les choses, c'est ta spécialité, lui murmuré-je. Alors trouve un moyen de régler cette histoire.

Je réitère trois fois mon injonction, avant de passer à Stacey.

— Et toi, tu as du caractère et un merveilleux sens de l'humour. Ne sacrifie pas ta personnalité à jouer les épouses respectables ! Tu as poussé mon père à te jeter de la farine dessus et à porter cette veste rouge flashy. Il a encore besoin de toi, et tu as encore besoin du motel.

Je m'installe dans le fauteuil chargé de fringues et discours à propos du motel, de la carrière sportive de Derek, de l'admiration que lui vouait Michael, du caractère de Stacey, de sa beauté lorsqu'elle était jeune, de la beauté qu'elle possède toujours aujourd'hui, et quand le soleil se lève je rentre à la maison.

J'ai bien dû réussir à leur faire rentrer quelque chose dans le crâne.

Douves et ponts-levis

Je reconnaîtrais le pick-up de MacKenzie entre mille, et la vois donc arriver de très loin.

Je suis tellement soulagée que je pourrais pleurer. Et rire aux éclats. Et la secouer et lui demander ce qui lui a pris de s'en aller comme ça. Et, plus que tout, la serrer dans mes bras.

Elle ralentit, active son clignotant gauche, adresse un signe de la main aux manifestants, se gare à sa place habituelle et se rend à la réception en trottinant. Elle agite un journal avec enthousiasme.

— Regarde-moi ça ! lance-t-elle à Camila comme si elle ne s'était jamais absentée.

Quand cette dernière voit MacKenzie, chaque fibre de son être semble se détendre. Mais seulement un court instant. Ensuite, elle se ressaisit et continue à retirer toutes ses jolies nouvelles brochures du présentoir.

— Tu savais que Mrs Davies est chroniqueuse pour *The New Yorker* ? annonce MacKenzie.

Son expression conserve une nonchalance tout étudiée. Je la soupçonne de vouloir convaincre Camila, ainsi qu'elle-même, qu'elle n'est jamais partie sur un coup de tête.

— C'est elle qui signe la rubrique *À mon humble avis*.

Camila lève les yeux.

— Celle qui massacre tout ce qu'elle critique ? Les films, les restaurants… les hôtels.

— Dans le mille ! la félicite MacKenzie.

Je regarde de plus près le magazine qu'elle tient en main. Il s'agit du dernier numéro du périodique en question.

— Et qu'est-ce qu'elle dit sur nous ?

— Sa chronique s'intitule : « Jésus prendrait-il une chambre ici ? » Elle écrit que, pour sa part, elle a toujours pensé que la conduite de Jésus était guidée par un ensemble de principes moraux intouchables, mais aussi qu'il manquait cruellement d'humour. Il serait un hôte épouvantable pour toute maîtresse de maison, sauf en cas de pénurie de poisson, de pain ou de vin.

— Formidable. Ils vont nous crucifier.

— Ça m'étonnerait que qui que ce soit lise *The New Yorker*, par ici. Et elle écrit des choses positives au sujet du motel. Elle n'imaginerait pas de meilleur endroit pour se laisser mourir à petit feu. Le concept de foyer est peut-être une illusion moderne, par les temps qui courent, mais elle admet qu'il peut être bon de se mentir, parfois. Et si jamais un de ses lecteurs se trouve être Jésus, il pourra bénéficier d'une réduction de dix pour cent chez nous.

Elle montre l'article à Camila, et je le lis par-dessus leurs épaules. Je dois reconnaître que c'est un joli texte. Il s'ouvre sur un ton moqueur et hautain, typique du point de vue d'une métropole libérale sur une ville de campagne conservatrice, mais l'auteure semble ensuite devenir plus sérieuse, presque contre son gré. La conclusion est bienveillante et sincère. Si elle qualifie Jésus d'hôte pénible au début, elle termine en décrivant notre motel et sa ribambelle de personnages excentriques comme « plus chrétiens que nature » et « plus proches du Jésus biblique que n'importe quelle autre personne qu'il m'ait été donné de rencontrer auparavant ».

Camila rend le journal avec un vague sourire, mais MacKenzie a dû relever une nuance dans son regard, car elle lui dit : « Camila… », bien qu'il semble lui en coûter.

Camila secoue promptement la tête.

— C'est pas grave. Tu m'avais prévenue que tu t'en irais, et c'est ce que tu as fait. « Pas d'attentes », c'était bien ça ?

— Je suis revenue. Je ne pouvais pas rater ta fête.

— Elle est annulée.

— Et la chronique de Mrs Davies m'a rappelé que je ne pouvais pas m'avouer aussi facilement vaincue. J'aime ce motel.

— Les commerçants de la ville m'ont appelée toute la journée, l'informe Camila. Ça ne les intéresse plus d'avoir leurs brochures chez nous. Mais ils nous souhaitent bonne chance. Ils sont certains que je les comprends.

— Je suis désolée d'être partie comme ça. Je finirai bien par m'en aller un jour, mais je n'aurais pas dû te laisser affronter ça toute seule.

— Tu avais raison. Ça ne sert à rien de persister. Voilà ce qui arrive quand on prend les choses trop à cœur. J'aurais dû tout de suite abandonner. Comme toi. Et mettre les voiles.

MacKenzie fait un pas en avant, enveloppe le visage de Camila de ses mains et l'embrasse langoureusement. Initialement, Camila se crispe dans ses bras mais, quand MacKenzie la plaque contre elle, elle ferme les yeux et empoigne sa veste. MacKenzie la serre de toutes ses forces, et Camila laisse échapper un soupir.

Sur le point de les laisser seules à la réception, je me retourne juste à temps pour voir Camila repousser doucement son amante.

— MacKenzie…, dit-elle.

Celle-ci balaie les alentours du regard.

— On ne peut pas parler ici, décide-t-elle, avant d'emmener Camila dans le bureau.

Elle s'allonge sur le canapé et invite Camila à se coucher sur elle.

— Voilà, c'est mieux comme ça, se satisfait-elle en la tenant dans ses bras.

J'hésite sur le seuil de la porte.

— Parle-moi de Henny, demande soudain Camila.

MacKenzie se fige.

— Pourquoi ? Elle n'a rien à voir avec nous.

— Tu ne parles jamais d'elle.

— Il n'y a rien à dire.

Camila se redresse tant bien que mal, puis s'assied au bord du sofa.

— Jusqu'à ton départ, j'ai toujours cru qu'on était amies, quoi qu'il arrive, déclare-t-elle.

MacKenzie se tourne vers elle, avec une expression incertaine qui me fait de la peine.

— Mais… on *est* amies, non ?

— Les amis parlent entre eux. Ils ne s'en vont pas sans crier gare.

MacKenzie semble vouloir dire quelque chose, mais je crois qu'elle ne sait pas par où commencer. Son cœur bat si fort dans sa poitrine que j'en vois les palpitations sous son pull. Son visage est nu et vulnérable. On peut y lire la moindre fluctuation de ses pensées, telles des vagues d'effroi, de panique et de doute passant devant ses yeux, sous sa peau ou entre les fines lignes de son front.

— Commence par Henny, la guide Camila.

Elle attend simplement qu'elle se lance. Quand MacKenzie la tire de nouveau à elle, elle se laisse faire.

— Je n'ai jamais eu de sentiments pour elle, assure MacKenzie. On était amies, rien de plus.

Les doigts de Camila écartent la mèche rebelle qui tombe toujours dans les yeux de MacKenzie.

— Vous étiez bien plus que des amies, réfute-t-elle.

MacKenzie prend une profonde inspiration.

— C'est vrai. Il n'y a pas de mots pour exprimer l'étendue

de l'amitié de Henny. Elle était ma meilleure amie. Elle a toujours été là. Rien ne va plus, maintenant. Je ne comprends plus rien au monde, maintenant que je ne peux plus lui parler. Elle était comme… une boussole. Discuter avec elle me permettait de m'orienter dans la vie.

Camila continue à lui caresser le visage du bout des doigts. Avec des gestes légers comme une plume, sans vraiment y faire attention, elle effleure son front, ses joues et sa nuque.

— Elle n'a jamais été très bavarde, poursuit MacKenzie. Mais elle avait une manière bien à elle de t'écouter. Elle était extrêmement attentive, et ça lui venait naturellement, comme si tout ce que tu racontais était captivant.

Je me dis que cet instant est bien trop intime pour ma présence, mais je ne parviens pas à détacher le regard de MacKenzie. Son armure de ténacité et d'indépendance, endurcie au fil des années, tombe couche après couche. Je retrouve la MacKenzie que j'ai autrefois connue, l'été où nous avons construit les chalets. Celle dont je me languis depuis si longtemps.

— Et elle voyait clair en moi, et elle m'aimait… non, elle m'adorait, peu importe mon attitude ou mes humeurs. Henny, c'était l'amour inconditionnel. Je ne l'ai jamais appréciée à sa juste valeur, et maintenant elle n'est plus là.

Elle ferme les yeux.

— Et je l'aimais moi aussi, même si je n'étais pas aussi douée qu'elle pour écouter. Je n'ai jamais été une aussi bonne amie qu'elle. Je ne lui arrive tout simplement pas à la cheville, en tant qu'être humain.

Oh, MacKenzie. La différence, c'est juste que toi, tu agis, au lieu de passer ton temps à écouter.

— En tout cas, tu as rendu ma vie plus palpitante, déclare Camila, sur un ton volontairement frivole. Avec toi, tout est une aventure. Je ne savais jamais à quoi m'attendre.

MacKenzie évite à tout prix de regarder Camila.

— Pourquoi tu n'as jamais fait ton coming out avec moi ? finit-elle par demander. Avant de t'en aller, je veux dire.

Camila se détourne également.

— Je n'en étais tout simplement pas capable.

Elle esquisse un sourire teinté de regret.

— Tu sais que c'était avec toi que je voulais aller au bal de promo ? Et je voulais porter une robe. Mais je n'ai jamais eu ton courage.

— Désolée. Je ne savais pas.

— MacKenzie, ce n'est pas grave. Tu ne pouvais pas le deviner.

— J'aurais dû être une meilleure amie pour toi.

Sur ce, MacKenzie embrasse passionnément Camila, et je fuis la pièce quand les premiers vêtements se mettent à voler. Juste avant de partir, j'entends MacKenzie insister pour que Camila maintienne sa fête, qu'elle le veuille ou non, puis le merveilleux rire de Camila.

— On n'est pas obligées de le faire, si tu ne veux pas, tempère-t-elle.

— Ah, mais j'y tiens ! On va la faire, cette fête ! s'exclame MacKenzie.

Je m'éloigne en chantonnant.

Je contourne le motel et retrouve Paul et Michael sur ma véranda. Ils travaillent en silence et avec efficacité, mais Michael s'arrête à plusieurs reprises, juste comme ça, pour regarder dans le vide.

Son agente lui a passé un coup de fil, il y a une heure. Il a accepté de donner une série de conférences au Canada, comme il a de toute façon prévu de se rendre en Colombie-Britannique.

— Tu sais, déclamé-je, je n'ai que très peu de souvenirs de ma mère. J'avais cinq ans quand elle est morte, et je n'arrive plus à faire la différence entre mes véritables souvenirs et ceux inventés de toutes pièces, ou inspirés par les photos et la mémoire faillible de mon père, et surtout de ma grand-mère maternelle. J'ai eu une période où j'interrogeais constamment papa à son sujet. Je devais avoir six ou sept ans, et tous les jours je lui demandais : « Est-ce que maman aimait les glaces ? Quelle était sa couleur préférée ? Elle avait une émission de télé favorite ? De quelle couleur étaient ses cheveux ? Et ses yeux ? » Les photos ne me donnaient vraiment pas assez d'informations. Elle avait les cheveux blonds, d'accord, mais quelle *nuance* de blond ? Couleur miel ? Ambré ? Doré ? Blond miel, c'était ce qui me semblait le plus joli.

Je viens me placer à son côté, aussi proche que possible. Il sent le savon du motel, la sciure de bois et le froid mordant.

— À l'école, quelques filles avaient un genre de carnet dans lequel elles écrivaient tout sur leurs amies. J'en mémorisais les questions pour les poser à mon père le soir, et pouvoir remplir mon carnet mental. « Et les animaux, papa ? C'était quoi l'animal favori de maman ? » « Les chiens », répondait-il, mais il ne savait pas quelle race de chien. Aujourd'hui, je me dis qu'il inventait peut-être ses réponses. Que lui non plus ne la connaissait pas tant que ça. « Demande à mamie », disait-il souvent. Or, déjà à l'époque, je pressentais que l'image de maman qui survivait dans l'esprit de ma grand-mère était bien différente de la personne qu'elle avait été. Est-ce que je vais disparaître de cette façon-là, moi aussi ? Quelqu'un se rappellera-t-il de la couleur exacte de mes cheveux ? Toi, est-ce que tu te souviens de la nuance précise de mes yeux ? MacKenzie sait-elle quelle est ma couleur préférée, pourra-t-elle transmettre cette information ? Je dirais que c'est le jaune.

Je jette un regard en coin à Michael.

— Tu ne vas pas m'oublier, toi, hein ? D'ailleurs, je suis toujours là. Je me rappellerai tout ce que tu fais, ce que tu dis et ce que tu penses, et tu te souviendras de moi. C'est un travail d'équipe.

Mes montagnes noires font office de toile de fond derrière les arbres nus, tandis que les prés à l'herbe brune et humide se déroulent à leurs pieds, nimbés d'une lointaine brume, peignant un tableau à la fois solitaire et sublime.

— Je n'ai jamais fait passer la ville avant toi, déclaré-je.

C'est juste que je n'avais jamais connu autre chose que Pine Creek. Chaque fois que Michael me parlait du monde extérieur, c'était pour moi comme essayer d'imaginer ce qu'il y a au-delà des frontières de notre univers. On risque d'en perdre la raison, si on y réfléchit trop. Telle était mon impression. Comment pouvais-je avoir la certitude que l'air serait respirable, ailleurs ?

— C'est *toi* qui m'as quittée, rappelé-je. Moi, je n'ai pas bougé d'ici. Tu savais où me trouver, si tu le souhaitais.

L'espace d'un instant, j'ai réellement l'impression de ressentir la chaleur de son corps.

— J'aurais pu te rendre heureux, si on m'en avait laissé la chance.

Le lendemain, MacKenzie s'absente toute la journée. Elle prétend avoir des choses à régler, ce qui devrait m'inquiéter. Ce fameux éclat périlleux est de retour dans ses yeux. Cependant, lorsqu'elle revient, elle prend en charge tout l'aspect pratique de la gestion du motel, pour que Camila puisse se concentrer sur la préparation de sa fête.

Camila essaie d'arranger le mobilier du diner de diverses manières, tandis que MacKenzie nettoie les dernières chambres restantes. Camila réalise des affiches, et MacKenzie s'occupe de la comptabilité dans le bureau.

Je me perche sur le meuble à côté d'elle. Je confesse :

— Je suis désolée d'avoir dit que tu devais être forte et agir. J'avais tort. Être forte, ce n'est pas toujours la solution.

La porte de la réception étant ouverte, nous pouvons toutes deux voir Camila collée devant son écran d'ordinateur, en train de travailler à ses affiches.

— J'ai beaucoup réfléchi à l'amour, ces derniers temps, poursuis-je. Tu te souviens comment c'était, juste après ma mort ? Tu encaissais tout sans prendre de recul. Le moindre bruit te déchirait l'âme. Chaque petite irritation, chaque exemple de connerie humaine te touchait au plus profond de ton être. La colère t'enflammait sans prévenir, tu vivais chaque tâche liée au boulot comme une consultation chez le dentiste. Comme si tu étais constamment à fleur de peau. Or, c'est ainsi que la vie doit être vécue. Il est essentiel d'être sensible. De pleurer quand on regarde un film triste, de rire devant une vidéo de chiens qui font les pitres, d'être pris à la gorge par un amour intense et soudain, par un bonheur qui nous saute dessus sans prévenir. Et aussi par la rage et l'exaspération. La vie n'est pas faite que de choses positives. Mais elle est faite pour être vécue. Tu peux essayer de t'en protéger, mais tu ne seras pas en sûreté pour autant. C'est une sécurité fallacieuse, de croire que tu peux creuser des douves et édifier des remparts autour de toi. La première catastrophe venue rasera toutes ces défenses. Et tout ce que tu auras gagné, c'est d'avoir repoussé l'amour.

Je crois bien que MacKenzie a retenu cette leçon. Elle s'est montrée vulnérable avec Camila. Je l'ai vu sur son visage. Reste à savoir si c'était un instant de faiblesse ou un virage dans sa personnalité. À plusieurs reprises, elle lorgne du côté de Camila, mais conserve une expression réservée et concentrée lorsqu'elle passe en revue les chiffres, dépenses et rares recettes des derniers temps.

Je descends du bureau.

— L'amour, c'est une capitulation. Une reddition sans conditions. Abaisse le pont-levis, et tu seras agréablement surprise par tout ce que tu laisseras ainsi entrer. Des personnes que tu ne connais même pas te soutiendront et t'aideront, l'amour fera une entrée fracassante dans ta vie, et l'amitié se creusera un nid douillet. L'unique moyen de ne jamais être blessée, c'est de ne rien avoir à perdre, mais quelle triste manière de vivre sa vie. Nos cœurs sont capables d'encaisser plus que nous le croyons ; ils continuent à battre longtemps après que nous sommes partis en fumée.

De retour à la réception, je constate que les manifestants ont disparu. Nous sommes en plein milieu d'après-midi, un soleil radieux luit dehors, mais il n'y a que des pins et du vide de l'autre côté de la route.

Voilà qui m'inquiète.

Camila tire ses affiches sur la vieille imprimante du bureau, puis va les placarder dans toute la ville. Comme la météo est particulièrement clémente aujourd'hui, les gens flânent, prennent leur temps pour faire leurs courses et suivent avec fascination son périple le long d'Elm Street. Ils s'arrêtent devant les posters, hésitent, puis poursuivent leur chemin.

Cheryl, quant à elle, scanne l'affiche en diagonale et s'élance à sa poursuite.

— Je croyais que vous alliez vendre le motel ? l'apostrophe-t-elle lorsqu'elle l'a rattrapée, à bout de souffle.

Camila a encore un paquet considérable de feuillets sous le bras.

— C'est toujours prévu.

— Qu'est-ce que c'est que cette histoire de fête, alors ?

— Voyez ça comme une fête d'adieu. Vous êtes invitée, naturellement.

Elle a un moment d'hésitation.

— J'ignore si ça compte pour vous, mais MacKenzie est de

retour. Aucune idée de combien de temps elle pense rester, cette fois.

Je n'en mettrais pas ma main au feu, mais je crois que Cheryl a l'air… soulagée ?

Derek se tient au milieu d'un groupe d'hommes, occupé à serrer des mains, à hocher la tête et à rigoler. Sous sa veste sport noire, on distingue le col blanc d'une chemise étonnamment bien repassée.

— Excusez-moi un instant, messieurs, dit-il lorsqu'il repère Cheryl, pour courir à sa rencontre.

Ils se rejoignent pile devant une vitrine. La propriétaire de la boutique salue gaiement Derek d'un geste de la main, et celui-ci lui adresse un clin d'œil avant de se pencher vers Cheryl.

— J'ai entendu dire qu'on va « faire une pause » dans la campagne, c'est quoi cette histoire ? l'interroge-t-il à voix basse.

— On ne baisse pas les bras. C'est plutôt un genre de… trêve.

— Ça sonne à mes oreilles comme baisser les bras. Qu'est-ce qui s'est passé ?

— Camila a consenti à vendre le motel. Les nouveaux propriétaires seront peut-être plus arrangeants. On pourra les influencer pour que…

— Pour que quoi ? Qu'une chaîne de motels bon marché prenne la place ? Et ça résoudra tous nos problèmes ?

— Nous n'avons rien contre ce genre de motels. Nous sommes seulement opposés à la façon dont le motel est actuellement géré. Et avec d'autres propriétaires…

Derek finit par cracher ce qu'il a sur le cœur.

— Mais qu'est-ce qui va arriver à MacKenzie ?

Ça, il fallait y réfléchir avant de lancer tout cet engrenage.

Cheryl détourne le visage.

— Ce n'est pas de notre responsabilité. Tout ce que nous

voulons, c'est faire de cette ville un meilleur endroit pour nos enfants et…

— Oui, oui, je sais. Épargne-moi les discours. C'est juste que je ne pensais pas qu'elle abandonnerait comme ça.

— Qui donc ?

— MacKenzie, évidemment. Elle a toujours été là, au motel. Certes, elle est un peu toquée et insolente, mais… c'est MacKenzie, quoi.

— Camila est bien plus raisonnable. Ou plus futée.

— Et c'est tout ? Tous ces efforts pour… ça ?

— C'est pour *ça* qu'on s'est battus. Les nouveaux propriétaires feront changer les choses. Je suis certaine que Robert va rentrer à la maison, maintenant.

— Je croyais qu'on était plus ambitieux que ça.

— Ce n'est qu'une bataille. Il y en aura d'autres. On ne sauve pas le monde en une seule journée. Il faut être persévérant et…

— Je sais, je sais, la coupe Derek sur un ton las.

Il la regarde d'un air déçu. Se dit-il que Bob avait raison, tout compte fait ?

Tougher Than the Rest

Papa assiste aux préparatifs de la fête, manifestement inquiet. Il se rend même en ville pour se promener et observer les réactions des passants. De retour au motel, il inspecte la véranda, regarde Camila travailler au diner, écoute en douce les échanges entre elle et Dolores au sujet de la nourriture, et secoue la tête.

Il se fait tellement de souci qu'il va jusqu'à en discuter avec Clarence. Enfin, peut-être qu'il parle tout seul et qu'il se trouve simplement que Clarence est venu lui tenir compagnie sur le banc devant le diner. Quoi qu'il en soit, papa déclare soudain :

— Ils n'y arriveront pas.

— Qui ça, et à quoi ?

— La fête. Personne ne viendra. Les gens n'osent pas. Ils ne veulent pas être impliqués dans des controverses, et le motel est toujours sujet à controverse.

Papa hoche la tête, comme pour témoigner son approbation à ses propres paroles.

— Et les gens du motel vont être tristes, ensuite. Je n'aime pas cette idée. Vous imaginez, si MacKenzie s'en va de nouveau ?

— Dans ce cas-là, vous n'aurez qu'à y faire quelque chose, dit Clarence avec l'assurance placide d'un homme qui ne compte pas bouger de son banc au soleil.

Il jouit au maximum de la chaleur des rayons, de la couverture sur ses épaules et de sa tasse de café remplie d'alcool.

— Comment ça ? l'interroge papa, choqué.

— Ben oui. Vous arrangerez ça.

— Mais que voulez-vous que je fasse ?

— Qu'est-ce que j'en sais, moi ? C'est pas moi qui me morfonds là à l'idée des malheurs à venir. Moi, je veux juste profiter du premier beau jour depuis si longtemps. Je vais vous dire, les gens se font beaucoup trop de sang noir. Je l'ai toujours dit. Je crois que c'est parce qu'ils ne boivent pas assez…

Papa ne l'écoute plus, son attention accaparée par l'homme qui vient de se garer devant le motel.

Il s'agit de notre avocat, un vieux monsieur bienveillant qui a passé les dix dernières années à tenter de prendre sa retraite. Il porte des bottes, un jean et une veste bien chaude ; je parie qu'une canne à pêche l'attend dans la voiture.

Pourtant, je ne l'ai jamais vu aussi nerveux.

Papa se lève du banc et s'engage discrètement à sa suite. Quand l'avocat trouve MacKenzie, papa reste derrière le coin du mur pour épier la conversation. Naturellement, moi, je n'ai pas besoin de me cacher. Je peux tranquillement écouter à quelques centimètres d'eux. Le plus difficile est de ne pas me laisser distraire par le crâne grisonnant de mon père qui dépasse parfois de derrière le mur.

— Camila est passée au cabinet l'autre jour, annonce l'avocat. Je ne suis pas censé te raconter ça. Vraiment pas. J'aurai tout le barreau sur le dos, si ça s'ébruite.

— Dans ce cas-là, tu ferais peut-être mieux de garder le silence.

— Mais je te connais depuis que tu as huit ans, quand tu t'es pointée à mon bureau pour demander comment une enfant de ton âge pouvait légalement quitter le foyer familial.

— Et tu ne m'as pas été d'une grande aide, si je me souviens bien.

— Et si moi je me rappelle bien, tu envisageais de camper sur la pelouse de l'école.

MacKenzie hausse les épaules et jette un regard par-dessus celle de son interlocuteur. La tête de papa disparaît derrière le coin.

— Bon, tu n'as pas entendu ça de ma bouche, d'accord ?

La tête de papa dépasse à nouveau.

— Camila voulait connaître la marche à suivre pour vendre un motel. Quels formulaires envoyer, tout ça. Elle voulait que je lui explique comment les remplir. Je lui ai demandé si tu étais au courant, et elle a répondu que c'était encore son motel, du moins pour l'instant. Je me suis dit qu'il fallait te prévenir de ce qu'elle manigance. Je ne peux rien faire pour l'en empêcher, j'espère que tu en as conscience. C'est peut-être toi qui gères l'établissement depuis des années, mais techniquement c'est toujours elle la propriétaire. Au moins, tu auras un peu plus de temps pour t'y préparer. Pour chercher un nouveau travail, peut-être.

MacKenzie lui tapote l'épaule.

— Merci pour l'avertissement.

— Ça ne se fait pas, c'est tout, grommelle-t-il. Le barreau peut aller se faire voir.

MacKenzie fourre ses mains dans ses poches.

— Voilà le genre de choses que j'aime entendre, approuve-t-elle.

— Bon, Robert, il faut que tu fasses quelque chose, se motive papa. Réfléchis. Une idée, c'est tout ce qu'il te faut.

Il s'assied sur le lit, dans sa chambre rangée à la perfection, et fixe mon urne. Je vois ses lèvres bouger, puis il secoue la tête. Ah, cette fois, il la hoche de haut en bas. Non, il la secoue de nouveau. Il doit comparer divers recours, peser le pour et le contre.

Au terme d'une bonne heure d'intense réflexion, il se lève soudain.

— Oui, la situation l'exige, estime-t-il. C'est peut-être présomptueux de ma part, mais c'est nécessaire.

Il revêt une nouvelle chemise impeccablement repassée.

— Je ne veux pas mettre mon nez dans les affaires d'autrui, mais quelqu'un doit bien le faire.

Il noue sa cravate avec des mains tremblantes, puis la lisse, vérifie que rien n'est de travers, et enfile la veste rouge.

— Au pire, elle peut toujours refuser.

— Je sais que vous n'avez pas envie de vendre le motel, affirme papa.

Stupéfaite, Camila lève le nez du guichet d'accueil.

— Vendre le motel ?

— Vous n'y songez pas sérieusement, c'est impossible.

Elle se lève pour s'avancer vers lui.

— Comment pouvez-vous être au courant de ça ?

Papa rougit douloureusement.

— Je… j'ai entendu par hasard votre avocat prévenir MacKenzie. Il se sentait obligé de le faire, s'empresse-t-il d'ajouter. Il connaît MacKenzie depuis qu'elle est toute petite. Et elle a travaillé ici toute sa vie. J'espère que ça ne va pas lui causer des problèmes…

Il ajoute à voix basse, pour ses propres oreilles uniquement :

— Je n'avais pas pensé à ça.

Camila vacille comme sous l'effet d'un coup de poing.

— MacKenzie est au courant ?

— Euh, oui. J'en ai bien peur.

La voix de Camila est à peine audible.

— Et qu'est-ce qu'elle a dit ?

— Rien. Pas un mot.

— Où est-elle ?

— Elle est partie. Mais elle va revenir ! précise-t-il en voyant Camila blêmir. Enfin je crois. Je pense qu'elle est juste partie faire une course. Elle a pris la voiture il y a une heure, mais sans emporter de sac. Enfin, ce n'était pas de ça que je voulais vous parler. J'espère que vous ne trouverez pas ça déplacé, mais je crois que j'ai un plan.

— Tiens donc. Moi aussi, je pensais en avoir un.

Camila passe la journée à guetter le retour de MacKenzie. Quelle que soit son occupation, elle garde constamment un œil sur le parking et la route. Mais quand sa voiture vient enfin se garer peu après dix-sept heures, c'est papa qui la repère en premier.

— MacKenzie ! l'interpelle-t-il tandis qu'elle sort tranquillement de son pick-up.

Elle porte un carton plat dans une main et le passe du motel dans l'autre.

Craintive, je sonde ses yeux à la recherche d'une étincelle de folie, d'un nouveau plan machiavélique, mais je n'y lis qu'une paisible satisfaction. Elle est *contente*. D'elle-même, je dirais, mais il est difficile d'en être sûre.

Cela ne me rassure pas pour autant.

— J'aimerais organiser une fête commémorative pour Henny, annonce papa.

— Les funérailles n'étaient pas suffisantes ? lance MacKenzie.

— Non, je veux quelque chose… de plus joyeux. Je veux que les gens parlent de Henny. Qu'ils racontent leurs souvenirs.

— D'accord, d'accord, je resterai à l'écart. Pas la peine de m'envoyer Cheryl cette fois.

— Non, en fait, j'aimerais faire ça ici.

— Ici ?

— Oui. Je me demandais… Tu crois que Camila serait d'accord pour combiner nos deux fêtes ?

— Posez-lui la question à elle.

— Mais est-ce que toi, tu es d'accord ?

— Ils ne viendront pas. Les gens de la ville, je veux dire. Même pas en souvenir de Henny.

— On verra bien, dit papa.

MacKenzie hausse les épaules et monte l'escalier, puis se sert de sa clé pour ouvrir la chambre de Camila. Elle n'y reste qu'une poignée de minutes et, quand elle en ressort, c'est sans son carton.

Camila l'intercepte sur le parking, mais elle n'a pas le cran de regarder MacKenzie en face. Elle déglutit, puis se jette à l'eau.

— Je peux expliquer.

MacKenzie hausse un sourcil. En vérité, je ne crois même pas qu'elle soit fâchée. Néanmoins, je trouve la fébrilité de Camila contagieuse.

— À propos du motel. Je sais que tu sais que je veux le vendre.

— Harry me connaît depuis mes huit ans. Si tu voulais me faire des cachotteries, il fallait t'adresser à un autre avocat.

— Je comptais t'en parler. J'aurais peut-être dû le faire plus tôt, mais…

— Tu n'as rien à m'expliquer, l'interrompt MacKenzie. Je sais que tu ne le ferais pas si tu avais le choix. Je sais à quoi ressemblent nos finances. Et tu ne vendrais jamais sans l'assurance que les nouveaux propriétaires garderont Dolores.

— Je te garantis qu'ils ne se sépareront pas d'elle.

— Ils s'en mordraient bien vite les doigts, estime MacKenzie avant de hausser les épaules. Quant à moi, je retombe toujours sur mes pattes.

— Mais, MacKenzie, ce que j'essaie de te dire, c'est justement…

— Viens, Camila. J'ai quelque chose à te montrer.

Elle la prend par le bras et la guide jusqu'à sa chambre. Camila est toujours raide comme un piquet, mais elle se laisse entraîner comme si elle avait perdu toute volonté propre.

Le carton déposé dans la chambre de Camila se révèle contenir une robe.

Une robe de bal.

Une robe absolument merveilleuse, mais je crois que l'adjectif auquel Camila pense en cet instant est « insensé » ou « inconcevable ». C'est exactement le genre de robe qu'on ne porte qu'une seule fois de sa vie, pour le bal de promo par exemple. Elle semble tout droit sortie du *Cendrillon* de Disney, avec ses teintes rose bonbon, ses motifs brodés et ornés de perles scintillantes, et ses cascades de tulle et de satin. Une adolescente n'aurait sans doute pas su y résister, mais Camila l'observe d'un air incrédule, comme si elle se demandait ce que les souris avaient fumé avant de lui confectionner ce vêtement.

— Qu'est-ce que tu fabriques, MacKenzie ?

— Ben, je t'offre une robe. Ça se voit, non ?

— J'ai déjà porté des robes, tu sais.

— Jamais comme celle-ci, non.

Ça, elle doit bien le concéder.

— Rendez-vous sur le parking à dix-neuf heures.

Le parking est sombre et désert lorsque Camila sort de sa chambre, à dix-neuf heures pétantes. Elle descend solennellement l'escalier métallique avec autant de dignité que possible, toute vêtue de rose. La traîne de la robe glisse sur les marches, et les broderies perlées étincellent sous les lampadaires. Elle a noué ses cheveux en un chignon simple seulement en apparence, avec deux mèches qui lui tombent le long du visage.

Elle est absolument irrésistible. MacKenzie suit le moindre de ses mouvements d'un œil avide. Pour une fois, elle a le bec cloué.

Camila tire sur la robe, trahissant sa nervosité.

— J'ai l'air ridicule, se plaint-elle.

— Tu es resplendissante, contre MacKenzie.

Elle est comme figée sur place, envoûtée. Ce n'est que lorsque Camila arque les sourcils qu'elle se ressaisit et ouvre la portière.

— Et moi j'ai l'air d'un ado mal à l'aise qu'on a forcé à enfiler un smoking, s'amuse-t-elle.

Pour ma part, je les trouve toutes deux ravissantes. Elles ne peuvent s'empêcher de loucher l'une sur l'autre tandis que MacKenzie conduit en direction de l'école. Assise à l'arrière du pick-up, je ne parviens pas à détacher mon regard d'elles.

MacKenzie se gare juste devant le gymnase.

— Tu es sûre que c'est une bonne idée de venir ici ? doute Camila.

— Détends-toi, lui répond MacKenzie, ce qui a pour effet de l'inquiéter encore plus.

Elle lui fait traverser la cour déserte et contourner le bâtiment fraîchement repeint.

— C'était très gentil de m'avoir offert cette robe, mais est-ce qu'on peut rentrer maintenant ?

— Tu te fais trop de souci. Tu vas avoir des rides bien avant l'âge.

— MacKenzie ! Tu ne peux pas entrer dans la salle de sport par effraction, et je ne peux pas fuir la police avec ces talons, et tu avais juré que tu ne les titillerais pas davantage.

Or, quand MacKenzie abaisse la poignée, les portes s'ouvrent sans la moindre résistance.

— Après toi.

— Si l'alarme se met à sonner, je…

Elle laisse sa phrase en suspens.

Le gymnase a été transformé pour la soirée, décoré exactement comme lors des bals de promo de notre jeunesse. Des draperies roses diaphanes pendent du plafond, dans une tentative de tamiser la lumière. Les murs sont recouverts de bandes de tissu et éclairés de façon théâtrale par les projecteurs. L'endroit sent le revêtement en caoutchouc et l'angoisse propre à l'adolescence, mais il y a une boule à facettes. Celle-ci tourne paresseusement au plafond, projetant des reflets dansants sur les murs, sur les accords de…

Bruce Springsteen.

— Michael a persuadé le coach Stevenson de nous louer la salle pour une soirée. On a même eu le droit d'utiliser les décorations réservées aux bals de l'école. Clarence et Buddy m'ont aidée à tout installer.

Je prends une profonde inspiration.

Camila fait de même. Elle s'avance de deux pas sur la piste de danse dépeuplée et admire les alentours avec émerveillement. La lumière joue sur sa peau et sa robe tandis qu'elle tourne lentement sur elle-même.

Je me demande si elle remonte elle aussi le temps, si elle voit nos anciens camarades de classe aussi clairement que moi. Spontanément, je fais un pas en avant, comme à l'époque.

Je crois que nos vies sont parsemées d'instants décisifs. De courts moments où nous connaissons des changements radicaux et irrévocables. J'en ai vécu un sur cette même piste de danse, il y a quinze ans, alors que je me tenais au côté de MacKenzie, face au silence compact de la foule.

J'aurais dû être terrifiée. J'avais peur, certes, mais j'ai en quelque sorte décidé, face à tous ces regards, que j'avais le courage de lever le menton et de les ignorer.

C'était peut-être un petit pas pour une femme, mais un bond de géant pour moi. Ce simple geste m'a différenciée du reste de la ville et m'a définitivement rangée du côté du motel, et je ne l'ai jamais regretté.

Je ne pense pas que j'en prenais mesure, à l'époque. Pas entièrement. J'étais certaine qu'une chose cruciale s'était produite, mais je ne savais pas exactement quoi. Peut-être en est-il ainsi de tous les instants décisifs. Ils sont parfois si brefs que nous ne sommes même pas conscients d'avoir changé de cap. Même si l'angle se limite à quelques degrés, il demeure suffisant pour altérer notre trajectoire à jamais, et plus les années passent, plus l'écart se creuse. Pour le meilleur ou pour le pire ? Je l'ignore, mais j'aime croire que nous prenons nos décisions pour une bonne raison. Nous ne faisons pas fausse route ; nous changeons de destination.

D'ailleurs, je me demande si Michael n'a pas vécu un moment diamétralement opposé, de son côté. Son expression était hautaine, et son regard noir. Il dévisageait l'assemblée comme si rien de ce qu'ils pouvaient dire ou penser de lui ne saurait l'affecter. Camila restait une cinquantaine de centimètres derrière lui.

Qu'importe, cette soirée était la nôtre. Je ne m'étais jamais sentie aussi libre. Leurs avis sur moi, leurs points de vue et leurs commentaires se sont évaporés à l'instant où nous sommes entrés sur la piste de danse, tout comme leurs visages.

Les conversations ont progressivement repris. Ceux qui s'étaient interrompus ont recommencé à danser. MacKenzie et moi nous y sommes mises les premières, nous disputant pour savoir qui devait mener. Ensuite j'ai dansé avec Michael et je me suis laissé guider. Je n'en revenais pas que le monde continue de tourner. Sans doute m'attendais-je à ce que le toit du gymnase nous tombe sur la tête.

Le dos de Michael était tendu sous ma main ; je sentais ses muscles noueux, mais je ne pouvais m'empêcher de sourire. J'étais vêtue d'un smoking et ivre de liberté, exaltée de ne pas m'être conformée aux normes de la société sans avoir précipité la fin du monde. La manche noire de mon veston avait l'air absurde sur le tissu de la même couleur qui couvrait son épaule.

Le regard de Michael s'est adouci lorsqu'il est tombé sur moi, et je me suis sentie encore plus forte.

Il ne peut pas s'en aller, me suis-je dit. *Il ne peut pas en avoir envie, pas quand il me regarde comme ça.* En fond sonore, Green Day jouait *Good Riddance*. Je pensais que ce serait notre chanson pour toujours.

Je crois que je visualisais Michael sous la forme d'un nœud tendu à l'extrême, tiraillé par des impulsions contraires. « Je veux ça, mais pas ça. Ou peut-être l'inverse. » Je supposais que ce nœud se démêlerait au fil du temps, sous mon influence ou celle de la vie en général, mais j'oubliais qu'un nœud tiré par des forces opposées ne se détend pas. Au contraire, il devient de plus en plus inextricable.

Mais pour l'instant, il riait aux éclats, secouait la tête et me faisait tournoyer dans ses bras, et je n'avais qu'une seule pensée : *Voilà bien la preuve qu'il m'aime.*

Les souvenirs se désagrègent devant moi. Je virevolte toujours sur la piste de danse, sous la boule à facettes, mais je suis de nouveau seule.

Immobile au beau milieu de la salle, Camila lance un regard impuissant à MacKenzie. Elle a les larmes aux yeux.

— Camila ! s'écrie MacKenzie sur un ton apeuré, s'avançant instinctivement vers elle.

— Tu m'avais prévenue que tu me briserais le cœur, souffle Camila. Et je t'ai dit que je survivrais… mais nom de Dieu, MacKenzie, je ne me doutais pas que tu y irais aussi fort.

Elle cligne plusieurs fois des yeux.

— Je suis désolée, je pensais que je serais capable de prendre ça à la légère, mais…

— Chuuut, lui susurre MacKenzie en tendant la main. M'accorderez-vous cette danse ?

Elle prend les doigts de Camila et passe un bras autour de sa taille, puis l'entraîne sur la piste. Bruce Springsteen chante *Tougher Than the Rest*, et Camila se détend enfin dans l'étreinte de MacKenzie. Elle ferme les yeux et s'élance à ses côtés dans une nouvelle aventure.

Je reste dans l'ombre, le long du mur, à les regarder danser. En cet instant, je crois bien que Camila suivrait MacKenzie jusqu'au bout du monde, et MacKenzie ne pourra plus jamais la quitter. Mais est-ce vraiment ça qui compte ? Peu importe le chemin qu'elles prendront à l'avenir, personne ne pourra leur enlever ce moment.

Ce souvenir survivra en elles à jamais, à un endroit où le temps s'écoule différemment. Une partie d'elles dansera pour l'éternité dans ce gymnase désert, sans se soucier que le tissu sur un des murs commence à se décrocher, ou que Clarence et Buddy ont oublié de remonter le panier de basket.

MacKenzie plaque Camila contre elle.

— Tu te rappelles quand j'ai dit que je n'en pincerais jamais pour toi ? demande-t-elle tout bas.

Camila fait « oui » de la tête.

— J'ai menti.

V

Un jour,
je laisserai tout ça derrière moi

Le lendemain, j'accompagne Michael pour une excursion en voiture. L'image de MacKenzie et Camila qui dansent ensemble est gravée dans ma rétine, mais je ne parviens pas à retrouver la sensation que j'ai éprouvée hier soir, en dépit de tous mes efforts. Je suis fatiguée et endolorie, comme en pleine gueule de bois après toutes ces émotions, et inexplicablement inquiète.

Un détail ne cesse de me tracasser. Ce n'est pas vraiment un souvenir, mais plutôt une ombre. Quelque chose qui me démange, qui me pique et m'irrite, telle une écharde invisible et impossible à retirer, mais que je suis incapable d'ignorer.

Je me raidis à côté de Michael.

Non. Ça ne peut pas être vrai.

Si ces fameux instants décisifs altèrent le cours de nos vies, alors cela signifie que nous étions déjà en train de nous séparer, ce soir-là. J'étais pourtant libre, et heureuse, et *Good Riddance* devait être notre chanson. Comment un moment de bonheur peut-il nous causer ensuite tant de chagrin ? La vie n'est pas censée fonctionner ainsi.

— Si seulement tu m'avais posé la question à ce moment-là, dis-je à Michael. J'étais invincible, ce soir-là. Je t'aurais suivi n'importe où. Tu aurais pu tout simplement m'emmener à la voiture et me faire découvrir le monde.

À peine ces mots ont-ils franchi mes lèvres que je doute de leur véracité. L'aurais-je vraiment suivi ? Peut-être m'éloignais-je déjà de lui, si invraisemblable que cela puisse paraître.

Je jette un regard par la vitre. Je sais où nous allons : il se rend à notre endroit favori. Là où il m'a embrassée pour la première fois, et où nous sommes retournés chaque fois que nous voulions être tranquilles.

La nature est tellement splendide dans le nord-est de l'Oregon que c'était par pur hasard que nous avions choisi ce lieu précis, mais depuis ce printemps-là je me suis toujours dit que c'était à ça que devait ressembler le paradis.

Je n'y suis jamais allée durant toutes les années d'absence de Michael. Pour moi, c'est devenu un sanctuaire mystique, dont je venais à douter de l'existence.

Je me passe les mains sur le visage pour chasser les souvenirs.

— Pourquoi on va là-bas ? Pourquoi faut-il qu'on se tourmente avec ces souvenirs ? C'est du passé. Le ressasser n'y changera rien.

Néanmoins, lorsqu'il se gare et descend de la voiture, je le suis. Évidemment.

Pour atteindre notre refuge, il faut marcher une heure sur un sentier étroit serpentant entre les pins. Une ascension continue, jusqu'à ce que les mollets vous brûlent et que toute conversation s'interrompe d'elle-même, pour économiser l'air dans vos poumons.

Quelle étrange expérience que de monter ici sans s'essouffler.

J'aurais aimé être épuisée. Ça m'aurait au moins occupé l'esprit. Michael va poursuivre sa vie sans moi, tout comme il l'a fait quinze ans plus tôt, et je n'ai plus envie d'y penser.

— J'ai déjà passé tous nos souvenirs agréables en revue, clamé-je dans le dos de Michael. Pourquoi ça ne pouvait pas s'achever le soir du bal, quand on dansait ensemble et que tu me faisais tournoyer ? C'était pas mal, pour finir en beauté.

Quelle utilité de se rappeler ces dernières semaines ? Mes souvenirs ne sont qu'à moi, je suis libre d'en faire ce que je veux.

Les arbres se raréfient quelque peu, et nous atteignons un tout petit promontoire, juste assez spacieux pour deux personnes et un réchaud. Au fond de la vallée, la Pine River suit paisiblement son cours, comme elle l'a toujours fait.

Cependant, Michael a le regard rivé au sol, sur une formation rocheuse. Il sort son marteau et frappe prudemment sur un côté, jusqu'à ce que le morceau qu'il a choisi se détache. L'écho des coups de marteau se propage loin, dans ces grands espaces.

Il reconstitue son album de photos de pierres.

— Tu es revenu ici avant de partir, n'est-ce pas ? soufflé-je.

Michael s'assied dos au rocher. Je m'allonge doucement, la tête sur ses genoux.

C'est ainsi que nous avions l'habitude de nous installer. Il passait les mains dans mes cheveux, lentement et tendrement, comme s'il n'avait pas vraiment conscience de ses gestes.

Et il disait toujours : « Un jour, je laisserai tout ça derrière moi, Henny. »

Comme s'il avait besoin de se le rappeler.

Le bal de promo a assurément alimenté les conversations de nos camarades de classe, mais c'est surtout pour nous qu'il a représenté un tournant. MacKenzie a pris sa décision : elle travaillerait au motel et ne se préoccuperait plus jamais des gens de la ville, et c'est ce qu'elle a fait, jusqu'au retour fracassant de Camila. Cette dernière se montrait réservée et taciturne, comme elle l'était avant de s'engager contre l'Initiative 9. Quand elle m'a révélé son identité transgenre, j'ai interprété cela comme une explication, mais à présent je pense plutôt qu'elle avait compris qu'il lui fallait quitter Pine Creek pour pouvoir être elle-même. Le bal n'avait fait que confirmer son intuition. Néanmoins, je l'ai surprise à regarder MacKenzie avec une sorte d'affection nostalgique, comme si elle contemplait déjà un souvenir. Ensuite elle s'est forcée à partir du motel et à la quitter, sans le moindre regard en arrière. Jusqu'à ma mort.

Michael était de plus en plus tendu lors des dernières semaines précédant la fin des cours. Je savais qu'il se querellait sans cesse avec son père. Leurs différends avaient vu le jour lors de la campagne, et s'étaient aggravés après le bal. Mr Callahan n'appréciait guère les prises de position politiques de Michael, et vivait très mal le fait qu'il se dise en ville que son fils s'était rendu au bal accompagné d'une personne que tout le monde prenait pour un autre garçon.

Auparavant, les rumeurs concernaient principalement les noces de Derek et Stacey, qui devaient se marier juste après la fin de l'année scolaire. À l'époque, on fondait encore beaucoup d'espoirs sur leur couple. Certes, Derek avait perdu sa bourse d'études, mais il était tout de même destiné à de grandes choses. Avec un tel talent, on se forgeait son propre chemin, naturellement. Les règles normales ne s'appliquaient pas à lui.

Une semaine après le bal, Michael a été aperçu en ville avec un œil au beurre noir, une blessure qu'il portait avec une curieuse fierté. Tout le monde savait que c'était l'œuvre de son père. Le soir même, il emménageait dans la Redwood Cabin.

J'ignorais comment il en avait les moyens, mais peut-être que son coquard avait convaincu Juan Esteban de l'héberger. Il était encore généreux, à cette époque. MacKenzie vivait déjà au motel, alors un jeune de plus ou de moins, quelle différence ?

J'ai rendu visite à Michael dès que j'ai appris qu'il avait reçu des coups. Il ne m'avait pas mise au courant lui-même ; c'est en ville que j'en ai entendu parler. Bien que j'aie su à quoi m'attendre, j'ai quand même tressailli en découvrant son œil meurtri. Les parties violacées étaient cerclées de jaune tirant sur le vert.

J'ai dégluti nerveusement en observant l'intérieur du chalet. Les murs avaient reçu une fraîche couche de couleur gris clair ; j'étais bien placée pour le savoir, puisque c'était nous qui les avions repeints. J'avais l'impression de transgresser une règle en venant ici en tant que « cliente ». Comme si nous squattions un endroit qui ne nous était pas destiné. Tout sentait encore le neuf.

Le sac à dos de Michael gisait sur le canapé, tandis que ses manuels de géologie étaient éparpillés sur la table.

— Tu n'auras plus rien à lire quand tu arriveras à Berkeley, ai-je souligné.

— Je préfère me tenir prêt.

— Ton œil est presque guéri, ai-je menti.

Michael me fixait intensément.

— Viens avec moi, m'a-t-il demandé.

— À la fac ?

— N'importe où. D'abord la fac, ensuite le monde. On pourrait vivre n'importe où. Aller où ça nous chante. Voyager ensemble.

— Sans avoir de foyer ?

— On trouverait un endroit qui nous plaît, qu'on aurait choisi nous-mêmes. On continuerait à voyager, mais on aurait une maison qui nous attendrait. Une vraie maison, dans une jolie ville. Avec un barbecue dans le jardin. Un service complet de vaisselle et de verres. Une clôture blanche dehors. Et même un paillasson avec marqué *Bienvenue* dessus.

— On a déjà une ville ici. On sait comment elle est, on y connaît tout le monde et…

— Je sais ! C'est précisément là où je veux en venir. On sait comment sont les gens ici. Il existe des millions d'autres personnes à rencontrer.

J'ai frissonné.

— Alors on passerait notre temps à voyager, jusqu'à trouver la ville parfaite pour nous ?

— On ne serait pas sur la route tous les jours. On pourrait se poser de temps en temps. Tu vois ce que je veux dire. Je pourrais vivre dans n'importe quel motel miteux, tant que je suis avec toi.

— Mais on a un motel juste ici !

— Mon foyer, c'est *toi*. Tu es l'unique chose dont j'ai besoin pour me sentir chez moi. Si tu veux, j'emporterai un paillasson rien que pour toi. Je le poserai devant la porte de chaque chambre où on s'arrêtera.

Il m'a pris les bras comme pour tenter de me convaincre mentalement. Et ça a marché. Je ressentais son énergie intérieure. Je me tenais au bord d'un précipice et entendais une force indicible venue du fond des âges m'appeler. *Saute*, m'invitait-elle. Comme s'il suffisait de faire un pas et de se laisser tomber. *Tout ce monde merveilleux s'offre à toi. N'aie pas peur de la chute, elle n'est que temporaire.*

Une idée à la fois séduisante et terrifiante.

— Michael…, ai-je soufflé, impuissante.

— Ensuite, quand on aura un peu exploré le monde, on trouvera notre maison. Je te rendrai heureuse, je le promets. Je t'offrirai le monde entier, avec ses millions d'années d'histoire, et où qu'on soit, on se réveillera côte à côte. Je ne demande rien de mieux. N'importe quel endroit sera mon foyer, du moment que je me réveille près de toi.

— Michael !

Il s'est enfin tu.

— Je ne peux pas…, me suis-je affolée. Je ne peux pas tout plaquer comme ça. Tout mon passé, et ma vie, et… mon père ! Qu'est-ce qu'il deviendra sans moi ?

— Il s'en sortira. Tu ne peux pas vivre ta vie en fonction de lui.

— Et pourquoi pas ? Il est la seule famille qui me reste. Et

MacKenzie ? Elle aussi je devrais l'abandonner ? Je t'aime, Michael. Tu le sais. Tu es formidable, tu as une volonté de fer et tu réussiras tout ce que tu veux faire dans la vie, mais Pine Creek… et tous ces gens… C'est ça, mon foyer.

— Ce n'est pas moi, donc.

— Si, toi aussi. Ici. Là où nous nous trouvons, en ce moment même. Ici aussi, on peut s'endormir et se réveiller ensemble.

— Dans ton foyer, donc.

— Ça, c'est petit de ta part.

Michael s'est mis à faire les cent pas, comme s'il se sentait pris au piège dans ce cabanon.

— On choisit notre famille, Henny. Et toi, tu les choisis eux. C'est aussi simple que ça.

— Je ne peux pas y réfléchir, ai-je protesté. Pas maintenant. Pas aussi subitement. Tu prends toujours tes décisions si vite. Tu sais ce que tu veux. Tu ne doutes de rien dans la vie. Mais moi, je ne suis pas comme ça, je…

— Ce n'est pourtant pas très compliqué, comme question : soit tu m'aimes, soit tu ne m'aimes pas.

— Ce n'est pas vrai ! Je t'aime, et tu le sais.

— Pas suffisamment.

Chaque fois que je plongeais mes yeux dans les siens, je devais me faire violence pour me rappeler mon identité. Je savais que ma vie était en jeu, mais j'étais incapable de me défendre. Pas contre lui. Je n'avais plus la force de résister. Les murs récemment repeints vieillissaient devant moi. Je regrettais déjà l'odeur du bois fraîchement coupé et l'été où tout avait débuté entre nous. J'étouffais et me sentais enfermée. La chaleur me faisait rougir les joues.

Il a passé une main sur la moitié non meurtrie de son visage.

— Tu veux boire quelque chose ? m'a-t-il proposé.

J'ai hoché la tête et avalé ma salive. Une bouteille vide de

Coca-Cola était posée sur le plan de travail, mais il en avait une autre dans le réfrigérateur. Ainsi que des œufs, du lait, du ketchup et des saucisses. L'impression surréaliste d'être en train de jouer aux adultes s'est renforcée, mais je savais que j'étais la seule à la ressentir. Michael, lui, était bel et bien adulte. Il avait son propre frigo, maintenant, qu'il avait garni lui-même de ce qu'il voulait manger, et s'il avait faim, il faisait lui-même la cuisine.

L'œil au beurre noir avait constitué son point de bascule, j'en suis sûre maintenant. Soudain tout était devenu clair pour lui. Je le voyais à l'assurance qui guidait son corps. Il n'y avait plus aucun flottement dans ses gestes, plus le moindre doute dans ses yeux. Il était libre. Rien ne saurait l'arrêter.

Enfin, à part une chose. Ma main tremblait quand j'ai pris le verre de soda. En voyant cela, son regard s'est adouci.

— On n'est pas obligés de prendre de décision maintenant, a-t-il concédé.

J'ai à nouveau hoché la tête. Je m'éloignais de quelques pas du gouffre. Je constatais avec désespoir que je ne trouvais rien à ajouter.

Ce soir-là, nous avons fait l'amour avec une intensité curieusement douce, que je n'avais jamais connue avant et que je n'ai plus jamais ressentie depuis. Toute notre énergie se concentrait sur nos membres se frôlant, le temps s'était arrêté, le cours de nos pensées suspendu, rien d'autre n'existait. Nos cerveaux avaient beau refuser de penser à l'avenir, nos corps savaient qu'ils devaient condenser deux vies entières en une seule nuit. Tout ce que nous désirions, tout ce à quoi nous aspirions se réduisait à cet instant.

Après l'acte, j'étais allongée nue sur son corps, à l'air libre. Nul besoin d'une couverture. Je ne ressentais ni gêne ni froid. Je le regardais droit dans les yeux, admirant ses cils d'une longueur absurde, inspectant ses hématomes vert-jaune, caressant son visage du bout des doigts. Mon regard proclamait : « Tu m'appartiens. » J'essayais de nous en convaincre tous les deux. Quoi qu'il advienne, s'il me quittait, toutes ses aventures à venir, toutes les femmes qu'il connaîtrait feraient pâle figure à côté de cet instant. Et de toute façon ce moment serait éternel, et il ne me quitterait jamais. L'ardeur de mon regard faisait s'emballer son cœur ; je le sentais battre contre ma peau, bien plus distinctement que mon propre pouls.

Je suis alors venue me nicher dans le creux entre son épaule et sa gorge, car là était ma place, et j'ai senti ses bras se détendre autour de moi. Ses paupières étaient à moitié closes, l'une de fatigue et l'autre à cause de son coquard.

C'est alors qu'il m'a dit, peut-être dans son sommeil :

— Si tu me demandes de rester, je le ferai pour toi.

Ce que Henny aurait voulu

Je crois que papa a rassemblé ses… eh bien, ses sbires, au diner. Avec Clarence et Buddy, ils conspirent, attablés dans un coin du restaurant, tandis que les préparatifs de la fête se poursuivent autour d'eux.

— Les gens de la ville ne viendront pas, affirme papa. Pas dans ces conditions-là. Les affiches de Camila n'y changeront rien. Ils sont peut-être curieux, mais ils ont aussi peur des conflits.

Clarence hausse les épaules. Buddy semble soucieux.

— Aussi, il faut que nous fassions quelque chose, conclut papa.

— Mais la fête est prévue pour ce soir, rappelle Buddy. Qu'est-ce qu'on peut bien faire en une journée ?

— Si cette hystérie collective a pu apparaître d'un jour à l'autre, alors nous pouvons y mettre un terme tout aussi rapidement. Il suffit de faire appel aux bonnes personnes. Vous deux, vous vous occupez de Stacey.

Buddy grimace nerveusement.

— Mais, euh, elle me fait… un peu peur.

Papa sort un bout de papier de sa poche et y griffonne quelque chose.

— Tenez, dites-lui ce qu'il y a écrit là. Dites que c'est moi qui vous envoie. Dites-lui qu'il s'agit d'une fête commémorative pour Henny. Demandez-lui d'en parler à son mari. Si quelqu'un est capable de rameuter du monde, c'est bien Derek. Et j'ai autre chose à vous donner.

Buddy et Clarence repèrent Stacey au Raymond's Steak and Grill, le meilleur restaurant en ville. Il se trouve juste au bord de la rivière, et ses fenêtres donnent sur l'eau. Stacey et Derek sont installés à côté d'une de ces dernières, avec un groupe d'une dizaine de personnes d'âge plus que mûr et de statut social manifestement élevé. La table présente tous les signes d'un long déjeuner dominical : verres de vin, assiettes récurées, tasses de café, verres de cognac. La salle est décorée de briques sombres, de miroirs éclatants et de fenêtres translucides. Une belle flambée crépitant dans une cheminée démesurée éloigne la fraîcheur automnale, tandis que le gratin de Pine Creek se presse dans le restaurant.

Et, au niveau de la porte, Buddy et Clarence gesticulent frénétiquement pour attirer l'attention de Stacey.

— Puis-je vous aider, messieurs ? vient s'enquérir le maître d'hôtel, d'une voix plus froide que le seau de glace posé sur la table la plus proche.

— Non, non, ne vous occupez pas de nous, le prie gaiement Clarence.

« Stacey », forme-t-il sans un son avec ses lèvres, redoublant d'intensité dans ses gestes.

— Avez-vous réservé une table ? demande le serveur. Je crains que nous ne soyons complets.

— On vient juste voir une amie.

Clarence cesse de s'agiter et contourne tout simplement le maître d'hôtel.

— Excusez-nous, dit-il poliment en lui tapotant l'épaule.

Un simple coup d'œil à Buddy, qui se dresse de tout son haut derrière Clarence, suffit à dissuader l'employé d'essayer de lui barrer la route.

Les voyant approcher, Stacey se lève promptement. Elle sourit, s'excuse auprès de la tablée, et c'est tout juste si elle ne traîne pas Buddy et Clarence dehors.

— Qu'est-ce que vous foutez là ?

— Tu vois ce que je veux dire, maintenant ? Elle est pas commode, murmure Buddy à Clarence.

Ce dernier se tourne vers Stacey.

— Robert voulait qu'on te donne un truc.

Buddy lui tend un sachet plastique qu'il a bien pris soin de tenir à l'horizontale.

Stacey jette un coup d'œil à l'intérieur.

— Une… tarte aux pommes, constate-t-elle.

— Me demande pas ce que t'es censée en faire. Il a dit que tu comprendrais. Mais on devait aussi te passer un message… Buddy, tu as le bout de papier ? Il l'a noté, pour être sûr. En général, j'ai plutôt bonne mémoire jusqu'à ma troisième tasse de café, mais…

— Clarence, accouche, le coupe Stacey.

— Bien sûr.

Il tient la feuille devant son nez et plisse les yeux.

— Il dit que c'est pénible de vivre selon les règles des autres, et que tu devrais jurer plus souvent (ce qui ne devrait pas te poser de problème, pas vrai ?), et plaisanter. Et… porter une veste rouge vif ? OK, ça j'y comprends rien. Il devait être plus saoul que moi.

Clarence jette la note par-dessus son épaule.

— En bref, le motel a besoin d'aide. Il va y avoir une grande fête ce soir, et Robert a peur que personne ne vienne.

— Mais qu'est-ce que je peux y faire ?

— Parles-en à Derek. Demande-lui un coup de main. Dis-lui de miser sur les commerçants et les fans de football. Buddy et moi, on s'occupe du pub. Si personne d'autre ne se pointe, on pourra au moins ramener quelques piliers de bar.

Sur ces belles paroles, ils abandonnent Stacey seule devant le restaurant.

Elle frissonne dans sa robe noire, mais elle reste plantée là, avec le plat à tarte et le sac plastique, jusqu'à ce que Derek vienne la rejoindre.

— Qu'est-ce que tu fiches ? lui demande-t-il. Et c'est quoi, ce truc ?

— Une tarte aux pommes.

Derek ronchonne dans sa barbe, puis lui couvre les épaules avec sa veste. Elle se tourne vers lui.

— Tu sais que je te soutiens dans ta nouvelle carrière, l'assure-t-elle. Mais il faut vraiment que tu sois un politicien *barbant* ?

— Tu connais d'autres genres de politiciens, toi ?

— Tu pourrais innover. Tout ça… les chemises, les costumes et les robes qui descendent en dessous du genou, ça ne nous ressemble pas.

— Je te rejoins sur la robe, elle est beaucoup trop longue.

— Il y a une fête au motel, ce soir.

— Et tu veux y aller ?

— Pas seulement. J'ai besoin de ton aide, avant.

Le regard de Derek oscille entre sa femme et le restaurant.

— Jack est à l'intérieur. Ça va pas faire bizarre si on s'en va comme ça ? Qu'est-ce qu'on va leur dire ?

— On s'en fout, de Jack. Je veux contribuer à cette fête. On a quelques heures devant nous pour rameuter du monde. Ça va demander un miracle, et pas un petit, et tu es le seul à en être capable.

Voilà qui règle la question. Derek lui lance les clés de la voiture.

— Ramène la bagnole. Je vais chercher nos vestes.

— Derek ?

Il s'arrête dans son élan. Je m'attends à ce qu'elle le remercie, mais elle lui dit simplement :

— Bazarde-moi cette foutue cravate. Et tu ferais bien de réfléchir à ce que tu vas dire à Michael.

Derek secoue la tête.

— T'as de la chance que j'aime les femmes qui ont du caractère.

— Toi aussi, lui rétorque-t-elle.

La dernière fois que je l'ai vue sourire aussi franchement remonte à plusieurs années.

La maison de papa est encore plus déprimante après avoir été inoccupée si longtemps. L'endroit semble abandonné, il y plane une odeur de renfermé, les chambres sont plongées dans l'obscurité et toutes les surfaces recouvertes de poussière. La maison entière paraît endeuillée.

Papa partage mon ressenti. Il frémit en traversant le couloir, et lorsque son regard tombe sur le fauteuil solitaire du salon, face au portrait de Jésus avec ses cheveux en bataille et son air dépité, on dirait bien qu'il se demande comment il a pu vivre ici seul pendant toutes ces années.

Je suis ravie qu'il loge au motel désormais. J'aurais dû l'y emmener il y a bien longtemps. C'est tout bonnement l'endroit idéal pour lui. Il a besoin d'un peu de désordre autour de lui, de choses et de gens à critiquer.

Papa allume toutes les lumières, ouvre chaque fenêtre pour aérer la maison, puis se rend à la cuisine pour déballer le contenu de ses sachets. Farine, pommes, noix, chocolat, levure en poudre, sucre et bien d'autres ingrédients s'entassent sur le plan de travail. Il marque une pause pour jeter toutes les fleurs flétries posées sur la table.

Ensuite il se met au travail. La farine coule à flots, des éclats de noix volent dans tous les sens lorsqu'il les broie, et bientôt l'atmosphère étouffée cède place à la chaleur du four et à l'odeur de la pâte en pleine cuisson.

Des plats à tarte de toutes les formes et tailles imaginables investissent chaque surface libre de la cuisine. Tarte aux noix de pécan, tarte au caramel, plusieurs tartes aux pommes, deux tartes au chocolat, ce qui me semble être une tarte au citron meringuée, tarte au citron vert. Dans l'évier s'empilent périlleusement les cuillères, les louches, les bols et les saladiers sales.

Papa n'a même pas besoin de téléphoner à Cheryl. Les fenêtres illuminées et embuées de la cuisine l'attirent comme un phare dans la nuit.

— Tu es revenu ! s'extasie-t-elle.

— Entre donc, Cheryl, entre, l'invite papa avec exubérance.

Il porte toujours son tablier et décrit d'amples gestes avec sa main fourrée dans une manique tout en la guidant vers la cuisine.

— Tu arrives juste à temps, annonce-t-il.

— Juste à temps pour quoi ?

— Pour manger un morceau de tarte, bien sûr !

Il la fait s'asseoir à table, intervertit promptement quelques plats à tarte, coupe une part assez grande pour nourrir au bas mot cinq bambins affamés, et la recouvre amoureusement de crème fouettée.

— Goûte-moi ça, dit-il en tournant un regard plein d'espoir vers elle.

— Je ne comprends pas, proteste-t-elle. Tu as réemménagé ici pour de bon ? Tu as enfin quitté le motel ?

Néanmoins elle prend sagement une bouchée de tarte.

Si papa projetait de la convertir par le pouvoir de la pâtisserie, il ferait bien de reconsidérer ses plans. Et il semble s'en rendre compte lui-même, car il s'assied face à elle et déclare très sérieusement :

— Je sais que tu me veux du bien.

— Évidemment !

— Tu as un bon fond, Cheryl. Et tu étais là pour me soutenir quand Henny est morte. Je sais que tu es persuadée que le motel a joué un rôle dans mes problèmes, mais…

— Tes problèmes d'*alcool*, Robert. Il n'y a pas de honte à l'avouer. La confession est le premier pas vers la rédemption, tout le monde le sait.

Papa la regarde droit dans les yeux, puis se plie aux règles du jeu.

— Quand j'avais mes problèmes d'*alcool*, ment-il presque sans grimacer, c'est MacKenzie qui m'a aidé à redevenir sobre.

— Robert, ce que tu fais là, c'est une des douze étapes du programme de réhabilitation ?

— Euh, oui, bien sûr. Je reconnais mes torts, et j'essaie de les rectifier et… d'aider les autres.

Il est en improvisation totale, mais je trouve qu'il s'en sort admirablement bien.

Cheryl cligne des yeux, tentant de retenir ses larmes.

— Je suis si fière de toi.

— Merci. Mais ce que j'essaie de dire, c'est que c'est grâce au motel que j'en suis arrivé là. MacKenzie a un côté très maternel.

— Attention, papa, l'avertis-je. Elle n'avalera pas n'importe quoi.

Cheryl hausse les sourcils.

— D'accord, « maternel » n'est peut-être pas le mot, admet papa avec un léger sourire. Mais c'est une bonne amie. Reprends un peu de tarte.

Cheryl continue vaillamment à engloutir son morceau de tarte aux pommes.

— Tu sais, cette fête qu'ils organisent au motel ? avance papa. Elle sera également dédiée à la mémoire de Henny.

— Ah bon ?

— Oui. Plus j'entends les gens parler d'elle, plus j'ai envie de connaître la personne qu'elle était, adulte.

— Je t'aurais organisé ça, si tu me l'avais demandé.

— Je sais, je sais. Mais c'est justement l'occasion pour moi de corriger mes erreurs. Avec les funérailles, notamment. Ça fait partie du programme.

— Je vois. Camila a dit que ce serait une fête d'adieu.

— Encore un peu de tarte ?

Cheryl se force à avaler une énorme part de plus. On dirait qu'elle se sent un peu mal lorsqu'elle s'attaque aux dernières bouchées, et je ne crois pas que ce soit lié au motel. Selon moi, c'est plutôt l'idée d'une cuillerée de crème fouettée supplémentaire qui lui donne la nausée. Une fois son assiette terminée, elle laisse échapper un soupir de soulagement et la repousse aussi loin que possible sur la table encombrée, puis elle se lève avant que papa ait le temps de lui proposer de goûter la tarte aux cerises.

— Pourquoi ne pas tout simplement passer ce soir, pour discuter un peu avec elle ? suggère-t-il. Vers dix-huit heures.

Cheryl ne lui demande pas de qui il parle. J'ignore totalement s'il a réussi à la convaincre.

Clarence et Buddy ne rencontrent guère plus de succès en ville. Plantés au milieu d'Elm Street, ils distribuent des prospectus pour la fête, et chaque fois que Clarence parvient à en fourrer un dans les mains de quelqu'un, il précise :

— … La fête sera dédiée à la mémoire de Henny Broek, la fille qui est morte.

Un nouveau passant.

— Tenez, une fête commémorative pour la fille qui s'est fait renverser.

Curieusement, je ne crois pas que cela donne particulièrement envie aux habitants de participer à la fête de Camila. Ils lui lancent un regard choqué, puis s'éloignent hâtivement, comme s'ils craignaient que la mort soit contagieuse.

Buddy semble ne pas savoir où se mettre, mais Clarence ne s'avoue pas vaincu. Pour son client suivant, il change d'argumentaire de vente.

— Distribution de punch gratuit ! Garanti fort en alcool !

La mère accompagnée d'un enfant de sept ans le fusille du regard.

J'espère sincèrement que Derek s'en sort mieux, mais plus j'y pense, plus je me demande ce qu'on peut réellement attendre de lui.

Il ne dispose que d'une demi-journée, après tout.

J'ignore qui stresse le plus, entre Camila et MacKenzie.

Il est dix-huit heures moins cinq, et Camila tourne en rond dans le diner, ajustant des serviettes en papier déjà impeccablement arrangées, décalant des piles d'assiettes d'un millimètre sur la droite, puis sur la gauche, inspectant le buffet et la table présentant les desserts de papa.

MacKenzie suit du regard chacun de ses mouvements.

— Ne t'en fais pas, lui dit-elle. Tout est très joli.

Camila a métamorphosé le restaurant à coups de nappes en papier : les tables violettes, roses, bleues et jaunes constituent une véritable mer de couleurs.

Buddy a construit une scène improvisée dans un coin, près des fenêtres, en attachant huit grandes caisses en plastique ensemble, et a installé une sono rudimentaire équipée d'un micro. Papa a consacré les dernières heures à œuvrer sur un projet secret avec l'aide d'Alejandro : un mur entier du diner est couvert de draps. Il y a toujours écrit dessus *Bienvenue Mrs Davies*.

On distingue à peine les tables sous toute cette nourriture : énormes salades de pommes de terre, plateaux de viandes froides, d'ailes de poulet et de côtes de porc, deux corbeilles de pain au maïs, salade Cobb, salade de haricots, une simple salade de tomates, un énorme plat de *mac' and cheese* et une marmite de chili, recette spéciale de Dolores. Si elle avait vécu au temps de Jésus, celui-ci aurait eu un miracle de moins sur son CV ; elle, elle n'aurait eu aucun problème à nourrir plusieurs milliers d'invités surprise.

D'un côté du comptoir s'alignent les tartes de papa, tandis que la petite desserte le long du mur, qui accueille habituellement nos assiettes, couverts et menus, est occupée par deux gigantesques bols de punch glacé préparé par MacKenzie.

— Tu crois qu'on aura assez de chaises ? On aurait pas dû en prendre plus dans les chambres vides ?

— On peut toujours aller en chercher d'autres si nécessaire, raisonne MacKenzie.

Elle s'efforce d'adopter un ton enjoué et bienveillant, mais je lis dans ses yeux la conviction absolue que toute chaise supplémentaire sera superflue. Elle est certaine que personne ne viendra, et plus Camila s'agite, réarrange les choses et s'assure que tout soit parfait pour les hôtes qu'elle espère, plus MacKenzie est tendue.

Je prie silencieusement pour que Camila ne soit pas déçue.

— J'ai pas l'air trop habillée ? s'enquiert-elle. Je savais que la jupe était de trop.

— Tu es parfaite. Tiens, bois un verre de punch.

— Tu as déjà rajouté de l'alcool, pas vrai ?

— Seulement dans un. C'est ce que les gens attendent.

En aparté, elle souffle à Michael :

— Et si personne se pointe, j'en aurai besoin pour me saouler.

Papa échange un regard avec Alejandro.

— Je crois que c'est le moment de vous révéler ce qui nous a occupés, cet après-midi.

Alejandro a presque l'air gêné.

— Ce n'est pas grand-chose, prévient-il. Juste un petit projet. Je me suis dit que ça pourrait être sympa. Mais pas la peine de mentir, si ça ne vous plaît pas. Au pire, on peut toujours remettre les draps.

— Allez, cesse de nous faire languir, s'impatiente MacKenzie.

Alejandro s'exécute et retire le drap.

Tout le mur est couvert de photos. Il doit y en avoir des centaines. Du motel, de la nouvelle enseigne, de papa dans sa veste rouge vif, de Michael et Paul en train de bâtir la véranda, de Camila devant son nouveau guichet, de MacKenzie qui peint les murs, et de… moi.

J'avance de deux pas et inspecte les clichés de près. Je suis partout. J'ignore comment il s'y est pris, mais il a réussi à restaurer mes vieilles photos et à en faire de nouveaux tirages éclatants. Moi, Michael, MacKenzie et Camila au bal de promo. La photo prise l'été de la construction des chalets. MacKenzie et moi devant le plus grand Beagle du monde, souriant comme seule MacKenzie était capable de me faire sourire. Des images embarrassantes de mon enfance. Celles-ci doivent venir de papa.

Tout le monde semble avoir perdu sa langue. Ils restent plantés là, à fixer les photos. Toute ma vie rassemblée en un seul et même endroit.

— Ça va aller? demande Camila en tendant la main à MacKenzie, qui hoche lentement la tête.

Elle prend la main de Camila, puis s'approche à son tour. Un curieux petit sourire étire peu à peu ses lèvres.

— Seigneur, qu'est-ce qu'on était jeunes, s'émerveille-t-elle devant une photo prise lors de notre toute première année d'école.

J'arbore fièrement deux minuscules couettes, tandis qu'elle a les cheveux en bataille, comme toujours.

Un bruit de moteur, et tout le monde se tourne vers la route. La voiture ne s'arrête pas. Le sourire de MacKenzie vacille.

— Ces photos sont merveilleuses, s'empresse de déclarer Michael. Elles méritent une fête rien que pour elles.

— Et au moins on est tous ensemble, ajoute Alejandro.

Tous trois jettent constamment des regards à Camila.

Les épaules de papa s'affaissent.

— J'étais sûr qu'elle viendrait, déplore-t-il tout bas.

Nous entendons à nouveau des voitures. Cette fois, nul n'ose se retourner pour voir, de peur de se porter malheur.

Pourtant, elles ralentissent ! Je me rue à la fenêtre, juste à temps pour assister au ballet des véhicules qui bifurquent vers le motel.

Stacey et Derek sont les premiers à se garer. La première serre mon père dans ses bras, tandis que le second louche sur son frère, puis revêt son sourire le plus charmeur, prêt à s'adresser à son public. Les gens se rassemblent docilement autour de lui au fur et à mesure qu'ils sortent de leurs véhicules.

— Bienvenue ! proclame-t-il. De bonnes choses à manger et à boire vous attendent à l'intérieur, et en même temps vous pourrez en profiter pour voir ce fameux motel de vos propres yeux et discuter avec ses propriétaires actuels. La plupart d'entre vous connaissent bien MacKenzie, mais Camila est peut-être un nouveau… visage, pour vous. C'est la nièce de Juan Esteban Alvarez. Je sais que nous avons eu quelques divergences de point de vue, mais après mûre réflexion j'ai décidé qu'il était temps de régler tout ça de manière pacifique. Notre belle ville a toujours été placée sous le signe de la collaboration et de la camaraderie, et au bout du compte Jésus nous apprend à tendre l'autre joue.

Il se révèle diablement convaincant. Son culot et sa franchise sont tellement irrésistibles que j'en ai du mal à croire qu'il tenait un discours radicalement opposé il y a moins d'une semaine. Il se fend même d'un clin d'œil à Michael lorsqu'il le voit arquer un sourcil sceptique.

Il va avoir un succès fou, en politique, me dis-je.

Cependant il a aussi le courage de rester dehors quand tous les autres entrent. Michael enfonce les mains dans ses poches. Manifestement, aucun des deux ne sait quoi dire.

— D'accord, d'accord, finit par admettre Derek. Tu avais raison. Et Bob aussi, d'ailleurs. C'était une idée stupide de s'en prendre au motel.

— « La collaboration et la camaraderie » ? cite Michael.

Derek hausse les épaules.

— Bah, c'est vrai, au fond.

Puis, souriant :

— Et il fallait bien que je dise quelque chose.

Michael secoue la tête. Je crois qu'il est amusé malgré lui.

— Il paraît que tu as construit une véranda pour Henny, dit Derek.

— Comment tu le sais ?

— Stacey me l'a raconté.

Il se place devant le coffre de sa voiture.

— Et comme un type que je connais m'a fait un super prix pour ces machins-là, je me suis dit que je pourrais apporter ma pierre à l'édifice.

Je cligne des yeux, découvrant quatre magnifiques fauteuils en bois de chêne.

Derek pose une main sur l'épaule de Michael.

— Vois ça comme un gage de réconciliation.

Bientôt, le diner déborde de monde. Quelqu'un bloque la porte en position ouverte pour faire entrer un peu d'air frais, ce qui n'empêche pas les convives de suer à grosses gouttes tandis qu'ils jonglent avec leurs verres et leurs assiettes et font la queue pour se servir.

La majorité d'entre eux considèrent l'endroit d'un air surpris.

« C'est tout ? » semblent-ils penser. La tenancière du magasin d'occasions a presque l'air déçue. Sans doute avait-elle espéré en secret pouvoir assister à un peu de péché et d'indécence, pour peu qu'elle fasse le déplacement jusqu'ici.

Soudain Cheryl apparaît dans l'embrasure de la porte, rigide et comme égarée. J'ignore depuis combien de temps elle se tient là, mais elle semble ne pouvoir se résoudre ni à entrer ni à faire demi-tour. Papa vole à sa rencontre lorsqu'il l'aperçoit.

— Robert ! s'exclame-t-elle, soulagée, avant de se laisser entraîner dans la foule.

Quand son regard tombe sur MacKenzie, elle se fige à nouveau. Les deux femmes se font face sans un mot. Aucune ne veut prendre l'initiative. Elles sont prisonnières de leurs histoires individuelles, mais leurs souvenirs communs les rapprochent indéniablement.

— Je ne compte pas m'excuser, prévient Cheryl en levant le menton d'un air entêté.

MacKenzie croise les bras.

— Moi non plus.

Cheryl découvre les photos affichées au mur. MacKenzie la suit lorsqu'elle s'en approche.

— Mon Dieu, que vous étiez jeunes, s'attendrit involontairement Cheryl.

Sans se tourner vers MacKenzie, elle ajoute :

— Je suis désolée de t'avoir fait de la peine. Je ne m'excuse pas pour mes convictions, sache-le. J'ai fait ce que je pensais être juste. Mais je n'ai jamais voulu te blesser.

— Je suis désolée d'être rentrée dans ta clôture avec ta voiture. Et d'avoir peint un drapeau arc-en-ciel sur l'école.

Cheryl éclate de rire et secoue la tête.

— Tu n'es pas du tout désolée, MacKenzie Jones, tant s'en

faut, et si l'occasion se représentait, tu referais exactement la même chose.

MacKenzie esquisse un sourire.

— J'essayais simplement d'être polie.

— Alors, qui est le nouveau propriétaire ?

Papa et Camila échangent un regard.

— Autant régler la question tout de suite, je suppose, dit cette dernière.

Sur ce, ils se dirigent ensemble vers la scène de fortune. Camila y bondit avec agilité, tandis que papa grimpe à son côté d'un pas mal assuré.

— Merci infiniment à vous tous d'être venus ici ce soir, déclare Camila quand le brouhaha s'éteint.

— Je ne doute pas que vous ayez déjà beaucoup entendu parler du motel. Et plusieurs d'entre vous savent certainement aussi que nous avons récemment perdu une très chère amie.

Plus un bruit.

— Je n'ai pas eu la chance de la côtoyer en tant qu'adulte, mais je l'ai connue quand nous étions jeunes, et je sais que Henny aimait ce motel de tout son cœur. Et je suis revenue juste à temps pour essayer de le sauver, en son honneur. Je ne sais pas vraiment si on peut dire que j'ai réussi, mais j'ai fait de mon mieux, et je me suis constamment demandé ce qu'aurait voulu Henny. Elle ne nous aurait rien demandé de plus. Aussi, j'aimerais profiter de cette occasion pour vous présenter les nouveaux propriétaires de l'établissement.

— « *Les* propriétaires » ? répète Cheryl. Au pluriel ?

— Je vais céder trente pour cent du motel à Robert ici présent, qui, je le sais, a déjà de nombreuses idées pour… l'améliorer.

— *Robert*, articule Cheryl, incrédule.

Je ne sais pas ce qu'elle pense, mais elle a l'air tout aussi choquée que MacKenzie.

— Vingt pour cent iront à MacKenzie…

Le visage de cette dernière redevient totalement inexpressif.

— … dix pour cent à Stacey Callahan, dix pour cent chacun à Dolores et Alejandro…

Un cri de surprise retentit dans la cuisine.

— … et vingt pour cent à Michael, sous la forme de la Redwood Cabin. C'est tout pour moi. Merci et bienvenue.

Les conversations reprennent instantanément tandis que Camila remet le micro à mon père et descend de l'estrade. Quand elle passe devant MacKenzie, celle-ci l'attrape par le bras.

— Tu as oublié de garder une part pour toi, souligne-t-elle.

— J'ai promis à Cheryl qu'elle aurait de nouveaux gérants. Et j'ai toujours rêvé d'épouser une riche propriétaire de motel. Mais d'abord, je me suis dit qu'on pourrait faire ce fameux road trip ensemble. Aller visiter tes motels, du moins ceux qui existent encore.

MacKenzie se décontracte aussitôt.

— Excellente idée, approuve-t-elle. Robert n'aura qu'à gérer l'établissement en notre absence.

— Après tout, c'est notre unique client. Il va vendre sa maison et emménager ici pour de bon. Je pensais qu'on pourrait lui donner un des chalets restants.

— Est-ce que c'est allumé ? demande papa en toquant sur le micro, qui fonctionne manifestement très bien.

Il se racle la gorge. Bruyamment. Dans le micro.

— Pendant mon séjour au motel, j'ai appris beaucoup de choses sur moi-même, mais également à propos de Henny. Peut-être que je n'ai jamais vraiment connu la personne qu'elle était en tant qu'adulte. Sans doute me disais-je que j'aurais toujours le temps plus tard. Hélas, la vie en a décidé autrement. C'est pourquoi je voudrais profiter de cette fête pour mieux faire connaissance avec elle. Je vous remercie tous d'avoir répondu à l'appel, et je vous invite à partager vos souvenirs de Henny.

Papa descend de la scène. La musique reprend sur-le-champ, mais Buddy se tient prêt à mettre Bruce sur pause au cas où quelqu'un se sentirait de prononcer quelques mots à ma mémoire.

Et cela ne tarde pas !

Plusieurs montent sur le podium pour raconter leurs anecdotes favorites à mon sujet. Je souris, secoue la tête et ris, mais je passe le plus clair de mon temps à observer Michael. Il se tient tout au fond de la salle, seul, dos au mur. On pourrait croire qu'il écoute distraitement, mais je vois bien que quelque chose s'agite en lui. Son corps vibre d'énergie contenue, et son regard est clairement introspectif, braqué sur une chose que seul lui peut voir.

— Henny adorait Bruce Springsteen, affirme Buddy dans le micro. Du coup, je voudrais passer une petite chanson en son honneur.

Il adresse un signe de tête à Clarence, qui s'occupe temporairement de la sono.

Brilliant Disguise envahit la salle.

— Pas celle-là ! rouspète Buddy en bousculant Clarence pour lancer *My Lucky Day*.

L'assistance s'efforce de baisser la tête et d'écouter respectueusement, comme à l'église, mais je danse à côté de Michael. Je n'ai jamais su rester de marbre face à ce morceau.

— Je ne suis pas un grand parleur, amorce Derek en prenant à son tour le micro quelques minutes plus tard, lançant des clins d'œil à tout-va. Vous voyez, je sais déjà commencer un discours. Comme certains d'entre vous le savent peut-être, j'ai eu la malchance de me laisser entraîner dans la politique, au crépuscule de ma vie. Mais n'ayez crainte, ce n'est pas pour autant que je vais m'éterniser ce soir. Je n'ai pas encore appris à blablater pendant des heures.

Quelques rires épars.

— En parlant de malchance, quelques-uns se rappellent peut-être que j'ai fait un peu de football dans ma jeunesse.

Explosion de rire générale.

— Hélas, unc blessure a mis fin à ma carrière. Ne soyez pas tristes, c'est le genre de choses qui arrive dans la vie. Revenir ici m'a demandé un petit temps d'adaptation. Ce n'est pas pour plomber l'ambiance, mais je tiens à dire que Henny est la seule personne dont le regard sur moi n'a pas changé entre le moment où je suis parti à l'université et celui où je suis revenu blessé.

Il lève sa tasse de punch corsé et hoche la tête en direction de Michael, qui est toujours au fond de la salle avec MacKenzie et Camila.

— Sans doute parce que, à ses yeux, j'ai toujours été dans l'ombre de mon petit frère.

— Elle avait du goût, cette Henny ! lance gaiement Stacey avec un clin d'œil encore plus appuyé à Michael.

Celui-ci secoue la tête et s'adosse au mur. Quelque chose s'est détendu en lui. Non, ce n'est pas le bon terme. Disons plutôt qu'une chose a enfin trouvé sa place, comme s'il s'était découvert un nouvel objectif ou un nouveau sens à sa vie.

— Et maintenant, à mon tour de vous passer un morceau de Bruce en mémoire de Henny, dit Derek, signal pour Buddy de lancer *Glory Days*.

Tout le monde éclate de rire et l'applaudit. Derek se présente devant Stacey et s'incline beaucoup trop bas.

— Vous permettez ? demande-t-il, puis ils dansent sans retenue dans le petit espace dégagé devant la scène.

Cette fois, tous les autres les imitent. Il n'y a guère de surface libre pour se mouvoir, mais ils improvisent entre les tables, le buffet et les banquettes.

Tous sauf Paul, qui se tient devant le mur couvert de photos et étudie celles sur lesquelles je figure. Lors de la construction des cabanons, dans la cour de l'école, à la réception. Moi vivante. Moi ailleurs que dans ses cauchemars.

Évidemment, papa ne danse pas non plus. Il vient voir Paul et lui chuchote « je vous pardonne » puis s'en va sans lui laisser le temps de répondre. Nous restons plantés là, à regarder papa disparaître entre les danseurs.

MacKenzie observe la scène avec amusement.

— Henny t'aurait pardonné depuis longtemps, assure-t-elle.

Je crois que c'est à cet instant que survient le déclic. Paul examine toujours avidement les photos, mais son regard semble apaisé. Il ne jette plus des coups d'œil apeurés dans tous les sens, espérant en vain fuir les images mentales qui le tourmentent.

MacKenzie lui donne une tape sur l'épaule.

— Ma Henny serait le plus gentil fantôme que le monde ait jamais connu, affirme-t-elle.

Je souris en secouant la tête, puis me tourne vers Michael pour partager cet instant avec lui. Et il sourit aussi en pensant à moi, exactement comme il me souriait de mon vivant. Un sourire qui naît dans ses yeux, ou plutôt un regard qui s'attendrit, imperceptible pour tous sauf moi. Il faut attendre un bon moment pour qu'il gagne ses lèvres, lentement, telle une pensée après coup.

Seigneur, que ce sourire m'a manqué.

Le bruit provenant du diner se propage dans les ténèbres, entre les troncs des arbres et le long de la rivière, jusqu'à la Redwood Cabin : une rumeur festive faite de voix, des basses des chansons de Bruce Springsteen et de bribes de conversations des convives sortis prendre l'air ou fumer une cigarette.

La porte arrière est ouverte, mais je suis certaine que Michael n'entend pas le moindre son.

Il débarrasse prestement la table, posant la vaisselle sale sur la première surface libre disponible. Plusieurs assiettes finissent sur le bureau dans l'entrée. Les papiers éparpillés sur la table volent tout simplement par terre. Il repousse impatiemment le bloc-notes entamé et fouille dans un de ses sacs à dos pour en trouver un nouveau, qu'il pose avec cérémonie sur la table désormais vide.

Il lui est venu une idée.

Il se place devant la fenêtre en attendant qu'elle prenne une forme mieux définie.

— Ce n'est pas seulement toi qui m'as quittée, déclaré-je. C'est aussi moi qui t'ai laissé partir.

Un dernier souvenir : moi qui rassemblais mes habits dans le noir. Je suis sortie du chalet le plus silencieusement possible pour ne pas le réveiller. C'était l'unique solution. Je m'étais juré de ne pas céder à la tentation, de ne pas lui demander de rester.

— Je ne suis pas restée passive à te regarder aller de l'avant, poursuis-je. J'ai suivi ma propre voie.

C'est ce que nous avons tous les deux fait, j'imagine. Et au final nos chemins ont à nouveau convergé. Quinze ans durant, nous avons marché chacun de notre côté en direction de cet instant et cet endroit précis, sans en avoir conscience. Les personnes que nous sommes aujourd'hui doivent énormément à la route que nous avons empruntée, en bien comme en mal, et je ne souhaiterais absolument rien changer chez lui.

Michael boit mécaniquement une gorgée de café, ce qui lui arrache une grimace. Il a refroidi sans qu'il s'en rende compte.

Sur ce, il se met au travail.

Il trace lentement et religieusement le titre provisoire sur la couverture du nouveau carnet, puis laisse libre cours à toute l'énergie réprimée en lui : il tourne une page et écrit à toute vitesse, sans s'arrêter ni réfléchir. Il s'agit d'un brouillon de table des matières. Les titres des premiers chapitres sont soigneusement calligraphiés, puis son écriture se fait plus hâtive et cursive pour tenir le rythme auquel ses idées fusent. Nouvelle page, suite du texte. Les feuillets se remplissent de notes, d'accroches, de rappels géologiques adressés à lui-même, de citations et de sources potentielles.

Au bout d'un moment, il se penche en arrière sur sa chaise et patiente une minute au cas où une idée de dernière minute lui viendrait à l'esprit. Comme ce n'est pas le cas, il hoche la tête et referme le bloc-notes.

Je pose une main sur son épaule.

— Tu te rappelles, quand tu m'as demandé ce que j'attendais de toi ? lui demandé-je. J'attends de toi que tu vives une vie heureuse. Je veux que tu obtiennes tout ce que tu as jamais désiré. Je sais bien que personne n'a cette chance, mais je m'en fiche. On n'a jamais dit que mes attentes devaient être réalistes.

On va s'en sortir, me dis-je. Les pas de Camila et MacKenzie les ont menées jusqu'au gymnase, l'autre soir, et qui sait ce que nous réserve l'avenir ? Papa n'aura pas le temps de s'ennuyer avec le motel. Lui et Stacey pourront préparer des tartes aux pommes en pleine journée, dorénavant. Et Michael ? Il connaîtra à nouveau le bonheur, un jour. Il s'est réconcilié avec ses pierres.

— Fais ce qui est nécessaire pour mener la vie à laquelle tu aspires, l'exhorté-je. Pars, prends la route. Découvre des pierres extraordinaires. Sois heureux ailleurs. Mais reviens ici, ensuite. C'est ici qu'est ta place, que tu le veuilles ou non.

Je ne me fais pas de souci. Je sais qu'il en a conscience, désormais. Sur la page de garde du carnet est inscrit en majuscules le titre de son nouveau livre : *Entretiens avec Henny, où l'on apprend qu'il y a des centaines de millions d'années Boise était une ville côtière.*

Tout l'amour de Henny

— Tu es sûr que c'est une bonne idée ? hésite Clarence.

— Contente-toi de monter la garde, répond Buddy. Paul ? T'es prêt ? Fais-moi la courte échelle.

— Ils ne le prendront pas mal ? demande Paul d'un air inquiet.

— Ça plaira à MacKenzie.

— Du moment qu'ils ne le regretteront pas.

— C'est toi qui vas le regretter si tu m'aides pas à monter tout de suite ! Il faut qu'on fasse ça maintenant, pendant qu'ils sont encore occupés à célébrer la nouvelle véranda. Et surveille derrière le coin du mur, au cas où quelqu'un viendrait.

En vérité, Buddy n'a pas la moindre crainte. Je le sais, car il a Bruce en fond sonore. Dans la noirceur de la nuit, sur le parking quasi désert, notre chanteur favori entonne *None but the Brave*.

Deux heures plus tard, l'enseigne du motel possède un nouvel écriteau de plus.

— Cette enseigne va devenir aussi chaotique que la précédente ! me réjouis-je.

Les quatre fauteuils de Derek sont alignés sur la véranda. Assise sur l'un d'eux, je suis la seule à ne pas devoir m'emmitoufler dans plusieurs couches de vestes, de couvertures et d'écharpes pour combattre le froid. Deux packs de six bières sont posés entre les pieds de MacKenzie et de Camila, et le ciel étoilé de l'Oregon s'ouvre devant nous.

— Pas mal, ces fauteuils, reconnaît MacKenzie. Les accoudoirs sont assez larges pour y poser sa bière.

— Je ne veux pas jouer celle qui a toujours raison, avertis-je, mais vous avez remarqué qu'on est assis sur quatre chaises sous une véranda ? Et qu'on va vieillir ensemble, *comme je vous l'avais dit ?*

Je hoche la tête avec satisfaction.

— Je voulais juste vous le faire remarquer.

— Vous savez ce que je me suis dit hier, pendant la fête ? lance Camila. Je me suis dit que c'était une chance inouïe d'avoir connu l'amour de Henny. Je compte bien emporter cet amour avec moi, partout où j'irai. Quoi qu'il advienne, Henny nous aura aimés.

— Et tout le monde ne peut pas s'en vanter, ajoute MacKenzie.

Michael boit une gorgée de bière.

— Vous croyez qu'on aurait été heureux ensemble ?

Il ne pose pas cette question pour se torturer. Il a passé toute la journée à écrire et a presque terminé les premiers chapitres : *Histoire d'un poisson (les pierres, c'est pour bientôt, promis)* et *Un album photo composé de pierres.*

— Je crois qu'il aurait été impossible de ne pas être heureux avec elle, opine MacKenzie.

— Vous croyez que Henny est heureuse, là où elle est maintenant ? s'interroge Camila.

— Dieu et moi, on a pas toujours vu les choses du même œil, mais, même moi, je ne conçois pas qu'il puisse supporter de la voir malheureuse, concède MacKenzie.

— Elle n'aimerait pas nous voir malheureux non plus, estime Michael.

— Dans ce cas, tâchons d'être au moins un peu heureux.

Camila sourit.

— Vous savez, ça ne m'étonnerait pas qu'elle y veille activement. Elle ne tolérerait pas que Dieu nous fasse des misères.

— Hum, elle ne serait pas du genre à lui hurler dessus, nuance MacKenzie.

— Euh, comment dire? interviens-je.

— Ni à le harceler, renchérit Michael.

— Non, non, bien sûr, ironisé-je.

— Elle le regarderait simplement d'un air triste, comme si elle ne comprenait pas qu'il puisse nous faire ça, convaincue qu'elle est des bonnes intentions de Dieu. Il ne pourrait pas souhaiter notre malheur, quand même? « Ce doit être un malentendu, n'est-ce pas, Dieu? »

— Je ne sais pas, doute Michael. Elle serait capable de l'enguirlander, si elle était assez fâchée. Comme cette fois, au magasin de bonbons. Si des glaces gratuites se mettent à tomber du ciel, on saura qu'elle lui a mis la pression.

— Amen, répond MacKenzie.

— Vous croyez..., commence Camila. Vous croyez que c'était voulu, qu'elle s'en aille la première? Parce que aucun de nous trois n'en aurait eu le courage? Mais maintenant on sait que Henny nous attend quelque part.

Je m'allonge confortablement dans le fauteuil et contemple les montagnes et les étoiles.

— Yep. Je vous attends, et je suis bien plus proche que vous ne le pensez.

Sous peu, Buddy, Clarence et Paul viennent nous tenir compagnie. Les deux premiers se servent en bières, mais le troisième se contente de son café. Papa et Stacey nous rejoignent bientôt, attirés par l'atmosphère festive. Vêtus de tabliers assortis, ils ont les joues rougies par la chaleur qui règne dans la cuisine. Soudain la véranda déborde de monde. Mais personne ne s'assied sur mon siège.

Je les regarde l'un après l'autre, puis annonce :

— Je crois qu'il va nous falloir plus de fauteuils.

Épilogue

Quelque part dans les limbes du temps, nous nous rencontrons pour la première fois en cet instant même

La respiration de MacKenzie et Camila forme de petits nuages tandis qu'elles chargent leurs valises dans la Honda de cette dernière. Elles sont convenues qu'elle était quelque peu plus fiable que le vieux pick-up de MacKenzie.

Je leur tiens compagnie et souffle de toutes mes forces, m'amusant de ne voir aucune fumée sortir de ma bouche, malgré le froid. Tout autour de nous est nimbé de givre, ce qui prête au monde une allure délicate et scintillante.

— C'est toi qui voulais partir tôt ! rouspète soudain Camila.

MacKenzie lui lance un regard interloqué, puis sourit et lui répond sur un ton excessivement geignard, comme un de ces couples qui nous ont souvent rendu visite :

— Ouais, ben si t'avais pas déballé toutes tes affaires alors qu'on restait juste une nuit, on aurait eu le temps de prendre un petit déjeuner. Pourquoi les femmes ont-elles besoin d'emporter tellement de choses ?

Camila jette la première valise dans le coffre et entreprend de gratter les vitres. Elle s'efforce d'afficher une mine sévère, mais un sourire menace constamment de faire voler son masque en éclats. Elle a entendu assez de disputes pour savoir comment elles se déroulent.

— Et si toi, tu avais consenti à t'arrêter pour demander ton chemin hier, on se serait pas retrouvées ici.

— Je te rappelle que c'est toi qui gérais la carte. « Tourne à gauche », que tu m'as dit. On voit bien où ça nous a menées.

MacKenzie hisse deux gros sacs.

— Tout ça pour aller voir ta mère.

— Pourquoi tu ne dis pas ce que tu penses *vraiment* d'elle ?

— Parce que tu fais la gueule pendant plusieurs jours chaque fois que j'ai le malheur de dire que ta mère est une sociopathe hystérique et passive-agressive, dont la seule joie dans sa pauvre vie morne est d'éprouver les limites de ma patience.

— Tu dis juste ça parce qu'elle ne rigole pas à tes blagues, rétorque Camila, puis éclate de rire quand MacKenzie passe subitement les bras autour d'elle et la plaque contre son corps.

Elle retire son écharpe, l'enroule plusieurs fois autour du cou de Camila et lui dépose un baiser sur la pointe du nez, l'unique bout de peau à dépasser du tissu.

Je suis certaine que tout le monde va sortir pour leur dire au revoir avant leur départ. C'est juste que nous sommes un peu surbookés, dans l'immédiat. Un bus entier de retraités chrétiens vient d'arriver et d'investir le parking.

Ils viennent chercher Dieu dans la splendeur de la nature américaine, à l'occasion d'un des voyages en groupe qu'organise régulièrement une paroisse du Colorado pour les personnes âgées seules. Leur trajet les mènera jusqu'à la frontière canadienne, et quand ils ont lu la chronique de Mrs Davies, ils n'ont pas pu s'empêcher de s'arrêter ici. Apparemment, ils ont tué le temps en chantant sur la route : plusieurs d'entre eux tiennent encore un livret de cantiques, ouvert à la page de *'Tis So Sweet to Trust in Jesus*. Je souris. C'est un de mes psaumes favoris.

Papa et Stacey sont prêts à les accueillir. On a fermement prié

Clarence de se tenir à l'écart, et Paul a garni toutes les chambres de bibles flambant neuves.

Il semble aller bien mieux, désormais. Il a même repris un peu de poids. Dolores n'a jamais su résister à un homme trop maigre. Il refuse toujours poliment qu'on lui donne sa propre chambre au motel, mais il a suspendu des rideaux aux fenêtres du bureau et accroché une photo de moi au mur. Alejandro l'a agrandie pour lui, et l'a mise dans un des cadres achetés par Camila à la boutique d'occasions.

La collection de photos d'Alejandro est toujours affichée au diner, bien que des clichés disparaissent continuellement. L'autre jour, j'ai surpris Cheryl en train de chiper une des images de MacKenzie et moi. Alejandro colle des copies et de nouveaux instantanés sur le mur quand il en trouve le temps, entre la gestion du compte Instagram et ses projets personnels. Il organisera une exposition à Portland, au printemps prochain.

MacKenzie et Camila patientent sagement, le temps que l'agitation se tasse.

Dolores finit par les chasser, avant de tendre un bras de chaque côté, de sorte qu'elles puissent la câliner en même temps.

— Allez, du balai, vous deux !

Papa se retrouve avec son écharpe rouge de travers, après qu'elles l'ont pris dans leurs bras.

Stacey leur lance un regard farouche, qui les fait hésiter un instant avant de l'embrasser.

— Je sais pas si dix pour cent du motel vont suffire pour que je consente à ce genre d'effusions, maugrée-t-elle, avant de se fendre d'un sourire et de rentrer leur chercher deux gigantesques gobelets de café en carton.

Naturellement, Dolores leur a déjà remis suffisamment de provisions pour les nourrir jusqu'en Arizona. Au moins. Leur première étape sera en Idaho, et de toute évidence notre cuisinière doute qu'elles y trouvent quelque chose à manger. Ce sera le plus long voyage de MacKenzie depuis… ben, de toute sa vie, en fait. Mais elles seront de retour pour Noël.

Michael aussi. Il s'en va une ou deux heures après elles, et je reste sur le parking à le regarder partir.

Contre toute attente, je ne suis pas triste. Il reviendra. Peut-être que je serai encore là, ou peut-être pas. Mais ça ne me fait plus peur. Je ne pense pas que le cours du temps soit linéaire et immuable, comme on se l'imagine. Je crois que tous les instants existent en même temps, à chaque seconde.

Quelque part, nous nous rencontrons pour la toute première fois. Quelque part, Michael apparaît comme par magie à la réception quinze ans plus tard, et je ne saurais dire qui de nous deux est le plus nerveux. Quelque part, mon corps est collé au sien, là où le temps et l'espace n'existent pas, et où seule compte la chaleur de sa peau. Et, quelque part, nous nous séparons pour la dernière fois. Je me mets à glousser. Je me répète les mots « le corps de Michael », comme si je m'émerveillais devant un miracle qui ne cesserait jamais de me fasciner.

Quelque part, je les attends en ce moment même.

Juste à côté de Michael, sur le siège passager, repose le manuscrit de son nouveau livre. J'ai lu la dédicace par-dessus son épaule. *À Henny, qui a laissé tout ça derrière elle.*

Quelle chance de se savoir aimée, me dis-je en agitant la main jusqu'à ce que sa voiture disparaisse. Même après, je reste encore là un bon moment.

C'est alors que la première neige se met à tomber. De gros et lourds flocons dégringolent lentement et gauchement, comme s'ils n'avaient pas eu le temps d'apprendre à choir avec grâce.

— Il neige ! m'exclamé-je avec joie.

Je me tourne vers Dolores et lui chuchote à l'oreille :

— Tu as envie d'un bon chocolat chaud. Du choooocolat chauuuud. Avec tout plein de marshmallows !

Je crie ces derniers mots par-dessus mon épaule, tandis que je m'élance sur le parking.

Les flocons atterrissent doucement sur les arbres, la route et les voitures garées, et virevoltent dans l'air comme si tous les maux de ce monde ne pouvaient les atteindre.

Un jour, je laisserai tout ça derrière moi. Je le sais bien. Mais dans l'immédiat je lève les yeux au ciel et contemple la neige blanche tomber mollement, pour me décaler juste avant qu'un flocon ne se pose sur mon nez. J'écarte les bras et décris quelques pas de danse maladroits. Je prends de la vitesse et me mets à tournoyer, à toute vitesse, jusque sur la route, enveloppée de neige et d'air frais revigorant.

Derrière le rideau de neige luit fièrement le dernier ajout sur notre enseigne. On peut y lire, écrit en lettres en néon éclatantes :

Henny était là !

Table

Composition UTIBI
Impression Grafica Veneta S.p.A.
à Trebaseleghe (Pd).
Dépôt légal : janvier 2019

ISBN : 978-2-207-14383-4/Imprimé en Italie

343249